rororo

Martina André wurde 1961 in Bonn geboren. Der französisch klingende Nachname ist ein Pseudonym und stammt von ihrer Urgroßmutter, die hugenottische Wurzeln in die Familiengeschichte mit einbrachte. 2007 landete Martina André mit ihrem Erstling «Die Gegenpäpstin» auf Anhieb einen Bestseller. Im gleichen Jahr folgte der Roman «Das Rätsel der Templer», der ebenfalls sehr erfolgreich war. Nach «Schamanenfeuer» und «Die Teufelshure» erscheint nun im Rowohlt Taschenbuch Verlag der spannungsgeladene Liebesroman «Flamme von Jamaika». Martina André lebt heute mit ihrer Familie in der Nähe von Koblenz sowie in Edinburgh/Schottland, das ihr zur zweiten Heimat geworden ist.

Mehr zur Autorin unter: www.martina-andre.com und www.facebook.com/Autorin.Martina.Andre

MARTINA ANDRÉ

Flamme von Jamaika

ROMAN

Rowohlt Taschenbuch Verlag

Im Anhang befinden sich ein Glossar und ein Personenverzeichnis sowie weitere Informationen zum geschichtlichen Hintergrund des Romans.

Originalausgabe
Veröffentlicht im Rowohlt Taschenbuch Verlag,
Reinbek bei Hamburg, März 2013

Umschlaggestaltung any.way, Barbara Hanke/Cordula Schmidt
(Abbildungen: Hulton-Deutsch Collection,
Edvard March/Corbis; thinkstockphotos.de)
Karte auf S. 6/7 Peter Palm
Satz DTL Albertina ST PostScript (InDesign)
Gesamtherstellung CPI – Clausen & Bosse, Leck
Printed in Germany
ISBN 978 3 499 25953 1

– Für alle Babas –

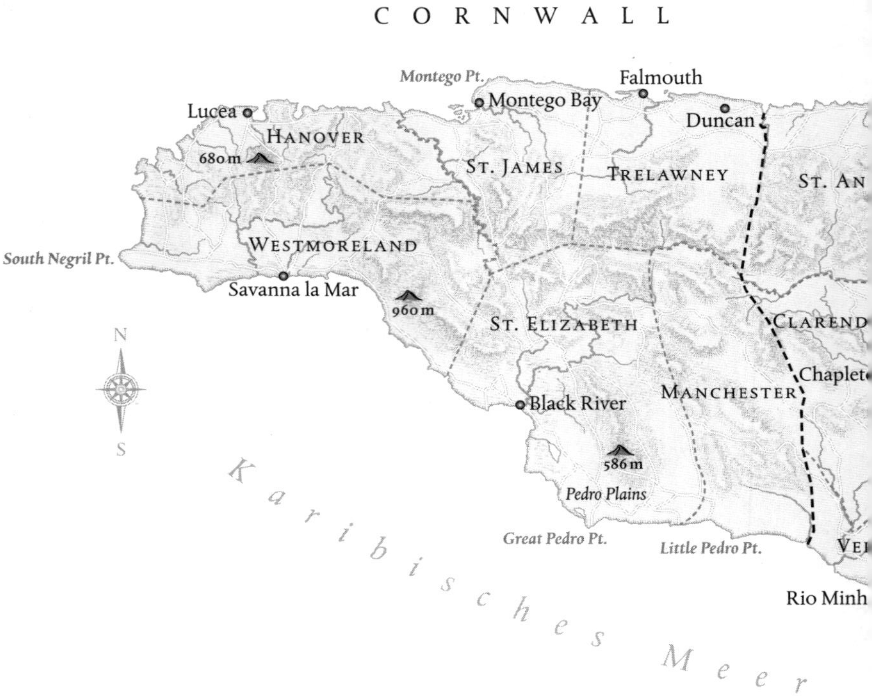
CORNWALL
Montego Pt.
Falmouth
Lucea
Montego Bay
Duncan
HANOVER
680 m
ST. JAMES
TRELAWNEY
ST. AN
WESTMORELAND
South Negril Pt.
Savanna la Mar
960 m
ST. ELIZABETH
CLAREND
N
Chaplet
MANCHESTER
Black River
S
586 m
Pedro Plains
Great Pedro Pt.
Little Pedro Pt.
VE
Rio Minh
Karibisches Meer

JAMAIKA
1831

«Im Krieg und in der Liebe ist alles erlaubt.»

Napoleon Bonaparte

PROLOG

Juni 1814 || Jamaika || Plantage Redfield Hall

«Wo ist mein Kind?» In stummer Verzweiflung krallte Baba ihre Hände in die leere Hängematte, dort, wo sie am Morgen ihren fiebernden Sohn zurückgelassen hatte. «Ich habe überall nach ihm gesucht und konnte ihn nirgends finden.»

«Du weißt doch, wie kleine Jungs sind. Manchmal benehmen sie sich wie junge Hunde, die einem Kaninchen hinterherjagen», beruhigte sie Estrelle, eine Sklavin wie sie selbst, die nichts weiter tun konnte, als ihr tröstend die Hand auf die Schulter zu legen.

«Aber er ist krank!», stieß Baba mit zusammengebissenen Zähnen hervor. Etwas Schreckliches musste passiert sein, das spürte sie. «Ich habe ihm verboten, die Hütte zu verlassen, weil ihn Trevor sonst zum Arbeiten eingeteilt hätte. Und das mit seinem Fieber …! Jess weiß, wann es mir ernst ist. Er hätte es nicht gewagt, die Hütte zu verlassen.»

Mühsam versuchte Baba, ihre Tränen zu unterdrücken. Baba war nicht ihr richtiger Name. Getauft war sie auf den Namen Mary. Aber es war das erste Wort ihres Sohnes gewesen, als er mit einem knappen Jahr zu sprechen begonnen hatte. *Baba* rührte aus dem Afrikanischen her und bedeutete eigentlich Vater. Und da Jess offiziell keinen Vater besaß, war sie ihm von Anfang an Mutter und Vater gewesen. Mama Baba eben, wie er sie nannte und wie sie fortan bei allen hieß, die sie näher kannten.

In Momenten wie diesen hasste Baba es, dass ihr die starke Hand eines Vaters fehlte, die Jess zeigte, wo es langging. Inzwischen war er acht Jahre alt und ein munterer kleiner Bursche, dessen Temperament sie manchmal überforderte. Seit ein paar Monaten gehörte er der Kinder-Kolonne auf den Zuckerrohrfeldern an und schuftete schwer. Die harte Arbeit würde aus ihm eines Tages einen starken muskulösen Mann machen. Einen Sklaven, der allein schon aufgrund seiner Statur die Aufmerksamkeit der Backras auf sich ziehen würde – jener weißen Männer und Frauen, die sein Leben von Geburt an in der Hand hielten. Umso mehr ängstigte Baba sich, dass Jess etwas angestellt haben könnte. Die Sorge um ihren einzigen Sohn machte sie halb wahnsinnig. Dabei galt sie unter den Sklaven als eine starke, durchsetzungsfähige Frau, die sich selbst von ihren weißen Herren kaum etwas sagen ließ. Ihr Rücken war ganz vernarbt von all den Peitschenhieben, die sie im Laufe der Jahre für ihre Widerspenstigkeit kassiert hatte.

Dass man sie noch nicht auf dem Sklavenmarkt in Kingston verkauft hatte, war einzig einem Umstand zu verdanken, über den Baba selbst Estrelle gegenüber eisern Stillschweigen bewahrte: Ihr Master, Lord William Blake, ein perverser, hochnäsiger Widerling, verlangte von ihr, dass sie ihm auf die übelste Weise zu Willen sein musste. Seit er sie als junges Mädchen auf den Feldern erblickt hatte, verschleppte er sie regelmäßig in seine Jagdhütte und verlangte Dinge von ihr, die seine weiße Frau ihm nicht zu geben bereit war. Wie oft hatte er sie ans Bett gefesselt, geschlagen und war über sie hergefallen wie ein brunftiges Tier! Danach hatte er sie jedes Mal mit kostbaren Geschenken und teuren Stoffen verwöhnt. Wahrscheinlich, weil ihn das schlechte Gewissen plagte, denn als gläubiger Anglikaner, der jeden Sonntag in die Kirche lief, musste er wohl um sein Seelenheil fürchten, wenn er so abstoßende Sünden beging.

Doch geändert hatte er sich deshalb noch lange nicht. Zweimal hatte sie eine Fehlgeburt erlitten, weil er keine Rücksicht auf ihren Zustand genommen hatte. Aber Baba hatte das alles ausgehalten. Zum einen, weil ihr nichts anderes übrig blieb; zum anderen, weil sie durch seine Zuwendungen unter den restlichen Sklavinnen als etwas Besonderes galt. Sie besaß schöne Kleider, verfügte über besseres Essen und verbrachte mehr Zeit im weichen, frisch bezogenen Bett des weißen Herrn als auf den staubigen Zuckerrohrfeldern.

Als sie schließlich Jess zur Welt brachte, einen kleinen, widerstandsfähigen Kerl, dem die Grobheiten seines Vaters während der Schwangerschaft nichts anhaben konnten, war ihr Glück beinah perfekt. Jeder auf Redfield Hall ahnte wohl, dass Jess der Sohn des Masters war. Das konnte man nicht nur an seiner vergleichsweise hellen Hautfarbe erkennen. Auch sein schmales Gesicht war mehr das eines Europäers und hatte wenig gemein mit den Zügen der rein afrikanischen Bälger, die nicht selten mitten auf dem Feld das Licht der Welt erblickten.

Vom Tag seiner Geburt an hoffte Baba inständig, dass Lord William ihrem Sohn eines Tages die Freiheit schenken würde. Immerhin war Jess sein zweitgeborener Sohn – nach dem schmächtigen Edward, der fünf Jahre älter war und sich nicht eben bester Gesundheit erfreute. Auch Edwards Mutter, Lady Anne, eine vornehme Dame aus Europa, war seit der Schwangerschaft meistens zu krank und zu schwach gewesen, um ihre ehelichen Pflichten zu erfüllen. Und so hatte Baba ziemlich oft herhalten müssen, um ihren Herrn zu befriedigen. Doch seit die Lady nach Jahren der Unfruchtbarkeit nun zum zweiten Mal guter Hoffnung war, hatte sich sein Interesse an Baba merklich abgekühlt. Es hieß, er habe sich bereits ein anderes Mädchen gesucht, das williger war und weniger Forderungen stelle.

Doch nicht das beunruhigte Baba: Wenn Lady Anne ihrem Gatten einen zweiten männlichen Erben schenkte, würde Jess so unbedeutend für ihn werden wie ein Blatt im Wind. Mehrfach hatte Baba ihrem Master vorgehalten, dass Jess sein einziger Erbe wäre, falls der kränkliche Edward an einem Fieber stürbe. William war daraufhin sehr wütend geworden und hatte sie als elende Niggerhure beschimpft.

«Wegen deiner Herkunft und deiner Hautfarbe giltst du nicht als Mensch, sondern als Tier!», rief er aufgebracht. «Und deine Brut kann deshalb auch niemals Erbschaftsrechte erwerben.»

Als Baba ihn daraufhin als Sodomiten beschimpft hatte, der es mit

Tieren trieb und den Gott für sein lästerliches Leben hart bestrafen würde, war er ihr an die Kehle gesprungen und hatte sie beinahe erwürgt. Seit jener Nacht hatte Baba nicht nur Angst um sich, sondern auch um ihren geliebten Jess. Je mehr sie jetzt darüber nachdachte, umso mehr schloss sich eine kalte Faust um ihr Herz. William Blake war zu allem fähig, wenn er jemanden hasste.

«Ich muss zu unserem Master», stieß Baba heiser hervor.

«Das kannst du nicht ernst meinen! Was ist, wenn er denkt, dass Jess davongelaufen ist?» Estrelle, deren Haut im Gegensatz zu Baba beinah so schwarz war wie das Gefieder eines Truthahngeiers, riss vor Entsetzen ihre kugelrunden Augen auf. «Sie werden den Jungen mit Bluthunden jagen!», warnte sie. «Die Bestien werden ihn zerfleischen, wenn sie ihn aufspüren! Nur Desdemona kann dir helfen. Sie kann in den Knochen lesen und sehen, wo sich dein Sohn befindet.»

«Aber sie lebt fast einen halben Tagesmarsch entfernt im Dorf der Maroon, und ich habe keine Erlaubnis, die Plantage zu verlassen.» Mit abwesendem Blick starrte Baba in das spärliche Licht einer Talgkerze.

«Es ist Nacht, Baba, und im Herrenhaus schlafen sie alle. Trevor liegt betrunken in seiner Aufseherhütte, und seine Kameraden spielen Karten oder amüsieren sich mit den jungen Sklavinnen. Wer also sollte bemerken, dass du fort bist? Wenn du dich beeilst, bist du zum ersten Glockenschlag morgen früh wieder da.»

Als Baba schwer keuchend an die Hütte der alten Desdemona klopfte, hatte sie einen zweistündigen Fußmarsch hinter sich. In gebückter Haltung war sie am Haupthaus von Redfield Hall vorbeigeschlichen und quer über die abgeernteten Zuckerrohrfelder der Nachbarplantage Rosehall gelaufen. Anschließend hatte sie sich durch den beinah undurchdringlichen Urwald gekämpft und sich mit ihrem gewaltigen Pflanzmesser den Weg frei geschlagen. Das dichte Blätterwerk und der bedeckte Himmel sorgten dafür, dass kaum Mondlicht durch sein üppiges Dach fiel. Die Wipfel über ihr rauschten und ächzten gewaltig, und streckenweise konnte sie den Weg nur erahnen. Doch immer wenn der starke Wind die Wolkendecke aufbrach, kam Baba schneller voran.

Sie war völlig außer Atem, als sie endlich die Hütte der alten Zauberin erreichte. Nach einigem Rumoren im Innern der Hütte öffnete die alte Desdemona die Tür. Ihr runzliges Gesicht vereinte Merkmale einer vergleichsweise hellhäutigen Indianerin mit denen eines kohlschwarzen Negers, den die Briten vor der Westküste Afrikas gefangen und auf diese Insel verschleppt hatten.

Desdemona wirkte so alt wie die Welt. Ihre blinden Augen überzog ein merkwürdiger weißer Schleier. Die alte Obeah-Frau behauptete stets, das Augenlicht sei ihr von den Göttern ihrer Vorfahren genommen worden, damit sie besser ins Jenseits schauen könne und nicht durch das trügerische Licht des Diesseits gestört werde.

Aufgrund ihrer mütterlichen Abstammung gehörte Desdemona zu den Maroon, einer Gruppe von ehemaligen Sklaven, die sich mit den Ureinwohnern der Insel vermischt hatten und bereits vor fast achtzig Jahren nach hartnäckigen Kämpfen mit den weißen Plantagenbesitzern und den Soldaten der britischen Krone ihre Freiheit erstritten hatten. Ihr Vater war ein Obeah-Mann gewesen, ein schwarzer Zauberer, der die Geheimnisse der Geister und Götter der Aschanti von Afrika mit übers Meer gebracht hatte.

«Komm herein, meine Tochter», sagte sie und schien kaum verwundert, dass Baba so spät in dieser stürmischen Nacht vor ihrer Hütte aufgetaucht war.

Erst gestern war die Schamanin im Dorf der Sklaven von Redfield Hall gewesen und hatte vor aller Augen einen Hahn geschlachtet, um die Geister der Unterwelt zu beschwören, damit bei Jess endlich das Fieber zurückging. Obwohl die weiße Regierung einem solchen Treiben kritisch gegenüberstand, wurde es zur Heilung von Kranken geduldet. Offenbar waren Desdemonas Bemühungen von Erfolg gekrönt gewesen, denn der Junge hatte am Morgen bereits einen halbwegs munteren Eindruck gemacht. Dennoch hatte Baba beim Aufseher um eine weitere Freistellung gebeten, die bei Kindern durchaus gewährt wurde. Ein unbekanntes Fieber sollte nicht unnötig die Arbeitskraft der anderen Sklaven aufs Spiel setzen.

Desdemona bot Baba einen Platz an dem glimmenden Lagerfeuer im Innern der Hütte an, das sie mit ein paar trockenen Ästen und Palmblättern befeuerte.

«Ich suche meinen Sohn», sagte Baba mit gedämpfter Stimme, aus der ihre Verzweiflung herauszuhören war. «Jess ist seit heute Nachmittag verschwunden! Wir haben ihn überall gesucht.»

Desdemona nickte verständig, sagte jedoch kein Wort. Stattdessen holte sie eine flache, offene Holzkiste hervor, deren Seiten jeweils gut eine Elle lang waren, und stellte sie auf den gestampften Boden. Dann arrangierte sie in den vier Ecken ein Stück glimmende Holzkohle, eine kleine Schale mit Wasser, ein Häufchen Sand und eine Hühnerfeder. Sie symbolisierten die vier Elemente – Feuer, Wasser, Erde und Luft. Zum Schluss nahm sie eine kleinere, verschlossene Holzschachtel vom Regal und hob vorsichtig den Deckel an. Baba erschrak, als ein sich windender, schwarzer Skorpion zum Vorschein kam. Desdemona packte das Tier trotz ihrer Blindheit geschickt am Stachel und ließ es mitleidslos in die größere Kiste fallen. Sogleich sauste der Skorpion flink umher, musste aber recht schnell erkennen, dass seine neue Freiheit begrenzt war.

Baba kauerte sich ängstlich zusammen und beobachtete, wie Desdemona im Schein des Feuers in eine Art Trance versank und unverständliche Beschwörungsformeln murmelte. Allmählich gab der Skorpion seine hektischen Bewegungen auf und wanderte nur noch zwischen zwei Ecken hin und her: Wasser und Luft. Und obwohl die blinde Desdemona seine Bewegungen nicht in gleicher Weise mitverfolgen konnte wie Baba, erkannte sie offenbar die Zusammenhänge.

«Dein Sohn lebt», erklärte sie schlicht, «aber er ist nicht mehr auf der Insel. Er befindet sich zusammen mit einem großen, dunkelhaarigen Mann auf dem Meer. Dieser wird von nun an sein Master sein.»

Babas Brust durchfuhr ein gewaltiger Schmerz, so stark, dass sie nach Atem ringen musste. «Nein», flüsterte sie außer sich vor Angst. «Das darf nicht sein.»

«Verabschiede dich innerlich von deinem Kind», fuhr Desdemona tonlos fort. «Es ist möglich, dass du deinen Sohn nie wiedersiehst.»

Als Baba drei Stunden später durch den peitschenden Regen über die Felder rannte, fühlte sie nichts mehr. Nicht die durchdringende Nässe ihrer Kleidung, nicht den Schmerz, der in ihr wütete, und auch nicht die Ohnmacht, die sie erfüllte. Sie kannte nur noch ein Ziel: Redfield Hall, das Haus ihres Herrn.

In der Dunkelheit zuckten die Blitze am Himmel, und mit jedem Lichtstoß leuchtete ein neues Bild vor ihrem geistigen Auge auf: wie sie Jess von seinem Vater empfing … wie ihr Leib zum ersten Mal die menschliche Frucht hielt und ihr Bauch zu einer riesigen Melone heranwuchs … wie sie den Jungen bei einer komplizierten Geburt unter heftigen Schmerzen gebar … wie er schließlich in ihren Armen lag und sein kleiner Mund gierig an ihrer Brust säugte … wie er zu einem stattlichen, jungen Burschen heranwuchs, der seinen eigenen Kopf hatte … und wie er trotz seiner Wildheit mit zärtlicher Liebe an ihr hing und vor Kummer fast verging, wenn sie ihn alleine in der Hütte zurücklassen musste, weil der Master ihre Dienste verlangte …

Baba stolperte durch die Nacht wie ein verwundetes Tier. Verstört und völlig durchnässt erreichte sie in den frühen Morgenstunden Redfield Hall.

Der Hahn hatte noch nicht gekräht und die Glocken der kleinen Kirche den neuen Arbeitstag noch nicht eingeläutet, als sie die Tür des Haupthauses aufstieß. Ohne rechts und links zu schauen, stürmte sie in die eindrucksvolle Empfangshalle. Beinahe rannte sie Terry, den Leibsklaven, über den Haufen, der gerade ein Glas mit heißer

Milch auf einem Tablett balancierte. Vermutlich hatte die Missus nach einem Morgentrunk rufen lassen.

Der livrierte Butler geriet ins Wanken, und die heiße Milch schwappte über seine Hände. Er schleuderte Baba ein paar ungehobelte Flüche entgegen, doch sie rannte bereits die Treppe hinauf, zwei Stufen auf einmal nehmend. Vorbei an den Wandleuchtern, deren flammende Kerzen Schatten in die oberen Stockwerke warfen.

«Hey! Wo willst du hin?», rief ihr der aufgebrachte Mann hinterher.

Natürlich wusste er, dass Baba nicht ins Haus, sondern auf die Felder gehörte, weil die Rangordnung der Sklaven auch etwas mit ihren zugewiesenen Aufgaben zu tun hatte.

Wie aufgeschreckte Vögel steckten jetzt weitere Hausangestellte ihre Köpfe aus den Türen im Erdgeschoss. Doch ungeachtet der entgeisterten Blicke, setzte Baba ihren Weg in den ersten Stock fort, wo Seine Lordschaft mit Ihrer Ladyschaft über zwei nebeneinanderliegende Schlafgemächer verfügte. Von Estrelle, die ab und an im Haus aushalf, wusste Baba, dass die Gemächer der beiden Eheleute durch eine Tür miteinander verbunden waren.

Als sie die erste Tür aufstieß, tat Ihre Ladyschaft einen entsetzten Schrei und fuhr so rasch in ihrem Bett auf, dass sie ihr sorgsam aufgesetztes Häubchen verlor. Sofort fiel das rotblonde Haar in langen Wellen herab, was ihr zartes, weißes Gesicht noch bleicher erscheinen ließ. Ihr Blick war so panisch, als habe sie ein Gespenst gesehen. Doch Baba hatte keine Zeit, die hochschwangere Missus länger zu betrachten. Sie wollte Antworten von ihrem Master, und wenn es ihr Leben kosten würde.

Schon stürmte sie durch die Zwischentür. Lord William saß im Bett und hatte bereits eine Lampe entzündet. Baba irritierte sein ungewohnter Anblick. Unzählige Male hatte sie seinen gestählten Körper nackt gesehen, aber noch nie war ihr William Blake im Nachthemd begegnet, und schon gar nicht mit einer Zipfelmütze auf seinem grau werdenden Haupt. Doch er musste den Eindringling erwartet haben. Denn in seiner Rechten hielt er eine Pistole.

«Wo ist mein Sohn?», schrie Baba und ignorierte, dass der Lauf der Waffe auf sie gerichtet war.

Der Master zögerte einen Moment, ob aus Überraschung oder vor Zorn vermochte Baba nicht zu sagen. Die Angst um ihr Kind steigerte sich in grenzenlose Hysterie.

«Wo ist Jess?», brüllte sie wie von Sinnen. «Und wage ja nicht, so zu tun, als wüsstest du es nicht!»

Dass sie ihn vor seiner Frau und allen anwesenden Haussklaven in einer solch respektlosen Weise behandelte, machte die Sache nicht besser. Lord Williams Kopf schwoll vor Zorn rot an.

«Verkauft!», sagte er in einem bemüht nüchternen Ton. «An einen spanischen Händler.» Als er sah, wie schockiert Baba reagierte, fügte er ohne Erbarmen hinzu: «Beide haben die Insel bereits verlassen. Also hör auf zu lamentieren. Du kannst dir ja von irgendeinem dahergelaufenen Nigger einen neuen Jesús machen lassen. Je eher, desto besser.»

Für einen Moment war Baba wie betäubt. Fassungslos starrte sie auf den Mann, der sie so viele Jahre missbraucht und gequält hatte. Der körperliche Schmerz, den sie ertragen hatte, war nichts im Vergleich zu dem, was sie nun fühlte.

«Ich … verfluche … dich, William Blake», flüsterte sie gefährlich leise. «Dich und deine gesamte Familie. Auf dass deine Frau und deine Kinder einen baldigen Tod finden mögen. Und alle Frauen, die auf Redfield Hall noch folgen werden! Sie sollen allesamt eines frühzeitigen Todes sterben und auf immer und ewig in der Hölle schmoren!»

Rascher, als William reagieren konnte, riss Baba sich das Pflanzmesser vom Gürtel. «Der Teufel selbst und all seine Dämonen sollen meine Zeugen sein, dass ich diesen Fluch hier und heute und für alle Ewigkeit mit meinem Blut besiegele!»

Dann schnitt sie sich vor den entsetzten Augen aller Umstehenden mit zwei schnellen Bewegungen die Pulsadern auf.

KAPITEL 1

Januar 1831 || London || Eine schicksalhafte Entscheidung

Wie sich das anhört!», flötete Maggie entzückt und wedelte mit der Einladungskarte aus weißem Büttenpapier wie mit einem Fächer vor Lenas Nase herum. Währenddessen wickelte die eigens ins Haus bestellte Frisierdame aus der Parfümerie *Bel Air* Lenas hellblondes Haar aus den über Nacht getragenen Papilloten, um es anschließend zu einem kunstvollen Arrangement aufstecken zu können.

«Die Countess of Lieven gibt sich die Ehre», las Maggie vor, «die Debütantin Helena Sophie Huvstedt und ihren werten Herrn Vater Konsul Johann Friedrich Alexander Huvstedt in die *Almack's Assembly Rooms* zum ersten Ball der diesjährigen Saison einzuladen», setzte Maggie fort, wobei ihre braunen Mausaugen vor Begeisterung funkelten. «Es wird noch besser!», rief sie aufgeregt. «Die Countess hat unter den in goldenen Lettern gedruckten Einladungstext handschriftlich etwas hinzugefügt: *Liebste Helena, ich schätze mich außerordentlich glücklich, Ihnen zu diesem Anlass den ehrenwerten Sir Edward William Montgomery Blake als Ihren abendlichen Tanzpartner vorstellen zu dürfen.*»

Lena erwiderte nichts, sondern schaute konzentriert in den Spiegel. Zufrieden registrierte sie, dass sich ihre nackten, makellosen Schultern farblich kaum von den ausladenden Ballonärmeln des Ballkleides unterschieden, die seitlich an das tief sitzende Dekolleté angesetzt waren. Die Schneiderin hatte ihr den richtigen Rat gegeben und den Ausschnitt ein klein wenig sündiger gestaltet als vom Vater abgesegnet. Wie zwei dralle, rosige Äpfelchen lugten ihre Brüste nun neugierig unter dem Spitzensaum hervor, gerade so, als ob sie den Betrachter dazu animieren wollten, ihren Reifegrad zu prüfen. Mit der engen Taille und dem voluminösen, knöchellangen Rock, der übersät war mit zarten, rosafarbenen Schleifen, sah Lena aus wie ein frisch verpacktes Sahnebonbon.

«Dieser Edward Blake scheint eine wahrhaft gute Partie zu sein», plapperte Maggie munter weiter. «Ich habe gehört, er soll blendend aussehen. Groß, dunkelhaarig und blauäugig. Warum er mit beinahe dreißig Jahren wohl noch keine passende Ehefrau gefunden hat?» Maggie rieb sich das Kinn, während Lena in ihrem cremefarbenen Seidenkleid genervt mit den Augen rollte.

«Du hältst dich entschieden zu oft bei den Küchenmägden auf, meine Liebe», tadelte sie ihre Anstandsdame, die mit ihren fünfundzwanzig Jahren nur vier Jahre älter war als sie selbst. «Und das ruiniert auf Dauer nicht nur deine Figur, sondern auch dein Urteilsvermögen», fügte sie warnend hinzu, obwohl Maggie von einer allzu üppigen Figur so weit entfernt war wie Hamburg von Amerika.

Manchmal verglich Lena ihre Gouvernante, deren vollständiger Name Margareth Elisabeth Blumenroth lautete, eher mit einer umherschwirrenden Fledermaus. Vor allem, wenn sie wie jetzt mit ihren schwarzen, aufgesteckten Locken, dem anthrazitfarbenen Häubchen und einem gleichfarbigen Seidentaftkleid wie ein unruhiger Geist aufgeregt um sie herumwuselte.

Maggie tat nicht selten so, als ob sie jeden Freier höchstpersönlich davon abschrecken müsste, auch nur einen Blick auf ihre Schutzbefohlene zu werfen. Besonders dann, wenn ihr sonst so strenger Mund den potenziellen Bewerber mit einem säuerlichen Lächeln bedachte und sie dabei einen halb abgebrochenen Schneidezahn zur Schau stellte, der zu allem Übel erheblich dunkler war als seine durchaus ansehnlichen Nachbarn.

Der armen Maggie fehlt es wirklich an jeglicher Anmut, dachte Lena und seufzte. Andererseits eignete sie sich aufgrund ihres Auftretens geradezu hervorragend als Hüterin weiblicher Unschuld. Denn ihre Sinne waren geschärft wie die eines Luchses. Ihr entging nicht die kleinste

Kleinigkeit. Wenn sie eine sich nähernde, männliche Person prüfend unter die Lupe nahm, beobachtete sie sie unauffällig, aber doch so intensiv, als ob sie eine Naturforscherin wäre, die ein seltenes Insekt aus jedem nur möglichen Winkel betrachtete. Umso missgelaunter war sie, wenn ihre Qualitäten bei gesellschaftlichen Ereignissen wie der Einladung zum Ball nicht gefragt waren.

«Dein letzter Auftritt ohne mich in der Loge des Covent Garden Theatre muss bei der Countess ja einen nachhaltigen Eindruck hinterlassen haben», bemerkte Maggie spitz. «Warum sonst glaubst du, dass sie ausgerechnet dich als Tanzpartnerin für diesen schwerreichen Zuckerbaron ausgesucht hat.»

Maggies Blick glitt zu einem gigantischen, mit Blattgold verzierten Weidenkorb, den Huxley am Vormittag von einem Boten entgegengenommen und auf einem Podest neben dem Frisiertisch aufgestellt hatte.

«Und wenn ich erst all dieses Obst sehe!», fuhr Maggie mit einem theatralischen Augenaufschlag fort. «Ob er die Früchte extra aus seiner Heimat Jamaika mitgebracht hat, um den hiesigen Damen zu imponieren?»

Der Butler hatte den Korb wie eine kostbare Opfergabe auf einem Altar arrangiert. Anstelle von Heiligenfiguren drängte sich jedoch eine bunte Gesellschaft von exotischen Früchten darin, die es in dieser Form selbst in den vornehmsten Läden am Piccadilly Circus nicht gab, schon gar nicht zu dieser Jahreszeit: Ananas, Guaven, Papayas, Mangos, Brotfrüchte, Bananen, Orangen, Trauben, Pfirsiche und einiges mehr. Für manches wusste selbst Maggie keinen Namen, obwohl sie eine ausgesuchte Gouvernantenschule besucht hatte, in der auch exotische Speisen auf dem Lehrplan gestanden hatten.

Jamaika!, dachte Lena verzückt. Was für ein verlockender Gedanke, einmal dort hinreisen zu dürfen! Allein der Klang dieses Namens berauschte sie.

Unter ihrer schüchternen Fassade steckte wahrlich eine Entdeckernatur. Und obwohl sie sich ihrem Vater gegenüber stets brav und verschlossen gab, sehnte sie sich in Wahrheit nach dem ganz großen Abenteuer. Erneut studierte sie das Geschenk. Die Früchte waren säuberlich geschält und als Ganzes karamellisiert worden, damit sie in Konsistenz, Geschmack und Farbe möglichst lange haltbar blieben. Verpackt in buntes Seidenpapier, das sich wie ein kostbares Kleid um jede einzelne Köstlichkeit schmiegte, handelte es sich um eine unvergleichliche Versuchung, gegen die ein Paradiesapfel aus Baxters Süßwarenladen an der James Street eher bescheiden ausfiel.

Maggies Überlegung traf zu, dachte Lena bei sich. Es war wirklich merkwürdig, dass die Countess of Lieven, die als Patronin dem Komitee für die Auswahl der Debütantinnen vorsaß, ausgerechnet sie auserwählt hatte, beim ersten Tanzvergnügen der Saison teilnehmen zu dürfen. Und dass sie Lena, ohne zu zögern, einem der begehrtesten Junggesellen ganz Londons als Tanzpartnerin zuerkannt hatte, war ein weiteres Wunder.

Seit geraumer Zeit organisierte die Countess alle Bälle des sogenannten ‹Ton› – der Londoner Oberschicht, der nicht nur Adlige, sondern auch Politiker, reiche Geschäftsleute und Künstler angehörten. Die exklusiven Gäste mussten allesamt über gewisse Verbindungen verfügen, damit ihnen der Zutritt zu diesem Olymp der Eitelkeiten überhaupt erst gewährt wurde.

Obwohl niemand etwas dergleichen erwähnt hatte, war Lena ziemlich sicher, dass ihr Vater hinter der Entscheidung der Countess steckte, sie einzuladen.

Als Vorsitzender eines großen deutschen Handelskonsortiums pflegte Konsul Johann Friedrich Alexander Huvstedt Verbindungen in die höchsten politischen Kreise Englands. Und obgleich er normalerweise kein Freund der Tanzvergnügen war, hatte er seine einzige Tochter in letzter Zeit verdächtig häufig gefragt, ob sie nicht langsam das richtige Alter habe, einen passenden Gemahl für sich zu wählen. Es war anzunehmen, dass ihr Vater, der sich regelmäßig zu einer Partie Whist mit dem russischen Botschafter in London im vornehmen *Athenaeum Club* traf, nun die Verbindung zu dessen Ehefrau genutzt hatte. Jeder in London wusste, dass ausschließlich die Countess of Lieven die Macht besaß, eine junge Frau wie Lena für den anstehenden Debütantinnen-Ball in die Liste betuchter Heiratskandidatinnen aufnehmen zu lassen.

Erneut griff Lena nach der Karte, die in dem mehr als großzügigen Obst-Arrangement gesteckt hatte und nun vor ihr auf dem Tischchen lag. *Verehrte Helena,* stand dort schön geschwungen in blauer Tinte geschrieben, *ich kann es kaum erwarten, Ihnen endlich persönlich vorgestellt zu werden! Mit hochachtungsvollem Gruß an Sie und Ihren werten Herrn Vater – Ihr ergebenster Diener: Sir Edward William Montgomery Blake, Sohn von Lord William Blake, dem 7. Baronet of Clearwater Castle.*

«Ja, der Korb ist wirklich eine Pracht», bestätigte Lena und legte die Karte zurück in das großzügige Geschenk.

Beim Blick in den Spiegel verzog sie ihr Gesicht zu einer wenig vornehmen Grimasse. Die Frisierdame hatte ihr Haar über den Ohren zu einem harmonischen Reigen aus Korkenzieherlocken und winzigen, weißen Seidenrosen zusammengesteckt, wobei sie gekonnt hier und da ein paar zierliche Löckchen herauszupfte.

«Da muss noch ein Hauch mehr Puder ins Gesicht und ein wenig mehr Cochenille auf die Lippen», befahl sie der Frau. «Sir Edward muss ja nicht gleich wissen, wie aufgeregt ich bin, wenn ich ihm vorgestellt werde», erklärte sie an Maggie gerichtet.

Die Frisierdame machte sich sofort daran, Lenas Wunsch nachzukommen, und nahm dann einen hellbraunen Wachsstift zur Hand, um Lenas grüne Augen zu betonen. Maggie behauptete stets, sie hätten die Farbe des Indischen Ozeans. Und sie musste es schließlich wissen, war Maggie doch als Tochter einer deutsch-jüdischen Kaufmannsfamilie im fernen Indien geboren worden und erst nach dem Tod ihrer Eltern über Zürich nach Hamburg gelangt. Dort hatte sie nach dem Besuch einer Schweizer Gouvernantenschule eine Anstellung als Anstandsdame und Lehrerin für Englisch, Französisch und Klavier im Hause der Huvstedts angenommen. Seither begleitete sie Lena und ihren Vater jedes Jahr in der Wintersaison für einige Monate nach London.

In rascher Abfolge fuhr die Frisierdame mit einem langstieligen Rosshaarbürstchen mal in einen kleinen, braunen Tuschkasten und dann wieder über Lenas lange, dunkelblonde Wimpern. Sie wiederholte die Prozedur so lange, bis die Augen wie von dunklen Fächern umrahmt wurden.

«Glaubst du, dass ich ihm gefalle?» Lena betrachtete das Ergebnis der Schönheitsbemühungen wohlwollend im Spiegel.

«Wem?», fragte Maggie geistesabwesend. Sie war zu einem der großen Fenster getreten und beobachtete – die Hände hinter dem Rücken verschränkt – das geschäftige Treiben auf der James Street. Huxley betrat, nachdem er zaghaft angeklopft hatte, das Zimmer und entzündete an den Wänden und auf den Kommoden Kerzen, die sofort ein schmeichelndes Licht verströmten.

«Na, Sir Edward!», rief Lena. «Oder denkst du etwa, ich rede von meinem Vater?»

«Sicher wirst du beiden gefallen», bestätigte Maggie mit einem anerkennenden Lächeln. «Jeder Mann wird vor dir niederknien, sobald er dich sieht. Wenn du immer so herausgeputzt umhergehen würdest, müsste dein Vater mir kündigen und stattdessen eine Leibgarde engagieren.» Sie lächelte dünn. Dann bekannte sie mit einem gewissen Bedauern in der Stimme: «Schade, dass es schneit, sonst könntest du mit einem offenen Zweispänner in den Club fahren, und jeder würde denken, dass du eine Prinzessin bist.»

«Bis zur King Street ist es ja nicht weit», bemerkte Lena, während die Frisierdame ihre Utensilien einpackte und sich zum Gehen anschickte. Lena stand auf, und strich ihr Kleid glatt. Dann bedankte sie sich bei der Frau und entlohnte sie fürstlich. Nachdem Huxley die Dame hinausbegleitet hatte, gesellte Lena sich zu Maggie ans Fenster. Mit sehnsüchtigen Blicken verfolgte sie die tanzenden Schneeflocken, wie sie auf die Menschen herniedersegelten und alles wie mit Puderzucker bestäubt aussehen ließen.

Schließlich räusperte sich Maggie. «Eine innere Stimme sagt mir, dass ich dich auf keinen Fall alleine all diesen lüsternen Junggesellen überlassen darf. Aber dein Vater wird hoffentlich dafür sorgen, dass dir weder dieser Sir Edward Blake noch sonst jemand unsittlich nahe kommt.»

Lena stutzte, als sie sah, wie Maggies Augen einen traurigen Ausdruck annahmen. Plötzlich erkannte sie das Problem.

«Denkst du etwa, ich würde dich aus meinen Diensten entlassen, wenn ich erst einen Heiratskandidaten gefunden habe?»

«Natürlich würdest du das», entgegnete Maggie tonlos. «Wofür bräuchtest du dann noch eine Anstandsdame?»

«Ach Maggie», rief Lena, machte einen Satz auf sie zu und umarmte sie stürmisch.

Die junge Frau mit dem strengen Auftreten war ihr längst so sehr ans Herz gewachsen, dass ihr der Gedanke, auf ihre humorvolle Gesellschaft verzichten zu müssen, einen heftigen Stich versetzte.

«Wie kannst du nur glauben, dass ich jemals wieder ohne dich auskommen könnte?», fragte Lena aufgebracht. «Wenn du willst, kannst du dein ganzes Leben in meinem Haushalt verbringen. Wenn nicht als Anstandsdame, so doch als Gesellschafterin. Also mach dir keine Sorgen!» Lena entließ Maggie aus ihrer Umklammerung und schaute ihr prüfend in die Augen. «Oder willst du mich nicht mehr als Freundin, wenn ich erst einmal vermählt bin?»

«Mein ganzes Leben? Mit dir? Was für ein schrecklicher Gedanke», unkte Maggie und versuchte sich an einem koboldhaften Lächeln.

«Natürlich nehme ich das Angebot gerne an», sagte sie heiser und strich Lena in einer liebevollen Geste über die Wange. «Ganz gleich zu wem und wohin es dich verschlägt. Ich kann dich ja schließlich nicht einfach deinem Schicksal überlassen.»

Lena wurde plötzlich ernst. «Glaubst du, an den merkwürdigen Gerüchten, die man sich über Sir Blake erzählt, ist etwas Wahres dran?» Unterschwellig verspürte sie eine gewisse Unruhe, und es wäre ihr lieber gewesen, wenn sie Maggie hätte mitnehmen dürfen.

«Ich frage mich andauernd», bemerkte Lena mit einem Stirnrunzeln, «was wohl die Beweggründe von Edward Blake sein mögen, einen solch weiten Weg übers Meer auf sich zu nehmen, um ausgerechnet in London seine zukünftige Frau zu finden?»

«Hieß es nicht beim letzten Debütantinnen-Tee», ergänzte Maggie, «dass Edward Blake dank seines Vaters, einem weithin bekannten Baronet, über ein äußerst stattliches Vermögen verfüge? Neben einer riesigen Plantage in Jamaika soll er der zukünftige Erbe etlicher anderer Ländereien in Übersee sein.»

«Ja, ich erinnere mich. Allein in Redfield Hall auf Jamaika sollen es Hunderte Arbeiter sein, die dort ihr tägliches Werk verrichten, ja, wenn nicht Tausende!», sagte Lena mit verklärtem Blick.

«Wer weiß.» Maggie legte den Kopf schief. «Vielleicht sehen die Frauen in Jamaika ja alle aus wie Vogelscheuchen? Oder er sucht sich lieber ein ehrliches, schönes Mädchen in Europa, das es nicht auf sein Geld abgesehen hat.»

Lena machte sich selten Gedanken über Geld und Besitz. Aber das musste sie ja auch nicht. Schließlich war ihre Familie alles andere als arm. Johann Huvstedt war ein recht vermögender Hamburger Kaufmann, der mit seiner einzigen Tochter die halbe Zeit des Jahres in London lebte, um von hier aus seine Geschäfte mit Tabak, Tee, Baumwolle und Zucker aus Übersee zu koordinieren.

Doch Lena wusste, dass Reichtum für ihren Vater auch Verpflichtung bedeutete: Verpflichtung gegenüber seinem Unternehmen und den darin beschäftigten Personen. Aber auch gegenüber der Gesellschaft. Schon vor dem frühen Tod von Lenas Mutter ging er jeden Sonntag zur Kirche und organisierte Wohltätigkeitsveranstaltungen, die aus den Elendsvierteln Hamburgs und Londons bewohnbare Orte machen sollten. Regelmäßig spendete er hohe Summen, sodass die Straßen von Hamburg auch in den Armenvierteln gepflastert werden konnten, und er förderte die Erbauung von Abwasserkanälen, damit das Trinkwasser aus der Themse endlich wieder genießbar wurde. Darüber hinaus unterstützte er in beiden Städten im Winter die kostenlose Verteilung von Brennholz und Brot an Bedürftige.

Mehrfach hatte sich Lena die Frage gestellt, warum ihr Vater überhaupt eine Verbindung mit einem Mann wie Edward Blake für empfehlenswert hielt. Denn im Gegensatz zu den karibischen Pflanzern wie den Blakes legte er stets Wert darauf, keine Sklaven zu beschäftigen, sondern seine Arbeiter angemessen zu entlohnen. Handelten Plantagenbesitzer wie die Blakes nicht mit Gütern, an denen angeblich Sklavenblut klebte? Das behaupteten jedenfalls die Demonstranten diverser kirchlicher Abolitionisten-Organisationen, die sich gegen die Sklaverei stellten und in London manchmal zu nicht genehmigten Versammlungen aufriefen.

Aber dann verwarf Lena ihre Zweifel wieder. Rosanna Rhys-Patrick, eine Freundin aus Internatszeiten, die ebenfalls an dem bevorstehenden Ball teilnehmen würde und deren Vater auch im Zucker- und Kaffeegeschäft reich geworden war, hatte die Gegner der Sklaverei Lügner genannt. Wenn die Neger nicht auf den Plantagen arbeiten könnten, müssten sie ihr Dasein in irgendeiner afrikanischen Wildnis fristen, wo es ihnen weitaus schlechter erging als in der Obhut ihrer weißen Herren. Und überhaupt hatte noch nie jemand etwas so Grauenhaftes wie Blut an Kaffee oder Teesäcken zu Gesicht bekommen. Rosanna vertrat die weit verbreitete Meinung, dass die Gerüchte eine Erfindung von irgendwelchen verrückt gewordenen Fanatikern waren, die sich aus Neid und Streitlust gegen die von Gott gegebene Ordnung auflehnten.

«Ich an deiner Stelle …» Maggies Stimme riss Lena aus ihren Gedanken. «… würde selbst herausfinden wollen, ob mit dem Mann etwas nicht stimmt. Lass dein Herz sprechen, es wird dir den richtigen Rat geben.»

KAPITEL 2

1831 Januar || London || Almack's Assembly Rooms

Steh endlich auf!», polterte eine dunkle, männliche Stimme quer durch das prunkvoll eingerichtete Schlafzimmer, von dessen hohen Fenstern man auf den halb fertigen Buckingham Palace sehen konnte. «Anstatt am späten Nachmittag mit einer Negerhure im Bett zu liegen, solltest du ein wohlriechendes Bad nehmen und dich endlich für den Ball fertig machen! Ich habe Henry schon Bescheid gegeben, dass er heißes Wasser bringt und nach dem Barbier rufen lässt.»

Edward Blake blinzelte durch seine geschwollenen Augenlider in die hereinbrechende Dämmerung und verfluchte die Anwesenheit seines Vaters, der ihn stets behandelte wie seine Lakaien. In seinen Armen regte sich träge eine junge Mulattin, die er vor ein paar Nächten in *Madame Ivoires Etablissement* aufgetan hatte, einem Edelbordell der gehobenen Kategorie in der George Street. Die dortigen Frauen, so hieß es, waren außergewöhnlich schön und entstammten den exotischsten Ländern. Außerdem wurden sie regelmäßig von einem Arzt auf lasterhafte Krankheiten hin untersucht. Über diesen Luxus hinaus offerierten die Damen besondere Dienste, die in gewöhnlichen Hurenhäusern nicht zu finden waren.

Als sich die junge Frau orientierungslos auf den Rücken drehte, um ihre Umgebung besser wahrnehmen zu können, streckte sie Edwards Vater ungeniert ihre gewaltigen Brüste entgegen.

«Die Hure kannst du mir überlassen», knurrte der Alte und leckte sich lüstern die Lippen. «Ist sie gut?»

Edward stützte sich auf die Ellenbogen und richtete sich langsam auf, ohne seiner Bettgefährtin weitere Aufmerksamkeit zu schenken.

«Sie geht ab wie ein Rennpferd», erklärte er beiläufig, «besonders wenn du es ihr hart von hinten besorgst.» Ein schmutziges Grinsen huschte über sein Gesicht.

William Blake trat ans Bett und tätschelte die Schenkel der jungen Frau, die sich diese höchst anzügliche Behandlung mit einem lasziven Augenaufschlag gefallen ließ.

«Ich denke, Madame Ivoire hat nichts dagegen, wenn ich bei der Kleinen die Reitpeitsche zum Einsatz bringe. Schließlich hast du in den Tagen seit unserer Ankunft ein hübsches Sümmchen in ihrem Etablissement hinterlassen.»

Während Edward, nackt, wie er war, aus dem Bett sprang, setzte sich sein Vater auf die weiche Matratze und unterzog das junge vor ihm liegende Fleisch einer eingehenden Prüfung. Als er der Frau in den Hintern und in die Brüste kniff, um ihre Schmerzgrenze zu prüfen, war sie mit einem Mal wie erstarrt. Jedoch kein Laut der Klage kam über ihre Lippen.

«Sie gehört dir», sagte Edward und setzte dabei eine Miene auf, als ob er sich von einer lästigen Plage befreien müsste. «Ist mein Anzug schon eingetroffen?»

«Was fragst du mich das?», erwiderte sein Vater und gab der Hure mit einem knappen Wink zu verstehen, dass sie in das Schlafgemach nebenan verschwinden und dort auf ihn warten sollte. «Bin ich deine Haushälterin?»

Achselzuckend schlüpfte Edward in einen blauseidenen Kimono und hockte sich auf den Rand der kupfernen Wanne, die in einer Ecke des Raums stand, und beschloss, dort auf das Eintreffen des Butlers zu warten. Ungeduldig verschränkte er die Arme und beobachtete, wie sein Vater sich zur Tür wandte, wo bereits ein weiterer Diener wartete.

«Was macht dich so sicher, dass diese kleine Hamburgerin die Richtige für mich ist, Vater?», fragte er dumpf. «Ich meine … ich habe sie gesehen. Sie scheint mir rein und keusch wie eine französische Nonne, die kurz vor ihrem Gelübde steht.»

«Etwas anderes würde ich als die zukünftige Mutter meiner Enkel auch nicht akzeptieren», erklärte William streng. «Oder willst du riskieren, dass sie den Balg irgendeines dahergelaufenen Bastards unter dem Busen trägt, wenn sie mit dir vor den Altar tritt? Außerdem weißt du so gut wie ich, dass es auf der Plantage mehr als eine Alternative gibt, um dich anderweitig zufrieden zu stellen», erklärte sein Vater. «Sie muss nur zwei-, dreimal ein gesundes Kind gebären. Danach wird sie ohnehin von der ganzen Sache bedient sein.»

Mit hochgezogenen Brauen sah Edward seinen Vater an.

William räusperte sich. «Außerdem hat die Countess von mir zehntausend Pfund in Gold für ihre Stiftung erhalten, damit sie uns mit der Auswahl einer passenden Kandidatin unterstützt. Die Tochter dieses deutschen Kaufmanns für dich auszusuchen, war ganz alleine ihre Idee. Sie meint, das Mädchen sei eine gläubige Christin, die sich von heidnischen Flüchen nicht beeindrucken lasse.»

Edward runzelte die Stirn. «Du meinst …»

«Ich meine: Hauptsache, Helena Huvstedt und ihr einfältiger Vater erfahren nichts von diesem blödsinnigen Fluch, bevor es zu einer Verlobung kommt.»

William war zum Sideboard gegangen und hatte sich aus einer Kristallkaraffe einen Brandy eingeschenkt. Hastig trank er das Glas in einem Schluck aus und hustete. Dennoch goss er sich sogleich einen weiteren Brandy ein und kippte ihn hinterher.

«Ich muss dich nicht daran erinnern, mein Sohn, dass du seit dem unglücklichen Tod von Hetty MacMelvin keine Chance mehr hast, eine passende Frau auf der Insel zu finden.»

Die ungewohnte Nervosität in den grauen Augen seines Vaters verärgerte Edward. «Und das alles wegen einer schwachsinnigen Negerin, die längst in der Hölle schmort», zischte er verärgert. «Du hättest sie lange vor diesem … Zwischenfall von Redfield Hall beseitigen sollen. Dann wäre es niemals so weit gekommen.»

Im Grunde genommen glaubte er nicht an so einen Hokuspokus wie den Obeah-Zauber. Aber nachdem sein Vater zwei Frauen und zwei Töchter durch ein seltsames Fieber verloren hatte, war er sich nicht mehr so sicher, ob die Neger nicht doch mit dem Teufel im Bunde waren. Als dann zu allem Übel vor einigen Jahren auch noch Edwards Verlobte, eine gebürtige Schottin, kurz vor der Hochzeit angeblich von einem jungen Sklaven ermordet worden war, hatten die übrigen Pflanzerfamilien zu reden begonnen. Irgendwie war durchgesickert, dass vor Jahren eine Sklavin im Hause der Blakes auf seltsame Weise verschwunden war. Es ging das Gerücht, sie habe sich im Herrenhaus von Redfield Hall das Leben genommen und kurz vor ihrem Tod alle zukünftigen Frauen der Familie Blake verflucht. Dummerweise hatte Trevor ihre Leiche tatsächlich bei Nacht und Nebel in den Fluss geworfen, woraufhin sie verschwunden blieb. Aber davon konnte niemand sonst etwas wissen. Offiziell war sie als entflohen gemeldet worden.

«Ich kann immer noch nicht begreifen, wieso du dich ausgerechnet mit dieser Nigger-Hexe eingelassen hast», raunte Edward und schüttelte verständnislos den Kopf. Er wusste, dass er sich mit einer solchen Bemerkung bei seinem Vater auf gefährliches Terrain begab. Als sein einziger Sohn konnte er sich bei dem Alten einiges rausnehmen, aber wenn es um den Fluch ging, zog Lord William eiserne Grenzen.

«Interessant, dass ausgerechnet du so etwas sagst», konterte sein Vater mit gefährlich funkelnden Augen. «Ich möchte nicht wissen, wie viele von unseren Sklavinnen deine Bastarde geboren haben.»

Er setzte das Glas auf dem Silbertablett ab und richtete sich zu voller Größe auf. William Blake war trotz seines Alters von sechzig Jahren immer noch ein stattlicher Mann, der mit seiner vornehmen Erscheinung und einer Größe von mehr als sechs Fuß äußerst respekteinflößend wirkte.

«Woher willst du wissen, ob eine von deinen Huren nicht auch irgendwann verrücktspielt?» Sein Einwand klang wie eine verspätete Entschuldigung sich selbst und seiner Familie gegenüber.

«Ich weiß es, weil ich mich um meine Huren kümmere», bemerkte

Edward und zog eine Braue hoch. «Und wenn ich meine Sklavinnen verkaufe, dann immer Stute und Fohlen zusammen. Was danach mit ihnen geschieht, liegt nicht in meiner Macht.»

«Zu dumm nur, dass dir deine Barmherzigkeit keinen adäquaten Erben beschert, der sich den Respekt unserer weißen Nachbarn verdient.» William räusperte sich. «Wobei wir wieder beim Thema wären. Helena Huvstedt stammt aus gutem Haus. Ihr Vater ist durchaus vermögend, und sie selbst hat in der Schweiz eine exzellente Erziehung genossen. Außerdem willst du wohl nicht behaupten, dass sie von abgrundtiefer Hässlichkeit gezeichnet ist?»

«Nein», bestätigte Edward und erinnerte sich an die unübersehbaren Vorzüge der jungen Frau. «Neulich im Theater schien sie mir recht ansehnlich. Ein hübsches, weißes Gesicht mit großen, hellgrünen Augen, einer kleinen, geraden Nase und einem sündigen Mund, dazu feste Brüste und einen aufrechten Gang. Ein Narr, wer mehr von einer Repräsentantin für Redfield Hall erwartet.»

Lena glaubte vor Aufregung zu vergehen, als der Kutscher den geschlossenen Wagen nach nur fünfminütiger Fahrt in die King Street lenkte. Von weitem war bereits das klassizistische Gebäude des Clubs erkennbar, vor dem sich eine lange Schlange von Kutschen gebildet hatte. Sie war froh, einen dicken Pelzmantel zu tragen, weil sie trotz der Kälte mit dem Aussteigen so lange warten mussten, bis die Kutsche endlich am überdachten Hauptportal angelangt war und ein Diener in einer grünen Livree ihnen die Türen öffnete.

«Und, bist du schon aufgeregt?»

Ihr Vater schaute sie lächelnd an und knetete dabei ihre Hände, die trotz der gefütterten Handschuhe ganz kalt waren. Er trug einen dunklen Frack und ebenfalls einen Pelzmantel. Außerdem hatte er dafür gesorgt, dass Huxley jedem von ihnen einen heißen Stein unter die Füße gelegt hatte.

Johann Huvstedt war ein Mann in den besten Jahren mit glatt rasiertem Gesicht und kurz geschnittenen Haaren mit langen Koteletten, wie es zurzeit Mode war. Lena wunderte sich stets, warum er nach dem Tod ihrer Mutter keine neue Gefährtin gefunden hatte. Doch das wollte er nicht, wie er immer wieder beteuerte. Er hatte ihre Mutter zu sehr geliebt.

Um wie viel schwerer musste es ihm nun fallen, dachte Lena, seine einzige Tochter an einen anderen Mann zu verlieren – womöglich einen, der sie in ein Tausende Meilen entferntes Reich entführte.

«Ihr werdet ein wunderbares Paar abgeben heute Abend, du und Sir Edward», erklärte er tapfer und tätschelte Lena die Wange.

Heute Abend. Das bedeutete, ihr Vater würde nicht von ihr erwarten, dass sie sich auf diesen Mann festlegte. Lena erwischte sich dabei, dass sie nervös an ihrer Unterlippe nagte, und stellte diese Unart gleich wieder ein, als der Diener ihr beim Aussteigen half.

Es hatte aufgehört zu schneien, und doch war es klirrend kalt. Im Lichtschein Hunderter Feuerkörbe, die den breiten Zufahrtsweg zum Club erleuchteten, tastete Johann Huvstedt nach Lenas rechter Hand. Dem Kutscher gab er den Auftrag, sie spätestens gegen zwei Uhr morgens wieder abzuholen.

Mit einem Mal erschien ihr Vater nervöser als sie selbst zu sein. Offenbar wurde ihm bei Anblick all dieser jungen Männer und Frauen, die herausgeputzt wie festlich dekorierte Weihnachtsbäume in Begleitung ihrer Eltern zum Hauptportal strömten, schlagartig bewusst, was es bedeutete, mit seiner Tochter hierhergekommen zu sein.

Im Innern der marmornen Empfangshalle überprüfte ein weiterer Diener ihre Einladungskarte und nahm ihnen die Mäntel ab. Ein anderer eskortierte sie treppauf in den großen Ballsaal, wo ihnen im Vorbeigehen von emsigen Bediensteten Champagner serviert wurde. Hunderte von Kronleuchtern mit unzähligen Kerzen aus Bienenwachs erleuchteten den riesigen Spiegelsaal. Hier würden die Gäste nach der Begrüßung durch die Königsfamilie an festlich dekorierte Tische geleitet, die rund um die Tanzfläche aufgebaut worden waren.

Dann würde zunächst ein kleiner, aber feiner Imbiss serviert werden, bevor man gegen 23 Uhr in der Halle vor dem Saal das große Buffet eröffnete. Leise Orchestermusik begleitete die Geräuschkulisse schwatzender Menschen, die mit dem Eintreffen von immer mehr Gästen weiterhin anschwoll.

Lena fühlte sich inmitten der gaffenden Menge wie auf einem Präsentierteller und bewunderte dabei nicht weniger staunend die edlen Roben ihrer Mitstreiterinnen, die wie sie selbst ausnahmslos ausladende Kleider aus weißem oder cremefarbenem Seidenmusselin trugen. Einige der älteren Damen hatten sich auf Aubergine und Rosé festgelegt. Beides waren Farben, die in diesem Winter gerne zu festlichen Abendveranstaltungen getragen wurden, wie Lena einem der vielfältigen Modejournale Londons entnommen hatte.

«Monsieur Huvstedt», säuselte eine durchdringende Frauenstimme.

Ihre Besitzerin, die Countess of Lieven, näherte sich ihnen wie ein französischer Sturmangriff. Sie trug ein silberfarbenes Kleid und jede Menge funkelnden Diamantschmuck. Ihre dunkelbraunen Haare, die sie sich angeblich mit Eichenextrakt nachfärbte, waren mit zartblauen Seidenblumenranken zu einem prächtigen Lockengebinde aufgesteckt. Die Frisur betonte ihren ungewöhnlich langen, schlanken Hals und täuschte über ihr tatsächliches Alter von über vierzig Jahren wohlwollend hinweg.

Dass sie mitunter Französisch sprach, wurde nicht als Affront gewertet – schließlich war sie mit einem russischen Fürsten verheiratet, der ebenfalls mehrere Sprachen beherrschte. Außerdem waren ihre Eltern deutsch-baltischer Herkunft, und diese Internationalität brachte es mit sich, dass die Countess, wenn sie zu später Stunde ein wenig beschwipst vom vielen Champagner zu Scherzen neigte, sich kunterbunt aller europäischen Sprachen bediente.

Ohne Mühe wechselte die Prinzessin nun ins Deutsche und ließ sich von Lenas Vater mit einer tiefen Verbeugung und einem angedeuteten Handkuss die Ehre erweisen.

«Ich freue mich außerordentlich, werter Konsul, Sie und Ihre Tochter zum ersten Ball der Saison begrüßen zu dürfen», flötete sie.

Dann wandte sie sich Lena zu, die sich ihrerseits mit einem perfekt einstudierten höfischen Knicks für die Ehre bedankte.

Die Countess unterzog Lenas Aufmachung einer eingehenden Analyse. «Mein liebes Kind», zwitscherte sie, «du bist ja zu einer außerordentlich schönen Blume erblüht! Ich denke, du solltest dich nun in den Versammlungsraum für die jungen Damen begeben. In wenigen Augenblicken geht es mit dem Vorstellungsritual los.»

Dann hakte sie sich bei Lenas Vater unter und geleitete ihn an seinen Tisch.

Für einen Moment fühlte sich Lena angesichts all der Menschen regelrecht orientierungslos, und das, obwohl sie sich mit den anderen Debütantinnen an diesem Ort vor ein paar Tagen zur Generalprobe eingefunden hatte. Die Männer würden heute Abend zum ersten Mal den Saal betreten – es sei denn, sie hatten bereits zuvor an Vergnügungsabenden der Prinzessin teilgenommen.

Lenas Miene hellte sich auf, als sie ihre Vertraute, Rosanna Rhys-Patrick, in der Menge entdeckte, die nicht weniger aufgeregt zu sein schien.

«Du siehst umwerfend aus», flötete Rosanna und hakte sich bei ihr unter.

«Das Kompliment kann ich ohne Neid an dich zurückgeben», erwiderte Lena, die das dicke, kastanienfarbene Haar ihrer ehemaligen Internatsgefährtin aufs Neue bewunderte. Die champagnerfarbenen Seidenblüten, mit denen es über den Ohren zu dicken Schnecken aufgesteckt worden war, passten wunderbar zu ihrem Kleid und ihrer hellen Haut. Ihre dunklen Augen schienen dadurch noch mehr zu strahlen. Lena war auch nicht entgangen, dass ihre Freundin ein umwerfend schönes Collier aus cognacfarbenen Diamanten trug, dessen pompöser Anhänger direkt zwischen ihren üppigen Brüsten baumelte.

Im wesentlich kleineren Versammlungsraum der Debütantinnen

ging es zu wie in einem Gänsepferch. Etwa einhundert Mädchen warteten dort auf ihren großen Auftritt, und ihre Nervosität schlug sich in der unglaublichen Lautstärke ihres Geschnatters nieder. Jedes neu eintretende Mädchen wurde mit frenetischem Beifall begrüßt, woraufhin die zuständigen Damen des Organisationskomitees mit energischer Stimme und ein paar strengen Gesten immer wieder für Ordnung sorgen mussten.

«Hoffentlich hat mein Tanzpartner keine roten Haare», seufzte Rosanna und spielte auf Ronald MacDonald Egerton an. Der junge schottische Adlige hatte sich für den heutigen Abend um ihre Begleitung beworben. Sein Onkel war der berüchtigte Earl of Sutherland, dessen unermessliches Vermögen – ähnlich wie bei den Blakes – nicht nur in Schottland, sondern auch in Übersee zu finden war.

Als endlich um Aufstellung gebeten wurde und draußen in der Halle die Musik zu einem enthusiastischen Walzer anhob, schlug Lenas Herz so stark, dass sie glaubte, es würde zerspringen. Sie war nur froh, dass sie nicht die Einzige war, deren Gesicht vor Aufregung glühte. Vielleicht mochte das aber auch an dem Glas Champagner liegen, das man ihnen zur Auflockerung kredenzt hatte.

In Zweierreihen schritten die Mädchen Händchen haltend mit ihrer jeweiligen Partnerin zum Rhythmus der Musik in den großen Ballsaal, wo bis auf die männlichen Tanzpartner alle Anwesenden an großen Tafeln saßen. In der Mitte des Raums hatte man für ausreichend Platz gesorgt, damit die tanzenden Paare nicht zusammenstießen oder die ausladenden Roben der Damen sich an Tischen und Stühlen verfingen.

Als sich nun auch das Corps der Herren näherte, drückte Lena die Hand ihrer Freundin so fest, dass Rosanna nach Luft schnappte. Alles war derart perfekt inszeniert, dass sich die jeweiligen Auserwählten beim letzten Takt der Musik – wenn auch auf Abstand – Auge in Auge gegenüberstanden. Dann erhob sich der ganze Saal, um dem Einmarsch der königlichen Gesandten, Prinzessin Maria, und ihrem Gefolge zu huldigen. Die Prinzessin vertrat offiziell ihren Bruder, König Wilhelm IV., der zu politischen Gesprächen im Ausland weilte. Während die königliche Abordnung ihre Plätze auf einer kleinen, improvisierten Bühne einnahm, blieb den Mädchen genügend Zeit, um einen raschen Blick auf ihr noch unbekanntes Gegenüber zu werfen.

«Oh, er hat tatsächlich rote Haare!», flüsterte Rosanna beinahe entsetzt. Und wirklich, ihr Tanzpartner mit dem dunkelblauen Frack und der weißen, eng anliegenden Hose, besaß einen feuerroten Schopf, der seine vornehme Blässe in einem hübschen Schweinchenrosa erscheinen ließ.

«Bei Saint Patrick!», entfuhr es Rosanna beim Anblick von Lenas Tanzpartner. «Du scheinst wesentlich mehr Glück zu haben als ich.» Langsam, ganz langsam blickte Lena in stummer Erwartung nach links. Und dann sah sie ihn: Sir Edward Blake. Er war ein Bild von einem Mann. Seine Augen schienen so blau wie ein Bergsee im Sommer. Das Gesicht war glatt rasiert, das Kinn und die lange Nase gaben ihm einen ungemein markanten Ausdruck. Nur der breite Mund wirkte ein wenig trotzig, als ob man seinen Besitzer gegen seinen Willen hierherbeordert hätte.

Lena sog den Anblick in sich auf. Sein dunkelblauer Frack, dessen v-förmiger Kragenausschnitt das blütenweiße Hemd mit dem hochstehenden Kragen darunter erkennen ließ, betonte die schmalen Hüften. Die langen, muskulösen Beine steckten in sündhaft engen, hellgrauen Pantalons. Als sich ihre Blicke wie zufällig trafen, hätte Lena schwören mögen, dass er ihr zuzwinkerte.

«Ich würde auf der Stelle in Ohnmacht fallen, wenn ich einen solchen Tanzpartner hätte», seufzte Rosanna leise und beschrieb damit nur allzu treffend Lenas schlimmste Befürchtungen.

Sie versuchte, sich innerlich auf die Begrüßungsworte von Prinzessin Maria zu konzentrieren, doch es wollte ihr nicht recht gelingen. Ein letztes Mal betraten die Zeremonienmeisterinnen die Bühne und forderten die anwesenden Tänzerinnen und Tänzer auf, die Saison mit einem Walzer zu eröffnen.

Beinahe mechanisch setzte sich Lena zusammen mit den anderen in Bewegung. Wie in Trance ging sie Edward Blake die vorgeschriebenen Schritte entgegen. Dabei erschien ihr die Zeit endlos, und mit jeder Bewegung wuchs ihre Sorge, sich wie eine Marionette mit den Füßen in den Fäden zu verheddern und der Länge nach hinzuschlagen.

Edward Blake lächelte, als er vor Lena angelangt war und sich mit einem Handkuss verbeugte. Seine dunklen Haare, die leicht gebräunte Haut und seine unergründlichen Augen … all das war zu viel für Lena. Gerade als sie den Halt zu verlieren drohte, umfassten sie zwei starke Arme und hielten sie fest, wie ein Mast das flatternde Segel auf stürmischer See. Anschließend wurde sie von ihrem Tanzpartner mitgerissen, der sie in schlafwandlerischer Sicherheit über die schwankenden Bohlen hob.

«Sie sind ja plötzlich ganz bleich, meine Liebe», sagte er leise und zog sie noch näher zu sich heran. «Keine Sorge, wir beide schaffen das schon.»

Sein herbes Parfüm kitzelte ihre Nase und verführte sie zu einem tiefen Atemzug, der ihr neues Leben einhauchte. Dennoch war Lena nicht fähig, etwas zu erwidern. Vergeblich mühte sie sich ein krächzendes Danke ab. Doch dann gab sich ihr Körper unvermittelt seiner Führung hin. Edward Blake war ein phantastischer Tänzer, und seltsamerweise hatte sie nichts dagegen einzuwenden, dass ihr Busen an die Brust dieses fremden Mannes gedrückt wurde und sein Knie bei jeder Drehung auf unanständige Weise ihren Schritt berührte. Sie hätte ewig so in seinen Armen liegen können. Und während sie tanzten und tanzten und tanzten, summte er ihr leise die Melodie ins Ohr. Lena vergaß die Welt um sich herum, und mit einem Mal wurde ihr klar, dass das Schicksal es gut mit ihr meinen musste, wenn es ihr einen solchen Ehemann bescherte.

«Ich liebe ihn, aufrichtig und von ganzem Herzen», erklärte Lena schon wenige Tage später ihrem Vater, auch wenn das erste Zusammentreffen mit diesem unglaublich gut aussehenden Mann ihr immer noch wie ein Traum erschien.

Seit jenem denkwürdigen Abend bei *Almack's* schickte Edward Blake ihr täglich üppige Blumenbouquets mit Grußkarten voller Komplimente, die an Romantik kaum zu überbieten waren.

«Und ja – ich möchte unbedingt seine Frau werden.»

Dabei verschwieg sie geflissentlich ihrem Paps, wie sie ihren Vater nannte, dass sie und Sir Edward sich bereits bei ihrer ersten Annäherung im *Almack's* auf unsittliche Weise berührt hatten.

Nachdem er sie zunächst stundenlang durch den Tanzsaal gewirbelt hatte, entführte Edward sie an die Champagnerbar. Dort spendierte er ihr einige prickelnde Gläser dieses wunderbaren Getränks, was ihr sämtliche Hemmungen nahm. Danach musste Lena dringend frische Luft schnappen und war mit Edward auf verschlungenen Wegen anstatt auf der Terrasse in einem Kellergewölbe gelandet, in dem überzählige Möbel aufbewahrt wurden. Von irgendwoher organisierte Edward einen einzelnen Leuchter und überzeugte sie, dass die abgeschiedene Atmosphäre eine wunderbare Gelegenheit böte, um sich abseits des Lärms näher kennenzulernen. Als sie nicht protestierte, führte er sie in spärlichem Kerzenschein zu einer gepolsterten Chaiselongue, wo er sie so hingebungsvoll küsste, dass ihr Hören und Sehen verging.

«Was tun Sie mit mir?», hauchte Lena ihm atemlos entgegen.

«Was alle Männer mit einer schönen Frau tun würden, die sie zu heiraten beabsichtigen», antwortete er frech.

Und schon wanderte sein sündiger Mund zu ihrem Hals, zu den Brüsten und tiefer. Lena spürte, wie es zwischen ihren Schenkeln zunehmend heiß und feucht wurde und ein herrliches Kribbeln ihren ganzen Körper erfasste. Als hätte Edward ihre Sehnsucht erahnt, hob er ihre Röcke, ließ seine Finger geschickt zwischen ihre Schenkel nach oben wandern und streichelte sie an einer äußerst unanständigen Stelle. Ein berauschendes Erlebnis, das mit nichts zu vergleichen war, wie sie zugeben musste. Immer wieder fragte er mit schmeichelnder

Stimme, ob es ihr gefalle, und was er als Nächstes tun könne, um sie noch mehr zu beglücken.

Lena nahm all ihren Mut zusammen und bat ihn, sie überall zu küssen, wo sein Mund ohne Mühe ihr Fleisch erreichte. Und so verbrachten sie eine ganze Weile liebkosend und turtelnd in diesem abgelegenen Zimmer. Edward ließ sie erahnen, welche unbekannten Gipfel der Lust sie mit ihm erstürmen konnte, wenn sie erst einmal Mann und Frau sein würden.

Als sie schließlich zum Ballsaal zurückkehrten, hatte ihr Vater bereits nach ihr suchen lassen. Doch Sir Edward erfand eine solch geschickte Ausrede, dass es ihr erneut die Schamesröte ins Gesicht trieb. Edward hatte sie gewissermaßen zu seiner Komplizin erkoren, was ihr außerordentlich gefiel. Seine skandalöse Art und sein dandyhaftes Lächeln ließen Lena schlichtweg dahinschmelzen.

Als sie sich nach dem Ball von ihm verabschiedete, flüsterte er ihr in einem verschwörerischen Tonfall zu: «Von nun an sind wir Verbündete!»

Edward war der geborene Eroberer. Genauer gesagt, ein blendend aussehender Eroberer, der sich nicht scheute, seine spontane Begeisterung für seine Auserwählte auf eine sehr direkte Weise zu zeigen. Lena fühlte sich äußerst geschmeichelt, dass Sir Edward Blake sie offenbar brennend begehrte.

«Wie wäre es denn erst einmal mit einer angemessenen Verlobungszeit?», bemerkte ihr Vater mit einem milden Lächeln.

«Aber er fährt doch schon in drei Wochen zurück nach Jamaika», erwiderte Lena mit leicht verzweifeltem Blick.

«Das wäre ohnehin zu früh für eine Hochzeit», entgegnete ihr Vater streng. «Zunächst muss er offiziell bei mir um deine Hand anhalten. Danach werden unsere Anwälte einen entsprechenden Ehevertrag aushandeln, und dann gibt es eine kleine Verlobungsfeier, bei der ich die Countess und ihren Gemahl, den Prinzen, als Zeugen einladen möchte. Dass alleine dürfte schon die nächsten drei Wochen in Anspruch nehmen. Bis dahin erlaube ich dir, mit ihm auszugehen, wobei euch Fräulein Blumenroth begleiten wird. Eine darauffolgende mindestens halbjährige Verlobungszeit halte ich für angemessen, bevor du ihm in seine Heimat folgst.»

Lena spürte die Enttäuschung beinahe körperlich. Doch sie war eine folgsame Tochter. Zwei Wochen lang besuchten sie Abend für Abend mit Edward eine Veranstaltung nach der anderen: Vauxhall Gardens, Covent Garden, das Royal Theater und die Oper. Und stets war Maggie zugegen, die nun nicht mehr als Gouvernante bezeichnet wurde, sondern den offiziellen Titel Gesellschaftsdame verliehen bekam.

«Sechs lange Monate!» Ihre Stimme klang reichlich verzweifelt, als Edward zum Ende seines Aufenthaltes in London einen verhaltenen Abschiedskuss auf ihren Handrücken andeutete.

So lange würde es dauern, bis sie sich in Jamaika wiedersehen würden. Ihr Vater hatte für Ende Juli die letztmögliche Schiffspassage vor den großen Herbststürmen gebucht. Vorher war es nicht möglich, alle Vorbereitungen für Lenas Übersiedlung in die Karibik zu treffen, und genau genommen schickte es sich auch nicht. Ein wenig steif standen Edward, Lena und ihr Vater im Schatten des auslaufbereiten Dreimastschoners, zusammen mit der Countess of Lieven und einigen Abgeordneten des House of Lords, die extra zum Hafen gekommen waren, um Lord William Blake zu verabschieden, der trotz seiner halbjährigen Abwesenheit in London einen Parlamentssitz innehatte.

Mit einem tiefen Blick in seine dunkelblauen Augen versuchte Lena, ihren Verlobten regelrecht festzuhalten.

«Wie soll ich es nur aushalten, dich bis in den späten Sommer hinein nicht sehen und nicht mit dir sprechen zu können?»

In Wahrheit meinte sie natürlich etwas ganz anderes, aber vom Küssen konnte sie in Gegenwart all dieser Menschen nicht sprechen. Dabei bedauerte sie es zutiefst, dass jede Form körperlicher Annäherung in den letzten drei Wochen schon allein durch Maggies ständige Anwesenheit so gut wie unmöglich gewesen war. Keinerlei Intimitäten vor der Vermählung, lautete das eherne Gesetz. Und erstaunlicherweise hatte Edward nichts unternommen, um diese Regel zu brechen.

«Ich werde dich ebenfalls vermissen», beruhigte er sie. «Aber wenn du in ein paar Monaten in Falmouth an Land gehst, wird die Freude umso größer sein. Und außerdem können wir uns bis dahin jederzeit schreiben.»

«Ein schwacher Trost», befand Lena, zumal die Briefe, die sie sich schrieben, ebenfalls einer Art Zensur unterlagen, weil ihr Vater mit Sicherheit wissen wollte, was darin zu lesen stand.

Edward umarmte sie noch einmal fest, bevor er zusammen mit Lord William Blake an Bord ging. Mehr war nicht zu erwarten. Erst als das Schiff ablegte, wurde ihr bewusst, dass er in all der Zeit, die sie zusammen verbracht hatten, kein einziges Mal von Liebe gesprochen hatte.

KAPITEL 3

August 1831 || Jamaika || Paradiesgarten

«Hafen in Sicht», brüllte der Matrose vom Rabennest herunter und versetzte damit das gesamte Dreimastvollschiff in Aufruhr.

Die *Mary-Lynn* war ein schneller Segler mit hundertfünfzig Mann Besatzung und ebenso vielen Passagieren, die sich die vier Etagen je nach Herkunft mit mehr oder weniger schmackhaftem Proviant und einem reichhaltigen Angebot an kostbarer Fracht teilten: Stoffe und Kosmetikartikel aus Paris, Wein aus Deutschland, Werkzeug und Möbel aus Wales und Whisky aus Schottland, alles sicher in Kisten verpackt. Dazu kam ein Heer blinder Passagiere, die jegliche Anlandung genutzt hatten, um unbemerkt an Bord schleichen zu können – Ratten und Kakerlaken. In jedem Hafen wurden es mehr, wie Dr. Beacon, der Schiffsarzt, Lena nur allzu bereitwillig erklärte.

Die Ratten waren der Hauptgrund, warum Lena darauf verzichtete, aus ihrer Luxuskajüte, direkt unter dem Oberdeck und neben der Offiziersmesse, allzu weit in den Bauch des Schiffes vorzudringen. Ein anderer war Maggie, deren Gesundheitszustand sich zunehmend verschlechterte, was Lenas durchgehende Anwesenheit erforderte.

«Wa… wa… was», stammelte Maggie, bleich wie der Tod und mit neu hinzugekommenen, schwarzen Schatten unter den Augen, die sie beängstigend krank aussehen ließen.

Lena legte ihr beruhigend die Hand auf die Stirn, die sich trotz der fürchterlichen Hitze kalt und trocken anfühlte. Dass sie nicht schwitzte, lag daran, dass ihr ausgedörrter Leib nicht bereit war, auch nur einen weiteren Tropfen Wasser zu erübrigen. Und während das

Schiff unentwegt in den Wellen stampfte und rollte, ergriff Maggie ein erneuter Würgereiz, der wie seine Vorgänger ins Leere verlief, weil ihr Magen seit Tagen keinerlei Inhalt mehr vorweisen konnte.

«Sie muss unbedingt trinken», hatte Dr. Beacon mit einer gewissen Dringlichkeit im Blick empfohlen, bevor er nach der morgendlichen Visite ihre Kajüte verlassen und in Richtung Achterdeck davongeeilt war.

Dort wartete eine Handvoll Deutsch-Lutheraner, die sich ebenfalls auf der Überfahrt nach Jamaika befanden und dringlich seiner Zuwendung bedurften. In der vergangenen Woche waren zwei der Lutheraner-Kinder am Sumpf-Fieber erkrankt und drohten zu sterben. Die Männer und Frauen in ihrer züchtigen, einfachen Aufmachung hofften darauf, in der Karibik endlich ihr Glück zu machen. Als Lena zufällig von der Krankheit der Kinder erfuhr, hatte sie mit den Frauen Tee, Zucker, getrocknetes Obst und Zwieback geteilt, das sie auf Anraten ihres Vaters vorsichtshalber in einer eigenen Proviantkiste mit sich führte.

Zu Beginn der Schiffsreise hatte die Bordküche für die gehobene Klasse noch einen gewissen Luxus aufbieten können, was die Speisen betraf, aber schon nach einer Woche ging die Qualität der Mahlzeiten drastisch zurück. Ab der dritten Woche war die Versorgung mit frischen Lebensmitteln zunehmend schwieriger geworden, wenn man vom täglich gefangenen Fisch einmal absah. Erst auf der Rückfahrt würde die *Mary-Lynn* wieder mit Kaffee und Zuckermelasse, Apfelsinen, Mangos und Ananas beladen sein, die dann im halb reifen Zustand ihren Weg nach Europa antraten.

Lena griff nach der emaillierten Schnabeltasse, die Dr. Beacon ihr bereitwillig überlassen hatte, und versuchte erneut ihrer Begleiterin, die wie tot in ihrer Koje lag, den längst kalt gewordenen Kamillentee einzuflößen.

«Du musst endlich mehr trinken», herrschte Lena ihre Freundin mit verhaltener Stimme an, als diese auf ihre Bemühungen nicht reagierte. Sie stellte die Tasse auf den Boden und trommelte sachte mit den

Fingern auf Maggies eingefallene Wangen. «Es kann nicht mehr lange dauern, bis wir den sicheren Hafen von Falmouth erreichen. Edward wird uns sogleich in unser neues Zuhause bringen. Dort wirst du wieder ganz gesund werden, das verspreche ich dir!»

Maggie brabbelte irgendetwas Unverständliches als Antwort, und Lena ging erneut dazu über, ihr einen Schwamm, getränkt mit einer Lösung aus Wasser, Honig und Zitronensaft, vorsichtig an die Lippen zu pressen.

Beinahe vier Wochen waren sie nun unterwegs, obwohl das Schiff als eines der schnellsten seiner Klasse galt. Aber wer hätte wissen können, dass die Wirbelsturm-Saison dieses Jahr so heftig ausfiel und sie permanent in schwere Stürme gerieten. Außerdem hatte nichts darauf hingedeutet, dass Maggie keine Schiffsreisen vertrug. Immerhin hatte sie auf der Überfahrt von Hamburg nach London keine entsprechenden Symptome gezeigt und auch sonst hatte sie nichts dergleichen erwähnt. Möglicherweise war Maggies innere Abwehr gegen dieses Unternehmen daran schuld, dass ihr Magen nun so empfindlich reagierte. Im Grunde wollte sie Lenas bevorstehende Ehe mit Sir Edward Blake nicht gutheißen.

«Ich bin mir nicht sicher, ob er wirklich der Richtige für dich ist», hatte Maggie überraschend nach einem Abend im Royal-Theater verlauten lassen, den sie gemeinsam mit Edward und seinem Vater in einer teuren Privatloge verbracht hatten. «Ich habe ihn beobachtet. Bei dem Stück heute Abend hat er einige Male an den falschen Stellen gelacht. Meist dann, wenn jemandem Böses widerfahren ist. Überhaupt finde ich, dass sein Blick verschlagen ist. Seine Augen stehen viel zu eng beieinander. Und erst die seines Vaters! Wenn er eine Frau anschaut, wirkt er wie ein reißender Wolf, der sich einem Lamm nähert. Wenn ich ehrlich bin, habe ich ein wenig Angst vor den beiden», mahnte sie weiter.

Maggie war eifersüchtig, gar keine Frage. Aber um sie nicht zu verlieren, hatte Lena schließlich mildere Töne angestimmt und sie am Ende davon überzeugt, ihr trotz aller Vorbehalte in die Karibik zu folgen, und sei es nur, um sie vor dem von ihr prophezeiten Untergang zu erretten.

Auch ihr Vater, der sie wegen dringender Geschäfte nicht selbst nach Jamaika eskortieren konnte, war ihr beruhigter erschienen, als sie ihm bestätigte, dass Maggie sie in die Fremde begleiten würde.

Als die Stimmen an Deck lauter wurden, beschloss Lena, nach oben zu gehen, um zu sehen, wie sie endlich in den lang ersehnten Hafen einliefen. An der Reling hatten sich bereits jede Menge Schaulustige eingefunden, die in der gleißenden Sonne standen und staunten, wie blau das Meer rund um Jamaika war. Die Luft draußen war warm und feucht, aber längst nicht so stickig wie in den Kabinen. In der Ferne kündigten dunkle Wolken ein Gewitter an, und Lena hoffte, dass sie vorüberziehen würden.

«Wie geht es Ihrer Freundin?», sprach Dr. Beacon sie unvermittelt von der Seite an.

Im Vergleich zu seinem unscheinbaren Äußeren – Halbglatze, grauer Backenbart, Brille und schmächtige Statur – war seine Stimme gewaltig, was wahrscheinlich von seiner Zeit als Militärarzt in der Armee herrührte.

«Gut», antwortete sie hastig und schüttelte gleich darauf den Kopf. «Nein, nein, was rede ich da – es geht ihr nicht gut. Jedenfalls nicht wirklich. Sie trinkt nicht, und es fällt mir schwer, sie wach zu halten.» Lena seufzte leise. «Ich frage mich ernsthaft, wie sie den Transport nach Redfield Hall überstehen soll.»

«Notfalls bringen wir sie in die Krankenstation von Falmouth», versuchte er sie zu beruhigen. «Allerdings sind die Krankenzimmer dort meist überfüllt, und ich bin mir nicht sicher, ob sie in einer Seuchenstation richtig aufgehoben ist. Aus meiner Sicht leidet sie lediglich an einer nicht zu unterschätzenden Reisekrankheit. Das ist nichts Ansteckendes. Ich gebe Ihnen noch ein paar von meinen Tinkturen mit», versprach er und lächelte freundlich. «Ihr Verlobter wird Sie doch sicherlich am Hafen abholen?»

«Ich bin mir nicht sicher, obwohl ich es hoffe», gestand Lena ein wenig ratlos. «Schließlich laufen wir eine Woche später als angekündigt im Hafen ein. Woher soll er wissen, dass wir angekommen sind?»

«Gewöhnlich schickt der Hafenmeister Boten zu den Plantagen, sobald ein Schiff gesichtet wird», beruhigte er sie. «Auf keinen Fall sollten Sie sich aber allein auf die Reise begeben. Lieber nehmen Sie ein Zimmer in einem der Hotels in der Innenstadt. Die sind ordentlich geführt und sauber und entsenden auf Wunsch einen Boten, der Ihren Verlobten informiert.»

«Warum sollte ich uns keine Kutsche mieten? Oder ist das Personal nicht seriös?»

«Nun, die Kutscher sind in der Regel Schwarze, und es gab hier in den letzten Monaten einige Sklavenaufstände. Es heißt, Rebellen wiegeln die schwarze Bevölkerung auf. In der Vergangenheit kam es sogar zu Überfällen auf Reisende. Aber ich will Sie nicht verunsichern», beeilte er sich zu sagen. «Ihr Verlobter weiß ganz sicher darum. Und deshalb sollten Sie auf ihn und seine Eskorte warten.»

Lena runzelte die Stirn. Wenn Edward um die Gefahren auf der Insel wusste, warum hatte er sie nicht ausreichend darüber aufgeklärt? Die Strecke vom Hafen bis zur Plantage war mit einem Wagen in wenigen Stunden zu bewältigen, das wusste sie bereits. Der Löwenanteil an Ländereien erstreckte sich zwar im südlich gelegenen Parish St. Thomas, aber das Herrenhaus der Plantage lag an der Grenze des Parish St. Ann zum Parish St. Mary. Insgesamt musste man von Falmouth bis Redfield Hall noch eine Strecke von knapp vierzig Meilen zurücklegen. Edward hatte ihr geschrieben, dass der Weg zu den Blakes über die mittlerweile ausgebaute Küstenstraße bis zur Mündung des White River führte und von dort aus nach Süden. Dabei war keine Rede davon gewesen, dass unterwegs eventuelle Unannehmlichkeiten lauerten.

Lena wusste nicht, ob sie enttäuscht oder entsetzt sein sollte, dass er ihr in den Briefen zuvor nicht geraten hatte, auf jeden Fall auf ihn zu warten.

«Ich danke Ihnen für Ihre Offenheit, Doktor», erwiderte sie, ohne sich ihre Zweifel anmerken zu lassen, und schaute aufs Wasser.

Lautlos glitt das Schiff über meergrüne Wellen in Richtung Falmouth. Es roch nach Fisch und Tang. Aus der Ferne wehte der Geruch verbrannten Holzes, vermischt mit einem merkwürdig süßlichen Duft, zu ihnen herüber.

«Wonach riecht es hier, Doktor?»

«Rum», erklärte Dr. Beacon. «In der Nähe gibt es eine Schnapsbrennerei. Falmouth ist ein wichtiger Handelshafen für alles, was mit Zucker zu tun hat, aber auch Tabak und Kaffee werden hier verschifft, wissen Sie?»

Lena zuckte mit den Schultern. Sie wusste nicht allzu viel über Jamaika, nur das, was Edward ihr über das Land und die Lage der Plantage in seinen Briefen geschrieben hatte. Ein Grund, warum sie die *Mary-Lynn* für die Überfahrt gewählt hatten, deren direktes Ziel Falmouth und nicht Kingston oder Montego Bay gewesen war.

In der halbmondförmigen Hafenbucht konnte Lena eine ganze Armada von Dreimastschonern ausmachen, die allem Anschein nach geduldig auf die Abfertigung warteten. Die meisten von ihnen hatten gut eine Viertelmeile vor dem Hafenbecken festgemacht. Nur ein einzelnes Schiff wurde an einer der beiden Anlegestellen mit Säcken beladen. Wie eine Ameisenarmee trugen dunkelhäutige Männer die Fracht auf ihren Schultern und luden sie einer nach dem anderen auf der Ladefläche eines Holzkrans ab, dessen Flaschenzug von einem im Kreis laufenden Muli in Bewegung gesetzt wurde. Fasziniert beobachtete Lena, wie die Lasten von dort aus hinunter in den Bauch des Schiffes gehievt wurden.

Eine zweite Anlegestelle in tieferem Wasser schien in erster Linie den Passagierschiffen vorbehalten. Jedenfalls steuerte der Kapitän der *Mary-Lynn* direkt darauf zu.

Lenas Blick glitt wohlwollend über die weißen Sandstrände, die kristallklaren Buchten und die bunte Stadt, deren Straßenzüge schachbrettartig angeordnet waren. Die meisten Fassaden der Häuser waren in Pastelltönen bemalt. Allerdings blätterte bei einigen Häusern bereits die Farbe ab, manche wirkten regelrecht verfallen. In den umgebenden Gärten wuchsen hohe Palmen und halbhohe Laubbäume. Überall waren niedrige Sträucher zu sehen, deren grünes Blattwerk von roten und weißen Blütentupfern durchbrochen wurde. Das Hinterland erstreckte sich in eine langgezogene Ebene, die von weiter entfernten, dunkelgrün und blau schimmernden Berggipfeln begrenzt wurde.

Ein wahres Paradies, schoss es Lena in den Sinn. Wenn Maggie sich doch nur auch daran erfreuen könnte!

Bevor jemand von Bord gehen durfte, entsandte der Hafenmeister einen Arzt auf die *Mary-Lynn*, der sich kurz mit Dr. Beacon unterhielt, um sicherzustellen, dass es keine Seuchen an Bord gab. Als endlich das Seil von einem der Matrosen gelöst wurde und die Passagiere das Schiff verlassen konnten, hoffte Lena inständig, dass Edward bereits unten an der Anlegestelle auf sie wartete.

Während die Seeleute noch mit dem Vertäuen des Schiffs beschäftig waren, wankte sie zusammen mit etlichen Passagieren über die schmale Brücke. Nach Wochen auf schwankendem Grund dauerte es eine Weile, bis sie sich an festen Boden unter den Füßen gewöhnte.

Auf die exotische Umgebung, die fremden Stimmen und Gerüche, die auf sie einströmten, konnte sie kaum achten. Vielmehr konzentrierte sie sich darauf, in dem Meer von weißen und schwarzen Menschen Edward zu finden. Jedoch war von ihm weit und breit nichts zu sehen.

Mit aufgespanntem Sonnenschirm machte sich Lena schließlich auf ins Büro des Hafenmeisters. Dr. Beacon hatte ihr empfohlen, dort nach aufgegebenen Nachrichten zu fragen. Auf dem Weg zu den blau gestrichenen Hafengebäuden nahm die Anzahl von Negern kontinuierlich zu. Von überall her strömten sie zum Hafen. Manche trugen schwere Lasten auf dem Kopf; andere trieben Maulesel mit vierrädrigen Karren vor sich her, auf denen großes Gepäck geladen war. Die meisten der Männer gingen mit gebeugtem Rücken und schauten missmutig drein, wenn sie ihren Blicken begegnete.

Lena erschrak, als plötzlich neben ihr eine Peitsche knallte und einen der Arbeiter mitten ins Gesicht traf. Wortlos taumelte der Mann zurück, gab aber keinen Laut von sich, obwohl ihm das Blut die Wange hinunterlief. Ein Weißer mit einem breitkrempigen Hut brüllte ihn an, er solle rascher arbeiten. Schnell trat Lena zur Seite, als der Peiniger sich fluchend seinen Weg an ihr vorbei bahnte, offenbar in der Absicht, seine Knute erneut einzusetzen. Am liebsten hätte sie lauthals protestiert, doch was sollte sie tun, falls der rüde Kerl auf sie losgehen würde?

Ach, wenn Edward doch hier wäre!, flehte sie stumm und wandte sich eilig der halb offen stehenden Tür des Hafenkontors zu.

«Tut mir leid, Mylady», erklärte der rundliche Mann hinter der Theke, der trotz der drückenden Hitze eine dunkelblaue Uniform und eine gleichfarbige Kappe trug. «Von Lord Blake oder seinem Sohn liegt mir nichts vor.»

Noch einmal sah er durch die abgegriffene Zettelwirtschaft, die er in einer kleinen Holzkiste aufbewahrte. Sein Schweißgeruch drang Lena unangenehm in die Nase, doch sie hielt es für unhöflich, ihr parfümiertes Taschentuch zu zücken, und zog es deshalb vor, ein wenig auf Abstand zu gehen.

«Aber ich weiß, dass Sir Edward Blake vor knapp einer Woche einen Aufseher zum Hafen geschickt hat», erklärte der Mann nachdenklich. «Trevor Hanson war sein Name. Er fragte mich, wann die *Mary-Lynn* einlaufen würde, und erklärte, dass er notgedrungen noch mal wiederkommen würde, wenn das Schiff vor Anker liegt.»

Lena fühlte sich ziemlich hilflos und verlassen, als sie wieder nach draußen trat. Wieso sollte Edward irgendeinen Kerl schicken, um sie abzuholen? Sie wäre ziemlich enttäuscht, wenn er diese Aufgabe nicht selbst übernähme, nachdem sie sich so lange nicht gesehen hatten. Kaum dass sie von der Veranda in den sandigen Vorhof getreten war, wurde sie im Schatten eines großen Akazienbaumes von zwei Negern angesprochen. Die Männer waren allem Anschein nach betrunken. Lallend boten sie ihre Dienste an.

Lena konnte sie kaum verstehen, weil ihr Englisch alles andere als perfekt war. Sie unterdrückte die Übelkeit, die in ihr hochstieg, als einer der beiden näher herantrat. Der Gestank nach Urin und Schweiß, der von ihm ausging, war noch weitaus widerwärtiger als der Geruch des Hafenmeisters. Diesmal half sogar der Einsatz ihres parfümierten Tüchleins nichts, das sie schützend vor Mund und Nase hielt.

Plötzlich sauste abermals eine Peitsche an ihr vorbei. Sofort wichen die Schwarzen zurück. Ihr aufgeschreckter Blick ging zu einem älteren, weißen Kerl, der ebenfalls einen Hut trug, wie sie aus dem Augenwinkel erkennen konnte. Er näherte sich den beiden Männern mit erhobener Peitsche und spuckte einem von ihnen einen Kautabakpfriem ins Gesicht. In Panik rannten beide davon.

«Seht, dass ihr abhaut, verdammtes Gesindel!», brüllte er ihnen hinterher, wobei er denselben seltsamen Dialekt benutzte wie die Flüchtenden. «Oder ich binde euch an den nächsten Baum und versohle euch vor den Augen der Lady den nackten Hintern!»

Lena wandte sich irritiert in seine Richtung, um gegen sein unverfrorenes Vorgehen zu protestieren. Doch als sie seine feiste, grauhaarige Gestalt erblickte, die der eines alt gewordenen Boxers glich, wie sie manchmal auf den Plakaten in London zu sehen waren, zog sie es vor zu schweigen.

Der Mann trug ein schmutziges, beigefarbenes Hemd mit hochgekrempelten Ärmeln und darüber eine speckige Lederweste, aus deren kleiner Brusttasche eine erkaltete, ausgebrannte Zigarre hervorlugte.

«Trevor Hanson, Ma'am», grunzte er und streckte ihr völlig ungeniert seine behaarte Pranke entgegen. «Oder sollte ich mich getäuscht haben, und Sie sind nicht die Verlobte unseres ehrenwerten Sir Edward?»

Nun war Lena endgültig verwirrt und vergaß dabei ganz, seinen Gruß zu erwidern. Was in aller Welt hatte dieser ekelerregende Kerl mit ihrem Edward zu tun? Aber halt! Hatte der Hafenmeister nicht seinen Namen erwähnt? Dieser grobschlächtige Kerl sollte der Aufseher von Redfield Hall sein? Hastig schaute sie sich um und hoffte, Edward irgendwo zu entdecken.

«Der Master hat mich geschickt, um Sie und Ihre Zofe vom Schiff abzuholen. Wir haben erst gestern vom Leuchtturmwärter von Port Antonio vom Einlaufen der *Mary-Lynn* erfahren.»

Dann war Edward also bereits gestern über ihre Ankunft informiert? In Lenas Kopf überschlugen sich die Gedanken.

«Und wieso kommt Sir Edward nicht selbst?»

«Dringende Geschäfte, Mylady», erwiderte Hanson und grinste frech. «Die Ernte ist in vollem Gange, und eine der Sklavinnen ist gerade dabei, ihren Wurm zur Welt zu bringen.»

«Ihren Wurm?»

«Einen Säugling», verbesserte er sich und rümpfte die Nase.

«Und was um Himmels willen hat mein Verlobter mit der Geburt dieses Kindes zu tun?», brachte Lena ihre Verwirrung zum Ausdruck.

«Sir Edward ist ein guter Master», erklärte der Aufseher in einem süffisanten Tonfall. «Er kümmert sich eben um seine Sklaven. Und ich soll mich jetzt um Sie kümmern.» Als Lena keine Anstalten machte, ihm zu folgen, fügte er noch hinzu: «Ich bin seit mehr als zwanzig Jahren der erste Vorarbeiter auf Redfield Hall, und niemandem vertrauen die Blakes mehr als mir. Ich bin sozusagen die rechte Hand Gottes.»

Sein Grinsen wurde von Mal zu Mal überheblicher, und Lena verzichtete darauf, seine blasphemischen Vergleiche näher zu hinterfragen.

«Nun gut, Mr. Hanson», begann sie mit einer gehörigen Portion Unmut in der Stimme. «Wären Sie dann also so freundlich, dafür Sorge zu tragen, dass meine Gesellschafterin liegend das Schiff verlassen kann und wir gemeinsam mit unserem Gepäck schnellstens in das Haus meines Verlobten gelangen? Wir benötigen dringend ein Bad und ärztliche Hilfe.»

Hanson sah sie mit einer Spur Panik in den Augen an.

«Nichts Ansteckendes», vermeldete sie vorsorglich. «Sie ist seekrank.»

Hanson atmete sichtbar auf und sah sich suchend um. Dann brüllte er ein paar Befehle, die Lena abermals zusammenfahren ließen. Allem Anschein nach war er nicht alleine zum Hafen gekommen, sondern hatte sein eigenes Gefolge mitgebracht. Mehrere junge, vergleichsweise hellhäutige Neger näherten sich mit einem flachen Karren, der von zwei kräftigen Shire-Horses gezogen wurde. Hanson befahl den muskulösen, halbnackten Männern, sich um Lenas Gepäck zu kümmern.

Während drei von ihnen die mannshohen Kisten mit Kleidung und Aussteuer von Bord holten, entschloss sich Hanson, in der Hafenkneipe direkt neben dem Haus des Hafenmeisters zu warten. Bei einem großen Glas Rum wollte er sich von der anstrengenden Fahrt erholen.

Wenig später beobachtete Lena, wie die schweren Kisten vorsichtig auf den Karren verladen wurden. Dann trugen zwei weitere Männer Maggie auf einer Trage von Bord zu einer bereitstehenden Kutsche. Dr. Beacon folgte ihnen und half, die junge Frau auf die lederbezogene Bank im Inneren der Kutsche zu betten.

«Hier, nehmen Sie das», sagte er und drückte Lena ein Päckchen in die Hand. «Das sind die Medikamente, die sie benötigt. Geben Sie ihr stündlich fünf Tropfen davon auf die Zunge.»

Lena verabschiedete sich dankbar von ihm und beschloss, Hanson zu suchen, damit sie so schnell wie möglich aufbrechen konnten.

Mit äußerstem Widerwillen betrat sie die Kneipe, um Hanson zu informieren, dass sie abmarschbereit waren. Der Aufseher saß auf einem Barhocker an einem langen Tresen und zechte mit einer Reihe von ähnlich grobschlächtigen Kerlen. Ausnahmslos Weiße. Sie debattierten aufgebracht über irgendetwas, das ihre Gemüter zunehmend in Wallung zu bringen schien. Als sie näher kam, ahnte sie zu ihrem Entsetzen, dass Hanson ziemlich betrunken sein musste, weil er unverhohlen lallte.

«Mr. Hanson!», rief Lena bemüht unerschrocken, um das Stimmengewirr im Schankraum zu übertönen. «Wir wären so weit.»

Die Gespräche der Männer verstummten, und alle blickten sich zu ihr um.

«Darf ich vorstellen», nuschelte Hanson mit einem hämischen Grinsen, «das ist die neue Herrin von Redfield Hall.»

Die Männer zogen ihre Hüte und gaben ein anerkennendes Pfeifkonzert von sich. Lena fühlte sich unangenehm berührt und verspürte mit einem Mal eine unbestimmte Angst vor all diesen gierigen Blicken.

«Wir warten auf Sie», sagte sie so streng wie möglich in Hansons Richtung.

Dann ging sie rasch nach draußen, wo es nicht weniger heiß war, und atmete auf. Hier war die Luft wenigstens nicht so stickig und alkoholgeschwängert, auch wenn sich das Problem damit noch lange nicht erledigt hatte. Genau genommen fing es gerade erst an.

Sie war stinkwütend. Wie konnte Edward ihr Schicksal nur in die Hände dieses betrunkenen Scheusals legen? Der Mann wäre doch gar nicht mehr fähig, sie vor Wegelagerern oder rebellierenden Sklaven zu schützen! Ihr war zwar nicht entgangen, dass Hanson eine Pistole trug und auf dem Kutschbock des Vierspänners zwei Gewehre parat lagen, aber sie traute dem Kerl nicht. Was wäre, wenn er aus reinem Übermut um sich zu schießen begann?

Wenig später holperte sie in einem zwar durchaus luxuriösen Gefährt, aber umgeben von mehr als fragwürdigen Gestalten durch eine exotische Wildnis, deren atemberaubende Schönheit Lena keinesfalls sorglos genießen konnte. Der Weg in ihr neues Zuhause führte vorbei an schneeweißen Stränden und Buchten mit kristallblauem Wasser. Die Küste war gesäumt von blühenden Büschen. Deren feuerrote, orangefarbene und rosarote Blütenkelche hatte sie bisher allenfalls auf Gemälden oder im Botanischen Garten in Hamburg gesehen. Um die Blüten herum schwirrten kleine, bunte Vögel, die mit ihren langen Schnäbeln in das Innere der Blumenkelche eintauchten.

Unterwegs überholten sie immer wieder Gespanne, die von nachtschwarzen Menschen geführt wurden. Auf den Ladeflächen stapelten sich exotische Früchte. Das Obst erinnerte Lena an den Präsentkorb, den Edward ihr in London gesandt hatte. Damals hatte sie beileibe nicht ahnen können, in der von ihr so herbeigesehnten Fremde auf einen derart unangenehmen Zeitgenossen wie Trevor Hanson zu stoßen. Trotz seines angetrunkenen Zustandes ließ dieser es sich nicht nehmen, die Kutsche persönlich zu lenken. Dabei sang er in völlig falschen Tönen irgendwelche irischen Trinklieder.

Lena saß schwitzend im Innern und beobachtete mit Sorge den Gesundheitszustand von Maggie. Zusammengekrümmt lag ihre Freundin auf der zweiten Sitzbank und verschlief die Einkehr ins vermeintliche Paradies. Ein wenig war Lena sogar erleichtert, dass ihre Gesellschafterin nicht munter genug war, um ihre Ängste und Zweifel zu bemerken. Nicht auszudenken, wenn Maggie aus dem Auftritt von Mr. Hanson die gleichen Rückschlüsse gezogen hätte wie sie selbst! So blieb nur zu hoffen, dass ihre Ankunft in Redfield Hall sie von diesem Albtraum erlöste und Edward sie mit der gleichen Zuneigung und Fürsorge empfing, mit der er sie in London zurückgelassen hatte. Das von ihm beschriebene prunkvolle Anwesen würde sein Übriges tun, um nicht nur Maggie, sondern auch ihr eigenes Gemüt vollends zu besänftigen. Sicher war ein lebenswichtiges Erfordernis dafür verantwortlich, dass Edward nicht selbst zum Hafen gekommen war. Eines, das weit über die verworrene Erklärung des Aufsehers hinausging. Sobald Maggie sich besser fühlte, würden sie gemeinsam über ihre katastrophale Anreise lachen können.

KAPITEL 4

August 1831 || Jamaika || Redfield Hall

Es war mitten in der Nacht, als Lena nach mehr als acht Stunden Fahrt und einem Pferdewechsel in St. Ann ihr neues Zuhause erreichte. Im fahlen Mondlicht war bereits von weitem das strahlende Weiß des mehrstöckigen Herrenhauses zu erkennen. Über einen breiten, mit Kies ausgestreuten Weg ging es entlang haushoher Palmen zu einer geschwungenen Auffahrt. Der Prachtbau stand in krassem Kontrast zu den ärmlichen Hütten, die Lena auf dem Weg gesehen hatte, und den schlichten Lagerhäusern und Stallungen ringsumher.

Das Herz von Redfield Hall lag auf einer Anhöhe und wurde von zahlreichen Feuerkörben und Fackeln erleuchtet. Als die Kutsche sich näherte, entpuppte sich das Gebäude als beeindruckender Marmorpalast mit griechischen Säulen entlang der gesamten Vorderfront, die eine breite Überdachung vor dem Haupteingangsportal stützten. Ein unübersehbarer Vorteil, denn so war es anfahrenden Kutschen möglich, ihre Gäste unbehelligt von Regen und Sturm ein- und aussteigen zu lassen.

Nachdem die Pferde mit einem müden ‹Ho-ho!› von Mr. Hanson zum Stehen gekommen waren, schrak Lena auf ihrer Bank zurück, als die Tür der Kutsche unvermittelt von außen aufgerissen wurde und einzig ein paar weiße Handschuhe und eine helle Zahnreihe die Düsternis im Wagen durchbrachen. Erst als sich ihre Augen an die Umgebung gewöhnt hatten, sah sie den durch und durch schwarzen Mann, der ihr lächelnd seine weiß behandschuhte Rechte zum Aussteigen bot.

Vom langen Fahren und der Anspannung ganz steif, kletterte Lena aus dem Wagen. In seiner Linken trug der Butler eine Fackel, mit der er ihr den Weg zum Treppenaufgang leuchtete.

«Herzlich willkommen auf Redfield Hall, Mylady. Mein Name ist Jeremia», erklärte der Mann mit gesenktem Blick und einer tiefen, sonoren Stimme.

Sein Englisch war vom einheimischen Dialekt gefärbt, aber nicht so unverständlich wie das der Neger in Falmouth. «Ich bin Lord Williams Butler und stehe der Dienerschaft vor. Darf ich bitten?»

Er verbeugte sich noch tiefer und deutete zum Anwesen. Die dunkle Livree, die er trug, unterschied sich in der Farbe kaum von seiner Haut. Als Lena noch nicht reagierte, fiel sein Blick auf Maggie, die im Innern der Kutsche langsam zu sich kam.

«Wir sind bereits über den Zustand Ihrer Gesellschafterin informiert», erklärte Jeremia. «Man wird sie in ihr Zimmer tragen. Es befindet sich direkt neben der Suite Ihrer Ladyschaft im zweiten Obergeschoss.»

«Wo sind wir?», wisperte Maggie mit matter Stimme.

Offenbar war sie durch die plötzliche Kühle und das einsetzende Stimmengewirr vor der Kutsche erwacht. Auch das Zirpen der Zikaden erfüllte die samtweiche Luft.

«Am Ziel», erwiderte Lena leicht unsicher. Dann wandte sie sich an den Butler. «Miss Blumenroth benötigt dringend die Zuwendung einer Zofe», erklärte sie dem schwarzen, älteren Mann. «Jemand muss mir helfen, sie zu entkleiden und bettfertig zu machen.»

Der Butler nickte ergeben. «Sehr wohl, Mylady, ich werde alles zu Ihrer Zufriedenheit veranlassen.» Mit wackeligen Beinen schritt Lena die Treppe zum Haus hinauf. Inzwischen hatte eine Schar schwarzer, beinahe unsichtbarer Geister mehrere Fackeln entlang der breiten Marmortreppe aufgestellt, die von der Auffahrt zum Hauptportal führte.

Dass Edward nicht wenigstens hier das Empfangskomitee verstärkte, stürzte Lena in abgrundtiefe Enttäuschung. Ihre Hoffnung, dass er jeden Augenblick aus dem hell erleuchteten Portal heraustreten und ihr entgegeneilen könnte, verflüchtigte sich vollends, als ihr lediglich eine rabenschwarze Hausdame entgegentrat. Ihr kurzes, krauses Haar war bereits leicht ergraut, wohingegen ihr dunkelblaues, eng anliegendes Kleid den immer noch jugendlich wirkenden, schlanken Körper betonte.

«Willkommen in Redfield Hall, Mylady», sagte sie und vollführte einen Hofknicks. «Mein Name ist Estrelle. Ich bin hier für den Haushalt zuständig und werde Sie bei allem unterstützen, was Sie für notwendig erachten.»

Ihr Akzent war nicht weniger stark als der des Butlers, doch im Gegensatz zu ihm ließ ihre Miene nicht die geringste Gefühlsregung erkennen.

Lena konzentrierte sich auf ihr dringendstes Anliegen. «Miss Blumenroth benötigt umgehend den Beistand eines Arztes. Gibt es jemanden auf der Plantage, der ihr helfen könnte?»

«Unser Hausarzt sitzt in Fort Littleton», erwiderte Estrelle unbeeindruckt. «Das ist zehn Meilen entfernt. Wir könnten sofort einen Boten schicken, wenn Sie das wünschen. Aber es wird eine Weile dauern, bis er mit dem Doktor zurückkehrt.»

«Ich wünsche es. Je eher er losreitet, umso besser.» Lena war erleichtert, dass das Personal offenbar bereit war, ihre Befehle ohne Rückversicherung bei Edward oder seinem Vater zu befolgen. Wobei es sie brennend interessierte, warum die beiden nicht vor Ort waren. «Darf ich fragen, wo sich der Herr des Hauses aufhält? Ich hatte gehofft, ihn bei meiner Ankunft hier vorzufinden.»

«Es tut mir leid, Mylady», antwortete Estrelle kühl. «Master Edward hat die Plantage heute Nachmittag wegen dringender Geschäfte verlassen, und sein Vater befindet sich zu Verhandlungen in Kingston, wo er den Gouverneur trifft.»

«Oh», sagte Lena, bemüht, sich die Enttäuschung nicht anmerken zu lassen. Doch Estrelle besaß offensichtlich einen scharfen Blick und ahnte wohl, was in ihrem Kopf vorging.

«Da Ihr Schiff Verspätung hatte und niemand wusste, wann es genau eintreffen wird», hob sie erklärend an, «sind Lord William und sein Sohn ihren Verpflichtungen nachgegangen. Ich nehme an, dass zumindest Master Edward bis spätestens morgen wieder zurück sein wird.»

Lena verstand natürlich, dass Edward und sein Vater viel beschäftigte Männer waren, die nicht tagelang in Falmouth auf ein einlaufendes Schiff warten konnten. Während sie noch grübelte, hörte sie die polternde Stimme des Aufsehers, der seinen Männern in einer unverständlichen Sprache Anweisungen gab, das Gepäck abzuladen und ins Haus zu bringen. Dr. Beacon hatte Lena von einer jamaikanischen Sprache der Einheimischen erzählt. Es handelte sich um eine eigene Form des Englischen, gemischt mit Afrikanisch, die kaum ein Weißer verstand. Sie war erstaunt, dass Mr. Hanson sich ihrer so sicher bediente, als hätte er sie mit der Muttermilch aufgesogen. Wahrscheinlich war es seinem langen Aufenthalt auf dieser Insel geschuldet, dachte sie schließlich.

Nun sah sie, wie Maggie von vier kräftigen Negern auf einer Trage die Treppe hinauftransportiert wurde. Wobei Jeremia die Männer mit Argusaugen beobachtete, damit sie auch ja pfleglich mit ihrer kostbaren Fracht umgingen.

«Master Edward hat mich angehalten, Sie nach Ihrer Ankunft unverzüglich in die Gegebenheiten von Redfield Hall einzuweisen», unterbrach Estrelle ihre Gedanken. «Er meinte, Sie seien nicht allzu vertraut mit den Sitten und Gebräuchen auf einer karibischen Plantage.»

«Nun», erwiderte Lena, während sie der Negerin in die große Empfangshalle folgte, «ich vermute, da muss ich ihm recht geben. Da, wo ich herkomme, beschäftigt man keine Sklaven. Und ehrlich gesagt», fuhr Lena, ohne zu überlegen, fort, «bin ich mir noch nicht sicher, was ich davon halten soll.»

Sie blieb am Fuß der breiten Marmortreppe stehen, wo ihre Aufmerksamkeit von den mannshohen Ölgemälden gefesselt wurde, die den gesamten Aufgang schmückten. Unvermittelt hob Estrelle den Leuchter und deutete auf zwei der Frauenporträts.

«Das war Master Edwards Mutter», erklärte sie mit tonloser Stimme.

Eine schlanke, vielleicht dreißigjährige Frau lächelte gütig auf die Betrachter herab. Sie trug ein vanillegelbes Kleid und hielt einen filigranen, spanischen Fächer in der Hand, dessen Saum mit kleinen weißen Daunen geschmückt war.

«Sie war eine gute Herrin. Leider ist sie viel zu früh von uns gegangen. Sie starb bei der Geburt ihrer Zwillinge. Mädchen. Aber auch sie haben die Geburt nicht überlebt.»

«Wie schrecklich», sagte Lena. «Und die Frau dort oben?»

Sie deutete auf das Bild einer rotblonden, höchstens fünfundzwanzigjährigen Schönheit, deren Haar streng zum Knoten frisiert war und deren tief ausgeschnittenes himbeerfarbenes Kleid ihre milchfarbenen Brüste betonte. Ihr Blick wirkte irgendwie traurig.

«Das war Lord Williams zweite Frau. Auch sie ist noch während der ersten Schwangerschaft an einem Fieber gestorben. Gott, der Herr, sei ihnen gnädig», schob Estrelle rasch hinterher und bekreuzigte sich.

Lena spürte, wie leichtes Entsetzen in ihr aufstieg. Edward hatte ihr zwar erzählt, dass sein Vater Witwer war, aber von einer zweiten verstorbenen Frau und von toten Geschwistern hatte er nichts erwähnt.

Im zweiten Stock angekommen, stieß Lena einen leichten Seufzer aus, als ihr Blick auf den langen, persischen Läufer im Korridor und auf die vielen Mahagonitüren fiel, von denen nur eine geöffnet war.

Wie prächtig hier alles war! Hinter Estrelle betrat sie das Gemach, in dem Maggie soeben auf ein ausladendes Bett aus dunklem Ebenholz mit einem rosafarbenen Baldachin und seidenen Seitenschabracken gelegt wurde. Wieder staunte sie über den Luxus, den sie in dieser Abgeschiedenheit so nicht erwartet hatte: Auch hier glänzte ein blank polierter Mahagonifußboden und dicke orientalische Teppiche sorgten für eine gediegene Gemütlichkeit. Dazu elegante Schränke mit gedrechselten Verzierungen und gläsernen Buntfenstern, hinter denen sich kostbares Porzellan und Kristall verbargen. Ein filigraner Sekretär und ein rundes Tischchen mit zwei französischen Stühlen komplettierten die luxuriöse Suite. Unter dem Bett stand ein silberner Nachttopf in der Form eines schlafenden Schwans. Und hinter einem reich verzierten Paravent lockte ein ausladender Kupferzuber mit einem kunstvoll vergoldeten Ablaufhahn zu einem entspannenden Bad.

Estrelle schickte sich sogleich an, ein Fenster zu öffnen, sodass der kräftige Abendwind die schweren Samtgardinen in Wallung brachte.

Nur mühsam vermochte Lena ein Gähnen zu unterdrücken. «Ich schlage vor, Sie helfen mir dabei, Maggie ein Nachthemd anzuziehen», erklärte sie. «Dann möchte ich mich ebenfalls gerne zurückziehen. Ich will ausgeruht und frisch sein, wenn ich morgen auf meinen Verlobten treffe.»

«Sehr wohl, Mylady», erwiderte Estrelle und stellte die Kerze auf einem Nachtschränkchen ab. «Ihr Gemach ist gleich nebenan.» Sie deutete auf eine hohe Flügeltür. «Für die Zeit nach Ihrer Vermählung hat Master Edward ein gemeinsames Ehezimmer im dritten Stock einrichten lassen.»

Lena hob eine Braue. Also auch hier hielt man sich an Moral und Sitte; Maggie wäre entzückt, wenn sie das hörte. Doch ihre Gesellschafterin lag noch immer bleich und halb ohnmächtig auf dem seidenen Lager und stöhnte nur leise.

«Ihr könnt gehen», befahl Estrelle den jungen Sklaven. «Und schickt mir Larcy herauf.»

Wenig später betrat ein mageres, schwarzes Mädchen mit kurz geschorenem Kraushaar den Raum. Sie trug ein graues Sackkleid und lief barfuß. In einer Hand hielt sie eine gläserne Karaffe mit Zitronenlimonade, in der anderen einen Teller mit frisch geschnittenem, exotischem Obst.

Estrelle wies sie mit barscher Stimme an, die Sachen auf dem Nachttisch abzustellen und ihr beim Entkleiden der Lady zu helfen.

Lena hielt sich zurück. Erst beim Öffnen des Mieders kam sie Larcy zu Hilfe, die darin offenbar nicht geübt war. Mit vereinten Kräften zogen sie Maggie das Kleid vom Körper und hüllten sie in ein seidenes Nachthemd, das auf einem Stuhl bereitgelegen hatte.

Estrelle schob Maggie noch zwei dicke Daunenkissen hinter den Rücken, dann entnahm sie dem Vitrinenschrank ein Kelchglas, schenkte etwas Limonade ein und hob Maggies Kopf an.

Lena setzte sich derweil auf die andere Seite ans Ende des Bettes und beobachtete die Bemühungen der schwarzen Hausangestellten. Sie hoffte, dass ihre Freundin die Limonade bei sich behalten würde. Als Estrelle das Glas absetzte, drehte Maggie den Kopf zur Seite und sah Lena aus halb geschlossenen Lidern an.

«Ich sterbe», murmelte sie.

«So schnell stirbt man nicht», erwiderte Lena mit aller Entschlossenheit. «Oder denkst du wirklich, du kannst mich hier so einfach alleine lassen?» Als sie sah, dass Maggie sich um ein schwaches Lächeln bemühte, fügte sie noch hinzu: «Jetzt haben wir es schon bis nach Redfield Hall geschafft, da wollen wir das Paradies auch gemeinsam erkunden. Oder willst du etwa kneifen?»

«Nein», antwortete Maggie mit brüchiger Stimme.

Lena warf den beiden Negerinnen einen verunsicherten Blick zu. «Estrelle, würden Sie und Larcy uns jetzt bitte allein lassen? Ich komme im Moment auch so zurecht, und meine Gesellschafterin benötigt dringend Ruhe.»

Als sie endlich unter sich waren, stieß Lena einen verhaltenen Seufzer aus und gab ihrer Freundin noch etwas zu trinken. Trotz ihres erbärmlichen Zustands begriff Maggie recht schnell, dass die Dinge sich nicht so entwickelt hatten, wie sie sollten.

«Du weißt, dass ich nicht besonders viel von deinem Zukünftigen halte», schimpfte sie mit heiserer Stimme. «Er ist zu schön, zu glatt und wahrscheinlich auch zu unzuverlässig. Bin gespannt, wie er sich aus der Sache herausredet.»

«Denkst du, es hilft mir, wenn du Wasser auf die Mühlen gießt?», konterte Lena leicht ungehalten. «Bisher hat er nichts getan, was mich an ihm zweifeln ließe. Vielleicht gibt es ja wirklich einen guten Grund, warum er heute nicht hier sein konnte.»

«Ja», stöhnte Maggie, «tut mir leid, ich wollte dich nicht noch mehr verunsichern.»

Lena strich ihr eine schwarze Locke aus der Stirn. «Die letzten Tage und Wochen waren sehr anstrengend für dich, schlaf jetzt.»

Sie stand auf und ging mit dem Kerzenleuchter ins Nachbarzimmer, das sie bis zur Hochzeit bewohnen sollte. Der große Raum unterschied sich kaum von Maggies Suite. Und irgendwie behagte Lena der Gedanke nicht, allein in so einem monströsen Bett schlafen zu müssen. Mit einem beklommenen Gefühl in der Brust kehrte sie um und ging zu Maggie zurück. «Kann ich bei dir schlafen?»

«Klar, warum nicht.» Maggie rückte ein wenig zur Seite, was ihr sichtlich schwerfiel, weil sie so kraftlos war, und half Lena mit zitternden Händen, die Verschnürung des braunen Reisekleides zu öffnen, das am Saum schon ganz verstaubt war. Lena schlüpfte aus den Stiefeln und den Strümpfen und wusch sich im weißen Unterkleid notdürftig in einer Schüssel auf der Kommode. Anschließend kroch sie erschöpft unter das dünne Laken. Bevor sie die Kerze löschte, trank sie selbst noch ein großes Glas Limonade und flößte auch Maggie noch etwas davon ein.

«Danke», sagte die Freundin.

«Schlaf wohl», erwiderte Lena. «Morgen wird es uns bestimmt schon besser ergehen.»

Wenige Atemzüge später war Maggies leises Schnarchen zu hören. Lenas letzte Gedanken galten ihrem Vater. Wenn er doch nur hier wäre, um zu beurteilen, ob sie sich richtig entschieden hatte! So kämpften Gefühl und Verstand einen aussichtslosen Kampf in ihrer Brust. Hoffentlich war es kein böser Fehler gewesen, diese Verbindung in Gegenwart ihres Vaters so vorbehaltlos voranzutreiben.

In ihrer Erinnerung kehrte sie zu jenem Abend bei *Almack's* zurück, an dem Edward sie so heftig umgarnt hatte. Kein Zweifel, dass er ein Mann mit Erfahrung war, was den Umgang mit Frauen betraf. Immerhin war er schon über dreißig, und sicher hatte er bereits vor ihr einige Liebschaften gehabt. Doch er hatte nie darüber gesprochen. Plötzlich kam ihr ein übler Gedanke. Was wäre, wenn es auf der Insel noch andere Frauen gab, die an ihm interessiert waren, und er sie schon vor der Ehe betrog? Denn wenn sie es recht bedachte, hatte er ihr gegenüber bisher weder von Liebe noch von Treue gesprochen. Andererseits waren das Hirngespinste, die jedes Beweises entbehrten. Hätte er ihr sonst so romantische Briefe geschrieben? Aber irgendetwas hatte ihn schließlich davon abgehalten, sie persönlich am Hafen abzuholen oder wenigstens im Herrenhaus auf ihre Ankunft zu warten. Und wusste der Himmel, warum, Lena fürchtete, dass dieser Grund kein angenehmer sein würde.

Der Sklavenaufstand in Pigeon Town, gut einen halben Tagesritt südwestlich von Redfield Hall entfernt, war nicht so harmlos verlaufen, wie Edward Blake und seine Verbündeten zunächst angenommen hatten. Ein paar verrückte schwarze Baptistenprediger, aber auch einige ihrer weißen Kollegen hatten bereits vor Wochen unter der schwarzen Bevölkerung das Gerücht verbreitet, die Sklaverei sei im Königreich von Großbritannien und seinen Kolonien längst verboten worden. Ferner hieß es, dass die weißen Pflanzer auf Jamaika den in London beschlossenen *Abolition Act,* der die Freiheit der Sklaven für alle Zeiten garantierte, mit Wissen des Gouverneurs in Spanish Town unterschlagen hätten und so die Gesetzgebung des britischen Parlaments und damit des Königs ignorierten. Daraufhin hatten rebellische Sklaven zahlreiche Pflanzungen in Brand gesteckt und weiße Aufseher angegriffen. Diejenigen, die halbwegs friedlich geblieben waren, hatten unerlaubt ihre Arbeit niedergelegt und sich in ihren Hütten verschanzt.

Noch am selben Tag war Edwards Vater nach Kingston gereist, um sich als offizieller Vertreter des Parish St. Mary und St. Thomas-in-the-Vale in Fort Charles mit dem Gouverneur und seinen Truppen über die weitere Vorgehensweise zu beraten. Edward hatte sich unterdessen an die Spitze einer kurzerhand zusammengestellten Heimat-Miliz gestellt und mit einer Truppe von aufgebrachten Pflanzern und Aufsehern die Jagd nach den Schuldigen begonnen. Mit fünfzig Mann und ebenso vielen Bluthunden hatten sie das Sklavendorf Pigeon Town jenseits des Magno Rivers gestürmt und alle unwilligen Arbeiter aus ihren Hütten getrieben. Danach hatten sie mit den Bluthunden die Umgebung durchkämmt und die eigentlichen Aufrührer jenseits der abgebrannten Felder aufgespürt.

Im unruhigen Schein der Fackeln betrachtete Edward nun die blutüberströmten Leiber der erhängten Aufrührer, die leblos an den dicken Ästen der Bäume baumelten. Ihr grausamer Tod sollte den Sklaven eine Warnung sein, damit der Aufstand nicht unvermittelt Zuwachs bekam. Zu diesem Zweck hatte man sie vor den Augen ihrer schwarzen Brüder und Schwestern fast zu Tode gepeitscht und am Ende gehängt.

Es waren nur zwei, aber auch das erschien Edward schon teuer genug, um ein Exempel zu statuieren, denn immerhin kostete ein einzelner, junger Sklave gut und gerne 140 Pfund. Nach dem offiziellen Verbot des Sklavenhandels im britischen Empire im Jahr 1807 erzielten sie auf dem Sklavenmarkt von Kingston mitunter sogar Preise von bis zu 250 Pfund pro Stück, denn es war schwieriger geworden, so gute Ware von außerhalb der Insel zu bekommen.

«Von denen wird keiner mehr die Hand gegen seinen weißen Herrn erheben», brummte einer der Aufseher von Rosenhall, der Edward mit seinen Männern zu Hilfe geeilt war. «Geschweige denn eine Faust oder eine Machete.»

Robert Gunn, ein Pflanzer aus dem Parish St. Thomas-in-the-Vale, und zehn seiner Männer hatten ganz nebenbei noch eine weitere interessante Entdeckung gemacht: drei junge, kräftige Neger, die bereits vor einigen Tagen in St. James geflüchtet waren.

«Wir haben sie unten am Rio Pedro aufgespürt», erklärte Robert, nachdem er von seinem Rappen abgesessen war. Aus seiner Westentasche zückte er einen abgegriffenen Zettel. «Ich hatte zufällig noch den Steckbrief in der Tasche. Schau hier, Edward!» Triumphierend hielt er ihm das Papier unter die Nase und deutete auf die drei am Boden kauernden Schwarzen. «Die Beschreibung passt genau. Sie gehören Richard Linton, dem Besitzer von Linton Hall.»

Edward machte ein nachdenkliches Gesicht und umrundete die drei zitternden Gestalten mit dem lauernden Blick eines Raubvogels.

«Aber das ist noch nicht alles», fuhr Robert emsig fort und vergewisserte sich mit einem raschen Rundumblick der Zustimmung seiner Leute. «Sie waren offenbar nicht allein. Sie wurden von Ortskundigen geführt. Es waren zwei, aber leider sind sie uns entwischt. Offenbar kannten sie sich sehr gut im Gelände aus.»

«Habt ihr die drei Flüchtlinge schon befragt, um wen es sich dabei handelt?» Edward zog eine Braue hoch.

«Keine Chance», brummte Robert. «Wir haben ihnen ordentlich mit der Peitsche eingeheizt, aber keiner wollte das Maul aufmachen. Na, wenigstens wissen wir, wem sie gehören. Richard wird ihnen sicher zeigen, was es heißt, seinem Herrn davonzulaufen.»

«Wir können sie nicht einfach zu ihrem Besitzer zurückschicken», erklärte Edward mit einem Stirnrunzeln. «Selbst wenn die Lintons nicht glücklich darüber sein werden, drei so stattliche Burschen zu verlieren, ist das ein Fall für den Gouverneur und seinen obersten Richter. Die drei Flüchtlinge müssen zwingend einer richterlichen Vernehmung zugeführt werden, die nötigenfalls unter Anwendung der Folter herausfindet, bei wem diese Burschen Unterstützung gefunden haben. Was ist, wenn zum Beispiel die *Flamme von Jamaika* dahintersteckt?»

Zur Unterstreichung seiner Worte fügte Edward die eigentlich unnötige Erklärung hinzu: «Die Spatzen pfeifen es von den Dächern, dass sich unter diesem Namen eine neue Widerstandsbewegung formiert hat, die sich in der Tradition der früheren Maroon-Rebellen sieht und entlaufenen Sklaven zur Flucht verhilft. Versteh doch,

Robert, irgendwo da draußen sitzt jemand, der unsere verdammten Sklaven zur Flucht anstiftet, indem er ihnen ein sicheres Versteck garantiert. Das können wir ebenso wenig durchgehen lassen wie einen Aufstand. Ist dir das klar?»

Robert nickte betreten.

«Ich übernehme das», verkündete Edward kurzerhand. «Ich nehme die drei mit nach Redfield Hall, und Trevor kann sie dann mit seinen Leuten nach Spanish Town zum Gouverneur bringen. Ich bin sicher, dass man sie dort einsperren und ihnen anschließend am Obersten Gerichtshof den Prozess machen wird. Wegen Flucht und Aufwiegelei.»

«Aufwiegelei?» Robert Gunn schaute ihn begriffsstutzig an. «Wieso das?»

«Weil du sie im Zusammenhang mit der Niederschlagung eines Aufstandes gefangen hast. Man wird sie hängen, nachdem das Gericht das zu erwartende Todesurteil gesprochen hat», erklärte Edward mit einem Schulterzucken. «Und das wiederum wird solche Vergeltungsschläge, wie wir sie heute unternommen haben, für die Zukunft eindeutig legitimieren.»

Angesichts der Brisanz dieses Falles war Edward froh, die Dinge selbst in die Hand genommen zu haben. Dass sie die übrigen Sklaven gleich vor Ort gehängt hatten, grenzte an Selbstjustiz. Wenn sie die drei Aufständischen dem Gericht zuführten, würden sie nach außen den Weg der Gerechtigkeit einhalten. Wenn das Gericht dann zu dem gleichen Schluss kam, dass Aufständische gehängt werden mussten, würde niemand mehr ihr vorschnelles Handeln hinterfragen.

Mit einem Pfiff rief er einen der weißen Aufseher heran, die eine Fackel trugen, und machte ihn mit einem Nicken auf ein paar ärmliche Hütten aufmerksam. «Leuchte mir mal, Alister, ich will sehen, ob wir da drin nicht ein bisschen Spaß haben können, bevor es wieder nach Hause geht.»

Der Mann setzte sein schmutzigstes Grinsen auf und verschwand mit der Fackel in einer der armseligen Behausungen. Edward folgte ihm und fand im Innern eine Gruppe von jungen, verängstigten Frauen, die sich für das, was sie mit ihnen vorhatten, hervorragend eigneten.

Als Edward längst fertig war, mühte sich der Aufseher immer noch ab, in eines der Mädchen einzudringen.

«Wenn dein Schwanz die Aufregung nicht verträgt», riet Edward ihm, «musst du ihn ordentlich mit Spucke einseifen. Ich würde dir aber nicht raten, ihn dafür dem Weib in den Mund zu stecken», er lachte höhnisch, «man weiß nie, ob die Biester bissig sind.»

Das Mädchen stieß einen erstickten Schrei aus, als der Aufseher noch eine Spur brutaler zu Werke ging.

Edward weidete sich an den ängstlichen Gesichtern der Frauen, als plötzlich einer von seinen Leuten hereinstürmte.

«Du störst, O'Brady», knurrte er ungehalten. «Es sei denn, du willst bei unserem kleinen Vergnügen mitmachen.»

«Trevor schickt mich», erklärte der junge Mann atemlos und sah sich neugierig um.

«Ich denke, der sitzt in Falmouth und wartet auf meine Fracht.»

«Die … Fracht ist offenbar angekommen», erwiderte der Junge. «Jedenfalls soll ich Ihnen ausrichten, dass Ihre Braut gestern Abend wohlbehalten in Redfield Hall eingezogen ist.»

KAPITEL 5

August 1831 || Jamaika || Neue Welt

Der unterdrückte Schrei einer Frau riss Lena aus dem Schlaf. Irritiert stützte sie sich auf ihre Ellbogen und schaute sich um. Nur zögernd begriff sie, wo sie sich befand. Maggie lag neben ihr und schlummerte noch immer friedlich. Allem Anschein nach hatte sie nur schlecht geträumt. Draußen war es bereits hell, und warmer Tropenwind wehte in die weißen Baumwollgardinen vor den halb geöffneten Fenstern. Ein heiterer, sonniger Tag kündigte sich an. Doch auch das muntere Vogelgezwitscher konnte die düsteren Bilder in Lenas Kopf nicht vertreiben.

Sie erinnerte sich genau, dass ihr im Schlaf eine Negerin erschienen war, das dunkle Gesicht schmerzhaft verzerrt und voll wehmütiger Anklage. Starke Hände hatten in diesem Traum zwischen die nackten Schenkel dieser dunkelhäutigen Frau gegriffen und einen winzigen, blutbeschmierten Körper aus ihrem Leib gezogen. Danach hatten die Hände das Kind an den verschrumpelten Füßchen hochgehalten und es mit dem Köpfchen nach unten baumeln lassen. Es war ein Junge, um einiges hellhäutiger als seine Mutter. Dann war ein schwarz gekleideter Mann gekommen, hatte die Nabelschnur mit einem Messer gekappt und das neugeborene Kind in einen Korb gelegt. Als drohe er den Kleinen wie Moses am Ufer des Nils auszusetzen, schrie die Mutter verzweifelt nach ihrem Kind. Doch niemand erhörte sie.

Lena fröstelte und fühlte sich leicht übel. Sie hatte noch nie gesehen, wie ein Mensch zur Welt kam, schon gar nicht bei einer Negerin. Vielleicht hatte ihr seltsamer Traum etwas mit Mr. Hansons Äußerung zu tun, dass die Niederkunft einer Sklavin für Edwards Abwesenheit verantwortlich sei? Trotzdem fragte sie sich, wie man nur so etwas Widerwärtiges träumen konnte. Nicht einmal Maggie durfte sie davon erzählen, weil die Geschichte sie ebenso entsetzen würde.

Ein Blick auf die kleine, goldene Standuhr, die auf der obersten Ablage des Sekretärs dem Bett gegenüber stand, verriet Lena, dass sie länger als gewöhnlich geschlafen hatte. Halb zehn, gaben die reich verzierten Zeiger an. Du liebe Güte, schon beinahe Mittag, und sie lag noch immer im Bett! Was wohl Edward dazu sagen würde, wenn er ihr unvermittelt seine Aufwartung machte?

Sie beschloss, noch vor dem Frühstück ein Bad zu nehmen. Am Abend zuvor hatte Estrelle ihr erklärt, dass sie morgens an der langen, gedrehten Goldkordel ziehen sollte, die vom Bettpfosten herabhing und zu einer Glocke führte, mit der man die Bediensteten herbeirufen konnte. Tatsächlich stand wenig später Larcy in der Tür.

«Missus wünschen?», fragte sie in gebrochenem Englisch.

Maggie, die von dem unvermittelten Besuch wach wurde, rekelte sich neben Lena und gähnte herzhaft, bevor sie die Augen aufschlug.

«Morgen», presste sie heiser hervor und sah sich ebenso verwirrt um, wie Lena es zuvor getan hatte.

«Ich möchte bitte ein Bad nehmen», sagte Lena zu Larcy.

Das schüchterne Mädchen nickte nur, drehte sich um und verschwand ohne ein weiteres Wort.

«Ich bitte auch», bemerkte Maggie mehr zu Lena und schnupperte demonstrativ am Ärmel ihres Nachthemdes. «Dass du es überhaupt neben mir aushalten kannst …»

«Falls du es nicht bemerkt haben solltest, man hat dir vor dem Schlafengehen noch Gesicht, Arme und Hals gewaschen. Viel mehr habe ich auch nicht zu bieten.»

Lena drehte sich zu Maggie um und gab ihr einen spontanen Kuss auf die Stirn.

«Gott sei Dank, du siehst viel besser aus als gestern. Außerdem scheinst du auf dem besten Wege, wieder ganz die Alte zu sein.»

«Ich fühle mich auch schon viel besser.» Maggie lächelte leicht verlegen, wobei ihr dunkler Zahn, den sie sonst immer hartnäckig hinter ihren vollen Lippen verbarg, für einen Moment zum Vorschein kam. «Und wenn es so weitergeht, werde ich dir spätestens morgen wieder zu Diensten sein können, versprochen!»

«Ach, Maggie.» Lena atmete hörbar auf. «Deine Anwesenheit reicht vollkommen aus. Hauptsache, ich bin nicht alleine in dieser seltsamen Welt.»

Als das magere Dienstmädchen mit zwei vollen Eimern im Türrahmen erschien, sprang Lena aus dem Bett und nahm ihr die Kübel ab, um das Wasser eigenhändig in den Zuber zu gießen. Larcy machte große Augen und eine abwehrende Geste.

«Missus muss das nicht tun», protestierte sie.

Doch Lena winkte ab. In den Häusern ihres Vaters in London und Hamburg hatten sie stets männliche Diener im Hause gehabt, die eine solche Aufgabe übernahmen. Aber Larcy war nicht mal die Hälfte von solch einem Kerl.

In der Zwischenzeit servierte Estrelle, die wohl erfahren hatte, dass die neuen Hausbewohnerinnen erwacht waren, ihnen unaufgefordert ein üppiges Frühstück ans Bett.

«Ich bringe Ihnen Früchtebrot, in Scheiben geschnitten und in Butter gebacken», erklärte Estrelle. «Dazu gebratenen Speck und Rührei.»

«Was ist mit dem Doktor?», fragte sie und stellte das Tablett auf das Beistelltischchen neben Maggie ans Bett. «Der Bote ist zurückgekehrt und meinte, dass Dr. Lafayette vor heute Nachmittag nicht hier sein kann.»

«Ich glaube, er wird gar nicht mehr so dringend benötigt», antwortete Lena mit Blick auf ihre schon viel gesünder aussehende Freundin.

Das Schlimmste musste überstanden sein. Maggies Appetit spiegelte sich bereits in ihren gierigen Blicken auf die zahlreichen Köstlichkeiten, die sich vor ihrer Nase auftürmten. Mehr oder weniger unentschlossen griff sie zu einer silbernen Gabel und seufzte verzückt. In einer bunten Porzellanschüssel waren in Würfel geschnittene Mangos und Papayas angerichtet. Eine Kristall-Karaffe lockte mit frisch gepresstem Orangensaft, und eine große Kanne frisch aufgebrühter Insel-Kaffee verströmte einen unnachahmlichen Duft.

«Das weckt die Lebensgeister», freute sich Maggie und stürzte sich auf das Essen. «Nimm du erst mal dein Bad», riet sie Lena mit einem verschmitzten Lächeln. «mal sehen, was danach noch für dich übrig ist.»

Nachdem Larcy zwei weitere Eimer Wasser in die Wanne gekippt hatte, zog Lena hinter dem chinesischen Paravent das Unterkleid aus und stieg mit einem lang gezogenen «Ah» ins warme Wasser. Larcy schien sie verwöhnen zu wollen, denn sie überbrachte ihr noch eine duftende Jasminseife und einen Berg weicher Handtücher.

«Danke, Larcy, du kannst dann jetzt gehen», sagte sie freundlich, als das Mädchen sie mit großen Brombeeraugen erwartungsvoll anstarrte.

Wahrscheinlich hatte sie noch nie eine nackte weiße Frau gesehen, dachte Lena und glitt bis zu den Schultern ins warme Wasser.

«Wenn Missus mich brauchen, dann läuten», erinnerte Larcy, drehte sich um und ging zur Tür hinaus.

«Der Kaffee ist wunderbar», schwärmte Maggie, die im Bett mit dem Geschirr klapperte. «Meine Mutter sagte immer, wenn der Appetit wieder kommt, ist man über den Berg.»

Lena seufzte zufrieden und begann, sich mit Schwamm und Seife genussvoll Arme und Dekolleté einzuschäumen. Kurzerhand beschloss sie, auch ohne Unterstützung einer Dienerin ihr Haar zu waschen. Hier unter der Sonne Jamaikas, bei den konstant hohen Temperaturen, würde es außerdem viel rascher trocknen als in Europa.

In Gedanken ging Lena ihre Garderobe durch und überlegte, was sich davon für eine erste Begegnung mit Edward eignen würde. Estrelle hatte die Reisekisten noch gestern Abend geöffnet und angeboten, einige Kleider aufzubügeln. Als ob sie Lenas Gedanken lesen könnte, kam sie überraschend herein und hängte drei zur Auswahl an den

Schrank, um gleich darauf wieder mit zwei von Maggies Kleidern zu verschwinden.

Ohne das Wissen ihres Vaters hatte Lena sich ein paar tief ausgeschnittene Sommerkleider in pastelligen Farben anfertigen lassen, deren Anblick Edward sicher begeistern würde. Auch bei der Miederwäsche hatte ihre Londoner Schneiderin zu einer leichteren Variante mit neckischer Spitze geraten. Genau das Richtige für ein tropisches Paradies.

Verträumt fuhr Lena mit dem Schwamm über ihre Brüste und stellte sich vor, wie es sein würde, wenn Edward sie mit seinen sanften Händen massierte, so wie er es damals heimlich bei *Almack's* im Keller getan hatte.

«Kann ich gleich dein Wasser benutzen?», fragte Maggie und lugte hinter dem Paravent hervor.

«Selbstverständlich», antwortete Lena und konnte sich ein Lächeln nicht verkneifen.

In solchen Momenten wusste sie, warum sie Maggie an ihrer Seite haben wollte. Sie war so herrlich unkompliziert, eine echte Kameradin. Rasch stieg Lena aus der Wanne und trocknete sich mit schnellen Bewegungen ab. Dann schlüpfte sie in ihren seidenen Morgenmantel, den Estrelle ihr ebenfalls bereitgelegt hatte, und wollte gerade etwas von dem übrig gebliebenen Frühstück genießen, als draußen vor dem Haus ein Tumult ausbrach.

«Was ist da los?», fragte Maggie, die bereits im Wasser saß.

«Keine Ahnung.» Lena trat durch die Doppeltür in ihr eigenes Zimmer und spähte durch das Fenster in den Hof. Das Pferdegetrappel nahm zu, und jetzt waren noch mehr Stimmen zu hören. Als sie glaubte, Edwards melodischen Bariton zu erkennen, stieg ihre Nervosität.

Tatsächlich entdeckte sie ihren zukünftigen Ehemann in einem Pulk von schwarzen und weißen Männern, die teils zu Fuß, teils zu Pferd auf den freien Platz vor dem Herrenhaus strömten. Lena fühlte sich an die englischen Fuchsjagden erinnert, an denen sie zusammen mit ihrem Vater auf Einladung der Countess of Lieven teilgenommen hatte. Mit dem Unterschied, dass die Hunde dort unten angeleint waren und die Reiter keinerlei Jagdkleidung trugen.

Edward saß auf einem wunderschönen Rotfuchs und war unzweifelhaft der Anführer dieser merkwürdigen Gesellschaft. Er trug einen breitkrempigen Hut und – trotz der Hitze – lederne Handschuhe. In seiner dunklen Lederhose, dem braunen Baumwolljackett und den kniehohen Reitstiefeln kam er Lena noch stattlicher vor, als sie ihn in Erinnerung gehabt hatte. Augenblicklich machte ihr Herz einen Sprung. Doch die Freude verebbte sogleich wieder, als sie unweit entfernt drei Männer in Ketten auf einem Leiterwagen bemerkte, der von zwei Mauleseln gezogen wurde. Die Gefangenen, junge Neger, deren Muskeln von Blut und Schweiß bedeckt in der Sonne glänzten, waren allem Anschein nach ausgepeitscht worden. Jedenfalls zeugten ihre aufgeplatzten Fleischwunden auf dem Rücken von einer rüden Behandlung.

Lena verengte den Blick, um in der gleißenden Sonne besser sehen zu können, und entdeckte Trevor Hanson, der, auf einem Pferd sitzend, eine Peitsche in der Hand, mit lautem Knallen den Karren umrundete. Dahinter hatte sich eine Gruppe schwarzer Männer und Frauen in einfacher Kleidung versammelt. Offenbar handelte es sich um Sklaven, die auf Redfield Hall ihre Arbeit versahen. Stumm verfolgten sie die bedrückende Szenerie.

Hanson setzte unvermittelt zu einer flammenden Rede an, die offenbar an die Neger gerichtet war und sie allem Anschein nach einschüchtern sollte.

«Nun, was ist?», drängelte Maggie aus dem Hintergrund.

«Wenn ich das wüsste», flüsterte Lena beinahe lautlos und schob die Gardine ein Stück beiseite, wobei sie peinlich darauf bedacht war, dass sie von dort unten niemand sehen konnte.

Als Edward plötzlich eine Pistole zückte und in die Luft schoss, zuckte sie erschrocken zurück. Ihr Herzschlag galoppierte davon, und es dauerte eine Weile, bis sie den Mut fand, noch einmal nach unten zu schauen.

«Du meine Güte!», rief Maggie entsetzt. «Sag nur, die Franzosen kommen?»

«Franzosen?» Lena drehte sich um, durchschritt die Doppeltür und erschrak ein zweites Mal, weil Estrelle unbemerkt den Raum betreten hatte.

«Sie können unbesorgt sein, das sind nur Sklaven, die gegen das Gesetz verstoßen haben», erklärte die schwarze Dienerin nüchtern und hängte eins von Maggies frisch gebügelten Kleidern an den Schrank. «Mr. Hanson soll sie nach Kingston bringen, wo sie dem Richter vorgeführt werden.»

«Was haben sie denn verbrochen?», wollte Lena wissen.

«Master Edward weiß das weit besser als ich», erwiderte die Haussklavin tonlos. «Er ist soeben von seinen Ländereien in St. Thomas zurückgekehrt.» Als Lena sie weiterhin verständnislos anstarrte, fuhr sie unwillig fort: «In den letzten Tagen hat es Ärger mit Aufständischen gegeben. Aber nun ist alles wieder in Ordnung.»

Ihre Augen hatten plötzlich einen melancholischen Ausdruck, der Lena nicht gefiel. Doch Estrelle ließ sich nicht zu weiteren Erklärungen hinreißen.

«Sie werden sich noch erkälten, Missus», verkündete sie mit ernstem Gesicht. «Auch wenn es bei uns das ganze Jahr über warm ist, schützt Sie das nicht vor einem Schnupfen, wenn Sie mit feuchtem Haar und nur mit einem dünnen Hemd bekleidet umherlaufen. Soll ich Ihnen beim Ankleiden behilflich sein?»

Estrelle hielt Lena ein Kleid aus hellblauem Blümchenstoff entgegen, das so gar nicht zu ihrer Stimmung passte. Trotzdem protestierte sie nicht, sondern ließ die Frau gewähren. Nichts erschien ihr wertvoller, als eine Verbündete beim Personal zu besitzen, erst recht, wenn es sich um die erste Hausdame handelte.

Nachdem Lena in das Kleid geschlüpft war, dirigierte Estrelle sie zu einer Spiegelkommode, wo sie ihr das lange, hellblonde Haar ausbürstete, bis es fast trocken war.

«Soll ich Ihnen das Haar aufstecken, Missus?»

Estrelle sah sie mit einem undefinierbaren Blick an, der nicht verriet, was sie wirklich dachte.

Lena nickte stumm und verfolgte im Spiegel, wie die Sklavin sie mit routinierten Handgriffen in eine strenge, englische Lady verwandelte. Das Haar straff aus dem Gesicht gekämmt und zu einem schlichten Knoten auf dem Hinterkopf aufgetürmt, wirkte Lena nun nicht mehr wie das unbeschwerte Mädchen, das Edward in London zurückgelassen hatte, sondern wie eine echte Dame.

Gemeinsam halfen sie anschließend Maggie aus der Wanne. Lenas Gesellschafterin befand sich zwar sichtbar auf dem Weg der Besserung, war aber noch ziemlich wackelig auf den Beinen.

«Ich glaube, ich bin noch nicht so weit, dass ich Bäume ausreißen kann», verkündete Maggie mit erschöpfter Stimme.

Estrelle half ihr beim Abtrocknen, steckte sie in ein frisches Nachthemd und brachte sie wieder ins Bett.

«Ich denke auch, es ist besser, du schläfst noch ein wenig», sagte Lena und zog Maggie die Decke fast bis zur Nase.

«Estrelle, wären Sie bitte so freundlich, Sir Edward zu informieren, dass ich in meinem Zimmer auf ihn warte?»

Estrelle nickte ergeben und zog sich lautlos zurück. Danach wünschte Lena ihrer Freundin eine angenehme Ruhe, ging in den angrenzenden Raum und schloss die Verbindungstür. Gerade wollte sie ihre Perlenohrringe anlegen, die ihr Vater ihr zum Abschied geschenkt hatte, als die Tür zum Korridor aufflog. Es war Edward.

Lena ließ vor Schreck einen der Ohrringe fallen. Auf solch einen Überfall war sie nicht vorbereitet. Hastig bückte sie sich, um das Schmuckstück aufzuheben, obwohl sie ihrem Verlobten eigentlich vor Freude in die Arme fliegen sollte.

«Was ist das denn für eine Begrüßung?», beschwerte er sich prompt.

Das Gleiche könnte ich dich fragen, lag es Lena auf der Zunge, als sie sich aus der Hocke erhob und den Ohrring ansteckte. Von plötzlichem Unmut erfasst, dachte sie an die Strapazen, die sie auf sich genommen hatte, um zu ihm zu reisen.

«Wäre es nicht angebrachter, sich zunächst nach meinem Wohlergehen zu erkundigen, anstatt zu erwarten, dass ich dir ohne Wenn und Aber um den Hals falle?», bemerkte sie spitz. «Ich hoffe, du hast eine gute Erklärung für deine gestrige Abwesenheit?»

«Du siehst zauberhaft aus», stieß er hervor, wobei er ihre Verärgerung schlichtweg ignorierte. Sein verlangender Blick heftete sich wie gebannt auf ihre Brüste, die appetitlich verpackt aus dem Ausschnitt ihres Kleides hervorlugten. «Viel besser, als ich dich in Erinnerung hatte.»

«Danke», sagte sie trocken, nicht wissend, was sie von einem solch fragwürdigen Kompliment halten sollte.

Er selbst hatte es offenbar nicht für nötig erachtet, sich zu waschen, zu rasieren und standesgemäß zu kleiden, bevor er ihr seine Aufwartung machte. Nur den Hut hatte er abgenommen. Mit seinem schwarzen Bartschatten und dem zerzausten, dunklen Haar, das ihm verschwitzt und staubig am Kopf klebte, sah er geradezu wild und leidenschaftlich aus. Obwohl sie sich innerlich dagegen wehrte, erlag Lena augenblicklich seinem ungezähmten Äußeren und erwischte sich bei einer Reihe von sündigen Gedanken, die ihr äußerst unangebracht erschienen.

Auch Edward war offensichtlich nicht entgangen, welche Wirkung er auf sie hatte. Mit zwei langen Schritten war er bei ihr und umarmte sie heftig. Ehe Lena es sich versah, presste er seine Lippen auf die ihren, und seine Zunge drang tief in ihren Mund ein. Zugleich packte seine große Hand ihren Hintern und drückte ihren flachen Bauch fordernd an sein spürbar geschwollenes Glied.

Lena vergaß zu atmen. Die Hitze zwischen ihren Schenkeln vernebelte ihren Verstand. Und so ließ sie es zu, dass sich seine andere Hand in ihren Ausschnitt drängte und gierig ihren Busen knetete. Als Edward eine Brust anhob, um an dem rosigen Nippel zu saugen, stieß Lena einen kleinen, spitzen Schrei aus. Er musste das als Aufforderung aufgefasst haben, denn er drängte sie aufs Bett.

«Du duftest so gut», murmelte er, während er selbst den Geruch von Schweiß, Pferd und dem Staub der Straße verströmte. «Ich muss dich unbedingt haben, jetzt und hier. Ich kann nicht länger warten.»

Rücklings fiel sie mit ihm in die seidenen Laken und erlag seinen hingebungsvollen Küssen. Seine Rechte suchte sich derweil den Weg unter ihre Röcke und schob sie allesamt mit einer gezielten Bewegung so weit nach oben, dass er Lenas nackte Scham entblößte. Erst als er sich keuchend darüberbeugte und begann, den blonden, noch unschuldigen Flaum zwischen ihren Schenkeln zu küssen, kam sie wieder zu Verstand.

«Nicht hier und nicht jetzt!», stieß sie schwer atmend hervor und schob ihn mit unerwarteter Kraft von sich weg.

Edward hielt verdutzt inne. «Was hast du denn?», fragte er hitzig.

«Es ist …», sie stockte, nach einer Begründung ringend, «… weil wir noch nicht verheiratet sind.»

«Kein gutes Argument», protestierte er ärgerlich und richtete sich halb sitzend auf. Lena registrierte mit Schrecken, dass seine Hose bereits geöffnet war und sein hart geschwollenes Geschlecht ans Tageslicht drängte. Sofort spürte sie, wie ihr die Schamesröte heiß den Hals hinaufkroch, und sie sprang fluchtartig vom Bett.

«Um Gottes willen, was wäre, wenn uns jemand so sieht», stieß sie mit erstickter Stimme hervor und dachte an Estrelle oder Maggie, die jeden Moment hätten hereinkommen können.

Edward brach unvermittelt in schallendes Gelächter aus. «Wir sind so gut wie verheiratet», antwortete er amüsiert. «Denkst du wirklich, meine Dienerschaft würde sich etwas daraus machen, wenn sie ihre Herrschaft im Bett erwischt?»

«Nicht die Dienerschaft», gab Lena klein bei, obwohl sie anderer Auffassung war, «aber vielleicht Maggie, die direkt nebenan schläft. Wenn du der Gentleman bist, als den ich dich kennengelernt habe, bedeckst du dich augenblicklich», forderte sie leise. «Mein Vater würde es ebenfalls nicht gutheißen, wenn ich nicht jungfräulich in die Ehe ginge.»

Edward knöpfte resigniert seine Hose zu und schüttelte den Kopf. «Dein Vater würde es auch nicht gutheißen, wenn er wüsste, wie groß in Wahrheit dein Verlangen nach mir ist. Oder glaubst du, mir wäre entgangen, wie sehr du mich begehrst?» Er sah sie herausfordernd an. «Ich bin auch nur ein Mann. Und ich habe Monate darauf gewartet, dich endlich in meinem Bett zu haben.»

«Dann wird es dir sicher nichts ausmachen, wenn wir noch bis zur Hochzeitsnacht warten», bemerkte sie deutlich verschnupft und ordnete ihr Kleid.

Edward schnaubte verdrossen und sah sie verständnislos an.

«Bist du denn gar nicht froh, mich zu sehen – nach all der langen Zeit, die wir getrennt waren?»

«Natürlich freue ich mich, dich zu sehen. Ich habe die ganze Überfahrt an nichts anderes gedacht.»

Lena traute sich nicht, seinen lodernden Blick zu erwidern. Zumal er sich anschickte, aufzustehen und ihr zu folgen. Denn noch immer lag eine ungebändigte Lüsternheit darin.

«Willst du mich denn gar nicht fragen, wie die Schiffsreise war?» Sie hatte Mühe, den bissigen Unterton in ihrer Stimme zu unterdrücken.

«Wie war die Schiffsreise?», fragte er lahm vom anderen Ende des Zimmers. Wobei er ein paar Schritte auf sie zuging.

Nervös verschränkte sie ihre Arme vor der Brust. «Nun, du wärst stolz auf mich, wie gut ich die Strapazen verkraftet habe. Die Überfahrt hat mir beinahe nichts ausgemacht, obwohl wir in mehrere Stürme geraten sind.»

Sie ging um das Bett herum, um noch ein wenig mehr Abstand zwischen sie zu bringen.

«Maggie war dagegen während der Reise überhaupt nicht gut», plapperte sie weiter. «Ich hatte entsetzliche Angst um sie, weil ich fürchtete, sie könnte sterben, bevor wir Redfield Hall erreichen.»

«So schnell stirbt man nicht», sagte er mit einem überheblichen Lächeln.

«Das war der Lieblingsspruch meiner Großmutter», konterte sie, «und eines Tages fiel sie um und war tot.»

Lena ärgerte sich über Edwards Sorglosigkeit. Dieser nachlässige Charakterzug war ihr in London gar nicht an ihm aufgefallen.

«Wir können nur froh sein, dass Maggie sich bereits auf dem Wege der Besserung befindet und sogar etwas gefrühstückt hat.»

«Ach», stieß er hervor und machte eine wegwerfende Handbewegung. «Dann scheint es ja so schlimm nicht zu sein.»

«Ich hätte mich gefreut, wenn du uns am Hafen abgeholt hättest!», brach es aus ihr hervor, und ihre Augen füllten sich mit Tränen.

Ob es Tränen der Wut oder Tränen der Trauer waren, vermochte Lena nicht zu sagen. Nur dass Edward ihr mit einem Mal so entsetzlich gefühlskalt erschien.

«Es tut mir leid», lenkte er überraschend sanft ein und machte noch einmal den Versuch, ihr näher zu kommen.

Doch Lena wich unwillkürlich zurück.

«Ich hatte dringende Geschäfte zu erledigen.» Er zuckte mit den Schultern. «Wir wussten nicht genau, wann das Schiff einlaufen würde, deshalb habe ich Trevor an meiner Stelle geschickt. Er ist mein bester Mann, auf ihn kann ich mich blind verlassen.»

«Aber nicht *er* will mein Ehemann werden, sondern du», erwiderte sie trotzig. «Außerdem hat er sich vor der Abfahrt nach Redfield Hall betrunken. In meinen Augen ist er ein Scheusal ohne Manieren.»

«Ist es nicht ein ausgesprochenes Glück für dich», neckte er sie und lachte, «dass *ich* es bin, der um deine Hand angehalten hat und nicht er?»

Lena warf Edward einen zornigen Blick zu.

«Wer weiß, vielleicht überlege ich es mir ja noch», giftete sie. «Da reise ich fünftausend Meilen übers Meer, und mein zukünftiger Ehemann schickt seinen betrunkenen Vertreter, um mich am Hafen abzuholen. Wenn sich das in London und Hamburg rumspricht, wird sich die Meinung, dass du eine glänzende Partie bist, rasch ändern.»

Plötzlich wurde Edward ernst.

«Ich bin eine sehr gute Partie!», bekräftigte er mit erhobener Stimme. Deutlich sanfter fügte er hinzu: «Es war nicht meine Absicht, dich zu erzürnen. Ich werde es wiedergutmachen, ich verspreche es dir. Gleich heute Mittag beim Lunch fange ich damit an.» Feierlich hob er die Hand, als ob er einen Eid leisten wollte. «Und sobald mein Vater aus Spanish Town zurückgekehrt ist, werden wir die Hochzeit vorbereiten.»

Lena entspannte sich zunehmend, weil ihm anscheinend doch etwas an ihr lag. Plötzlich konnte sie sogar wieder lächeln. Edward ergriff seine Chance und kam langsam auf sie zu, um sie – diesmal um einiges vorsichtiger – in den Arm zu nehmen. «Vertraust du mir?», fragte er leise.

«Ja», hauchte sie und ließ es geschehen, dass er sie zärtlich küsste.

«Ich werde dich nicht enttäuschen, das verspreche ich dir.»

Edward machte ein feierliches Gesicht.

Als er ging, blieb Lena in der unbestimmten Hoffnung zurück, dass er die Wahrheit sagte.

KAPITEL 6

August 1831 || Jamaika || Sklaventreiber

Es verging fast eine Woche, bis Edward sein Versprechen, den Hochzeitstermin festzulegen, endlich einlöste. Er hatte per Boten mit seinem noch immer abwesenden Vater korrespondiert, und die beiden hatten sich schließlich auf einen baldigen Hochzeitstermin festgelegt, der ihr aber noch immer nicht konkret genannt wurde.

Mit einem romantischen Abendessen zu zweit auf der Terrasse des Herrenhauses kam er Lenas Unmut zuvor.

Überraschend zog Edward noch vor dem Dinner ein schwarzes Kästchen aus seiner Jackentasche und überreichte es ihr mit feierlicher Miene.

«Ich möchte mich bei dir entschuldigen», erklärte er. «Für alles, was seit deiner Ankunft zwischen uns schiefgelaufen ist.»

Sprachlos nahm Lena das Geschenk entgegen und klappte es auf.

Zum Vorschein kam ein kostbares, mit Diamanten besetztes Goldarmband, das ihr glatt den Atem verschlug. Edward nahm es ihr wortlos ab und legte es um ihr schlankes Handgelenk. Es saß perfekt.

«Seit deiner Ankunft hatte ich noch keine Gelegenheit, dir zu sagen, wie dankbar ich bin, dass du das alles auf dich genommen hast, um zu mir zu kommen und meine Frau zu werden», erklärte er selig lächelnd wie ein Engel.

«Danke», wisperte sie fassungslos, nicht fähig, den Blick von seinem wunderbaren Geschenk abzuwenden.

Ihre Drohung, notfalls nach Europa abzureisen, wenn er sein Verhalten nicht änderte, verpuffte wie der Rauch seiner Pfeife, die er sich nach dem Essen angezündet hatte. In knapp zwei Wochen würde Lena nicht nur seinen ehrenwerten Namen, sondern auch sein Bett mit ihm teilen, wie Edward mit einem süffisanten Lächeln hinzufügte, das sie angesichts dieser gelungenen Überraschung nicht weiter hinterfragen wollte.

Schon am nächsten Tag beauftragte Edward seinen Verwalter, einen dicklichen Endvierziger mit dem seltsamen Namen Archibald Bluebird, und dessen ältlichen Sekretär Peter Hogsmith mit der geschäftsmäßigen Planung der Feierlichkeiten. Schließlich mussten Dutzende von Einladungskarten geschrieben, der Priester bestellt und der Einkauf von Lebensmittelvorräten und Getränken erledigt werden. Hinzu kamen Dekoration und Musik.

«Edward zeigt sich mir gegenüber nur von seiner allerbesten Seite», versicherte Lena ihrer Gesellschafterin, die nach wie vor an der Charakterstärke des Bräutigams zweifelte.

Inzwischen ging es auch Maggie wieder so gut, dass sie sich sogar das Reiten zutraute. Nach dem Mittagessen wollte Edward ihnen endlich die Zuckerproduktionsstätten im Süden der Plantage zeigen, wo aus frischen Zuckerrohrstangen granulierter Zucker gewonnen wurde. Maggie, die froh war, endlich etwas mehr von ihrer neuen Umgebung kennenzulernen, stand bereits bei den Pferden.

Es war ein sonniger, aber etwas windiger Tag, und Lenas Freundin steckte sich vorsichtshalber den Hut mit weiteren Nadeln auf ihrem schwarzen Haar fest, bevor es losgehen sollte. In ihrem sandfarbenen, schweren Reitkleid, das Lena ihr noch vor der Abreise hatte anfertigen lassen, sah sie selbst aus wie eine Gutsherrin. Dieser Titel stand eigentlich Lena zu, die ganz in Dunkelrot gekleidet eine ebenso gute Figur auf ihrer fuchsbraunen Vollblutstute machte. Edward hatte ihr das edle Tier im Zuge seiner Versöhnungskampagne nachträglich zur Verlobung geschenkt. Eine wunderbare Geste, die sie tief beeindruckt hatte und ihre Zweifel an ihm endgültig verstummen ließ.

In den Tagen zuvor hatte er ihr bereits die nahegelegenen Anbaugebiete beschrieben, mit denen Redfield Hall seinen Unterhalt und einen

Großteil des Vermögens der Blakes auf Jamaika erwirtschaftete. Nun wollte Edward mit den beiden Frauen in den Parish St. Thomas-in-the-Vale reiten, wo die Blakes weitere Ländereien besaßen, die für den Umsatz der Plantage nicht weniger wichtig erschienen.

Lena war ganz sprachlos, als sie das weite, sonnenüberflutete Land erblickte, das zwischen halbhohen Bergen und glitzernden Flüssen wie ein wahres Paradies anmutete. Die Blakes bauten hier Tabak und Früchte aller Art an, darunter Ananas, Mangos und Bananen. Aber die wichtigste Einnahmequelle waren das Zuckerrohr und der Rum, den sie in Southwater, einer zehn Meilen vom Haupthaus entfernten Destille, für den gesamten europäischen und amerikanischen Markt brannten.

«Etwa dreihundert Sklaven sind in der Haupterntezeit ausschließlich für die Zulieferung der mannshohen, frisch geschlagenen Zuckerrohrstangen zuständig», berichtete er vergleichsweise nüchtern, als sie zu Pferd das erste Anbaugebiet erreichten. «Mit Ochsengespannen werden die Stangen in eine riesige Scheune gebracht, wo sie zu Saft verarbeitet werden, der anschließend für die Gärung vorbereitet wird.» Als sie die Brennerei passierten, erkundigte sich Lena nach dem Namen des Rums, weil sie wissen wollte, ob sie vielleicht schon mal etwas davon gehört hatte.

«*Southwater Gold* steht auf dem Label», erklärte Edward mit offensichtlichem Stolz in der Stimme.

Nach einem zweistündigen Ritt erreichten sie endlich das Herzstück der eigentlichen Zuckergewinnungsanlage. Haushohe Scheunen und lang gezogene Lagerschuppen umgaben die überdachte Zuckermühle, die in Erntezeiten von vier Mulis angetrieben wurde. Hinzu kamen noch Verladerampen, Ställe und Unterkünfte für die Sklaven. Lena fiel auf, wie armselig die Hütten ausfielen, und sie erschrak beim Anblick von ein paar schwarzen Kindern, die beinahe nackt und mit aufgedunsenen Bäuchen umherliefen. Die Mütter steckten in sackähnlichen, blauen Arbeitskitteln und zogen die Kleinen nach einer hastigen Verbeugung vor Edward und seinem Gefolge in ihre primitiven Behausungen. Lena glaubte, neben Ehrfurcht auch Angst in ihren Blicken gesehen zu haben.

«Im Moment ist noch keine Erntezeit für Zuckerrohr», erklärte Edward und wies mit seiner Reitgerte auf die Felder in der Umgebung, auf denen die noch jungen Schösslinge in langen, dicht nebeneinanderstehenden Reihen bis zu zwei Meter hoch aufragten. «Bis Ende des Jahres werden sie leicht das Doppelte an Länge und Gewicht zulegen.»

Etliche Sklavinnen waren zwischen den Setzlingen damit beschäftigt, die Pflanzen mit Hilfe von eigens gegrabenen Kanälen zu wässern und sie von Unkraut zu befreien. Eine anstrengende Arbeit, wie es Lena schien, denn die Frauen mussten in gebückter Haltung und ohne Schuhwerk durch den Schlamm stapfen.

«Geerntet wird erst ab Dezember», fuhr Edward mit seinen Erläuterungen fort. «Und dann muss alles rasend schnell gehen. Bis Mai muss die gesamte Ernte eingefahren sein, weil dann die Regenzeit einsetzt und uns die Stangen ansonsten auf den Feldern verfaulen.»

Als sie einen überdachten Unterstand erreichten, sprang er vom Pferd und half ihnen, ebenfalls abzusteigen. Er wollte ihnen den weiteren Verlauf der Zuckerherstellung anhand der vielen Maschinen erklären, die in der angrenzenden Scheune standen. Ein paar Sklaven, die im Inneren auf einer Bank gesessen hatten, sprangen auf, als sie von Edwards Eintreten überrascht wurden.

In Panik, so kam es Lena vor, stieben sie davon.

Merkwürdig, dachte sie, überall, wo sie mit Edward auftauchte, reagierten die Menschen, als ob ein nahendes Unheil drohe.

Unbeeindruckt deutete Edward auf mehrere Holzblöcke, deren Oberfläche ganz zerfurcht und weich geschlagen war.

«Hier werden die harten Zuckerrohrstangen mit Macheten zerkleinert, um anschließend aus den Rohfasern mittels einer Steinpresse den Saft herauszupressen.»

Er zeigte auf die gewaltige Steinmühle, die mit Mulis betrieben wurde.

«Und was passiert mit dem Saft?», fragte Lena.

«Es gibt unzählige Möglichkeiten, wie wir das ausgepresste Zuckerwasser weiterverarbeiten können», referierte er mit dem Enthusiasmus eines erfolgreichen Geschäftsmannes. «Zunächst wird der Saft gekocht.»

Er deutete auf ein Haus, durch dessen offenstehende Tür eine Art riesige Kupferpfanne zu erkennen war. «Anschließend scheiden sich die Wege des Rohstoffs», führte er weiter aus. «Es entstehen Zuckersaft, Zuckersirup, Zuckermelasse, Zuckerstücke, brauner Zucker, weißer Zucker, Rum, Likör und vieles mehr.»

Lena war ehrlich beeindruckt, obwohl sie die Menschen auf dieser Plantage weit mehr interessierten als irgendwelche Arbeitsprozesse und Maschinen. Während sie an den Feldern entlanggeritten waren, war ihr Blick immer wieder auf die vielen dunkelhäutigen Arbeiter gefallen, die in abgewetzter Kleidung ihren Pflichten nachkamen. Und zwar ohne Bezahlung. Die meisten von ihnen verrichteten ihr Werk mit stoischer Miene, wobei Lena hin und wieder auch Gesänge vernommen hatte. Doch spätestens wenn sie Edward erblickten, verstummten die Sklaven.

«Wie viele Arbeiter sind auf Redfield Hall beschäftigt?», fragte Maggie, als sie weiterritten.

«Wir besitzen mehr als tausend Sklaven, die sich allein um unsere Felder und die Ernte kümmern», erklärte Edward. «Hinzu kommen Pferdeknechte, Schmiede, Gespannfahrer und einige mehr, die man nicht mehr in der ersten Kolonne einsetzen kann.»

«Erste Kolonne?» Lena schaute ihn fragend an.

«Männer und Frauen, die die schwersten Arbeiten verrichten. Die zweite Kolonne umfasst die älteren Sklaven, und in der dritten versammeln wir die ganz jungen, die noch zu schwach sind für die Schwerstarbeit.»

«Und sie tun das alles wirklich ohne Entlohnung?», fragte Maggie skeptisch.

«Die Anschaffung der Sklaven und deren Versorgung ist schon teuer genug», entgegnete Edward leicht gereizt, «Wenn wir sie auch noch entlohnen müssten, wären wir ruiniert.»

Beim Anblick der geknechteten Menschen musste Lena an die drei gefesselten Neger denken, die sie an ihrem ersten Morgen vor dem Haupthaus gesehen hatte. Bisher hatte sie es nicht gewagt, Edward darauf anzusprechen.

«Und was ist, wenn sie nicht gehorchen?»

Edward antwortete nicht sofort, sondern wischte sich mit einem Tuch den Schweiß von der Stirn. Sein Jackett hatte er bereits in Southwater abgelegt und hinter dem Sattel an einem Riemen festgezurrt. Das verschwitzte Hemd brachte sein breites Kreuz und seine festen Armmuskeln mehr als deutlich zur Geltung. Bei seinem Anblick fühlte sich Lena schmerzhaft daran erinnert, warum sie ihn zum Mann hatte haben wollen. Dass sie dabei versäumt hatte, sich mehr für seine Lebensumstände und seine Gesinnung zu interessieren, empfand sie inzwischen als nicht wiedergutzumachenden Fehler.

«Hier auf der Insel ist das Leben alles andere als einfach und friedlich», antwortete er ausweichend.

Seine Miene wurde ernst, wie stets, wenn es um die Angelegenheiten der Plantage ging. Lena rätselte, was er mit dieser Äußerung meinte, und erinnerte sich, dass der Schiffsarzt Dr. Beacon bei ihrer Ankunft ebenfalls von größeren Schwierigkeiten im Lande berichtet hatte.

«Die Sklaven wollen mit Gewalt ihre Freiheit durchsetzen», erklärte Edward unvermittelt scharf. «Seit 1807 verbietet das britische Empire den Handel mit Negern aus Afrika. Und das verleitet ihre hier lebenden Nachfahren offenbar zu der Annahme, dass die Sklaverei gleich ganz verboten werden müsste.» Er schnaubte verächtlich. «Dabei hat niemand gesagt, dass wir die vorhandenen Sklaven oder deren Nachkommen nicht in bewährter Weise nutzen, züchten und verleihen dürfen. Das Gesetz besagt: Wenn die Mutter eine Sklavin ist, so ist auch das Kind ein Sklave. Und so schnell wird sich daran nichts ändern.»

Lena und Maggie warfen sich einen empörten Blick zu.

«Züchten?» Lenas Stimme klang schrill. «Edward, ich kann kaum glauben, was du da sagst. Wir sprechen hier von Menschen und nicht von Tieren!»

«Aber Neger sind doch keine Menschen.» Er schüttelte den Kopf. «Dem Gesetz nach sind sie kaum mehr wert als Affen in einer Menagerie. Sie befinden sich in unserem Besitz wie ein Pferd oder ein Hund. Bis vor ein paar Jahren war es uns deshalb auch noch erlaubt, sie weltweit zu kaufen und zu verkaufen. Im Augenblick können wir sie nur noch untereinander verkaufen, verleihen oder tauschen.» Ein boshaftes Lächeln umspielte seinen Mund. «Oder sie notfalls illegal zu den hispanischen Inseln verschiffen, wenn wir ihrer überdrüssig sind. Dort ist ein Verkauf dann durchaus möglich, weil unsere britischen Gesetze nicht greifen.»

Lena zog deutlich hörbar die Luft ein. Wahrscheinlich würde sich Edward über ihre Einstellung ärgern, aber das störte sie nicht. Schließlich war sie eine wohlerzogene Protestantin, und Pastor Lange, bei dem sie in Hamburg getauft und konfirmiert worden war, hatte sie stets in dem Glauben bestärkt, dass alle Menschen Gottes Kinder waren. Unabhängig davon, von wem oder wo sie geboren wurden.

«Aber wenn man sie so miserabel behandelt, muss man sich nicht wundern, wenn sie aufständisch werden», erwiderte sie erbost.

Edwards blaue Augen blitzten gefährlich, während er seinen Hengst ein wenig zügelte, um das Schritttempo zu halten.

«Ich glaube nicht, liebste Lena, dass du irgendeine Ahnung davon hast, wovon wir gerade sprechen. Alles, was unseren Reichtum ausmacht, fußt auf der Arbeit von Sklaven. Alleine wären wir nicht in der Lage, auch nur eine einzige Ernte einzufahren, geschweige denn sie weiterzuverarbeiten. Dein werter Herr Vater und seine Handelspartner hätten nichts, was sie verkaufen könnten, wenn wir nicht dafür sorgen würden, dass es pünktlich geliefert wird.»

«Und warum kann man die Arbeiter dann nicht ordentlich entlohnen?»

«Weil wir es nicht finanzieren können», erklärte er mit entnervter Stimme. «Allein im Parish St. Ann beschäftigen die Plantagenbesitzer zurzeit knapp 25 000 Sklaven. In St. Mary, wo unser Haupthaus steht, sind es 22 000, und hier in St. Thomas-in-the-Vale, wo ein Großteil unserer Zuckerrohrfelder liegt, sind es insgesamt rund 10 000 Männer, Frauen und Kinder. Die Arbeitsleistung eines männlichen Sklaven wird mit durchschnittlich zweiundzwanzig englischen Pfund pro Jahr berechnet. Die einer Frau mit achtzehn. Wenn wir nun von einem Durchschnittslohn von zwanzig Pfund pro Sklaven ausgehen, würden für die weißen Plantagenbesitzer allein in St. Ann zusätzliche Kosten von einer halben Million englischen Pfund entstehen, die wir auf den Zuckerpreis aufschlagen müssten. Wegen des steigenden Angebots in den letzten zwanzig Jahren ist der Wert von Zucker aber bereits um mehr als 50 Prozent gesunken. Das bedeutet, wenn wir die Arbeiter bezahlen müssten, wären wir auf einen Schlag bettelarm!»

Lena hatte zwar nur die Hälfte von seinem Vortrag verstanden, doch sie spürte Widerspruch in sich aufsteigen.

«Dann müssten eben alle ein wenig mehr für den Zucker bezahlen. Den Schwarzen würde es jedenfalls helfen, als freie Männer und Frauen zu leben.»

Edwards Lachen klang höhnisch, und er warf Maggie, die etwas hinter ihnen ritt, einen spöttischen Blick zu.

«Das meint sie nicht ernst, oder?»

Doch Maggie wusste, was sich gehörte, und ersparte ihm eine Antwort.

«Bitte, wer in London wäre bereit, freiwillig mehr für seinen Zucker zu zahlen?», fuhr er aufgebracht fort. «Davon mal abgesehen, meine Lieben, diese Nigger würden ihren Lohn doch gleich in Schnaps und Rum umsetzen!» Kopfschüttelnd schaute er auf die Felder. «Außerdem gehen sie ja nicht vollkommen leer aus. Wir stellen jeder Familie ein kleines Stück Land zur Verfügung, wo sie Yamswurzeln, Weizen und Mais anbauen dürfen. Wir erlauben ihnen sogar, eine Kuh zu halten oder eine Ziege. Wir sorgen dafür, dass sie ordentlich gekleidet sind und die Kirche besuchen dürfen. Manche von ihnen schließen sogar eine richtige Ehe vor Gott und dürfen auf Antrag ihre Ehepartner und Kinder besuchen, wenn diese auf einer anderen Plantage leben. Nicht zu vergessen die Krankenabteilungen, die wir extra für die Sklaven eingerichtet haben und deren Ärzte wir fortwährend mit der nötigen Ausstattung versehen. Wo, bitte schön, würde es den Negern bessergehen als auf einer Plantage?»

Lena erkannte in seinen Augen, dass er von seiner Haltung vollkommen überzeugt war.

«Aber wenn sie es so gut bei ihren weißen Herren haben, warum müssen sie dann in Ketten gelegt und ausgepeitscht werden?»

«Damit sie bereit sind, ihr Äußerstes zu geben», erklärte er mitleidslos.

«Und du denkst tatsächlich, dass sie unter solchen Umständen ihr Bestes geben?» Lena sah ihn verständnislos an.

«Wie ich schon sagte», wiederholte er stur, «erstens sind sie faul, und darüber hinaus hat Gott ihnen jegliches Talent verweigert, um eine wirtschaftliche Existenz begründen zu können, die auch nur annähernd an die Errungenschaften der Weißen heranreicht. Es bleiben Wilde, die ihrem Naturell gemäß im Geiste immer noch auf Bäumen hausen. Eine Eigenschaft, die sie bedauerlicherweise an ihre Nachkommen vererben, selbst wenn der Vater ein Weißer ist. Und wenn wir ihnen nicht zeigen, was sie zu tun haben, sitzen sie in hundert Jahren noch dort. Falls du mir nicht glaubst, so rede doch mal mit jenen weißen Entdeckern und Händlern, die bereits in Afrika waren. Es ist ein riesiger Kontinent mit unermesslichen Schätzen. Reich an Tieren, endlosen Wäldern und Flüssen, in denen man überall Gold und Diamanten findet. Trotzdem leben die Neger dort wie einfältige Kinder. Es herrscht weder Fortschritt noch Frieden. Ihre Stämme bekämpfen sich untereinander, ja sie gehen sogar so weit und versklaven sich gegenseitig. Denkst du wirklich, man würde solchen Kreaturen einen Gefallen tun, wenn man sie sich selbst überlässt?»

Lena fiel nichts Passendes ein, um seine Argumentation widerlegen zu können. Auch ein hilfloser Blick zu Maggie half da nichts. Ihre ansonsten so muntere Gesellschafterin saß mit ausdrucksloser Miene in ihrem Damensattel und dachte offenbar nicht daran, sich in diesen hochpolitischen Disput einzumischen. Allenfalls heute Abend, wenn sie unter sich waren, würde Maggie ihr verraten, was sie wirklich über Edwards Ausführungen dachte.

«Und wie gefährlich diese Wilden werden können», fuhr Edward fort, «sehen wir ja gerade. Eine Gruppe von Rebellen stiftet seit neuestem unsere Sklaven zu Flucht und Brandstiftung an. Es ist nur eine Frage der Zeit, bis ihre Anhänger gegen uns und unsere Familien vorgehen.» Edward verlieh seinen Worten einen gewissen Nachdruck. «Es leben mehr als 300 000 Sklaven verteilt auf der ganzen Insel, und wir können ja schlecht dabei zusehen, wie sie die knapp 20 000 Weißen auf Jamaika Zug um Zug häuten und vierteilen. Diese Rebellen sind zu allem fähig!»

«Oh mein Gott!» Maggie hielt sich vor Schreck die Hand vor den Mund. «Ist so etwas schon einmal vorgekommen?»

«Bis jetzt noch nicht», beruhigte sie Edward. «Aber was nicht ist, kann durchaus noch werden. Deshalb dürfen wir diese Leute und ihre Anhänger nicht aus den Augen verlieren. Früher haben wir meist nur die Sommermonate auf Redfield Hall verbracht und die Verwaltungsarbeit einem Londoner Anwalt überlassen», erklärte er weiter. «Das geht nun nicht mehr. Aber den Untergang der Plantage werden mein Vater und ich um jeden Preis verhindern. Bereits mein Urgroßvater hat Redfield Hall aufgebaut. Mein Großvater, mein Vater und ich wurden hier geboren. Nicht zu vergessen, dass meine Mutter hier beerdigt ist. Deshalb müssen wir die Plantage erhalten. Koste es, was es wolle.»

Lena war gelinde gesagt schockiert. Von solchen Problemen hatte Edward in London nicht das Geringste erwähnt, als er sie so emsig umworben hatte. Auch in seinen Briefen hatte er nichts dergleichen verlauten lassen. Was hatte er ihr wohl sonst noch alles verschwiegen?

«Wobei das Ganze keine Frage des Geldes ist», fügte Edward hinzu, als ob er ihre Gedanken erraten hätte. «Davon hat mein Vater mehr als genug. Es ist in erster Linie eine Frage der Ehre. Wir lassen uns von diesen Niggern doch nicht kaputt machen, was unsere Vorfahren unter Einsatz ihres Lebens aufgebaut haben!»

«Und die drei angeketteten Männer, die ich bei meiner Ankunft auf dem Wagen gesehen habe? Waren das Leute, von denen du glaubst, sie würden uns häuten und vierteilen?» Für Lenas Geschmack hatten sie ziemlich eingeschüchtert ausgesehen.

«Sie wollten fliehen und einen Aufstand anzetteln», erklärte er kühl. «Dafür wird ihnen in Kürze der Prozess gemacht, und ich gehe davon aus, dass man sie wegen Anstiftung zur Rebellion hängt.»

Damit schien das Thema für ihn erledigt zu sein. Jedenfalls machte Edward keine Anstalten, noch mal auf Lenas Einwurf eingehen zu wollen. Lena wusste nun nicht, was sie von der ganzen Geschichte halten sollte. Wollte Edward ihnen nur Angst machen, damit sie sich ungefragt auf seine Seite stellten? Oder waren die Neger wirklich so schlimm? Den gesamten Ritt zurück nach Redfield Hall konnte sie an nichts anderes mehr denken.

Nach ihrer Rückkehr übergaben sie die Pferde einem Stallburschen und folgten Edward in den Salon, wo Estrelle zur Erfrischung verschiedene Fruchtsäfte servierte, die mit Wasser und Zuckersirup verlängert waren. Zum anschließenden Dinner am Abend würde endlich auch Lord William von seinem Besuch bei Gouverneur Lowry-Corry, dem 2. Earl Belmore, aus Spanish Town zurück sein. Lena verspürte eine gewisse Aufregung bei dem Gedanken daran, zum ersten Mal nach so langer Zeit ihrem Bald-Schwiegervater gegenüberzustehen. Mit Maggies Hilfe zog sie ihr bordeauxfarbenes Festtagskleid an, dessen Ausschnitt mit schwarzer Spitze verhüllt war. Maggie trug wie üblich ein graues, hochgeschlossenes Seidenkleid, das ihre Strenge unterstreichen sollte. Eine perfekte Verkleidung, wie Lena befand, die nichts über die wahren Qualitäten ihrer Gesellschafterin verriet.

«Ob Lord William mich mögen wird?», fragte sie unsicher. «Nach den Diskussionen mit Edward weiß ich jetzt schon, dass wir gewiss nicht immer einer Meinung sein werden.»

«Der alte Lord kann froh sein, dass endlich wieder eine Frau das Haus mit Leben füllt!» Maggie zupfte an dem Stoff herum. «Schließlich ist die letzte Herrin von Redfield Hall schon ein paar Jahre tot.»

«Mich würde in diesem Zusammenhang interessieren, was es mit diesem vermaledeiten Friedhof auf sich hat», sagte Lena und kontrollierte im Spiegel den Sitz ihrer Frisur. «Du hast ja gehört, wie Edward von den Gräbern seiner Vorfahren gesprochen hat. Merkwürdigerweise will er nicht, dass ich dort hingehe und für seine Mutter ein Gebet spreche. Dabei liegt die Grabstätte nur etwa eine halbe Meile südlich vom Herrenhaus entfernt, in einem eigens angelegten englischen Park.»

«Komisch», bemerkte Maggie. «Wenn man Estrelle und den Porträts im Treppenhaus Glauben schenken will, war Lord William nach dem Tod von Edwards Mutter mindestens noch ein Mal verheiratet.»

«Hm ...» Lena griff sich nachdenklich ans Kinn. «Edward spricht anscheinend nicht gerne darüber. Jedenfalls hat er nichts dergleichen erwähnt. Aber ich kann verstehen, dass all das sicher nicht leicht für ihn war», erklärte sie mit einem Seufzer. Schließlich wusste sie selbst nur zu gut, wie es sich anfühlte, ohne Mutter aufzuwachsen.

«Schade, dass das Personal nicht tratscht», sagte Maggie bedauernd. «Aus Estrelle bekommt man leider nur das Allernotwendigste heraus.»

Lena warf einen letzten Blick in den Spiegel. Sie war mit dem Ergebnis mehr als zufrieden. Mit klopfendem Herzen ging sie in den großen Salon im Untergeschoss und wartete dort auf die erste Begegnung mit ihrem Schwiegervater in Jamaika. Als er noch in London weilte, hatte Lord William ihr und ihrem Vater nur kurz seine Aufwartung gemacht. Dringende Geschäfte hatten ihn ins House of

Lords gerufen, und so war kaum Zeit gewesen, um sich ausreichend kennenzulernen.

Die Begrüßung fiel unverhältnismäßig knapp aus.

«Bleib sitzen, Helena», schnarrte William und machte eine abweisende Handbewegung, als Lena aufstehen wollte, um ihm die Hand zu reichen.

Lord William besaß immer noch die Attraktivität seines Sohnes, zumal er für sein Alter von sechzig Jahren ein erstaunlich vollständiges Gebiss präsentierte. Das graue Haar sorgfältig geschnitten, das Kinn glatt rasiert und von einem Hauch Eau de Cologne umgeben, gab er im grauen Cut den perfekten Gentleman. Doch seiner griesgrämigen Miene nach zu urteilen, war er nicht gerade bester Laune.

Wie üblich servierte der Butler Jeremia das Abendessen im sogenannten Diningroom. Mit seinen weißen Handschuhen und der steifen Miene hätte er seinen britischen Kollegen in London alle Ehre gemacht. Auch das vornehme Interieur des Speisesalons erinnerte Lena an zu Hause. Der glatt polierte Boden aus tropischem Holz, die darübergelegten schweren, persischen Teppiche und die roten Samtschabracken an den riesigen Fenstern unterschieden sich nicht im mindesten von den übrigen Räumlichkeiten, aber vor allem nicht von englischen Speisezimmern.

«Was machen die Geschäfte, Vater?», fragte Edward, offenbar um die Stimmung etwas aufzulockern.

«Ach, diese verschissenen Baptisten-Missionare sind daran schuld, wenn in Kürze auf der Insel die Hölle ausbricht. Man sollte diese Pfaffen alle verbrennen!»

Hastig goss er sich ein Glas Rotwein aus einer Kristallkaraffe ein und trank es in einem Zug.

Lena blickte verlegen auf ihren Teller. Und auch Maggie saß auffallend steif auf ihrem Stuhl. Beide waren es nicht gewohnt, dass man in Anwesenheit von Damen fluchte, schon gar nicht bei Tisch.

«Dauernd predigen sie, dass der englische König schon bald allen Sklaven die Freiheit schenken wird», fuhr Lord William aufgebracht fort und inspizierte die Speisen auf dem reich gedeckten Tisch. «Der Gouverneur ist mit mir und den übrigen Pflanzern der Meinung, dass wir notfalls mit einem Handelsembargo gegen unser ureigenes Vaterland reagieren müssen, wenn das Parlament in London und der König nicht auf unserer Seite stehen. Angus MacCallum schlug sogar vor, sämtliche Neger erschießen zu lassen, wenn es so weit kommt, dass sie sich allesamt gegen uns richten. Jedenfalls die männlichen Sklaven. Frauen und Kinder können wir notfalls illegal in die Südstaaten von Amerika verkaufen, da erhalten wir wenigstens noch einen anständigen Preis.»

Lena schluckte schwer. Alle Schwarzen erschießen? Sie verstand das alles nicht, aber ganz offensichtlich war die Situation im Land tatsächlich weit schlimmer als angenommen.

Während der Lord mit seinen Hasstiraden fortfuhr, servierte Jeremia ihm mit ausdruckslosem Gesicht eine Scheibe Rindfleisch, zwei gekochte Süßkartoffeln sowie etwas Gemüse.

«Im Gouverneurspalast sind manche der Meinung, dass wir uns wie die Amerikaner vom britischen Königshaus lossagen müssen», fuhr William fort. «Falls es zum Äußersten kommt, können wir notfalls unsere amerikanischen Freunde um Unterstützung bitten.»

Er nahm einen weiteren hastigen Schluck Wein und wandte sich dann mit offensichtlichem Appetit dem Braten zu. Mit vollem Mund sprach er weiter:

«Der Gouverneur will, dass ich als Parlamentsabgeordneter meine guten geschäftlichen und politischen Verbindungen in die Südstaaten nutze, um die notwendigen Kontakte herzustellen.»

«Bedeutet das, du reist nach Amerika, und ich soll die Plantage in diesen schwierigen Zeiten ganz alleine führen?», fragte Edward beunruhigt.

«Warum nicht. Schließlich war ohnehin geplant, dass du schon bald die Leitung von Redfield Hall übernimmst. Außerdem hast du doch nun eine tüchtige Frau an deiner Seite!»

William warf Lena ein aufforderndes Lächeln zu. Trotz der Missstimmung am Tisch freute sich Lena, dass er sie allem Anschein nach bereits vor ihrer Vermählung als vollwertiges Mitglied der Familie akzeptierte.

«Warum verhandeln wir nicht einfach mit den Sklaven?», schlug sie eifrig vor. «Man könnte ihnen angenehmere Lebensbedingungen bieten. Mein Vater sorgt zusammen mit diversen Wohltätigkeitsorganisationen in den Arbeitervierteln Hamburgs und Londons dafür, dass es den Menschen dort bessergeht. Das beugt Aufständen vor, wie er sagt!»

Edward begann unvermittelt zu husten. Offenbar hatte er sich an seinem Wein verschluckt.

«Nimm die Arme hoch», riet Lena ihm mitfühlend, weil Edward bereits rot anlief und es aussah, als ob er zu ersticken drohte. «Oder soll ich –»

«Meine Liebe», fiel Lord William ihr mit einem kalten Lächeln ins Wort, während Edward sich nur langsam von seinem Hustenanfall erholte. «Offenbar hat dein Vater dich darüber im Unklaren gelassen, wie solche Dinge tatsächlich laufen. Hast du dich je gefragt, warum du in London und auch in Hamburg in einer komfortablen Villa lebst, mit all diesen Bediensteten und dem ganzen Tand, der euch umgibt?»

Lena spürte, dass sie sich auf gefährliches Terrain begeben hatte. «Weil mein Vater als ehrlicher Kaufmann sein Geld verdient und es sich leisten kann, in einem solchen Haus zu residieren?», bemerkte sie scheu.

«Abgesehen davon, dass auch er sein Geld auf dem Rücken der Sklaven verdient, würde er wohl kaum auf das luxuriöse Haus verzichten und in eine Fischerhütte am Rande der Stadt ziehen, nur damit es irgendjemandem bessergeht, oder?»

«Wie soll ich das verstehen?» Lena schaute ihren zukünftigen Schwiegervater irritiert an.

«Nun, ohne Sklaven wäre der Zuckerpreis fünfmal so hoch», erklärte Lord William reserviert. «Dein Vater würde am Hungertuch nagen, weil ihm niemand in Europa das Zeug für so viel Geld abnehmen würde. Das Gleiche gilt für Kaffee, Rum und Tabak. Denkst du ernsthaft, die Preise würden stabil bleiben, wenn wir den Löwenanteil unseres Gewinns an die Sklaven abgeben müssten?»

Lena schwieg und starrte auf den vor ihr stehenden, goldgeränderten Porzellanteller, auf dem zahlreiche exotische Köstlichkeiten darauf warteten, verspeist zu werden.

«Es würde nicht nur die Existenz dieser Plantage auf der Stelle vernichten», knurrte William mit düsterem Blick. «Alle Plantagen dieser Insel wären ruiniert, wenn wir die Sklaven entlohnen würden! Und das werde ich auf keinen Fall zulassen. Schließlich geht es in nicht allzu ferner Zukunft – wie ich hoffen möchte – auch um dich und Edward und die Heimat eurer gemeinsamen Nachkommen.»

Lord William bedachte seinen Sohn mit einem undurchsichtigen Seitenblick und hob eine Braue, bevor er sich wieder Lena zuwandte.

«Frauen sollten sich im Übrigen nicht mit Politik beschäftigen, das macht sie hässlich. Viel besser wäre es, wenn du dich auf deine eigentlichen Aufgaben konzentrierst und zusammen mit Edward dafür sorgst, dass dieses Haus möglichst bald von Kinderlachen erfüllt wird. Bevor ich sterbe, möchte ich gerne sehen, wie die nächste Generation der Blakes auf Redfield Hall heranwächst und das fortführt, was meine Vorfahren einst so glorreich begonnen haben.»

Lena nickte beschämt. Ihre Kehle war mit einem Mal wie zugeschnürt. Es schien ihr unmöglich, auch nur einen weiteren Bissen hinunterzuschlucken.

«Für wann genau soll unser Sekretariat die Einladungen für die Vermählung eigentlich rausschicken, Vater? Du wolltest doch mit dem Gouverneur sprechen, wann es ihm am besten passt.»

Lena atmete aus. Mit seiner Frage hatte Edward sie vor weiteren Peinlichkeiten gerettet.

«Sag Bluebird und Hogsmith, dass wir den Termin auf den zweiten Sonntag im September legen», antwortete der Lord geschäftig, als habe er ihren dummen Einwand schon wieder vergessen. «Wir werden ein rauschendes Fest feiern.» William blickte mit einem eisigen

Lächeln in Lenas Richtung. «Mit einer bezaubernden Braut. Die halbe Insel wird da sein. Alles, was Rang und Namen hat. Selbst der Gouverneur und seine Gemahlin haben ihr Kommen fest zugesagt. In diesen schwierigen Zeiten sollten alle auf leichtere Gedanken kommen. Und was eignet sich da besser als eine glanzvolle Hochzeit?»

KAPITEL 7

September 1831 || Jamaika || Hochzeitsglocken

Bis zum Hochzeitstermin Anfang September war es Lena und Maggie nicht gelungen, Licht ins Dunkel der geheimen Familiengeschichte der Blakes zu bringen. Außerdem gestaltete es sich schwierig, das Terrain rund um die Plantage auf eigene Faust zu erkunden. Zunächst war Edward strikt dagegen gewesen, dass sie sich alleine vom Haupthaus entfernten, weil er um ihre Sicherheit fürchtete, doch dann hatte er ihnen Tom Doe an die Seite gestellt.

Tom war ein junger Sklave, dem Edward bei guter Führung die Freiheit in Aussicht gestellt hatte. Tom nahm seine Aufgabe, sie zu behüten, augenscheinlich sehr ernst. Groß und schlank, gekleidet in die Livree eines Dieners, verfolgte er Lena und Maggie wie ein Schatten. Immer dann, wenn sie sich einem angeblich unsicheren Ort der Plantage näherten, erinnerte er sie höflich daran, dass er dem Master Bericht erstatten müsse, wenn sie seine Anweisungen nicht befolgten.

Mehrmals hatten die beiden Frauen ihn zu überlisten versucht, aber immer wenn sie geglaubt hatten, dass es ihnen gelungen wäre, ihm zu entwischen, tauchte er plötzlich wie aus dem Nichts hinter einem Strauch oder einer Hecke auf. Dabei ließ er sich nicht anmerken, ob er enttäuscht oder gar verärgert war, weil sie versucht hatten, ihn abzuschütteln.

«Für seine Treue sollte man ihm glatt einen Orden verleihen», spöttelte Maggie, als er ihnen ein paar Tage später in einiger Entfernung zur Krankenstation folgte.

Als sie die lang gezogene Bretterbude betraten, die gut achthundert

Meter von der Villa entfernt lag und eher einer Scheune als einem Hospital glich, zog er es vor, draußen Aufstellung zu nehmen und auf sie zu warten. Anny, eine bereits ergraute, schwarzhäutige Pflegerin, bot sich an, sie ein wenig herumzuführen.

Bereitwillig erklärte sie den beiden Frauen, dass der Arzt alle zwei Wochen vorbeikam, um den Zustand der Insassen zu überprüfen.

«Nur alle zwei Wochen?», fragte Maggie.

«Soweit ich weiß», gab Lena zu bedenken, «betreibt Dr. Lafayette neben seiner Anstellung im Militärhospital in Fort Littleton auch noch eine Privatpraxis. Da bleibt anscheinend nicht viel Zeit.»

Lena und Maggie waren entsetzt über das, was sie im Inneren des Hauses erwartete. Boden und Wände wirkten ungepflegt, das Mobiliar war hoffnungslos veraltet. Es gab keine Betten, sondern nur abgewetzte Strohmatratzen mit grauen Wolldecken, die schon lange keinen Waschbottich mehr gesehen hatten.

Die Luft war stickig, und die anwesenden Patienten schliefen oder starrten lethargisch ins Nichts. Maggie warf Lena einen bedeutungsschwangeren Blick zu. Ob Edward und sein Vater gar nicht wussten, wie schlecht es den Kranken dort erging?, überlegte Lena verdrossen.

Sie wunderte sich, warum Edward ihr so stolz von der Krankenstation und dem behandelnden Arzt erzählt hatte.

«Die meisten der Männer hier vertrauen ohnehin keinem weißen Doktor», erklärte Anny. Was sie anstelle dessen zur Heilung ihrer Leiden bevorzugten, verriet sie allerdings auch nicht.

Mit einem parfümierten Tüchlein vor Mund und Nase schritt Lena die Pritschen der Kranken ab, dicht gefolgt von Maggie, die den Rundgang am liebsten so schnell wie möglich beendet hätte.

«Seltsam, dass bei annähernd tausend Sklaven nur insgesamt vierzehn Männer den Krankensaal bevölkern», wunderte sich Lena.

Einige schienen von der Schwindsucht ergriffen zu sein, weil sie Blut spuckten und stark abgemagert waren. Lena wusste, dass die Krankheit auch bei den Ärmeren auf den Straßen von London und

Hamburg auftrat, aber auch längst die Salons der Großstädte erreicht hatte. Es hieß, Licht und Sonne würden die Leiden lindern, was in Anbetracht der Lage, dass sie sich hier auf einer tropischen Insel befanden, wohl nicht zu stimmen schien.

«Die meisten von ihnen haben während der Arbeit an der Zuckermühle Quetschungen erlitten», erklärte Anny mit Bedauern in der Stimme. «Die Heilung ist zu langwierig, um sie anderweitig einzusetzen.»

Lena machte an der Pritsche eines noch jungen, ausgemergelten Sklaven halt, dessen rechte Schulter unter der verfilzten Wolldecke verborgen lag. Er schien sie überhaupt nicht zu bemerken, denn sein fiebriger Blick ging ins Leere. Schweißperlen standen auf seiner Stirn.

«Was ist mit ihm?», fragte sie Anny besorgt.

«Nichts von Bedeutung, Madame», beeilte sich die Pflegerin zu sagen und drängte Lena weiter.

«Nichts?»

In der untrüglichen Ahnung, dass an der Geschichte was faul sein musste, hob Lena die Decke an. Was sie sah, nahm ihr förmlich den Atem. Dem Mann fehlte der gesamte rechte Arm. Der Verband an seiner Schulter, der auch seine Brust umspannte, war schmutzig und von übel riechenden Sekreten durchtränkt.

«Um Himmels willen!», rief sie und wandte sich entsetzt ab.

Auch Maggie war kaum fähig, ein Würgen zu unterdrücken. «Was ist ihm bloß widerfahren?»

Anny zuckte mit den Schultern. «Er ist vor drei Monaten mit der Hand in die Zuckermühle geraten. Das hat ihm den Arm abgerissen. Der Doktor hat ihn operiert, aber das Fleisch will nicht heilen.»

«Es sieht mir nicht danach aus, als ob er eine anständige medizinische Versorgung bekäme.»

Trotz Übelkeit erwachte Lenas Kampfgeist. Offenbar kümmerten Edward und sein Vater sich nicht besonders um den Zustand der Kranken.

«Der Master sagt, wir dürfen kein weiteres Geld für Arzt oder Medizin ausgeben. Entweder er schafft es von alleine, oder Gott wird ihn zu sich holen.»

«Und bis es so weit ist, soll er leiden wie ein Hund?», stieß Maggie spöttisch hervor.

«Bitte, Madame», flehte Anny und sah Lena mit großen Augen an. «Sagen Sie dem Master nicht, dass ich Sie zu ihm geführt habe. Er wird ihn sonst ganz aus dem Hospital verbannen und mich schwer bestrafen.»

Lena glaubte, sich verhört zu haben.

«Nichts dergleichen wird geschehen!»

Sie kramte in ihrem perlenbesetzten Stoffbeutel, den sie passend zu ihrem hellgrünen Batistkleid trug, und zog ein paar Silbermünzen hervor. Diese drückte sie Anny in die Hand.

«Kaufen Sie dafür so viel Laudanum, Chinin und Verbandmaterial, wie Sie bekommen können. Die Wunden müssen mit heißem Wasser gesäubert werden und benötigen täglich einen frischen Verband. Außerdem muss er viel trinken und frisches Obst essen. Dessen Beschaffung dürfte auf dieser Plantage wohl kaum ein Problem darstellen. Ich werde in zwei Wochen wiederkommen und mich selbst vom Gesundheitszustand dieses Mannes überzeugen.»

Anny nickte verdattert, und auch der Kranke schenkte ihr plötzlich seine, wenn auch zurückhaltende Aufmerksamkeit.

«Woher weißt du so genau, wie man ihm helfen kann?», fragte Maggie verblüfft.

«Ich bin doch in einem Pensionat erzogen worden», erinnerte Lena ihre Freundin. «Eine meiner Lehrerinnen hat während der Napoleonischen Kriege im Lazarett gearbeitet und uns immerzu von der Behandlung der Verletzten erzählt. Es war so schauderhaft, dass ich mir einiges davon gemerkt habe.»

«Gott schütze Sie», stammelte Anny und vollführte eine unbeholfene Verbeugung.

Lena war das Verhalten der Frau unangenehm.

«Es ist unvorstellbar, in welchem Zustand die Kranken vor sich hinsiechen», erklärte sie, bevor sie mit Maggie die Krankenstation verließ. «Wenn ich erst Herrin dieses Hauses bin, wird sich einiges ändern!»

Auf dem Rückweg zum Haupthaus fehlte von Tom Doe merkwürdigerweise jede Spur.

«Vielleicht hat er den Anblick der halbtoten Patienten nicht ertragen können», gab Lena zu bedenken, als Maggie sich nach allen Seiten umsah.

«Kann uns nur recht sein», erwiderte Maggie, wobei ihre dunklen Knopfaugen listig aufleuchteten. «Wir könnten versuchen, unbeobachtet zum Park zu gelangen, wo der Friedhof sein soll. Was hältst du davon?»

«Ach, ich weiß nicht», sagte Lena und setzte ihren Weg Richtung Haupthaus fort. «Was ist, wenn Edward uns erwischt?»

«Der ist, soweit ich weiß, bei der Destille. Vor dem Abendessen wird er wohl nicht zurück sein. Und Lord William besucht einen Abgeordneten auf einer Nachbarplantage.»

«Na gut, wenn du es sagst.» Lena zuckte mit den Schultern. «Dann sollten wir die Gelegenheit beim Schopfe packen, um etwas mehr Licht ins Dunkel zu bringen.»

Zunächst führte ihr Weg hinunter zum Fluss, wobei sie versuchten, im Schutze der Bäume und Büsche zu bleiben, damit sie nicht entdeckt werden konnten. Etwa eine halbe Meile südlich vom Herrenhaus entfernt erreichten sie einen künstlichen Bachlauf, der ein sauber gestutztes Rasenstück umgab. Neugierig traten die beiden Frauen näher. Dahinter verbarg sich ein englischer Park, der von einem kunstvoll geschmiedeten Eisengitter umzäunt war. Um das Areal zu betreten, musste man durch ein Tor.

«Für das Vorhängeschloss brauchen wir einen Schlüssel.» Lena rüttelte vergeblich an der mannshohen Pforte. «Was sich wohl dahinter verbirgt?»

«Wir werden es gleich herausfinden», erklärte Maggie und deutete auf ein paar verbogene Stäbe im Zaun.

Schon waren sie hindurchgeschlüpft und sahen sich um. Nach ein paar Metern kamen sie an eine kleine Lichtung mit mehr als dreißig Grabsteinen.

«Das ist tatsächlich der besagte Friedhof!» Lena staunte nicht schlecht und begann die Inschriften zu lesen. «Die meisten Gräber sind älter als fünfzig Jahre. Hier liegen Männer und Frauen, wahrscheinlich Vorfahren von Lord William.»

Etwas abseits gab es noch eine separate Grabstätte. Sie war durch die tiefhängenden Äste von Trauerweiden und hohe Rhododendronbüsche vor neugierigen Blicken geschützt. Hier befanden sich sieben weitere Grabsteine aus hellem Marmor.

«Ausnahmslos Frauen», murmelte Maggie, während sie versuchte, die Inschriften zu entziffern. «So wie es aussieht, sind sie alle erst in den letzten zwanzig Jahren gestorben.»

Das älteste Grab war ein richtiges Mausoleum. Als Lena näher trat und die goldunterlegten Lettern las, erschauderte sie.

«Lady Anne», hauchte sie. «Hier liegt Edwards Mutter begraben.»

«Da stehen auch noch die Namen Philippa und Alice. Ob das Edwards Schwestern waren? Anscheinend sind sie am gleichen Tag wie ihre Mutter gestorben, was bedeuten könnte, dass es sich um eine missglückte Geburt gehandelt hat.»

Die anderen Grabsteine sahen deutlich weniger pompös aus, obwohl die Namen der Frauen allesamt adelig klangen.

«Eine Lady von Roxburgh ist darunter», las Maggie im Vorbeigehen, «und eine Isabella de Campo, angeblich die Tochter eines Parlamentsabgeordneten aus Spanish Town.»

«Schau, dort! Da steht ein kleiner Obelisk», bemerkte Maggie und deutete auf eine halbhohe, kaum verwitterte Marmorsäule.

«Sieht nicht wie ein Grab aus», erwiderte Lena und kniff die Lider zusammen, um besser sehen zu können.

«Ja, du hast recht», bestätigte Maggie. «Es ist eher eine Art Gedenkstein. Die Inschrift trägt den Namen Lady Henriette MacMelvin. Aber da steht noch etwas, warte …» Sie stockte. Dann sah sie Lena mit weit aufgerissenen Augen an. «*In Liebe und ewiger Verbundenheit. Edward?*»

Lena runzelte die Stirn. «Was hat das zu bedeuten? Denkst du, Edward war schon einmal verheiratet?»

«Kaum vorstellbar, denn dann hätte sie ja seinen Namen angenommen. Trotzdem stellt sich die Frage, warum er es dir verschwiegen hat.»

«Ja, das stimmt», erwiderte Lena und schüttelte den Kopf. «Außerdem hätten seine Advokaten etwas Derartiges erwähnt. Die Aufzählung eventueller vorheriger Ehen und der möglichen, daraus resultierenden Versorgungsansprüche waren Bestandteil des Vertrages. Mein Vater hätte es mir bestimmt gesagt, wenn Derartiges in Edwards Ehestandsurkunde gestanden hätte.»

Ihr Blick schweifte gedankenverloren über die Gräber.

«Vielleicht war es auch nur eine Verlobte, und es war ihm unangenehm, mir von einer vorangegangenen Liebe zu berichten. Möglicherweise wollte er keine alten Geister wecken. Jedenfalls kann ich keinen Grund erkennen, warum er mir den Tod dieser Frau verschweigen sollte.»

«Dann frag ihn doch danach.»

Lena überlegte. «Dann weiß er ja sofort, dass wir hier waren und gegen seinen Willen spioniert haben. Außerdem besteht ja immer noch die Möglichkeit, dass diese Henriette auch eine von Lord Williams Verlobten gewesen ist, die Edward besonders gemocht hat.»

«Und warum lässt *er* sich dann auf dem Stein verewigen und nicht sein Vater?» Maggie war skeptisch.

Lena rieb sich nachdenklich die Nase.

«Aber nein», entschied sie schließlich. «Ich will ihn nicht fragen. Entweder er erzählt es mir selbst, oder jemand, der die Familie gut genug kennt, erwähnt es aus freien Stücken.»

«Zum Beispiel seine Patentante?», fragte Maggie, und ihre Augen blitzten wie die eines Spions, der gerade eine wichtige Information bekommen hat. «Sie hat doch ihren Besuch für heute Abend angekündigt, oder etwa nicht?»

Lady Elisabeth Fortesque war eine verwitwete Endvierzigerin, die selbst eine riesige Plantage besaß und sich regelmäßig auf Redfield Hall aufhielt. In erster Linie machte sie durch ihre Beleibtheit und einen unaufhörlichen Redefluss auf sich aufmerksam. Entgegen ihrer sonstigen Schwatzhaftigkeit trug sie bei der abendlichen Tasse Tee, die Lena mit ihr und Maggie allein im Salon einnehmen durfte, aber nicht wirklich zur Aufklärung der Blake'schen Familiengeheimnisse bei.

«Edwards Mutter war meine beste Freundin», erklärte sie schlicht und nahm Lenas schmale Hand in ihre mollige Rechte. «Ist das der Verlobungsring?»

Sie deutete auf den kostbaren Diamantring, den Lena seit ihrer Verlobung mit Edward am linken Ringfinger trug. Lena fiel auf, dass die Lady manchmal ein wenig lispelte, was wohl an ihren Zahnlücken lag.

«Weißt du, woran ich das erkenne?», fragte Elisabeth Fortesque und schaute sie aus wasserblauen, leicht blutunterlaufenen Augen an.

Lena schüttelte überrascht den Kopf.

«Er ist exakt nach dem Verlobungsring von Edwards Mutter gefertigt. Ich will nicht behaupten, dass es der gleiche ist, aber er sieht zumindest genauso aus.»

Diese Erkenntnis überraschte Lena aufs Neue. Warum hatte Edward ihr den gleichen Verlobungsring geschenkt, den seine Mutter getragen hatte? War er so einfallslos, oder hatte das Ganze Methode? Sie hatte plötzlich viele Fragen, aber Lady Elisabeth schien der Sache keine weitere Bedeutung beimessen zu wollen und ging in eine belanglose Unterhaltung über. Allem Anschein nach war sie eine gutmütige, unkonventionelle Person, die Lena und Maggie entgegen der üblichen Sitte sogleich das Du angeboten hatte. Außerdem war sie Edward und seinem Vater sehr zugetan. Etwas, das Lenas Zweifel über die Strenge ihres Schwiegervaters beschwichtigte.

«Ich bin sehr froh, dass William eine so kluge und hübsche Frau für seinen Sohn gefunden hat. Und dass du sogar bereit warst, für ihn deine Heimat aufzugeben, ehrt dich. Die meisten Plantagenbesitzer ziehen es ja vor, in Europa zu leben. Die Blakes sind da anders.»

«Und warum bleiben die Blakes auf der Insel?», fragte Lena neugierig.

«William ist auf der Insel geboren und will die Arbeit seines Vaters fortsetzen, der all das mit sehr viel persönlichem Fleiß und Einsatz aufgebaut hat.»

«Ist sein Vater hier auf der Insel gestorben?»

«Ja, er wurde Opfer eines Überfalls von entlaufenen Sklaven und hat seinem Sohn auf dem Sterbebett das Versprechen abgenommen, die Ländereien niemals im Stich zu lassen.» Sie lächelte milde. «Auch wenn Lord William einen Adelssitz im englischen Lake Distrikt und mittlerweile zahlreiche Pflanzungen in den amerikanischen Südstaaten besitzt, empfindet er Jamaika nach wie vor als seine Heimat. Er würde immer wieder hierher zurückkehren.»

«Und das Gleiche erwartet er auch von seinem Sohn», sagte Lena mehr zu sich selbst.

«Richtig, William würde es niemals gestatten, dass sein Sohn für immer nach England oder in die Staaten von Amerika übersiedelt.»

Maggie, die die Unterhaltung mit Interesse verfolgt hatte, mischte sich neugierig ein:

«Würde Edward es denn vorziehen, in London zu leben?»

«Vielleicht», erwiderte Lady Elisabeth und zuckte mit den Schultern, «aber die Frage stellt sich ja nun nicht mehr, wo er endlich eine passende Frau gefunden hat.»

«Bedeutet das, er hätte mich nicht geheiratet, wenn ich mich einer Übersiedlung in die Karibik verweigert hätte?» Lena spürte, wie sie an Boden verlor.

«Das vermag ich nicht zu beurteilen», antwortete Lady Fortesque diplomatisch und setzte ein undurchsichtiges Lächeln auf. «Aber Lord William war es sehr wichtig, eine Gemahlin für Edward zu finden, die ihm auf die Insel folgen würde. Und man kann sagen, sein Einsatz hat sich gelohnt!»

Lady Fortesque bot an, Lena nach der Hochzeit rasch in die höchsten Kreise der Insel einzuführen. Im Gespräch entpuppte sie sich als eine einflussreiche Plantagenbesitzerin, deren Dinnerpartys unter den reichen Familien Jamaikas sehr begehrt waren.

«Du musst mich so bald wie möglich besuchen kommen», flötete sie und legte Lena in einer vertraulichen Geste die Hand auf die Schulter. «Das Schicksal von Rosenhall wurde seit jeher von Männern bestimmt. Aber nun ist meine Villa ein reiner Frauenhaushalt, wenn man von Candy Jones, meinem persönlichen Butler, einmal absieht, dem die Organisation des Hauspersonals und auch das Wohlergehen der Ladyschaft obliegt.»

Mit einem leicht frivolen Lächeln zwinkerte sie ihrem wesentlich jüngeren Leibdiener zu, der sich unauffällig in eine Ecke des Raums zurückgezogen hatte. Er war ein ausgesprochen groß gewachsener Mulatte mit blendend weißen Zähnen und trug eine eng sitzende, violettfarbene Livree, die keinen Zweifel über seine Vorzüge aufkommen ließ.

«Bevor er in meinen Dienst getreten ist», erklärte Lady Fortesque, «hat er auf der Plantage aus Zuckerrohr Melasse gekocht. Daher sein Name. *Candy*, von Süßigkeit. Er ist ein wahrhafter Engel. Liest mir jeden Wunsch von den Augen ab. Sogar mein Bett vergisst er nie vorzuwärmen.»

Maggie warf Lena einen irritierten Blick zu, der diese beinahe zu einem unpassenden Grinsen verleitet hätte. Die Miene des jungen Mannes blieb undurchsichtig, doch er schien seiner Herrin tatsächlich zutiefst ergeben. Unterdessen hatte der zufriedene Ausdruck in den Augen der Lady, wenn ihr Blick auf seiner markanten Erscheinung ruhte, etwas von einer Katze, die in einen Rahmtopf gefallen war.

Als Edward sich kurz darauf zu ihnen gesellte, veränderte sich ihr Gesichtsausdruck zu einer neutralen Miene, die darauf schließen ließ, dass sie ihr süßes Geheimnis nicht mit jedem teilte.

«Und liebe Tante, wie stehen die Geschäfte in Rosenhall?»

«Alles bestens», gab sie mit einem Schulterzucken zu Protokoll.

«Keine Aufstände? Keine entlaufenen Sklaven?», fragte er.

«Gott bewahre!», erwiderte die Lady und fasste sich an ihre ausladende Brust. «Ich habe ein gutes Verhältnis zu meinen Sklaven», beteuerte sie.

«Trotz allem, man sollte sein Vertrauen mit Bedacht vergeben», bemerkte Edward kühl und bedachte Candy Jones mit einem abfälligen Blick. «Es gab in den vergangenen Wochen mehrere Zwischenfälle, die ich nicht näher erläutern möchte, um dich nicht zu erschrecken. Aber wir sollten wachsam sein! Wenn du willst, lasse ich meine Männer auch auf Rosenhall Patrouillen reiten.»

«Nicht nötig», erwiderte Lady Fortesque ein wenig ungehalten. «Ich habe meine eigenen Leute und will keine zusätzliche Unruhe unter meinen Sklaven verbreiten. Aber danke für das großzügige Angebot.»

Edward schien bemerkt zu haben, dass er zu weit gegangen war, und verwickelte sie in eine harmlosere Unterhaltung, in der es um Zuckerpreise und die kostengünstigen Schiffsrouten nach Europa ging. Lena und Maggie zogen sich auf eine Chaiselongue zurück, die etwas abseits stand, um sich bei einem Glas Limonade, das Jeremia ihnen serviert hatte, ungestört zu unterhalten.

«Habe ich das richtig gedeutet?», fragte Maggie und beugte sich zu ihrer Freundin vor. «Sie ist seit zehn Jahren verwitwet und hält sich diesen Candy Jones als Geliebten?»

Ihr Blick verriet Lena, dass sie kurz davor stand, laut loszuprusten. Diese Überlegung war tatsächlich nicht nur abgrundtief skandalös, sondern bei dem Alters- und Standesunterschied der beiden absolut unvorstellbar.

«Vielleicht ist er ihr nur ein treuer Freund?», erwiderte Lena und versuchte zu überspielen, wie schockiert sie war. «Es kommt gar nicht so selten vor, dass die Dienerschaft zum engsten Vertrauten wird. Sieh uns beide an.»

«Aber das ist ein himmelweiter Unterschied», gab Maggie leise, aber entschlossen zurück.

«Vielleicht haben wir ihre Bemerkungen auch nur falsch interpretiert, oder sie hat zu viel Brandy zum Tee getrunken und hat sich versprochen», erklärte sie kaum hörbar. «Sie hat ja auch lediglich gesagt, dass er ihr das Bett vorwärmt …»

Maggie kicherte hell und erntete prompt einen irritierten Blick von Edward, der sich noch immer angeregt mit Lady Elisabeth unterhielt.

«Abgesehen davon, dass eine gusseiserne Pfanne diese Aufgabe weitaus zuverlässiger erledigen würde», murmelte Maggie mit zusammengebissenen Zähnen, «wird es hier wohl kaum kälter als bei uns zu Hause im Hochsommer. Wofür benötigt sie also einen Bettwärmer? Denkst du nicht, da ist etwas faul?»

«Keine Ahnung, aber ich mag sie», fügte Lena flüsternd hinzu. «Immerhin gehört sie als seine Patentante zu Edwards Familie, auch wenn keine direkte Verwandtschaft besteht. Außerdem ist sie weniger steif und verbissen als Lord William.»

«Nun ja», seufzte Maggie und beobachtete, wie sich die Lady mit Edward unterhielt. «Sie scheint jedenfalls kein Kind von Traurigkeit zu sein. Wenn ich das richtig verstanden habe, ist sie so etwas wie die Princess of Lieven von Jamaika.»

Lena verdrehte die Augen. «Ihr verstorbener Mann war ein Viscount und eng mit Lord William befreundet», erklärte sie. «Nach seinem Tod hat Lady Fortesque eine gigantische Summe geerbt, und obwohl sie spielend nach Europa hätte zurückkehren können, möchte sie wie Lord William auf dieser Insel sterben und neben ihrem Gatten beerdigt werden.»

«Wie romantisch!», entfuhr es Maggie mit einem unterdrückten Kichern, um Edward nicht noch einmal in seiner Unterhaltung zu stören. «Was Lord Fortesque wohl zu Candy Jones sagen würde? Denkst du, er würde sich im Grabe umdrehen?»

«Maggie!» Lena warf ihrer Freundin, deren ungehemmte Neugier sie nur allzu gut kannte, einen warnenden Blick zu. «Lady Elisabeth ist hier, um uns bei den letzten Hochzeitsvorbereitungen zu helfen. Also untersteh dich, ihr bis zur Trauung am nächsten Samstag allzu intime Fragen zu stellen!»

Die Glocken der hauseigenen Kapelle, die unweit des Herrenhauses von Redfield Hall von Edwards Vorfahren erbaut worden war, läuteten Sturm. Gleichzeitig scharten sich immer mehr Gäste anlässlich der unmittelbar bevorstehenden Vermählung von Helena Sophie Huvstedt und Sir Edward William Montgomery Blake um das kleine Gotteshaus.

Draußen war es windig, aber noch schien die Sonne warm vom Himmel herab. Über den hoch aufragenden Blue Mountains bildeten sich bereits die ersten dunklen Gewitterwolken.

Hoffentlich hält das Wetter wenigstens, bis die Hochzeitsgesellschaft in den geschmückten Festsaal des Haupthauses zurückkehrt, dachte Lena. Sie stand am Fenster ihrer Gäste-Suite und inspizierte von ferne den mit weißem Kies ausgestreuten Vorplatz der Kapelle. Aufgeregt beobachtete sie die Ankunft der zahlreichen Gäste. Die Männer erschienen ausnahmslos in Frack und Zylinder. Die Frauen waren in einfarbige Seidenkleider mit ausladenden Ballonärmeln gekleidet, die der neusten europäischen Mode in nichts nachstanden.

Schon seit dem frühen Morgen trug Lena das bauschige, cremefarbene Hochzeitskleid, das ihre Schneiderin in London nach dem letzten Pariser Schick angefertigt hatte. Estrelle und Maggie hatten ihr das hellblonde Haar zu einem dicken Knoten auf dem Kopf aufgetürmt. Darüber fiel in langen Bahnen der eierschalfarbene Schleier, ein Erbstück von Edwards Mutter. Lena hoffte, dass die Haarnadeln, die den Stoff hielten, dem Wind trotzen würden, der bereits die ersten Hüte von den Köpfen der Damen blies.

«Komm, wir müssen gehen», erinnerte sie Maggie und legte letzte Hand an, um die hauchdünne Brüsseler Spitze vor ihrem Gesicht zu drapieren. «Dein zukünftiger Ehemann wartet bereits ungeduldig am Altar auf dich.»

Edward hatte sie an diesem Tag noch nicht zu Gesicht bekommen. In seiner Familie hatte man die Tradition auf den Kopf gestellt. Angeblich brachte es Unglück, wenn die Braut den Bräutigam vor der Kirche erblickte.

«Da ist ja die wichtigste Person des Tages!», rief eine ihr bekannte weibliche Stimme, als Lena sich zusammen mit Maggie auf den Weg zur Kapelle machte.

«Und da rauscht die zweite Brautjungfer heran», vermeldete Maggie mit beißender Ironie.

Lady Elisabeth Fortesque kam aufgeregt hinter ihnen her gewatschelt, wobei ihre pompöse Aufmachung an ein üppiges, frisch dekoriertes Sahnetörtchen erinnerte.

Als erste Brautjungfer war Maggie zwangsläufig in das gleiche rosafarbene Seidenkleid gehüllt worden wie ihre Mitstreiterin, die sich diese Farbe und die vielen Rüschen und Schleifen ausdrücklich gewünscht hatte.

Zu Maggies Bestürzung hatte die Schneiderin, die von Lady Elisabeth mit dem Nähen der Brautjungfernkleider beauftragt worden war, Ballonärmel und Überrock zusätzlich mit Hunderten von Seidenröschen versehen.

«Ich hasse Rosa», hatte Maggie nach der Anprobe in den letzten Tagen stets gejammert. «Und wenn Lady Elisabeth wüsste, dass sie in dem Kleid wie ein aufgeblasenes Marzipanschweinchen aussieht, hätte sie sich für Grün entschieden!»

«Um darin auszusehen, wie ein aufgeblasener Frosch?», hatte Lena lachend erwidert und Maggie damit getröstet, dass ihre eigene schlanke Gestalt ruhig ein bisschen mehr Stoff vertragen konnte.

Dafür, dass die beiden jungen Frauen der rührigen Lady bei der Organisation der Hochzeit alle Freiheiten gelassen hatten, inklusive Auswahl der Brautjungfernkleider, durften sie ab sofort ‹Tante Elisabeth› zu ihr sagen.

«Du siehst bezaubernd aus», schwärmte Lady Elisabeth, während sie die Braut einer eingehenden Betrachtung unterzog. Ein Kompliment, das Lena nicht einmal aus Höflichkeit hätte erwidern können. Die Lady hatte gemäß ihrem offiziellen Alter von fünfunddreißig Jahren, das hinter dem tatsächlichen Alter mindestens fünfzehn Jahre zurücklag, nicht nur auf Rosa für das Kleid bestanden, sondern sich auch noch entsprechend geschminkt. Und während in London seit Jahren jedes Zuviel an Farbe verpönt war, lebte die Lady anscheinend immer noch im ausgehenden Rokoko. Den Mund grellrot bemalt, die Brauen geschwärzt, wippte ihr sorgfältig weiß gepudertes Doppelkinn im Takt ihrer hastigen Bewegungen. In kleinen, abgehackten Schritten defilierte sie an der wartenden Gesellschaft vorbei, mit hocherhobenem Haupt und einem stolzen Blick, als ob es sich um ihre eigene Hochzeit handeln würde.

Lena verkniff sich ein Grinsen, als sie die rosafarbenen Blüten bemerkte, die zu allem Überfluss Tante Elisabeths hellblonde Perücke schmückten, deren Locken über den Ohren zu kunstvollen Schnecken gerollt waren.

«Ach, Kind, es ist jammerschade, dass dein Vater dich nicht so sehen kann», bemerkte sie wenig taktvoll und tätschelte Lenas Wangen.

Schon seit den Morgenstunden kämpfte Lena mit den Tränen, weil sie sich tief in ihrem Innern niemanden sehnlicher herbeiwünschte als ihren Vater.

Lady Elisabeth hingegen sah die ganze Angelegenheit weitaus pragmatischer und zauberte mit einem breiten Lächeln etwas hinter ihrem Rücken hervor.

«Dein Brautstrauß!» Voller Stolz überreichte sie ihr ein beeindruckendes Gebinde aus flammend roten Blüten, in deren Mitte zarte, gelbe Fruchtkelche hervorschauten. Das Ganze war umrahmt von hellgrünen Blättern.

«Daran habe ich überhaupt nicht gedacht», erklärte Lena beinah wie zur Entschuldigung.

«Das ist ja auch nicht deine Aufgabe», erklärte Lady Elisabeth mit mütterlichem Lächeln. «Dein zukünftiger Ehemann hat mich damit beauftragt, dir diesen Blütenreigen zusammenstellen zu lassen.» Liebevoll streichelte sie über die einzelnen Blütenblätter. «Wir nennen diese Blumenart die Flamme von Jamaika. Für die Eingeborenen dieser Insel drückt sie nicht nur Leidenschaft, sondern auch Kraft und Empfindsamkeit aus.»

Lena war gerührt, dass Edward tatsächlich an einen solch hübschen Brautstrauß gedacht hatte. Vielleicht war er doch nicht so gefühlskalt, wie sie in den letzten Wochen manchmal befürchtet hatte. Plötzlich fuhr der Wind kräftig in ihren Schleier, und Maggie half ihr, den Stoff zu bändigen.

Lady Elisabeth reichte Lena die Hand. Wie bereits bei den Proben an den vorangegangenen Tagen nahm sie ungefragt die Rolle der fehlenden Brautmutter ein – eine selbst gestellte Aufgabe, die sie in Ermangelung eigener Kinder sichtlich zu genießen schien.

Weder Edward noch Lord William schienen sich an dem unkonventionellen Verhalten der Lady zu stören. Im Gegenteil, die korpulente Frau brachte auf ihre Weise so etwas wie familiäre Normalität in den Ablauf der Vorbereitungen, die dem eher unpersönlichen Klima auf Redfield Hall eine vorübergehende Leichtigkeit verlieh. Eine solche zwischenmenschliche Nähe hatte Lena seit ihrer Abreise aus London schmerzlich vermisst. Ein Grund, warum sie Lady Elisabeth gerne gewähren ließ, obwohl die Frau zweifelsohne zur Aufdringlichkeit neigte.

Unter den annähernd zweihundert illustren Hochzeitsgästen herrschte eine gelöste Stimmung, als Lena sich in Begleitung ihrer Brautjungfern dem Hauptportal näherte.

Generalgouverneur Somerset Lowry-Corry, der 2. Earl Belmore, hatte höchstpersönlich dafür gesorgt, dass Lord William und seine Familie sich einer passenden musikalischen Untermalung während des Festes erfreuen durften. Die Musikkapelle des 61th Foot Regiments aus Fort Littleton wartete vor der Kapelle mit acht Musikern auf, die sich nicht nur auf Blechhorn und Dudelsack verstanden, sondern auch Geige, Cello und Klavier beherrschten.

Unterdessen sorgte das 84th Rifle Regiment, das ebenfalls in Fort Littleton stationiert war, mit acht Berittenen unter dem Kommando von Captain Peacemaker für den nötigen Schutz der Veranstaltung. Seine Truppe hatte bereits den Gouverneur nebst Gemahlin von Spanish Town aus nach Redfield Hall begleitet.

Juliana Lowry-Corry war in ein langes, bordeauxrotes Kleid mit dazugehöriger kurzer Jacke gekleidet. Dazu trug sie erlesenen Goldschmuck, der mit rauchfarbenen Edelsteinen verziert war, und einen kleinen Federhut, der ihr aufgestecktes, ebenholzfarbenes Haar betonte. Ihr Mann war für sein fortgeschrittenes Alter recht attraktiv mit seinen grau melierten, kurz geschnittenen Haaren und den wachen, braunen Augen. Er trug einen königsblauen Frack, an dessen breitem Revers Dutzende Orden glänzten.

Eine größere Schar von Gästen entstammte dem europäischen Club, wie Lady Elisabeth ihr beiläufig erklärte – eine Versammlung jamaikanischer Honoratioren, die sich die Förderung wirtschaftlicher und politischer Ziele der Kolonie in die Statuten geschrieben hatten. Zutritt zu diesem elitären Kreis hatten ausschließlich vermögende Weiße, die aus Europa stammten und seit mindestens fünf Jahren über eine Residenz in Jamaika verfügten.

Lord William wurde dort als Ehrenmitglied geführt, und es war selbstverständlich, dass eine Abordnung an der Vermählung seines einzigen Sohnes teilnahm.

Vor den Lagerhäusern und Stallungen hatten sich in respektvollem Abstand zur noblen Gästeschar Hunderte einfach gekleideter Sklaven versammelt. Die Aufseher behielten die dunkelhäutigen Männer und Frauen stets im Auge und kontrollierten, dass sie in stummem Einvernehmen blau-weiße Papierfähnchen bereithielten, mit denen sie nach der Messe auf ein Zeichen hin dem Brautpaar zujubeln sollten.

Anlässlich der Hochzeit hatten bis auf die Haussklaven alle Schwarzen einen freien Tag erhalten sowie die Erlaubnis, das Fest auf ihre Weise feiern zu dürfen. Schon früh am Morgen hatten sie in den Strohhütten und benachbarten Dörfern unter lautem Getrommel zu tanzen begonnen. Für den späteren Nachmittag hatte der Lord ihnen eine Extraration Bier und Brot versprochen. Lenas Blick erfasste schmerzlich die Armut, aber auch die Sehnsucht nach einem besseren Leben, die ihr aus den dunklen Augen förmlich entgegensprang. Sie war fest entschlossen, sich um das Wohlergehen all dieser Menschen zu kümmern, sobald sie mit Edward verheiratet war. Wie die eleganten Damen in den Wohltätigkeitsorganisationen ihres Vaters würde sie den Bediensteten ihre Aufwartung machen und Müttern und Kindern kleine Geschenke mitbringen. Außerdem wollte sie dafür sorgen, dass die dringend benötigte medizinische Hilfe noch mehr Arbeitern zuteilwurde.

Während Lady Elisabeth immer noch an Lenas weißem Seidentraum herumzupfte, war Lord William hinzugetreten. Edwards Vater hatte sich selbstverständlich bereit erklärt, seine zukünftige Schwiegertochter in die Kirche zu führen.

Inzwischen hatten sich die Gäste hinter der Braut und Lord William zu einem zweireihigen Spalier aufgestellt. Die Militärmusiker erhoben ihre Instrumente und spielten mit konzentrierter Miene zum Hochzeitsmarsch auf.

Captain Peacemaker, ein hochgewachsener Blondschopf, der eine mit zahlreichen Orden geschmückte, graugrüne Uniform trug, hatte mit seinen Scharfschützen vor dem Eingang der Kirche Aufstellung bezogen. Beim Einmarsch würden seine Männer mit feierlicher Miene ihre Gewehre präsentieren und in einer Zweierreihe einen Durchgang für die Braut und ihr Gefolge bilden.

Plötzlich öffnete sich das Kirchenportal, und Pastor Langley trat zwischen den beiden Flügeltüren heraus. Erst vor wenigen Tagen hatte Lena mit dem asketisch aussehenden Mann die Zeremonie durchgesprochen. Der anglikanische Geistliche, dessen Nickelbrille viel zu weit vorn auf der Nase saß, war gleichzeitig Militärpastor des örtlichen Schutzkommandos und gehörte so gut wie zur Familie.

Milde lächelnd breitete er seine dürren Arme wie eine hölzerne Christusfigur aus, um sie in Empfang zu nehmen.

In ungeahnter Anspannung umklammerte Lena den angewinkelten Unterarm ihres zukünftigen Schwiegervaters und trat durch das Spalier der Soldaten.

Das kleine Gotteshaus verfügte über sechs mannshohe Glasfenster, und drei der Gärtner, die sich üblicherweise um die Parkanlagen von Redfield Hall kümmerten, hatten bereits am Tage zuvor einen üppigen Blumenschmuck aus bunten, einheimischen Blüten im Innern der Kapelle aufgestellt.

Aus dem Innern des Gotteshauses erhob sich nun laute Orgelmusik, die gleiche Melodie von Felix Mendelssohn Bartholdy, die sich mit den Bläsern des Militärkorps für einen Moment auf unschöne Weise vermischte. Es dauerte eine Weile, bis beide Seiten zu einer einvernehmlichen Harmonie fanden. Edward hatte die Noten dazu in London erstanden, und Nelson Willowbie, ein Organist aus Port Maria, hatte die Melodie tagelang einstudieren müssen, weil nach seinem eigenen Bekunden Hochzeitsmelodien im Moment nicht sehr gefragt waren.

Lena war mulmig zumute. Edward zuliebe hatte sie sogar ihren Glauben gewechselt. Mit dem Tag ihrer Vermählung trat sie zur anglikanischen Kirche über. Doch nicht nur das beängstigte sie. Ihre Knie wurden weich bei dem Gedanken, dass sie heute Abend endgültig die Frau eines Mannes sein würde, den sie noch immer nicht richtig einschätzen konnte. Ob der Preis für ihr Glück vielleicht doch zu hoch ausfiel? Würden ihre Gefühle füreinander ausreichen, um ein ganzes Leben miteinander bestreiten zu können?

Beinahe erleichtert registrierte Lena, dass Lord William mit festem Griff ihren rechten Ellbogen erfasste und sie Richtung Altar dirigierte. Maggie und Lady Elisabeth folgten ihnen und sorgten dafür, dass sich die drei Meter lange Schleppe nicht irgendwo im seitlichen Gestühl verhedderte.

Vor ihnen hatte sich ein Dutzend niedlich anzusehender Blumenmädchen aufgereiht, die einer benachbarten, deutschen Lutheranersiedlung entstammten. Sie steckten in himmelblauen Seidenkleidchen und trugen mit Blattgold verzierte Weidenkörbchen, aus denen sie Hyazinthen-, Hibiskus- und Jasminblüten auf den Weg zum Altar streuten. Lady Elisabeth hatte wirklich nichts dem Zufall überlassen.

Mit gewichtigen Schritten führte Lord William Lena zum Altar, wo Edward mit seinem Trauzeugen, Trevor Hanson, bereits auf sie wartete. Lena überraschte der Anblick des gekämmten und gewaschenen Aufsehers, der in einem für ihn unpassend vornehmen Anzug steckte. Aber seine ungewohnte Erscheinung war nichts gegen Edward, der in ihren Augen aussah wie ein griechischer Gott. Augenblicklich wusste sie wieder, warum sie sich auf das Abenteuer mit ihm eingelassen hatte.

Er trug einen französischen Anzug mit heller Hose und nussbraunem Jackett, dazu einen steifen, cremefarbenen Kragen, der farblich perfekt zu ihrem Kleid passte und seine vornehme Haltung betonte. Das markante Gesicht war glatt rasiert, die kurzen, dunklen Haare mit Pomade zurückgekämmt. Seine dunkelblauen Augen schimmerten voller Stolz, als sein Vater ihm Lenas zitternde Hand übergab. Es war, als ob er sagen wollte: *Seht her, was für eine junge, schöne Frau mir das Jawort gibt!*

Lena war bemüht, seinen Blick mit einem hingebungsvollen Augenaufschlag zu erwidern. Pastor Langley schien ihre Nervosität nicht zu bemerken. Er bat Edward und Lena, nebeneinander auf zwei rot gepolsterten Hockern Platz zu nehmen, und hob die Hände zum Gebet.

Der Innenraum der Kapelle hatte sich bis auf den letzten Platz gefüllt. Einige der geladenen Männer fanden keine Sitzmöglichkeit mehr und drängten sich in den Kirchentüren, sodass niemand mehr hinein- oder hinausgelangen konnte. Zum Weglaufen war es nun eh zu spät, dachte Lena und faltete sittsam die Hände, den Blick starr geradeaus auf den Altar gerichtet.

Die nun folgenden Worte des Pastors rauschten beinahe ungehört an ihr vorbei, bis Langley ihr mit beiden Händen den Schleier zurückschlug und das Brautpaar bat, sich gemeinsam zu erheben. Schüchtern ergriff sie Edwards dargebotene Hand, bemüht, den weiteren Ausführungen des Pastors mehr Aufmerksamkeit zu schenken.

«Willst du, Edward William Montgomery Blake, die von Gott dir anvertraute Helena Sophie Huvstedt als deine Ehefrau lieben und ehren und die Ehe mit ihr nach Gottes Gebot und Verheißung führen in guten und in bösen Tagen, bis der Tod euch scheidet, so antworte: Ja, mit Gottes Hilfe.»

Edward zögerte keinen Moment.

«Ja, mit Gottes Hilfe!» Mit tiefer, sonorer Stimme sprach er die Worte mit geradezu einschüchternder Autorität.

Nun wandte sich der Pastor mit der gleichen Frage an Lena. Während er sprach, glaubte sie mit einem Mal neben sich zu stehen. In Edwards Augen loderte unterdessen unbändiges Verlangen, doch loderte darin auch das Feuer ewiger Verbundenheit? Bei seinem siegessicheren Lächeln brachen erneute Zweifel an seiner Liebe in ihr auf.

Eine innere Stimme riet ihr schon länger zur Vorsicht, was Edwards wahre Gefühle für sie betraf. Es erschreckte sie selbst, dass sie sich bis vor kurzem hauptsächlich nach seinem attraktiven Körper und seinen heißen Küssen gesehnt hatte. Die Herzenswärme war dabei entschieden zu kurz gekommen, und doch sehnte sie sich nun vor allem nach seiner Liebe. Dabei war Lena noch nicht einmal klar, wann sie sich dessen bewusst geworden war. Als Edward bereits bei ihrer Ankunft mit seiner Abwesenheit geglänzt hatte? Oder weil er so nachlässig mit seinen Sklaven umging? Oder lag es daran, weil sie das Gefühl nicht loswurde, dass er sie offenbar mehr mit dem Körper als mit dem Herzen begehrte?

Du verlangst zu viel, mahnte eine innere Stimme. *Er ist bereit, alles für dich zu tun, sein Leben und seinen Reichtum mit dir zu teilen. Liebe kann man nicht erzwingen, sie muss wachsen, und das wird sie auch.*

Vielleicht aber waren ihre Zweifel auch nur den Anstrengungen der vergangenen Wochen und den aufwendigen Hochzeitsvorbereitungen geschuldet.

Lena hatte schon viel zu lange mit einer Antwort gezögert, als Pastor Langley sich unvermittelt räusperte.

Ein hastiger Blick zur Seite versicherte ihr, dass die Armee von Hochzeitsgästen in ihrem Nacken ihr keine Chance ließ, das Ruder im letzten Augenblick noch herumzureißen. Sie durfte nicht einmal ansatzweise dem Versuch erliegen, ihre wahren Gefühle preiszugeben.

«Ja, mit Gottes Hilfe», wiederholte sie willenlos die Vorlage des Pastors, doch die Worte fühlten sich seltsam hohl an.

«Der allmächtige Gott segne eure Verbindung!», verkündete Langley mit salbungsvoller Stimme und vollführte den Segen. «Getreu dem Motto: Wo du hingehst, da will ich auch hingehen; wo du bleibst, da bleibe ich auch. Dein Volk ist mein Volk, und dein Gott ist mein Gott. Wo du stirbst, da sterbe ich auch, und wo man dich begräbt, will auch ich begraben werden.» Dann wandte er sich mit einem feierlichen Nicken an Edward. «Zum Zeichen der ehelichen Treue und Liebe darfst du, Edward William Montgomery Blake, der Braut nun den Ring anstecken.»

Für einen Moment erlag Lena der Vorstellung, was wohl geschehen würde, wenn sie die Hand zurückzog, bevor Edward den goldenen Ehering neben ihrem hochkarätigen Diamantring platzieren konnte, den er ihr anlässlich ihrer Verlobung in London geschenkt hatte. Aus Furcht, ihre Hand könnte sich plötzlich verselbständigen, machte sie sich stocksteif und ließ die Zeremonie wortlos über sich ergehen.

Mit erhobenem Haupt richtete sich Langley nun an die gesamte Gästeschar. «Was Gott zusammengefügt hat, das soll der Mensch nicht scheiden.» Dann senkte er den Blick auf das vor ihm stehende Paar.

«Hiermit erkläre ich euch kraft meines von Gott gegebenen Amtes zu Mann und Frau. Im Namen des Vaters, des Sohnes und des Heiligen Geistes. Amen.»

In Edwards Kuss bestätigte sich sein unbotmäßiges Verlangen, das fern jedweder Romantik lag und ihre Bedenken nachträglich verstärkte. Eisern kniff sie die Lippen zusammen, als sie spürte, wie seine Zunge vor allen Leuten nach Einlass verlangte.

«Amen!», erscholl es aus gut zweihundert Kehlen.

Sogleich setzte der Organist an und spielte zur Ehre des englischen Königs die Nationalhymne. Die Gäste erhoben sich und sangen lauthals mit.

Währenddessen beugte sich Edward vor und flüsterte ihr triumphierend ins Ohr:

«Heute Nacht ist es vorbei mit all der Prüderie. Dann gehörst du deinem Ehemann, mit Haut und Haaren. So, wie du es vor Gott versprochen hast.»

Obwohl sie eigentlich glücklich sein sollte, brachte Lena nur ein gequältes Lächeln zustande. Bei Lichte betrachtet hatte sie genau das erhalten, was sie sich in London so sehnlich gewünscht hatte: einen blendend aussehenden, vermögenden Kerl, dem es, was die körperlichen Bedürfnisse von Frauen betraf, weiß Gott nicht an Erfahrung mangelte.

Die anschließende Feier in der großen Halle des Haupthauses bot alles, was man von der prominentesten Hochzeit des Jahres erwarten durfte. Auf einem unendlich langen, französischen Buffet hatten die besten Köche Jamaikas ausgesuchte Köstlichkeiten aufgetürmt: frischer Hummer, Fisch in allen Variationen, Fruchtcocktails mit allem, was die Insel zu bieten hatte, Roastbeef mit gerösteten Rosmarinkartoffeln, Schwein in Aspik, bunte Kuchen, Pasteten und allerlei Süßspeisen von Pudding bis zu kandierten Früchten. Dazu wurde erlesener Wein aus Frankreich kredenzt und Kaffee von den besten Plantagen der Insel. Nicht zu vergessen die riesigen Kristallschüsseln mit *Sangaree,* einem äußerst beliebten Getränk aus Wein, Saft und frisch geschnittenen Früchten, das mit Rum, Wasser und Zucker angereichert eine nicht zu unterschätzende Versuchung darstellte. Lena hatte vor einiger Zeit einmal davon gekostet. Man bemerkte gar nicht, wie rasend schnell man einen Schwips bekam.

«Eine solche Hochzeit findet auf Jamaika nicht alle Tage statt», bekannte Lady Elisabeth gegenüber ihrer Bekannten, Lady Rossburne, während sie in Gesellschaft der frischgebackenen Braut ihren Begrüßungschampagner schlürften.

«Da haben sich Williams Bemühungen in Europa ja gelohnt», bestätigte diese und bedachte Lena mit einem wohlwollenden Lächeln.

Nachdem Lady Rossburne zu ihrem Gatten zurückgekehrt war, warf Lena Lady Elisabeth einen irritierten Blick zu.

«Wie meint sie das?»

«Hm ...» Nach einer Weile fügte Lady Elisabeth zögernd hinzu: «Er hat es sich wohl einiges kosten lassen, ein Mädchen wie dich für Edward zu finden.»

«Was soll das heißen?»

«Nun, dass du heute hier stehst, meine Liebste, in einem wunderbaren Brautkleid mit einem überaus kostbaren Ring am Finger, zeugt doch davon, dass sein finanzieller Einsatz zur Anbahnung dieser Ehe offensichtlich von Erfolg gekrönt war.»

«Moment mal!» Lena wurde heiß und kalt. «Heißt das, er hat irgendjemanden bezahlt, um mich auszusuchen?»

Lady Elisabeth entging der Unmut in Lenas Blick keinesfalls.

«Ich weiß gar nicht, warum du dich so aufregst, Schätzchen», flötete sie scheinbar unbeschwert. «In den Kreisen, in denen wir uns bewegen, geht nichts ohne Beziehungen. Und wenn dein Vater nicht selbst auf der Suche nach einem passablen Ehemann für dich gewesen wäre, hättest du Edwards Einladung zum Debütantinnenball wohl kaum angenommen.»

Bevor Lena darauf etwas erwidern konnte, spielte das kleine Militär-Orchester, das nunmehr in den Festsaal umgezogen war, einen Tusch. Die Männer hatten nicht nur ihre Instrumente gewechselt, sondern auch ihre Uniformen. Anstatt in Rot spielten sie nun in dezenten schwarzen Abendanzügen.

Aus einem Pulk von Gästen löste sich Edward, kam zu ihr und zog sie an sich, um den Eröffnungstanz zu beginnen. Lena ließ sich wie in Trance aufs Parkett führen. Zu viele Dinge gingen ihr durch den Kopf, und sie war froh, dass Edward von all dem anscheinend nichts bemerkte. In gewohnter Souveränität absolvierte er mit ihr einen Wiener Walzer.

Erst als weitere Paare zu tanzen begannen, nahm Lena all ihren Mut zusammen und fragte: «Hat dein Vater jemanden dafür bezahlt, dass ich bei *Almack's* deine Tanzpartnerin wurde?»

Edward tat überrascht. «Die Princess of Lieven hat zehntausend Pfund von meinem Vater erhalten, damit sie uns eine passende Kandidatin nennt. Ich dachte, du wüsstest das?» Seine Antwort war so ehrlich wie grausam.

«Ich fasse es nicht», zischte Lena und ließ sich willenlos in die nächste Drehung führen. Mittlerweile waren etliche Paare auf der Tanzfläche, aber niemand schien sich für ihr verärgertes Stirnrunzeln zu interessieren. «Die Princess hat mich also verkauft?»

«Ich weiß gar nicht, warum du so einen Unsinn redest», erwiderte Edward und hob eine Augenbraue. «Dein Vater war mit dem gleichen Anliegen an ihren Mann herangetreten. Außerdem war es doch genau das, was du wolltest. Oder habe ich dich etwa zwingen müssen, mich im Keller von *Almack's* zu küssen und dich letztendlich mit mir zu verloben?»

«Nein», flüsterte sie mit zusammengepressten Lippen, «aber ich dachte, du hättest mich aus Liebe geheiratet. Und nun muss ich erfahren, dass das alles ein abgekarteter Plan war, weil dein Vater unbedingt eine passable Ehefrau für dich wollte, die bereit war, nach Jamaika überzusiedeln.»

Edward brach in überraschtes Gelächter aus, was bei den tanzenden Gästen den Eindruck gelöster Heiterkeit erwecken musste. Lena hingegen war überhaupt nicht zum Lachen zumute. Was, wenn Edward sie in Wahrheit gar nicht aus freien Stücken erwählt hatte, sondern nur, um seinem Vater zu gehorchen?

«Sei nicht albern, meine Teuerste», versuchte er sie zu besänftigen und blieb dabei ohne Mühe im Takt. «Was ist schon Liebe?» Sein

Oberschenkel drückte sich bei der Drehung fordernd in ihren Schritt. «Du kannst es doch kaum erwarten, endlich zur Frau gemacht zu werden. Am besten von einem erfahrenen Hengst wie mir, der weiß, wo es langgeht. Dass du dir bisher aufgrund deiner strengen Erziehung selbst ein wenig im Wege gestanden hast, macht die Sache für mich nicht weniger reizvoll.»

«Edward!», rief Lena empört, doch ihr Protest verhallte mit der Musik, die nun wegen einer unvermittelt einsetzenden Polka lauter geworden war.

Dafür rutschte Edwards Hand jetzt bis auf ihren Po hinab und presste ihren Unterleib an seine spürbare Härte.

«Du bist eine junge, äußerst schöne Zuchtstute aus einem vorzeigbaren Gestüt. Und um meinen Vater zufrieden zu stellen, müssen wir beide nichts weiter tun, als dafür zu sorgen, dass schon bald in deinem gesegneten Leib ein munteres, kleines Fohlen heranwächst.»

Als die Musik abebbte, zog er sie mit einem gierigen Lächeln an sich und küsste sie hart auf den Mund, was den Gästen laute Beifallsbekundungen entlockte.

«Ich kann es kaum erwarten, heute Nacht endlich bei dir zu liegen», flüsterte er ihr ins Ohr, noch bevor Lena sich losreißen konnte.

Ihr wurde vor Empörung ganz schwindlig. Verzweifelt sah sie sich nach Maggie um, der sie am liebsten sogleich von Edwards Unverschämtheiten erzählt hätte. Doch Maggie war verschwunden.

Edward fasste sie mit eiserner Kraft am Handgelenk und zog sie zu einer Gruppe von Gästen, die sich um den Gouverneur geschart hatte.

«Darf ich Ihnen meine Braut vorstellen?», erklärte Edward mit einem einnehmenden Lächeln und schob Lena ohne weiteres in die Runde von Brandy trinkenden Plantagenbesitzern, die den Gouverneur umringten.

«Madame, es ist mir eine Ehre, Sie in der Gesellschaft Jamaikas willkommen zu heißen», begann der Gouverneur und verbeugte sich formvollendet für einen angedeuteten Handkuss. «Lord Somerset Lowry-Corry, 2. Earl of Belmore, zu Ihren Diensten. Ihr Vater ist, wie ich hörte, erfolgreicher Großhändler für die Erzeugnisse unserer schönen Insel.» Mit anerkennendem Blick sah er in die Runde. «Da ist er doch sicher hocherfreut, einen so erfahrenen Schwiegersohn in seiner Familie begrüßen zu können!»

Die Umstehenden lachten zustimmend. Edward schien sich über die Bemerkung unbotmäßig zu amüsieren. Lena glaubte in seinem schmutzigen Grinsen eine ebenso schmutzige Andeutung zu erkennen. Doch sie wollte sich von derartigen Unverschämtheiten nicht unterkriegen lassen!

«Gewiss», erwiderte sie in lupenreinem Oxfordenglisch und strich sich eine Locke aus der Stirn, die sich im Eifer des Gefechts aus ihrem zurückgelegten Schleier gelöst hatte.

«Er kann es kaum erwarten, mich in meiner neuen Heimat zu besuchen, um sich von meinem Glück höchstpersönlich überzeugen zu können.» Dann werde ich ihn zur Rede stellen, nahm sie sich stillschweigend vor. Denn ihr Vater war offenbar nicht ganz unschuldig daran, dass sie sich auf diesen fragwürdigen Ehemann eingelassen hatte.

Plötzlich spielte die Musik einen Tusch, und alle drehten sich zu Lord William um, der einen kleinen Notizzettel in der Hand hielt. Allem Anschein nach wollte er eine Rede auf das Brautpaar halten. Mit langen Schritten durchquerte er die Halle, vorbei an den hohen Terrassenfenstern, die man wegen der stickigen Luft und der vielen Menschen weit geöffnet hatte.

Von draußen drang der Geruch nahenden Regens herein. Dem frischen Wind des Vormittags würde bald ein kräftiger Schauer folgen. Schon jetzt tanzten die Wipfel der Palmen wild hin und her, weil der Sturm an Kraft zugenommen hatte. Im Saal wurde es dagegen still, und alle starrten wie gebannt auf das Podium, das William Blake mit einem triumphierenden Blick in die Runde bestiegen hatte.

«Heute ist für mich ein ganz besonderer Tag», begann er feierlich, «denn mit Stolz blicke ich auf meinen einzigen Sohn, der eine ganz besondere Frau zum Traualtar geführt hat. Eine Frau, die den weiten Weg übers Meer nicht gescheut hat, um als zukünftige Herrin von Redfield Hall diese traditionsreiche Plantage zu führen. Und wie ich hoffe», ergänzte er grinsend, «sie mit vielen gesunden Nachkommen zu segnen.»

Ein Raunen ging durch die Menge. Hier und da entschlüpfte einer männlichen Kehle ein unanständiges Lachen. Während Lena am liebsten im Boden versunken wäre, schien Edward mit den Worten seines Vaters durchaus einverstanden zu sein. Besitzergreifend hielt er ihre schmale Taille umklammert. Plötzlich blitzte und donnerte es heftig, sodass Lord William für einen Moment seine Rede unterbrechen musste. Der Sturm brandete heftiger auf, und der Himmel verdüsterte sich.

Als der Schrecken der Gäste sich gelegt hatte, hob Lord William von neuem an und fuhr mit seiner Laudatio fort. Doch unvermittelt ging ein weiterer Aufschrei durch die Gästeschar. Lord William schaute irritiert auf. Es hatte keinen weiteren Donnerschlag gegeben, aber Lena sah, wie sich abrupt ein schwarzer Schatten aus dem Nichts herausschälte und vor das Podium trat. Die Gestalt hielt ein flatterndes Etwas in ihrer erhobenen Hand und schien damit ihren Schwiegervater zu bedrohen.

«Ich verfluche dich, William Blake, und deinen vermaledeiten Sohn!», ertönte die schrille Stimme einer alten Frau in gebrochenem Englisch. «Der Leib seiner Frau soll eher verfaulen, als dass er Früchte hervorbringt. Und sollte der Teufel ein Einsehen haben und ihren Körper mit seiner Brut segnen, so soll sie eines grässlichen Todes sterben, noch bevor sie niedergekommen ist!»

Alle Gäste standen wie angewurzelt an ihrem Platz. Keiner sagte ein Wort, geschweige, dass sich jemand bewegte. Alle schienen wie verhext. Lena stockte der Atem. Dann hob die Alte plötzlich eine Machete und schlug auf das immer noch flatternde Tier ein, ein Hahn, wie Lena nun unschwer erkennen konnte. Anschließend schleuderte sie den leblosen Kadaver in hohem Bogen durch die Luft und traf

Lord William damit so hart am Kopf, dass dieser zunächst rückwärtswankte und dann mit voller Wucht in die Orchesterstühle stürzte.

Mit einem Mal war überall Blut. Williams Gesicht und sein Anzug samt Kragen waren überströmt, und auf dem Boden bildete sich ein kleiner roter See. Es sah aus, als ob dem Lord selbst jemand die Kehle durchschnitten hätte. Erneut ging ein Aufschrei durch die Menge, und es schien eine Ewigkeit zu dauern, bis die ersten Männer aufsprangen, um zumindest den toten Hahn vom Boden aufzuheben. Das Tier war zwischen Lord Willams ausgestreckten Beinen gelandet, was – so wie es auf den ersten Blick aussah – zu keinen zusätzlichen Blessuren geführt hatte.

Erst als Edward sich von ihr löste und zu seinem Vater rannte, erwachte auch Lena aus ihrer Schockstarre. Andere Gäste, darunter einige Soldaten, machten sich daran, hinaus in den Regen zu rennen, um die Täterin zu fassen. Doch die Frau war längst durch die offen stehenden Terrassentüren entkommen. Ein hektisches Durcheinander entstand, weil die meisten Gäste nun ebenfalls nach draußen eilten.

Der Gouverneur rief Captain Peacemaker im Vorbeieilen ein paar eindeutige Befehle zu, in denen die Worte «Tot oder lebendig!» vorkamen. Lena ließ den Blick schweifen, um Maggie in dem Trubel auszumachen.

«Nur keine Aufregung», sagte da eine vertraute Stimme neben ihr, und schon spürte sie Lady Elisabeths mollige Hand auf der Schulter. «Sie werden diese Verrückte schon schnappen.»

«Wer in Gottes Namen war das?», stieß Maggie hervor, die sich durch die Menge gekämpft hatte und sich nun ebenfalls zu ihnen stellte.

Ihr war die Verwirrung über dieses plötzliche Ereignis deutlich anzusehen.

Lady Elisabeth sammelte sich als Erste.

«Mit Sicherheit war das keine geplante Hochzeitsüberraschung. Der Sprache nach könnte es eine Sklavin gewesen sein.»

«Eine Sklavin?» Lena sah sie entrüstet an. «Warum sollte sie so etwas Niederträchtiges über mich sagen? Sie kennt mich doch gar nicht!»

«Vielleicht hat es etwas mit den Aufständen zu tun, die Edward in letzter Zeit des Öfteren erwähnt hat?», überlegte Maggie, nur um sich gleich darauf selbst die Antwort zu geben. «Wobei es in seinen Schauergeschichten immer nur um entlaufene Sklaven und brennende Plantagen ging. Von fliegenden Hühnern war nie die Rede.»

Mit einem Seufzer deutete sie auf das tote Tier, das nun unweit des Orchesters am Boden lag und auf Befehl des Gouverneurs einer eingehenden Untersuchung unterzogen werden sollte.

«Kopflose fliegende Hühner, wohlgemerkt», fügte Maggie tonlos hinzu.

«Allem Anschein nach ist es ein Hahn», fügte Lady Elisabeth nüchtern hinzu.

«Hat das irgendeine Bedeutung?» Maggie sah sie neugierig an.

«Keine Ahnung», gab Elisabeth nachdenklich zurück. «Ich weiß nur, dass die Neger solche Opfergaben manchmal für etwas benutzen, das sie Obeah-Zauber nennen.»

«Ich glaube nicht an Zauberei», erklärte Lena unmissverständlich und wandte sich suchend um. «Wo ist Edward überhaupt?»

Sie hatte noch gesehen, wie er seinem Vater auf die Füße geholfen und sich von seiner Unversehrtheit überzeugt hatte. Danach musste er nach draußen gerannt sein. Er würde vielleicht am ehesten eine Ahnung haben, was hier soeben geschehen war.

«Wahrscheinlich gibt er Mr. Hanson und seinen Leuten Anweisungen, um nach der Übeltäterin zu suchen», vermutete Lady Elisabeth.

Unter den noch anwesenden Gästen rumorte es unterdessen, als ob man in ein Hornissennest gestochen hätte. Die Frauen zogen sich ängstlich in den hinteren Teil des Saales zurück, während die Männer zu Degen und Pistolen griffen, sofern sie welche mit sich führten.

«Aber ganz gleich, was noch folgt», beschied Lady Elisabeth und blickte auf das verwaiste Buffet. «Eine solche Aufregung macht hungrig.»

Ohne Skrupel begab sie sich zu den ganz in Weiß gekleideten Hausklaven, die ratlos und verunsichert umherschauten, und verlangte die Herausgabe jeglicher Köstlichkeiten, die ihre angespannten Nerven beruhigen würden. Lena hingegen war der Appetit gründlich vergangen. Sie sah, wie Lord William gegen seinen Willen auf eine Chaiselongue gebettet wurde, damit Dr. Lafayette ihn untersuchen konnte. Kurz entschlossen ging sie zu den beiden hin. Lord Williams Gesundheit erschien ihr inzwischen stabil genug, um ihm ein paar Fragen zu stellen.

KAPITEL 8

September 1831 || Jamaika || Obeah- Zauber

Mit ihren fünfzig Sommern war Baba längst nicht mehr die Jüngste. Aber das Leben in den Blue Mountains hatte sie in all den Jahren der Entbehrung zäh gemacht, und so war sie immer noch flink und konnte bei Gefahr wie eine Ferkelratte in jedem sich bietenden Loch verschwinden.

Im Park hinter dem Herrenhaus wimmelte es bereits von Verfolgern. Auch ein paar Neger waren darunter, aber vor ihnen hatte Baba keine Angst. Geriet sie jedoch in die Hände der Weißen, war sie so gut wie tot, und diesmal würde es endgültig sein.

Mit Schaudern dachte sie an jene schicksalhafte Nacht zurück, als sie sich im Schlafzimmer von William Blake die Adern mit einer Machete geöffnet hatte. Danach hatte der noch junge Trevor Hanson ihren blutenden, erschlafften Körper in einen dunklen Schuppen geschleppt. Ohne Gnade hatte er sie in ihrem ohnmächtigen Zustand noch einmal vergewaltigt, bevor er sie in den White River geworfen hatte. Sicher in der untrüglichen Absicht, sich die Finger nicht noch schmutziger machen zu müssen und die Entsorgung ihres Kadavers getrost den hungrigen Krokodilen zu überlassen. Im Wasser treibend, hatte sie zwar das Bewusstsein wiedererlangt, war jedoch zu schwach gewesen, um sich aus eigener Kraft ans Ufer zu retten. Dann war ihr endgültig schwarz vor Augen geworden, und sie war sicher, das Reich der Toten betreten zu haben. Eine energische Stimme hatte sie jedoch zu den Lebenden zurückgeschickt. Am nächsten Morgen entdeckte Jeremia, damals ein Haussklave im mittleren Alter, sie zufällig am Ufer.

Bei Einbruch der Dunkelheit hatten er und Estrelle ihren halbtoten Körper heimlich zu Desdemona geschafft. In ihrer Hütte hatte die alte Schamanin sie vollständig ins Leben zurückgeholt. Seither galt Baba als ein Mensch, der von den Toten zurückgekehrt war, und sie genoss unter den eingeweihten Sklaven eine besondere Beachtung.

Doch sie ahnte, dass sie diesmal nicht so viel Glück haben würde, sollte sie Hanson in die Hände fallen oder von den Soldaten des Gouverneurs geschnappt werden.

Von dieser Erkenntnis getrieben, rannte Baba nun durch den Park hinunter zum Flussufer. Nasse Äste schlugen ihr ins Gesicht, und ihre nackten Fußsohlen schmerzten von den spitzen Steinen. Einmal schlug sie der Länge nach hin, weil der Regen den Boden rutschig gemacht hatte. Sofort rappelte sie sich wieder auf und watete so tief wie möglich ins rettende Schilf, das zu dieser Jahreszeit besonders hoch stand. Wenn es ihr gelang, auf die andere Seite des Flusses zu schwimmen, war sie in Sicherheit. Denn dort begann der Mangrovenwald, und die hohen Bananenstauden auf dem Feld dahinter standen so dicht, dass sie einem Flüchtenden gut Schutz bieten konnten.

In Gedanken überdachte Baba ihren weiteren Fluchtweg. Bis zur Dämmerung wollte sie es bis zum Rio Nuevo schaffen. Von den bewaldeten Hängen der dahinterliegenden Berge aus würde sie dann am Flint River entlang den Rückweg in die Blue Mountains antreten.

Hinter ihr hallten die Rufe zahlloser Männer. Pferdegetrappel und das Bellen von Jagdhunden waren zu hören. Hastig streifte Baba ihr schwarzes Gewand ab und watete, bekleidet mit dem blauen Arbeitskittel einer Sklavin, den sie zur Tarnung darunter trug, ins Wasser.

«Durchkämmt den Park!», rief eine Stimme im Befehlston. Eine andere brüllte: «Auf zu den Hütten! Treibt alle Sklaven raus und befragt jeden einzelnen, ob er was Verdächtiges gesehen hat.»

Baba spürte die Nähe der heranrückenden Soldaten und der ihnen folgenden Meute beinahe körperlich. Bis zum gegenüberliegenden Ufer waren es vielleicht dreihundert Fuß. Die Strömung zog das

Wasser gemächlich zum Meer, das nur ein paar Meilen entfernt war. Während das Gebell der Hunde immer lauter wurde, glitt sie mit dem gesamten Körper in die Fluten. Sie musste ein ganzes Stück in den Fluss hineinschwimmen, um komplett untertauchen zu können. In der Ferne sah sie, wie die ersten Häscher das Ufer erreichten. Mit ihren Pferden galoppierten die Soldaten flussaufwärts, in die falsche Richtung, doch es würde nicht lange dauern, bis sie ihren Irrtum bemerkten.

Baba atmete tief ein und tauchte ab. Sie war eine hervorragende Schwimmerin. Als Kind hatte sie nach Muscheln und Krebsen getaucht, um den kärglichen Speiseplan in den Sklavenunterkünften ein wenig zu bereichern. Später hatte sie dazu keine Zeit mehr gehabt, weil sowohl William Blake als auch sein Aufseher gleichermaßen einen Narren an ihr gefressen hatten. Als Anerkennung ihrer besonderen Dienste bekam sie manchmal ein Stück Stoff oder einen Beutel Tabak, den sie gegen Fleisch und Fisch tauschen konnte. Das ging so lange gut, bis William ihr nicht nur die Seele, sondern auch ihr geliebtes Kind genommen hatte.

Kurz tauchte Baba auf, um Luft zu holen.

«Da!», rief eine laute Stimme. «Da war was in der Mitte des Flusses, ich habe es deutlich gesehen.»

Der Rest seiner Worte ging für Baba im gurgelnden Wasser unter. Sie hielt die Luft an und starrte mit offenen Augen ins trübe Nass. Als plötzlich ein dunkler Schatten an ihr vorbeihuschte, war der Schreck größer als die Angst vor ihren Verfolgern. Ein Flussalligator! Gut zwei Meter lang.

Baba wusste, dass die Tiere in der Regel keine Menschen anfielen, doch was wäre, wenn er so ausgehungert war wie sie selbst? Oder wenn er sich von einer tauchenden Negerin bedroht fühlte? Dies war schließlich sein Revier. Halt dich von den Dämonen der Flüsse fern, dann tun sie dir nichts!, hatte ihre Großmutter immer erklärt.

Baba schwamm, so schnell sie konnte, unter Wasser weiter. Erst als sie spürte, wie ihr die Brust eng wurde, tauchte sie kurz auf und schnappte gierig nach Luft. Die Mangrovenwurzeln auf der anderen Seite des Ufers lagen nur noch ein oder zwei Beinschläge entfernt!

«Da!» Die Stimme schallte über den Fluss. «Ich glaube, ich habe wieder etwas gesehen.»

Im gleichen Moment tauchte der schuppige Kopf des Alligators neben Baba auf. Die gelben Schlitze fixierten sie bösartig.

Fieberhaft dachte sie nach, wie sie dem Tier entkommen könnte. Sie konnte unmöglich aufspringen und wegrennen. Dann würden die Soldaten auf sie schießen!

«Das ist nur ein Krokodil», kam es vom anderen Ufer, «ich kann es ganz deutlich an seinem schuppigen Rücken erkennen, der aus dem Wasser ragt.»

Baba bekam unvermittelt eine Mangrovenwurzel zu fassen. Um den Alligator nicht aufzuschrecken, der noch immer reglos im Wasser verharrte, zog sie sich vorsichtig Richtung Ufer. Wie eine Meereskrabbe hangelte sie sich weiter voran, bis das Wasser ihr nur noch bis zur Brust reichte und eine Lücke zwischen den Wurzeln sichtbar wurde. Dort konnte sie ans Ufer kriechen.

Baba stemmte sich auf die Knie und wollte gerade in gebückter Haltung in den dahinterstehenden Wald laufen, als einer der Hunde lauthals zu bellen begann.

«Das ist sie!», brüllte einer der Männer übers Ufer. «Das muss die Frau sein, warum sonst wäre sie ins Wasser gegangen?»

So hastig und unsicher, wie Baba sich nun bewegte, mussten die Soldaten die richtigen Schlüsse ziehen.

«Ergreift sie!», schrie ein großer blonder Soldat, der sich anschickte, mitsamt seinem Pferd den Fluss zu überqueren.

Sein grüner Rock verriet, dass er ein Scharfschütze war – so viel hatte sie nach all den Jahren im Schatten der britischen Garnisonen gelernt. Er trug ein Gewehr, und er würde es nutzen. Hinter ihm folgten zwei weitere Reiter sowie eine Horde Bluthunde, die sich jetzt ebenfalls unerschrocken ins Wasser warfen. Es würde nicht lange dauern, bis ihre Verfolger das andere Ufer erreichten. Und ganz gleich, wie schnell sie ihre Beine trugen, Baba hatte kaum eine Chance, ihnen zu entkommen.

Atemlos kämpfte sie sich durch die ausladenden Bananenstauden mit ihren herunterhängenden, fleischigen Blättern. Immer wieder blickte sie zum Himmel, um sich am Stand der Sonne zu orientieren, die nach dem plötzlichen Gewittersturm mit ihrem gleißenden Licht aus den Wolken hervorbrach. Als Baba den Rand des Feldes erreicht hatte, blieb sie für einen Moment keuchend stehen. Ein kurzes Stück musste sie noch über eine freie Fläche laufen, dann wartete die bewaldete Anhöhe eines Hügels auf sie. Baba hoffte, sich dort im Unterholz verkriechen zu können.

Das Kleid klebte ihr klatschnass am Körper, der Schweiß lief ihr in Strömen das Gesicht und die Brust hinab, und ihr altes Herz raste vor Anstrengung. Als sie erneut das Bellen der Hunde vernahm, erschrak sie. Ihre geschundenen Füße wollten ihr den Dienst versagen, doch Baba zwang sich trotz der unsäglichen Schmerzen, den Weg über das harte Steppengras fortzusetzen.

Kaum dass sie am Fuße der rettenden Hügelkette angelangt war, vernahm sie das Getrappel galoppierender Pferde. Wie eine Schlange verkroch sie sich hinter einem umgestürzten Akazienbaum und spähte durch ein Loch in der Rinde. Mit durchnässten Uniformen saßen die Soldaten auf ihren schnellen Rotfüchsen und folgten den Bluthunden, die ihre dicken Nasen unablässig über den Boden schoben. Mal hier, mal da schnüffelnd, suchten sie vergeblich die Spur ihres Opfers. Offenbar hatte der Fluss ihren Geruch verschluckt.

Als die Männer vorbeigeritten waren, atmete Baba tief durch. Vorsichtig kroch sie weiter durchs Gebüsch und die verschlungene Anhöhe hinauf, bis sie auf einen ausgetretenen Waldweg stieß, der von einer hohen Baumgruppe umgeben war. Dabei schreckte sie ein paar Vögel auf, und sogleich schlugen die Hunde an. Für die Pferde war dieses unebene Terrain schwierig. Aber natürlich konnten die Hunde sie auch hier aufspüren, und die Angst, von ihnen zerfetzt zu werden, nahm mit jedem Schritt weiter zu. Aus Erfahrung wusste sie, dass die weißen Herren es gerne ihren Hunden überließen, flüchtende Sklaven mit schmerzhaften Bissen zu bestrafen. In Babas Fall würden die Soldaten sicher nicht einschreiten, bis die Bestien sie totgebissen hatten.

Schon hörte Baba ein Rascheln hinter sich, und das bösartige Kläffen kam unaufhaltsam näher. Sie fuhr herum, als eines der Biester mit gefletschten Zähnen zum Sprung ansetzte. Baba glaubte schon, die scharfen Fänge auf ihrer Haut zu spüren, als ein Schuss fiel und das Knurren sich in ein helles Jaulen verwandelte. Völlig überrascht starrte sie auf das am Boden liegende Tier. Jemand hatte es erschossen. Bevor Baba auch nur einen klaren Gedanken fassen konnte, tauchte ein Reiter auf einem stattlichen Maultier neben ihr auf, und ein starker Arm legte sich um ihre Taille. Wie von Geisterhand hob sich ihr magerer Körper in die Lüfte und landete unsanft vor dem Mann im Sattel. Der Blick in sein strenges Gesicht und auf sein schulterlanges, nussbraunes Haar, das er mit einem schwarzen Stirnband zu bändigen versuchte, verschaffte Baba Gewissheit. Ein Gefühl tiefer Erleichterung erfasste sie, als er seinen schützenden Arm um sie legte.

«Jess!?» Ihre Stimme war nur noch ein heiseres Krächzen, so geschwächt war sie mittlerweile. «Ich werde verfolgt!»

«Sei ruhig! Ich hab's gesehen.»

Ihr Sohn trug eine schwarze Armeehose und die schweren Reitstiefel eines Soldaten. Beides musste aus einem Überfall auf ein Lagerhaus der Armee stammen. Sein feuchtes Hemd hatte er ausgezogen und mit den Ärmeln an den Sattel des Mulis geknotet. Sein muskulöser Oberkörper und seine mächtigen Arme glänzten vom Schweiß.

Plötzlich fiel ein zweiter Schuss, und wieder jaulte ein Hund auf. Erst jetzt registrierte Baba, dass Jess nicht alleine gekommen war. Eine ganze Horde von dunkelhäutigen Rebellen, die auf sein Kommando hörte, ließ den Wald lebendig werden. Nathan, ein kleiner gedrungener Kämpfer mit pechschwarzer Haut, hatte den zweiten Hund erschossen, während die anderen fünf Krieger ihre Pistolen nachluden.

«Gebt acht, wenn sie durch das Blattwerk stoßen», raunte Jess ihnen zu. «Es sind nur drei Soldaten, aber ihr müsst sie mit dem ersten

Schuss erwischen, sonst schießen sie zurück oder entkommen und holen Verstärkung.»

Dann schnalzte er mit der Zunge, und der Maulesel trug seine beiden Reiter eine Serpentine hinauf. Währenddessen umklammerte Jess ihren dürren Körper, als ob er sie mit seiner bloßen Anwesenheit schützen könnte. Baba wusste, er würde sie um jeden Preis vor den Soldaten retten und in Sicherheit bringen. Ein Gefühl tiefer Geborgenheit durchflutete sie.

«Jess, ich …», begann Baba, nachdem sie wieder zu Atem gekommen war.

«Halt den Mund!», herrschte er sie von neuem an. «Denk ja nicht, dass du dich bei mir entschuldigen kannst! Oder dass ich deiner Wahnsinnstat Verständnis entgegenbringe!»

Erstaunlich flink erklomm der Muli die nächste Höhe, während am Fuße des Berges zwei weitere Schüsse fielen. Baba wagte es nicht, den Steilhang hinabzusehen. Was würde aus den übrigen Jungs werden, wenn sie es nicht schafften, die Soldaten zu erledigen? Die Männer waren Jess treu ergeben und folgten ihm in jeden noch so aussichtslosen Kampf. Nicht nur das eigene Leben hatte Baba leichtsinnig aufs Spiel gesetzt, sondern auch das ihres Sohnes und seiner Krieger.

«Es tut mir leid», stieß sie kläglich hervor.

«Das wird Cato nicht reichen», erwiderte Jess düster. «Der Ältestenrat wird darüber befinden, was mit dir geschehen soll. Du hast sämtliche Regeln gebrochen. Und dafür wirst du bestraft werden müssen.»

«Woher wusstest du …?»

«Du meinst, wie ich dich finden konnte?»

Seine Stimme klang ein klein wenig weicher, oder bildete sie sich das nur ein? Sie empfand es als Schande, dass sie ihren einzigen Sohn nicht gut genug kannte, um ihn einschätzen zu können. Obwohl sie ihn vor mehr als fünfundzwanzig Sommern geboren hatte, waren sie fast zwanzig Jahre getrennt gewesen. Erst vor einem Jahr war er nach all der schrecklichen Ungewissheit aus Kuba zu ihr zurückgekehrt.

Genauso plötzlich, wie William Blake ihn ihr einst genommen hatte. Nun trauerte sie nicht mehr um das verlorene Kind, sondern um die verlorenen Jahre, die sie nicht gemeinsam mit ihm hatte erleben können.

Jess war in der Zeit seiner Abwesenheit, die er als Sklave in Kuba verbracht hatte, zu einem erwachsenen Mann gereift. Und wenn Baba ehrlich war, so war ihr der eigene Sohn im Grunde ein Fremder. Immer noch spürte sie den furchtbaren Verlust, der sich mit unbändigem Hass mischte. William Blake trug an all dem eine Schuld, die er niemals zu sühnen vermochte.

Und selbst jetzt gönnte ihr der eiserne Lord, wie sie William Blake seit jenen Tagen bezeichnete, keine Ruhe. Er gehörte zu den schlimmsten Verfechtern der Sklaverei und Jess zu ihren entschlossensten Gegnern. Mit aller Macht lehnte sich ihr Sohn gegen die weißen Herren auf und somit gegen seinen eigenen Vater.

Als Jess vor knapp einem Jahr im Lager der Rebellen aufgetaucht war, um nach ihr zu suchen, hatte sie zunächst an ein Wunder geglaubt. Die Freude war grenzenlos. Alles wollte sie von ihrem Sohn wissen, einfach alles. Jess erzählte, dass sein spanischer Herr, Fernando de Montalban, ihm auf dem Sterbebett die Freiheit geschenkt und ihn über seine Herkunft aufgeklärt habe. Doch zu allem Unglück hatte der Neffe des Mannes die Plantage übernommen und die Freilassungsurkunde des Onkels nicht akzeptiert. Daher hatte sich Jess zur Flucht entschlossen.

Trotz der immensen Gefahr war ihr Sohn nach Jamaika zurückgekehrt, um seine Mutter zu suchen. Hoch in den Bergen hatte er sie schließlich gefunden, in einem versteckten Rebellennest, das entrechteten, misshandelten und vom Tode bedrohten Menschen wie Baba Zuflucht bot. Jess war sofort in Catos Rebellenarmee aufgenommen worden, die für die endgültige Befreiung aller Sklaven kämpfte. Er besaß Mut, wie seine Mutter, und er war ein Kämpfer, wie sein Großvater, der einst aus Afrika hierher verschleppt worden war. Äußerlich hatte Jess nicht mehr viel von einem Afrikaner, er war ein *Terzerone*, der nur gut ein Drittel afrikanisches Blut in sich trug. Und doch war er trotz allem immer ein Sklave geblieben.

Babas Blick fiel auf seine kräftigen Hände, die entspannt und präzise zugleich die Zügel des Maultiers hielten. Er war ein guter Mann, der Frauen und Kinder respektierte und schützte. Von seinem Vater hatte er den strengen Gesichtsausdruck eines Engländers. Heimlich verfluchte Baba die gerade Nase, die schmaleren Lippen und die leicht schräg stehenden Augen, wurde sie doch auf diese Weise immer wieder an das Scheusal erinnert, das ihn gezeugt hatte.

Aber im Gegensatz zu William Blake und seinem Sohn Edward war Jess kein gelackter Dandy, der faul auf der Haut lag, während andere sich Hände und Füße blutig schufteten. Jess war ein harter Arbeiter, der keine Mühen scheute und seinem Herrn stets treu gedient hatte. Dass er von jesuitischen Mönchen das Lesen und Schreiben gelernt hatte und nicht nur Spanisch, sondern auch die englische Sprache beherrschte, machte sie stolz. Er war schon als Kind ein intelligenter Bursche gewesen, denn eigentlich war es Sklaven bei Todesstrafe verboten, Lesen und Schreiben zu lernen, geschweige denn sich mehrere Sprachen anzueignen.

Überhaupt handelte Jess stets weitaus überlegter als Baba. Niemals hätte er ihr die Erlaubnis erteilt, das Rebellenlager heimlich zu verlassen. Schon gar nicht für ihre blödsinnige Zauberei, wie Jess ihre Gabe nannte. Deshalb hatte sie ihm auch nichts von ihren Plänen gesagt.

Aber sie hatte es tun müssen. Sie hatte zurückkehren müssen nach Redfield Hall, um Jess zu rächen. Niemals würde ihr Sohn den Schmerz einer Mutter nachvollziehen können, der man das Kind und damit die Zukunft geraubt hatte. Eine unendliche Qual, als ob einem das Herz bei lebendigem Leib aus der Brust geschnitten würde. Tausendfach würde sie William und seinen verfluchten Sohn diesen Schmerz spüren lassen!

Gedankenverloren strich sie Jess über die vernarbte Hand. Er ließ es geschehen, während er sein wendiges Maultier über die Bergkuppe und den Hang hinab in ein bewaldetes Tal lenkte.

«Die Soldaten hätten dich getötet, wenn sie dich erwischt hätten», erklärte er mit rauer Stimme. «Oder man hätte dich später gehängt.»

«Woher wusstest du überhaupt, wo ich war?», fragte Baba vorsichtig.

«Desdemona», erwiderte er knapp. «Ich habe ihr angedroht, ihre Hütte abzubrennen und sie aus dem Lager zu werfen, wenn sie mir die Wahrheit verschweigt.»

«Um Himmels willen, Jess! Wie kannst du es wagen?» Baba schlug die Hände vors Gesicht. «Sie ist eine Obeah-Zauberin. Eine heilige Frau! Was, wenn sie dich verflucht?»

«Wenn sie dich bei einem solchen Unsinn unterstützt, kann sie so heilig nicht sein», spottete er. «Du kannst von Glück sagen, dass wir dich vom Berg aus am Rand des Bananenfelds gesehen haben. Madre mio»!, stieß er wütend hervor. «Es waren Scharfschützen, Baba, die dich verfolgt haben! Ich habe Blut und Wasser geschwitzt, ob dich deine alten Füße noch bis zum Wald tragen würden, bevor es zu spät sein würde!»

Plötzlich wurde Baba bewusst, dass er sich wirklich um sie geängstigt hatte. Halb drehte sie sich zu ihm um und warf ihm einen flehenden Blick zu.

«Ich werde so etwas nie wieder tun», flüsterte sie. «Ich schwöre es, bei der Seele meiner Mutter!»

«Was wolltest du überhaupt bei diesen verteufelten Weißen?»

In seiner Stimme war das ganze Unverständnis zu hören: Wie konnte man nur an den Ort seiner Qualen zurückkehren, ohne die Möglichkeit zu haben, wahrhaftige Rache zu verüben?

«Er hat geheiratet, und ich habe seine Ehe verflucht!»

«Wer? Der alte Blake? Wen denn?» Jess wirkte durchaus erstaunt. «Ist er nicht schon älter als du?»

«Du Narr!», schalt sie ihn. «Nicht William, sondern Edward, dein Halbbruder hat sich eine Frau genommen.»

«Pah! Halbbruder!», höhnte Jess mit verächtlicher Stimme. «Ich will nichts mit dieser Familie zu tun haben.»

«Aber mir war es ein heiliges Anliegen, den Fluch, der auf den

Blakes lastet, noch einmal zu bekräftigen. Auf dass sie kinderlos bleiben und aussterben. Denn das Schlimmste, was einem Mann wie William Blake widerfahren kann, ist, wenn er keine Nachkommen hat, die ihn eines Tages beerben. Auch die Frau soll sterben, wie all ihre Vorgängerinnen, verstehst du?»

«Du machst mir Angst.» Jess schüttelte ungläubig den Kopf. «Warum hast du nicht einfach seinen Schwanz verwünscht? Das hätte doch vollkommen gereicht. Was kann die Frau denn dafür, dass ihr Schwiegervater ein durchtriebener Höllenhund ist?»

Baba war beleidigt. Jess nahm die Kräfte von Desdemona, die sie bei ihrer schwarzen Zauberei unterstützte, nicht ernst. Aber auch Jess wusste, dass fünf Frauen im Hause Blake zu Tode gekommen waren. Und das lag sicher an ihrem Fluch.

«Warum hast du es immer auf die Frauen abgesehen und nicht auf die Männer?», bemerkte Jess mit einigem Unverständnis im Blick. «Schließlich stecken William Blake und sein Sohn hinter unserem Unglück und nicht seine Frauen.»

«Davon verstehst du nichts», blaffte Baba und blieb ihm eine Erklärung schuldig.

Im Grunde glaubte Jess nicht an Obeah-Zaubereien, denn er war bei den Jesuiten im katholischen Glauben erzogen worden. Doch er hielt sich zurück, allem Anschein nach wollte er seine Mutter nicht beleidigen.

«Ist sie wenigstens hässlich?», fragte er beiläufig.

«Wer?» Baba war immer noch ganz in Gedanken und erinnerte sich an den Moment, als sie William den Hahn an den Kopf geschleudert hatte.

«Die Braut – ist sie hässlich?», fragte er noch einmal so laut, als ob Baba schwerhörig wäre.

«Ich hab sie nur ganz kurz gesehen. Eine Weiße eben. So ein unglaublich blasses, nichtssagendes Ding mit strohblonden Haaren. Ich weiß nicht, was ein Mann an einer solchen Frau finden kann.»

«Wie ich die Blakes einschätze», erwiderte Jess mit einem Schulterzucken, «ist das Aussehen unwesentlich. Wahrscheinlich soll sie einzig und allein den Fortbestand ihrer Familie sichern.»

«Deshalb wundert es mich ja, dass sie sich schon wieder so eine schwindsüchtige Europäerin ausgesucht haben, wo doch jeder weiß, dass die kräftigen, dunkelhäutigen Frauen widerstandsfähiger sind und die gesünderen Kinder gebären. Aber ganz gleich ob sie dünn oder dick ist», triumphierte Baba boshaft, «ich werde ihr das Leben zur Hölle machen – und mit Hilfe von Desdemona verhindern, dass sie je ein gesundes Kind zur Welt bringt.»

Lord William wischte sich mit einem Schnupftuch den Schweiß von der Stirn.

«Was ist?», fragte er und blickte unwirsch zu Lena, die sich ihm vorsichtig näherte. «Haben sie die Furie zu fassen bekommen?»

«Ich habe keine Neuigkeiten. Aber wer könnte das gewesen sein?»

Lena sah ihren Schwiegervater mit einem eindringlichen Blick fragend an, ohne Rücksicht auf seinen momentanen Gemütszustand zu nehmen.

«Woher soll ich das wissen?», schleuderte er ihr entgegen. «Eine Verrückte. Was sonst?»

Als er bemerkte, dass nicht nur Lena fragend die Stirn runzelte, sondern auch die Gattin des Gouverneurs, die mit besorgter Miene an ihrer Seite stand, sah er sich offenbar gezwungen, weiter auszuholen.

«Wir beschäftigen rund tausend Sklaven auf unseren Plantagen, davon dreihundert Frauen», antwortete er mit gequältem Blick. «Das könnte jede gewesen sein. Wer weiß denn schon, was in deren krausen Köpfen vorgeht?»

Lena waren die mitleidigen Blicke der noch anwesenden Frauen nicht entgangen. Immerhin hatte dieser merkwürdige Fluch auch ihr gegolten. Und auch wenn sie nicht abergläubisch war, so fühlte sie sich doch leicht beunruhigt und wollte wissen, was der wahre Grund dieses Auftritts gewesen war. Irgendetwas vermittelte ihr das Gefühl, dass mehr dahintersteckte, als Lord William zugeben mochte. Warum hatte die merkwürdig verhüllte Gestalt am Ende ausdrücklich die Frauen der Familie verflucht und es nicht bei einem allgemeinen Fluch belassen?

«Komm», flüsterte Maggie, die neben sie getreten war. «Du siehst aus, als ob du frische Luft gebrauchen könntest.»

Gemeinsam traten sie nach draußen auf die Terrasse. Edward war immer noch nicht aufgetaucht. Der rasch zusammengestellte Suchtrupp unter dem Kommando von Captain Peacemaker war allem Anschein nach hinunter zum Fluss gelaufen, wo sich die Sklavenunterkünfte befanden. Hier und da sah man noch einen Grünrock zwischen Bäumen und Sträuchern aufblitzen.

«Lass uns ein wenig umhergehen», schlug sie Maggie vor und zog ihre Gesellschafterin zum Haupteingang.

«Was ist, wenn uns diese Hexe über den Weg läuft?», gab Maggie zu bedenken.

«Soweit ich sehen konnte, ist sie zum Fluss gelaufen und nicht zu den Wirtschaftsgebäuden. Außerdem wimmelt es hier von Soldaten.»

Lena hielt für einen Moment Ausschau, als sie nach draußen traten, und entschied sich, in Richtung Weinlager zu laufen, weil dort niemand zu sehen war. Sie war froh, einen Moment mit Maggie alleine sprechen zu können.

«Denkst du wirklich, dass es eine Verrückte war, wie Lord William vermutet?»

«Man muss schon ziemlich verrückt sein, um als Negerin so etwas zu tun», entgegnete Maggie. «Wenn du mich fragst, hat sie ihr Leben riskiert. Oder glaubst du ernsthaft, die Soldaten werden diese Frau einfach laufen lassen, wenn sie ihrer habhaft werden?»

«Ich finde, Lady Elisabeth hat auch merkwürdig reagiert. Anstatt zum Buffet zu gehen, hätte sie sich doch um Lord William sorgen müssen, meinst du nicht?»

«Vielleicht ist sie nur unglaublich gefräßig», mutmaßte Maggie. «Sie hat schon vorher die ganze Zeit nur übers Essen gesprochen.»

«Oder sie wollte die ganze Situation verharmlosen.»

«Dir bleibt nichts weiter übrig, als deinen frisch angetrauten Ehemann zu fragen, was das alles zu bedeuten hat. Schließlich müsste er ein Interesse daran haben, dich zu beruhigen.»

«Sobald ich ihn zu fassen kriege», grollte Lena und nahm mit entschlossener Miene das Weinlager ins Visier, vor dem eine Bank stand, auf der sie sich einen Moment mit Maggie niederlassen wollte.

Bei dem angrenzenden Gebäude handelte es sich um ein kleines weißes Steinhaus, dessen Eingang direkt in einen tiefen Keller führte, der nicht nur zur Aufbewahrung der Weine, sondern auch als Kühlhaus für leichtverderbliche Ware genutzt wurde.

«Ich fürchte, ich bekomme eine Migräne», stöhnte Lena und hielt sich die Stirn. «Der letzte Auftritt war einfach zu viel für mich.»

Als sie den Eingang zum Weinkeller passierten, bemerkte sie, dass die eiserne Tür einen Spalt offen stand. Estrelle hatte sie vor ein paar Tagen hierher mitgenommen, weil der Bestand des Vorratsraumes offiziell der Kontrolle der Hausherrin unterlag. Nur sie und Jeremia besaßen daher einen Schlüssel. Vorsichtig öffnete Lena den Spalt und lauschte. Sie glaubte ein leises Schluchzen zu hören, dazu ein unerklärliches Schnaufen. Vielleicht war jemand die steinerne Treppe hinuntergestürzt, hatte sich dabei etwas gebrochen und lag nun schmerzvoll verrenkt auf dem Kellerboden? «Ist da wer?», rief sie laut und öffnete die Tür so weit, wie es ging.

Stille.

«Hallo?»

Nichts.

«Lass uns Verstärkung holen», empfahl Maggie, die ansonsten nicht zur Ängstlichkeit neigte. «Nicht, dass die komische Alte am Ende dort unten ist.»

«Wer sollte uns helfen?», erwiderte Lena und warf einen prüfenden Blick in die Umgebung.

Sämtliche Wachleute waren verschwunden, und auch Soldaten waren weit und breit keine zu sehen. Wahrscheinlich waren alle unten am Fluss und beteiligten sich an der Suche. Wieder ein Aufschluchzen. Kaum hörbar, und doch war es da. Lena fasste einen Entschluss.

«Bleib hier bei der Tür», sagte sie zu Maggie. «Und wenn ich nicht gleich wieder da bin, läufst du zum Haupthaus und holst Hilfe.»

«Nicht!», rief Maggie und versuchte sie am Arm festzuhalten.

Doch Lena war schon entwischt und befand sich auf halbem Weg in den Keller. Ihre Augen gewöhnten sich nur langsam an die Dämmerung, und so stieß sie einen Laut jähen Entsetzens aus, als sie im Vorraum des Weinkellers angekommen war und ein riesiger Mann vor ihr stand. Erst beim zweiten Hinsehen erkannte sie, dass er ihr wohl eher unbeabsichtigt seine stramme, nackte Kehrseite entgegenstreckte. Rechts und links neben den Hüften des Mannes ragte ein Paar nackte Füße empor, deren Fußsohlen um einiges weißer waren als die mageren Beine, die zu den Füßen gehörten.

Der unzweifelhaft weiße Kerl, der die schmalen Schenkel eines sehr jungen Mädchens wie in einem Zangengriff gepackt hielt, ließ sich von Lenas Aufschrei kaum beirren. Als er sich mehr widerwillig zu ihr umdrehte, blickte sie in das tumbe Gesicht von Trevor Hanson. Für einen Moment war Lena nicht sicher, ob der überraschte Ausdruck in seinen kleinen Schweinsaugen Belustigung oder Wut über ihr unvermitteltes Erscheinen ausdrückte.

«Hauen Sie ab, Missus», grunzte er lahm. «Dies ist bestimmt kein Anblick für eine weiße Lady, erst recht nicht für eine Braut, die noch ihre Hochzeitsnacht vor sich hat.»

«Trevor! Was in Gottes Namen tun Sie da?»

Lena hatte einen Augenblick benötigt, um ihre Fassung wiederzugewinnen. Und obwohl sie der Anblick des kopulierenden Paares verstörte, nahm sie allen Mut zusammen, um sich genauer anzuschauen, welche ihrer Sklavinnen so unverfroren war, es mit dem Oberaufseher von Redfield Hall im Weinkeller zu treiben.

«Nach was sieht es denn aus?», grunzte Hanson. «Gehen Sie endlich und gönnen Sie mir meinen Spaß!»

«Spaß?»

Lena straffte entschlossen ihren Rücken und machte im Halbdunkel des Kellers ein paar Schritte um Trevor herum. Als sie das völlig verheulte Gesicht der erst vierzehnjährigen Larcy erblickte, hatte sie genug gesehen, um zu wissen, dass hier allenfalls einer seinen Spaß hatte. Larcys weit aufgerissene Brombeeraugen flehten sie regelrecht an, dem ungnädigen Treiben Einhalt zu gebieten. Wie im Reflex schnappte Lena sich einen herumstehenden Besen und erhob ihn drohend gegen den ersten Aufseher der Plantage.

«Lassen Sie sofort von dem Mädchen ab, oder ich werde Sie an meinem Hochzeitstag in Gegenwart meines Gemahls und des Gouverneurs von Jamaika höchstpersönlich zur Verantwortung ziehen!»

Als Trevor nicht gleich reagierte, erhob sie den Besen aufs Neue und stieß ihm die Kehrseite in den Rücken, als ob sie einen Löwen bändigen wollte.

«Ist das klar, Mr. Hanson?!»

«Lena?» Maggies Stimme erscholl ängstlich vom Treppenabsatz herab. Offensichtlich war sie ihr bis zur Hälfte gefolgt. «Alles in Ordnung da unten?»

«Nein, leider nicht, Maggie. Hol sofort Lord William und sag ihm, dass ich hier seine Hilfe benötige!»

«Ist es die Frau? Hast du sie erwischt? Warte, ich komme runter und helfe dir!»

«Nein, Maggie», schrie Lena zurück. «Tu einfach, was ich dir sage, und hol den Lord!»

«In Ordnung!», rief Maggie, und ihre eiligen Schritte entfernten sich.

«Schon gut, schon gut, Mylady», lenkte Trevor unvermittelt ein und hob entwaffnend seine Hände.

Dann trat er zurück und Lena entging nicht, wie er sein riesiges, halbsteifes Glied offenbar ohne Scham aus dem bibbernden Mädchen herauszog. «Verschwinden Sie bloß», fauchte Lena, die nicht weniger als Larcy zitterte und den Besen erst sinken ließ, als Hanson sich die Hose gegürtet hatte und den Weg nach oben antrat.

Als der Tyrann endlich aus ihrem Blickwinkel verschwunden war, half sie Larcy von dem Weinfass herunter. Dem Mädchen lief das Blut die Schenkel hinab, ein Zeichen dafür, dass Hanson ihr nicht nur die Jungfräulichkeit genommen hatte, sondern auch mit brutaler Gewalt vorgegangen war. Als Lena sie schützend in ihre Arme zog, in dem vergeblichen Bemühen, sie zu trösten, begann die Sklavin erneut zu schluchzen.

«Bitte, Missus», bettelte sie weinend, «sagen Sie nichts dem Massa. Bitte. Niemand darf etwas davon erfahren. Ich flehe Sie an!»

«Mach dir keine Sorgen, Larcy, ich werde höchstpersönlich dafür sorgen, dass dein Peiniger seiner gerechten Strafe zugeführt wird. Dir wird kein Leid mehr geschehen.»

Edward hatte mit den anderen sämtliche Hütten durchkämmt, aber nichts Verdächtiges finden können. Dabei war er auf Yolanda gestoßen, eine Sklavin in seinem Alter, die erst kürzlich ein Kind geboren hatte, das ihren Behauptungen nach sein eigenes war. Als er im Hochzeitsfrack vor ihr stand und sie nach der entflohenen Attentäterin zu fragen begann, war sie in Tränen ausgebrochen. Allerdings trieben die junge Mulattin ganz andere Sorgen um als ihn selbst.

«Du wirst sie doch nicht lieben, auch wenn du nun mit ihr verheiratet bist und sie besteigen musst, oder?» Mit einem waidwunden Blick klammerte sie sich an das Revers seines Fracks, was ihm mehr als lästig erschien. «Ich bin deine einzige Frau, das hast du immer gesagt!»

«Yolanda, so sei doch vernünftig», beschwichtigte er sie. «Sie ist die neue Herrin von Redfield Hall. Ich werde ihr ein Kind zeugen oder auch zwei. Sei gewiss, dass ich trotzdem weiter zu dir komme.» Edward kniff ihr in den üppigen Hintern. «Allerdings solltest du nie vergessen, dass du nur eine Sklavin bist. Sollte ich jemals erfahren, dass du höhere Ansprüche stellst, werde ich dich und deine Kinder verkaufen müssen. Hast du das verstanden?»

Sie nickte willfährig und fiel vor ihm auf die Knie.

«Ich tue alles, was du verlangst, Master Edward.»

«Dir bleibt ohnehin nichts anderes übrig», erwiderte er grinsend und war schon nach draußen verschwunden.

Lord William hatte sich bereits umgezogen, als Edward in die Festhalle zurückkehrte.

«Habt ihr die Hexe gefunden?», fragte er wütend.

Edward schüttelte missmutig den Kopf.

«Captain Peacemaker und seine Leute haben jenseits des Flusses die Verfolgung aufgenommen.»

«Wenn ich es nicht besser wüsste», raunte William ihm zu, «würde ich schwören, dass es Baba war, die von den Toten auferstanden ist.»

«Red keinen Unsinn», zischte Edward. «Baba ist tot, und an einen solchen Geisterquatsch glaube ich nicht. Das war jemand, der die Geschichte kennt und uns einen Schreck einjagen wollte. Wo ist eigentlich meine Frau?», fragte Edward, als Lady Elisabeth unvermittelt näher trat.

«Keine Ahnung», sagte sie nur. «Eben war sie noch da.» Dann fasste sie ihn am Arm und schaute ihm verbindlich in die Augen. «Du solltest ihr die Wahrheit sagen.»

«Welche Wahrheit denn?», zischte Edward ungehalten. «Ich habe mit den Machenschaften meines Vaters nichts mehr zu tun. Das ist ein alter Hut, über den niemand mehr spricht.»

«Edward, es ist kein Zufall, dass du dir eine Frau in Europa aussuchen musstest», beschwor ihn seine Tante. «Die Leute hier wissen sehr wohl, was damals geschehen ist. Das siehst du daran, dass seit dem Tod von Hetty MacMelvin kein Plantagenbesitzer auf Jamaika bereit war, dir die Hand seiner Tochter zu überlassen. Jeder, der hier aufgewachsen ist, weiß, dass diese Sklavin vor zwanzig Jahren eure gesamte Familie verflucht hat. Danach sind drei Frauen und zwei neugeborene Mädchen gestorben. Denkst du, das ist Zufall?»

«Natürlich ist es Zufall», setzte er sich schnaubend zur Wehr. «Überall sterben Frauen im Kindbett, das ist doch nichts Ungewöhnliches.»

«Hetty ist nicht im Kindbett gestorben, sie wurde von einem Sklaven getötet, und das noch vor eurer Hochzeit. Hast du Helena davon erzählt?», fragte die Lady besorgt.

«Wo denkst du hin?», knurrte Edward. «Glaubst du, ich will, dass sie sich vor unseren Sklaven fürchtet?»

«Nach dem heutigen Vorfall wird ganz Jamaika darüber klatschen», wandte die Lady mit einem schicksalsergebenen Lächeln ein. «Dabei wird es sich kaum vermeiden lassen, dass diese Dinge auch Lena zu Ohren kommen. Deshalb solltest du vorbeugen und ihr die Dinge aus deiner Sicht schildern, bevor sie sich von dir abwendet.»

Wenn ich sie aus meiner Sicht schildere, dachte er bei sich, wird sie erst recht davonlaufen.

Doch stattdessen triumphierte er lässig: «Wir sind verheiratet. Du hast doch gehört, dass uns nur noch der Tod scheiden kann.»

«Edward», beschwor sie ihn eindringlich. «Genau darauf läuft dieser vermaledeite Fluch hinaus. Du willst doch nicht, dass sie stirbt, bevor sie dir einen Sohn geboren hat.»

«Warum sollte sie sterben? Nur wegen dieser Frau? Dass ich nicht lache!»

«Hast du eine Ahnung, wer dahintersteckt?» Lady Elisabeth hob eine Braue.

«Nein.» Edward schüttelte missmutig den Kopf und blickte auf seinen Vater, der in einiger Entfernung in einer hitzigen Unterredung mit dem Gouverneur war.

«Die verschwundene Sklavin von damals kann es schlecht sein», sinnierte er laut. «Das ist ja schon alles viel zu lange her.»

Er wollte Elisabeth von weitergehenden Überlegungen abhalten. Sein Vater hatte die Geschichte mit der verschwundenen Sklavin sogar Edwards Mutter glaubwürdig aufgetischt. Angeblich war die Schwarze trotz ihrer schweren Verletzungen bei Nacht und Nebel davongelaufen. Außer Lord William wusste nur Trevor, wie die Dinge wahrhaftig gelaufen waren. Edward hatte die Geschichte später von seinem Vater erfahren.

Mit versteinerter Miene ließ Lord William sich einen großen Schluck Brandy aus einem silbernen Becher reichen, um den Ärger über die verdorbene Hochzeitsfeier hinunterzuspülen. Vorsorglich befahl er einem seiner schwarzen Diener vorzukosten. Nachdem der Neger nicht umfiel, atmete Lord William auf und hob den Becher.

«Ab sofort will ich, dass sämtliche Speisen und Getränke vor meinen Augen gekostet werden», wandte er sich mit hysterischem Blick an Jeremia, der als Hausbutler den anderen Dienern vorstand.

«Haben Sie Angst, dass Sie jemand vergiften will?»

Der Gouverneur trat hinzu und warf seiner Frau einen bedeutungsschwangeren Blick zu.

«Diese verrückten Neger kommen ja anscheinend auf alle möglichen Ideen, wenn ihre Phantasie erst einmal entfesselt ist», antwortete William aufgebracht.

«Haben Sie bereits eine Ahnung, wer sich hinter diesem schaurigen Spuk verbirgt?» Der Gouverneur schaute ihn fragend an.

«Eine Ahnung schon, aber keine Erklärung, und es wäre mir recht, wenn wir es einstweilen dabei belassen würden.»

Plötzlich huschte Maggie in den Festsaal und zupfte Edward am Ärmel.

«Sie müssen sofort zum Weinlager kommen! Lena hat aller Wahrscheinlichkeit nach die gesuchte Frau gefunden. Sie hält sie unten im Keller in Schach!»

«Was …?»

Edward war ebenso schnell auf dem Weg wie die übrigen Männer, die bei Lord William geblieben waren. Sogar der alte Lord persönlich ließ es sich nicht nehmen, zusammen mit dem Gouverneur Lenas Gesellschafterin zu folgen. Gemeinsam rannten sie im Laufschritt nach draußen und dann den Kiesweg zum Weinkeller hinunter.

Sie entdeckten Lena schließlich auf der kleinen, weißen Holzbank zusammen mit einer Frau. Seltsamerweise kauerte die Schwarze sich an Lenas Schulter. Erleichtert stellte Edward fest, dass seine frisch angetraute Braut sich augenscheinlich bester Gesundheit erfreute. Dass sie die Übeltäterin offenbar ganz allein überwältigt hatte, ließ seine Brust vor Stolz schwellen. Allerdings erschien ihm die schmächtige schwarze Gestalt, die Lena beinahe schützend umarmt hielt, erheblich kleiner als die geflüchtete Attentäterin.

«Larcy?», entfuhr es ihm ungläubig, als er das Negermädchen erkannte. «Ist sie etwa die Schuldige?»

«Unsinn», konstatierte Lena verärgert. «Nicht *sie* ist die Schuldige, sondern Trevor Hanson!»

«Trevor Hanson?»

Edward verstand überhaupt nichts mehr. Was hatte Trevor mit dem Auftritt der Hexe zu tun? Wenn man einmal davon absah, dass er ohnehin noch ein Hühnchen mit seinem Aufseher zu rupfen hatte, weil er das Gelände um das Haupthaus nicht gut genug im Auge behalten und sich auch nicht an der Suche nach der geflohenen Frau beteiligt hatte. Was die Frage aufwarf, wo er überhaupt steckte.

«Er hat ihr Gewalt angetan», erwiderte Lena zornig.

Nun konzentrierte sich die Aufmerksamkeit der Männer wieder auf die junge Sklavin. Dabei konnte niemandem das Blut entgehen, das an ihren dürren Beinen hinuntersickerte. Mit betretener Miene zogen sich die meisten Schaulustigen zurück. Die Vergewaltigung einer Sklavin, so häufig es auch vorkam, war nichts, was man gerne an die große Glocke hing.

Lord William war die Angelegenheit nach all dem vorangegangenen Trubel offenbar mehr als peinlich. Er nahm den Gouverneur bei der Schulter und führte ihn, zusammen mit drei anderen Honoratioren, schnellen Schrittes zurück zum Haus.

«Hanson ist ein verdammtes Schwein», entfuhr es Lena wenig damenhaft. «Ich bestehe darauf, dass du ihn sofort entlässt», forderte sie Edward unmissverständlich auf. «Ich kann nicht in Gegenwart eines Mannes leben, der ein solches Verbrechen begeht. Wie sollte man sich als Frau da noch sicher fühlen?»

Edward war es unangenehm, mit Lena vor Zeugen zu streiten, besonders, wenn es Bedienstete waren.

«Nun beruhige dich doch», empfahl er ihr und vollführte mit seinen Händen eine beschwichtigende Geste. Er war versucht, den Arm um Lena zu legen, als diese aufstand, um Larcy gemeinsam mit Maggie zum Haus zu bringen.

«Miss Blumenroth, gehen Sie bitte mit dem Mädchen schon vor und sagen Sie Estrelle, sie soll sich um Larcy kümmern.»

«Sehr wohl, Sir.» Maggie fasste Larcy beim Arm, um sie Richtung Herrenhaus zu dirigieren.

Lena wollte offenbar protestieren, doch Maggie nickte ihr zu.

«Ich erledige das schon. Wahrscheinlich ist es das Beste, wenn Larcy sich ein wenig hinlegen kann.»

«Wie kommt es überhaupt, dass du die beiden entdeckt hast?», fragte Edward lahm, nachdem Maggie und die Sklavin sich auf den Weg gemacht hatten.

Im Stillen ärgerte er sich mehr darüber, dass Trevor nicht bei der Jagd nach der Hexe teilgenommen hatte, als dass er sich an Larcy vergangen hatte. Die Aufseher auf der Plantage besaßen alle Freiheiten, wenn es darum ging, sich eine Sklavin zu nehmen. Immerhin sorgten sie damit für zuverlässigen Nachwuchs unter den Negern. Eine Aufgabe, der die rein afrikanischen Sklaven immer weniger nachkamen.

«Als ob das jetzt noch eine Rolle spielen würde», erklärte Lena wütend. «Was soll denn bitte schön noch alles an unserem Hochzeitstag geschehen? Eine Frau, die meinem Schwiegervater einen toten Hahn an den Kopf schleudert … Ein brutaler Aufseher, der seine Pflichten vernachlässigt und anstelle dessen unsere jüngste Bedienstete vergewaltigt? Und was kommt als Nächstes?!»

Edward schüttelte unwillig den Kopf.

«Vielleicht hat Larcy Trevor ja schöne Augen gemacht», fuhr er ungerührt fort. «So was soll vorkommen.»

«Ich glaube, ich habe mich verhört.» Lena blieb stehen und stemmte die Hände in ihre schmalen Hüften. «Wie kannst du nur auf eine solch unmögliche Idee kommen? Er ist alt, sie ist jung. Er ist weiß, sie ist schwarz, und sie sind nicht verheiratet!»

Edward straffte sich und baute sich vor seiner aufgebrachten Frau zu voller Größe auf, was sie ein wenig einzuschüchtern schien.

«Weil ich diese kleinen schwarzen Schlampen zur Genüge kenne», verteidigte er sich. «Sie alle legen es nur darauf an, einen weißen Mann zu verführen, weil sie wissen, dass sie davon profitieren können.»

Lena hielt seinem strengen Blick stand.

«Das meinst du nicht im Ernst?» Ihre grünen Augen blitzten gefährlich, doch Edward ließ sich davon nicht beeindrucken.

«Ich lebe seit dreißig Jahren auf dieser Insel und bin mir sicher, dass ich die Bewohner und ihr Verhalten weit besser beurteilen kann, als du es je könntest. Und wenn ich sage, dass es die Sklavinnen üblicherweise auf ihre weißen Herrn abgesehen haben, kannst du mir das ruhig glauben.»

«Oho, muss ich mir Sorgen machen?» Eine gehörige Portion Ironie lag in ihrer Stimme. «Und aus Freude, dass ihr Werben von den weißen Herren erhört wurde, läuft den Negerinnen das Blut an den Beinen herab, und sie heulen sich die Seele aus dem Leib?»

«Lena! Das verstehst du nicht!»

Er machte einen Schritt auf sie zu, um sie in seine Arme zu ziehen, doch sie wich ihm aus.

«Ich verstehe genug, um zu wissen, dass wir aus zwei völlig verschiedenen Welten stammen und die deine mir zusehends unsympathischer wird. Ich will, dass du Trevor Hanson entlässt, sonst …»

«Sonst was?»

Mit wildem Blick schaute sie ihm direkt in die Augen.

«… will ich nicht länger deine Frau sein. Jawohl! Ich werde mich dir nicht eher hingeben, bis du zur Vernunft gekommen bist.»

Edward brach in schallendes Gelächter aus, und es dauerte einen Moment, bevor er sich beruhigt hatte.

«Meine liebste Helena», stieß er nach einer Weile immer noch amüsiert hervor, «wenn du mir deinen süßen Leib aus welchen Gründen auch immer missgönnst, hole ich mir eben eine von meinen Sklavinnen. Wie ich schon sagte, sie lechzen nur so danach, bei mir liegen zu dürfen.»

«Gut, dass wir das geklärt haben», erwiderte Lena empört und marschierte außer sich vor Zorn mit hocherhobenem Haupte davon.

Einen Moment lang überlegte Edward, ob er nicht zu weit gegangen war und ihr lieber folgen sollte. Aber um sie für sich zurückzugewinnen, hätte er auf ihre Bitte, Trevor umgehend zu entlassen, eingehen müssen. Und das wollte und konnte er nicht.

«Verdammte Hexe», zischte er leise und schaute ihr nach, bis sie im Haupthaus verschwunden war.

In Begleitung ihres Vaters hatte Lena sich weitaus demütiger gegeben. Aber dass sie in Wahrheit ein kleines Biest war, hatte er schon in *Almack's* Keller geahnt, wo sie sich ihm bereits bei ihrer ersten Begegnung beinahe hingegeben hatte. Dieses Temperament war es allerdings auch gewesen, das ihn gereizt hatte. Und nun war es plötzlich eine lästige Nebenerscheinung. Er würde auf Knien rutschend bitten müssen, bevor sie ihn freiwillig an sich heranließ. Doch für heute Nacht war es zu spät. Dabei hatte ihn allein ihr Anblick in dem sündig geschnittenen Brautkleid scharfgemacht, als sich ihre wunderbaren, kleinen Brüste vor Entrüstung hoben und senkten.

Ein Hornsignal riss ihn jäh aus seinen lüsternen Gedanken. Anscheinend war Captain Peacemaker mit seinen Männern von der Verfolgungsjagd zurückgekehrt. Edward vergaß für einen Moment den Streit mit seiner frisch angetrauten Ehefrau. Ungeduldig wandte er sich dem Park zu. Er wollte wissen, ob der Captain und seine Soldaten die Alte erwischt hatten.

KAPITEL 9

September 1831 || Jamaika || Alte Rechnungen

Die Nacht brach herein, als hinter Baba und Jess endlich auch die anderen Rebellen auftauchten. Die jungen Krieger waren in der Auseinandersetzung mit den Grauröcken unverletzt geblieben. Allerdings entnahm Baba den Gesprächen, dass die fünf offenbar in Notwehr zwei britische Sergeants erschossen hatten.

«Wir mussten sie töten», sagte einer der Männer zu Jess. «Sie hätten uns verraten, wenn sie am Leben geblieben wären.»

Ihrem Captain hingegen war die Flucht gelungen, nachdem man auch auf ihn aus einem Hinterhalt heraus geschossen hatte. Jess nickte nur und ersparte sich jeden Kommentar. Aus seiner angespannten Körperhaltung konnte Baba ablesen, dass er sich Sorgen machte. Die Sache würde noch ein böses Nachspiel haben.

Sie ritten weiter bergauf und erreichten schließlich das ehemalige Rückzugsgebiet der Maroon. Deren Vorväter hatten vor rund einhundert Jahren die ehemals weißen Herren gezwungen, ihnen einen Landstrich im Cockpit-County zu überlassen, einem Gebiet südwestlich des Lagers. Inzwischen besaßen die Maroon zwei Abgeordnetensitze im Parlament von Spanish Town.

Die *Flamme von Jamaika*, wie die junge Rebellentruppe sich nannte, der Jess seit gut einem Jahr angehörte, hatte das Gebiet von den einst siegreichen Maroon übernommen. Hier oben in die Gipfel der Blue Mountains trauten sich die Soldaten der britischen Regimenter von Falmouth und Kingston nicht hin, und auch kein Pflanzer würde seinen Kaffee ausgerechnet hier anbauen. Das Gebiet galt bei den Weißen seit jeher als zu gefährlich und zu unübersichtlich, als dass man sich gegen bewaffnete Wilde adäquat zur Wehr setzen könnte.

Jess und seine Kameraden nutzten die Abgeschiedenheit der Blue Mountains als geheimes Versteck für entflohene Sklaven. Ein weitverzweigtes Höhlensystem, das aus Kalkstein bestand und den Maroon bereits vor langer Zeit als sicherer Rückzugsort gegolten hatte, diente nun Rebellen wie Geknechteten als Unterschlupf. Die Gesuchten wurden so lange versteckt, bis man genug Geld beisammenhatte, um ein Schiff anzuheuern, das sie von den weißen Häschern unbemerkt in das Land ihrer Vorfahren bringen würde. Oder besser noch, bis man eine Revolution anzetteln konnte, die über alle Weißen aus Backra-Land, wie Jamaika unter den Sklaven hieß, hinwegfegen würde wie einer der gefürchteten Wirbelstürme, die im Spätsommer manchmal die Insel heimsuchten.

Zu diesem Zweck hatten Jess und seine Leute mit Hilfe der Maroon eine eigene kleine Armee aus entflohenen Sklaven rekrutiert, die das Lager vor Angreifern schützte. Außerdem waren die Männer von Jess für die Überwachung des umliegenden Dschungels ausgebildet worden. Man wollte sich gegen Verräter schützen, die das Lager unerlaubt verließen, um sich auf die Seite der Weißen zu schlagen.

Das Gleiche galt für Eindringlinge, die grundsätzlich als Spione bekämpft wurden. Jeder, der sich unangemeldet näherte und nicht zur Rebellenarmee gehörte, wurde erschossen. Baba hatte also verdammtes Glück gehabt, dass sie bei ihrem unerlaubten Ausflug nicht versehentlich von den eigenen Leuten erwischt worden war. Ohne Erlaubnis das Lager zu verlassen und Kontakt zu Weißen aufzunehmen, war zudem ein schweres Vergehen, auf das eigentlich die Todesstrafe stand. Dumm war nur, dass ausgerechnet ihr Sohn Jess, als Anführer der Krieger und Wachmannschaften, für die Unachtsamkeit der Patrouillen zur Verantwortung gezogen werden würde.

Mit Zustimmung der Maroon hatte Cato, als Oberhaupt der *Flamme von Jamaika*, zusammen mit dem Ältestenrat des Lagers Jess dazu bestimmt, die Führung und Ausbildung der Soldaten zu übernehmen.

Die Entscheidung gründete nicht nur auf Jess' Respekt einflößendem Äußeren, sondern auch auf der Tatsache, dass er auf Kuba eine militärische Ausbildung genossen hatte. Sein Master Fernando de Montalban hatte ihn mit achtzehn Jahren zum ersten Mal an das spanische Militär verliehen, wo er den Umgang mit Kanonen und Scharfschützengewehren gelernt hatte, und auch das lautlose Töten von Menschen. Nicht zu vergessen, den Einblick in geheime Militärstrategien, den Jess in seiner Zeit als Soldat gewonnen hatte.

Als sie den unsichtbaren Schutzwall durchquerten, begrüßte Jess seine Wachmannschaften, die durchweg mit modernen Langgewehren und Pistolen ausgestattet waren.

«Ich frage mich», raunte er Baba zu, als sie den Weg zum Dorf einschlugen, «wie du unbemerkt an unseren Leuten vorbeikommen konntest.»

Baba ersparte sich eine Antwort, um Jess nicht noch mehr zu verärgern. Schon steuerte er auf die Hütte von Desdemona zu, die am unteren Rande des Dorfes stand.

«Was tun wir hier?» Baba runzelte in aufkeimender Beunruhigung die Stirn, während Jess vom Maultier herabsprang und sie ohne Erklärung zu sich herunterhob. Hilflos schaute sie sich nach den anderen Männern um, die weiter den Hügel hinauf zum Dorf ritten.

«Baba!» Desdemona rieb sich die blinden Augen, nachdem sie die Tür zu ihrer Hütte geöffnet hatte. «Da bist du ja endlich!»

Als Jess unvermittelt hinter seiner Mutter auftauchte, schrak sie zurück, obwohl sie ihn unmöglich gesehen haben konnte.

«Oh», sagte sie nur. «Kommt herein.»

Baba wusste, dass die blinde Obeah-Zauberin keine Augen benötigte, um den finsteren Blick ihres Sohnes auf sich zu spüren. Sie war sich sicher, dass die alte Frau durch Wände und bis über das Meer schauen konnte. Und wenn das Ereignis stark genug war, konnte sie sogar die Zukunft voraussagen.

«Du bist also schuld», sagte Jess, «dass Baba das Lager ohne Erlaubnis verlassen und uns damit alle in Gefahr gebracht hat. Ich hätte mehr Verstand von einer weisen Frau wie dir erwartet. Ich werde dem Ältestenrat empfehlen, dich ebenso zu bestrafen wie meine Mutter.»

«Jess!», schalt ihn Baba. «Wie redest du mit ihr, es war ganz allein meine Entscheidung, dorthin zu gehen!»

«Lass gut sein, Baba», raunte die Alte.

Mit zusammengekniffenen Lidern fuhr sie herum und fixierte Jess mit ihren blinden Pupillen.

«Du bist nur ihr Sohn», sagte sie hart, «und du musst nicht verstehen, welchen berechtigten Hass deine Mutter auch nach all den Jahren gegenüber ihrem früheren Master in ihrem Herzen trägt. Um das zu begreifen, musst du erfahren, was er deiner Mutter angetan hat.»

«Das ist lange her», konterte Jess. «Inzwischen gehen wir andere Wege, um uns gegen die Weißen zur Wehr zu setzen.»

Desdemona überhörte seinen Einwand. Sie trat an ihn heran und legte eine Hand auf seine Stirn. Er wollte zurückweichen, doch er konnte es nicht.

«Wenn du dich traust, setz dich hin, dann werde ich dir etwas zeigen», sagte sie mit krächzender Stimme.

Jess blieb kaum etwas anderes übrig, als auf die Knie zu gehen. Desdemonas Hand wirkte wie ein Magnet, und selbst als er sich ihr entziehen wollte, war es nicht möglich. Als bekennender Christ dachte er sogleich an den Teufel, der in diese Frau gefahren sein musste, aber er wagte es nicht, seinen Verdacht auszusprechen. Ihn schauderte, und er hoffte inbrünstig, dass sie und vor allem seine abergläubische Mutter seine Angst nicht bemerkten.

An einem Tisch, der überfrachtet mit Flaschen und hölzernen Kisten war und etwas abseits stand, machte sie sich zu schaffen. Desdemona kehrte mit einem Holzbecher zu ihm zurück und setzte ihn an seine Lippen.

«Du solltest das trinken, dann geht es leichter.»

«Willst du mich umbringen?», fragte er argwöhnisch.

«Wenn ich das wollte, wärst du längst tot.»

Widerwillig schluckte er die bittere Flüssigkeit, und sie legte abermals die flache Hand auf seine Stirn.

«Schließ die Augen und warte ab, was geschieht.»

Jess spürte, wie ihm die Lider zufielen und er so müde wurde, als ob er hundert Jahre nicht mehr geschlafen hätte. Dann merkte er, wie ein Ruck durch seinen Körper ging und er die Welt mit den Augen seiner Mutter sah.

Er stand vor dem Bett des viel jüngeren Masters und spürte die tiefe Verzweiflung, als William Blake ihr offenbarte, dass er den Sohn einfach fortgegeben hatte. Dann traf ihn ein schneidender Schmerz, weil sie sich mit zwei raschen Schlägen einer kurzen Machete die Adern an ihren Armen der Länge nach aufgeschlitzt hatte. Das Blut tropfte warm an ihren Fingern entlang auf den Boden. Trotzdem war sie noch fähig, einen heiseren Fluch herauszuschreien, und er spürte die Erleichterung, die sie danach erfasste.

Doch dann war da plötzlich Trevor Hanson, an den er sich noch dunkel erinnerte, der sie an den Haaren riss und überwältigte, indem er sie mehrmals ins Gesicht schlug. Auf Befehl des Masters trug er sie auf seinen Schultern eine lange Treppe hinab in einen dunklen Schuppen. Dort zog er ihr das armselige Kleid hoch und vergewaltigte sie trotz ihres erbärmlichen Zustandes. Der Schmerz war überwältigend. Nachdem er sich grunzend mehrmals in ihr ergossen hatte, trug er sie zum Fluss.

«Auf dass die Krokodile dein faules Fleisch fressen!», rief er und warf sie in die Fluten.

Als Jess wieder zu sich kam, lag er am Boden, zusammengekauert wie ein Kind. Tränen standen ihm in den Augen. Immer noch zitternd, kam er auf die Knie und schaute seine Mutter voller Reue an. Baba sagte nichts, starrte nur abwechselnd von Desdemona zu ihm.

«Was hast du ihm gezeigt?», fragte sie schwach.

«Die Wahrheit», sagte die Alte kaum hörbar.

«Die Wahrheit?»

«Es tut mir leid», brach es aus Jess hervor, wobei er Babas Hände ergriff und sie küsste.

Er hoffte, dass sie ihm vergeben würde. Obwohl er selbst viel Leid und Ungerechtigkeit erfahren hatte, war das, was er soeben erlebt hatte, nicht damit zu vergleichen. Und mit einem Mal konnte er verstehen, was seine Mutter zu ihrem Verhalten am heutigen Tag bewogen hatte.

«Ich hätte William Blake längst umgebracht», sagte er kalt. «Ihn und seinen verdammten Aufseher. Sag mir einen Grund, warum du dich all die Jahre mit einem Fluch zufriedengegeben hast?»

«Weil sein Tod die Sache nicht besser machen würde», kam Desdemona seiner Mutter zuvor. «Sein Tod würde die Geister der Unterwelt auf den Plan rufen und dem schaden, der ihn ausführt. Nur durch einen Reinigungszauber kann man versuchen, das folgende Unheil abzuwenden. Bei einem Fluch jedoch überlässt man den Geistern der Ahnen die Rache selbst.»

Jess rappelte sich hoch, immer noch beeindruckt von dem unvermittelten Einblick in schwarze Magie, den er gewonnen hatte. «Was immer du sagst», flüsterte er und nahm sich vor, für Mama Baba bei den Ältesten mehr als ein gutes Wort einzulegen.

Er selbst wünschte sich nur noch den Tod der verantwortlichen Männer.

Bevor Lena zum Herrenhaus zurückkehrte, wischte sie sich hastig die Tränen aus dem Gesicht. Sie wollte nicht, dass jemand von den Gästen ihre Bestürzung bemerkte. Skandale hatte es an diesem Tag schon weiß Gott genug gegeben.

Umso erschrockener war sie, als ein erneuter Aufschrei durch die Menge ging. Bevor sie nach Maggie Ausschau halten konnte, wankte Captain Peacemaker durch die Terrassentür in den Tanzsaal hinein.

Edward und ein weiterer Soldat stützten ihn. Peacemakers Uniform war pitschnass, der rechte Ärmel war aufgerissen und die halbe Brust von Blut durchtränkt.

«Um Gottes willen!», rief der Gouverneur und war sogleich zur Stelle, um seinem verantwortlichen Offizier eine Erklärung abzuringen.

Doch zunächst kümmerte sich Lafayette um den Verletzten, indem er ihm vor den Augen aller Anwesenden die Jacke auszog und ihn untersuchte. Zur Erleichterung aller stellte er fest, dass es sich bei der blutenden Wunde lediglich um einen Streifschuss handelte.

«Rebellen», keuchte Peacemaker. «Sie haben jenseits der Bananenfelder aus einem Wald heraus das Feuer auf uns eröffnet. Parker und McCarthy sind tot.»

Dem jungen Offizier standen die Haare zu Berge, und er war totenbleich. Man legte ihn auf die Chaiselongue, wo sich kurz zuvor noch Lord William von dem Anschlag erholt hatte.

«Ich habe gesehen, wie sie fielen. Jemand hat ihnen aus dem Gebüsch heraus direkt in den Kopf geschossen. Vorher haben sie die Hunde kaltgemacht. Mir blieb nichts anderes übrig, als die Flucht zu ergreifen. Es müssen Dutzende gewesen sein.»

«Was hat das zu bedeuten?», ereiferte sich der Gouverneur. «Ich dachte, Sie verfolgen nur eine harmlose Irre?»

«So harmlos war sie vielleicht gar nicht!»

Der Captain wandte seinen erschöpften Blick zu Lord William, der ungläubig dreinschauend an ihn herangetreten war.

«Was sehen Sie mich so vorwurfsvoll an?», rief der Lord kaum weniger entsetzt als die übrigen Gäste. «Denken Sie etwa, ich wüsste, wer Ihre Kameraden auf dem Gewissen hat?»

«Nein, aber vielleicht können Sie uns etwas zu dieser Frau sagen?»

Lena entging nicht, dass nun alle wie gebannt auf Lord William schauten.

«Nein, kann ich nicht», erwiderte ihr Schwiegervater scharf. «Ich weiß genauso wenig wie alle anderen, wer sie gewesen sein könnte.»

Ein Raunen ging durch die Menge, und einigen war anzusehen, dass sie die Meinung des Lords nicht unbedingt teilten.

Auch der Gouverneur schien im Zweifel, ob es da nicht vielleicht doch etwas gab, mit dem der Lord hinterm Berg hielt.

«Sie müssen uns die Wahrheit sagen», drängte der Gouverneur ungeduldig. «Wenn es bei dieser Geschichte etwas gibt, das Captain Peacemaker wissen sollte, heraus damit. Schließlich geht es nicht nur um zwei tote Soldaten, sondern um die Sicherheit aller weißen Bürger Jamaikas.»

«Alles, was ich beizutragen hätte, ist schon zu lange her, als dass es noch irgendein Gewicht haben könnte», presste William mürrisch hervor.

Dabei fiel sein Blick auf Monty Prescott, den Leiter der *Kingston Gazette*. Der glatzköpfige Zeitungsmacher war ein alter Freund der Familie, wie Lena inzwischen wusste. Ferner war ihr bekannt, dass Lord William ihm gegenüber bei einem Abendessen einmal die Meinung vertreten hatte, man solle den Lesern keine unnötigen Sorgen durch Horrormeldungen bereiten. Prescott hatte damals erwidert, dass bei einer gewünschten Unterdrückung von Nachrichten eine Ausgleichszahlung für entgangene Verkäufe gezahlt werden müsse. Trotz aller Freundschaft war Lena überzeugt, dass es Lord William in diesem Fall einiges kosten würde, Prescott und dessen Reporter zurückzupfeifen, damit sie keine Sensationsstory aus diesem Zwischenfall machten.

«Wir wissen doch alle», fügte Lord William ungehalten hinzu, «dass sich das ganze Land im Aufruhr befindet. Sechs Brände in sechs Monaten, dazu unzählige verschwundene Sklaven, die bis heute nirgendwo aufgetaucht sind. Dass sich da draußen irgendwo etwas Unseliges zusammenbraut, sieht ein Blinder mit Krückstock. Was wir brauchen, sind mehr Soldaten aus England, Schottland und Irland, die uns vor Aufständischen schützen.» Sein überheblicher Blick streifte den Gouverneur. «Ich frage mich ernsthaft, warum wir das Königreich mit unseren Steuern unterstützen, wenn es uns Schritt für Schritt die Grundlage unserer Existenz entzieht. Erst das Handelsverbot und nun das Gerücht, dass die Sklaverei gleich ganz abgeschafft werden soll. Seit wir keine frischen Sklaven aus Afrika bekommen, haben wir kaum noch gesunde Arbeitskräfte. Die Alten sterben uns weg, und jene, die hier geboren sind, rufen zur Revolution auf!»

William hatte geschickt von der aktuellen Lage abgelenkt, indem er zu den schon länger bestehenden Problemen geschwenkt war. Damit hatte er eine lebhafte Diskussion entfacht, die dem Gouverneur sichtlich unangenehm war. Schließlich war er von London herbestellt worden, um für das Wohlergehen der weißen Plantagenbesitzer und deren Sicherheit zu sorgen.

In der Runde der debattierenden Männer kam Lena sich überflüssig vor, zumal ihr niemand mehr Beachtung schenkte. Während sie nach Maggie Ausschau haltend durch den Raum ging, um ihre neuerliche Entrüstung über die vorangegangenen Geschehnisse mit der Freundin zu teilen, lief sie Edward in die Arme.

«Es wäre schön», sagte er spitz und ergriff ihre Hand, «wenn du dich nicht so gehen lassen würdest und zur Feier des Tages ein anderes Gesicht aufsetzen könntest.»

«Nach allem, was geschehen ist, habe ich vergessen, dass es heute etwas zu feiern gibt», zischte sie verärgert und versuchte, sich ihm zu entwinden.

Doch das hatte zur Folge, dass er sie noch näher zu sich heranzog. Dabei funkelten seine tiefblauen Augen in unverhohlener Leidenschaft.

«Stell dich doch nicht so an», flüsterte er und beugte sich zu ihr hinab, wobei sein Mund dem ihren so nahe kam, dass sie seinen Atem auf den Lippen spürte. «Ich weiß doch, dass du mich willst. Warum bist du bloß so kratzbürstig? Nur wegen dieser Geschichte mit Trevor? Wir wissen doch gar nicht, was zwischen den beiden wirklich geschehen ist. Es hat doch auch überhaupt nichts mit uns zu tun. Und das mit den Sklavinnen war ein übler Scherz, für den ich mich aufrichtig entschuldigen möchte.»

«Mit solchen Dingen scherzt man nicht», warf Lena ihm vor.

Sie schäumte vor Wut. Wie konnte er sie so abscheulich behandeln und denken, mit ein paar halbherzigen Worten sei alles wieder im Lot?

«Ich würde lügen, wenn ich sage, dass es mich nicht scharfmacht, wenn du so widerspenstig bist. Aber das heißt noch lange nicht, dass ich dein unversöhnliches Verhalten in Zukunft dulden werde», warnte er grollend.

«Lass mich!» Lena kochte innerlich. Es fehlte nicht viel, und sie hätte ihn vor allen Leuten geohrfeigt.

Alles, was dieser Mann sagte, war anzüglich. Sie nahm all ihre Kraft zusammen, um sich Edward zu entwinden. Als es ihr schließlich gelang, eilte sie, ohne ihn eines weiteren Blickes zu würdigen, in die Halle hinaus. Anstatt die Gäste nach guter Manier zu verabschieden, wollte sie nur noch alleine sein.

Voller Wut und Enttäuschung erreichte sie den Treppenaufgang zu ihrem Zimmer. Sie wollte sich in ihre Gemächer zurückziehen und niemanden mehr sehen. Die Lust auf eine Hochzeitsnacht mit Edward war ihr gründlich vergangen.

Sie fühlte sich wie kurz vor einem Zusammenbruch. Was war nur in Edward gefahren, dass er sich so scheußlich benahm? Er musste doch verstehen, dass sie die Geschehnisse des Tages nicht so einfach hinnehmen konnte. Doch anstatt Verständnis für sie aufzubringen und ihr wenigstens den Auftritt dieser scheußlichen Alten zu erklären, setzte er sie unter Druck! Am liebsten wäre sie in Tränen ausgebrochen, doch das würde sie sich aufheben, bis sie alleine war.

«Sie Ärmster!», bemerkte Lady Wentworth mit einem bedauernden Blick auf Edward, kaum dass er in der Eingangshalle angekommen war. «Wir wollen hoffen, dass sich Ihre Frau möglichst bald von diesem schrecklichen Schock erholt, nicht wahr, Ernest?»

Ihr Blick wanderte zu ihrem Gatten, dem nichts übrig blieb, als mitfühlend zu nicken.

«Ja, vielen Dank für Ihre Anteilnahme», erwiderte Edward tapfer. «Um ehrlich zu sein, meine Hochzeit hatte ich mir anders vorgestellt.»

Nachdem Edward die Damen mit einem angedeuteten Handkuss und die Herrn per Handschlag verabschiedet hatte, wandte er sich dem Treppenaufgang zu den oberen Gemächern zu, um Lena in ihr Zimmer zu folgen.

Verdammter Mist, dachte er, während er zwei Stufen auf einmal nahm. Alles, einfach alles, was an diesem Tag hätte schieflaufen können, war schiefgelaufen. Er selbst hatte ein Übriges dazu getan, sodass er jetzt noch nicht einmal die verdiente Belohnung dafür erhielt, dass er bei dem vermaledeiten Spiel seines Vaters, endlich eine standesgemäße Ehefrau heimzuführen, mitgemacht hatte.

Er grübelte, wie er Lena am Ende doch noch dazu bringen konnte, die Hochzeitsnacht mit ihm zu verbringen. Vielleicht konnte er sie mit einem raffinierten Liebesspiel davon überzeugen, dass sie einen Mann geheiratet hatte, für den es sich lohnte, Kompromisse einzugehen. Doch als er mit gespielter Höflichkeit an die Tür klopfte und schöne Worte säuselte, schoss Maggie heraus und versperrte ihm kopfschüttelnd den Weg.

«Lena möchte Sie nicht sehen», sagte sie schlicht. «Und ich denke, als Gentleman und Ihr Ehemann werden Sie dieses Ansinnen gerne respektieren.»

«Was soll dieser Unsinn?», rief Edward und versuchte, an Maggie vorbei einen Blick auf Lena zu erhaschen.

Ihn plagte durchaus der Anflug eines schlechten Gewissens. Er hätte wenigstens so tun können, als ob er ihren Unmut über Trevors Vorgehen verstand. Stattdessen sagte er: «Sie ist meine Frau, und sie hat sich vor Gott verpflichtet, mir in guten wie in bösen Zeiten zur Seite zu stehen. Ich will wenigstens mit ihr sprechen.»

Noch während er sprach, wurde er sich im Klaren darüber, dass er zu viel getrunken hatte und seine Stimme ein wenig verwaschen klang. Wahrscheinlich roch er wie ein umgestoßenes Brandy-Fass.

Maggie beäugte ihn von Kopf bis Fuß und fasste offenbar einen Entschluss.

«Ich befürchte», erwiderte sie in schneidendem Ton, «Sie machen die Angelegenheit nur schlimmer, wenn Sie jetzt zu ihr hineingehen. Und das wollen Sie doch nicht, oder?» Fragend zog sie eine Braue hoch.

Ich werde mir meine Frau schon gefügig machen, dachte Edward entschlossen. Wär doch gelacht, wenn ein guter Reiter wie er nicht in der Lage wäre, eine bockige Stute zu zähmen.

Trotzdem gab er sich vorerst geschlagen. An einem Tag wie diesem, gespickt mit tausenderlei Tücken, wollte er nicht noch mehr Schaden anrichten. Grollend wie ein Hund, der Prügel bezogen hat, beschloss er, sich vorerst in den Salon zurückzuziehen, wo sein Vater mit den verbliebenen männlichen Gästen bei einer Zigarre zusammensaß. Lady Elisabeth kümmerte sich derweil im Wintergarten um die dazugehörigen Damen.

Es waren nicht viele Gäste geblieben, höchstens zehn, darunter der Gouverneur und seine Gemahlin, denen man eine Übernachtung auf Redfied Hall angeboten hatte. Als Edward den leer gefegten Tanzsaal durchquerte, sah er, dass Peacemakers Männer die Leichen der beiden erschossenen Kameraden bereits geborgen und mit weißen Leinenfahnen aus der Sacknäherei in passable Mumien verwandelt hatten. Nun lagen sie aufgebahrt auf der Terrasse. Ein Anblick, den nicht jeder ertragen konnte, schon gar nicht, wenn man eigentlich zum Feiern erschienen war.

«Dein Vater hat den Soldaten einen Karren angeboten, mit dem sie die Toten nach Fort Charles bringen können», erklärte Lady Elisabeth, die ein Glas Portwein in ihrer leicht zitternden Hand hielt.

«Dort werden sie wohl noch einmal auf ihre Einschüsse hin untersucht, bevor man sie auf dem Heldenfriedhof verscharrt.»

Edward sah sie entgeistert an, weil er sich über ihren rüden Ton wunderte.

«Ich habe nur wiederholt, was der Gouverneur gesagt hat», bekräftigte sie zu ihrer Entschuldigung. «Wo ist die Braut?», fragte sie Edward unvermittelt.

«Sie fühlt sich nicht wohl», stieß er mürrisch hervor.

«Ist ja auch kein Wunder», erklärte sie. «Aber solltest du nicht bei ihr sein und ihr die Hand halten?»

«Ich würde ihr lieber etwas anderes halten, aber sie hat mir ihre penetrante Gesellschafterin auf den Hals gehetzt», knurrte er und schaute mit schmalen Lidern zum Flussufer runter. «Und das, obwohl sie mir ab heute den Gehorsam schuldet.»

«Du musst Geduld mit deiner Frau haben.» Lady Elisabeth schaute ihn aus blauen, hervorquellenden Augen mitfühlend an. «Das, was heute geschehen ist, muss ein furchtbarer Schock für sie gewesen sein. Hinzu kommt, dass sie jung, unerfahren und Tausende Meilen von ihrem bisherigen Zuhause entfernt ist. Mit der Zeit wird sie sich gewiss an die Lebensumstände hier und erst recht an dich gewöhnen.»

«Vielleicht», sagte er und schaute abwesend zu den Sklavenhütten, «aber bis dahin kann ich nicht warten.»

Lena setzte sich in ihrem Bett auf und hielt sich die Stirn. Die Kopfschmerzen, die sie in all der Aufregung erfolgreich verdrängt hatte, waren zurückgekehrt. Am liebsten hätte sie etwas frische Luft geschnappt, doch draußen war die Sonne längst untergegangen. Mindestens eine Stunde war vergangen, seit Edward schmollend abgezogen war, wie Maggie ihr triumphierend versichert hatte. Nun plagte sie unvermittelt das schlechte Gewissen. Vielleicht hätte sie doch noch einmal mit Edward reden sollen, damit er endlich zur Vernunft kam.

«Soll ich bei dir bleiben?» Maggie sah sie mit besorgter Miene an, doch Lena schüttelte nur den Kopf.

«Du hast heute schon genug für mich getan. Ich denke, wir benötigen beide unsere Ruhe, um das Erlebte zu verdauen.»

«Was hast du vor? Du siehst nicht aus, als ob du gleich zu Bett gehen wolltest.»

«Ich habe den Gästen gegenüber ein schlechtes Gewissen. Ich will noch mal nach unten gehen und Lady Elisabeth um Verzeihung bitten, dass ich mich ohne ein Wort der Erklärung zurückgezogen habe. Außerdem möchte ich sie noch einmal nach ihrer ehrlichen Meinung über die Vorfälle fragen. Ich will wissen, warum Edward sich in Bezug auf Trevor Hanson so uneinsichtig benimmt. Bei ihr mache ich mir die meiste Hoffnung, dass sie mich bei der Aufklärung all dieser Ungereimtheiten unterstützt.»

«Soll ich mitkommen?»

«Das ist nicht nötig», erwiderte Lena und trat auf den Korridor.

Im Treppenhaus hatte Jeremia bereits die Petroleumleuchten entzündet, die in verschnörkelten Glasfassungen die Wände schmückten. Dies war ein Indiz dafür, dass noch nicht alle Hausbewohner zu Bett gegangen waren. Wahrscheinlich hielt sich Lord William noch immer mit dem Gouverneur im Salon auf. Lena glaubte sich zu erinnern, dass man ihm und seiner Gattin ein Gästezimmer für die Nacht angeboten hatte. Auch Captain Peacemaker hatte man in einem Gästequartier untergebracht, wo ihn Doktor Lafayette verarztete, damit er am nächsten Tag, sobald es hell wurde, zur Garnison nach Falmouth transportiert werden konnte.

Vor dem Haus waren einige Gestalten zu sehen. Die Dunkelheit brach langsam herein, und die Diener hatten je eine Pechfackel in der Hand, um die letzten Gäste zu ihren Kutschen zu geleiten. Lena huschte mit gesenktem Haupt an ihnen vorbei. Den Schleier hatte sie längst abgelegt, und im Halbdunkel der Korridore schien niemand auf die Braut zu achten. Deshalb war sie froh, als Lady Elisabeth ihr auf dem Weg zum Festsaal direkt in die Arme lief. Sie war allein und hatte sich offenbar nochmals am verwaisten Buffet bedient, jedenfalls türmten sich auf ihrem Teller allerlei köstliche Speisen.

«Es ist doch wirklich schade, wenn das ganze Essen verkommt», rechtfertigte sie sich mit Nachdruck in der Stimme.

«Elisabeth», begann Lena vorsichtig, «wäre es möglich, dass wir in den nächsten Tagen einmal unter vier Augen miteinander reden könnten? Ich meine … es ist viel passiert heute und …» Sie stockte.

«Natürlich, mein Kind», kam ihr die Lady zuvor und legte ihr in einer mütterlichen Geste die Hand auf den Unterarm. «Ich bin immer für dich da, das weißt du hoffentlich. Komm doch übermorgen zu mir nach Rosenhall zum Tee, dann können wir alles, was dich bedrückt, in Ruhe besprechen. Edward meint es bestimmt nicht so, auch wenn er sich heute zugegebenermaßen etwas merkwürdig verhalten hat. Du musst wissen, er ist quasi ohne Mutter aufgewachsen. Mit Lady Anns Nachfolgerin hat er sich nicht besonders gut verstanden. Er war schon immer ein Einzelgänger und hatte kaum Freunde. Zugegebenermaßen war es auch schwierig für ihn, welche zu finden, weil ihm hier auf dem Land nur selten jemand von seinem Stand und in seinem Alter begegnete. Er war nie in einem Internat in England, wo man ihm hätte beibringen können, wie man mit Menschen umgeht. Sein Vater wollte, dass er auf der Plantage aufwächst, und hat ihn wie ein Mädchen ausschließlich von Hauslehrern unterrichten lassen. Schon früh musste er daher auch Verantwortung als junger Herr von Redfield Hall übernehmen. Und die Arbeit mit den Sklaven ist nicht immer angenehm. Manchmal muss man hart durchgreifen. So etwas prägt. Aber darüber können wir gern sprechen, wenn du mich besuchen kommst.»

«Vielen Dank für die Einladung», erwiderte Lena.

«Ich denke, du solltest noch mal mit ihm sprechen», empfahl die Lady. «Er ist über die Terrasse nach draußen gegangen, soweit ich weiß», fügte sie hinzu. «Vielleicht ist er im Park, um frische Luft zu schnappen. Es war ein anstrengender Tag», resümierte sie mit einem Seufzer. «Für uns alle.» Dann wandte sie sich wieder ihrem Teller zu und verschwand mit einem «Gute Nacht, meine Liebe» in Richtung Wintergarten.

Für einen Moment war Lena unschlüssig, ob sie nicht besser sofort wieder nach oben gehen sollte. Doch dann entschied sie sich, Edward zu folgen. Sie wollte ihm sagen, wie sehr er sie gekränkt hatte, und hoffte darauf, dass er endlich einsichtig war. Als sie den menschenleeren Saal hinter sich gelassen hatte, an dessen Terrassenausgang zwei bewaffnete Soldaten standen, die der Gouverneur offenbar als Wachposten abgestellt hatte, sah sie unten im unbeleuchteten Park eine schemenhafte Gestalt, die zum Flussufer marschierte. Edward! Trotz Bedenken wegen der hereinbrechenden Nacht beschloss sie, ihm zu folgen.

Sie beschleunigte ihre Schritte, aber es gelang ihr nicht, ihn einzuholen. Rufen wollte sie nicht, und ab einer gewissen Entfernung fragte sie sich ohnehin, wo er eigentlich so zielstrebig hinmarschierte.

Nachdem sie bereits eine Vielzahl an Büschen und Bäumen hinter sich gelassen hatte, wurde ihr ein wenig mulmig zumute, weil sie sich ohne Begleitung so weit vom Haus entfernt hatte. Doch die Neugier siegte über die Angst. Was hatte Edward um diese Zeit hier unten am Fluss zu suchen? Falls er alleine im Mondlicht spazieren gehen wollte, um nachzudenken, wäre es eine hervorragende Gelegenheit, zu ihm aufzuschließen und ihn mit ihrer Anwesenheit zu überraschen.

Aber dann beobachtete sie, wie er auf eine kleine Hütte zustrebte. Die Hütten standen am Rande eines Palmenhains und waren von üppig blühenden Büschen umgeben, hinter denen Lena nun unbemerkt Schutz suchte. Vor den anderen Sklavenbehausungen in unmittelbarer Nachbarschaft brannten noch Feuer, und ein paar Neger saßen im Kreis und unterhielten sich. Als sie Edward sahen, nahmen sie merkwürdigerweise kaum Notiz von ihm. Ein paar der Männer nickten ihm zu und brachen, nachdem er außer Hörweite war, in schmutziges Gelächter aus.

Aus den offenen, quadratischen Fensteröffnungen der Behausungen fiel ein schwacher Lichtschein in die Umgebung. Lena fasste all ihren Mut zusammen und schlich zum rückwärtigen Fenster jener Hütte, in die Edward verschwunden war. Auf leisen Sohlen tastete sie sich vor und spähte argwöhnisch hindurch. In der Mitte des Raumes brannte ein schwaches Feuer. Rechts und links davon erkannte sie zwei halbwüchsige Kinder, die schon zur Nacht gebettet worden waren. Am Eingang gewahrte sie Edward. Eine hellhäutige Mulattin präsentierte ihm einen neugeborenen Säugling, der an ihrer Brust schlief. Sekundenlang betrachtete er das Kind, und sein Mund verzog sich zu einem undefinierbaren Lächeln. Die Frau lächelte ebenfalls und legte das Kind zu den anderen.

Hatte Lena im ersten Moment vermutet, dass Edward auf die groteske Idee gekommen war, aus Fürsorge die Sklavenunterkünfte zu besuchen, so wunderte sie sich nun, dass die Frau ihn wie selbstverständlich zu einer primitiven Bettstatt hinzog. Ohne Worte entledigte sie sich ihres Kittels und stand schließlich vollkommen nackt vor ihm. Er würdigte ihren üppigen Körper nicht nur mit Blicken, sondern auch mit den Händen. Die Frau stöhnte laut auf, als er ihre vollen Brüste so heftig zu kneten begann, bis tatsächlich Milch aus ihren hochaufgerichteten Warzen hervorquoll. Zutiefst schockiert wurde Lena Zeugin, wie Edward eine der tropfnassen Knospen in den Mund nahm und mit einem anerkennenden Brummen zu saugen begann.

Die Frau reagierte mit einem kehligen Lachen und befreite ihn derweil mit flinken Fingern von seiner Festtagshose. Der Stoff rutschte an seinen strammen Schenkeln herab, und im Nu kam sein steifes Glied zum Vorschein, das aus einem Busch von schwarzem Kraushaar hervorragte. Eigentlich hätte sie unverzüglich davonlaufen sollen, aber Lenas Blick hing wie gefesselt an diesem ungleichen Paar.

Als die Frau auf die Knie ging und die dralle Spitze seines Geschlechts mit den Lippen berührte, stockte Lena der Atem. Edward stöhnte ohne Rücksicht auf die anwesenden Kinder ungehemmt auf. Brutal krallte er seine gepflegten Finger in die langen Locken der Frau und dirigierte ihren Kopf so, dass sein Glied fast ganz zwischen ihren vollen Lippen verschwand. Als es wieder zum Vorschein kam, umfasste sie es mit beiden Händen und begann nun ihrerseits ihn zu melken. Edward stieß unzählige Obszönitäten aus, von denen Lena nur ahnen konnte, was sie zu bedeuten hatten. Übelkeit stieg in ihr auf.

Plötzlich hielt er inne und packte die Frau bei den Oberarmen. Mit einer rüden Bewegung zwang er sie, von ihm abzulassen und aufzustehen. Allem Anschein nach wusste sie, was er von ihr erwartete, denn sie kniete sich bereitwillig auf die dünne Strohmatratze und streckte ihm ihre dralle Kehrseite zu. Ohne Zögern stellte Edward sich hinter sie und führte mit einer Hand sein hartes Glied zwischen ihre dunkelhäutige Spalte. Dann stieß er zu wie ein Hengst, der eine Stute besteigt, und verfiel in einen heftigen Rhythmus. Doch anstatt zu protestieren, rekelte sich die Negerin lüstern hin und her und ächzte wie eine Furie, je härter er zu Werke ging. Mehrfach schlug Edward ihr mit der flachen Hand auf den Hintern, und sie schien sich an diesem rüden Vorgehen noch zu ergötzen.

Entsetzt wandte Lena sich ab und lehnte sich schwer atmend mit dem Rücken an die Hüttenwand. Das war es also, was Edward meinte, wenn er davon sprach, dass seine Sklavinnen ihm jederzeit zu Willen sein würden. Und er hatte wohl auch nicht gelogen, wenn er sagte, dass sie es aus freien Stücken taten.

Eine plötzliche Eingebung ließ Lena die Knie weich werden. Wer wusste denn, wie lange diese Sache schon ging? Vielleicht war er sogar der Vater ihrer Kinder? Und was, wenn diese Frau nicht die Einzige war, mit der er seine sündigen Gedanken in die Tat umsetzte? Ihre Empörung wurde so stark, dass sie am liebsten die Hütte gestürmt hätte. Edward war nichts weiter als ein schändlicher Barbar, der seine Sklavinnen missbrauchte. Und mit ihr würde er vermutlich nicht anders verfahren! Denn Lena musste sich eingestehen, dass auch sie selbst nichts anderes als Edwards Sklavin war, eingekauft auf dem Markt der Eitelkeiten. Leider hatte sie erst nach Jamaika kommen müssen, um dies zu bemerken. Wut, Enttäuschung und Trauer durchfluteten sie.

«Nein», flüsterte sie und versuchte, ihre Tränen unterdrücken. «Ich lasse mich nicht zu deiner Hure machen und erst recht nicht zu deiner Zuchtstute!»

Plötzlich verstummte das Grunzen und Keuchen hinter ihr. Eine Frauenstimme überschüttete Edward mit relativ gut verständlichen Liebesschwüren, die Lenas Gefühl der Übelkeit nur noch verstärkten.

Sie musste hier weg, und zwar sofort. Sie hob die Röcke ihres Brautkleides an und rannte, so schnell sie konnte, in der Dunkelheit aufs Herrenhaus zu. Als sie völlig außer Atem die Tür zu Maggies Zimmer aufstieß, schaute diese erschrocken auf. Sie hatte das Licht noch nicht gelöscht und offenbar noch gelesen. Schluchzend stürzte sich Lena in ihre Arme, nachdem sie die Tür krachend hinter sich zugeworfen hatte.

«Um Gottes willen, was ist geschehen?» Maggie packte sie bei den Schultern und versuchte, sie aufzurichten.

«Edward», schluchzte Lena.

Zu gerne hätte sie alles aus sich heraussprudeln lassen, die Nachwirkung des Schocks ließ ihr jedoch die Stimme versagen.

«Edward?», wiederholte Maggie. «Was ist mit Edward? Hat er dir etwas angetan?»

«Ja», stieß Lena hervor. «Aber nicht so, wie du denkst.» Hastig wischte sie sich den Rotz von der Nase, wobei sie ungeachtet ihrer guten Erziehung den Ärmel ihres Brautkleides missbrauchte. «Er hat eine andere», quoll es aus ihr hervor.

«Geht das nicht ein bisschen zu schnell?» Maggie sah sie ungläubig an. «Und überhaupt, woher willst du das wissen?»

«Ich habe es gesehen», flüsterte sie heiser.

«Du hast *was* gesehen?» Nun war es an Maggie, sie mit aufgerissenen Augen anzustarren.

«Ich habe gesehen, wie er es mit einer anderen Frau getan hat. Unten am Fluss. Mit einer Sklavin.»

«Sag nur, er hat sie wie Trevor vergewaltigt?» Maggie wirkte sichtlich besorgt.

«Nein, Maggie, so ist es nicht», erklärte sie und seufzte erschöpft. «Sie wollte es, und er wollte es auch. Sie haben sich gepaart wie die Tiere. Haben geschrien und gestöhnt, sogar in Gegenwart von Kindern, die auf dem Boden schliefen. Es erscheint dir bestimmt unvorstellbar, aber ich habe es mit eignen Augen gesehen!»

Maggies Ausdruck war völlig verwirrt.

«Du meine Güte! Und was wirst du nun tun?»

«Ich werde von hier verschwinden, Maggie. Zusammen mit dir. Wir fahren zurück nach Hause zu meinem Vater.»

Sie putzte sich lautstark die Nase, indem sie den Rocksaum hochnahm und ihn wie ein Taschentuch verwendete. Zu mehr war dieses Kleid sowieso nicht mehr zu gebrauchen.

«Und wie soll das gehen?» Maggie schaute alarmiert. «Ich meine, denkst du ernsthaft, Edward und sein Vater werden zulassen, dass du Redfield Hall so mir nichts, dir nichts verlässt? Was ist, wenn die beiden befürchten müssen, dass du all das hier deinem Vater berichtest und es in London oder Hamburg zu einem Skandal kommt? Edward ist nun so etwas wie dein Vormund, und er kann dir sogar verbieten, das Haus zu verlassen.»

«Um die Meinung der Leute mache ich mir weniger Sorgen. Edward ist sicher nicht der erste Mann, der es mit seinen Sklavinnen treibt. Wahrscheinlich wird man mich auslachen, wenn ich mich darüber beschwere, dass mein Mann Affären mit Dienstboten hat. Viel wichtiger ist mir, dass mein Vater mir mit seinen Advokaten aus dieser schrecklichen Ehe heraushilft.»

«Aber wir müssen besonnen an diese Sache herangehen. Lord William hat offenbar viel Geld investiert, um dich nach Jamaika zu locken. Was ist, wenn er und sein missratener Sohn dich zwingen wollen hierzubleiben, damit du deine Pflichten als Ehefrau und zukünftige Mutter erfüllst?»

«Denkst du ernsthaft, dass ich den beiden meine Absichten ankündige?», erwiderte Lena. «Wir werden uns davonschleichen.»

«Und wie soll das gehen? Edward schickt dir doch ständig einen Aufpasser hinterher.»

«Wir werden die Einladung von Lady Fortesque übermorgen zum Tee annehmen und sagen, dass wir bei ihr übernachten. Wenn wir dort sind, machen wir uns in aller Frühe davon.»

«Und was ist, wenn kein Schiff nach Europa fährt? Wir haben bereits Mitte September, und die Wirbelstürme haben längst begonnen.

Wo sollen wir uns verstecken? Was ist, wenn Edward dich findet und vor lauter Zorn umbringen lässt? Immerhin gibt es diese toten Frauen in seiner Familie … Vielleicht haben sie Edward und seinen Vater aus den gleichen Gründen verlassen wollen und mussten ihren Ungehorsam mit dem Leben bezahlen?»

Maggie war plötzlich leichenbleich und schien sich in ihre düsteren Phantasien regelrecht hineinzusteigern.

«Ein Grund mehr, sich zu beeilen», bekräftigte Lena ihre Absichten.

KAPITEL 10

September 1831 || Jamaika || Totenklage

Im Gegensatz zu Lena, die in der Nacht kein Auge zugetan hatte, erschien Edward am nächsten Morgen mit einem Lächeln zum Frühstück im Diningroom. Gut gelaunt setzte er sich an den langen Tisch und studierte das reichhaltige Angebot, das die Küchenmägde unter Anleitung von Estrelle wie jeden Morgen zubereitet hatten: gebackene Brotfrüchte, Eier mit Speck, kalter Braten, dazu Cheddar am Stück und eine Variation von exotischen Marmeladen aus hauseigener Herstellung. Edward beauftrage Jeremia, ihm von allem etwas auf den Teller zu legen und ein Glas frisch gepressten Orangensaft einzugießen.

Offensichtlich ging es ihm gut, und er schien nichts zu vermissen.

Kein Wunder, dachte Lena grimmig, schließlich hatte er sich ungeachtet der furchtbaren Ereignisse vom Vorabend bestens amüsiert. In ihrem eigenen Herzen sah es dagegen vergleichsweise düster aus. Wie Maggie saß sie in einem schwarzen Kleid bei Tisch, als ob sie zu einer Beerdigung ginge, und hatte nur eine Tasse Tee vor sich stehen.

Jeremia ließ sich nicht anmerken, dass der gestrige Tag anders verlaufen war als erwartet. Souverän servierte der Hausbutler Tee und Toast und was man sonst noch für ein englisches Frühstück benötigte.

«Schönes Wetter heute», bemerkte Edward betont gut gelaunt und warf einen Blick aus dem Terrassenfenster.

Die breite Veranda wurde von der warmen Morgensonne überflutet. Nur der Wind war frisch, wie man an den sich wiegenden Palmen und Sträuchern erkennen konnte. Wie unter Zwang folgte Lena Edwards Blicken hinaus bis zum Fluss, an dessen Ufern so furchtbare Dinge geschehen waren. Sie musste an sich halten, um nicht zu würgen, als Edward eine Banane schälte und herzhaft hineinbiss.

Das Bild dieser Frau, wie sie Edward in den Mund nahm ... Nein, dachte sie krampfhaft. Weg damit, ich will es nicht mehr sehen! Und doch ... es war schier unmöglich, diese schreckliche Begebenheit aus ihrem Kopf zu verbannen.

«Hast du auch so gut geschlafen?» Edward sah sie an und grinste vom einen Ohr bis zum anderen.

Lena erschien diese Frage wie eine schallende Ohrfeige, die sie ihm gerne leibhaftig zurückgegeben hätte. Fragend hob er eine Braue, weil sie nicht antwortete. Als sich ihre Blicke trafen, schlug Lena hastig die Augen nieder, damit er keinen Verdacht schöpfte.

«Unser Hochzeitstag war zugegebenermaßen ein bisschen anstrengend», erklärte sie. «Ich habe geschlafen wie ein Stein, den man ins Wasser wirft.»

Edward erwiderte nichts, sondern lächelte nur süßlich und nahm sich ein Stück geröstetes Brot.

Lord William, der soeben zusammen mit dem Gouverneur und seiner Frau zur Tür hereingekommen war, gab sich hingegen eher mürrisch, als er neben seinem Sohn Platz nahm. Wie Edward und der Earl of Belmore trug William einen gedeckten Morgenanzug. Die Gouverneursgattin hingegen hatte sich aller Tristesse zum Trotz für ein ockergelbes Ensemble aus Kleid und Jäckchen entschieden.

Jeremia und Estrelle rückten den beiden Neuankömmlingen neben Lena die Stühle zurecht.

«Wie geht es dem Captain?» Lena bedachte den Gouverneur, mit einem mitfühlenden Blick.

«Peacemaker ist Gott sei Dank wieder auf den Beinen. Es war nur ein Streifschuss an der rechten Schulter.»

Der Earl wirkte erleichtert und verbeugte sich kurz vor ihr und Maggie, bevor er und seine Frau Platz nahmen.

«Er wird uns nachher mit seinen Leuten nach Kingston begleiten», fügte er hinzu und bat Jeremia um eine Tasse Kaffee.

Auch Lord William hatte sich ausnahmsweise Kaffee zum Frühstück einschenken lassen. Das tat er nur, wenn er unpässlich war.

Lena konnte die schlechte Laune ihres Schwiegervaters durchaus nachvollziehen. Er hatte die Pflanzer aus der Umgebung mit einem rauschenden Fest blenden wollen, und nun war ausgerechnet die Hochzeit seines einzigen Sohnes zu einem Skandal geworden.

Lady Elisabeth, die ebenfalls auf Redfield Hall übernachtet hatte, erschien nun kurz nach dem Gouverneurspaar im Diningroom und setzte sich Lena gegenüber. Man konnte ihr mühelos ansehen, dass sie am Abend zuvor zu viel Wein und Gin getrunken hatte. Ihre Wangen waren rötlich gefleckt, und ihre geschwollenen Tränensäcke verengten die ansonsten leicht hervorstehenden, wasserblauen Augen zu schmalen Schlitzen.

«Entschuldigt bitte», verkündete sie in einem kläglichen Ton. «Mir ist nicht wohl. Mein Kopf dröhnt entsetzlich.»

Stöhnend hielt sie sich die Stirn, als ob es eines Beweises bedürfte. Estrelle stellte ihr einen Weidenrindentee vor die Nase, den der fürsorgliche Doktor Lafayette, der ebenfalls im Herrenhaus übernachtet hatte, ihr – wie sie sagte – bereits vor dem Frühstück verordnet hatte. Dazu überreichte Jeremia der Lady den gewünschten Löffel Laudanum, zu dem der Doktor außerdem geraten hatte, bevor er davongeeilt war, um bei Captain Peacemaker zum dritten Mal den Verband zu wechseln.

Lord William wies Jeremia an, dem Doktor und den Soldaten ein ebenbürtiges Frühstück in den Mannschaftsräumen der Aufseher auftischen zu lassen.

«Du siehst blass aus, Kind», sagte Elisabeth mit verwaschener Stimme und warf Lena einen mitleidigen Blick zu. «Nicht so rosig, wie man es nach einer Hochzeit erwarten würde.»

«Das ist ja auch kein Wunder, nach allem, was geschehen ist», kam ihr Lady Juliana zu Hilfe.

Mit ihren hochgesteckten, rotbraunen Locken und dem dezent geschminkten Gesicht sah die Gouverneursgattin im Gegensatz zu den übrigen Frauen am Tisch geradezu erholt aus. Sie nahm sich eine Scheibe geröstetes Brot, das Estrelle ihr aus einem silbernen Körbchen angeboten hatte, und verlangte von dem Rührei, das ihr auf Wunsch auf einem Porzellanteller serviert wurde. Dann nippte sie an ihrer Tasse mit dampfendem Tee und ergriff erneut das Wort.

«Ich habe auch kaum ein Auge zugetan, wobei ich sagen muss, dass es eher an den Geräuschen lag, die Somerset von sich gegeben hat. Sein Schnarchen war beinahe schlimmer als ein Kanonengrollen.»

Sie warf ihrem Gemahl ein gutgemeintes Lächeln zu, das dieser mit einem Stirnrunzeln kommentierte. Ähnlich wie Lord William war er in seine Zeitung vertieft, die Jeremia jedem der Herren an den Platz gelegt hatte. Ein Kurier hatte wie üblich am Morgen gleich mehrere Exemplare zur Plantage gebracht.

«Monty Preston hat offenbar Wort gehalten», brummte der Gouverneur abwesend. «Nicht ein einziges Wort über den gestrigen Vorfall!»

«Das hat mich eine hübsche Stange Geld gekostet», bestätigte Lord William. «Ich habe ihm tausend Pfund zugesteckt, bevor er gegangen ist, damit er die Sache für sich behält.»

«Dafür haben seine Leute ganze Arbeit geleistet», bemerkte der Gouverneur anerkennend. «Hier steht nur etwas von einer rauschenden Hochzeit im Hause ‹unseres geschätzten Parlamentsabgeordneten Lord William Blake›.»

«Preston hat mir übrigens auch erzählt, dass es vorgestern Nacht einen Angriff auf das Gerichtsgefängnis in Spanish Town gegeben hat, bei dem zwei Wachsoldaten getötet wurden.»

Lord William bedachte den Gouverneur mit einem herausfordernden Blick, und auch Edward schaute plötzlich interessiert auf.

«Die Täter seien in der Dunkelheit entwischt. Auch darüber war in der Zeitung nichts zu lesen.»

Dem Gouverneur war diese Frage sichtlich unangenehm.

«Im Moment wissen wir noch nicht, wer hinter der Sache steckt. Möglicherweise wollten die Angreifer die drei Gefangenen befreien, die Sir Edward vor einer Weile nach Spanish Town hat bringen lassen. Sie werden noch immer verhört. Und es sieht ganz danach aus, als hätten wir es hier mit einer neuen Form von Rebellenorganisation zu tun, ähnlich den früheren Maroon. Aber das ist sicher kein Thema für den Frühstückstisch, zumal Damen anwesend sind. Ich habe meine besten Leute mit der Untersuchung des Falls betraut.»

Der Gouverneur verzog die Mundwinkel und wandte sich erneut seiner Zeitung zu.

«Darf ich mal sehen, Schatz?» Seine Gemahlin Juliana schenkte ihm ein hinreißendes Lächeln.

Mit einem Schulterzucken gab der Gouverneur seiner Frau das Blatt mit den neusten Klatschnachrichten und widmete sich dem Finanzteil. Währenddessen servierte ihm Jeremia ein Stück kalten Braten und eine mit Käse überbackene Scheibe Toast.

«Sie müssen wissen, ich liebe Klatsch», wandte sich Juliana lächelnd an Lena.

«Nun, davon gab es ja gestern reichlich», erwiderte Lena spitz.

Wobei sie es sich nicht verkneifen konnte, einen Seitenblick auf Edward zu werfen. Es fuchste sie, dass niemand von den Männern auch nur daran dachte, den möglichen Grund der Geschehnisse ausführlicher zu diskutieren. «Kann man denn nun davon ausgehen, dass nach der Täterin noch gesucht wird?», fragte sie provokant in die Runde. «Oder wird die Sache am Ende komplett unter den Tisch gekehrt?»

Edward sah alarmiert auf, und auch Lord William warf ihr einen undefinierbaren Blick zu.

«Die Aufklärung dieser Angelegenheit fällt in den Zuständigkeitsbereich des Militärs», klärte der Gouverneur sie mit einem schulmeisterlichen Ton auf. «Somit ist dies kein Fall mehr, der in die Öffentlichkeit gehört. Jedenfalls so lange nicht, bis wir die Schuldigen geschnappt haben. Die Verurteilung der Täter und die anschließende Vollstreckung der Todesstrafe sind dann wieder öffentlich.»

«Das bedeutet, Ihnen geht es in erster Linie um die Aufklärung der Morde an den beiden Soldaten, hab ich recht?», bohrte Lena weiter, ungeachtet der bösen Blicke ihres Schwiegervaters. «Aber was ist mit der Frau, die diesen grässlichen Fluch gegen uns ausgesprochen hat?»

«Ich denke durchaus, dass es da einen Zusammenhang gibt», antwortete der Gouverneur mit verhaltener Stimme. «Doch solange wir nicht wissen, was genau dahintersteckt, sollten wir uns mit Spekulationen zurückhalten.»

Edward räusperte sich. «Was habt ihr denn heute Schönes vor?», fragte er und bedachte Lena und Maggie mit einem scheinheiligen Lächeln.

Dieser Schuft!, dachte Lena. Da lenkte er von den brisanten Themen ab und tat so, als ob zwischen ihnen nicht der leiseste Ärger herrschte. Offenbar wollte er sich vor seinem Vater und erst recht nicht vor dem Gouverneur und seiner Gattin anmerken lassen, dass sie die Hochzeitsnacht in getrennten Betten verbracht hatten.

«Wir werden den Tag nutzen», antwortete Lena so gelassen wie möglich, «um nach den gestrigen Strapazen endlich wieder zur Ruhe zu finden. Und morgen Mittag möchten Maggie und ich der freundlichen Einladung von Lady Elisabeth folgen, die uns für zwei Tage zur Erholung auf ihre wunderschöne Plantage gebeten hat.»

Alle Augen richteten sich auf Lady Elisabeth, doch die Gute schien auf ihrem Stuhl eingenickt zu sein, was wahrscheinlich am Laudanum lag.

«Ach ja?», erwiderte Edward, sichtlich überrascht darüber, dass die verpasste Hochzeitsnacht allem Anschein nach noch länger auf sich warten lassen würde.

Unvermittelt kam die Lady wieder zu sich und schnappte röchelnd nach Luft, wobei sie ihre leicht hervorquellenden Augen wie in Panik aufriss.

«Es trifft doch zu, Lady Elisabeth», nutzte Maggie die Gunst des Augenblicks, «dass wir morgen zu einer Übernachtung auf Rosenhall eingeladen sind?»

Elisabeth schaute zunächst orientierungslos in die Runde, dann rang sie sich ein mehr oder minder gequältes Lächeln ab.

«Was haltet ihr davon, meine Lieben, wenn ihr mich bereits heute nach Hause begleiten würdet? Ihr könntet in meiner Kutsche mitfahren, und Edward müsste sich keine Sorgen machen, dass euch unterwegs etwas geschieht.»

«Eine wunderbare Idee!», beeilte sich Lena zu sagen. Besser konnte es gar nicht laufen. Ihre Flucht rückte in greifbare Nähe. «Nicht wahr, Edward?» Ihr katzenhaftes Lächeln schien ihn zu irritieren.

«Wenn es dein innigster Wunsch ist, wäre ich der Letzte, der etwas dagegen hätte», erwiderte er nicht weniger scheinheilig.

Jess stand bis zu den Hüften in einem glasklaren Felsenteich, während von einer steinernen Anhöhe der kräftige Strahl eines Wasserfalls auf ihn herniederprasselte. Vollkommen nackt genoss er die morgendliche Erfrischung, wobei ihm die vorangegangene Nacht nicht aus dem Kopf gehen wollte.

Immerzu musste er an das Erlebnis bei Desdemona denken und an seine arme Mutter, für die er sich bis heute Nachmittag beim Ältestenrat eine flammende Verteidigungsrede zurechtlegen musste, damit man sie wegen ihres eigenmächtigen Entfernens vom Lager nicht unversehens am nächsten Baum aufknüpfte.

Hinzu kam ein Ereignis, das bereits ein paar Tage zurücklag und schwerwiegende Folgen für alle haben konnte, die Sklaven bei ihrer Flucht unterstützten. Es ging um die drei jungen Burschen, die bei der Niederschlagung eines Aufstandes auf den Ländereien von Redfield Hall geschnappt worden waren. Wie Späher Cato berichtet hatte, wollte Edward Blake die drei entflohenen Sklaven bei Gericht in Spanish Town als Aufrührer darstellen, die auf der Flucht gefasst worden seien. Eine bösartige Unterstellung, die leicht zur Hinrichtung führen konnte.

In Wahrheit war deren Flucht von einem Mittelsmann der Maroon und einem befreundeten Baptistenpriester eingefädelt worden. Jess' Leute hatten die drei jenseits des Rio Pedro in Empfang nehmen sollen. In der Regel fingen Jess und seine Leute die Flüchtenden in Absprache mit den Maroon an einer geheimen Stelle in der Nähe von Stony Hill im Parish St. Andrew ab, und von dort aus brachte man sie dann am Wag Water entlang in die Berge, wo sie sich in der Obhut ihrer Retter von den Strapazen erholen konnten. Wenn sie kräftig genug waren, wurden sie zu neuen Kämpfern ausgebildet. Auch Frauen und Kinder fanden Aufnahme, lebten aber nicht selten getrennt von den Kriegern in Höhlen und machten sich als Wäscherinnen, Näherinnen oder bei der Beschaffung und Zubereitung von Nahrung nützlich.

Noch vor der Übergabe der drei Neuzugänge an Jess' Männer waren plötzlich weiße Milizen aufgetaucht und hatten die völlig verängstigten Flüchtlinge in einem Kornfeld gestellt.

Nathan, einer von Jess' besten Kriegern, der die Rebellen an diesem Tag geführt hatte, war nicht in der Lage gewesen, den drei Jungs zu helfen. Die Truppe der sogenannten Heimatmilizen, die vorwiegend aus wehrbereiten Pflanzern und deren Aufsehern bestand, war zu zahlreich und zu gut bewaffnet gewesen. Und so war Nathan nichts weiter übrig geblieben, als ohnmächtig vor Wut zuzusehen, wie die drei völlig verängstigten Männer in Ketten abgeführt wurden.

Zwei Tage danach hatte Trevor Hanson, Blakes Oberaufseher, von dem Jess nun wusste, dass er beinahe seine Mutter getötet hatte, die drei jungen Sklaven nach Spanish Town gebracht. Dort sollten sie in einem Gefangenenlager neben dem Gerichtsgebäude auf ihren Prozess warten.

Vor ein paar Nächten hatten Jess und einige seiner Männer auf Catos Befehl hin versucht, die drei Unglücklichen zu befreien. Das Unternehmen war extrem gefährlich gewesen, weil es nicht nur ihr eigenes Leben kosten konnte, sondern im Falle ihrer Gefangennahme schlimmste Folterungen hätte nach sich ziehen können. Unweit des Gouverneurspalastes waren sie auf dem Bauch liegend an Soldaten und Hunden vorbei bis an die dicken Wälle des Gefängnishauses gerobbt.

Lautlos hatte Nathan einem der Wächter die Kehle durchschnitten und dessen Pistole an sich genommen. Jess erledigte inzwischen den zweiten Wachmann, indem er dem Mann mit einer gezielten Bewegung das Genick brach, bevor dieser Alarm schlagen konnte. Danach bekreuzigte er sich und sprach ein Vaterunser, obwohl das nicht ausreichen würde, um seine Seele von dieser Todsünde reinzuwaschen. Doch er tröstete sich damit, dass er es für das Leben der drei jungen Sklaven getan hatte. Immer noch hatte er die verzweifelten Schreie der Gefolterten im Ohr, denen man mit Daumenschrauben und glühenden Eisen zu Leibe gerückt war, um herauszufinden, wo sich das Lager der Rebellen befand. Nicht selten schnitt man den entflohenen Sklaven Nase und Ohren ab, um sie zum Reden zu bringen. Doch die drei konnten nichts verraten, weil sie nichts wussten. Potenzielle Flüchtlinge erfuhren zur Vorbereitung nur das, was sie unbedingt wissen mussten. In jener Nacht jedoch scheiterte die Rettungsaktion. Jess und seine Kameraden hatten die jungen Männer nicht aus ihrer Todeszelle befreien können, da die Mauern zu hoch gewesen waren und die Hunde Alarm geschlagen hatten.

Jess wusch sich geistesabwesend sein dichtes Haar, das ihm bis weit über die Schultern reichte. Obwohl die Sonne zwischen den Wolken hervorbrach, fröstelte es ihn bei dem Gedanken, dass man die Gefangenen nach ihrem missglückten Befreiungsversuch nach Fort Charles gebracht hatte, wo ihnen nun der Prozess gemacht werden würde. Das Fort war berüchtigt für seinen brutalen Umgang mit den Insassen und lag auf einer Landzunge vor Port Royal. Für Jess und seine Leute war es aufgrund der Lage mitten im Meer so gut wie unerreichbar. Plötzlich hielt er inne. Ein Seitenblick bestätigte sein Gefühl. Er wurde beobachtet. Seit er im Dschungel lebte, waren all seine Sinne geschärft. Allerdings war ihm schnell klar, dass von den drei kichernden, dunkelhäutigen Mädchen, die sich hinter einem üppigen Strauch voll roter Blüten versteckt hielten, keine Gefahr ausging.

Natürlich kannte er die drei. Zwei von ihnen hatten inzwischen das heiratsfähige Alter erreicht und interessierten sich seit einiger Zeit unübersehbar für die jungen Männer des Lagers. Oder sollte er sagen, für deren körperliche Ausstattung, denn offenbar amüsierten sie sich gerade köstlich über seinen entblößten Penis. Unbeeindruckt von seinen Zuschauerinnen, watete er zum Ufer und trocknete sich mit einem zerschlissenen Leinentuch ab, das er sich anschließend um die Hüften schlang. Danach stieg er hastig in seine Hose und schlüpfte in die abgetragenen Armeestiefel.

Noch immer verfolgten ihn die Mädchen mit ihren Blicken und winkten ihm zaghaft zu, als er aufblickte. Die Älteste war knapp fünfzehn. Sie hob kurz ihre Röcke bis zu den Oberschenkeln und ließ wie bei einem Fruchtbarkeitstanz keck ihre Hüften kreisen.

«So jung und schon so verdorben», murmelte Jess und schüttelte den Kopf.

Doch wer wollte es ihnen verdenken? Viel Abwechslung gab es hier oben nicht. Und die meisten Bewohner des Lagers befanden sich in ständiger Anspannung, von weißen Häschern entdeckt und getötet zu werden. Da blieb für die Jugend nicht viel Zeit zum Träumen und Lieben – ein Zustand, an den die meisten Sklaven ohnehin nicht gewöhnt waren. In der Gefangenschaft weißer Herren gestattete man den wenigsten, sich einen Mann oder eine Frau fürs Leben zu wählen. Und selbst wenn, so waren die Kinder dieser Ehe Eigentum des Masters, wie Jess aus eigener, leidvoller Erfahrung wusste. Als er aufblickte, schaute er direkt in das ebenmäßige Gesicht von Selina, der Mutter der drei Mädchen. Sie war geschickter an ihn herangeschlichen als ihre Töchter. Leicht verlegen trat sie hinter einem Felsen hervor und lächelte ihn mit ihren samtbraunen Augen an. Ihre schwarzen, krausen Haare hatte sie sich zu mehreren lustig abstehenden Zöpfen geflochten, was nicht unbedingt seinem Geschmack entsprach. Ansonsten war sie eine wunderschöne Frau mit vollen Lippen, schneeweißen Zähnen und perfekten Rundungen an den richtigen Stellen.

Obwohl sie ein paar Jahre älter war als er, fand Baba, dass sie genau die Richtige für ihn sei. Doch bei der ganzen Verantwortung, die er tagtäglich für die Rebellen trug, konnte er beim besten Willen keine Frau gebrauchen und erst recht keine Kinder, wie er Baba immer wieder versicherte. Seine Mutter hingegen vertrat die Meinung, dass ein gesunder Mann so oft wie möglich zwischen den Schenkeln einer willigen Frau liegen sollte. Um stark und ausdauernd bleiben und Kinder zeugen zu können, die später einmal sein Erbe in Ehren halten würden.

«Ich habe nicht vor, Nachkommen für irgendeinen Master zu zeugen», gab er ihr dann stets zu verstehen. Nicht, dass er etwas gegen Frauen gehabt hätte, aber dass ein Mann auch gut ohne auskommen konnte, hatten ihm die Jesuiten in jungen Jahren vorgelebt.

«Haben dich meine Mädchen gestört?» Selina lächelte sanft und schaute mit einem gewissen Stolz im Blick zu ihren Töchtern, die immer noch kichernd hinter den Sträuchern herumlungerten. «Wenn ich euch erwische, ihr kleinen Hexen!», warnte sie mit gespielter Strenge. «Ihr habt versprochen, Baba beim Waschen zu helfen. Wenn ihr es nicht tut, werde ich euch Jess hinterherschicken, damit er euch den Hintern versohlt!»

Jubel brach unter den Mädchen aus, und erst als ihre Mutter drohend die Faust erhob, rannten sie lachend und schwatzend davon.

«Ich muss schon sagen», bemerkte Jess mit einem amüsierten Grinsen, «deine Töchter scheinen es faustdick hinter den Ohren zu haben.»

«Nimm es ihnen nicht übel», bemerkte Selina mit einem schüchternen Lächeln. «Sie vergöttern dich.»

Jess fragte sich, wie lange Selina wohl schon hinter dem Fels gestanden haben mochte und ob sie sich ebenfalls für seinen Anblick im Wasser interessiert hatte. Jess hätte gelogen, wenn er behauptete, dass ihre herausfordernden Blicke nicht ebenfalls eine gewisse Hitze bei ihm hervorriefen. Aber er liebte sie nicht und war sich nicht einmal sicher, ob er überhaupt jemals eine Frau lieben konnte. Jedenfalls nicht, solange er unter solch gefährlichen Umständen lebte. Gejagt wie ein Hund und ohne jegliche Rechte oder die Aussicht auf ein vertretbares

Auskommen, konnte man keine Familie gründen. Was hätte er einer Frau in dieser Umgebung schon bieten können? Tag für Tag kamen im Lager Kinder zur Welt, deren Lebenserwartung geringer war als die einer frisch gepflückten Orange. Jess schauderte bei diesem Gedanken.

«Wir könnten ein bisschen spazieren gehen», lockte Selina ihn und straffte beiläufig ihren wunderbaren Körper, was ihre üppigen Brüste unter dem bunten Kittel recht hübsch zur Geltung brachte.

Einen Moment lang starrte Jess unentschlossen auf die harten Knospen, die sich unter dem Stoff abzeichneten. Er schluckte verlegen. Eigenartigerweise machte ihn diese Frau nervös. Schon hob sie ihre zarte Hand und strich kaum spürbar über seine noch feuchte, leicht behaarte Brust.

«Du bist so unglaublich stark», sagte sie lächelnd. «Du könntest es leicht mit dem besten Preisboxer in Kingston aufnehmen.» Wieder lächelte sie geheimnisvoll. «Wir könnten zusammen baden. Ich kenne eine geheime Stelle, unten bei den Quellwasserfällen, wo uns niemand stören wird. Du würdest es nicht bereuen, das verspreche ich dir.»

«Nein, tut mir leid, keine Zeit», erwiderte er und wich ihrem Blick aus. «Vielleicht ein andermal.» Hastig wandte er sich ab und packte seine restliche Kleidung zusammen.

Selina versuchte, ihre Enttäuschung hinter einem tapferen Lächeln zu verbergen.

«Soll ich das für dich waschen?» Sie streckte ihre Hand nach dem Bündel aus, das er bei sich trug.

Er seufzte und machte ein betont freundliches Gesicht.

«Gerne», sagte er und reichte ihr sein Hemd. «Das wäre sehr freundlich von dir.»

Schweigend gingen sie unter den Bäumen nebeneinanderher in Richtung Lager.

«Es tut mir leid, wenn ich dich bedrängt habe», bekannte sie leise. «Ich wollte dich nicht in Verlegenheit bringen. Aber deine Mutter meint immer, ich solle mich um dich kümmern. Sie sagt, du bist ein gesunder Mann und brauchst eine Frau. Und ehrlich», jetzt blieb sie stehen und schaute ihn von unten herauf treuherzig an, «ich würde es gern tun.»

Jess war ebenfalls stehen geblieben und widerstand ihren hoffnungsvollen Blicken.

«Meine Mutter ist eine alte Frau, die sich zu sehr um mich sorgt. Solange in diesem Lande die Sklaverei herrscht, werde ich einen Teufel tun, für die weißen Herren neue Sklaven zu zeugen.»

Dass seine Worte mal wieder zu hart gewesen waren, konnte er an ihrem erschrockenen Blick ablesen.

«Es tut mir leid», schob er mit wesentlich sanfterer Stimme hinterher und war versucht, ihre bloße Schulter zu berühren.

«Wahrscheinlich hast du recht», sagte sie mit fester Stimme. «Drei Mädchen von einem Aufseher sind wirklich genug. Falls ich noch einen Sohn haben möchte, suche ich mir jemand anderen, jemanden, der hoffnungsvoller in die Zukunft blickt als du.»

Damit drehte sie sich auf ihren nackten Sohlen um und ließ ihn mit einem ziemlich verblüfften Gesichtsausdruck stehen. Jess verharrte noch eine ganze Weile und schaute ihr zweifelnd hinterher. Verdammt, wenn es so weiterginge, würde er eines Tages versteinern, innerlich und äußerlich. Aber vielleicht war er ja auch wegen der vielen toten Sklaven, die er in jungen Jahren auf den Feldern und in den Hütten gesehen hatte, längst innerlich gestorben und wusste es nur noch nicht …

KAPITEL 11

September 1831 || Jamaika || Frei wie ein Vogel

«Was sollen wir mitnehmen, Maggie?», fragte Lena in hektischer Aufregung. «Viel Bares besitze ich ja nicht, das Geld meiner Mitgift liegt ohnehin auf Lord Williams Hausbank in Spanish Town, und da sollten wir uns tunlichst nicht blicken lassen, wenn wir ohne Edwards Zustimmung das Land verlassen wollen. Aber ich hab noch meinen Schmuck, den ich gegen alles Mögliche eintauschen kann. Der Diamantring, den Edward mir zur Verlobung geschenkt hat, ist sicherlich etwas wert.»

Mit einem triumphierenden Lächeln hielt sie den kostbaren Stein gegen das Kerzenlicht, was ihn sogleich in ein sprühendes Feuerwerk von Licht und Farbe verwandelte.

«Nicht zu vergessen meinen goldenen Ehering, der mir sowieso nichts bedeutet, und ein goldenes Armband, das er mir nach meiner Ankunft geschenkt hat.»

Zielsicher griff sie in ihre mit Perlmutt besetzte Schmuckschatulle und brachte diverse Goldketten zum Vorschein. Darüber hinaus besaß sie mehrere hübsche Ohrringe aus Gold mit Saphiren und Diamanten besetzt.

«Nur das Brillanten-Collier meiner Mutter kann ich keinesfalls hergeben. Erfahrungsgemäß bekommt man ohnehin niemals den Gegenwert eines solchen Schmuckstücks, schon gar nicht, wenn man gezwungen ist, es außerhalb eines Pfandhauses oder Juweliers einzutauschen.»

Fragend schaute sie zu Maggie auf.

«Oder meinst du, all das wird nicht reichen, um uns zwei Überfahrten nach London zu garantieren?»

«Ich hab genug Geld gespart, dass es nicht nur für die Überfahrt, sondern notfalls auch für ein paar gebrauchte Röcke und Jacken reichen müsste», überraschte sie Maggie.

Sie ging auf die Knie und kramte etwas aus den untersten Schubladen ihres Kleiderschrankes hervor. Es war ein kleines, mit Silber beschlagenes Holzkästchen, das sie Lena mit stolzer Miene entgegenhielt.

«Ist es nicht hübsch?»

«Es kommt wohl eher auf den Inhalt an», antwortete Lena ein wenig verunsichert.

Maggie hatte zwar immer davon gesprochen, dass sie etwas gespart hatte, aber niemals erwähnt, wie viel. Ihre Gesellschafterin stellte die Schatulle auf den grazilen Schreibtisch, zückte den Schlüssel und öffnete den Deckel mit einem selbstbewussten «Tataaa!».

Als sie Lenas Erstaunen bemerkte, erklärte sie mit einem breiten Grinsen: «Achtundfünfzig Goldsovereign!»

«Das ist eine ganze Menge», gab Lena zu und rechnete nach. «Für zwei Passagen in der zweiten Klasse müsste es reichen.»

«Immerhin sind es zwei durchschnittliche Jahresgehälter einer gebildeten Gouvernante», bemerkte Maggie lakonisch.

«Die Münzen wiegen alles in allem mehr als ein Pfund», rechnete Lena nach und kräuselte die Stirn. «Das heißt, du kannst sie nicht einfach in einen Beutel stecken und an deinen Strumpfgürtel binden.»

«Stimmt, Edward wird damit rechnen, dass wir leichtes Gepäck mitnehmen, wenn wir Lady Elisabeth besuchen.» Es schien, als habe Maggie über diese Frage bereits nachgedacht. «Aber ich besitze ein äußerst praktisches Transportinstrument. Es hat schon meinem Großvater beste Dienste geleistet.»

Von einer der oberen Ablageflächen ihres Kleiderschranks holte sie einen weichen Hirschledergürtel hervor, der wie ein Schlauch gearbeitet war.

«Ich kann alle Münzen hier hineinstopfen und mir das Ding um den Bauch binden. Dann sehe ich zwar aus, als ob ich schwanger wäre, aber das kann ja nicht schaden, wenn wir ohne männliche Begleitung unterwegs sind.»

«Wir müssen Edward davon überzeugen, dass wir Lady Elisabeth zu Pferd folgen und nicht bei ihr in der Kutsche sitzen wollen», erklärte Lena kühn. «Dann können wir Reitkleidung anziehen und sind auf der Flucht weitaus beweglicher als zu Fuß oder mit einer Kutsche.»

Wie erwartet hatte Edward keinerlei Einwände, als sie ihn darüber in Kenntnis setzten, dass sie die kurze Reise nach Rosenhall zu Pferd antreten wollten. Allerdings wollte er wie üblich nicht darauf verzichten, ihnen Tom Doe zu ihrem persönlichen Schutz zur Seite zu stellen. Das machte die Angelegenheit nicht eben einfacher, aber Lena war entschlossen, einen Weg zu finden, wie sie den jungen Neger später auf Rosenhall ablenken konnten.

Bei ihrer Ankunft in Rosenhall, einer der größten Plantagen des Landes, wirkte Lady Elisabeth immer noch wie benebelt. Kein Wunder, hatte sie doch während der dreistündigen Kutschfahrt eine weitere Dosis Laudanum zu sich genommen.

Der Kutscher, der die Pferde ohnehin nicht allzu sehr angetrieben hatte, verlangsamte nochmals sein Tempo, als sie das prunkvolle Einfahrtstor erreichten. An dem darüber angebrachten, weiß getünchten Querbalken hing ein Schild, das in goldenen Lettern den glorreichen Namen des Anwesens verkündete.

Lena und Maggie zügelten ihre eleganten Fuchsstuten, weil sie der Kutsche mit Lady Elisabeth und ihrem Diener den Vortritt lassen wollten. Tom, der einen Muli ritt und die ganze Zeit hinter ihnen geblieben war, schloss zu ihnen auf, hielt den Blick jedoch gesenkt.

Vor ihnen lag ein weitläufiger Park, durch den eine lang gezogene Auffahrt führte. An deren Rändern waren getrimmte Zierbäumchen zu bewundern, deren Blattwerk man abwechselnd zu Kugeln und Kegeln geschnitten hatte. Dazwischen blühten überall prächtige Rosenbüsche.

Der Nachmittag neigte sich bereits dem Abend zu, und das vierstöckige, schneeweiße Herrenhaus, das die Plantage in aller Pracht repräsentierte, warf lange Schatten bis weit hinaus über den Hof. Das Gebäude erschien Lena noch größer und eindrucksvoller als das Haupthaus von Redfield Hall. Ein wahres Schloss, im klassizistischen Stil mit fünf griechischen Säulen vor dem Haupteingang, die wie in Redfield Hall den Überbau für die Kutscheinfahrt stützten. An einer Ecke des Hauses überragte ein Turm mit einer pagodenähnlichen Spitze das Dach und bot einen prächtigen Blick über die herrschaftlichen Güter. Dazu gehörten eine Golfanlage, ebenso ein privates Cricketfeld und ein Tennisplatz, bei dem sich Lena fragte, wer wohl darauf spielte, wo doch nach Angabe von Lady Elisabeth kaum noch Männer im Haushalt vorhanden waren.

Die eigentliche Farm mit den lang gezogenen Lagerscheunen, den Viehställen und den Sklavenunterkünften war in Reichweite errichtet worden, jedoch weit genug entfernt, um die weißen Herrschaften nicht unnötig zu stören.

Lena und Maggie übergaben ihre Pferde einem schwarzhäutigen Stallmeister, wobei Lena aufmerksam verfolgte, wohin er die Tiere brachte. Später, in der Nacht, würden sie darauf angewiesen sein, die beiden Stuten ohne großen Aufwand und so lautlos wie möglich zu satteln.

Candy Jones hatte unterdessen alle Hände voll damit zu tun, die nicht gerade leichtgewichtige Elisabeth im halb wachen Zustand in ihr Schlafzimmer zu bugsieren. Vor dem Abendessen sei nicht mehr mit ihrem Erscheinen zu rechnen, verkündete er mit einem bedauernden Lächeln. Polette, eine überaus hübsche, milchkaffeebraune Dienstmagd, geleitete Lena und Maggie in die Gästezimmer.

«Rosenhall ist ein Labyrinth», flüsterte Maggie, als sie, gefolgt von Lena, einen der beiden Räume betrat, die durch eine Flügeltür miteinander verbunden waren. «Hast du die vielen Treppen, Gänge und Zimmerschluchten gesehen? In manchen könnte man glatt Tennis spielen.»

«Was kein Nachteil sein muss», raunte Lena, «denn das Personal kann nicht überall sein, und wir stehen deshalb nicht ständig unter Beobachtung.»

Lena war erleichtert, dass Tom Doe der Zutritt ins Haupthaus verwehrt worden war. Er würde somit gezwungen sein, Quartier in den Sklavenunterkünften zu beziehen, und konnte sie unmöglich weiter verfolgen.

«Ja, Vorteil für uns», murmelte Maggie, «um beim Tennis zu bleiben.»

Als Jess zum Lager zurückkehrte, wartete Nathan bereits auf ihn, um ihn zur Versammlungshöhle der obersten Krieger zu geleiten. Der dunkelhäutige Muskelprotz mit den kurz geschorenen Locken trug die neue Pistole am Gürtel, die er von einem der getöteten Gefängniswächter in Spanish Town erbeutet hatte. Dabei war sein Freund und Bruder im Geiste alles andere als ein gnadenloser Mörder. Er benahm sich wie ein Lamm, wenn er sich um seine beiden Frauen und deren Töchter kümmerte. Aber wenn es um die Rettung von schwarzen Mitstreitern ging, kannte er kein Erbarmen.

Im Inneren der Höhle, in der unter anderem die Gerichtsbarkeit des Lagers ausgeübt wurde, hatten sich schon andere Rebellen versammelt, die ebenfalls mit Macheten und Pistolen bewaffnet waren.

Ein paar Frauen, unter ihnen auch Selina, servierten den Männern selbst gebrautes Bier in Holzbechern und frisch gebackenes Fladenbrot. Ein fast schon rituelles Mahl, das sie stets vor wichtigen Beratungen zu sich nahmen. Außer den Mitgliedern des Ältestenrates und den maßgeblichen Kriegern, die für die Verteidigung des Dorfes und deren Bewohner zuständig waren, hatte niemand Zugang zu dieser Zusammenkunft. Gemeinsam würden die Männer zu Gericht sitzen, die Sicherheit des Lagers erörtern und über die weitere Unterstützung von Flüchtlingen beraten.

«Was hast du denn mit Selina angestellt?», wollte Nathan von Jess wissen, nachdem die Frauen auf Anweisung von Cato, dem Oberhaupt aller Rebellen, die Höhle verlassen hatten.

Jess antwortete nicht sofort und ließ sich mit überkreuzten Beinen neben den anderen Männern, die um einen flachen Steintisch auf dem staubigen Boden saßen, nieder. Dabei schaute er interessiert in die Runde und tat so, als habe er Nathans Frage überhört.

«Sie hat dich angesehen», bemerkte Nathan, «als ob sie dich am liebsten vergiften wollte.»

«Sie möchte wohl, dass ich mit ihr eine Familie gründe und ihren Töchtern den Vater ersetze», bekannte Jess leise. «Und ich habe ihr klargemacht, dass mir in der momentanen Lage nicht der Sinn danach steht.»

«Bist du verrückt, Bruder?» Nathan schaute ihn an, als ob er den Verstand verloren hätte. «Mir müsste sie das nicht zweimal sagen. An deiner Stelle hätte ich sie schneller zur Mutter meiner Kinder gemacht, als sie davonlaufen könnte.»

«Übernimm dich nur nicht. Du hast schon zwei Frauen, und ich möchte nicht wissen, wie viele geschwollene Bäuche im Lager noch auf deine Rechnung gehen», gab Jess ihm mit einem knurrigen Unterton zur Antwort.

Nathan schien der Vorwurf nicht sonderlich zu berühren. «Ich an deiner Stelle würde mich vor Selina in Acht nehmen», riet er Jess, «ansonsten holt sie sich Hilfe bei Desdemona. Ihr Liebeszauber wird dich früher oder später noch bezwingen oder ins Jenseits schicken.»

Er lachte trocken und hustete dann, weil er unfreiwillig den Qualm seines Nebenmannes eingeatmet hatte, der mit glasigen Augen den Rauch einer Yabarana-Zigarre aus Manakarinde und getrockneten Tabakblättern inhalierte. Die Zigarren waren eines der Rauschmittel, die Desdemona mit Hilfe von anderen Frauen des Lagers herstellte. Wahrscheinlich nutzte der grauhaarige Aneas die Mischung aus

Kräutern, Blüten und Wurzeln, um die Schmerzen in seinen Knochen zu lindern. Aber er war nicht der Einzige, der sich ein Pfeifchen gönnte. Auch die anderen Ratsmitglieder rauchten irgendwelche Kräuter aus Desdemonas Zauberküche.

«Lass in Gottes Namen diese verdammten Dämonen ruhen», stöhnte Jess. «Mir reicht es vollkommen, wenn ich eine Mutter habe, die sich auf die magischen Fähigkeiten dieser Hexe verlässt. Wenn ich auch noch eine Frau mein Eigen nennen würde, die zu solchen Mitteln greift, wäre meine unsterbliche Seele auf immer verloren.»

«Ich vergesse immer, dass diese Mönche auf Kuba dich zu einem strenggläubigen Katholiken verbogen haben», witzelte Nathan, der im Gegensatz zu Jess je nach Situation zu verschiedenen Göttern betete.

Jess lehnte dankend ab, als Aneas seine Zigarre an ihn weiterreichen wollte, doch Nathan langte in freudiger Erwartung zu und nahm ein paar tiefe Züge. Angeblich wirkte die Mischung entspannend und potenzsteigernd zugleich und bescherte dem, der sie regelmäßig rauchte, Schutz vor den Bleikugeln der Feinde.

Langsam kehrte Ruhe unter den Männern ein, und das Oberhaupt der Rebellen ergriff das Wort. Cato Rodriguez, ein weißhaariger Lockenkopf, der wie Jess einst aus Kuba auf die Insel gekommen war, hatte das Lager vor zwei Jahren in der Absicht begründet, entlaufenen Sklaven eine Zuflucht zu bieten. Inzwischen hatte er andere Ziele. Er war dabei, eine Revolution anzuzetteln, die sämtliche Weiße von der Insel jagen würde. Sein strenger Blick lag auf Jess, weil zunächst die Vergehen seiner Mutter behandelt wurden. Die Angeklagte hatte man wie üblich nicht hinzugebeten. Sie würde ihr Urteil im Frauenlager entgegennehmen, wo sie bis auf weiteres unter Beobachtung stand.

«Auf unerlaubtes Entfernen vom Lager steht der Tod», erklärte Cato mit gewichtiger Stimme.

Danach verlas er noch einmal die zwanzig Statuten, deren uneingeschränkte Befürwortung Grundvoraussetzung für den Aufenthalt in der Enklave waren. Jeder Neuankömmling musste sie auswendig lernen, bevor man ihm erlaubte, sich frei im Lager zu bewegen.

«Sie hat auf die Regeln geschworen und sich nicht daran gehalten», donnerte Cato und erreichte damit die murmelnde Zustimmung aller Anwesenden. «Außerdem ist es wegen ihr zu einem Gefecht mit britischen Soldaten gekommen. Dadurch wurden nicht nur unsere Krieger gefährdet, sondern auch unser Lager. Und deshalb müssen wir sie hängen», erklärte Cato ohne hörbares Mitleid in der Stimme.

Jess glaubte einen Moment lang, sich verhört zu haben. Er hatte Cato bereits am Morgen den gesamten Ablauf der Geschichte so wahrheitsgetreu wie möglich berichtet. Den Zusammenstoß mit den Soldaten hatte er dabei allerdings als reinen Zufall dargestellt. Außerdem hatte er ausgelassen, dass seine Mutter bei ihrem unerlaubten Ausflug bis nach Redfield Hall vorgedrungen war. Dann würde ihre Bestrafung, so hoffte er, nicht so drastisch ausfallen, wie es die Regeln des Lagers vorsahen.

Cato hatte ihm immerhin in Aussicht gestellt, Baba vor den anderen Brüdern verteidigen zu dürfen. Doch nun hatte er Jess' schlimmste Befürchtungen faktisch vorweggenommen, ohne ihm noch einmal Gelegenheit zur Verteidigung seiner Mutter zu geben.

Jess wusste nur zu gut, dass Cato ein durch und durch falscher Hund war, launisch bis ins Mark und boshaft dazu. Vielleicht weil er ständig um seine Machtposition innerhalb der männlichen Lagerbewohner fürchtete. Jess gehörte zu jenen, die Cato am meisten beäugte. Denn Jess war als Anführer der Krieger bei seinen Männern äußerst beliebt und stellte daher schon seit geraumer Zeit eine ernstzunehmende Konkurrenz für das Amt des obersten Rebellenführers dar. Vielleicht war das auch der Grund, warum Cato ihn vor den anderen mit einem Todesurteil für seine Mutter demütigen wollte.

Jess war sich darüber im Klaren, dass der Regelbruch seiner Mutter eine Bestrafung verdiente, aber sie musste angemessen sein. Beruhigt stellte er fest, dass Catos Ruf nach Babas Tod wenig Zustimmung unter den Anwesenden fand.

Schließlich hielt es ihn nicht mehr an seinem Platz, und er erhob sich, um gegen Catos vorschnellen Beschluss Protest einzulegen.

Unter den wachsamen Blicken der übrigen Brüder ließ ihn Cato gewähren, wohl auch, um einen Tumult zu vermeiden.

Bemüht ruhig berichtete Jess, was Baba vor ihrer Flucht in die Berge hatte erleben müssen, und bezog sich dabei auf die Erlebnisse und Bilder, an denen Desdemona ihn kraft ihrer Magie hatte teilhaben lassen. Obwohl sein Bericht die Grausamkeit verdeutlichte, die seiner Mutter durch die Weißen widerfahren war, fiel die Reaktion der Männer eher verhalten aus.

«Sie hat aufgrund des unermesslichen Leids, das ihr von den Weißen zugefügt worden ist, vorübergehend den Verstand verloren», argumentierte Jess kühl, ohne ihr unüberlegtes Vorgehen in Redfield Hall anzusprechen, was seine These ohne Zweifel untermauert hätte. «Kein Grund, sie zu hängen, sondern höchstens einer, um sie eine Weile einzusperren, damit sie Zeit findet, wieder zur Vernunft zu kommen. Die Strafe sollte insofern milder ausfallen. Vielleicht kann Desdemona ihr helfen, damit ihre Seele möglichst rasch wieder den gewünschten Frieden findet.»

Zustimmendes Gemurmel ging durch die Versammlung, und die meisten Männer nickten.

«Ich gebe euch mein Ehrenwort, dass ich in Zukunft höchstpersönlich auf sie achtgeben werde. Wenn sie das Lager noch einmal ohne Erlaubnis verlassen sollte, könnt ihr mich an ihrer Stelle hängen. Ich denke, sie wird klug genug sein, ihren einzigen Sohn nicht wegen einer Dummheit zu opfern.»

Ein Raunen war in den Reihen des Ältestenrats zu hören.

«Starke Worte», bemerkte Nathan, nachdem Jess wieder Platz genommen hatte.

Cato beriet sich eine Weile murmelnd mit seinen Nebenmännern, bevor er aufstand, um das mögliche Urteil für die daran anschließende Abstimmung zu verkünden. Jess hoffte inbrünstig, dass er überzeugend genug gewesen war, um seine Mutter vor dem Äußersten zu bewahren. Auf keinen Fall würde er sie sterben lassen. Eher würde er gemeinsam mit ihr die Flucht ergreifen.

«Wir werden sie am Leben lassen», sprach Cato schließlich die erlösenden Worte. «Doch wird sie dazu verurteilt, in den nächsten drei Monaten die Gefangenenverschläge zu versorgen. Sie wird den Eingesperrten dort das Essen kochen und die Jaucheeimer leeren. Wenn sie sich weiterhin nicht an die Regeln hält, ist das Leben ihres Sohnes verwirkt.» Mit einem kalten Ausdruck in den Augen wandte er sich an Jess. «Und dabei werden wir keine Rücksicht darauf nehmen, welch großer Verlust es für uns wäre, dich als Anführer zu verlieren.»

Jess nickte und verkniff sich eine böse Bemerkung, die Cato nur unnötig erzürnt hätte. Sämtliche Brüder stimmten dafür, und somit wurde das Urteil angenommen.

Danach wurden zwei andere Gerichtsfälle verhandelt. Ein gestohlenes Huhn und ein Fall von verweigerter Pflichterfüllung. Der Beschuldigte hatte es abgelehnt, Frauenarbeit zu übernehmen, weil er aufgrund eines Beinbruchs im Moment zu nichts anderem fähig war. Für das Huhn setzte es Peitschenhiebe, und der Kerl mit der Beinverletzung musste für zwei Wochen in Arrest, was der Heilung seiner Verletzung sicher förderlicher war, als Früchte zu sammeln.

Danach ging man zur Tagesordnung über und beratschlagte die anstehenden Maßnahmen zur geplanten Revolution.

Jess erhielt als Erster das Wort, weil er für sämtliche Vorbereitungen außerhalb des Lagers verantwortlich war und den Kontakt zu den unter der Bevölkerung Jamaikas eingesetzten Spionen unterhielt.

«Samuel Sharpe hat seine Bemühungen, die Leute in den sonntäglichen Messen auf die bevorstehende Revolte vorzubereiten, fortgesetzt», verkündete Jes in der ihm üblichen, unaufgeregten Art. «Bis Weihnachten will er als anerkannter Baptistenprediger all seine Kollegen, also auch die weißen Priester, und sämtliche Gläubige der Insel auf seine Seite gezogen haben, damit sie die Sklaverei offiziell als einen Akt der Barbarei verurteilen. Die weißen Christen sollen die Neger endlich als gleichwertige Menschen anerkennen. Er glaubt dabei fest an eine friedliche Lösung. Wir sollten ihn in dieser Absicht unterstützen, so gut wir es können. Gleichwohl müssen wir wachsam bleiben und beobachten, wie sein Vorgehen bei den weißen Pflanzern bewertet wird.»

«Was werden sie schon davon halten?», rief einer der Maroon-Häuptlinge dazwischen, der als Vertrauensmann der bereits befreiten Minderheiten an den Sitzungen teilnahm. «Unseren Vorvätern haben sie die Freiheit erst gegeben, nachdem wir sie mit Gewalt dazu gezwungen haben.»

«Ich gebe dir recht, Moquoi», stimmte Jess dem pausbäckigen Kreolen zu. «Angeblich wollen sich einige Pflanzer zu sogenannten Todesschwadronen zusammenrotten, um alle männlichen Negersklaven zu erschießen, sobald ein entsprechendes Gesetz aus London eintrifft, das die Sklaverei ein für alle Mal verbietet.»

Jess hatte vergleichsweise besonnen gesprochen, und doch ging ein empörtes Raunen durch die Menge.

«Das würde in jedem Fall Krieg bedeuten», bemerkte Moquoi. «Unsere beiden Abgeordneten im Parlament von Spanish Town würden so etwas nicht dulden. Auch die Maroon wären von einer solchen Entwicklung betroffen. Ich meine, wie wollen diese Wahnsinnigen denn unterscheiden, wer von den Hunderttausenden Negern, Kreolen, Mulatten und Quadroon ein Sklave ist und wer nicht?»

«Angeblich fängt jeder Pflanzer bei seinen eigenen Leuten an», erklärte Jess, ohne eine Miene zu verziehen.

«Wir befinden uns längst im Krieg», fügte Cato scharf hinzu und fiel Jess damit ins Wort. «Auch wenn es einige von uns noch nicht begriffen haben …» Er räusperte sich kurz und bedachte Jess mit einem düsteren Blick. «Wer ist dafür, dass wir mit gleicher Macht zuschlagen, und zwar noch bevor die Weißen in der vorher genannten Weise unsere Brüder und Schwestern angreifen?»

Ausnahmslos alle erhoben ihre Hand, sogar Jess, der in erster Linie an Frauen und Kinder dachte, die unter einer solchen Entwicklung am meisten zu leiden hätten.

«Gut!», bekräftigte Cato die von ihm gewünschte Entscheidung. «Dann wissen wir, was in den nächsten Wochen zu tun ist. Wir müssen Waffen und Munition horten sowie möglichst viele Fässer mit Schwarzpulver erbeuten, damit wir im rechten Moment zuschlagen können.»

Plötzlich entstand vor dem Höhleneingang Unruhe, und wenig später meldete eine der Wachen einen Boten. Cato bat den jungen Kreolen mit einer einladenden Geste herein. Es war Aleeke, dessen Name – starker Löwe – nicht im Geringsten zu seiner Größe von nur knapp fünf Fuß passte. Sein goldbronzener, sehniger Oberkörper hingegen schon. Jetzt glänzte er von Schweiß, und sein Atem ging rasch. Offenbar war er über eine längere Distanz zum Lager gerannt.

Der Junge war kaum älter als sechzehn, durfte sich aber bereits zu jenen zählen, die einen Eid auf die Kriegerschaft geleistet hatten. Dies bedeutete, dass er wie alle Anwesenden mit seinem Leben bezahlen würde, wenn er Verrat an seinen Brüdern oder deren Familien beging.

Jess bot ihm einen Becher Kräuterbier an, den der Junge in einem Zug leerte. Danach wischte er sich hastig den Mund ab und begann zu sprechen.

«Kojo schickt mich. Er sagt, dass heute Morgen in Spanish Town das Urteil gegen die drei Ausreißer gefällt wurde. Sie werden in einer Woche aus Fort Charles zurückgebracht und vor dem Gerichtsgebäude gehängt. Das Ganze ist als öffentliches Spektakel geplant. Der Gouverneur will ein Zeichen setzen, um die Sklaven vor ähnlichen Handlungen zu warnen.»

Hier und da war ein Aufstöhnen zu hören. Auch Jess stieß einen schmerzlichen Seufzer aus, weil er sich für das grausame Schicksal der drei mitverantwortlich fühlte. Zum einen, weil es ihnen nicht gelungen war, sie zu befreien. Zum anderen, weil es gut möglich war, dass seine Mutter und er wegen der Verfolgungsjagd mit zwei toten Soldaten am drohenden Tod der jungen Gefangenen eine Mitschuld trugen.

Vielleicht hatte beides dazu geführt, dass der Gouverneur die Gerichte entsprechend unter Druck gesetzt hatte.

«Morgen in aller Frühe erwarten wir am Rio Pedro eine weitere Gruppe von vier entflohenen Sklaven», fuhr Aleeke unbeirrt fort. «Sie sind vor drei Tagen aus Trelawney geflohen und werden steckbrieflich gesucht. Kojo sagt, er wird sie nachts in der Nähe von Tavern aufnehmen, und ihr sollt sie wie üblich noch vor Sonnenaufgang am vereinbarten Treffpunkt in der Nähe von Stony Hill übernehmen und zu uns ins Lager führen.»

«Hat Kojo sie darüber aufgeklärt, dass die Flucht im Moment besonders gefährlich ist? Also, für den Fall, dass sie geschnappt werden und sie nach erfolgreicher Flucht das Lager nicht mehr verlassen dürfen?», fragte Jess aus reiner Routine.

Normalerweise wussten die Leute, die bei ihnen Zuflucht suchten, worauf sie sich einließen, aber im Moment lagen die Dinge ein wenig anders.

«Davon gehe ich aus», erklärte der Junge. «Sie befanden sich auf einem Gefangenentransporter, der Richtung Hafen ging. Der Konvoi von vier Wagen wurde von Dieben überfallen. Die Gauner hatten es auf eine Ladung Rum abgesehen, die ebenfalls zum Hafen unterwegs war. Während die weißen Aufseher mit den Räubern beschäftigt waren, ist den vier Jungs die Flucht gelungen. Kojo und seine Männer haben sie unweit der Stelle, wo der Überfall stattgefunden hat, aufgelesen und ins nächste Maroon-Dorf gebracht. Aber da können sie in Anbetracht der Lage nicht bleiben. Zwei von ihnen sind so übel zugerichtet, dass sie kaum noch laufen können.»

Jeder der Anwesenden konnte sich in die Not dieser Männer bestens hineinversetzen. Die wenigsten, die nach den Strapazen einer Flucht zu ihnen stießen, erfreuten sich bester Gesundheit. Meist hatten sie ein langes Martyrium hinter sich, bevor sie sich entschlossen, ihr Leben aufs Spiel zu setzen, um ihren weißen Peinigern zu entkommen.

Jess warf einen Seitenblick auf Nathan.

«Sag Joel, Kerak und Tupac, dass wir aufbrechen, wenn der Mond am höchsten steht.»

«Du willst mitkommen?» Nathan taxierte ihn von der Seite. «Ich dachte, du benötigst etwas Zeit, um deiner Mutter das Urteil zu erklären?»

Jess lachte spöttisch.

«Dafür benötige ich keine fünf Minuten. Entweder sie kapiert es, oder sie lässt es bleiben. Außerdem ist unsere Mission zu wichtig, als dass ich auf die Führung verzichten möchte.»

«Was? Du hast mich für verrückt erklärt?»

Baba war außer sich vor Empörung, als sie hörte, mit welchen Mitteln Jess ihr Todesurteil abgewendet hatte. Die Arme in die Taille gestemmt, stand sie vor Desdemonas Hütte, wohin die Wachen sie begleitet hatten.

«Er hat mich für verrückt erklärt!», schimpfte sie in Gegenwart der alten Zauberin so laut, dass die Vögel aufflogen. «Kannst du dir das vorstellen, Desdemona? Mein eigener Sohn spricht von mir, als ob ich nicht mehr ganz bei Trost wäre!» Wutschnaubend stampfte sie mit einem Fuß auf den Boden und wirbelte die rote Erde auf. Jess seufzte und beobachtete skeptisch, wie Desdemona in ihrem selbst genähten Lederkleid aus der Hütte kam und seiner Mutter einen mageren Arm um die Schulter legte.

«So beruhige dich doch, Baba», sprach sie beschwichtigend auf seine Mutter ein. «Sei froh, dass Jess so tapfer für dein Leben eingetreten ist und sich selbst zum Opfer dargeboten hat, damit du bei uns bleiben darfst.»

Baba befreite sich mit einem Ruck aus Desdemonas Obhut und erklärte störrisch: «Dass du mir in den Rücken fällst, hätte ich am allerwenigsten vermutet! Ich wundere mich immer darüber, wie schnell sich neue Verbündete finden. Wer hätte das gedacht?»

Schulterzuckend wollte sie sich abwenden, doch Jess war schneller und hielt sie zurück, indem er ihren knochigen Oberarm wie mit einem Schraubstock umklammerte.

«Was ist jetzt?», knurrte er. «Wirst du deine Strafe antreten?»

«Keine Sorge, Söhnchen», lenkte sie ein. «Ich werde brav die Scheißeimer ausleeren und unseren Gefangenen eine köstliche Stockfischsuppe kochen, wie es unser verehrter Master Cato verlangt. Unter meiner Obhut wird das Verlies zum reinsten Grandhotel werden. Aber was mich wirklich wütend macht, ist die Tatsache, dass du schon wieder dein Leben für mich aufs Spiel setzt! Als ob ich mich nicht schon genug schämen müsste für das, was ich dir und den anderen angetan habe.»

Wutschnaubend marschierte Baba davon. Jess gab den verstörten Wachen mit einem Nicken zu verstehen, dass sie seine Mutter zum Gefängnistrakt eskortieren sollten. Der Ort lag abgeschieden oberhalb des Dorfes und hatte mehrere kleine Höhlen, deren Ausgänge man extra mit eisernen Gitterstäben, Scharnieren und dicken Vorhängeschlössern versehen hatte.

«Sie wird es verstehen», murmelte Desdemona und tätschelte Jess in großmütterlicher Weise den Unterarm, bevor sie in ihre Hütte zurückkehrte, wo schon einige Patientinnen warteten.

Durch die halb offene Tür konnte Jess erkennen, dass Selina unter ihnen war. Als ihr kritischer Blick ihn traf, wich er rasch zurück, weil er unvermittelt an Nathans Worte denken musste. Ob sie sich einen Liebestrank von Desdemona zubereiten ließ, um ihn zu verführen? Oder Gift, um ihn aus lauter Verärgerung ins Jenseits zu befördern? Jess zog es vor, sich schnell abzuwenden, damit sie nicht auf die Idee kam, ihn anzusprechen. Im Weggehen warf er einen Blick in den klaren Nachmittagshimmel, der keinerlei Stürme oder Regen ankündigte. Bevor er das Lager erreichte, traf er auf Nathan.

«Morgen wird ein perfekter Tag werden, um ein paar verlorenen Seelen das Leben zu retten», versprach er seinem Freund und Kameraden. «Sag den anderen, wir treffen uns nach Sonnenuntergang an der alten Gebetsstätte und besprechen das Wesentliche.»

Auch am Abend ließ sich Lady Elisabeth bei ihren Gästen entschuldigen, und so saßen Maggie und Lena vollkommen allein beim Dinner – umgeben von einem halben Dutzend hübsch gekleideter Haussklavinnen, die vor einem opulenten, französischen Buffet darauf warteten, ihnen jeden Wunsch von den Augen abzulesen.

Candy Jones, der offenbar in Abwesenheit der Lady das Kommando über das Hauspersonal führte, war anscheinend nicht daran interessiert, ihnen Gesellschaft zu leisten.

Nach dem Dessert – Mangokokoskuchen mit frisch geschlagener Sahne – blieb auch Polette, die ihnen zuvor als Leibdienerin zugeteilt worden war, für den Rest des Abends spurlos verschwunden.

Lena und Maggie, die sich extra fürs Dinner umgezogen hatten, rannten nach dem Essen mit gerafften Röcken die breiten Treppen hinauf zu ihren Gästezimmern und legten in Windeseile ihre Reitkleidung wieder an. Danach schaute Maggie sich um und überlegte laut, was sie noch mitnehmen konnten.

«Wir gehen so, wie wir sind», entschied Lena. «Notfalls können wir uns von deinem Geld Kleidung kaufen. Ich werde es dir sofort zurückzahlen, wenn wir in Hamburg sind.»

«Zunächst müssen wir es unbeobachtet bis zu den Stallungen schaffen.»

Maggie ließ sich nicht davon abbringen, jedem von ihnen eine Bürste, einen Kamm sowie ein paar Toilettenartikel und Seife in zwei weiße Leinenbeutel zu stecken. Nachdem sie ihre Jacken über die Reitkleider gezogen hatten, waren sie so gut wie fertig. Plötzlich zückte Maggie ein langes Messer, das sie in einer Scheide verborgen zu ihrem Geldgürtel schnallte.

«O mein Gott», entfuhr es Lena, «was willst du denn damit anstellen?»

«Es ist nur zu unserer Sicherheit, falls uns irgendwelches Gesindel über den Weg läuft.»

«Falls uns irgendwelches Gesindel über den Weg läuft, geben wir unseren Pferden die Sporen, sonst nichts», mahnte Lena und verbarg ihr langes Haar unter einem modischen Hut, den sie immer beim Reiten trug. «Also los!»

Unbemerkt huschten sie über die dunklen Gänge hinunter in die große Halle. Dort begegneten sie einem alten Wachmann, der zwar verwundert schaute, ihr Verhalten aber nicht hinterfragte. Unbehelligt erreichten sie im fahlen Mondlicht die Stallungen. Auch hier gab es einen jungen Burschen, der Wache schob, und auch er legte nach anfänglichem Zögern keinerlei Veto ein, sondern sattelte ihnen anstandslos die beiden Stuten. Lena gab ihm dafür einen Penny, was ihn offenbar noch mehr verwirrte. Trotzdem dankte er artig und ließ sich wieder auf seinen Strohsack sinken.

Lautlos stiegen sie in ihre Damensättel und spornten die Tiere an, die sich leise schnaubend in Bewegung setzten. Zwei Hunde bellten, als sie das Tor hinaus in die Wildnis passierten. Lena schaute ein letztes Mal zurück. Das Herrenhaus lag verschlafen im Mondlicht, und von Tom war weit und breit nichts zu sehen.

Bereits vorher hatten sie sich in Lord Williams Bibliothek heimlich eine passende Karte angeschaut und wussten daher, dass von Rosenhall eine direkte Verbindungsstraße nach Süden existierte, die über Spanish Town schnurstracks nach Port Royal führte, wo zurzeit die meisten Schiffe anlandeten. Wenn sie kein Schiff mehr nach Deutschland oder England bekommen würden, so doch vielleicht eins zu den umgebenden Inseln, wo sie auf bessere Bedingungen zur Ausreise nach Europa hofften.

Maggie ritt dicht an Lenas Seite, die sich vollkommen auf ihre Erinnerungen verließ.

«Vielleicht hätten wir die Karte doch lieber mitnehmen sollen», sinnierte Maggie, als sie nach einer Stunde Ritt eine Weggabelung erreichten und Lena für einen Moment unentschlossenen wirkte.

«Wenn wir die Karte mitgenommen hätten», verteidigte sich Lena und ritt weiter, «wäre uns Edward womöglich noch auf die Schliche gekommen. Außerdem kann man bei diesen Lichtverhältnissen sowieso kaum etwas sehen.»

«Ich geb's zu», sagte Maggie leise, während sie Lena weiter in die Dunkelheit folgte, «ich fürchte mich ein wenig. Hier ist weit und breit kein Haus in Sicht. Nur Hügel und Felder.»

«Halt durch und vertrau mir», bat Lena. «Nach meiner Erinnerung zu urteilen, müssen wir immer an der Straße entlang, bis wir zu einem Ort kommen, der sich Tavern nennt. Von dort aus geht es am Rio Pedro entlang in östliche Richtung bis nach Stony Hill. Danach kommt Spanish Town und wenig später schon Port Royal.»

«Bist du dir sicher, dass du den richtigen Weg ausgewählt hast?»

In Maggies Frage schwangen berechtigte Zweifel. «Vielleicht sind wir doch ein wenig zu naiv an die Sache herangegangen», jammerte sie.

«So sicher wie das Amen in der Kirche», versprach Lena, obwohl sie selbst voller Ängste war. Wenigstens gab es auf der Insel keine wilden Tiere wie Wölfe oder Bären, vor denen man sich hätte fürchten müssen. «Ich habe dir schon genug Schwierigkeiten bereitet», erklärte Lena tapfer. «Dieses eine Mal möchte ich alles richtig machen.»

KAPITEL 12

September 1831 || Jamaika || Blue Mountains

«Halt!», rief Jess mit gedämpfter Stimme.

Er hob seine Hand und lehnte sich im Sattel seines großen Mulis zurück. Die sechs Männer, die ihn begleiteten, folgten widerspruchslos seinem Befehl und stoppten ebenfalls ihre Tiere. In der aufkeimenden Morgenröte verharrten Reiter und Mulis für einen Moment wie große, graue Statuen, um die weite Ebene zu überblicken, die sich unter ihnen auftat. Jess griff in seine Satteltasche und zückte ein Fernrohr. Sein geschärfter Blick glitt über das hohe Gras, dessen Halme sich im Wind wie Wellen des Meeres bewegten. Irgendwo da unten mussten sich Kojo und die vier jungen Sklaven befinden, die mehrere Tage zuvor aus Trelawney geflohen waren.

«Siehst du was?», fragte ihn Nathan, der wie alle anderen von einer gewissen Anspannung erfasst wurde, die sich üblicherweise einstellte, wenn sie kurz vor der Übernahme von Flüchtlingen standen.

Obwohl die ganze Sache bestens geplant war, liefen sie stets Gefahr, entdeckt zu werden. Jess konzentrierte sich auf einen dunklen, beweglichen Punkt und erkannte bei näherer Betrachtung, dass es mindestens fünf Menschen sein mussten, die eng aneinandergedrängt in geduckter Haltung voranschlichen.

«Ja», bestätigte er Nathans Frage knapp. «Ich kann sie sehen.»

«Na dann mal los», raunte sein Kamerad und gab seinem Muli mit einem Tritt in die Flanken zu verstehen, dass es von nun an flott bergab zu gehen hatte.

Bis zum Wag Water waren es noch ungefähr zwei Meilen. Nicht

sehr weit, aber trotzdem mussten sie sich beeilen, wenn sie mit den Flüchtlingen noch vor Sonnenaufgang wieder in den Bergen verschwunden sein wollten. Am Fuß des Hügels angekommen, spähte Jess noch einmal durch das Fernrohr und stellte beruhigt fest, dass Kojos Männer stetig näher gekommen waren. Auch wenn um diese Zeit mit Sicherheit noch niemand auf den ausgetretenen Handelspfaden unterwegs war, mussten sie weiterhin wachsam sein. Manchmal gab es Nachtschichten auf den Plantagen, aber im Moment war keine Erntezeit für Zuckerrohr. Zudem galten die Wege besonders in dieser Gegend als zu schlecht gesichert, als dass die Plantagenbesitzer bei ihren Transporten das Risiko eines nächtlichen Überfalls eingehen wollten. Nicht zuletzt sorgten Jess und seine Leute mit regelmäßigen Raubzügen dafür, dass die Eigentümer von Zucker und Rum vorsichtiger geworden waren.

«Lässt du mich auch mal hindurchschauen?», fragte Nathan und streckte seine Hand nach dem Fernrohr aus, das Jess bei seiner Flucht aus Kuba hatte mitgehen lassen und nicht jedem überließ.

Nathan justierte die Linse und kniff die Lider zusammen. Doch anstatt Jess' Beobachtung zu bestätigen, runzelte er die Stirn und gab ein Brummen von sich.

«Was ist das?», murmelte er in Patois, der Sprache der einheimischen Sklaven und Kreolen, die allgemein im Lager gesprochen wurde. Jess wurde hellhörig.

«Was meinst du?»

«Ich sehe zwei Reiter, die soeben hinter einer Baumgruppe aufgetaucht sind und direkt auf uns zuhalten. Wenn sie die Route beibehalten, werden sie Kojos Weg kreuzen, noch bevor er unseren Treffpunkt erreicht hat.»

Jess riss Nathan das Fernrohr aus der Hand und schärfte all seine Sinne.

«Wo?», fragte er und suchte mit geübtem Blick den Horizont ab, bis er die Gestalten fand, die Nathan gemeint haben musste.

«Denkst du, es sind Soldaten?», fragte Nathan beunruhigt.

Jess justierte den Ring des Glases neu, damit das Bild noch klarer wurde. Auf den ersten Blick stellte er erleichtert fest, dass es keine Rotröcke waren, wobei er sich nur an der Farbe der Reiter orientierte, die Kleidung als solche aber nicht erkennen konnte. Was für Vögel flatterten ihnen ausgerechnet jetzt in die Quere, wo Kojo schon so nah gekommen war? Dem hartgesottenen Maroon-Krieger selbst schienen die beiden nicht einmal aufgefallen zu sein, denn er verfolgte seinen Weg mit den vier Flüchtlingen unbeirrt weiter. Dass es Weiße sein mussten, sah man allein schon an den eleganten Vollblütern. Die Tiere, die sie ritten, kosteten gut und gerne hundert Pfund das Stück. Ein Schwarzer oder ein Kreole, selbst wenn er frei war, konnte sich solche Pferde eigentlich nicht leisten.

«La madre que te parió!», entfuhr es Jess. «Warum ausgerechnet jetzt?»

Sie würden die beiden töten müssen, um zu verhindern, dass sie ihren Treffpunkt und die daran beteiligten Personen verrieten. Inzwischen hatten sich die Reiter bereits auf eine halbe Meile genähert. Jess traute seinen Augen nicht.

«Es sind Frauen», murmelte er ungläubig, als er die Damensättel erkannte.

Die Reiter hatten ihre filigranen Strohhüte unter dem Kinn mit einem Seidentuch fixiert. Unter der geneigten Krempe waren ihre Gesichter nicht zu erkennen. Aber da war noch etwas, das Jess weitaus mehr in Atem hielt: Ihre Pferde trugen das Brandzeichen von Redfield Hall. Dann sah er, wie die Pferde der beiden Frauen plötzlich scheuten, weil sie von Kojos Leuten überrascht worden waren. Eine der Frauen stürzte in hohem Bogen aus dem Sattel. Das zweite Pferd ging durch und entfernte sich mit seiner Reiterin in rasendem Galopp. Jess traf eine Entscheidung. «Fang die Kleine auf dem Pferd ein, sie darf nicht entkommen!», rief er Nathan und zwei weiteren Brüdern zu.

Er selbst gab seinem Muli die Sporen und forderte Joel auf, ihm zu folgen. Er wollte sich so schnell wie möglich um Kojo und die am Boden liegende Frau kümmern. Als Jess den Schauplatz erreicht hatte, begrüßte ihn der langhaarige Maroon-Krieger mit den Worten: «Sie hat das Bewusstsein verloren.»

Jess sprang aus dem Sattel und kniete nieder. Behutsam nahm er das Handgelenk der bewusstlosen Frau, um ihren Pulsschlag zu prüfen. «Sie lebt», bemerkte er knapp und drehte sie vorsichtig auf die Seite.

Gekonnt nahm er ihr den Hut ab, um zu prüfen, ob sie eine Kopfverletzung hatte. Dabei löste sich ihr Haar, und sofort fielen lange, hellblonde Strähnen über ihre Schultern. Jess stutzte für einen Moment, als er in der aufgehenden Morgenröte ihr feingeschnittenes Profil betrachtete. Selbst in ihrer Ohnmacht war sie mit ihren hohen Wangen, den blutroten Lippen und den dichten, dunklen Wimpern unglaublich schön. Eine kleine wohlgeformte Nase schmückte ihr makelloses Antlitz. Jess spürte die fragenden Blicke der Umstehenden.

«Weiß man, wer sie ist?», fragte Joel, der gaffend hinter ihm stand.

«Woher denn, du Idiot?», fuhr Kojo ihn an.

Jess hob den Kopf und blickte unbeeindruckt in die Runde. «Ich schlage vor, ihr untersucht ihre Satteltaschen. Ich habe da einen unbestimmten Verdacht, wer sie sein könnte.» Wieder fiel sein Blick auf die bewusstlose junge Frau. «Nur stellt sich die Frage», murmelte er beiläufig, «was sie ohne männliche Begleitung um diese Zeit in dieser gottverdammten Gegend zu suchen hat.»

Joel war unterdessen fündig geworden und reichte ihm einige Papiere. Bis auf Jess und Kojo konnte keiner der Männer lesen. Jess kniff die Lider zusammen, um im Zwielicht etwas erkennen zu können.

«Helena Huvstedt», las er halblaut vor. «Bürgerin der Stadt Hamburg mit einer dauerhaften Aufenthaltsgenehmigung für das Königreich England.»

«Huvstedt?» Kojo schaute ihn bedeutungsvoll an. «Nicht, dass du denkst, ich würde mich hauptsächlich mit den Klatschseiten der *Kingston Gazette* beschäftigen, aber ist das nicht die neue Ehefrau des jungen Blake?»

«Allerdings», knurrte Jess, der immer noch in den Papieren blätterte.

So wie es aussah, handelte es sich tatsächlich um die neue Herrin von Redfield Hall. Jene Frau, die seine Mutter so folgenreich verflucht hatte. Jess ersparte sich gegenüber Kojo eine Bemerkung zu dem Vorfall und die im Anschluss daran getöteten Soldaten. Deren Tod war aus irgendeinem Grund bisher nicht öffentlich gemacht worden.

«Heiliger Strohsack!», rief Joel plötzlich aus, der weiter den Inhalt der Taschen inspiziert hatte. «Sieh sich das einer an!»

Er hielt einen kleinen, geöffneten Samtkasten in die Höhe, in dem es selbst im Zwielicht nur so glitzerte und funkelte. Jess trat näher und sah, dass es sich um Goldschmuck, Perlen und Edelsteine der feinsten Sorte handelte.

«Pack das wieder weg», befahl er streng. «Es gehört uns nicht, und wir sind keine Diebe.»

«Sind wir nicht?», fragte Joel leicht verstört.

«Es ist etwas anderes, ob man Handelstrecks überfällt und Waffen und Lebensmittel erbeutet oder ob man jungen Damen ihren Hochzeitsschmuck stiehlt», betonte er düster.

Joel nickte enttäuscht, tat aber, was Jess ihm befohlen hatte, und verstaute die Kiste wieder in den Satteltaschen.

«Dass sie auf einem nächtlichen Ausritt solch wertvollen Tand bei sich trägt, bedeutet, dass sie entweder nicht ganz bei Trost war oder an der Sache was faul ist», bemerkte Kojo mit einem nervösen Zwinkern im rechten Auge.

«Stellt sich die Frage, ob wirklich nur die zwei Frauen allein unterwegs waren.»

Jess horchte beunruhigt in die Umgebung, doch weit und breit war nur das sporadische Fiepen der John Crows zu hören. Die großen, schwarzen Truthahngeier kreisten in Erwartung eines schmackhaften Kadavers bereits ungeduldig über ihnen. Feindliche Späher konnten durch das plötzliche Auftauchen der Vögel auf sie aufmerksam werden.

Kojo grinste unvermittelt. «Denkst du, sie ist ihrem frisch angetrauten Gatten abgehauen?»

«Blödsinn!», beschied Jess. «Eine Frau in ihren Kreisen gehorcht ihrem Ehemann. Solche Ehen werden auf höchster Ebene vermittelt, und diese Frauen wissen von Kindesbeinen an, was man von ihnen erwartet. Sie werden dazu erzogen, irgendwann einmal die Zuchtstute irgendeines vermögenden Hengstes zu sein. Du kannst sie nicht mit den Huren in Kingston oder Falmouth vergleichen, die es mit jedem dahergelaufenen Köter treiben.»

«Was hast du mit ihr vor?», fragte Joel. «Du willst sie doch nicht töten, oder?»

Der Blick des jungen Quadroon war ungewohnt ängstlich.

«Nein», erwiderte Jess und kratzte sich nachdenklich den dunklen Stoppelbart, den er sich nur alle paar Tage abrasierte. «Wir werden sie mitnehmen, ich hab da eine Idee.»

Kojo legte den Kopf schief und sah ihn fragend an.

«Du willst sie doch nicht etwa in einen Käfig sperren und als deine Gespielin halten?»

Jess schüttelte verständnislos den Kopf.

«Ich dachte, du würdest mich besser kennen. Was ich mir überlegt habe, geht in eine ganz andere Richtung. Wenn sie erwacht, können wir sie als Geisel benutzen, um unsere drei zum Tode verurteilten Brüder im Gefängnis von Fort Charles freizupressen. Es wäre ein letzter Versuch, die armen Jungs vor einem grausamen Tod zu bewahren. Wir werden dem Gouverneur ein Ultimatum stellen: Entweder er lässt die drei Todgeweihten frei, oder Edward Blake wird seine Frau nicht lebend wiedersehen.»

Kojo war das Lächeln auf der Stelle vergangen. Auge in Auge standen sich die beiden gegenüber.

«Vater Samuel wird das nicht gefallen. Damit unterläufst du nicht zum ersten Mal seinen Versuch, die Revolution friedlich voranzutreiben», mahnte er mit düsterem Blick.

«Samuel Sharpe hat bisher keinen Zentimeter Boden gutgemacht, was das Leben der drei Inhaftierten betrifft», gab Jess mürrisch zurück. «Unser guter Baptistenpriester glaubt offenbar noch immer daran, dass diese Revolte lediglich mit dem Vorzeigen des Kreuzes zu gewinnen ist. Doch nenn mir auch nur einen Teufel, der sich davon je hat beeindrucken lassen. Außerdem hat sich unser Rat eindeutig für eine kriegerische Auseinandersetzung mit den Weißen ausgesprochen.»

«Du hast keine Ahnung», gab Kojo weiter zu bedenken, «in welches Hornissennest du da stößt. Was ist, wenn es dem Gouverneur zu bunt wird und er entgegen seiner üblichen Gewohnheit Truppen in die Berge schickt?»

«Das wird er nicht», erklärte Jess entschlossen. «Dafür ist ihm das Leben seiner Soldaten und nicht zuletzt das dieser Frau zu kostbar, darauf möchte ich wetten. Edward Blake und sein Vater gehören zu den einflussreichsten Männern der Insel. Sie werden schon nicht zulassen, dass wir sie töten.»

«Und was ist, wenn der Gouverneur auf deine Forderungen eingeht», bohrte Kojo weiter, «und du die Frau nach Redfield Hall zurückschicken musst? Dann wird sie ihrem Ehemann und dem Gouverneur den Standort des Lagers verraten!»

«Auch das wird nicht geschehen. Wir werden ihr die Augen verbinden und sie in Isolationshaft halten, bis der Gouverneur auf unsere Forderungen eingeht. Dann werden wir bei Nacht und Nebel einen Austausch vornehmen, indem wir zuerst die Gefangenen fordern und die Frau erst einen Tag später an einer geheimen Stelle aussetzen, damit sie alleine nach Hause zurückgelangen kann.»

Bevor Jess noch weiter ins Detail gehen konnte, kam Nathan herangeritten, gefolgt von Kerak und Tupac, die ihn bei der Suche nach der zweiten Frau unterstützt hatten. Anscheinend waren sie nicht fündig geworden, denn sie waren allein.

«Die andere ist uns entwischt», erklärte er mit einem beschämten Schulterzucken. «Mit ihrem Renngaul konnten wir es nicht aufnehmen», bekannte er mit einem bedauernden Blick auf sein Maultier.

«Das heißt», erklärte Jess tonlos, «wir müssen schnellstens von hier verschwinden, bevor sie jemanden zu Hilfe holen kann.»

«Was ist mit ihr?», fragte Nathan und deutete mit dem Kopf auf die bewusstlose Frau.

«Wir nehmen sie mit», erklärte Jess und nahm dem Pferd die Satteltaschen mitsamt Habe ab und band alles auf sein Muli.

Dann hob er die Frau auf und legte sie bäuchlings über den Rücken des Tieres, sodass er hinter ihr im Sattel sitzen konnte. Dabei fiel ihm auf, wie leicht sie war und dass ihr Haar nach Rosenöl duftete.

«Ich will Cato vorschlagen, dass wir sie als Geisel im Austausch für die drei Inhaftierten einsetzen», erklärte er.

Nathan ersparte sich einen Kommentar und stieß lediglich einen leisen Pfiff aus. Jess fügte dem nichts hinzu und scheuchte den Gaul davon. Das Pferd hätten sie zwar gut gebrauchen können, aber es hatte das Brandzeichen von Redfield Hall, und seine speziell beschlagenen Hufe würden verräterische Spuren hinterlassen.

Danach verband er der Frau mit dem Seidenschal ihres Huts die Augen. Um ihre schmalen Hände und Füße zusammenzubinden, nahm er zwei Stricke, die er stets mit sich führte. Ihr erschlaffter, biegsamer Körper lag wie Wachs vor seinen Schenkeln, als er sich hinter ihr in den Sattel geschwungen hatte.

Es war bereits Mittag, und die Sonne stand hoch, als Jess mit seinen Männern ins Lager zurückkehrte. Während Nathan die erschöpften Flüchtlinge bei Cato anmeldete und anschließend in der Krankenhöhle ablieferte, kümmerte sich Jess um seine ohnmächtige Gefangene.

«Wen bringst du mir denn da?», krakeelte Baba, ohne zu ahnen, welch kostbare Fracht ihr Sohn tatsächlich im Gepäck hatte.

Dabei wurde Jess augenblicklich bewusst, dass es ein Fehler sein konnte, die Frau in der Obhut seiner Mutter zu lassen, doch nun war es zu spät.

«Das ist doch nicht möglich», entfuhr es ihr ungläubig, als sie die blonde Mähne der Geisel erblickte.

Jess stieg von seinem Muli, legte sich die Gefangene ein wenig unsanft über seine Schulter und marschierte voran. Sein Ziel war eine der leer stehenden Gefangenenhöhlen.

«Du siehst vollkommen richtig», fuhr er seine Mutter im Vorbeigehen an. «Und nun lauf und hole Desdemona, damit sie uns hilft, die Frau zurück ins Leben zu holen. Sie darf auf keinen Fall sterben, wir brauchen sie noch.»

Während Baba kopfschüttelnd und laut zeternd nach draußen lief, legte Jess die junge Frau im Innern der Höhle behutsam auf einer schäbigen Strohmatratze ab. Dann holte er ihre kleine Reisetasche, die sie neben den Satteltaschen dabeigehabt hatte, und bettete ihren Kopf darauf. Den Schmuck hatte er vorsichtshalber an sich genommen, in der Absicht, ihn gut zu verstecken, damit niemand auf die Idee kam, ihn heimlich zu stehlen.

Das teure Gepäckstück war aus bestem Leder gefertigt und trug den Aufdruck einer noblen Londoner Taschenmanufaktur. Beinahe schämte er sich ein wenig, dass er einem so vornehmen Geschöpf nichts Besseres bieten konnte als dieses Loch. Doch dann rief er sich ins Gedächtnis zurück, wem sie all diesen Reichtum zu verdanken hatte, und schon spürte er Groll in sich aufsteigen.

Schon viel zu oft hatte er Frauen ihres Schlages bei öffentlichen Auspeitschungen beobachtet, wie sie gelangweilt mit ihren seidenen Sonnenschirmen spielten, während ein guter Mann kaum fünfzig Fuß von ihnen entfernt Höllenqualen erlitt oder gar mit dem Tode rang.

Bisher hatte sie ein Dasein voller Luxus geführt, doch in den nächsten Tagen würde sie das Leben von einer anderen Seite kennenlernen. Keine Dienstboten, keine weichen Federbetten und keine Nachttöpfe aus Porzellan. Ein Grinsen entfuhr ihm bei dem Gedanken, dass sie sich mit ihrem kleinen Hintern auf einen der herumstehenden Eimer setzen musste, um ihr Geschäft zu erledigen.

Wobei ihn der Umstand, dass seine Mutter die volle Verantwortung für sie trug, zugleich beunruhigte. Immerhin hatte Baba dieser Frau den Tod gewünscht! Noch einmal überprüfte er ihre Augenbinde und erwischte sich bei der Frage, welche Farbe ihre Iris haben mochte. Saphirblau oder smaragdgrün? Auch die Fesseln an ihren Handgelenken kontrollierte er sorgsam. Sie duftete wunderbar, und Jess begutachtete noch einmal ausgiebig ihren wohlgeformten Mund, dessen volle Lippen denen einer Kreolin in nichts nachstanden. Völlig unerwartet überkam ihn das Gefühl, dass er Edward Blake um eine solch begehrenswerte Frau beneidete. Ein Geräusch ließ ihn aufhorchen. Desdemona und Baba betraten schwatzend den Unterschlupf. Jess stand auf und schaute Desdemona mit ernster Miene an. «Du musst zusehen, dass sie möglichst bald zu sich kommt», befahl er der Alten. «Und sorg dafür, dass ihre Gesundheit stabil bleibt. Sie ist ab sofort unsere Gefangene und ein wichtiges Unterpfand gegenüber dem Gouverneur. Wenn ihr etwas zustoßen sollte, bin nicht nur ich davon betroffen, sondern das ganze Dorf. Habt ihr beiden mich verstanden?»

Die alten Frauen nickten kaum merklich, und Baba bedachte ihn mit einem feindlichen Blick.

«Es ist niemandem erlaubt, ihr die Augenbinde oder die Fesseln zu lockern», fügte er unmissverständlich hinzu.

«Mir musst du das nicht sagen», raunte Baba heiser. «Ich werde ihr bestimmt keine Sonderbehandlung zukommen lassen.»

Jess packte seine Mutter hart am Oberarm und drückte erbarmungslos zu.

«Autsch, du tust mir weh!», protestierte sie lauthals.

«Solltest du ihr auch nur ein Haar krümmen, werde ich keine Rücksicht darauf nehmen, dass du meine Mutter bist. Ist das klar?» Baba nickte widerwillig, und erst dann lockerte Jess seinen Griff.

«Ich verlass mich auf euch», bekräftigte er noch einmal und bedachte Desdemona mit einem drohenden Blick.

«Ich tue, was ich kann», erwiderte die Alte mit verärgerter Miene. Dann zückte sie eine kleine Glasphiole und flößte der Frau eine gelbliche Flüssigkeit ein. «Sie ist ziemlich weit weg», bemerkte Desdemona mit einem Seitenblick auf Jess.

«Sie ist vom Pferd gefallen», beeilte er sich zu erklären, damit Desdemona nicht auf die Idee kam, dass er irgendeine Schuld an ihrem Zustand trug. «Wahrscheinlich ist sie dabei hart mit dem Kopf aufgekommen.»

«Mach dir keine Sorgen», beruhigte ihn Desdemona. «Sie wird wieder aufwachen.»

«Ich mach mir keine Sorgen», widersprach Jess. «Ich will nur nicht, dass sie stirbt.»

Die Obeah-Zauberin schaute kurz auf, und ein undefinierbares Lächeln huschte über ihre Lippen.

«O doch, du machst dir Sorgen. Und jetzt lass uns mit ihr allein, ich will zu den Ahnen beten. Und die fühlen sich gestört von Menschen, die nicht an sie glauben.»

Lena erwachte mit rasenden Kopfschmerzen, einem fürchterlichen Geschmack im Mund und einem üblen Geruch in der Nase. Bei Letzterem handelte sich um eine widerliche Mischung aus Schmutz und Fäkalien. Fieberhaft versuchte sie herauszufinden, ob sie sich in einem nicht endenden Albtraum befand oder ob es Gründe gab, warum sie nichts sah und ihre Hände nicht bewegen konnte. Erinnerungsfetzen flackerten vor ihrem geistigen Auge auf. Maggie, wie sie im Damensattel diese wunderschöne Fuchsstute ritt, die auf den Namen Diamant hörte. Lady Elisabeth in ihrem Laudanumrausch. Candy Jones, wie er der kleinen Dienerin, wie hieß sie noch gleich, in den Hintern kniff. Und Edward? Irgendetwas war mit Edward. Etwas, das sie dazu veranlasst hatte, Unerhörtes zu tun … Mit einem Aufstöhnen fuhr sie hoch. Plötzlich war alles wieder da. Die Hochzeit und die komische Frau im schwarzen Gewand, die einen Fluch über sie ausgesprochen hatte. Trevor, wie er Larcy vergewaltigte. Captain Peacemaker und seine toten Kameraden und Edward! O mein Gott! Edward, der sein steifes Glied vor ihren Augen in diese schamlose Sklavin gesteckt hatte. Und schließlich die gemeinsame Flucht mit Maggie, die ein so jähes Ende genommen hatte.

Schwach kehrten auch die Erinnerungen an die letzten Momente ihrer Flucht zurück. Irgendetwas hatte ihr Pferd zum Scheuen gebracht. Maggies Stute war daraufhin ausgebrochen und samt ihrer Reiterin davongestoben. Wo war ihre Freundin jetzt?

«Maggie?», fragte sie zaghaft ins Nichts hinein.

«Bist du da?» Ihre Stimme verhallte unbeantwortet. Das Einzige, was sie hörte, war ein leises Rascheln, gefolgt von einem animalischen Fiepen.

«O mein Gott», hauchte sie voll Entsetzen. «Ratten!»

Nichts hätte furchtbarer sein können als diese Erkenntnis. Vergeblich versuchte Lena, sich zu orientieren. Erst jetzt bemerkte sie, dass ihre Augen verbunden und ihre Hände hinter dem Rücken gefesselt waren. Fieberhaft überlegte sie, wer ein Interesse daran haben konnte, ihr so etwas anzutun. Vielleicht hatte Edward von ihrer Flucht erfahren und ihnen aufgelauert? Und nun wollte er sie für ihren Ungehorsam bestrafen, indem er sie in wehrlosem Zustand in den Weinkeller sperrte, bis sie wieder zur Vernunft kam? Ebenso gut konnte sie Räubern in die Hände gefallen sein, die es auf reiche Beute abgesehen hatten und nun von den Blakes ein ordentliches Lösegeld fordern wollten. Beides wäre eine Katastrophe!

Wo immer ich mich auch befinde, dachte sie voller Panik, ich muss hier raus, und zwar schnell.

Mühsam kämpfte sie sich auf die Beine. Aus Angst, auf eine der umherwuselnden Ratten zu treten, wagte sie es kaum umherzugehen. Plötzlich erklang ein neues Geräusch. Ein Schlüssel wurde in ein Schloss gesteckt und umgedreht. Das Quietschen des Scharniers setzte dem Fiepen der Tiere ein jähes Ende. Dann vernahm sie schlurfende Schritte.

«Wer ist da?», fragte sie ängstlich.

Gepackt von den düstersten Horrorvisionen, stellte sie sich vor, wie ihr Peiniger in das stinkende Verlies vordrang, um ihr noch viel schlimmere Dinge anzutun.

«So sagen Sie doch was», bettelte sie. «Wo bin ich? Und warum hat man mich gefesselt?»

«Man sollte dir nicht nur die Augen verbinden», antwortete eine krächzende Stimme, «sondern auch das Maul stopfen.»

O Gott! Lena erkannte die Stimme sofort. Sie hatte nicht den geringsten Zweifel, dass sie der Frau gehörte, die auf so brutale Weise ihre Hochzeit gestört hatte. Jene Frau, die William den geköpften Hahn vor die Brust geschleudert hatte und die vielleicht sogar für den Tod von Peacemakers Kameraden verantwortlich war.

Lena spürte, wie sie an Boden verlor und sich alles um sie herum drehte. Die Alte hatte sie womöglich entführen lassen, um ihrem Fluch höchstpersönlich zu seiner Bestimmung zu verhelfen! Hatte sie ihr nicht den Tod an den Hals gewünscht? Aber warum hat sie ausgerechnet mich ausgesucht? dachte Lena. Ich hab der Alten doch gar nichts getan! Das ist nicht gerecht. Wer sagt denn, dass die Welt gerecht ist? hatte ihr Vater immer gefragt, wenn sie ihn nach einem Grund für den Unterschied zwischen arm und reich oder gesund und krank gefragt hatte. Ihr Instinkt sagte ihr dennoch, dass es Gründe dafür geben musste, was hier gerade geschah. Obwohl es ihr schwerfiel, nahm Lena all ihren verbliebenen Mut zusammen.

«Was wollen Sie von mir?», fragte sie kühn.

Stille.

«Hören Sie», versuchte Lena ihr Glück noch einmal. «Ich habe kein Geld bei mir. Und, bei Gott, mein Mann, der zwar welches besitzt, wird nicht für mich zahlen!»

«Dein Geld kannst du dir in den Hintern stecken, Schätzchen!», amüsierte sich die Kratzstimme. «Hier geht's nicht um dein Geld, sondern um dein Leben. Und wenn dein vornehmer Gatte nicht tut, was wir von ihm verlangen, bekommt er dich als kalte Leiche serviert! Kann mir kaum vorstellen, dass ihn das amüsiert!»

«Das können Sie nicht tun», keuchte Lena verzweifelt. «Verraten Sie mir, was mit meiner Freundin geschehen ist?», bettelte sie und betete gleichzeitig dafür, dass Maggie nichts Schlimmes zugestoßen war.

«Man hat dich alleine hierhergebracht», antwortete die Stimme ungeduldig, was wenig aufschlussreich war.

Lena versuchte Zeit zu gewinnen.

«Ich muss mal», erklärte sie drängend. «Können Sie mir kurz die Augenbinde und die Fesseln abnehmen, damit ich den Abort finden kann?»

Die Alte lachte keckernd.

«Hier gibt es keinen Abort. Du wirst mit einem Eimer vorliebnehmen müssen. Und nein, Binde und Fesseln bleiben. Wenn du auch nur einen von uns zu sehen bekommst, ist das dein Todesurteil. Und wenn du versuchst, von hier abzuhauen, musst du ebenfalls sterben!»

Sie hatte eindeutig ‹uns› gesagt, was Lena in der Vermutung bestärkte, dass die Frau nicht allein für ihre Gefangennahme verantwortlich war. Allem Anschein nach hatte sie Helfer, sodass die Situation für Lena noch aussichtsloser erschien.

Mit festem Griff packte die Alte sie am Arm und zog sie hoch. Nach ein paar Schritten hörte Lena ein schepperndes Geräusch.

«So», erklärte ihre Peinigerin.

«Hier steht der Eimer. Jetzt mach die Beine breit und stell dich darüber.»

Entsetzt spürte Lena, wie die Frau ihr die Röcke hob.

«Grundgütiger!», entfuhr es ihr. «Sind wir allein, oder sieht mich jemand?»

«Hier stehen gerade hundert Männer und glotzen dich an», spöttelte die Alte. «Soll ich ihnen noch mehr zeigen?»

Das war ein schlechter Scherz, wie Lena sich denken konnte, und doch machte sie der Gedanke nervös, bei der Verrichtung ihrer Notdurft beobachtet zu werden. Zaghaft ließ sie sich auf den Eimer nieder.

«Und wie putze ich mir den Po ab?», fragte sie, nachdem sie sich erleichtert hatte.

«Gar nicht», brummte die Alte. «Das gehört nicht zu meinen Aufgaben.»

Lena wurde zurück zu ihrer Strohmatte geführt, die so unglaublich stank, dass sie sich am liebsten erbrechen wollte.

«Wie lange bin ich schon hier?»

Durch ihre Ohnmacht hatte sie jegliches Zeitgefühl verloren, und unter der Augenbinde war es die ganze Zeit stockfinster. Nicht mal der Schimmer von Tageslicht war zu erkennen.

«Das tut nichts zur Sache», erwiderte die Alte. «Du setzt dich jetzt hierhin und wartest, bis ich dir Essen bringe. Hast du gehört?»

«Sparen Sie sich die Mühe», erwiderte Lena trotzig. «Ich hab keinen Hunger.»

«Und ob du was essen wirst», warnte sie die Alte. «Ich werde mir nicht nachsagen lassen, dass ich meine Pflichten vernachlässige.»

«Hier gibt es Ratten», versuchte Lena, die Ermanglung ihres Appetits zu erklären. «Macht Ihnen das gar nichts aus? Also mich gruselt es.»

«Das ist doch ein wunderbarer Vorteil dieses Ortes», erwiderte ihre Widersacherin mit hämischer Stimme. «Somit gehen uns die Fleischvorräte nie aus. Was glaubst du, wie gut ein Ragout aus frisch erlegten Ratten schmeckt?»

Lena war, als habe ihr jemand in den Magen geschlagen. Nur mühsam konnte sie das Würgen unterdrücken.

«Ich sagte doch, ich hab keinen Hunger», presste sie atemlos hervor. «Und angesichts Ihres überragenden Speisenangebots wird sich daran auch kaum etwas ändern.»

KAPITEL 13

September 1831 || Jamaika || Bittere Wahrheiten

Stundenlang hatte Lena gegrübelt, wie sie sich am besten aus ihrer üblen Lage befreien konnte. Um sie herum herrschte tiefste Finsternis. Moder, Feuchtigkeit und allerlei sonstige Gerüche, denen sie lieber keinen Namen geben wollte, erfüllten die Luft. Allem Anschein nach war sie in diesem Loch völlig auf sich allein gestellt, wenn man von den gelegentlichen Besuchen dieser schrecklichen Alten einmal absah.

Unvermittelt keimte jener rebellische Widerstand in Lena auf, den ihre Gouvernanten in der Schweiz stets als Charakterschwäche bezeichnet hatten. Ihr Plan war, zunächst ihre Fesseln loszuwerden, damit sie die Augenbinde nach Belieben auf- und absetzen konnte. Gott sei Dank waren es nur gewöhnliche Stricke und keine Ketten, mit denen man ihre Hände gebunden hatte. Vorsichtig ging sie auf die Knie und ertastete die scharfen Kanten eines Felsvorsprungs. Rücklings wollte sie versuchen, die Stricke so lange an dem Felsen zu scheuern, bis sie dünn wurden und sich zerreißen ließen. *Ich werde diesem Gesindel zeigen, zu was eine patente Hamburgerin fähig ist!*

Grimmig ging sie ans Werk und scheuerte unermüdlich das Seil an der scharfen Kante. Ihre Schultern begannen zu schmerzen. Zwischendurch horchte sie immer wieder in die Dunkelheit hinein, ob jemand kam, der sie bei ihrem Tun entdecken würde. Niemand war zu hören, und leider waren die Stricke stabiler als gedacht. Je länger sie scheuerte, umso mehr verlor sie an Kraft. An Ausruhen war jedoch nicht zu denken, weil die Alte jeden Moment zurückkehren konnte.

Wenn sie Lenas Befreiungsbemühungen entdeckte, würde man sie mit Sicherheit hart bestrafen oder ihr sonst was antun.

Als die Qual durch die ermüdende Armbewegung zunehmend größer wurde, versuchte sie noch einmal an den Stricken zu zerren. Und tatsächlich, plötzlich gab das Material nach, und ihre Hände und Arme waren mit einem Schlag frei. Lena konnte es kaum fassen. Hastig zog sie sich die Augenbinde herunter und starrte verblüfft in ein düsteres Nichts. Für einen Moment befürchtete sie, erblindet zu sein. Doch dann hoben sich grauschwarze Umrisse aus der Düsternis ab. Sie befand sich in einer Höhle! Ein langer, in den Felsen gehauener Gang zeichnete sich ab, an dessen Ende ein zartes Grau schimmerte, das vom anbrechenden Tageslicht herrühren musste. Doch an Flucht war trotz wiedererlangter Sehfähigkeit nicht zu denken. Lena sah, dass ihr Gefängnis von einem starken Eisengitter mit einer Tür begrenzt wurde, das man an Boden und Decke fixiert hatte. Zu dumm, dass ebendiese Tür mit einem monströsen Schloss verriegelt war. Lena näherte sich dem Zugang und rüttelte in einer vagen Hoffnung an dem Gitter. Vergebens.

Lieber Herr Jesu, hilf!, dachte sie niedergeschlagen. In ihrer Verzweiflung schaute sie sich suchend um und entdeckte ein armlanges, massives Teakholzbrett, das aus einem Berg von Unrat hervorschaute und wahrscheinlich einem ihrer Vorgänger als Sitzunterlage gedient hatte. Sogleich entwickelte sich vor ihrem geistigen Auge ein waghalsiger Plan. Sollte die Alte ruhig kommen, dann sollte sie ihr blaues Wunder erleben.

«Cato verlangt nach dir.»

Nathans Stimme klang besorgt, als er die abgeschiedene Kalksteinhöhle betrat, in der Jess mit einigen anderen Kriegern sein Lager aufgeschlagen hatte. Ein paar Strohmatten, mit Schaffellen versehen, dienten ihnen als Bett auf dem nackten Steinboden, und eine alte

Munitionskiste beherbergte das wenige, was Jess an Kleidung besaß. Dazu seine Waffen: zwei Pistolen, eine Machete und ein Gewehr, dessen langen Lauf er soeben mit einem verschlissenen Baumwolltuch geputzt hatte. Weiter hinten in der Höhle, etwas abseits der Schlafstätten, standen weitere Kisten mit Bleikugeln und Pulver, die sie beim letzten Überfall auf eine Militärpatrouille erbeutet hatten.

Jess hob den Kopf und nickte, wobei er ahnte, dass Nathans harmlose Aufforderung, die Hütte des Ältesten aufzusuchen, nichts Gutes bedeuten konnte. Am Abend zuvor hatte Jess die wichtigsten Männer des Rates über seine Entscheidung, die Frau spontan zu entführen, informiert. Auch die Maroon-Häuptlinge wussten dank Kojo inzwischen Bescheid. Aber das hieß noch lange nicht, dass alle Entscheidungsträger des Lagers von seinem Vorgehen begeistert waren. Ausgerechnet Sir Edward Blakes frisch angetraute Ehefrau als Geisel zu nehmen, nur um die Freilassung der zum Tode verurteilten jungen Sklaven zu erpressen, war eine überaus heikle Idee. Manch einer hatte Jess wegen seines tollkühnen Handelns für verrückt erklärt.

«Die Weißen warten nur darauf, dass so etwas geschieht, um weitere Truppen aus England anfordern zu können», hatte der grauhaarige Armando gezetert.

Er war Catos Vertreter und ohnehin nicht gut auf die jungen Krieger zu sprechen, deren Anführer Jess war. «Kerle wie du sind viel zu hitzig für dieses Geschäft», fügte er grollend hinzu.

«Was gibt es denn da zu überlegen?», hatte Jess ihn angefahren und ihm damit jeglichen Respekt verweigert. «Wir hatten keine Wahl. Oder hätten wir die junge Frau weiterziehen lassen sollen? Und wie sollen wir die drei Sklavenjungs denn sonst vor der Hinrichtung bewahren? Unser Vorstoß in die Verliese von Spanish Town war die reinste Katastrophe. Beinah wären wir selbst draufgegangen. Und das war nicht unsere Idee, sondern Catos. Jetzt sitzen die armen Kerle in Fort Charles, und ein gewaltsamer Befreiungsversuch ist unmöglich geworden.»

Schon am Abend zuvor hatte Jess bei seinem Gespräch mit dem

Rat seinen Anführer sprechen wollen, um ihm seine Tat und das damit verbundene Vorhaben genauer zu erklären. Doch das Oberhaupt der Rebellen hatte sich zu diesem Zeitpunkt mit seinen Getreuen auf Taubenjagd befunden. Nun war Cato allem Anschein nach ins Lager zurückgekehrt, und Jess beschlich ein ungutes Gefühl, weil er ohne dessen Erlaubnis eine solch schwerwiegende Entscheidung gefällt hatte. Normalerweise gab es für Fehltritte eine ruppige Verwarnung. Hin und wieder aber ordnete Cato eine öffentliche Auspeitschung an. In folgenschweren Fällen wie Diebstahl oder Verrat drohte er sogar mit der Todesstrafe.

Umso erstaunter war Jess, als der Oberste des Ältestenrats ihn mit einer auffallend freundlichen Miene empfing. Er hockte, wie immer umgeben von zwei Kriegern, in einem lockeren Baumwollgewand auf seinem Thron, den ihm seine Anhänger zu Beginn seiner Regentschaft aus Urwaldholz gefertigt hatten.

Lächelnd bot er ihm einen Platz in seiner Hütte an und reichte ihm einen Krug Bier, das die Frauen im Lager aus Tamarindenfrüchten brauten. Dazu reichte er ihm eine Maiskolbenpfeife, in der sich dampfende Kräuter befanden.

Jess wagte nicht, das großzügige Angebot abzulehnen, und nahm einen tiefen Zug aus dem glatten, vergilbten Mundstück, das aus dem Knochen einer Ferkelratte geschnitzt worden war. Tapfer ignorierte er dabei das brennende Gefühl in den Lungen und unterdrückte ein Husten, weil er seinen Gastgeber nicht beleidigen wollte.

«Ich habe gehört, du hast uns gestern einen besonderen Gast beschert», begann Cato so harmlos, als ob es sich um einen netten Verwandtschaftsbesuch handelte.

«Wir haben die junge Frau in der Nähe des Wag Water aufgegriffen, nachdem sie zusammen mit einer anderen Frau Kojos Männern direkt in die Arme geritten ist. Während ihre Begleiterin sich davongemacht hat, war die Frau vom Pferd gestürzt und bewusstlos liegen geblieben», erklärte Jess, froh, die Pfeife nun endlich zur Seite legen zu dürfen. «Wir haben ihre Satteltaschen durchsucht und sind auf ihre

Papiere gestoßen. Nachdem ich wusste, wer sie war, erschien es mir nicht günstig, sie einfach dort liegen zu lassen.»

Der Höflichkeit halber überreichte er Cato die gefundenen Unterlagen, die er zusammengefaltet im Hosenbund trug. Er tat es, obwohl er wusste, dass Cato nicht besonders gut lesen konnte. Dieser gab ihm die Dokumente mit einem genügsamen Brummen zurück.

«Sie ist also tatsächlich Sir Edward Blakes Frau?» Cato hob fragend eine seiner buschigen Brauen.

«Ja, es gibt nicht den geringsten Zweifel.»

Jess vermied es, näher auf das Abenteuer seiner Mutter einzugehen, die ihm seine Annahme auf Anhieb bestätigt hatte.

Catos kalte, schwarze Augen musterten Jess abschätzend.

«Du sprachst noch von einer anderen Frau …?»

«Sie ist uns entwischt. Wahrscheinlich ihre Dienerin», versuchte Jess ihn zu beschwichtigen. «Ich kann dafür bürgen, dass sie unsere Gesichter nicht gesehen hat. Es ist somit nicht möglich, dass sie uns später irgendwo wiedererkennt.»

«Du hast besonnen gehandelt», befand Cato, doch an seiner strengen, faltenreichen Stirn war nicht abzulesen, ob er es auch so meinte. «Man sagte mir, du schlägst vor, Blakes Frau als Geisel zu halten und nur im Austausch gegen die drei gefangenen Todeskandidaten in Fort Charles freizulassen. Aber hast du auch schon einen Plan, wie wir eine solch gefährliche Aktion verwirklichen können, ohne uns selbst in Gefahr zu bringen?»

Cato schaute Jess herausfordernd an. Wollte der alte Fuchs ihm tatsächlich die gesamte Verantwortung aufbürden? Vielleicht wollte er aber auch nur prüfen, ob Jess über sein vorschnelles Handeln hinaus eine vernünftige Strategie anbieten konnte, wie diese schwierige Aufgabe am besten zu lösen war.

«Ich bin dafür, dass wir möglichst rasch eine schriftliche Aufforderung an den Gouverneur absetzen, die einen baldigen Austausch fordert», begann Jess und setzte sich gerade hin, damit Cato den Eindruck gewann, er sei entschlossen genug, den einmal eingeschlagenen Weg auch zu Ende zu gehen. «Wenn die Gegenpartei auf unsere Vorschläge eingeht, organisieren wir die Übergabe. Erst wenn sichergestellt ist, dass die Männer sicher im Lager angekommen sind und wir nicht von Weißen verfolgt wurden, bringen wir die Frau an einen vorher vereinbarten Ort und lassen sie laufen.»

«Und was tun wir, wenn der Gouverneur und seine Häscher nicht mitspielen?» Cato hob eine Braue und schaute ihm ungerührt in die Augen.

«Dann … muss sie sterben», hörte Jess sich selbst sagen und hoffte gleichzeitig, dass es nie dazu kommen würde.

«Und wer vollstreckt dieses Urteil?»

Cato bedachte ihn mit einem süffisanten Grinsen, das die Antwort bereits enthielt. Jess erkannte die plötzliche Tragweite seiner Verantwortung und musste unwillkürlich schlucken.

«Ich», sagte er fest.

«Gut», resümierte Cato tonlos, wobei er ihm noch immer direkt in die Augen starrte. «Dann stehen wir nun vor der nicht besonders leichten Aufgabe, den Gouverneur davon zu überzeugen, für das Leben dieser Frau drei Männer freizulassen, die wegen Vorbereitung einer Rebellion angeklagt sind. Es käme einem Wunder gleich, wenn er darauf eingehen sollte. Aber die Hoffnung stirbt bekanntlich zuletzt. Wobei man den Einfluss der Blakes wohl kaum unterschätzen darf. In jedem Fall würde ein Triumph unseren Anhängern Mut machen, weiter für die Freiheit aller Sklaven und ein neues Jamaika zu kämpfen.»

Mit untrüglicher Miene darüber, wie der Handel letztendlich ausgehen würde, erhob sich Cato und begann, in seiner nicht allzu großen Hütte auf und ab zuwandern. Dabei ließ er Jess nicht aus den Augen.

«Dein Vorschlag unterstützt meine Idee, unsere Interessen mit schärferen Mitteln zu verteidigen. Kaltblütigkeit und Entschlossenheit sind die einzigen wirksamen Waffen in diesem letzten großen Krieg gegen die Weißen. Womit ich keine offene Auseinandersetzung meine, sondern eher von einer Piratenstrategie spreche, die tödliche

Angriffe aus dem Hinterhalt vorsieht, bis wir auch den letzten Backra vertrieben oder vernichtet haben.»

Cato war hinter Jess stehen geblieben und klopfte ihm väterlich auf die Schulter.

«Ich werde noch heute Nachmittag eine anonyme Depesche aufsetzen lassen, die dem Gouverneur und seinen Parlamentsabgeordneten ein Ultimatum stellt. In spätestens einer Woche erwarten wir die Freilassung der Männer. Sollte man unsere Forderung nicht erfüllen, wirst du der weißen Hure die Kehle durchschneiden.»

Jess begegnete Catos boshaftem Lächeln mit ausdrucksloser Miene. Allein der Gedanke, seine schöne Gefangene wie eine Ziege zu schächten, ließ ihn erschaudern. Er wollte verhindern, dass ihr auch nur ein Haar gekrümmt würde. Doch davon ließ er sich in Gegenwart seines Anführers nichts anmerken. Mit einem kaum merklichen Nicken bestätigte er Catos Befehl und schaute ihn durchdringend an.

«Und wer kümmert sich um die Geisel, bis es zum Austausch kommt? Immerhin ist sie ein außerordentlich wertvolles Unterpfand, das einer speziellen Betreuung bedarf», bemerkte Jess. «Ich meine, es muss sichergestellt sein, dass sie weder entkommt noch vorzeitig verstirbt.»

«Wer passt im Moment auf sie auf?»

«Baba», erklärte Jess mit gepresster Stimme. «Aber ich bin mir nicht sicher, ob sie sich ihrer Verantwortung bewusst ist.»

«Dann nehmen wir eben den Besten aus unserer Mitte», bestimmte Cato und schaute ihn kalt lächelnd an.

Jess hob eine Braue. «Wie soll ich das verstehen?»

«*Du* wirst ab sofort darauf achten, dass das Täubchen sicher in seinem Käfig sitzt und es ihm an nichts fehlt. Dafür werde ich dich bis auf weiteres von deinen Pflichten als Anführer der Krieger entbinden», erklärte Cato. Und dann fügte er in vertrauensvollem Ton hinzu: «Du hast vollkommen recht, die ganze Geschichte ist zu wichtig, als dass man die Geisel irgendwem überlassen könnte. Der Frau darf nichts zustoßen.» Er hielt inne, fasste sich ans Kinn, als ob er nachdenken müsse, dann fuhr er unvermittelt fort: «Was du darüber hinaus mit ihr anstellst, geht mich nichts an.»

Cato grinste schmutzig, und Jess konnte sich denken, was der Alte andeuten wollte: Er hatte nichts dagegen, wenn Jess seine Geisel vergewaltigte, solange es gefesselt und mit verbundenen Augen geschah und die Frau nicht über Gebühr verletzt oder gar umgebracht wurde. Das durfte er sich für später aufheben, falls die Sache danebenging.

Na wunderbar!, dachte er beim Verlassen der Hütte. Da hatte er sich eine schöne Suppe eingebrockt. Cato hatte ihn mit einem Satz vom Anführer der Krieger zur Kammerzofe einer verwöhnten weißen Lady degradiert. Doch trotz dieser scheinbaren Schmach meldete sich plötzlich sein Beschützerinstinkt. Ja, es war seine Idee gewesen, die Frau als Geisel zu nehmen, und deshalb trug er zu Recht die Verantwortung für alles, was weiter mit ihr geschehen würde. Aber deshalb war er noch lange kein rüder Barbar, der zuließ, dass man ihr darüber hinaus unnötiges Leid zufügte.

Den Schal wieder um die Augen gebunden, die Hände versteckt hinter dem Rücken und das Brett in unmittelbarer Nähe, wartete Lena mit klopfendem Herzen darauf, dass die Alte endlich erschien. Als sie nach langem Warten Schritte vernahm und das Geräusch des sich im Schloss drehenden Schlüssels hörte, glaubte Lena, ihre Brust müsste vor Aufregung zerspringen.

«Na, mein Täubchen, gut geschlafen?», fragte die Alte voller Schadenfreude.

Anstatt zu antworten, zog sich Lena den Schal herunter. Die Frau stand einen Meter entfernt mit dem Rücken zu ihr. Sie hatte eine brennende Fackel in einen der eisernen Wandhalter gesteckt und bückte sich über den verbeulten Blechnapf. Ihre Gestalt, in ihrem abgewetzten, blauen Kittel, der ihr bis zu den Waden reichte, erschien Lena ausgesprochen dürr. Arme und Beine hingegen besaßen eine gewisse

Zähigkeit. Ihr langes, zotteliges Haar war dunkel und von Silberfäden durchwirkt. In einer Hand hielt sie eine Emaille-Schüssel mit einer undefinierbaren Suppe, die sie offenbar gerade in den Napf gießen wollte.

Vorsichtig griff Lena nach dem Brett. Dann holte sie aus. In dem Moment, da das harte Holz den Kopf der Frau traf, drehte diese sich um, und Lena starrte direkt in ihre verblüfften, hellbraunen Augen. Sie ist viel jünger, als ich dachte, schoss es ihr in den Sinn, was sie allerdings nicht davon abhielt, mit all ihrer zur Verfügung stehenden Kraft zuzuschlagen.

Die Frau ging mit einem Aufschrei zu Boden, und die Schüssel flog klirrend im hohen Bogen durch die spärlich beleuchtete Zelle. Der Inhalt spritzte an die Wände und Lena ins Gesicht. Doch auch davon ließ sie sich nicht beirren. Ohne sich noch einmal umzuschauen, rannte sie zur offen stehenden Zellentür. Erstaunt stellte sie fest, dass die Alte den Schlüssel von außen hatte stecken lassen.

Sie überlegte nicht lange, sondern schloss ihre Peinigerin in der Zelle ein, die sich wie ein Wurm am Boden wand und sich jammernd den Kopf hielt. Dann warf sie den Schlüssel weit von sich, sodass die Alte ihn unmöglich erreichen konnte. Danach folgte Lena dem Lichtschein Richtung Höhlenausgang. Als sie ins Freie gelangte, sah sie zum ersten Mal den ockerfarbenen Platz, von dem aus man einen weiten Blick über die Berge hatte.

Der Ort war von riesigen Bäumen umgeben, die seltsam geformte Früchte trugen und sich wie bei einem Tanz im aufkommenden Sturmwind wiegten. Nicht weit entfernt stand ein verstecktes Strohhüttendorf. Sie fragte sich, wer in einer solchen Abgeschiedenheit leben konnte. Weit und breit war niemand zu sehen. Direkt vor ihr lag ein dichter Urwald, der sich den Berghang hinabzog und in ein tiefer liegendes, dichtbewaldetes Tal mündete, das von weiteren Bergketten umringt war. Eine endlose, undurchdringliche grüne Hölle, durch die sie ihren Weg finden musste, wenn sie ihre Freiheit wiedererlangen wollte.

Ein kurzer Blick zum Himmel verriet ihr, dass es bereits lange nach Mittag sein musste. Den dahinjagenden Wolken nach zu urteilen, zog ein Sturm auf, was durchaus ein Vorteil sein konnte. Ohne weiter darüber nachzudenken, rannte Lena querfeldein zwischen den hohen Bäumen hindurch in die immer dichter werdende Vegetation. Es roch nach Erde, Blumen und abgestorbenen Blättern. Tiefer und tiefer tauchte sie in das satte Grün ein, das nun in einen Mischwald mit den verschiedensten Bäumen und Sträuchern überging. Mit jedem Meter, den sie hinter sich ließ, wurde Lena selbstsicherer. Sie würde es schaffen! Als sie eine Lichtung erreichte und langsamer wurde, um sich für einen Moment zu erholen, überlegte sie fieberhaft, in welche Richtung sie sich wenden sollte. Und mit einem Mal wurde Lena bewusst, dass sie gar keine Mittel besaß, um wie geplant der Insel den Rücken zu kehren.

Seit sie in diesem abscheulichen Gefängnis gelandet war, vermisste sie nicht nur ihren Schmuck und ihr Pferd, sondern, was noch viel schwerer wog, sie vermisste Maggie! Die Ungewissheit über das Schicksal ihrer Freundin schmerzte Lena mehr als alles andere. Ob sie den Entführern vielleicht entkommen war? Aber wohin hätte Maggie fliehen sollen? Auch für sie war der Rückweg nach Redfield Hall versperrt. Vielleicht war sie zu Lady Elisabeth zurückgekehrt und hatte ihr von der ganzen Misere berichtet? Falls ja, so war davon auszugehen, dass die Lady allen Bedenken zum Trotz Edward und seinem Vater eine Mitteilung machen würde. Denn schließlich war diese Entführung kein Kinderspiel, sondern blutiger Ernst.

Lena verlangsamte unwillkürlich ihre Schritte, weil sie nicht wusste, wohin sie gehen sollte. Doch bevor sie eine Entscheidung treffen konnte, tauchte wie aus dem Nichts ein furchteinflößender Schatten neben ihr auf. Einen Moment lang blieb Lena das Herz vor Schreck stehen. Erst recht, als die Gestalt ohne Vorwarnung mit kräftigen Armen ihre Brust umklammerte und sie an sich zog.

Lena schrie auf und versuchte, sich zu befreien. Doch ihr Häscher war ein Kerl von beeindruckender Größe mit einem Berg aus bronzefarbenen Muskeln. Als sie zu ihm aufschaute, lehrte seine grimmige Miene sie augenblicklich das Fürchten. Er war das, was Edward einen Negerbastard nannte: also weder schwarz noch weiß. Er besaß leicht gewelltes, tiefbraunes Haar, das ihm bis über die Schultern reichte und ihm einen verwegenen Ausdruck verlieh.

Sein Gesicht war kantig und mit einem schwarzen Bartschatten bedeckt, und es strotzte nur so vor Männlichkeit. Als er ihr direkt in die Augen schaute, glühte seine intensive, bernsteinfarbene Iris wie die eines Raubtiers. Vergeblich versuchte Lena sich ihm zu entwinden. Wenn er weiter so fest zudrückte, würde er sie noch ersticken.

«Lassen Sie mich gehen», keuchte sie.

Trotz der Aussichtslosigkeit, ihm zu entkommen, versuchte sie sich loszureißen. Als er sie kurz entschlossen anhob, um ihren Widerstand zu brechen, biss sie mit aller Kraft in seinen sehnigen Unterarm und trat ihm gleichzeitig mit dem Stiefelabsatz gegen das Schienbein. Nichts geschah. Er sog lediglich hörbar die Luft ein, doch kein Wort der Klage kam über seine Lippen. Stattdessen packte er sie noch fester und warf sie kurzerhand über seine mächtige Schulter, als ob sie ein Federgewicht wäre. Gierig rang sie nach Atem und begann umgehend zu schreien. Dabei trommelte sie vergeblich mit ihren Fäusten auf seinen bloßen, muskelbepackten Rücken, der mit unzähligen, leicht gewölbten Narben übersät war. Offenbar hatte ihr Häscher vor längerer Zeit heftige Auspeitschungen über sich ergehen lassen müssen, was bei seiner dunklen Hautfarbe entweder auf eine Vergangenheit als Sklave oder eine erfolglose Karriere als Gauner schließen ließ. Unbeeindruckt von ihrem Gestrampel, stapfte er mit ihr den Berghang hinauf. Er schien Anstrengungen gewohnt zu sein und besaß offenbar eine stoische Natur.

«Lassen Sie mich runter, verdammt!», brüllte sie.

Aber der Kerl dachte nicht im Geringsten daran, ihren Befehlen zu gehorchen. Im Gegenteil, er hielt sie weiter so eisern an Hintern und Oberschenkeln gepackt, dass sie den Druck seiner Finger schmerzlich im Fleisch spürte. Bald musste Lena einsehen, dass sie ihre Kräfte umsonst an diesen barbarischen Kerl verschwendete. Gegen solch ausgeprägte Schulter- und Armmuskeln hätte nicht einmal Edward eine Chance gehabt.

Es entging ihr auch nicht, dass seine kräftigen Beine und sein muskulöser Po in einer schwarzen, engen Hose steckten, wie sie normalerweise englische Soldaten trugen. Doch seine Beinkleider waren bei weitem nicht so tadellos in Schuss wie die von Captain Peacemaker und seinen Leuten. Und im Gegensatz zu den englischen Modellen wurde seine Hose in der Taille von einem breiten, dunkelbraunen Ledergürtel gehalten, an dem ein riesiges Pflanzmesser steckte. Einen Moment lang überlegte Lena, ob sie es seinem Besitzer entwenden konnte, doch was machte sie danach? Sie hätte ihm die Spitze allenfalls in seinen prallen Hintern rammen können und wäre sicherlich dafür gestorben.

«Sprechen Sie Englisch?», japste Lena in der Hoffnung, mehr über ihren Peiniger und ihre schreckliche Lage zu erfahren.

Vielleicht war es ein gutes Zeichen, dass er sie nicht getötet hatte. Und möglicherweise würde er ihr verraten, was mit Maggie geschehen war.

«Hören Sie, Mister. Ich mache mir Sorgen um meine Freundin. Sagen Sie mir bitte, was Sie mit ihr gemacht haben», klagte sie flehend.

Er hielt einen Moment inne, bevor er weiterstapfte.

«Mach dir keine Sorgen, sie ist uns entwischt und erfreut sich wahrscheinlich bester Gesundheit. Aber wenn du denkst, sie könnte dir helfen, muss ich dich leider enttäuschen. Sie hat sich davongemacht und weiß nicht, wo wir dich hingebracht haben.»

Falls er die Wahrheit sprach, bedeutete dies, dass man sie so bald nicht wieder freilassen wollte. Doch das war Lena im Moment egal.

Gott sei Dank, Maggie lebt!, dachte sie. Gleichzeitig war sie verzweifelt und fragte sich, welcher Bande sie in die Hände gefallen war. Immerhin hatte er sie mit seinem einwandfreien Englisch überrascht, wobei sie meinte, einen leicht spanischen Akzent herausgehört zu haben.

«Wo bringen Sie mich denn hin?», jammerte sie, erhielt aber dieses Mal keine Antwort.

Ob er sie wohl zurück in die Höhle der furchtbaren Frau trug? Was, wenn diese sich an ihr rächte?

«Glauben Sie mir, ich wollte Ihre Gefährtin nicht verletzen. Ich musste es tun», entschuldigte sie sich. «Ich kann verstehen, wenn Sie mir meine Taten übelnehmen, aber was blieb mir anderes übrig? In meinem Gefängnis wimmelt es von Ratten, und diese Frau wollte für mich ein Ragout daraus kochen. Ich …»

Abrupt blieb er stehen und setzte sie ziemlich unsanft auf den Boden. Mit seinen beeindruckenden Augen, die sich nun zu schmalen Schlitzen verengt hatten, schaute er sie prüfend an.

«Sag nur, Prinzessin, du bist Besseres gewöhnt, was?», verspottete er sie.

«Das will ich wohl meinen», gab Lena ungehalten zurück.

«Das sind Ferkelratten.» Er hob eine Braue, als ob er ihre Abscheu nicht fassen konnte. «Mit gewöhnlichen Schiffsratten haben sie wenig gemein. Sie sind viel größer und ernähren sich hauptsächlich von Nüssen und Früchten.»

«Größer?» In Lenas Stimme schwang unverhohlene Abscheu mit.

«Und was wäre Euch lieber, Eure Hoheit? Russischer Kaviar?»

In seinen breiten Mundwinkeln deutete sich ein Grinsen an, das seine strahlend weißen Zähne entblößte.

«Ich wäre durchaus mit einem Pfannkuchen zufrieden», versuchte sie ihr Glück, wobei sie beschloss, seine Beleidigungen konsequent zu ignorieren.

«Ich werde dem Koch Bescheid geben», erwiderte er und lachte kopfschüttelnd.

Anscheinend bereitete es ihm großes Vergnügen, sich über sie lustig zu machen. Sie kam nicht umhin, seine lachenden Augen zu bewundern. Sie waren tiefgründiger als das Meer. Die Lider waren von dichten, dunklen Wimpern umsäumt, die seinem Blick eine Intensität verliehen, die Lena auf Anhieb faszinierte. Wenn er ins Licht schaute, erinnerte sie die Farbe seiner Iris an den teuren Brandy, den ihr Schwiegervater gewöhnlich abends auf der Veranda trank. Sie musste sich eingestehen, dass er umwerfend gut aussah, obwohl er eindeutig ein Kreole war. Aber vielleicht wirkte er gerade deshalb auf sie so verwegen-attraktiv.

Trotzdem war sie auf der Hut. Dieser Kerl war gewiss kein Heiliger und auch kein Eintänzer bei *Almack's*, auch wenn er dort, gekämmt, gewaschen und in einen Anzug gesteckt, bei ihren Freundinnen sicher höllisch Eindruck geschunden hätte. Nein, dieser Mann war ein Söldner. Dies sagte ihr nicht nur seine Machete, sondern auch die Pistole, die Lena jetzt vorne an seinem Gürtel entdeckte. Die Schönheit eines Menschen lässt keinerlei Rückschlüsse auf seinen Charakter zu, rief sie sich Maggies Worte ins Gedächtnis. Diese Erfahrung hatte sie schon bei Edward gemacht.

Irgendwie sah dieser Kerl Edward sogar ein bisschen ähnlich, auch wenn er weitaus wilder wirkte. Er besaß eine vergleichbar gerade Nase und ein energisches Kinn, das dem von Edward in nichts nachstand. Sein Teint hatte etwas von starkem, ostfriesischem Tee, in den man einen winzigen Schuss Sahne hineingegossen hatte. Ein untrügliches Zeichen dafür, dass sich in seiner Ahnenreihe nicht nur Schwarze befanden, sondern auch einige Weiße. Seine schulterlangen Haare, die er an den Schläfen zu schmalen Zöpfen geflochten trug, erinnerten Lena an die indianischen Ureinwohner Jamaikas, die sie bisher nur auf Bildern gesehen hatte.

«Sie essen also Ratten?», versuchte sie, das Gespräch in Gang zu halten. «Was steht sonst noch auf Ihrem Speiseplan? Heuschrecken und Spinnenbeine?»

Lena wollte Zeit gewinnen, damit er sie nicht allzu schnell zurück in die Höhle schleppte.

«Warum nicht, wenn es sonst nichts gibt», antwortete er überraschend ernst. «Sklaven haben für gewöhnlich keine große Auswahl, was ihren Speiseplan betrifft», erklärte er kühl und machte Anstalten, sie erneut auf seine starken Schultern zu laden.

Geschickt sprang Lena zurück und wich seinen starken Händen aus. Doch im Nu hatte er sie gepackt und hielt ihre Taille umklammert, wobei ihre Körper sich unanständig nahe kamen. Lena stieß einen verblüfften Laut aus, als ihre linke Wange unvermittelt auf seiner verschwitzten Brust landete. Hart drang der schnelle Rhythmus seines Herzens in ihr Ohr. Offenbar ging die ganze Aufregung auch an ihrem Peiniger nicht spurlos vorüber.

«Denk nur nicht, Prinzessin, dass du mir entwischen kannst», warnte er sie.

«Nein», nuschelte sie in seinen sich hebenden und senkenden Brustkorb. «Wie sollte ich nur auf eine solch verrückte Idee kommen?»

Nur allmählich lockerte er seinen Griff. Lena wischte sich mit dem Handrücken seinen Schweiß vom Gesicht und schaute ihm direkt in die Augen.

«Die Prinzessin kann alleine laufen», konterte sie spitz, «auch wenn ihr Jäger denkt, sie wäre dazu nicht fähig. Vom Tragen wird ihr nämlich übel.» Wie auch von Rattenragout, hätte sie am liebsten hinzugefügt, doch sie wollte seine Geduld nicht überstrapazieren.

Als sie ihren Weg fortsetzten, ließ er sie zwar alleine gehen, beobachtete sie aber wie eine Raubkatze, die auf Beute lauert. Am Dorf angekommen, dirigierte er sie schnurstracks Richtung Gefängnishöhle. Allem Anschein nach hatte ihn das Geschrei der Alten alarmiert, denn in der Zwischenzeit hatte jemand die kreolische Hexe aus ihrem Gefängnis befreit.

«Da bist du ja wieder, kleines Biest», bemerkte sie in einer niederträchtigen Selbstgefälligkeit.

Ihr Jäger führte Lena wortlos zurück ins Verlies. Dabei musste er in die Knie gehen, weil der Eingang für ihn viel zu niedrig war. Er war mindestens eineinhalb Köpfe größer als sie, wenn nicht zwei. Trotz seiner zupackenden Art manövrierte er sie aber erstaunlich sanft in die Zelle und auf die alte Strohmatte. Sogleich war er auch wieder draußen. Als er die Türe hinter sich verschloss, gab Lena einen resignierten Seufzer von sich.

«Und nun?» Ihre Stimme war trostlos. «Wollen Sie mir nicht wenigstens erzählen, warum ich hier bin? Und wie lange ich es noch in diesem schrecklichen Loch aushalten muss?»

Ihr gelang es nicht, die Tränen ihrer Verzweiflung zurückzuhalten. Verdammt, sie war so nah daran gewesen, diesem stinkenden Moloch zu entkommen. Ihr Häscher war an die Gitterstäbe herangetreten und warf ihr den Schal vor die Füße, mit dem ihre Augen verbunden gewesen waren. «Leg das Ding wieder an», befahl er mit strenger Stimme. «Der größte Fehler war, dass du deine Augenbinde abgenommen und unsere Gesichter gesehen hast. Das heißt, wir haben nun ein mittelschweres Problem.»

«Du hättest verdammt noch mal auf mich hören sollen, du blödes Weib», mischte die Alte sich jetzt ein und sah Lena aus funkelnden Augen an. «Nun wird er dich töten müssen. Aber zuvor wird er dir den nackten Hintern auspeitschen und vielleicht noch andere Dinge mit dir tun, die dir sicher nicht gefallen werden.»

Der empörte Blick, den der Mann der Alten zuwarf, war alles andere als zustimmend.

«Baba!», zischte er und nahm sie grob beiseite. Gegen ihren Willen führte er sie am Ellbogen ein Stück in Richtung Höhlenausgang, und Lena entging nicht, wie er ihre Peinigerin mit gedämpfter Stimme zurechtwies. Dabei stemmte er die Hände in die Taille, und sein strenger Blick wanderte von der Alten zu Lena und wieder zurück.

«Geh und lass uns alleine, Baba», bestimmte er schließlich. «Wir sprechen uns später.»

Nachdem die Alte sich zeternd davongemacht hatte, kam er zurück und ging vor den Gitterstäben in die Knie. Einen Moment lang hockte er einfach nur da und betrachtete Lena wie ein seltenes Tier. Sein Blick war ernst.

«Du wirst dir deine Augenbinde wieder anlegen. Falls jemand Fremdes hereinkommt, tust du so, als seist du gefesselt. Verstanden?»

Lena nickte zaghaft, weil es in ihrer Situation wohl das Beste war, nicht zu widersprechen.

«Niemand in diesem Lager – mit Ausnahme von Baba und mir – darf erfahren, dass du diesem Gefängnis entkommen bist und unsere Gesichter gesehen hast. Falls doch, werde ich dich tatsächlich töten müssen.»

Wieder nickte sie und konzentrierte sich ungewollt auf seinen schönen, breiten Mund und die schneeweißen Zähne. Wie es wohl wäre, von einem solchen Mann geküsst zu werden? Ob er genauso empfand wie ein Weißer? Edward hatte behauptet, dass die Schwarzen zu keinerlei wirklichen Gefühlen fähig wären. Selbst um ihre toten Bälger würden sie nicht trauern. Das galt selbstverständlich auch für Mulatten, die das Blut der Afrikaner in sich trugen.

Am meisten interessierte Lena aber, ob sich Männer und Frauen seines Schlages tatsächlich wie Hunde und Katzen paarten. Edward hatte versichert, die Sklaven täten es aus reinem Trieb und ohne jegliches Gefühl. Wobei Lena inzwischen glaubte, dass Edward wohl eher von sich selbst gesprochen hatte. Auch wenn sie es nicht glauben wollte, so war ihr eigener Ehemann im Grunde keinen Deut besser. Das hatte sie selbst mit ansehen müssen.

«Hast du mich verstanden, Prinzessin? Ich hab den Eindruck, du hörst mir nicht zu», fuhr die dunkle Stimme Lena an und riss sie damit aus ihren höchst unanständigen Überlegungen.

«Ja … doch … doch», stotterte sie und ärgerte sich sogleich, dass seine physische Gegenwart sie derart verwirrte.

«Dann wiederhole, was ich gesagt habe!»

«Äh … das kann ich nicht», gestand sie kleinlaut.

«Zur Hölle!», schimpfte er. «Du bist nicht nur unglaublich schön, du bist auch unglaublich dumm dazu. Genauso, wie man es von einer affektierten weißen Lady erwartet.»

«Moment mal …!» Lena wollte laut protestieren, doch er hob bereits die Hand, um sie zum Schweigen zu bringen.

«Ich habe gesagt», begann er leicht entnervt, «dass du nur lebend zu deinem Ehemann zurückkehren wirst, wenn der Gouverneur einen Gefangenenaustausch vornimmt. Falls die Regierung sich weigert, wirst du sterben.»

Lena holte tief Luft. Es ging also wirklich nicht um Geld, und ihr schwante, dass das ihre Lage nicht eben verbesserte.

«Abgesehen davon, dass mein Leben nach Meinung dieser griesgrämigen Alten ohnehin verwirkt ist», begann sie gefasst, «möchte ich gerne in der Sache verhandeln. Nicht, weil ich um mein Leben fürchte, sondern weil mir vor meiner Zukunft graust.» Sie holte noch einmal tief Luft und blickte ihm direkt in seine faszinierenden Augen. «Natürlich will ich nicht sterben, aber noch viel weniger will ich zu meinem Ehemann zurück! Mein Leben auf Redfield Hall –»

«Was soll der Quatsch?», fiel er ihr verärgert ins Wort.

«Hören Sie», versuchte Lena es noch einmal in der Hoffnung, dass er sie endlich verstand.

Mittlerweile war es ihr egal, ihm die ganze Wahrheit unterbreiten zu müssen. Sie hatte ohnehin nichts mehr zu verlieren.

«Ich war mit meiner Gesellschafterin auf dem Weg nach Port Royal, als Sie uns überfallen haben. Wir befanden uns gemeinsam auf der Flucht. Wir waren auf direktem Weg nach Europa. Ich will dort meine Ehe annullieren lassen. Mein Mann und mein Schwiegervater wissen nichts davon. Wir wollten das nächste Schiff nach England nehmen, oder wenigstens eins, das uns nur weit genug von Redfield Hall und dieser verdammten Insel fortbringt. Und dann kommen Sie und Ihre Diebesbande und machen mir alles kaputt.»

«Wir sind keine Diebe», erwiderte er sichtbar verblüfft und deutete auf ihre Tasche, die in einer Ecke der Höhle lag und die sie in ihrer Aufregung noch gar nicht wahrgenommen hatte. «Ich habe mir lediglich erlaubt, ein bisschen in deinen Papieren zu stöbern und deinen Schmuck vorübergehend in Sicherheit zu bringen. Aber ich habe ihn inzwischen wieder in die Tasche gelegt.»

Spöttisch fügte er hinzu: «Für mein Verständnis bist du nicht lange genug verheiratet und zu reich, um wirklich unglücklich zu sein.»

Lena blickte irritiert auf den braunen Lederbeutel, den sie bereits schmerzlich vermisst hatte. Allein die Tasche hatte ein Vermögen gekostet, vom Inhalt ganz zu schweigen. Zögernd ging sie hin und nahm den Beutel an sich. Wobei sie darauf verzichtete, die letzte Äußerung ihres Peinigers zu kommentieren.

Was wissen Sie schon von meinem Leben, hätte sie am liebsten gesagt. Gleichzeitig wunderte sie sich, an einen Sklaven geraten zu sein, der offenbar lesen konnte. Beiläufig durchsuchte sie den Inhalt der Tasche. Nichts fehlte. Ihr gesamter Schmuck und auch das Laudanum waren noch vorhanden. Die Tatsache, dass Gold und Geld für ihn offenbar keinen Anreiz darstellten, verunsicherte Lena erneut. Sollte es sie milde stimmen oder in erneute Verzweiflung stürzen?

Nicht zu glauben, durchfuhr es Jess wie ein Blitz, sie war Edward Blake tatsächlich davongelaufen! Überrascht von dieser ungünstigen Entwicklung, stieß er einen mittelschweren Seufzer aus. Herr im Himmel, so viel Pech konnte man doch gar nicht haben! Er sah sie fassungslos an.

Wenn das stimmte und sie sich wahrhaftig nicht danach sehnte, zu ihrem vermögenden Gatten zurückzukehren, hatte er ein schwerwiegendes Problem. Immerhin war geplant, sie im Falle eines Gefangenenaustauschs zurück in die Arme ihres frisch angetrauten Ehemanns zu schicken. Währenddessen hätten Jess und seine Krieger genug Zeit gehabt, sich unerkannt in die Berge zurückzuziehen. Aber was sollte geschehen, wenn die Geisel sich nicht an die Regeln des Austausches hielt und stattdessen geradewegs zu irgendeinem Hafen entwischte, um die Insel so schnell wie möglich zu verlassen? Sie würde weiterhin als vermisst gelten, und man würde Jess und seine Kameraden unverzüglich wegen Mordes an der weißen Lady anklagen und nach ihnen suchen.

Er musste sie also davon überzeugen, dass sie das Falsche tat, wenn sie den Blakes den Rücken kehrte. Wobei er nicht die geringste Ahnung hatte, wie ausgerechnet er ihr Edward Blake schmackhaft machen sollte.

«Wie kommt man als vermögende weiße Lady nur auf die törichte Idee, dem angetrauten Ehemann einfach davonzulaufen?», versuchte er sein Glück. «Ich meine, Edward Blake ist weit mehr als nur eine gute Partie. Ihm und seinem Vater gehört halb Jamaika, und er kann einem verwöhnten Mädchen wie dir doch jeden Wunsch erfüllen, oder?»

Jess dachte an sich selbst und dass er einer solchen Frau absolut nichts bieten konnte, was auch nur im mindesten ihrem Stand und Lebenswandel entsprach.

«Denken Sie ernsthaft, ich habe dieses Scheusal wegen seines Geldes geheiratet?», fauchte sie und lachte verbittert. Dann schüttelte sie ihre blonde Mähne, und ihr Blick wurde traurig. «Geld ist das Letzte, warum ich einen Mann heiraten würde.»

«Nicht?» Jess war ehrlich erstaunt und zugleich beinahe erleichtert. «Soll das heißen, Prinzessin, ich hätte auch eine Chance?»

«Wollen Sie jetzt etwa um meine Hand anhalten?»

Sie lachte irritiert. Unwillkürlich starrte Jess auf ihren Mund mit den kleinen, hellen Zähnen, die sich wie Perlen aneinanderreihten. Beinahe beleidigt hob sie das Kinn und fixierte ihn mit ihren katzenhaften Augen. Für einen kurzen Augenblick glaubte er, sie würde ihn, was seine Tauglichkeit zum Ehemann betraf, zumindest äußerlich einer ernsthaften Prüfung unterziehen.

«Wer weiß», erklärte sie amüsiert. «Wenn Sie sich waschen, rasieren und etwas Netteres als diese Piratenkleider anziehen, ist es nicht ausgeschlossen. Wobei ich, wie Sie selbst bemerkten, noch verheiratet bin. Aber möglicherweise möchten Sie Sir Edward Blake ja zu einem Duell herausfordern? Wenn es Ihnen dabei gelingt, ihn zu erschießen, hätten Sie zwei Fliegen mit einer Klappe geschlagen.»

Ihr betont unschuldiger Augenaufschlag reizte ihn. Und die Ablehnung, die sie offenbar für ihren Mann empfand, machte sie sympathisch.

«Vergiss es», meinte er und grinste schwach. «Und ich dachte wirklich, in deinen Kreisen geht's nur ums Geld …»

Fieberhaft überlegte er, wie er sie davon überzeugen konnte, bei seinem Plan mitzuspielen. Und wenn es nur für einen Tag war.

«Was wissen denn ausgerechnet *Sie* von meinen Kreisen?»

Betont verachtungsvoll schaute sie auf ihn herab. Äußerlich sah sie aus wie ein Engel, dachte Jess und musste trotz der misslichen Lage schmunzeln. Es erstaunte ihn, dass sie so viel Mut aufbrachte, ihm aus ihrer Zelle heraus zu kontern und ausgerechnet den berüchtigten Blakes die Stirn bieten zu wollen. Entweder war sie hoffnungslos naiv, oder sie hatte es faustdick hinter den Ohren. Jedenfalls ließ nichts an ihrer zarten Gestalt oder ihrem elfengleichen Gesicht darauf schließen, dass sie ein solcher Sturkopf war. Lediglich ihre leicht schräg stehenden Augen hätten ihn warnen sollen.

«Wobei es mich nicht wundert, wenn Sie in einer solchen Umgebung Ihre Vorurteile gegen die Weißen pflegen», fügte sie schnippisch hinzu. Ihr Blick streifte das schmutzige Lager und die trostlose Höhle. Dann schlug sie die Augen nieder und seufzte. «Aber was soll's, vielleicht haben Sie sogar recht. Zumindest meinem Vater war es wichtig, dass ich in eine hervorragend situierte Familie einheirate. Aber mir ging's eher um andere Dinge. Ich wollte vor allem einen gutaussehenden und romantischen Mann.»

«Was natürlich weit weniger oberflächlich ist», neckte er sie und bedauerte zum ersten Mal seine nachlässige Aufmachung, zumal sie ihn abermals einer näheren Betrachtung unterzog.

«Ach, wie soll ich Ihnen das erklären», erwiderte sie trostlos. «Ich hab ja selbst keine Ahnung, was in mich gefahren ist.»

«Nach allem, was ich von Edward Blake weiß, ist er eine recht stattliche Erscheinung. Also, was ist schiefgelaufen, dass er in solche Ungnade gefallen ist?»

Er war bemüht, seiner Frage so viel Ernsthaftigkeit zu verleihen wie irgend möglich. Er wollte verstehen, warum sie all ihren Mut zusammengenommen hatte, um ihrer frischen Ehe mit dem jungen Blake auf diese Weise ein jähes Ende zu setzen – ungeachtet aller Konsequenzen, denen sich auch eine junge, weiße Lady nicht entziehen konnte.

«Ich weiß nicht, ob Sie das verstehen können», erwiderte sie und schaute ihn unsicher an. «Irgendwie tragen Sie sogar eine Mitschuld daran.»

«Ich?», wiederholte er ungläubig. «Was um Himmels willen sollte ich mit deiner Entscheidung zu tun haben, das sichere Nest zu verlassen?»

«Nein», verbesserte sie sich, «nicht Sie persönlich, sondern Ihre Komplizin, die am Tag meiner Hochzeit meinem Schwiegervater so wirkungsvoll diesen toten Hahn an den Kopf geworfen hat. Danach bin ich mit meiner Gesellschafterin hinausgegangen, um mich von dem Schock zu erholen und frische Luft zu schnappen. Als ich zufällig zum Weinkeller kam, wurde dort gerade eine junge Sklavin von einem Aufseher vergewaltigt. Ich habe sofort Alarm geschlagen, damit ihr jemand zu Hilfe eilt und der Täter seiner gerechten Strafe zugeführt wird. Doch unseren sämtlichen männlichen Gästen schien dieser Vorfall lediglich peinlich zu sein, sonst nichts. Edward ging sogar so weit zu behaupten, das Mädchen hätte den Aufseher verführt, und meinte, ich solle aus der Angelegenheit keine große Sache machen. Wir stritten uns daraufhin heftig. Als ich ihm später am Abend in den Garten folgte, um ihn noch mal zur Rede zu stellen, wurde ich Zeuge, wie ...» Sie stockte, anscheinend nicht sicher, ob sie Jess einweihen sollte. Doch dann seufzte sie aufs Neue und brachte mit gepresster Stimme heraus: «... wie er eine seiner Sklavinnen bestieg.»

Ihre Miene verfinsterte sich. Eine Mischung aus Abscheu und tiefer Enttäuschung spiegelte sich auf ihrem Gesicht, wobei sie mit den Tränen kämpfte. Jess war nicht sicher, ob sie ihm leidtun sollte. Ihm war nicht klar, ob sie aus reiner Nächstenliebe oder nur aus purer Eifersucht gehandelt hatte.

«Und deshalb bist du ihm einfach davongelaufen, Prin–», er brach den Satz ab. Plötzlich fand Jess es nicht mehr passend, sie mit dieser Anrede zu demütigen. «Wegen einer Sklavin?»

«Ja», entgegnete sie. «Was dagegen?»

«Ein solches Verhalten ist doch normal.»

Jess konnte kaum glauben, dass sie nichts von den üblichen Vorlieben weißer Plantagenbesitzer und deren Aufseher wusste. Offenkundig war sie nicht nur temperamentvoll, sondern auch weltfremd. Eine durchaus explosive Mischung, die wahrscheinlich immer hervorbrach, wenn etwas geschah, das nicht in ihr Weltbild passte.

«Was, dass ich davongelaufen bin?»

Ihr aufgebrachter Ton belustigte ihn. Sie schien ehrlich entsetzt.

«Nein, dass dein Ehemann sich eine Sklavin als Geliebte hält! Es ist überhaupt nichts Ungewöhnliches daran, dass die weißen Herren sich schwarze Mätressen halten!»

«Sind Sie noch ganz bei Trost?» Ihr Blick hatte plötzlich etwas Angriffslustiges. «Edward hat mich betrogen, und das am Tag unserer Hochzeit!»

«Beinahe sämtliche Plantagenbesitzer haben was mit ihren Sklavinnen», fuhr er ungerührt fort. «Es wäre eher ein Wunder, wenn es bei Edward Blake nicht so wäre. Seit dem Handelsembargo von 1807, das den Einkauf neuer Sklaven aus Afrika verbietet, gilt sogar die inoffizielle Aufforderung der Pflanzer an ihre Aufseher, selbst für die Vermehrung der hiesigen Sklaven zu sorgen. Man will dem Schwund männlicher Sklaven entgegenwirken, indem man die vorhandenen Sklavinnen selbst schwängert. Da es nicht mehr genug adäquate schwarze Männer gibt, weil diese entweder tot oder von der schweren Arbeit ausgelaugt sind, müssen eben die Weißen ran. Das Ganze ist ein Geschäft, nichts sonst. Es hat bestimmt nichts mit Liebe zu tun. Und wegen einer solchen Kleinigkeit willst du deine Ehe und deine Ehre aufs Spiel setzen?»

Seine Gefangene war sichtlich schockiert.

«Warum habe ich Ihnen das eigentlich alles erzählt?» Ihre Stimme gipfelte in Unverständnis. «Ich hätte mir denken können, dass ein Wilder wie Sie einer solchen Geschichte keine Bedeutung beimisst. Wahrscheinlich treiben Sie es jeden Tag mit Dutzenden von Negerinnen, zeugen zahllose Kinder und denken sich nichts dabei!»

Jess ärgerte sich über ihren verletzenden Ton und fühlte sich vollkommen verkannt.

«Es ist bei weitem nicht so, wie du denkst ...», setzte er an und vermied es, sie noch mal mit dem Spitznamen Prinzessin zu foppen.

«Nicht?» Sie warf ihm einen skeptischen Blick zu. «Und ich dachte, die meisten schwarzen Kerle nehmen sich, was sie wollen. Ohne Rücksicht darauf, ob man eine Lady oder deren Sklavin ist.»

Jess atmete tief durch. Sie war ernsthaft gekränkt, was das Verhalten ihres Ehemannes betraf, und sie würde einen Teufel tun, noch einmal das treusorgende Weib zu spielen. Wie in aller Welt sollte er diese Geschichte Cato verkaufen? Gar nicht, beschied er spontan. Cato durfte auf keinen Fall erfahren, dass sie nicht willens war, zu ihrem Mann zurückzukehren. Ebenso wie er nichts davon erfahren durfte, dass Jess mit ihr von Angesicht zu Angesicht eine solch intime Unterhaltung geführt hatte. Gleichzeitig musste es ihm gelingen, sie wie auch immer zur Vernunft zu bringen, damit sie tat, was Cato und die anderen Rebellen von ihr erwarteten. Dies funktionierte natürlich nur, wenn es ihm gelang, diese Frau zu seiner Verbündeten zu machen. Ohne Scheu betrachtete er ihr schönes Gesicht und fasste einen weitreichenden Entschluss.

KAPITEL 14

September 1831 || Jamaika || Jagdfieber

Edward saß mürrisch am Frühstückstisch, obwohl die vorangegangene Nacht auch ohne Lena recht amüsant gewesen war. Yolanda hatte ihn ziemlich rangenommen, was ihn die Tatsache hatte vergessen lassen, dass eigentlich seine frisch angetraute Ehefrau neben ihm im Bett hätte liegen sollen und nicht eine Sklaven-Hure. Und nun war er völlig erledigt, dabei wartete Trevor bereits auf ihn, um gemeinsam die verschiedenen Plantagenabschnitte im Parish St. Mary und St. Thomas-in-the-Vale zu inspizieren.

Es war geplant, eine unmissverständliche Warnung gegenüber allen Kolonnenführern der einzelnen Feldabschnitte auszusprechen. Ab sofort würde man jeden Einzelnen von ihnen zur Verantwortung heranziehen, falls weitere Sklaven auf die Idee kämen, einen Aufstand anzuzetteln oder die Flucht zu ergreifen. Nunmehr würde ein solches Ereignis nicht nur mit schwerer körperlicher Züchtigung und einer darauffolgenden Inhaftierung für den Täter geahndet werden, sondern auch Mitwisser sollten hart bestraft werden. Je nach Schwere des Vergehens durfte mit einem Todesurteil gerechnet werden.

Es war eine unangenehme Aufgabe, diese Botschaft zu überbringen, die Edward am liebsten Trevor alleine überlassen hätte. Aber es hatte eine andere Wirkung, wenn der junge Master von Redfield Hall höchstpersönlich erschien.

Obwohl es nicht zu den üblichen Morgengewohnheiten eines Engländers gehörte, hatte Edward sich ausnahmsweise von Jeremia Kaffee zum Frühstück servieren lassen. Kaffee um diese Zeit war eher etwas für Amerikaner oder Franzosen, die eine gute Tasse Tee zu früher Stunde nicht zu schätzen wussten.

Lord William, dem dies aufgefallen war, schaute leicht irritiert von seiner Zeitung auf.

«Ist dir nicht wohl?»

«Schlecht geschlafen», brummte Edward und widmete sich erneut seinem pochierten Ei mit Toast.

«Wo ist eigentlich deine Frau?»

Edwards Vater schaute sich suchend im Frühstückszimmer um. Offenbar hatte er vergessen, dass Lena und ihre Gesellschafterin zusammen mit Lady Elisabeth abgereist waren.

«Tante Elisabeth hat sie und ihre Gesellschafterin nach Rosenhall eingeladen», brummte Edward verdrossen, ohne von seinem Teller aufzusehen. «Spätestens übermorgen müssten sie zurück sein.»

«Ihr seid gerade mal zwei Tage verheiratet, und sie ist schon aushäusig?», bemerkte sein Vater mit einigem Unverständnis im Blick. «Sollte sie nicht wenigstens die ersten Nächte als deine Ehefrau in deinem Bett verbringen? Anstelle dessen erlaubst du ihr, Elisabeth und ihren geilen Galan zu begleiten. Was ist, wenn er sich an sie ranmacht und ihr stellvertretend die Jungfernschaft nimmt?»

Edward grinste abfällig.

«Dieser Bastard wird wissen, dass ich ihm höchstpersönlich den Schwanz mit einem Hühnerbeil abhacke, wenn er meine Frau auch nur anschaut.»

Edward wandte sich wieder seiner Zeitung zu und vertiefte sich in die Handelsnachrichten.

«Trotzdem halte ich es nicht für gut, wenn deine Frau so kurz nach eurer Vermählung das Haus verlässt. Das ist doch nicht normal! Oder stimmt was nicht zwischen euch?»

«Keine Sorge, ich hab sie im Griff», beeilte sich Edward zu sagen. «Nach den verwirrenden Geschehnissen am Tag unserer Hochzeit wollte ich ihr etwas mehr Zeit geben, um sich an mich zu gewöhnen.

Schließlich soll sie mich mit offenen Armen empfangen, damit sie gleich beim ersten Mal schwanger wird.»

«Das will ich hoffen», bemerkte Lord William mit hochgezogener Braue. «Andernfalls wäre es nun an der Zeit, ihr zu zeigen, wer hier der Herr im Hause ist ...»

Edward nahm einen Schluck Kaffee und verzog das Gesicht, weil das Getränk offensichtlich schon sehr abgekühlt war.

«Jeremia!», krakeelte er quer durch den Raum. «Was ist denn das für eine abscheuliche Brühe! Du weißt, wie sehr ich kalten Kaffee hasse. Wenn du nicht auf der Stelle für eine frische Tasse sorgst, werde ich dich auspeitschen lassen.»

Edward hatte die Drohung halb im Scherz ausgesprochen, und doch beeilte sich Jeremia, seinen Herrn so rasch wie möglich zufriedenzustellen, während er fortwährend Entschuldigungen murmelte.

«Wenn du auf meine Zeugungsfähigkeit ansprichst», fuhr Edward mit süffisanter Selbstgefälligkeit fort, «so kann ich dich beruhigen. Unten im Dorf laufen etliche meiner Repliken umher, die ihr edles Blut demnächst für die Arbeit auf unserer Plantage einsetzen werden.»

«Mach nur nicht den gleichen Fehler wie ich», knurrte Lord William, «sonst kommst du in Teufels Küche.»

«Im Gegensatz zu dir behandle ich meine Huren wie Menschen und käme niemals auf die Idee, ihre Bälger zu verkaufen.»

«Und was machst du, wenn sie damit drohen, deine Frau darüber in Kenntnis zu setzen, dass sie dir beinah täglich den Schwanz lutschen?»

«Ich würde sie zum Abschuss freigeben», erklärte Edward kalt. «Und das wissen sie.»

Lord William wich dem Blick seines Sohnes geflissentlich aus.

Er wusste wohl, dass Edward um einiges entschlossener sein konnte als er selbst. Er räusperte sich, offenbar um das Thema zu wechseln.

«Lieutenant-General Sir Hudson Lowe macht sich demnächst mit sechs Kompanien des 56th Foot Regiment auf den Weg von England hierher. Ende November, wenn die Stürme vorbei sind, will er einlaufen und sich mit verstärkten Patrouillen um die Aufständischen kümmern.»

«Sir Hudson Lowe?» Edward blickte überrascht auf. «Hat er nicht Napoleon auf Elba festgesetzt?»

«Genau der. Er gilt als ziemlich harter Knochen, der weder Tod noch Teufel fürchtet.»

«Seit wann weißt du, dass er das Kommando über die Truppen in Jamaika übernehmen wird?»

«Eine Horde von Parlamentsdienern hat gestern Nachmittag allen Abgeordneten der Insel die frohe Botschaft überbracht. Die Depesche über Lowes bevorstehende Ankunft kam vorgestern mit einer Fregatte aus Haiti beim Gouverneur an. Etwas Besseres hätte uns gar nicht passieren können. Offenbar hat die Krone nun doch ein Einsehen für unsere Nöte und will verstärkt für Sicherheit sorgen. Wenn sie Lowe schicken, ist es uns allem Anschein nach bei unserem letzten Besuch in London gelungen, auf unsere kritische Situation in ausreichendem Maße aufmerksam zu machen. Angeblich hat der Lieutenant-General versprochen, seine Männer verstärkt in die unbewohnten Gebiete der Blue Mountains zu schicken, um nach entflohenen Sklaven und deren Sympathisanten zu suchen. Also genau dorthin, wo sich im Augenblick kein weißer Soldat hinwagt, weil die Gerüchte um Rebellen nicht verstummen wollen, die dort Unterschlupf gesucht haben und tödliche Giftpfeile gegen jeden einsetzen, der ihr Gebiet betritt.»

Es klopfte an der Tür, und als Jeremia weisungsgemäß öffnete, stand plötzlich Trevor mitten im Raum.

«Sir», sagte er etwas atemlos und nickte, den breitkrempigen Hut in der Hand, Lord William zu.

«Trevor, du weißt, dass ich beim Frühstück nicht gestört werden will.»

Lord William war die Verärgerung anzusehen. Er mochte es nicht, wenn jemand seine morgendlichen Gewohnheiten unterbrach. Erst recht nicht, wenn es sich um einen der Arbeiter handelte. Und da machte es auch keinen Unterschied, dass Trevor als Oberaufseher gewisse Privilegien genoss. Zumal Lord William ihm immer noch übel nahm, dass er sich bei Edwards Hochzeit mit Larcy amüsiert hatte, anstatt das Haus und die Umgebung im Auge zu behalten.

«Was ist denn, Trevor?», fragte Edward ungeduldig, dem der Unmut seines Vaters nicht entgangen war. «Ich bin noch nicht fertig. Ich hab doch gesagt, ich komme direkt nach dem Frühstück in die Stallungen.»

«Es geht nicht um unseren Ausritt, Sir», beeilte sich Trevor zu sagen. «Ich möchte Sie bitten, so rasch wie möglich nach unten zu kommen. Es gibt da ein paar Schwierigkeiten, bei denen wir dringend Ihre Hilfe benötigen.»

Sein Blick war ungewohnt panisch, und dass er dieses ‹Problem›, wie er es bezeichnete, nicht vor dem Lord offenlegte, musste einen Grund haben.

«Ich komme sofort», sagte Edward und wischte sich den Mund ab.

Dann sprang er auf, um Trevor zu folgen.

«Kann mir mal jemand sagen, was hier los ist?», polterte Lord William mit unwirscher Stimme.

«Keine Ahnung, Vater», entgegnete Edward bereits im Hinausgehen. «Ich werde dich unverzüglich benachrichtigen, wenn es etwas von Wichtigkeit sein sollte. Vielleicht gibt es ein Problem in der Destillerie. Letzte Woche war plötzlich einer der Kessel undicht, und einer der Sklaven hat sich den Fuß verbrüht.»

Während Edward seinem Oberaufseher hinunter in die Eingangshalle folgte, beschlich ihn ein ungutes Gefühl. Edward traf Trevor vor der Tür. Ihm war anzusehen, dass er sich im Herrenhaus der Blakes nicht wohlfühlte.

«Besser, wir gehen auf den Hof», sagte er nur und eilte davon.

«Es hat etwas mit Ihrer Frau zu tun», brachte Trevor schließlich hervor, als sie das Hauptportal hinter sich gelassen hatten.

Nun wurde Edward erst recht unruhig.

«Meine Frau? Sie ist bei Lady Elisabeth zu Besuch.»

Als sie gemeinsam die Stallungen erreichten, sah er Tom, den er

Lena zum Schutz und zur Überwachung mitgegeben hatte. Der Junge zitterte am ganzen Leib und hatte merklich an Farbe verloren.

«Jedenfalls dachte ich das», fügte Edward reichlich irritiert hinzu. Ohne Trevor um eine weitere Erklärung zu bitten, packte er Tom am Arm und schüttelte ihn kräftig.

«Was tust du hier, und wo ist deine Herrin?»

«Sie … sie …», er stotterte, und bevor er weitersprach, fiel er vor Edward auf die Knie. «Sie können mich auspeitschen, so lange Sie wollen, Master. Aber ich schwöre, ich kann nichts dafür. Ich habe den ganzen Abend das Haus im Blick gehabt. Wer rechnet denn damit, dass die Frauen nicht schlafen?»

«Du elender Hund!» Jetzt wurde Edward doch wütend. «Was redest du da für einen zusammenhanglosen Unsinn?» Er packte ihn erneut und riss ihn auf die Füße. «So, und nun mal der Reihe nach! Wo kommst du her, was ist passiert, und wo sind meine Frau und ihre Gesellschafterin?»

«Verschwunden!», stieß Tom mit einem Laut der Verzweiflung hervor.

«Ein Stalljunge hat erzählt, dass sie sich mitten in der Nacht die Pferde haben satteln lassen. Seitdem wurden sie nicht mehr gesehen!»

«Und wo warst du, als es passiert ist?»

Edward verstand überhaupt nichts mehr, nur dass Tom offenbar einen groben Fehler gemacht hatte. Als dieser nicht sofort antwortete, schlug er ihm mit Wucht ins Gesicht.

«Rede, du Nichtsnutz!»

Toms Lippe war aufgeplatzt, und seine rosige Zunge leckte hektisch über das frische Blut. Gleichzeitig begann er noch stärker zu zittern. «Ich hab nur ganz kurz geschlafen», jammerte er aufs Neue. «Lady Elisabeth hat mich nicht ins Haus gelassen, und Candy Jones hat mir eine Strohmatte in den Arbeiterunterkünften zugewiesen. Ich konnte also gar nicht aus nächster Nähe auf die beiden Frauen aufpassen, wie Sie es mir befohlen hatten, Master Edward.»

Sein Blick wurde noch verzweifelter.

«Gibt es eine erste Spur?», wollte Edward wissen.

In seinem Kopf ging es zu wie in einer Zuckermühle. Was um Himmels willen war hier geschehen? Konnte es sein, dass Lena ihm davongelaufen war? Ausgeschlossen! Wo sollte sie denn hin? Im Moment legten so gut wie keine Schiffe ab, und außer Tante Elisabeth kannte sie auf Jamaika niemanden, der sie hätte aufnehmen können.

«Vielleicht wollten sie vorzeitig nach Hause reiten», sagte er mehr zu sich selbst, dabei warf er Trevor einen fragenden Blick zu.

Doch der hob nur ratlos die Schultern. Nein, das klang alles völlig absurd, entschied Edward erneut. Schließlich waren sie ja erst am Abend auf Einladung von Lady Elisabeth hin auf Rosenhall angekommen.

«Hat Lady Fortesque irgendetwas dazu gesagt?»

Edward sah Tom, der zu schluchzen begonnen hatte, scharf an.

«Nenene … nein», stotterte Tom, fing sich jedoch sogleich wieder, als Edward abermals die Hand hob, um ihn zu schlagen. «Als ich nach ihr gefragt hab, sagte Candy Jones mir, dass seine Herrin immer noch schlafen würde. Sie habe wohl ein bisschen zu viel Laudanum genommen.»

«Candy Jones …» Edward verengte die Lider. «Wenn ich nur den Namen dieses verlogenen Hurenbocks höre, wird mir schon übel. Was hat er denn über die Sache gesagt?»

«N … nichts», stotterte Tom. «Er war gar nicht im Haus, als es geschehen ist.»

«Woher weißt du das?»

«Ich hab ihn zuletzt in der Scheune gesehen, und dann ist er davongegangen. Aber nicht zum Haus, sondern zu den Sklavenunterkünften. Mehr weiß ich nicht, es war ja schon dunkel.»

Edward schöpfte einen bösen Verdacht. Nicht, dass sein Vater am Ende recht behielt und dieser elende Hurensohn Hand an Lena gelegt hatte! So ein Verhalten hätte durchaus dazu geführt haben können, dass sie sich schutzlos von dem Anwesen entfernt und in Panik die Flucht ergriffen hatte. Ja, entschied er, so musste es gewesen sein. Er würde diesen Kerl eigenhändig an seinen Eiern aufhängen lassen und warten, bis sie abrissen und er verblutete. Vor den Augen seiner Tante würde er ihn entmannen!

«Wir müssen sie suchen», empfahl Trevor, der die Gedanken seines Vorgesetzten erriet. «Ich möchte mir nicht ausmalen, was passiert, wenn sich die beiden Frauen verirren und in die Hände von irgendwelchen Verbrechern geraten.»

«Du hast recht», sagte Edward und starrte ins Leere. «Sattel die Pferde, ich werde meinen Vater informieren.»

«Soll ich einen Trupp zusammenstellen?» Trevor sah ihn fragend an.

«Nur deine vertrauenswürdigsten Männer», bestimmte Edward. «Bis wir nicht genau wissen, was geschehen ist, darf niemand etwas von der Sache erfahren. Ich will nicht, dass die Leute schon wieder über uns reden.»

Sein Blick traf auf Tom, der mit gesenktem Kopf vor ihm stand.

«Und was dich betrifft, Freundchen …», murmelte er düster, «wir sprechen uns noch. Bis dahin wirst du über das, was vorgefallen ist, absolutes Stillschweigen bewahren. Andernfalls sorge ich dafür, dass man dir die Zunge bei lebendigem Leibe herausschneidet. Hast du mich verstanden?»

Tom nickte kaum merklich.

«Ich schwöre es, bei meinem Leben, Master Edward», erwiderte er leise.

Lena hatte die ganze Nacht kaum ein Auge zugetan, und wenn doch, so wurde sie von Albträumen verfolgt, in denen ihr der hünenhafte Fremde erschienen war. Halb Gott, halb Teufel war er in ihrem Gefängnis aufgekreuzt und hatte sie auf diesem schrecklichen Eimer sitzend erwischt. Was ihr einmal mehr unter Beweis stellte, dass sie die Entbehrung jeglicher Privatsphäre in diesem Gefangenenloch am meisten störte.

Seitdem er sie am Abend zuvor in dieser schrecklichen Höhle einfach zurückgelassen hatte, stellte sie sich unermüdlich die Frage, was sie von ihm halten sollte. Dass er nicht ihr Freund war, verstand sich von selbst. Ansonsten hätte er Gnade walten und sie laufen lassen müssen. Aber ihr Feind war er auch nicht. Ansonsten hätte er sie umgebracht, wie die Alte vorgeschlagen hatte. Inzwischen bereute es Lena zutiefst, ihm so frei über ihre misslungene Ehe berichtet zu haben. Vielleicht hätte sie eher den Eindruck vermitteln sollen, dass sie zu Edward zurückgehen wollte? Auch wenn dieser Gedanke ihr beinahe noch furchtbarer erschien, als in dieser Einöde zu sterben. Nun wusste ihr Peiniger, dass sie davonlaufen würde, sobald er sie in die Freiheit entließ. Damit war sie für seinen Zweck kaum mehr nützlich. Vielleicht konnte sie ihn ja so lange becircen, bis er Mitleid mit ihr bekam und sie laufen ließ?

In jedem Fall erschien ihr der Hüne beeinflussbarer als die Alte, die sie seit der Attacke mit dem Brett noch bedrohlicher anschaute.

Glücklicherweise hatte sie sich nicht mehr oft blicken lassen. Was aber auch zur Folge hatte, dass vorerst dieser vermaledeite Eimer nicht mehr geleert wurde.

Himmel, wenn ich mich wenigstens einmal waschen könnte!, dachte Lena und rümpfte in Anbetracht des Schweißes, der ihr den Rücken hinunterlief, die Nase. Wie lange würde es wohl dauern, bis sie die Krätze bekam? Wahrscheinlich noch bevor der Gouverneur reagierte und die Männer freiließ, um die es sich drehte. Dass sie sich bis dahin in ein Stinktier verwandelt haben würde, das selbst Edward nicht wiedererkannte, belustigte sie irgendwie.

Als sie die schweren Schritte auf dem Gang zu ihrem Gefängnis hörte, war sie beinahe erleichtert. Obwohl sie ahnen konnte, dass es ihr Rübezahl war, wie sie ihn nannte, seitdem er ihr im Wald aufgelauert hatte, setzte sie gehorsam die Augenbinde auf und tat so, als ob sie weiterhin gefesselt wäre. Sie hörte, wie er vor ihren Gittern stehen blieb und sie offenbar einen Moment still beobachtete.

«Gut geschlafen, Madame?», fragte er dann mit seinem unnachahmlich dunklen Bariton.

«Was für eine Frage», erwiderte sie mit einer gehörigen Portion Ironie in der Stimme und zog sich die Augenbinde ab.

Als sie die große Gestalt mit den geflochtenen Zöpfen durch die Gitterstäbe erblickte, stellte sich beinah so etwas wie eine kindliche Freude ein. Diese verwandelte sich jedoch schnell in ein sehr erwachsenes Begehren, als er sie unvermittelt anlächelte.

«Ich sagte nur, dass ich dich vorübergehend von den Fesseln und der Augenbinde erlösen kann», erklärte er unbeeindruckt, «nicht aber, dass ich dir ein Luxushotel biete. Hunger? Ich hab Frühstück mitgebracht.»

Obwohl er ein Wilder war, sah er wirklich umwerfend aus. Im Vergleich zum Vortag wirkte er irgendwie verändert. Offenbar hatte er zwischenzeitlich ein Bad genommen und trug nun über seiner engen Hose ein locker sitzendes, ungefärbtes Baumwollhemd, dessen Ärmel herausgetrennt worden waren. Lena blieb nichts anderes übrig, als die tief gebräunten Oberarmmuskeln ihres Geiselnehmers anzustarren.

Sie sah, wie er etwas aus einem Leinenbeutel nahm, das offenbar in Bananenblätter gehüllt war. Es war ein prall gefülltes, grünes Päckchen, das er ihr nun beinahe feierlich durch die Gitterstäbe reichte.

«Was ist das?», fragte sie misstrauisch.

«Mach's auf, dann weißt du's.» Immer noch grinste er.

Vorsichtig nahm sie das Päckchen entgegen und wickelte es ebenso behutsam aus. Darin verborgen lag ein großes Stück gekochtes Fleisch, vermutlich die Brust von einem Huhn oder einer Taube, und ein fester Kloß aus gekochtem Reis mit Kokosflocken, der wunderbar süßlich duftete. Ein bescheidenes Mahl, aber im Gegensatz zu dem Fraß, den ihr die Alte überbracht hatte, war es geradezu himmlisch.

Während sie sich hinsetzte und das Essen fast gierig mit den Fingern zum Mund führte, schaute ihr Gönner ihr mit zufriedener Miene beim Kauen zu. Lena fiel auf, wie schmutzig ihre Hände waren, und sie schämte sich, obwohl sie keinerlei Verantwortung dafür trug.

Nachdem sie den letzten Bissen hinuntergeschluckt hatte, seufzte sie wohlig auf: «Jetzt noch ein Bad, und meine Welt wäre halbwegs in Ordnung.»

«Ich könnte deinen Wunsch erfüllen», sagte er und schaute sie mit seinen schönen Augen gewinnend an.

«Heißt das, Sie wollen mir in dieser Welt des Luxus ein Kupferschaff und dazu noch heißes Wasser herbeizaubern?», fragte sie mit leicht ironischem Unterton. «… ach ja, ein Stück Seife wäre auch nicht schlecht.»

Lena bezweifelte ernsthaft, dass man in einer solchen Umgebung eine Badewanne auch nur kannte. Ihr Gegenüber wirkte leicht amüsiert.

«Und vielleicht noch eine kleine Holzente, die oben auf dem Wasser schwimmt, während du darin planschst?»

Natürlich, er hatte es nicht ernst gemeint. Er wollte sich nur über ihre unangebrachten Bedürfnisse lustig machen. Ihr Blick verfinsterte sich. «Ich finde es nicht nett, wenn Sie sich über das Leid anderer Menschen amüsieren.»

«Ich meinte es durchaus ernst», erwiderte er mit treuer Miene. «Aber nur, wenn du mir versprichst, dass du nicht auf dumme Gedanken kommst, wenn ich mit dir aus dieser Höhle hinausgehe. Und wenn du, solange ich es sage, die Augenbinde trägst.»

Sein bernsteinfarbener Blick glänzte wie das Licht der Fackel, die er mitgebracht hatte.

«Alles, ich mache alles so, wie Sie es wollen, wenn es mir nur hilft, diesen ganzen Dreck loszuwerden.»

Wenig später hatte Jess seiner zierlichen Gefangenen einen langen Strick um die Taille gebunden. Als sie aus der Höhle hinaustraten, übermannte ihn ein Gefühl der Lächerlichkeit, dass er eine weiße Frau wie einen Hund an die Leine nahm und diese nichts dagegen hatte.

Aber sie schien verstanden zu haben, dass ihr gar nichts anderes übrig blieb. Er hatte ihr ausführlich erklärt, dass auch er unter Beobachtung stand und dass sie sich keinen Fehler leisten durften, weil ansonsten ihr Leben bedroht wäre. Überraschend brav trug sie daher die Augenbinde und bändigte damit gleichzeitig ihr langes blondes Haar, das ihn zugegeben mehr und mehr faszinierte. Zu gerne hätte er hineingefasst, nur um sicherzugehen, dass es sich wirklich so seidig anfühlte, wie es aussah.

Trotz aller Vorkehrungen wählte er nicht den Weg mitten durchs Dorf, sondern ging abseits der üblichen Pfade durchs Gebüsch. Es erschien ihm unpassend, sie am helllichten Tag wie einen Tanzbären vorzuführen. Auch befürchtete er, dass es Bewohner geben könnte, die sich dazu verleiten ließen, sie anzuspucken oder zu beschimpfen. Das wollte er nicht. Die Wachleute hatte er zuvor informiert, dass er beabsichtigte, mit seiner Gefangenen zu einer verborgenen Quelle zu gehen, damit sie sich waschen konnte. Dabei hatte er zwar ein paar verwunderte Blicke geerntet, aber die Männer hatten ihm ihr Stillschweigen versichert. Schließlich musste ja nicht jeder wissen, welche Vergünstigungen der weißen Gefangenen zuteilwurden.

Vor allem aber wollte Jess verhindern, dass seine Mutter oder Selina mitbekamen, dass er die weibliche Geisel zum Baden führte. Baba hatte er zwar unmissverständlich erklärt, dass Cato ihm die volle Verantwortung übertragen hatte und ihre Dienste in der Gefangenenhöhle daher nicht länger benötigt wurden, aber mit Selina hatte Jess überhaupt nicht mehr gesprochen. Genau genommen ging es beide nichts an, welche Gefangenen sich der Hohe Rat hielt und wie er mit ihnen umging. Auch wenn es schwierig war, in einem kleinen Lager etwas zu verbergen, so war es doch ein ungeschriebenes Gesetz, dass die gewöhnlichen Bewohner die Aktivitäten der Krieger und ihrer Befehlshaber nicht hinterfragten.

«Wo gehen wir hin?» Lenas Stimme klang zaghaft. «Sie wollen mir doch nichts antun, oder?»

«Keine Angst», versuchte Jess sie zu beruhigen. «Vertrau mir. Die gesamte Gegend wird überwacht, und ich dachte, es ist dir lieber, wenn du dich unbeobachtet waschen kannst.»

«Wie aufmerksam», gab sie lächelnd zurück.

Jess glaubte, die Überraschung in ihrer Stimme gehört zu haben.

Anstatt neben ihr herzugehen, ging er nunmehr voran und versuchte sie, so gut es ging, vor Hindernissen zu schützen. Am liebsten hätte er sie getragen. Doch das wäre nun wirklich zu viel des Guten gewesen und hätte ihn in eine unerwünschte Erklärungsnot gebracht.

Er hatte sich eingeredet, dass weiße Frauen ihn nicht reizen konnten. Dennoch war er froh, dass niemand Zeuge wurde, welches Verlangen ihr Anblick bei ihm entfachte. Abgesehen von ihren silberblonden Haaren reizte ihn ihre kurvenreiche Figur. Obwohl sie zierlich war, besaß sie einen wohlgerundeten Hintern und hochstehende Brüste, die ihn an reife Orangen erinnerten. Vergeblich bemühte er sich, seinen mönchischen Vorbildern zu folgen und das enganliegende Reitkleid zu ignorieren, das ihre Rundungen perfekt betonte. Ganz zu schweigen von ihrem üppigen Mund, der leicht vorgewölbt war und sich erst zur vollen Blüte entfaltete, wenn sie sich ärgerte.

«Wir sind da», verkündete er fast triumphierend, als sie den scharfkantigen Felsvorsprung mitten im Urwald erreichten.

Hier plätscherte ein kleiner Wasserfall und sorgte für die nötige Frischwasserzufuhr eines runden Teichs, bei dem man bis auf den Grund sehen konnte. Wenn Jess darin stand, ging ihm das Wasser gewöhnlich bis zur Brust. Nun ja, seiner Gefangenen würde das Wasser vielleicht bis zu den Schultern reichen, wenn sie in der Mitte angekommen war. Aber das war umso besser, weil ihre Brüste nicht entblößt über die Wasseroberfläche hinausragen würden.

Jess schaute sich noch einmal gründlich um. Weit und breit war niemand zu sehen. Die Leute seines Dorfes kamen nicht oft her, weil die Stelle zu abgelegen war und es bessere Alternativen in der Nähe des Lagers gab. Die Luft war frisch und von dem stetigen Rauschen des Wassers erfüllt, sodass das Gezwitscher der Vögel und das Summen der Bienen fast vollkommen untergingen.

«Du kannst die Augenbinde jetzt abnehmen», sagte er und war gespannt zu hören, was sie zu diesem magischen Ort sagen würde.

Argwöhnisch folgte sie seiner Empfehlung.

«O mein Gott», flüsterte sie ergriffen, als sie ihren Blick in die Umgebung schweifen ließ. «Hier ist es wunderschön!»

«Eine solche Luxusbadewanne kann wahrscheinlich noch nicht einmal ein Grandhotel bieten», erklärte er mit einem schalkhaften Lächeln.

In ihren staunenden, grünen Augen glitzerte das glasklare Wasser des kleinen Auffangbeckens, in dem allenfalls eine Handvoll Menschen Platz hatte.

«All diese Blumen …» Ihr faszinierter Blick saugte die grüne Umgebung auf, die von Bäumen und Büschen mit Blüten geradezu überfrachtet war. «Sind das Kolibris?», fragte sie und deutete auf ein paar winzige, grünschwarze Vögel, die sich am Nektar verschiedener Blüten labten.

Jess war verwundert darüber, dass sie so wenig von der Natur dieser Insel wusste.

«Das ist ein Wimpelschwanz. Man erkennt ihn an dem grünschwarzen Gefieder und seinem roten Schnabel. Manch einer von uns verehrt ihn als Glückssymbol, weil er genauso wie wir sein Territorium mit aller Macht verteidigt.»

Sie überging seine Anspielung und erklärte leise: «So hab ich mir immer das Paradies vorgestellt.»

Aber sicher ohne einen Teufel wie mich, dachte Jess und bemühte sich um ein zustimmendes Lächeln.

«Wie machen wir's?», fragte sie mit einem unschuldigen Augenaufschlag. «Sie drehen sich um, während ich mich ausziehe, und vertrauen darauf, dass ich nicht unbekleidet davonlaufe?»

«Äh … von mir aus», raunte er heiser. «Ich setze mich dort drüben auf den großen Stein und gebe acht, dass du von niemandem gestört wirst.»

«Damit ich mich ausziehen kann, muss das Seil gelöst werden.»

Ihre Augen waren immer noch unschuldig und so klar, dass Jess am liebsten in ihnen versunken wäre.

«Selbstverständlich», sagte er und versuchte seine Verlegenheit zu überspielen, indem er ihr zuzwinkerte. «Denk nur immer daran, dass ich dich spielend einholen kann, falls du davonlaufen willst.» Als er bemerkte, dass sie den Knoten nicht aufbekam, erklärte er: «Lass mich das machen.»

Seine Stimme klang ein bisschen gepresst. Entgegen seiner abgeklärten Natur spürte er, wie sein Herz heftiger pochte, als er sich zu ihr hinabbeugte. Das Seil hatte sich durch die Laufbewegung fest zusammengezogen, und so hatte selbst er Schwierigkeiten, den Knoten zu lösen. Für einen Moment war er ihr so nah, dass er sie mühelos hätte küssen können. Allerdings war er sich nicht sicher, ob ihr das gefallen hätte, und so verzichtete er auf jeglichen Annäherungsversuch. Aber es gab noch einen anderen Grund, warum er niemals auf die Idee gekommen wäre, ihr den Hof zu machen. Sie war eine weiße Lady, und sie würde es immer bleiben. Er hingegen war im Grunde immer noch ein Sklave und würde es in der Welt der Weißen bis zum Ende seines Lebens bleiben, ganz gleich was geschah.

Lena war nicht entgangen, dass ihr Peiniger versuchte, gute Manieren an den Tag zu legen. Sie hatte darum gebeten, Seife und Kamm mitnehmen zu dürfen, und um ein großes Leinentuch hatte er sich bemüht. Alles eingerollt zu einem dicken Paket, hatte er ihr die Sachen übergeben. Trotzdem war sie auf der Hut. Er dachte offenbar nicht daran, ihr die Freiheit zu schenken, ansonsten hätte er es in diesem Moment getan. Die Tatsache, dass er mit dieser Alten gemeinsame Sache machte, hatte sie auf den erschreckenden Gedanken gebracht, dass er vielleicht sogar derjenige war, der Captain Peacemakers Männer erschossen hatte.

«So», sagte er und löste endlich das Seil.

Dann ging er davon und überließ sie sich selbst. Mit einem Seitenblick überzeugte sich Lena, dass er ihrer Aufforderung nachkam, sich abzuwenden, während sie aus ihren Kleidern stieg. Hoffentlich hielt er sein Wort und stieg ihr nicht nach, wenn sie ins Wasser ging. Aber anstatt auf Abstand zu gehen, kam er zurück.

«Ich hab noch was für dich», sagte er kaum hörbar.

Er kramte in der Felltasche, die er am Gürtel trug. Dann streckte er ihr eine harte, weiße Kugel entgegen, die so groß wie eine Faust war.

«Kokosseife», erklärte er beiläufig. «Ich hab mir sagen lassen, sie duftet nach Blumen.»

Lena war sprachlos. Was war denn das? Ein Rebell, der sich mitten im Urwald um duftende Seife und Handtücher kümmerte? Und das ohne jeden Hintergedanken?

«Äh ... sehr aufmerksam von Ihnen», presste sie ungläubig hervor. «Sie sind wirklich ... ein Schatz!»

Gebannt schaute sie zu ihm auf, doch er senkte den Blick.

«Nun mach schon», brummte er und drehte sich um.

Als Lena ihr Kleid aufzuknöpfen begann, fiel ihr ein, dass sie jemanden benötigte, der die Schnüre ihres Mieders löste. Die plötzliche Erkenntnis, dass außer ihrem hünenhaften Begleiter niemand anwesend war, der dafür in Frage kam, schockierte sie. Doch dann überwand sie sich. Sie konnte schließlich schlecht mit einem feuchten Mieder herumlaufen, dessen Schnüre nicht mehr aufgingen, weil sie nass geworden waren.

Als sie nach ihrem selbsternannten Samariter Ausschau hielt, sah Lena, dass er in einiger Entfernung tatsächlich in eine völlig andere Richtung schaute und so tat, als ob er aufmerksam die Umgebung inspizierte.

«Hallo, Mister, können Sie noch mal zurückkommen?»

Überrascht schaute er sich um. Sie hatte sich unterdessen ihres Reitkleides entledigt und stand nun schulterfrei in weißem Mieder und Unterrock da. Abgesehen von dem merkwürdigen Gesichtsausdruck ihres Bewachers, war es ein herrliches Gefühl, den warmen

Wind auf den nackten Schultern und Armen zu spüren. Wie würde es erst sein, wenn sie wie von Gott geschaffen im erfrischenden Wasser saß?

«Gibt es ein Problem?», fragte ihr Begleiter mit leicht verwirrtem Blick, wobei er unzweifelhaft auf ihre halb verhüllten Brüste starrte, die aus dem Mieder hervorlugten.

Ein wenig beschämt kreuzte Lena die Arme vor der Brust und deutete unbeholfen auf ihren Rücken.

«Alleine bekomm ich die Schnüre nicht auf, können Sie mir vielleicht helfen? Es reicht, wenn Sie die obersten Reihen lösen, den Rest schaff ich selbst.»

«Ja ... äh ... gut», erwiderte er mit rauer Stimme und räusperte sich. Lena erschauderte, als sie seine Finger auf ihrer Haut spürte, und auch ihm konnte nicht entgehen, dass seine zarten Berührungen ihr eine Gänsehaut bescherten.

«Wie heißt du eigentlich?», fragte sie, um ein wenig von der seltsamen Situation abzulenken. «Oder darf ich das nicht wissen?»

«Meine Freunde nennen mich Jess», erwiderte er und sagte dann nichts mehr, weil er sich offenbar auf die Schnüre und Ösen konzentrierte.

«Jess?», fragte sie weiter. «Von Jesaja?»

«Nein, Jess von Jesús.»

Immer noch spürte sie seine warmen Finger auf ihrer Haut, die damit rangen, die Schnüre zu weiten.

«Jesús?» Sie kicherte hell. «Wie der Name unseres Herrn und Erlösers?»

«Ja und, was soll daran so komisch sein?»

Er hielt inne.

War er verärgert?

«Nichts», beeilte sie sich zu sagen. «Nur als ich dich das erste Mal sah, dachte ich, dass du die gleichen Augen hast wie er. Jedenfalls so, wie ich sie von den Heiligenbildern meiner Eltern kenne.»

«Genau das dachte sich meine Mutter auch», erwiderte er und ließ von ihrem Kleid ab. «So, fertig, nun müsstest du eigentlich alleine zurechtkommen.»

«Danke», sagte sie leise und drehte sich zu ihm um, wobei sie ihr Mieder auf Brusthöhe lieber festhielt, damit es nicht herunterrutschte.

Der Blick, den er ihr zuwarf, war alles andere als harmlos.

Sie überlegte einen Moment, ob es ein Fehler gewesen war, ihn nach seinem Namen zu fragen und die förmliche Anrede ihm gegenüber aufzugeben.

Aber erstens hielt er sich selbst nicht daran, und zweitens war ein förmliches ‹Sie› oder ‹Mister› eher hinderlich, wenn es darum ging, ihn auf ihre Seite zu ziehen.

Dass er an ihr interessiert war und sich bemühte, den Aufenthalt in dieser Abgeschiedenheit so angenehm wie möglich zu gestalten, war unverkennbar und erschien ihr ein ernstzunehmendes Zeichen dafür, dass es möglich war, ihn zu ihrem Verbündeten zu machen. Sie musste ihn einfach dazu bringen, dass er sie laufen ließ. Auch wenn sie ihm dafür zwangsläufig näherkommen musste. Doch das konnte nur gelingen, wenn sie sich mit ihm auf eine Ebene stellte und die Schranken niederriss, die sie unzweifelhaft trennten.

«Mein Name ist Helena. Aber die meisten sagen Lena zu mir.» Sie wartete nicht ab, ob er ihre Vorstellung als Angebot auffasste, sie ab sofort beim Namen zu nennen. «Aber das weißt du ja vermutlich schon.»

«Ja», sagte er nur und schaute ihr mit einem undurchsichtigen Blick in die Augen.

Sie nickte lächelnd und wandte sich ab, ein Zeichen dafür, dass sie seiner Hilfe nicht mehr bedurfte. Als sie das Ufer erreicht hatte, hörte sie erneut seine tragende Stimme.

«Kämpf um Helena selbst und die sämtlichen Schätze den Zweikampf. Wer von beiden nunmehr obsiegt und stärker erscheinet, nehme die Schätze gesamt mit dem Weib und führe sie heimwärts …»

Er lachte verhalten. «Dein Name erinnert mich an die schöne Helena aus der Dichtung. Durchaus passend, wie ich finde.»

Er zitierte Homer! Lena blieb überrascht stehen und wandte sich nochmals zu ihm um, wenn auch nur halb.

«Du hast Homer gelesen?»

Es hatte keinen Zweck, ihre Verblüffung zurückzuhalten. Sklaven war das Lesen strengstens verboten, das wusste sie inzwischen. Daher konnte man nicht erwarten, dass sie sich in antiker Dichtung auskannten.

«Woher ...?»

«Wo ich lesen gelernt habe?» Er grinste breit. «Bei den Jesuiten auf Kuba, sie haben mir ganz nebenbei noch Latein und Englisch beigebracht.»

«Bist du kein ...» Sie schaute ihn verwundert an.

«Sklave?» Er hob eine Braue, und seine Mundwinkel formten sich erneut zu einem amüsierten Lächeln. «O doch. Ich war einer. Aber mein Master hat mir vor seinem Tod die Freiheit geschenkt. In meiner Jugend haben die Jesuiten ihr eigenes Leben und meines dazu riskiert, um mir das Lesen und verschiedene Sprachen beizubringen. Ein Grund, warum ich sie bis heute verehre, ganz gleich, welche Lügen ihre Widersacher über sie verbreiten.»

Aus irgendeinem Grund fühlte Lena sich beschämt. Auch wenn sie gegen die Sklaverei war, hatte sie dummerweise immer angenommen, dass die Neger und ihre Nachfahren nicht über die gleichen geistigen Fähigkeiten wie weiße Männer und Frauen verfügten. Dass es nicht auf die Hautfarbe, sondern auf die Umstände und die Lehrmeister ankam, hatte ihr dieser vermeintliche Wilde soeben eindrucksvoll bewiesen.

KAPITEL 15

September 1831 || Jamaika || Intrigenspiel

Edward hatte Trevor Hanson den Auftrag gegeben, vier seiner zuverlässigsten Männer zusammenzutrommeln. Zuvor hatte er Estrelle befohlen, die Schränke der beiden Frauen zu durchsuchen. Außer den Reitkleidern fehlten zwei Reisegewänder und der gesamte Schmuck der Lady. Ein untrügliches Zeichen dafür, dass sie nicht beabsichtigte, nach Redfield Hall zurückzukehren. Diese Annahme wurde durch die Tatsache bestätigt, dass beide Frauen offenbar ihre Herkunftspapiere mit sich führten. Lenas Gesellschafterin hatte zudem ihr Barvermögen mit sich genommen. Edward wusste darum, weil sie eine Bemerkung hatte fallen lassen, dass sie ihre Barschaft keiner Bank anvertrauen würde. In ihrem Zimmer war nichts davon zu finden gewesen. Alle Anzeichen deuteten auf eine sorgsam geplante Flucht hin.

Draußen im Hof knallte die Sonne auf die noch feuchte Erde. In der vergangenen Nacht hatte es geregnet, und sie mussten sich beeilen, wenn sie noch Spuren finden wollten. Die Pferde der Blakes trugen spezielle Hufeisen, die von ihrem hauseigenen Schmied, Malcolm Kent, angefertigt wurden. Die Nägel, die er verwendete, waren rund und nicht wie gewöhnlich eckig. Außerdem hatte das Hufeisen eine besondere Form. Es war an der Vorderseite leicht abgeflacht. Eine Eigenheit von Kent, der allem, was er schmiedete, seine eigene Note verlieh. Auf diese Weise konnte man die Pferde von Redfield Hall von allen anderen unterscheiden.

Edward saß in schneidiger Reitkleidung auf seinen Hengst auf, während die polierten Stiefel aus braunem Büffelleder mit seinen

Waffen um die Wette glänzten. In ihm hatte sich eine fürchterliche Wut aufgestaut. Er wusste nicht, was er tun würde, falls er seine Frau als Erster in die Hände bekäme. In jedem Fall würde er ihr zeigen, was es bedeutete, einen Blake so schamlos hinters Licht zu führen. In gutem Glauben hatte er sie mit Lady Elisabeth ziehen lassen und gehofft, dass sie ihre Launen auf diese Weise wieder unter Kontrolle brachte. Doch sie hatte anscheinend von Beginn an geplant, ihn zu hintergehen und bloßzustellen.

Seinem Vater hatte er noch nichts von seinen Befürchtungen erzählt. Es reichte vollkommen, wenn er später davon erfuhr. Am besten zu einem Zeitpunkt, an dem Edward seiner Frau habhaft geworden war, oder noch besser, nachdem er ihr den Hosenboden so stramm gezogen hatte, dass sie nie wieder das Wort gegen ihn erhob. Mit einem ‹Heya› gab er seinem Fuchs die Sporen und stürmte gefolgt von Trevor und seinen Leuten aus dem weitläufigen Hof hinaus und hinunter an den Fluss. Durch Toms Aussage wusste er, dass der Stalljunge gesehen hatte, wie die beiden Frauen nach Süden geritten waren. Wahrscheinlich wollten sie nach Port Royal, um ein Schiff zu finden, das sie weg von der Insel brachte. In Falmouth hätten sie zu befürchten gehabt, Leuten von der Plantage über den Weg zu laufen, die sie verraten konnten.

Gott sei Dank lief im Moment kein einziges Schiff nach Europa aus. Nicht auszudenken, was geschähe, wenn Lena ihrem Vater in London von den Geschehnissen auf ihrer Hochzeit erzählte. Er würde mit Sicherheit sogleich seine Advokaten aussenden, die den Ehevertrag für null und nichtig erklärten, was keine finanzielle, aber eine gesellschaftliche Katastrophe gewesen wäre.

Schon jetzt konnte er sich ausmalen, wie die Londoner Klatschpresse reagierte, wenn Sir Edward Blake, dem künftigen Besitzer von Redfield Hall und Inhaber eines Stuhls im House of Lords, die Frau davonlief, weil er es vorzog, seine Sklavinnen mit ins Bett zu nehmen. Nicht, dass so etwas ungewöhnlich gewesen wäre. Nur sprach normalerweise niemand darüber. Lena traute er durchaus zu, dass sie diese Geschichte in ihrer Empörung an die große Glocke hängte und für einen handfesten Skandal sorgte. Einen Skandal, der nicht nur an seiner Ehre als Gentleman kratzen, sondern darüber hinaus die Argumente der Sklavengegner in London befeuern würde.

Er musste Lena finden und sie zum Schweigen bringen. Koste es, was es wolle!

«Wohin sollen wir uns als Erstes wenden?», fragte Trevor, der auf einer Höhe mit ihm ritt.

«Nach Süden», antwortete Edward scharf und ließ die Peitsche knallen, um allen, die ihm folgten, anzuzeigen, dass es auch schneller ging.

Nach mehrstündigem Ritt machten sie halt in Haliway, einem kleinen Ort im Parish St. Andrew, um in der dortigen Poststation *Rovers Inn* eine Pause einzulegen. Von hier war es nicht mehr weit nach Kingston und Port Royal. Es konnte also durchaus sein, dass die beiden Frauen hier vorbeigekommen waren.

Der Wirt Alexander McMurphy, ein glatzköpfiger Ire mit nur einem Auge, war ein Klatschmaul, dem so gut wie nichts in der Gegend entging. Vielleicht wusste er etwas über zwei allein reisende Damen zu berichten, die hier haltgemacht hatten. Wobei Edward aufpassen musste, wie er es anfing, damit McMurphy keinen Verdacht schöpfte, um wen es sich tatsächlich handelte.

«Sir Edward Blake!», empfing ihn der grobschlächtige Ire mit lauter Stimme und einem schmierigen Grinsen, das seiner Unterwürfigkeit gezollt war.

Natürlich kannte er Edward und seinen Vater nur zu gut, denn immerhin war Lord William Blake Vertreter von St. Mary im Parlament und einer der reichsten Pflanzer der ganzen Insel. Auch legten sein Vater und er hier öfters Rast ein, wenn sie auf dem Weg nach Spanish Town oder Kingston waren.

«Womit kann ich dienen?»

«Wir wollen was trinken und auch was essen», erwiderte Edward und ließ sich auf einem freien Barhocker nieder, der in einer langen Reihe an der Theke stand.

Nach und nach erschienen auch seine Männer in der Schankstube und schauten sich neugierig um. Das plüschige Dekor und das verwaiste Klavier zeugten von einem Vergnügungsort, der weit über das hinausging, was eine normale Speisegaststätte zu bieten hatte.

McMurphy erkannte das Interesse in den Augen der Männer und rief etwas in Patois, dabei schnippte er mit den Fingern. Wie auf ein Zauberwort eilten aus den verschiedensten Ecken und Türen hübsche, halb bekleidete Mulattinnen herbei, die sich sogleich gefällig um die frisch eingetroffenen Gäste kümmerten.

«Ich hab nicht gesagt, dass du uns deine Huren auf den Hals hetzen sollst», bemerkte Edward ärgerlich. «Ich sprach lediglich von einem anständigen Drink und Verpflegung.»

«Dieser Service ist kostenlos», argumentierte McMurphy hartnäckig, wobei sein wohlwollender Blick auf Edwards Begleitern ruhte, die offenbar nichts gegen diesen Freundschaftsdienst einzuwenden hatten. «Schließlich braucht der Mensch nicht nur was für den Magen, sondern auch was fürs Herz», betonte der Ire lautstark und tätschelte einer drallen Hure im Vorbeigehen den Hintern.

«Ich sagte doch», knurrte Edward bedrohlich, «wir sind auf der Durchreise und haben keine Zeit für irgendwelche Spielchen, selbst wenn sie umsonst sein sollten!»

Um seine Forderung zu verdeutlichen, schlug er ungehemmt mit der Faust auf den Tisch. Das war für alle Anwesenden ein unmissverständliches Zeichen dafür, dass er in Kürze einen cholerischen Anfall bekommen würde. Die Mulattinnen zogen sich auch ohne einen Befehl ihres Zuhälters wie ängstliche Kakerlaken in jene Löcher zurück, aus denen sie hervorgekrochen waren.

Edwards Männer glotzten enttäuscht, doch Trevor eilte ihm zu Hilfe. Gekonnt überspielte er die Situation, indem er McMurphy nach den beiden Ladys fragte, die möglicherweise am Morgen in Haliway vorbeigekommen waren. Selbstverständlich sprach er nicht von der Frau seines Vorgesetzten, sondern von seinen eigenen Cousinen, die auf einem Ausflug nach Port Henderson verlorengegangen waren und sich wahrscheinlich verirrt hatten.

McMurphy verengte misstrauisch sein eines Auge und schaute abwechselnd von Trevor zu Edward. Man musste keinen siebten Sinn besitzen, um zu ahnen, dass an der Geschichte etwas faul war. Aber angesichts Edwards düsterer Miene verzichtete der Ire darauf, Trevors Ausführungen zu hinterfragen, so bescheuert sie auch sein mochten.

«Ihr habt Glück», antwortete er beinahe gleichgültig. «Heute Mittag hatte ich Gäste aus Stony Hill, die von einer Frau berichteten, die am frühen Morgen völlig aufgelöst auf der Drydenfarm aufgetaucht sein soll und von einer Entführung gesprochen hat. Seltsamerweise wollte sie weder mit ihrem Namen noch mit Informationen über den Hergang der Entführung herausrücken. Das Einzige, was sie sagte, war, dass sie seitdem ihre Freundin vermisse und auf eigene Faust nach ihr suchen wolle. Brad Dryden hat sie erst mal festgehalten, weil sie ansonsten ohne Begleitung in die Berge geritten wäre. Sie befand sich in einem völlig aufgelösten Zustand. Soweit ich weiß, wollte er die Garnison in Spanish Town informieren, weil er nicht wusste, ob er es mit einer Verrückten zu tun hatte.»

Edward warf Trevor einen bedeutungsschwangeren Blick zu und schaute dann auf die Standuhr am anderen Ende des Schankraums.

«Los, Männer», befahl er seinen enttäuscht dreinschauenden Begleitern. «Es ist bereits früher Nachmittag. Lasst uns aufbrechen.»

«Hey?», rief McMurphy. «Und was ist mit den Drinks?»

«Ein andermal», rief ihm Edward beim Hinausgehen zu.

Draußen angekommen, schwang er sich auf seinen Hengst.

«Denken Sie, Sir, dass es sich um Ihre Frau oder deren Anstandsdame handelt?», fragte Trevor, als Edward die Truppe unvermittelt in Abmarsch versetzte und auf die Straße nach Norden lenkte.

«Ganz gleich, Trevor, wen wir da vorfinden, es hört sich nicht gut an. Wir müssen mit den Drydens sprechen, bevor der Gouverneur es tut.»

Als Lena aus dem Wasser stieg, lag das Leinentuch schon in Griffnähe für sie bereit. Sie trocknete sich gründlich ab und wickelte sich anschließend darin ein. Wie Loreley auf ihrem Felsen setzte sie sich auf einen großen Stein und kämmte sich in der heißen Sonne das Haar aus.

Sie spürte, wie Jess sie aus gebührendem Abstand beobachtete. Beim Anblick ihres fleckigen Unterrocks überkam sie das Bedürfnis, wenigstens ihre Unterwäsche zu waschen. Wenn sie Mieder und Rock anschließend in die Sonne legte, konnte es höchstens ein bis zwei Stunden dauern, bis sie trocken waren. Falls es nicht regnete, denn über den gegenüberliegenden Berggipfeln braute sich ein Unwetter zusammen, wie sie unschwer an den schwarzen Wolken erkennen konnte.

Sie fragte Jess erst gar nicht um Erlaubnis, sondern stieg samt Handtuch in ihr Reitkleid, wobei sie auf Mieder und Unterrock verzichtete. Nachdem sie das Kleid bis zum Ausschnitt zugeknöpft hatte, entledigte sie sich dezent des darunter befindlichen Handtuchs. Danach krempelte sie sich die Ärmel hoch, hockte sich ans Ufer des Teiches und begann, mit Hilfe der Seife die Flecken aus ihrem hellen Unterrock herauszuschrubben. Nicht, dass sie viel Erfahrung darin gehabt hätte, aber sie hatte den Wäscherinnen an der Elbe oft genug zugesehen und wusste deshalb, wie man so etwas machte. Plötzlich fiel ein großer Schatten über ihre Schulter.

«Ist es zu fassen?», fragte eine leicht ironische Stimme. «Die Herrin von Redfield Hall weiß tatsächlich, wie man Unterröcke wäscht!»

Lena schaute verärgert auf.

«Warum denn nicht? Soweit ich es beurteilen kann, verbirgt sich keine besondere Kunst dahinter. Wenn du willst, kannst du es gerne auch mal probieren.»

«Nein danke», sagte er grinsend. «Das ist Frauenarbeit. Obwohl … wenn ich dein Sklave wäre, könntest du es mir einfach befehlen, und ich müsste es tun. Ist das nicht ein erhabenes Gefühl? Menschen zu Arbeiten zu zwingen, für die man sich selbst zu fein ist?»

Lena blieb der Mund offen stehen, und gleichzeitig schoss ihr die Röte ins Gesicht.

«Natürlich nicht», entgegnete sie und stemmte die Hände in die Taille. «Aber mit den Sklaven ist es ja auch etwas völlig anderes.»

«Wirklich?» Er hielt inne und lächelte neckisch. «Und könntest du mir erklären, warum dies etwas ‹völlig anderes› sein sollte?»

«Weil …»

Lena ahnte, dass sie sich auf gefährliches Terrain begab, wenn sie anfing, ausgerechnet mit einem solch gebildeten Mulatten über Sklaverei zu debattieren. Er war zu gewitzt, als dass sie gegen ihn hätte gewinnen können. Sie versuchte es trotzdem.

«Weil die Sklaven sich sonst langweilen würden», behauptete sie kühn. «Was sollten sie denn den ganzen Tag tun, wenn die Herrschaft alle ihre Arbeit übernähme?»

Die Mimik ihres Gegenübers erstarrte und wechselte dann in einen Ausdruck amüsierten Erstaunens. Schließlich brach er in schallendes Gelächter aus und präsentierte ihr damit ein weiteres Mal seine makellosen Zahnreihen. Er hielt sich den Bauch, während ihm vor Lachen die Tränen in die Augen geschossen waren.

«Das ist nicht dein Ernst, Mylady», stieß er ungläubig hervor, nachdem er wieder zu Atem gekommen war.

«Warum nicht?», erwiderte sie pikiert. «Sogar mein Vater hat die Meinung vertreten, dass die Neger froh sein können, wenn sie von unserer Kultur profitieren. Und du selbst bist das beste Beispiel dafür. Könntest du Homer zitieren, wenn du in Afrika auf Bäumen aufgewachsen wärst?»

«Auf Bäumen?» Jess kratzte sich am Kopf, als ob er nachdenken müsste. «Wobei du zu vergessen scheinst», erwiderte er mit Genugtuung in der Stimme, «dass ein Teil der europäischen Bevölkerung selbst noch auf Bäumen herumgeklettert ist, als Homer seine Stücke schrieb.»

Lena hätte ihm am liebsten eine Ohrfeige verpasst, weil er sie mit seiner Überheblichkeit bis aufs Blut provozierte. Wie schaffte es dieser Kerl nur, sie immer wieder sprachlos zu machen? Sie fühlte sich beschämt und vorgeführt.

Angesichts der Lage wagte sie es nicht, die Hand gegen ihn zu erheben. Ein solches Benehmen würde er gewiss nicht dulden, und in null Komma nichts wäre sie diejenige, die den Hintern versohlt bekäme. Als ob er ihre Gedanken gelesen hätte, richtete er sich unvermittelt zu voller Größe auf, was seine Gestalt noch respekteinflößender machte. Dabei zog er einen Mundwinkel zu einem abschätzigen Lächeln hoch.

«Gebildet, wie du bist, solltest du wissen, dass Afrika bereits über riesige Königreiche verfügte, als deine Vorfahren noch reichlich orientierungslos in Fellen umherliefen.»

Nun war es an ihr, spöttisch an ihm hinaufzublicken.

«So wie es aussieht, haben ein paar meiner Vorfahren allerdings auch bei dir ihre Spuren hinterlassen. Ansonsten wärst du wohl kaum so hellhäutig und dazu so ungehobelt wie ein englischer Hafenarbeiter.»

«Ja, leider», knurrte er. «Es gibt Zeiten, da schäme ich mich für meine weißen Vorfahren.»

Lena ersparte sich einen Kommentar, der ihn nur zu weiteren Unverschämtheiten eingeladen hätte. Stattdessen ging sie wortlos dazu über, ihren Unterrock im Wasser auszuspülen. Das Gleiche tat sie mit ihrem Mieder. Vor lauter Ärger machte sie sich recht kraftvoll an die Sache, bis sie schließlich aufstand und ihre pitschnassen Unterkleider im Stehen auswrang.

Nachdem Jess eine Weile untätig zugeschaut hatte, nahm er ihr die immer noch feuchten Stücke unaufgefordert ab. Mühelos pressten seine Finger auch den letzten Tropfen Wasser aus Unterkleid und Mieder. Danach gab er ihr beides mit einem angedeuteten Lächeln zurück.

«Und warum muss man sich schämen, wenn man weiße Vorfahren hat?», fragte sie schließlich, nachdem sie den Rock ausgeschüttelt und neben dem Mieder über ein paar niedrigen Büschen zum Trocknen ausgelegt hatte.

Erschöpft ließ sie sich im Schatten des Strauches nieder und schaute herausfordernd zu ihrem hünenhaften Wächter. «Edward erzählte mir», fügte sie in belehrendem Tonfall hinzu, «seine Sklavinnen wären ganz versessen darauf, dass ihnen weiße Männer ein möglichst hellhäutiges Kind zeugen. Angeblich, weil hellhäutige Sklaven besser behandelt werden und bessere Posten auf den Plantagen ergattern.»

«So?», erwiderte Jess und hockte sich in ihrer unmittelbaren Nähe auf die staubige Erde. «Sagte er das?»

Wie aus dem Nichts zauberte er hinter seinem Rücken einen Ast mit runden, grünlichen Früchten hervor. Er pflückte eine der Kugeln ab, die so groß war wie ein Hühnerei, und begann sie per Hand zu schälen. Unter der Schale verbarg sich orangefarbenes Fruchtfleisch, das er ihr mit spitzen Fingern anbot.

«Was ist das?», fragte sie misstrauisch. Vielleicht wollte er sie aus lauter Groll vergiften.

«Guinep-Früchte», erklärte er mit einem aufmunternden Nicken. «Sie wachsen hier oben wild. Mich wundert, dass du sie nicht kennst. Nur zu», sagte er, als sie zögerte. «Sie sind äußerst erfrischend.»

Lena zögerte einen Moment, nicht, weil sie die Frucht bisher noch nicht probiert hatte, sondern weil die Geste sie an die Geschichte Evas erinnerte, die im Paradies mit einem verbotenen Apfel verführt wurde.

«Nun nimm schon», sagte er noch einmal. «Schmeckt wirklich gut und ist garantiert nicht giftig.»

Als Lena das saftige Fruchtfleisch vorsichtig entgegennehmen wollte, zog er es weg und bedeutete ihr mit einem Nicken, dass er sie mit der Hand zu füttern gedachte. Sie gehorchte, und als sie die Lippen öffnete, schob er ihr das gesamte Fruchtfleisch auf einmal in den Mund. Ihre Zungenspitze streifte seine Fingerkuppen. Ein höchst intimes und zugleich irritierendes Gefühl. Verwirrt wich sie seinem intensiven Blick aus und schaute zu Boden, während sie kaute.

«Es schmeckt wirklich wunderbar», bestätigte sie anschließend seinen fragenden Blick. «Süß und gleichzeitig säuerlich. Es erinnert mich an den Geschmack von Erdbeeren.»

Jess schälte weitere Früchte und gab ihr davon ab. Doch diesmal bestand sie darauf, das Fruchtfleisch selbst mit der Hand entgegennehmen zu dürfen. Während Jess schälte, steckte er sich selbst immer wieder eine Frucht in den Mund und wischte sich den Saft mit dem Handrücken von den Lippen ab. Nach der Mahlzeit wuschen beide ihre Hände im Teich und setzten sich so dicht nebeneinander, dass ihre Arme sich berührten. Nach hinten gelehnt, die Beine locker zu einem Schneidersitz gekreuzt, blinzelte Jess in die Sonne. Dann schaute er sie schief von der Seite an.

«Glaubst du immer alles, was Edward dir sagt?», fragte er provozierend. «Ich dachte, du kannst ihn nicht mehr ausstehen?»

«Kann ich auch nicht», erwiderte sie. «Seit ich ihn mit dieser Sklavin beobachtet habe …» Leicht errötend wich sie seinem prüfenden Blick aus. «Und diese Frau hasse ich auch. Immerhin hat sie sich nicht gewehrt, als er sie wie ein Tier genommen hat. Im Gegenteil, sie schien es zu genießen.»

«Vielleicht hat sie ihre Zustimmung nur vorgetäuscht», gab er leise zu bedenken.

Sein nachdenklicher Blick wanderte in die Ferne, über ein beeindruckendes, grünes Tal hinweg und hin zu einer Gebirgskette, über der sich weitere Sturmwolken zusammenbrauten.

«Meine Mutter hat es nicht genossen, von den Weißen bestiegen zu werden, das weiß ich zufällig. Und trotzdem hat sie gute Miene zum bösen Spiel gemacht. Es blieb ihr nichts anderes übrig.»

Er lachte unbekümmert, doch das war nur eine Fassade. Seine Augen hatten einen ernsten, beinahe traurigen Ausdruck angenommen. Für einen Moment war Lena schockiert, weil er so offen über die intimen Angelegenheiten seiner Mutter sprach. Dann fiel ihr auf, dass er die Zähne aufeinanderpresste und sein kantiger Kiefer arbeitete, als ob er etwas zerbeißen wolle, und sie ahnte, wie viel Leid und Hass sich in Wahrheit dahinter verbarg.

«Lebt sie noch?»

«Wer?»

«Deine Mutter?»

Er schmunzelte amüsiert, obwohl sie nicht sagen konnte, was an dieser Frage so amüsant sein sollte.

«Ja», bestätigte er ihre Frage. «Und *wie* sie lebt. Sie ist zäh und ziemlich eigenwillig. Ihr weißer Master hat sie beinahe umgebracht, aber nur beinahe. Sie hat dieses Martyrium auf wundersame Weise überstanden und ist nun stärker als je zuvor.»

Lena atmete tief durch. Sie musste erfahren, was man dieser Frau angetan hatte, auch wenn es unangenehm und erschreckend sein würde. Sie wollte verstehen, was den Hass begründete, den man in dieser Enklave den weißen Kolonialherren wie Edward entgegenbrachte.

«Was ist geschehen?», fragte sie leise, bemüht, seinem Blick standzuhalten, damit er spürte, dass sie wahres Interesse an seiner Geschichte hatte.

«Willst du das wirklich wissen?» Er schien überrascht.

«Wenn ich es doch sage.»

«In Ordnung. Wobei ich nur aus meiner Perspektive erzählen kann. Außerdem würde ich dich bitten, mit niemandem darüber zu reden. Es ist sehr persönlich, wenn du verstehst. So wie deine Geschichte mit Edward.»

«Ich schwöre», sagte sie leise und legte die Rechte aufs Herz. «Bei der Seele meiner Mutter. Gott behüte sie im Himmel.»

«Deine Mutter ist tot?» Seine Stirn kräuselte sich.

«Ja, aber schon ziemlich lange», erklärte sie ungeduldig. «Sie starb bei meiner Geburt, ich kenne sie nur von Bildern.»

«Trotzdem tut es mir leid», fügte er kaum hörbar hinzu. «Eine Mutter zu verlieren, ist immer ein schweres Schicksal.»

«Nun erzähl schon», forderte sie ihn auf, «bevor es zu regnen beginnt und du mich in dieses scheußliche Verlies zurückbringen wirst.»

«Ich war acht», begann er tonlos, und sein Blick ging wieder in die Ferne.

«Damals lebten wir auf einer Plantage. Meine Mutter arbeitete wieder in der ersten Kolonne auf den Zuckerrohrfeldern, nachdem sie bei ihrem Master als Bettgefährtin in Ungnade gefallen war.»

Er stockte einen Moment und versuchte zu erkennen, ob sie verstand, was er meinte.

«Du weißt doch, was es bedeutet, in der ersten Kolonne auf einer Zuckerplantage zu arbeiten, oder?»

«Ja – ungefähr …», musste Lena eingestehen.

Edward hatte ihr einiges zum Zuckeranbau erklärt, aber die Sache mit den Kolonnen hatte er nur am Rande erwähnt.

«Die erste Kolonne ist die härteste Einheit. Die meisten Arbeiter sterben bereits in jungen Jahren. Die zweite Kolonne erledigt die weniger schweren Arbeiten, meist sind es Kranke und Schwangere, die ihr angehören. Und die dritte Kolonne besteht aus Kindern jenseits des sechsten Lebensjahres.»

«Ich glaube, ich erinnere mich …», gestand Lena kleinlaut.

Ja, sie hatte Kinder bei Edwards Führung gesehen, aber nicht gewusst, dass diese schon so jung für die harte Feldarbeit eingeteilt wurden. Jess überging ihren nachdenklichen Einwurf und fuhr unbeirrt fort.

«Das Einzige, was meiner Mutter aus der … ich nenne es mal Verbindung zu ihrem Master … geblieben ist, war ich. Sie gebar mich in einer armseligen Hütte und liebte mich so abgöttisch, dass es weh tat. Ich erinnere mich noch gut an den Tag, als ich sie das letzte Mal gesehen habe.»

Er schwieg für einen Moment, als ob er sich sammeln müsste. Lena ahnte, dass es ihm schwerfiel, über seine Vergangenheit zu sprechen.

«Ich hatte Fieber und musste deshalb nicht mit auf die Felder. Warmer, schwerer Regen prasselte auf unser Dach aus getrockneten Palmblättern. Der eindringliche Rhythmus klang wie das Trommeln der alten Zauberin, die meine Mutter zur Behandlung meines Fiebers zurate gezogen hatte.

Trotz der Hitze lag ich frierend auf einer verschlissenen Matratze und lauschte dem stetigen Klopfen, das von den dicken Tropfen herrührte, die durch eine undichte Stelle des Daches auf den nassen Lehmboden platschten. Ich langweilte mich, weil niemand da war, mit dem ich reden konnte.

Vielleicht lag es am Regen oder dem Wind, der mit einem schaurigen Pfeifen die dünnen Wände umtoste, dass ich nicht bemerkte, wie drei Männer in unsere Hütte traten. Ich hatte ungeduldig auf die Rückkehr meiner Mutter und der übrigen Bewohner unserer Behausung gewartet, als sie in die Hütte eindrangen.

‹Das ist er›, sagte plötzlich eine dunkle Stimme.

Ich erschrak und blickte in das Gesicht unseres weißen Aufsehers. Er hatte rotes Haar, und seine Haut war von der Sonne so sehr verbrannt, dass die darin befindlichen Sommersprossen sich zu großen, braunen Kuhflecken verdichtet hatten.

Neben ihm stand unser Master, ein vornehmer, älterer Weißer. Wir sahen ihn nicht oft, und ich war froh darüber, weil ich gespürt hatte, dass meine Mutter ihn nicht leiden konnte. Bei ihnen war ein Fremder, den ich noch nie im Leben zu Gesicht bekommen hatte. Seine Haut war olivenfarben und sein Haar fast so braun wie meins. Er hatte es im Nacken mit einem Lederbändchen zusammengebunden. Die Frisur passte so gar nicht zu seiner korrekten Kleidung, die ihn als einen Mann von Welt auswies – das erkannte sogar ich als kleiner Bengel.

Von meiner Mutter hatte ich gelernt, dass man solchen Männern immer den nötigen Respekt entgegenbringen musste, indem man sich tief verbeugte und wartete, bis sie einen ansprachen oder vorbeigingen.

Bevor ich jedoch pflichtschuldig aus dem Bett springen konnte, hatte unser Aufseher mich auch schon bei meinen dünnen Armen gepackt und in die Lüfte gehoben. Anschließend ließ er mich unsanft zu Boden plumpsen.

Ich landete schmerzhaft auf meinem Hosenboden und spürte, wie der feuchte Lehm den dünnen Stoff meiner Hose durchnässte. Darüber trug ich eine zerfetzte Leinentunika, die meinen kindlichen Körper nur unzureichend bedeckte. Der Aufseher riss mir diesen kärglichen Rest an Schutz mit einer einzigen Bewegung über den Kopf. Nun stand ich halbnackt und würdelos da. Als er mir auch noch die Hose herunterzog, fürchtete ich schon, dass man mich – warum auch immer – züchtigen würde. Doch nichts dergleichen geschah.

‹Seht ihn euch nur an›, verkündete mein Master nicht ohne Stolz in der Stimme. ‹Bis auf den kleinen Fieberanfall ist er gesund und kräftig und durchaus bereits sein Geld wert. Lassen Sie ihn noch ein paar Jahre auf die Weide gehen, Montalban, und er wird Ihnen ein munterer, kleiner Zuchthengst sein, der nicht nur die schweren Arbeiten auf den Zuckerrohrfeldern übernehmen kann, sondern all Ihren jungen Sklavinnen kräftige Fohlen zeugt.›

Ich hatte keine Ahnung, was er damit meinte. Die Hände des Fremden erforschten ungeniert meinen Leib. Ich getraute mich nicht zu atmen, geschweige denn davonzulaufen, obwohl ich das am liebsten getan hätte. Ausführlich wurden meine Beine abgetastet, von unten nach oben, und schließlich ruhten seine Finger auf meinem Penis. Ich spürte, wie er schwoll, was mir unangenehm war.

‹Seht Ihr›, triumphierte mein Master. ‹Er wäre jetzt schon bereit, wenn er das richtige Alter hätte.›

‹Wie alt ist er denn?›, erkundigte sich der Fremde, während er mir ohne Vorwarnung wie einem Pferd in den Kiefer griff und meine Zähne anschaute.

‹Acht›, antwortete unser Aufseher stellvertretend für den Master. ‹Wie Sie sehen können, hat der Zahnwechsel bereits eingesetzt.›

‹Was wollen Sie für ihn haben?›, fragte der Fremde und strich mir abschließend übers Haar, das mir schon damals bis über die Schultern reichte.

Dann gab er mir einen Schubs und bedeutete, dass ich mich wieder anziehen könne.

‹Zweihundert Pfund›, erwiderte der Master, ‹so viel, wie ich Ihnen seit dem gestrigen Kartenspiel schulde.›

‹Ein stolzer Preis.›

Der Fremde nickte bedächtig und schob mich dabei noch einmal prüfend hin und her.

‹Er ist ein Mulatte›, bemerkte er nachdenklich. ‹Für einen Neger ist er ziemlich hell.›

‹Er ist ein Terzerone›, berichtigte ihn unser Aufseher. ‹Die Mutter ist eine Mulattin und sein Vater ist Weißer.›

‹Seine Mutter ist eine Kreolin›, berichtigte ihn der Master rasch. ‹Hier auf der Farm geboren. Ihre Mutter diente bereits im Haushalt meines Großvaters.›

‹Und wer ist sein Vater?›

Der Fremde hob eine Braue, wobei sein Blick auf den Aufseher fiel, der jedoch abwehrend den Kopf schüttelte.

‹Ich bin sein Vater›, antwortete unser Master mit leiser Stimme, als ob er nicht wolle, dass ich es hörte. ‹Aber das geht keinen was an.›

Ich hatte trotzdem verstanden, was er gesagt hatte, und dachte, dass er den Fremden anlog. Meine Mutter hatte mir immer gesagt, dass mein Vater tot sei. Aber der Fremde glaubte ihm wohl.

‹Und dann wollen Sie ihn nicht behalten?›, fragte er den Master. ‹Ich meine, er ist Ihr Sohn. Bedeutet er Ihnen denn gar nichts?›

‹Er ist der Balg einer Hure, die meine Gier nach weiblichem Fleisch befriedigt hat, als meine eigene Gemahlin mit unserem einzigen Sohn guter Hoffnung war. Meine Frau war ohnehin nicht gesund, und der Arzt riet mir, sie für die Zeit der Schwangerschaft nicht zu behelligen. Also, was sollte ich tun? Und seine Mutter›, er wies mit einem kurzen Kopfnicken auf mich, ‹ist eine Hexe, die nun unbotmäßige Ansprüche stellt. Ich denke schon länger darüber nach, beide zu verkaufen – am besten getrennt und weit weg von dieser Insel, damit sie nicht eines Tages mit dem Jungen wieder vor der Tür steht und ihn gegen mich aufhetzt.›

Die kalten, grauen Augen des Masters musterten mich wie ein seltenes Insekt, das es zu zertreten galt. Als ich begriff, dass er offenbar die Wahrheit über meine Zeugung gesagt hatte, nahm mein Frösteln noch zu, und ich wünschte mir nichts sehnlicher, als dass meine Mutter endlich nach Hause käme.

‹Ich habe einen ehrbar geborenen Sohn›, sagte der Master fest und entzog mir abrupt seine Aufmerksamkeit. ‹Ihn muss ich vor diesem Gesindel schützen, ebenso wie meine Frau, die mit Zwillingen schwanger ist. Ich kann mein Leben und das meiner Familie nicht von den unverschämten Ansprüchen dieser Sklavin bestimmen lassen.›

‹Sie sollten dazu übergehen, ungehorsame Sklaven die Peitsche spüren zu lassen, anstatt sie zu verkaufen›, riet ihm der Fremde. ‹Oder wollen Sie Ihre Ernte eines Tages alleine einfahren?›

‹Sie wissen doch, wie diese Neger sind›, erwiderte der Master und bedachte mich mit einem bösen Blick, der mir das Gefühl gab, etwas Schlimmes verbrochen zu haben. ‹Sie sind dumm, böse und verschlagen. Ausgeburten der Hölle eben. Wenn sie sich nicht mehr züchtigen lassen, ist es besser, man befreit sich von ihnen oder bringt sie um.›

‹Das bedeutet, Sie wollen den Jungen sowieso loswerden?›, fragte der Fremde und hob eine Braue.

‹Wenn *Sie* ihn nicht nehmen, Montalban, werde ich ihn auf der nächsten Sklavenauktion in Spanish Town an den erstbesten Käufer abgeben, der mir einen guten Preis bietet.›

Mein Herz klopfte plötzlich wie wild, als ich zu verstehen begann, was hier vor sich ging. Ich spürte, wie der Fremde mir eindringlich ins Gesicht schaute.

‹Er hat schöne Augen›, bemerkte er beiläufig und schenkte mir ein anerkennendes Lächeln. ‹Wie heißt er denn?›

‹Seine Mutter hat ihn auf den Namen Jesús taufen lassen›, amüsierte sich unser Aufseher.

‹Ich nehme ihn›, sagte der Fremde, als ob ihm mein Name eine letzte Bestätigung gegeben hätte. ‹Haben Sie einen Käfig für ihn, oder wird er mir freiwillig folgen?›

‹Ich hole einen Käfig›, sagte der Aufseher und war schon draußen im Regen verschwunden.

‹Wir sollten uns beeilen›, fügte mein Master hinzu. ‹Ich will nicht, dass seine Mutter bemerkt, wie wir ihn fortschaffen. Schon gar nicht soll sie wissen, wer ihn gekauft hat. Das gibt nur unnötiges Geschrei.›

Als der Fremde mich abführen wollte, indem er meinen Oberarm mit einer Hand umfasste, stemmte ich die Fersen in den feuchten Lehmboden und weigerte mich, auch nur einen Schritt nach vorne zu machen. Doch alle Gegenwehr half nicht. Der Master umfasste meinen anderen Arm, und zusammen waren die beiden Männer um ein Vielfaches stärker als ich. Mühelos zerrten sie mich zur Tür.

Zu meinem Schreck tauchte auch noch unser Aufseher auf und legte mir ein dickes Seil um den Hals. Wie bei einem Hund, den man an einen Pflock anbindet, zog er die Schlaufe fest zu. Ich bekam kaum noch Luft und versuchte mit beiden Händen das Seil zu lockern, aber da wurde ich auch schon in einen Käfig gestoßen, der so niedrig war, dass ich allenfalls sitzen konnte.

Als die Tür hinter mir mit einem Eisenschloss verriegelt war, interessierte sich niemand mehr für mein lautes Geschrei. Sosehr ich auch jammerte, meine heisere Stimme ging im Sturm und Regen erbarmungslos unter. Ich sah die Umgebung nur noch durch ein paar quadratische Löcher, und Tränen der Verzweiflung schossen mir in die Augen, als ich begriff, dass sich die Kutsche, auf deren Gepäckablage man den Käfig geladen hatte, unaufhaltsam in Richtung Hafen bewegte.

Unterwegs passierten wir die Kolonne meiner Mutter, die auf dem Nachhauseweg war. Ich brüllte wie am Spieß, aber sie hörte mich nicht. Und während ich tobte und schrie, legte sich eine bleierne Gewissheit über meinen Verstand: Ich würde die Plantage nicht wiedersehen. Und was noch viel schlimmer war – ich würde meine Mutter nicht wiedersehen. Nie mehr. Für den Rest meines Lebens.»

Lena hatte atemlos zugehört und kämpfte nun mit den Tränen.

«Und … was ist mit deiner Mutter geschehen? Ich meine, sie muss doch verrückt geworden sein vor Sorge, als du plötzlich verschwunden warst?»

«Allerdings», sagte er und stieß einen lang gezogenen Seufzer aus. «Nachdem sie herausgefunden hatte, was geschehen war, ist sie mit dem Herz einer Löwin bei ihrem Master aufgetaucht und hat ihn zur Rede gestellt. Doch er meinte nur, sie solle zu den Aufsehern gehen und sich ein neues Kind machen lassen. Daraufhin hat sie ihn auf ewig verflucht und sich mit einer Machete die Adern an den Armen aufgeschlitzt. Ihn ließ das kalt. Er befahl seinem Oberaufseher, sie abführen zu lassen, und dieser vergewaltigte sie in einer abgelegenen Scheune, bevor er sie in ihrem halb toten Zustand in einen Fluss warf, wo sie von Krokodilen gefressen werden sollte.»

«Oh mein Gott!»

Nach diesen furchtbaren Wahrheiten fühlte sich Lena ganz schwach auf den Beinen, erst recht, als sie sein bernsteinfarbener Blick traf, um zu ergründen, wie sehr sie diese Offenbarung schockierte.

«Wie kam es, dass sie nicht gestorben ist?», flüsterte sie bebend.

«Ein Sklave hat sie gefunden und konnte sie gerade noch rechtzeitig zu jener Obeah-Zauberin bringen, der sie sich zuvor anvertraut hatte.»

«Und was war mit dir? Wo bist du gelandet?»

«Castillo des Moro, Kuba. Mein neuer Master hat mich ohne Skrupel dorthin verschleppt. Erst später habe ich erfahren, dass er mir damit womöglich ein noch schlimmeres Schicksal erspart hat.»

«Ich frage nicht danach, wie du hierhergekommen bist», sagte sie leise. «Ich kann es mir denken. Aber eins muss ich wissen: Wann hast du deine Mutter wiedergesehen?»

«Vor gut einem Jahr habe ich sie endlich gefunden.» Er sah zu Boden und nickte bedächtig.

Lena seufzte erleichtert.

«Anscheinend hattet ihr beide einen Schutzengel, der sich nach einigen Fehltritten auf seine ursprüngliche Aufgabe besonnen hat.»

Er lächelte schwach. «Ja, vielleicht könnte man es so nennen.»

Plötzlich kam ihr ein grausamer Verdacht. Die Frau in der Höhle hatte zwei gut sichtbare Narben an der Innenseite ihrer Unterarme gehabt.

«Diese Frau in der Höhle … sie ist deine Mutter, nicht wahr?»

«Ja», bekannte er beinahe entschuldigend. «Und es tut mir aufrichtig leid, dass sie deine Hochzeit verdorben hat. Ich wusste nicht, dass sie so etwas vorhatte. Hätte ich es gewusst, hätte ich es mit allen Mitteln zu verhindern versucht. Sie hat damit sich und uns in große Gefahr gebracht. Aber ich kenne ihre wahre Geschichte auch erst seit ein paar Tagen und beginne zu begreifen, warum es ihr so wichtig ist, an den Blakes Rache zu nehmen.»

«Dann ist Lord William dein Vater?», erkundigte Lena sich atemlos.

«So ist es», bekannte er. «Aber für mich spielt das keine Rolle.»

«Dann warst du es, der …», – der Captain Peacemakers Soldaten auf dem Gewissen hat, dachte sie, sprach es aber nicht aus. «… sie vor den Soldaten gerettet hat», sagte sie stattdessen.

Den Gedanken, dass er möglicherweise zwei Morde begangen hatte, empfand sie als quälend. Doch wer hätte es ihm in Anbetracht der Lage verdenken können? Sie presste die Lippen zusammen, um sich nicht zu verraten.

«Meine Mutter hat sich selbst gerettet, indem ihr die Flucht gelungen ist», sagte er und ging auf die weiteren Vorkommnisse nicht ein, was ihn in Lenas Augen nicht eben entlastete. «Sie ist trotz ihrer alten Tage ein tapferes, flinkes Mädchen.»

Lenas Blick flüchtete sich in die Ferne. Dort, wo vorher nur ein paar Wolken zu sehen gewesen waren, zuckten nun heftige Blitze.

«War das der Grund, warum du mich entführt hast?», fragte sie und vermied es geflissentlich, ihn anzuschauen.

«Nein», bekannte er mit Nachdruck in der Stimme. «Es war Zufall, dass du mir und meinen Leuten in die Arme geritten bist. Als ich jedoch gesehen habe, wer du bist, war mir klar, dass du uns nützlich sein könntest. Wir versuchen, ein paar Todgeweihte in Fort Charles freizupressen. Woher hätte ich wissen sollen, dass du dich ebenfalls auf der Flucht befindest?»

Der Wind war stärker geworden, und Lena fröstelte. Instinktiv zog sie die Knie an und legte schützend ihre Arme darum. Ihr hünenhafter Begleiter, dem von seiner schrecklichen Vergangenheit offenbar etliche Narben geblieben waren, entledigte sich seines Hemdes und legte es ihr um die Schultern.

«Hast du schon viele Weiße getötet?»

«Es gibt Dinge, über die sollten wir besser nicht sprechen», sagte er, und sie konnte ihm ansehen, dass er ihre Gedanken erraten hatte. «Komm. Lass uns zur Höhle zurückgehen.»

Sie hob den Kopf und schaute ihn an, als ob er aus einer anderen Welt zu ihr sprechen würde, was gewissermaßen auch stimmte. Und doch hatte sich etwas verändert. Zwischen ihnen war ein zartes Band des Vertrauens gewachsen, da er ihr sein vielleicht größtes Geheimnis anvertraut hatte. Sie spürte eine seltsame Nähe und Verbundenheit zu diesem Mann, der noch Minuten vorher ihr ärgster Feind gewesen war.

«Jess», begann sie leise.

Am liebsten hätte sie ihn berührt, um wiedergutzumachen, was ihr Schwiegervater ihm und seiner Mutter angetan hatte. Doch das war unmöglich, wie sie in aller Deutlichkeit spürte.

«Wie hätte ich wissen können …», begann sie unbeholfen. «Ich hatte ja keine Ahnung …»

«Keine Ahnung von was?» Jess grinste anzüglich und hob eine Braue. «Dass ich William Blakes Sohn bin?»

Er schüttelte den Kopf und setzte eine bemerkenswert neutrale Miene auf.

«Das hat nichts zu bedeuten. Jedenfalls nicht für mich. Er ist so gut oder so schlecht wie alle anderen weißen Menschenschänder, die in ihren Sklaven nichts Besseres sehen als halbwegs zivilisierte Arbeitstiere.»

Er stand auf und fasste nach ihrem Arm, um ihr aufzuhelfen. Sie ließ es bereitwillig geschehen.

«Wahrscheinlich hast du gespürt, dass deinem Mann und seinem Vater etwas Düsteres anhaftet. Etwas, das deiner aufrichtigen Natur widerspricht», sagte er leise. «Sonst wärst du den beiden bestimmt nicht davongelaufen.»

«Ich bin nicht wegen der schrecklichen Lebensumstände der Sklaven weggelaufen», bekannte sie reumütig und wich dabei seinem prüfenden Blick aus. «Ich bin weggelaufen, weil ich eifersüchtig war und mich von Edward zutiefst gedemütigt fühlte. Das ist nichts im Vergleich zu den furchtbaren Verletzungen, die sein aalglatter Vater dir und deiner Mutter zugefügt hat. Zu meiner Entschuldigung bleibt mir nur zu sagen, dass ich bisher so gut wie keine Einblicke in Lord Williams Machenschaften hatte. Nie hätte ich auch nur ahnen können, dass sich vor mir solche Abgründe auftun. Obwohl mir einige Beobachtungen bereits eine Ahnung davon verschafft haben, dass nicht alles vorbildlich läuft, besonders, was die Behandlung der Sklaven betrifft. Hinzu kommt, dass ich mich bereits in England zu den Gegnern der Sklaverei hingezogen fühlte. Aber es ist natürlich etwas ganz anderes, die Meinung irgendeiner Wohltätigkeitsorganisation zu übernehmen, als das Elend direkt vor Ort zu erleben. Dabei habe ich mir kurz vor meiner Hochzeit tatsächlich eingebildet, ich könnte sämtliche Missstände auf der Plantage mit entsprechendem Einsatz und etwas gutem Willen in Kürze verändern. Deine Geschichte hat mich zweifelsfrei eines Besseren belehrt. Und nun bin ich ehrlich entsetzt über meine schreckliche Naivität und Dummheit.»

«In Wahrheit ist alles noch viel schlimmer», erwiderte Jess tonlos. «Aber ich glaube nicht, dass ich dir heute noch einen weiteren Beweis über die Barbareien der Blakes und ihrer Gleichgesinnten zumuten kann.»

«Du musst mich nicht schonen. Ich bin keine Mimose», stellte sie unmissverständlich klar und schaute ihm fest in die Augen. «Nach allem, was du mir erzählt hast, will ich nun erst recht wissen, was auf dieser Insel geschieht und welche Rolle *mir* in diesem grausamen Spiel zugedacht ist.»

«Gut», entschied er mit bedächtiger Miene. «Aber mach mich hinterher nicht für deine Albträume verantwortlich.»

KAPITEL 16

September 1831 || Jamaika || Vertrauenssache

Die Drydenfarm lag zwanzig Meilen nordöstlich vom *Rovers Inn* entfernt. Brad Dryden war ein Schotte und wie McMurphy in Edwards Augen zu vertrauensselig, was die Behandlung von Negern anging.

Er beschäftigte ein paar ehemalige Sklaven, denen er schon vor Jahren die Freiheit geschenkt hatte und denen er nun für ihre Arbeit einen Lohn auszahlte. Mit ihnen baute er etwas Mais an, aber bei weitem nicht genug, um von einer Plantage sprechen zu können. In erster Linie hielt er Fleisch- und Milchvieh.

In seinem Besitz waren etwa fünfzig Schwarzrinder und eine größere Herde von Schafen und Ziegen, die Edward und seine Leute blökend empfing, als sie mit ihren Pferden in den morastigen Hof ritten. Das Herrenhaus, wenn man es denn überhaupt als solches bezeichnen konnte, war nur zwei Stockwerke hoch und ganz aus Holz errichtet. Es war umgeben von alten Cashewnussbäumen und einem Gemüsegarten, in dem der Besitzer offenbar Tomaten, Paprika und Melonen züchtete.

Zwei große Scheunen und mehrere lang gezogene Viehställe befanden sich in nächster Nähe der Behausung. Ein paar schwarze Gesichter zogen sich ängstlich in ihre baufälligen Hütten zurück, als Edward und Trevor mit ihrem Gefolge an ihnen vorbeitrabten. Der Anblick der Peitsche, die lässig eingerollt am Sattelknauf des ersten Aufsehers befestigt war und auf ihren nächsten Einsatz zu lauern schien, weckte anscheinend düstere Erinnerungen. Weiße waren keine zu sehen. Ein paar kläffende Hütehunde verteidigten aufgebracht ihr Revier, trauten sich jedoch nicht, die fremden Reiter anzugreifen.

Als Edward sich der Veranda des Hauses näherte, entdeckte er eine der beiden Fuchsstuten, die er seit vorgestern auf Redfield Hall vermisste. Sie stand angebunden in einem Unterstand direkt neben dem Haus und tat sich an einem Bund getrocknetem Steppengras gütlich.

Er schnalzte mit der Zunge und stoppte seinen Hengst. Nachdem er abgestiegen war, warf er Trevor einen wissenden Blick zu.

«Du kommst mit mir, die anderen sollen hinten bei den Ställen auf uns warten. Ich will nicht, dass es aussieht, als ob wir einen Überfall planten.»

Sein Oberaufseher nickte und besprach sich kurz mit seinen Männern, die sich gemäß der Anweisung hinter einen klapperigen Kuhstall zurückzogen.

Bevor Edward an die Tür klopfte, rückte er seinen Rock zurecht und wischte sich mit einem Taschentuch den Schweiß von der Stirn. Er wusste nicht, was oder wer ihn hier erwartete, aber er wollte nicht aussehen wie ein Wilder, falls er unvermittelt auf Lena traf. Er atmete noch einmal tief durch, um sich zu sammeln. Keinesfalls wollte er sich seine Verärgerung anmerken lassen, geschweige denn seine Sorge. Sollten die beiden Frauen tatsächlich hier sein, würde er seinen Unmut unterdrücken und sich um Freundlichkeit bemühen. Für Rechenschaft und Vergeltung blieb noch genug Zeit, wenn sie nach Redfield Hall zurückgekehrt waren.

Mit gedämpfter Kraft klopfte er an die dicke Teakholztür, die von Regen und Sonne schon ganz ausgebleicht war. Zu seiner Überraschung öffnete nicht Brad Dryden, der etwa so alt war wie sein Vater, sondern dessen Frau Linda. Sie war eine mollige, verschrobene Alte, der sämtliche Kinder gestorben waren und die seitdem als absonderlich galt, weil sie angeblich mehr mit ihren Katzen sprach als mit den sie umgebenden Menschen. Sie trug ein schwarzes Kleid und eine weiße Haube, die sie als fromme Anhängerin der Baptisten auszeichnete. Jeder wusste, dass die Drydens aufseiten der Sklavengegner standen und gemeinsam mit den schwarzen Baptistenpredigern für ein freies Jamaika plädierten.

«Guten Tag, Ma'am», begann Edward seine Vorstellung. «Ich bin Edward Blake. Ich glaube, Sie kennen meinen Vater, Lord William. Ist Ihr Mann zu Hause?»

Die Alte schüttelte den Kopf und sah ihn mit ihren grauen, verquollenen Augen verunsichert an.

«Brad ist unten auf der Koppel und flickt ein paar Zäune.»

«Ich bin auf der Suche nach zwei Frauen, die gestern das Anwesen meiner Tante in Richtung Redfield Hall verlassen haben und seitdem spurlos verschwunden sind. Wissen Sie, wir machen uns große Sorgen, mein Vater und ich, dass ihnen etwas Schlimmes widerfahren sein könnte. In Haliway sagte man uns, dass sie auf Ihrer Farm gesehen worden sind.»

Es schien zu dauern, bis sie verstand, was er von ihr wollte. Dabei glotzte sie, als ob sie den Verstand verloren hätte, und lächelte dümmlich.

«Ja!», rief sie so plötzlich, dass Edward sich fast erschrak. «Noch vor Sonnenaufgang kam ein Mädchen zu uns. Sie hatte schwarze Locken und trug ein wunderschönes Kleid. Sie wollte ganz alleine in den Urwald reiten, doch Brad hat sie davon abhalten können. Sie war furchtbar aufgeregt, und ich habe ihr von meinem Spezialkräutertee gegeben, damit sie sich erst mal beruhigt.»

Nun kicherte sie, wobei sie ihre rosige Zunge zwischen den blutlosen Lippen hervorschob, was ihr Aussehen noch grotesker erscheinen ließ.

«Aber die Mischung war wohl zu viel des Guten. Sie ist auf unserer Chaiselongue eingeschlafen, und dort liegt sie noch immer.»

«Ich muss sie sprechen.»

Edward hatte Mühe, an sich zu halten und die Alte nicht einfach zur Seite zu stoßen. Geduldig wartete er, bis sie ihn hereinbat. Also stimmte es, was McMurphy gesagt hatte. Es war nur *eine* Frau bei den Drydens aufgetaucht, und nach den Beschreibungen zu urteilen, handelte es sich offensichtlich nicht um Lena, sondern um ihre Gesellschafterin. Er würde sie so rasch wie möglich zur Rede stellen, was mit seiner Frau geschehen war.

«Wo ist sie?», fragte Edward barsch.

Plötzlich konnte er nicht mehr an sich halten und drückte Mrs. Dryden unsanft zur Seite. Ohne ihre Erlaubnis abzuwarten, verschaffte er sich Zugang ins Innere der Wohnung.

«Aber sie schläft noch wie ein Engel», rief die überrumpelte Mrs. Dryden ihm verzweifelt hinterher.

Edward störte das nicht.

«Warte hier», rief er Trevor zu und war schon verschwunden. Umringt von einem Heer verschiedenfarbiger Katzen, die offenbar zu Mrs. Drydens treuesten Hausgenossen zählten, gelangte er in die sonnendurchflutete Wohnstube.

Maggie lag mit offenem Mund auf der Couch und schnarchte leise. Mein Gott, wie hässlich sie doch ist, dachte er mit Blick auf ihren dürren Leib und den verfärbten Zahn. Kein Wunder, dass sie von den Entführern verschont geblieben war. Er zauderte nicht lange und packte sie derb bei den Schultern. «Aufwachen, Lady!», rief er laut und schüttelte sie so heftig, dass sie die Augen öffnete.

«Sie tun ihr weh!», beschwerte sich Mrs. Dryden, die inzwischen hinzugekommen war.

Sie legte ihm die Hand auf die Schulter, um ihm Einhalt zu gebieten, doch er wischte sie weg wie eine lästige Fliege.

Da Maggie nur langsam zu sich kam, schlug er ihr mit gedrosselter Kraft ins Gesicht.

«Wach werden, verdammt noch mal», fluchte er und sah aus dem Augenwinkel, wie Mrs. Dryden sich pikiert bekreuzigte.

«Jaha …», lallte Maggie und schaute ihn mit verstörtem Blick an. Doch was immer Mrs. Dryden ihr auch verabreicht hatte, es war offenbar nicht stark genug, um ihr die Erinnerung an Edward zu nehmen. Sie ruckte plötzlich hoch und riss die Augen in Panik auf.

«Sir, Sie, Sir?», lallte sie abermals und wischte sich den Speichel vom

Kinn, der ihr während des Schlafs aus den Mundwinkeln gesickert war.

«Ja, ich!», knurrte er und packte sie fester. Sein Gesicht war weiß vor Wut, und stoßweise presste er hervor: «Wo … ist … meine … Frau?» Sie schien zu merken, dass er sich nicht mit irgendeiner fadenscheinigen Erklärung abspeisen lassen würde.

«Fort», sagte sie heiser. «Entführt.»

«Herrgott noch mal», schoss es aus ihm heraus. «Was hat das zu bedeuten? Rede endlich, Weib, oder ich lasse dich die Peitsche spüren!»

«Wir … wir … wollten nach Hause reiten», stotterte sie, «und dann haben wir uns verirrt. Und dann wurden wir überfallen. Es waren Neger, aber ich konnte keinen von ihnen erkennen. Es war zu dunkel.»

«Und warum bist du hierhergeritten und nicht nach Redfield Hall?»

«Ich wollte Hilfe holen. Es war das einzige Haus, wo so früh am Morgen schon Menschen auf der Straße waren.»

«Aha», sagte er boshaft und quetschte ihren Oberarm so fest, dass sie aufschluchzte. «Du lügst, und ich weiß es. Ich habe gehört, dass du weder nach Redfield Hall zurückwolltest noch irgendjemandem deinen Namen genannt hast. Du wolltest nicht, dass man den Gouverneur zu Hilfe ruft. Außerdem habt ihr Tom nicht über eure Abreise informiert und ihn einfach auf Rosenhall zurückgelassen. Entgegen meinen Anweisungen. Für dieses unvernünftige Verhalten verlange ich eine anständige Erklärung. Also erzähl mir verdammt noch mal keine Märchen. Ich will wissen, warum ihr beiden euch mitten in der Nacht von Rosenhall davongemacht habt.»

«Ich … ich …»

Sie wagte es nicht, ihm in die Augen zu schauen. Und sie hatte Angst, das konnte er spüren, ja sogar riechen. Plötzlich stand Trevor in der Tür.

«Ich hab ihre Satteltaschen gefunden, sie hatte sämtliche Papiere dabei, um sich davonzumachen. Nur Geld hab ich keines gefunden.»

Edward fackelte nicht lange und ging ihr kurzerhand an die Wäsche. Dabei ertastete er den Münzgürtel, den sie wie einen harten Schlauch um die Taille trug.

«Und was ist das?», fragte er provozierend. «Die Sonntagskollekte?»

Maggie versuchte sich loszureißen, doch Edward hielt sie gnadenlos fest. «Entweder du sagst mir jetzt die Wahrheit, oder es wird schlimme Konsequenzen für dich haben.»

Was für welche, sagte er nicht, doch im Stillen hatte er längst beschlossen, dass sie eine überaus lästige Zeugin für Lenas Fluchtversuch war, die er beim besten Willen nicht gebrauchen konnte. Plötzlich schien Maggie ein Licht aufzugehen. Sie bäumte sich auf.

«Am Ende stecken Sie noch selbst hinter Lenas Entführung! Tom hat Sie gerufen, und Sie haben uns Ihre Schergen hinterhergeschickt. Geben Sie es ruhig zu! Und dann ist ihnen Lena entwischt, und nun versuchen Sie, mich unter Druck zu setzen, um Lena zu finden und sie davon zu überzeugen, zu Ihnen zurückzukehren. Aber das wird Ihnen nicht gelingen. Lena wollte Sie verlassen!», spie sie ihm wütend entgegen.

Vollkommen besessen von ihrem irrsinnigen Verdacht, war sie mit einem Mal außer sich vor Wut.

«Ich habe ihr bereits in London gesagt, dass sie einen unglaublichen Fehler begeht, wenn sie sich mit Ihnen verlobt und Ihnen auf diese vermaledeite Insel folgt», fuhr sie fort. «Zu einem Mann, über den sie so gut wie gar nichts weiß. Außer vielleicht, dass er die kalte Schönheit eines gefallenen Engels besitzt. Aber inzwischen ist selbst Lena klargeworden, dass Sie kein Mensch sind, sondern ein Dämon.»

Mit spitzem Finger deutete sie auf Trevor, der mit verblüfftem Gesichtsausdruck dastand, als ob er sich eingenässt hätte.

«Was soll man auch anderes von einem Mann erwarten, der es zulässt, dass dieser Grobian ausgerechnet am Tag der Hochzeit die unschuldige Larcy vergewaltigt. Außerdem hat Lena beobachtet, wie Sie es noch in der gleichen Nacht nicht weniger schamlos mit einer Ihrer Sklavinnen getrieben haben. Nennen Sie mir *eine* Frau, die so etwas aushalten sollte! Geschweige denn, vergeben könnte! Egal was Sie vorhaben, Lena wird nach Deutschland zurückkehren zu ihrem Vater und über dessen Advokaten die rechtmäßige Scheidung von Ihnen erwirken. Und selbst was das Kirchenrecht betrifft, bestehen glänzende Aussichten, weil die Ehe nicht vollzogen wurde!»

Maggies Blick war hasserfüllt, doch Edward wurde plötzlich ganz ruhig.

«Sie reden vollkommenen Schwachsinn», urteilte er hart. «Ich habe Lena nicht verfolgen lassen, und ich weiß auch nicht, wo sie ist.»

Im Nachhinein wuchs sein Ärger über sein eigenes, unbedachtes Verhalten. Aber das änderte nichts an der Tatsache, dass sich seine Befürchtungen bewahrheitet hatten. Er musste Lena finden und verhindern, dass sie ihr Vorhaben in die Tat umsetzen konnte. Unter keinen Umständen durfte sie diese Insel verlassen. Er benötigte eine Ehefrau, jetzt dringender denn je. Noch einmal konnte er nicht nach London reisen, um sich eine Braut zu suchen. Erst recht nicht, wenn es Lena gelang, ihn dort öffentlich zu diskreditieren.

Abgesehen davon, dass sich ein Scheidungsprozess elendig lange hinziehen konnte, bestand sein Vater auf einem baldigen Erben. Er würde kein Verständnis dafür haben, wenn Edward seine Frau nicht rechtzeitig in die Schranken wies. Er hatte bereits mehrmals damit gedroht, ihn zu enterben, wenn es ihm nicht endlich gelingen würde, den Fortbestand der Familie zu sichern.

Aber da war der Fluch, und die Leute redeten schon jetzt viel zu viel. Also musste er alles daransetzen, Lena zu finden und endlich zu schwängern. Wenn sie erst mal ein Kind von ihm empfangen hatte, würde sie es nicht wagen, ihn einfach zu verlassen.

Er ließ von Maggie ab und ging zu Trevor. Unter den zornigen Blicken der Gesellschafterin zog er seinen Oberaufseher in eine Ecke und murmelte ihm etwas zu. Trevor war schon immer ein Mann fürs Grobe gewesen. Edward dachte an den Tod der Sklavin seines Vaters und an Hetty MacMelvin. Der Aufseher hatte in seinem Auftrag die Leiche seiner Verlobten gefunden und den Schuldigen auf Edwards

Geheiß hin der Justiz benannt. Der Mann war später gehängt worden, weil Trevor bezeugte, dass er ihn habe flüchten sehen.

Er würde es also ihm überlassen, wie er die lästige Gesellschafterin loswurde. Nachdem Trevor offenbar verstanden hatte, worum es ging, wandte Edward sich an Maggie, die sein falsches Lächeln mit einer äußerst unfreundlichen Miene erwiderte.

«Es tut mir leid, dass ich Sie so hart angefasst habe», begann er scheinheilig und ohne Übergang zu einer respektvolleren Anrede. «Sie müssen mir glauben, dass ich Lena zutiefst liebe und verehre und nur aus Sorge gehandelt habe. Die Geschichte mit der Sklavin muss ein Irrtum sein. Vielleicht war es einer unserer Aufseher, den sie mit mir verwechselt hat. Ich war in der Nacht nicht außer Haus, mein Vater wird dies bestätigen können. Wir haben bis zum frühen Morgen mit dem Gouverneur über die Vorfälle des Nachmittags debattiert. Wenn Sie es nicht glauben, können Sie gerne seine Frau fragen. Wen immer Lena beim Beischlaf gesehen hat, sie muss sich getäuscht haben. Ich war es nicht.»

Maggie warf ihm einen verblüfften Blick zu. «Und das soll ich glauben?»

«Ich bitte darum. Und was Trevor betrifft», fuhr er fort, noch bevor sie weiter protestieren konnte, «er hat sich bei Larcy inzwischen offiziell entschuldigt und wird ihr eine hohe Entschädigung zahlen. Darüber hinaus haben mein Vater und ich beschlossen, dass wir ihr die Freiheit schenken. Nicht wahr, Trevor, so ist es doch?»

Trevor stierte nur dumpf, doch dann nickte er im letzten Moment, bevor Maggie Verdacht schöpfen konnte, dass an der Sache was faul war.

«Ich fass es nicht. Sollten Sie am Ende doch noch zur Vernunft gekommen sein.» Völlig entgeistert sah sie ihn an.

«Denken Sie nach», begann Edward von neuem und ergriff ihre Hände. «Warum hätte ich ausgerechnet Lena als Ehefrau auswählen sollen, wenn ich mich nicht auf der Stelle in sie verliebt hätte? Zu jener Zeit gab es genug Mädchen in London, die weiß Gott was darum gegeben hätten, meine Gesellschaft genießen zu dürfen. Glauben Sie mir, ich mache mir sehr große Sorgen um meine Frau. Mein größter Wunsch ist es, Lena gegenüber all diese üblen Missverständnisse aufklären zu können. Doch dafür müssen wir sie zunächst einmal finden. Ich kann nur hoffen, dass ihr nichts Schlimmes widerfahren ist. Also kommen Sie und beruhigen Sie sich. Dann erzählen Sie mir noch einmal, was genau vorgefallen ist.»

Edward mimte perfekt den besorgen Ehemann, und sein gesamter Auftritt war so überzeugend, dass Maggie überraschend schnell wieder Vertrauen fasste. Sie berichtete ihm in aller Ausführlichkeit, wie sie mit Lena am frühen Morgen in der Wildnis auf mehrere Neger gestoßen war, von denen einige auf Mauleseln ritten.

«Während mir die Flucht gelungen ist, wurde Lena allem Anschein nach entführt. Ich bin später an die Stelle zurückgekehrt, aber sie blieb wie vom Erdboden verschluckt.»

«Es ist durchaus möglich, dass sie von Rebellen entführt wurde», sinnierte Edward und beobachtete zufrieden das Entsetzen in Maggies Gesicht.

Mit Genugtuung stellte er fest, dass ihre Angst um Lena dazu beitrug, dass sie ihm offenbar gerne glauben wollte.

«Machen Sie sich keine Sorgen», beruhigte Edward sie mit sonorer Stimme. «Ich werde alles daransetzen, sie zu finden. Und in der Zwischenzeit wird Trevor Sie sicher zurück nach Redfield Hall bringen», versprach er und ergriff zum Beweis seiner Aufrichtigkeit ihre Hand.

«Was haben Sie vor?», fragte Maggie unsicher. «Soll ich nicht doch lieber mitkommen?»

«Keineswegs», widersprach er milde. «Ich werde mit meinen restlichen Männern nach Kingston reiten und um die Unterstützung des Gouverneurs und seiner Militärs bitten, damit wir Lena so bald wie möglich aus den Klauen dieser Übeltäter retten können.»

«Was bleibt mir anderes übrig», erwiderte Maggie und fügte sich in ihr Schicksal.

Noch etwas wacklig auf den Beinen folgte sie Trevor Hanson schließlich zur Tür. Hinter ihrem Rücken nickte Edward seinem Aufseher verschwörerisch zu. Trevors Augen waren so kalt wie der Nordpol.

Schweigend stapften Jess und Lena zum Lager zurück. Auf den Strick hatte er verzichtet, weil es ihm nach der Geschichte, die er ihr über sich selbst erzählt hatte, irgendwie absurd erschien. Allerdings hatte er auf der Augenbinde bestanden.

«Du und ich, wir kommen in Teufels Küche, wenn ich zulasse, dass du das Lager siehst und die Menschen hier. Es reicht völlig, dass du weißt, wie ich aussehe, und ich dir meine Herkunft verraten habe. Die anderen sollten davon nichts wissen.»

«Ich kann mir vorstellen, dass ich dir ziemliche Probleme bereiten könnte, wenn ich wollte», sagte sie ruhig. «Du mir aber auch. Denk nicht, dass ich deinen Auftritt nach meinem Fluchtversuch vergessen habe. Du hast mich ziemlich beeindruckt, und schließlich bin ich nicht lebensmüde.»

«Das war durchaus so beabsichtigt», entgegnete er mit einem verwegenen Lächeln.

Er wurde das Gefühl nicht los, dass er mit seiner Geschichte – oder vielmehr mit der seiner Mutter – etwas in ihrer Einstellung zu ihm verändert hatte. Es schien, als ob es plötzlich eine stille Vereinbarung zwischen ihnen gäbe. Sie wusste nun, dass er keiner Räuberbande angehörte, sondern durch seine Erfahrung als Sklave zu einem Rebell mit gewissen Prinzipien geworden war, die darauf hinausliefen, dass er seine Opfer nicht unnötig quälen wollte. Darauf hatte er stets großen Wert gelegt. Wobei es durchaus Mitstreiter im Lager gab, die da keinen Unterschied machten und die Meinung vertraten, die Weißen hätten es verdient, alles zu verlieren.

Sogar das Leben.

Als ob Lena den neuen Vertrauensbund bestätigen wollte, hielt sie seine Hand, während er sie durch dichtes Gebüsch führte. Wenn sie versehentlich ins Stolpern geriet, suchte sie an seiner starken Schulter Halt. Jess musste sich eingestehen, dass er es genoss, ihr so nahe zu sein.

Dabei war es nicht nur ihr Aussehen, das ihn faszinierte. Ihre ganze Art, wie sie sich bewegte und sich ausdrückte, gefiel ihm. Sie war kühl, vornehm und wortgewandt, und damit das komplette Gegenteil von den heißblütigen Inselschönheiten, die das Lager bevölkerten.

Dass sich eine so wohlerzogene Lady genauso mühelos in eine fauchende Wildkatze verwandeln konnte, imponierte ihm. Diesen Charakterzug musste Sir Edward Blake bei seiner Brautwerbung anscheinend übersehen haben, dachte Jess durchaus schadenfroh.

Nachdem sie einen schmalen Weg durch dichtes Gestrüpp gelaufen waren, gelangten sie an einen Hügel.

«Ich helfe dir hinauf», sagte Jess und fasste Lena am Arm. «Wir müssen ein bisschen klettern.»

«Wo willst du denn mit mir hin?», fragte sie, als sie bemerkte, dass es offenbar steil bergauf und über unebenes Gelände ging. «Ich sehe doch überhaupt nichts.»

«Du wolltest doch die ganze Wahrheit wissen», erwiderte Jess und überlegte nicht lange. Um ihr die Augenbinde abzunehmen, waren sie noch zu nah am Lager. «Ich werde dich tragen.»

Schon hatte er sie gepackt und trug sie wie ein Kind in seinen Armen, wobei er weiterhin mühelos bergauf stapfte. In Panik legte sie ihre Hände um seinen Hals und klammerte sich fest. Er nutzte die günstige Gelegenheit und drückte sie noch ein wenig energischer an sich.

«Was machst du mit mir?», jammerte sie.

Trotzdem entging ihm nicht, wie sie sich an ihn schmiegte. Sein Blut rauschte ihm mit einem Mal deutlich schneller durch die Adern, nicht wegen der Last, sondern wegen der Lust. Seit dem Bad verströmten ihre Haare einen Duft von Jasmin und Kokos, und ihre Lippen erschienen ihm wie pure Verführung. Er war froh, als er sie absetzen konnte, nachdem sie die Kuppe des Hügels erreichten.

Er schaute sich gründlich um, ob sie nicht beobachtet wurden, dann nahm er ihr vorsichtig die Augenbinde ab. Sie wollte etwas sagen, doch er legte nur einen Finger an ihre Lippen. «Sch…», dann zeigte er mit einer Hand auf eine Aussparung im Felsen. «Dort unten befindet sich unser Krankenlager», flüsterte er.

Lena sah, dass leichter Rauch aufstieg.

«Hier versorgen wir die frisch eingetroffenen Flüchtlinge. Was sich jedoch meist darauf beschränkt, dass wir Verbände wechseln und Kräuter verteilen, die den armen Menschen die Schmerzen nehmen sollen.»

«Können wir näher ran?», fragte Lena wissbegierig, was ihn verblüffte.

Offenbar hatte sie keine Angst vor dem Anblick, der sie erwarten würde.

«Wir müssen aufpassen, dass man uns nicht entdeckt», erklärte er mit gedämpfter Stimme und dirigierte sie zu jener Stelle, an der sich der Durchbruch auftat.

Mit einem Nicken forderte er sie auf, in die darunter befindliche Höhle zu schauen.

Lena kniff die Lider zusammen, um in der Dunkelheit, die sich unter ihr auftat, etwas erkennen zu können. Der aufsteigende Rauch trieb ihr die Tränen in die Augen. Etwa zwanzig Fuß unter ihnen hatten sich im Schein eines Lagerfeuers ausnahmslos dunkelhäutige Menschen versammelt. Bei näherer Betrachtung aber erfasste sie das Grauen.

«O mein Gott», krächzte sie hinter vorgehaltener Hand. «Was ist mit ihnen geschehen?»

Jess fasste sie bei der Schulter und zog sie ein wenig zur Seite, um sich selber ein Bild davon zu machen, was sie am meisten verstörte. Mit belegter Stimme gab er ihr anschließend einige Erläuterungen.

«Es sind ausnahmslos entflohene Sklaven. Die mit den vereiterten Fleischwunden wurden ausgepeitscht oder gebrandmarkt. Auch wenn es in den letzten Jahren aus der Mode gekommen ist, haben viele Plantagenbesitzer ihren Sklaven ein Brandzeichen verpasst, das sie als ihr Eigentum kennzeichnet. Das gibt nicht nur hässliche Narben, häufig werden daraus langanhaltende Eiterwunden. Die anderen, mit den aufgequollenen Gliedmaßen, leiden an einer Krankheit, die man hier Elefantiasis nennt. Arme und Beine schwellen plötzlich zu Baumstämmen an. Sie sind nicht mehr in der Lage zu arbeiten, was nicht selten dazu führt, dass sie fortgejagt werden und elendig verhungern müssen, wenn sich niemand ihrer erbarmt. Und die Ausgemergelten mit den dürren Leibern sind einfach von der harten Arbeit erledigt. Viele von ihnen haben die Schwindsucht. Die meisten haben jahrelang mehr als sechzehn Stunden täglich auf den Zuckerrohrfeldern geschuftet. Irgendwann sind sie umgefallen, und man hat sie für tot erklärt, obwohl sie's nicht waren. Die Verpflegung wurde eingestellt und ihnen damit jede Aussicht auf Besserung genommen. Und wenn sie niemanden haben, der sie versorgt, sind sie so gut wie dem Tode geweiht.» Er machte ein schnaubendes Geräusch, das seine Verachtung gegenüber den Sklavenhaltern eindrucksvoll unterstrich. «Aus Trelawney ist ein Fall bekannt, wo ein Pflanzer einen nicht mehr arbeitsfähigen Sklaven vor Wut eine Klippe hinabgestürzt hat, um ihn loszuwerden.»

«Herr im Himmel», wisperte Lena und schlug beide Hände vors Gesicht. «Aber viele von denen dort unten sind doch noch gar nicht so alt», flüsterte sie fassungslos, «oder ist das nur eine Täuschung?»

Lena konnte nicht anders, sie musste noch einmal hinabschauen in die düstere Hölle, von der sie kaum glauben konnte, dass sie wahrhaftig existierte. Und diesmal waren es nicht nur stinkende Fleischwunden, die sie entsetzten. Abgehackte Arme und Beine kamen hinzu. Blinde, sich vorantastende Menschen hatten Mühe, ihren Napf zu finden.

«Wer hat ihnen das angetan?», fragte sie dumpf, nachdem sie sich schwer atmend an den nächststehenden Baumstamm gelehnt hatte.

«Du kennst die Antwort», sagte Jess mit einer gewissen Arroganz in der Stimme. «Es sind Pflanzer wie Edward und William Blake, die ihnen das antun. Von Redfield Hall sind auch ein paar Leute dabei. Nur, dass sie dort keiner vermisst, weil sie alt und krank waren und man sie ohnehin schon abgeschrieben hatte. Doch das gilt nicht für diese jungen Burschen in der Todeszelle von Spanish Town, die Edward zu Unrecht beschuldigt hat, Aufrührer zu sein, und die nun deshalb auf ihre Hinrichtung warten.»

Ich hab sie gesehen, dachte Lena. Am Tag nach meiner Ankunft. Aber ich habe ihr Schicksal nicht ausreichend hinterfragt.

«Er hat behauptet, sie wären Rebellen», erwiderte Lena, wohl wissend, dass dies kein Argument war, um einem Menschen leichtfertig das Leben zu nehmen.

«Sie sind keine Rebellen», erklärte Jess hartnäckig. «Sie gehören weder zu uns, noch haben sie irgendetwas getan, weswegen man sie so hart bestrafen müsste. Niemals hätten sie einen Aufstand gegen die Pflanzer geplant. Man wollte sie verkaufen und von ihren Familien trennen. Aus einer günstigen Gelegenheit heraus haben sie sich entschlossen zu fliehen. Sie waren lediglich zur falschen Zeit am falschen Ort. Und sie sind der Grund, warum du hier bist. Nur im direkten Austausch für dich können wir sie noch retten.»

In der Ferne grollte das Gewitter, das sich bereits angekündigt hatte und nun stärker wurde. Ein Sturm fuhr durch die Bäume und brachte sie gefährlich ins Wanken. Von ihrem schlechten Gewissen gepeinigt, strich sich Lena die Haare aus dem Gesicht, bemüht, dem intensiven Blick ihres Gegenübers nicht auszuweichen. In ihr kämpften die widersprüchlichsten Gefühle. Sie war hin- und hergerissen zwischen dem, was sie gerade gesehen hatte, und dem, was Jess von ihr verlangte.

«Unter diesen Umständen kann ich erst recht nicht zu Edward zurück», entfuhr es ihr mit bebender Stimme. «Nach allem, was ich durch dich erfahren habe, kann ich ihm nicht mehr in die Augen schauen, ohne an den Teufel persönlich zu denken.»

«Obwohl ich es dir hoch anrechne, dass du das Unrecht der Sklaven erkennst, wäre es fatal, wenn der Gouverneur einem Austausch zustimmt und du dich weigerst, zu deinem Mann zurückzukehren. Neben dem Verrat unseres Standortes wäre es das Schlimmste, was du uns – was du mir – antun könntest», erwiderte er mit regloser Miene. «Wenn du nach deiner Freilassung nicht nach Redfield Hall zurückkehrst, würde der Eindruck entstehen, dass meine Leute und ich nicht Wort gehalten, sondern dir etwas angetan haben. Und dann …»

Er sprach nicht weiter, doch Lena ahnte, was es bedeutete. Sie wusste nun überhaupt nicht mehr, wie sie sich ihrer Verantwortung entziehen sollte. Jess blickte ihr ernst in die Augen.

«Im Übrigen würde Cato, unser Anführer, mich dafür verantwortlich machen, wenn der Austausch danebengeht. Ich müsste dann mit meinem Leben dafür bezahlen. So oder so.»

Lena biss sich auf die Unterlippe und versuchte nachzudenken, was ihr in ihrer Verwirrung nur leidlich gelang.

«Ich werde nicht weglaufen», sagte sie schließlich und schaute ihm tief in die Augen. «Ich werde tun, was ich muss …» Sie zögerte einen Moment. «Nein», sagte sie schließlich. «Ich werde alles in meiner Macht Stehende tun, um euch und allen Sklaven dieser Insel zu helfen.»

Plötzlich blitzte es, und ein gewaltiger Donnerschlag ließ die gesamte Umgebung erzittern. Wassermassen prasselten im Nu auf sie nieder. Jess war sofort auf den Beinen und zog sie hoch.

«Wir müssen hier schnellstens weg, wenn wir nicht vom Blitz getroffen werden wollen!»

Bevor sie auch nur protestieren konnte, setzte er ihr die Augenbinde auf, hob sie hoch und warf sie regelrecht über seine breiten Schultern. Lena stieß einen verhaltenen Schrei aus, als er mit ihr zu rennen begann. Doch alles Strampeln half nichts, Jess ließ sich nicht beirren und hechtete mit ihr quer durch den Busch. Äste und Blätter streiften sie, während unweit von ihnen die Blitze einschlugen, sodass es kurzzeitig sogar unter der Augenbinde hell wurde.

Als sie endlich das Gefängnis erreicht hatten, setzte er sie sanft auf ihrer Strohmatte ab. Ihre Haare waren durchnässt, ebenso wie seine. Fürsorglich entfernte er ihre Augenbinde und entzündete mit einem Feuerschläger eine Fackel, die er vor den Gitterstäben in einer Halterung befestigte. Draußen tobte der Sturm mit unvermittelter Härte, und der Regen rauschte wie ein Wasserfall über die Höhle. Drinnen war es vergleichsweise still. Ja, es hätte sogar gemütlich sein können, wenn sie nicht von diesen Bildern verfolgt worden wäre und den Gedanken, die daran geknüpft waren.

Mit einem Seufzer lehnte sie sich an die Felswand zurück. Ihr war immer noch schwindlig. Plötzlich erschrak sie, weil aus der Dunkelheit ein Rascheln zu hören war. Jess, der sich neben ihr niedergelassen hatte, merkte ihre Angst und sprang auf, die Machete, die er immer am Gürtel trug, in der Hand.

«Lass gut sein», bemerkte sie matt. «Meine Angst vor ein paar blöden Ratten ist geradezu lächerlich. Zumindest im Vergleich mit dem, was Tausenden von Männern und Frauen dort draußen tagtäglich widerfährt. Du musst mich für eine ziemlich arrogante Idiotin halten, hab ich recht?»

«Nein», erwiderte er und schüttelte den Kopf, wobei er seine angespannte Haltung aufgab, die Machete wegsteckte und sich wieder zu ihr setzte. «Woher hättest du denn wissen sollen, was dort draußen geschieht?», kam er ihr voller Verständnis entgegen. «Du stammst aus einer völlig anderen Welt. Wie solltest du um all die komplizierten Verstrickungen wissen, die unser Dasein in eine ausgekochte Hölle verwandeln.»

«Ich komme mir schäbig vor, weil ich die Situation der Sklaven auf Redfield Hall nicht eher erkannt habe», erklärte sie leise. Dann fügte sie mit fester Stimme hinzu: «Nach allem, was ich gesehen habe, kann ich nicht einfach so weitermachen wie bisher. Selbst wenn ich dir zuliebe zu Edward zurückgehe, wird es nicht für lange sein. Ich kann in Zukunft nicht die treusorgende Ehefrau für ihn spielen, aber ich kann auch nicht einfach davonlaufen und tun, als ob mich all das, was ich durch dich erfahren habe, nichts anginge. Ich muss mehr tun. Das musst du doch verstehen, oder?»

«Du bist ein tapferes Mädchen», bekannte Jess und drückte ihr anerkennend die Schulter. «Ich bin sicher, dass uns etwas einfallen wird, wie wir dieses Problem am besten lösen.»

«Wie machst du das nur?», fragte sie mit aufrichtiger Bewunderung in der Stimme. «Du hast dieses Leid schon ein ganzes Leben ertragen … wie ist es möglich, dass du noch nicht zerbrochen bist, sondern anderen Menschen zu Hilfe eilst und dein Leben für sie einsetzt, anstatt einfach zu verschwinden? Es erscheint mir wie ein Wunder.»

Seine Mundwinkel hoben sich zu einem Lächeln.

«Du schmeichelst mir», sagte er und sah ihr tief in die Augen, was sie ganz unruhig machte. «Dass ich an all dem nicht zerbrochen bin, liegt nicht an mir. Es ist Gottes Wille. Wen er liebt, den lässt er leiden. Das hat schon meine Mutter immer behauptet. Nur so bist du in der Lage wertzuschätzen, was wahres Glück bedeutet. Nur so kannst du über dich selbst hinausgehen und die Bedürftigkeit der anderen erkennen. Ich bin meinem Schöpfer dankbar dafür, dass er mir eine Chance gibt, die Welt ein kleines bisschen zu verbessern.»

Sie lächelte und wich seinem einnehmenden Blick aus.

«Du wärst ein wunderbarer Priester», sagte sie leise. «Obwohl du überhaupt nicht so aussiehst.»

Ihr Blick streifte seine muskulösen Arme und die breiten Schultern, und sie musste grinsen.

«Das täuscht», erwiderte er, ohne näher darauf einzugehen, was er damit meinte.

«Ich versuchte mir gerade vorzustellen, wie dein Weg verlaufen wäre, wenn du die gleichen Chancen wie Edward gehabt hättest. Dann wäre Redfield Hall heute sicherlich ein besserer Ort.»

«Wahrscheinlich hätte ich andere Fehler gemacht», bekannte er zweifelnd.

«Das vermag ich mir beim besten Willen nicht vorzustellen», erklärte sie ein klein wenig verlegen. «Du scheinst mir ein Mann zu sein mit Verantwortungsgefühl für alles, was dich umgibt. Edward dagegen ist nur ein verwöhnter, geschniegelter Dandy.»

«Das nenne ich ein echtes Kompliment», raunte er schmunzelnd und rückte unmerklich ein ganzes Stück näher.

Während es draußen vor der Höhle laut donnerte, konnte Lena seinen Atem auf ihrem Gesicht spüren. Sie wich nicht zurück, als er sie mit seinen geradezu magischen Augen fixierte, aus denen mit einem Mal alles Priesterhafte verschwunden war.

«Nicht wenige weiße Frauen würden mich dafür hassen, wenn ich sie entführen und in einen Käfig sperren würde. Aber du bist anders. Und dafür danke ich dir.»

Für einen Moment verschmolzen ihre Blicke im Halbdunkel.

Er fasste sie bei den Schultern und zog sie zu sich heran, dabei blickte er ihr weiterhin tief in die Augen.

«Ich kann verstehen, dass du nicht mehr zu deinem Mann zurückgehen willst. Aber du könntest drei Leben und meins dazu retten, wenn du es trotzdem tust, und sei es auch nur für einen einzigen Tag.»

Lena nickte kaum merklich.

«Und was ist, wenn Edward mich nicht zurückhaben will?»

Jess blinzelte irritiert und ging ein wenig auf Abstand. Er musterte sie, als ob er ihr Aussehen einer erneuten Prüfung unterziehen müsste. Nach einem kurzen Innehalten setzte er ein zuversichtliches Lächeln auf.

«Dann wäre er ein ziemlicher Idiot. Welcher Mann würde eine so schöne Frau einem dahergelaufenen Rebellen überlassen?»

Seine heißen Blicke, aus denen pure Bewunderung sprach, schmeichelten ihrer verwundeten Seele. Dieses Siegerlächeln, das er urplötzlich aufsetzte, erinnerte sie für einen winzigen Moment an Edward, als sie ihm ihr Jawort zur Verlobung gegeben hatte. Und auch was die Intensität der Komplimente betraf, stand Jess seinem herausgeputzten Halbbruder in nichts nach. Und doch war er aus anderem Holz geschnitzt. Härter und ehrlicher. Die plötzliche Erkenntnis, dass sie Jess viel lieber bei *Almack's* getroffen hätte, ließ sie erschauern. Und für einen Moment sah es so aus, als ob er auf ihre Bereitschaft, sich von ihm küssen zu lassen, eingehen würde. Doch dann straffte er sich.

«Du hast bestimmt Hunger», sagte er.

Auch wenn ihr diese Aussage durchaus zweideutig erschien, meinte er offenbar die harmlosere Variante.

«Was hältst du davon, wenn ich uns etwas zu essen organisiere und du erzählst mir noch ein bisschen von dir? Wo du herkommst und wie es dort ist, wo du vorher gelebt hast? Ich habe keine Vorstellung von Deutschland. Mein Horizont erstreckt sich lediglich auf Kuba und Jamaika. Beinahe wäre ich in Südamerika gelandet, aber daraus ist dann nichts geworden.»

«Meine Geschichte ist nicht so spannend wie deine und schon gar nicht so tragisch», warnte sie ihn.

«Das macht nichts», sagte er lächelnd. «Noch haben wir Zeit, die wir uns irgendwie miteinander vertreiben müssen.»

Bevor sie protestieren konnte, war er aufgestanden und hatte ihrem Gefängnis den Rücken gekehrt. Dass er die Tür hinter sich mit einem Schlüssel verriegelte, versuchte sie zu ignorieren. So viel zum Vertrauen, das er ihr entgegenbrachte.

«Ich bin gleich wieder da», rief er ihr beinahe entschuldigend zu und war schon verschwunden.

Zeit, die wir uns irgendwie miteinander vertreiben müssen? Lena schaute ihm nach. Wie er das wohl gemeint hatte? Sie mochte es sich einbilden, aber mittlerweile wurde sie das Gefühl nicht los, dass er ihre Gegenwart geradezu inhalierte. Und obwohl ihr das unter den gegebenen Umständen ziemlich merkwürdig erschien, erging es ihr kein bisschen anders.

KAPITEL 17

September 1831 || Jamaika || Die Flamme von Jamaika

Als Edward mit seinen restlichen Leuten am späten Nachmittag im Gouverneurspalast von Spanish Town eintraf, wartete eine böse Überraschung auf ihn. Sir Randolph Patterson, der erste Sekretär des Gouverneurs, empfing ihn im sonnendurchfluteten Schreibzimmer seines Vorgesetzten und hielt ihm einen abgegriffenen Brief entgegen. «Suchen Sie Ihre Frau?», fragte der geschniegelte Mittvierziger geradezu provokant.

«Woher wissen Sie …?»

Edward war ehrlich verblüfft. Mit einem Mal gingen ihm tausend Gedanken durch den Kopf. Hatte Lena sich etwa in ihrer Verzweiflung über sein Fehlverhalten an die Gouverneursgattin gewandt und dort Zuflucht gesucht? Nein – ziemlich unwahrscheinlich – in einem solchen Fall hätte sie ihre Gesellschafterin wohl kaum mitten in der Wildnis zurückgelassen.

«Das wurde heute Morgen anonym im Postzimmer des Parlaments abgegeben», erklärte Sir Randolph und wedelte Edward mit dem vergilbten Blatt Papier vor der Nase herum. «Es handelt sich um ein Erpresserschreiben der *Flamme von Jamaika*», führte Sir Randolph in einem besserwisserischen Ton aus, der Edward überhaupt nicht gefiel.

«Die Existenz dieser Schweinehunde ist mir nichts Neues», warf Edward ungeduldig ein, «aber was hat das mit dem Verschwinden meiner Frau zu tun?»

«Wenn wir dem, was hier steht, Glauben schenken, wurde sie von diesen Rebellen entführt. Sie verlangen die Freilassung der drei zum Tode verurteilten Neger, die zurzeit noch in Fort Charles eingekerkert sind. Jene Sklaven, die Sie als Anführer der Heimatmilizen geschnappt und nach Spanish Town gebracht haben. Möglicherweise handelt es sich um einen Racheakt.»

Edward erwiderte nichts, weil er vergeblich versuchte, zwischen Lenas offensichtlicher Flucht vor ihm und diesen verdammten Aufrührern einen Zusammenhang zu erkennen.

«Ich weiß nicht, ob Sie schon informiert wurden», fuhr Sir Randolph gnadenlos fort, «aber vor einiger Zeit haben schon einmal Rebellen versucht, die drei Todeskandidaten aus dem Gerichtsgefängnis von Spanish Town zu befreien. Dabei sind zwei Wachleute getötet worden. Wir gehen davon aus, dass es sich im Falle der Entführung Ihrer Gattin um die gleichen Männer handelt.»

«Sind Sie sicher?», fragte Edward lahm, wobei er immer noch rätselte, woher die Männer von Lenas Flucht gewusst haben konnten. Entweder war das alles ein wahnwitziger Zufall, oder das Ganze hatte Methode. «Was ist, wenn das alles nur ein Bluff ist?»

«Die Unterschrift wurde allem Anschein nach mit Blut gezeichnet», fuhr der Sekretär mit gewichtiger Stimme fort. «Ein Symbol, dessen sich die *Flamme von Jamaika* gerne bedient, wie wir von unseren Mittelsmännern erfahren haben. Das Blut steht angeblich für Kampf und Aufbruch. Soweit wir informiert sind, helfen diese Verbrecher entflohenen Negern, von der Insel wegzukommen. Und nun sind sie einen Schritt weiter gegangen.»

«Weiß der Gouverneur davon?», fragte Edward überflüssigerweise.

«Selbstverständlich», erwiderte Patterson. «Wie haben bereits Boten entsandt, um die Abgeordneten zu einer außerordentlichen Parlamentssitzung zusammenzurufen. Auch Ihr Vater wurde schon informiert. Deshalb dachte ich, Sie wissen Bescheid. Zurzeit tagt eine Notbesetzung des Parlaments. Die Entführer haben uns ein Ultimatum bis morgen früh um neun Uhr gestellt. Wenn wir bis dahin keinen entsprechenden Antwortbrief verfasst haben, der verschlüsselt in der *Kingston Gazette* abgedruckt wird, wollen sie Lady Helena töten.»

«Um Himmels willen! Und ich dachte immer, diesen verdammten Negern sei es per Todesstrafe verboten zu lesen geschweige denn zu schreiben! Jetzt bedienen sie sich sogar einer Zeitung, um ihre finsteren Ziele zu verwirklichen!»

Edward betrachtete mit einer Mischung aus Verzweiflung und Wut den vermaledeiten Brief, der auf vergilbtem Papier mit sauberer Schrift davon kündete, dass die verdammten Neger, wie er sie nannte, sogar nicht nur lesen, sondern sich augenscheinlich auch exzellent ausdrücken konnten.

«Was taugen unsere Gesetze, frage ich mich», brachte er schnaubend hervor, «wenn niemand mit harter Hand kontrolliert, ob sie befolgt werden?»

«Wer weiß», erwiderte Patterson, «vielleicht haben abtrünnige Baptistenprediger wie William Knibb sie unterstützt. Ich habe die Militärkommandantur bereits aufgefordert, ihre Kommissare zu den entsprechenden Gemeinden auszusenden und deren geistliche Führer festzunageln, bis sie eine brauchbare Aussage gemacht haben. Colonel Brown hat als Befehlshaber der landesweiten Polizei-Milizen dafür extra einen leitenden Ermittler aus Fort Charles angefordert, der bereits vor einer Stunde in Spanish Town eingetroffen ist. Er brennt darauf, Ihnen ein paar Fragen zu stellen.»

«Mir? Fragen stellen?» Edward schaute aufgeschreckt von dem Brief hoch, den er immer noch zitternd in den Händen hielt. «Was denn für Fragen?»

«Nun ja», bemerkte Patterson und räusperte sich respektvoll. «Zum Beispiel, wo sich Ihre Gattin zum Zeitpunkt der Entführung aufgehalten hat und ob sie wie auch immer in die Sache verwickelt sein könnte.»

«Verwickelt?» Edward glaubte den Verstand zu verlieren und lief rot an. «Sind Sie von Sinnen?», schrie er Patterson so unvermittelt an, dass dieser zusammenzuckte. «Sie wollen doch nicht etwa behaupten, dass meine Frau etwas mit diesem kriminellen Negerpack zu tun hat! Sie ist eine ehrbare Lady und über jeden Zweifel erhaben. Wie Sie selbst sagten, wurde sie entführt und ist nicht etwa freiwillig davongelaufen!»

Plötzlich kam ihm eine verrückte Idee. Was wäre, wenn Lena ihre Entführung nur vorgetäuscht hatte, um etwas noch viel Abwegigeres zu tun? Was wäre, wenn seine Frau wahrhaftig den Verstand verloren hatte und zu den Sklavengegnern übergelaufen war? Edward lief ein Schauer über den Rücken. Hatte er vor Stunden noch geglaubt, der Skandal in Zusammenhang mit ihrem Verschwinden sei nicht steigerungsfähig, wurde er nun – zumindest in seiner Phantasie – eines Besseren belehrt.

Aber von einer solchen Überlegung durfte er sich keinesfalls etwas anmerken lassen. Dies wiederum setzte voraus, dass er das Intermezzo mit Maggie auf der Drydenfarm für sich behalten würde. Wenn Trevor seine Arbeit ordentlich erledigte, gab es keinerlei Zeugen dafür, dass Lena ihm davongelaufen war. Ganz im Gegenteil, er würde das Verschwinden ihrer Gesellschafterin ebenfalls irgendwelchen ominösen Rebellen in die Schuhe schieben können. Bis dahin musste er Zeit gewinnen. Hinzu kam die winzige Hoffnung, dass Lena sich eines Besseren besann und von ganz alleine wieder auftauchte.

«Wie können Sie überhaupt sicher sein, dass sich meine Frau in der Hand irgendwelcher Rebellen befindet, wenn nicht einmal ein Beweis erbracht ist, dass diese Schweine die richtige Person in ihrer Gewalt haben?»

«Genau das ist der Punkt», sagte plötzlich eine verhältnismäßig hohe Stimme, die – als Edward herumfuhr – zu einem blassgesichtigen, dunkelblonden Mann gehörte, der soeben das Büro betreten hatte.

Sein kurz geschnittenes Haar war korrekt gescheitelt und mit Pomade in Form gebracht worden. Er trug die dunkelblaue Uniform eines Kommodore der Royal Navy. Bis auf den feinen Rock mit unzähligen Orden daran war er eine unauffällige Erscheinung. Jedoch verriet der Blick des jungen Mannes ein gewisses Jagdfieber, das Edward beunruhigte.

«Darf ich mich vorstellen», sagte er mit einem arroganten Lächeln und streckte Edward mit einer angedeuteten Verbeugung seine weibische Hand entgegen. «Kommodore Dr. Luis Bolton, staatlich vereidigter Advokat der Marine. Zu Ihren Diensten, Sir.»

«Und was in Gottes Namen hat die Marine mit dieser Sache zu tun?» Edward schaute ihn misstrauisch an.

«Ich leite bereits seit längerem im Auftrag des königlichen Geheimdienstes die Ermittlungen im Fall einer noch nicht lange bestehenden Rebellenorganisation, die sich die *Flamme von Jamaika* nennt. Diese Verschwörer bereiten uns seit einiger Zeit Kopfzerbrechen. Wir vermuten dahinter einen Zusammenschluss aus abtrünnigen Maroon, Mitgliedern der nonkonformistischen Baptistengemeinden unter der Leitung von Prediger William Knibb und einer neu formierten Rebellenelite, die sich überwiegend aus Negern mit weißen Vorfahren zusammensetzt. Wir sehen zudem eine Verbindung zwischen dem Vorfall anlässlich Ihrer Vermählung, bei der zwei von Captain Peacemakers Männern getötet wurden, und dem jetzigen Verschwinden Ihrer Gattin. Wobei wir noch im Dunkeln tappen, wie diese Entführung überhaupt vonstattengehen konnte. Wissen Sie irgendetwas darüber? Wo hat sich Ihre Frau aufgehalten, als sie entführt wurde? Gibt es Zeugen?»

«Keine Ahnung», erklärte Edward überrumpelt. «Sie war bei meiner Patentante auf Rosenhall zu Besuch. Heute Morgen kam mein Bursche, der sie begleitet hat, nach Redfield Hall und erklärte, sie sei spurlos verschwunden. Seitdem sind meine Männer und ich auf der Suche nach ihr. Was uns letztendlich hierher geführt hat.»

Edward vermied es geflissentlich, auf die Gegenwart von Maggie einzugehen. Dabei kam ihm zu Hilfe, dass niemand von ihm erwarten würde, sich Sorgen ums Personal zu machen. Falls Bolton bei den Ermittlungen auf sie stieß, war immer noch genug Zeit, um über Maggie zu sprechen. Und spätestens dann wäre sie ebenso unauffindbar.

Sollte er ruhig annehmen, dass die Rebellen auch das Leben der Gesellschafterin auf dem Gewissen hatten.

«Welchem Glauben gehört Ihre Frau an? Hatte sie Kontakte zu den Baptisten, und wie steht sie zur Sklaverei?»

«Hören Sie», antwortete Edward erbost. «Wie reden Sie eigentlich von meiner Frau? Wir sind Anglikaner und haben mit den Baptisten nicht das Geringste zu schaffen. Mein Vater ist Ehrenmitglied im europäischen Club, in dem es fast schon zum guten Ton gehört, glühender Gegner aller Feinde der anglikanischen Kirche zu sein.

Im Übrigen ist Colonel Brown, der sich im Club sehr engagiert, ein persönlicher Freund meines Vaters. Und was die christliche Gesinnung meiner Frau betrifft: Bis zu unserer Hochzeit gehörte sie der evangelisch-lutherischen Kirche an. Mit dem Tag der Vermählung ist sie zur anglikanischen Kirche übergetreten.»

Edward redete sich zunehmend in Rage.

«Und überhaupt, was soll diese dämliche Frage mit den Sklaven? Redfield Hall hat einen der höchsten Sklavenanteile auf dieser Insel. Denken Sie ernsthaft, meine Frau hätte mir ihr Jawort gegeben, wenn sie etwas gegen die Sklavenhaltung gehabt hätte?»

«Vielleicht wollte sie mit ihrer Heirat Veränderungen einleiten?»

Der Ermittler ließ nicht locker.

«Ich bitte Sie», beschwor ihn Edward. «Das ist absurd. Sie ist kaum über zwanzig, fast noch ein Kind – sie hat gar keine Ahnung von dem, was hier passiert, geschweige denn, dass sie politische Ambitionen verfolgt.»

Für einen Moment schien Bolton der Nachschub an Fragen ausgegangen zu sein.

«Haben Sie denn gar keine Ahnung, wo sie sein könnte?», fragte Edward den jungen Ermittler scheinheilig, um von sich selbst und Lena abzulenken. «Ich meine, wenn Sie schon Ihre Geheimdienste aktivieren, um dieser unseligen Rebellentruppe habhaft zu werden, wieso wissen Sie dann nicht, wo sie sich befindet? So groß ist das Land schließlich nicht.»

«Anscheinend immer noch groß genug, um sich in einem Rattenloch verkriechen zu können», erwiderte Bolton leicht ungehalten. «Sie wissen doch selbst, wie gerissen die Einheimischen sind. Sie kennen Verstecke, von denen wir nicht einmal etwas ahnen. Außerdem müssen wir davon ausgehen, dass sie taktisch hervorragend geschult und zudem schwer bewaffnet sind. Nach dem letzten Maroon-Krieg im Jahr 1795 hat unser Militär davon Abstand genommen, blind Männer und Material zu opfern, bloß um ein paar Rattenlöcher auszuräuchern, die danach durch neue ersetzt werden.»

«Aber hier geht es nicht um Rattenlöcher, sondern um das Leben meiner Frau», erwiderte Edward im Brustton der Überzeugung.

«Gewiss», bestätigte Bolton. «Dadurch bekommt das Ganze eine neue Qualität. Ich glaube kaum, dass der König von England mit einem solchen Vorgehen der Aufständischen einverstanden ist. Selbst wenn er ernsthaft darüber nachdenkt, die Sklaverei abschaffen zu lassen. Das hier geht entschieden zu weit.»

«Und was haben Sie nun vor?»

«Wir werden die Entscheidung des Parlamentes abwarten müssen», meinte Bolton diplomatisch. «Es ist fraglich, ob die Vertreter der einzelnen Landesteile einer Freilassung der Delinquenten zustimmen werden. In der Zwischenzeit können wir uns noch ein wenig unterhalten, und Sie erzählen mir ein bisschen mehr über Lady Helena. Es wäre interessant für mich zu wissen, ob sie – vorausgesetzt, alles hat seine Richtigkeit – einer solchen Entführungssituation gewachsen ist? Was nützt es uns, wenn sie am Schock stirbt, bevor wir auch nur daran denken können, eine Gefangenenherausgabe vorzunehmen? Sollte es jedoch tatsächlich zu einem Austausch kommen, werden wir Ihre Ehefrau verhören müssen, um herauszufinden, wo ihre Peiniger sie gefangen gehalten haben. Dafür benötige ich Ihre Einverständniserklärung als Ehemann.»

«Die sollen Sie getrost haben», bemerkte Edward gereizt. «Aber wenn ich es richtig sehe, müssen wir zunächst einmal sicherstellen, dass sie sich tatsächlich in den Händen irgendwelcher Wilden befindet und vor allem, dass sie noch lebt. Wenn dem so ist, sollten wir sie schleunigst finden, bevor ihr weiteres Leid zugefügt wird. Deshalb kann ich nur an Sie appellieren, sich mit Ihren Ermittlungen zu beeilen. Wenn Sie wollen, stelle ich meine Männer gerne für weitere Suchaktionen bereit.»

«Keine Sorge», sagte Bolton. «Wir werden eine Lösung finden, um Ihre Frau heil zu Ihnen zurückzubringen, selbst wenn es den Einsatz sämtlicher auf der Insel befindlicher Militärs erfordert.»

Es hatte aufgehört zu regnen, doch das Lager stand halb unter Wasser. Ein paar Kinder planschten mit nackten Füßen im Matsch, als Jess die Kochhütte der Frauen erreichte. Um diese Zeit wurde gewöhnlich das Abendessen zubereitet, an dem alle Lagerbewohner teilnehmen konnten. Darüber hinaus war es verboten, eigene Feuerstellen zu betreiben, weil zu viel Rauch verräterisch sein konnte. Schon von weitem stieg Jess der Duft von Eintopf und frisch gebackenen Maisbrotfladen in die Nase.

Vor den Hütten standen ein paar Frauen und unterhielten sich kichernd. Als sie Jess gewahrten, waren sie sogleich still und grinsten sich verstohlen an. Ihre leicht anzüglichen Blicke ruhten auf seinem nackten Oberkörper. Obwohl er das Interesse der Lagerbewohnerinnen gewöhnt war und sich eher darüber amüsierte, wäre er seinen Verehrerinnen diesmal am liebsten aus dem Weg gegangen. Die ganze Situation hatte etwas von einer Verschwörung, was ihm irgendwie unheimlich erschien.

Er versuchte die Frauen zu ignorieren und duckte sich beim Eintritt in die Hütte. Sein überraschter Blick fiel auf Selina, die er hier nicht erwartet hatte. Normalerweise war sie für die Versorgung der Krankenstation und für die Wäsche zuständig. Er setzte eine möglichst neutrale Miene auf.

«Habt ihr was zu essen für mich?», fragte er in die Runde.

«Warum nicht?», erklärte Selina mit einem seltsam unbeteiligten Ausdruck in den Augen.

Gewöhnlich flirtete sie mit ihm, wenn sie aufeinandertrafen, und lachte ihn an. Vielleicht war sie noch immer verärgert, weil er ihr am Waschteich eine Abfuhr erteilt hatte.

«Was gibt es denn Gutes?», fragte er und warf einen Blick in den großen Eisentopf, der auf einem provisorisch erbauten Herd aus Steinen vor sich hin simmerte.

«Schwarzkrabbenragout mit Yams.»

Erst jetzt sah Jess, dass kein Eintopf im Kessel brodelte, sondern lediglich das Wasser, in dem die großen schwarzen Krabben, die bei Einbruch der Nacht aus ihren Löchern schlüpften, zu Tode gekocht wurden. Der eigentliche Eintopf war schon in einem anderen Kessel vorbereitet worden. Ein paar kleine Jungs machten sich einen Spaß daraus, die relativ großen Krustentiere aus einem Korb zu befreien und ihnen hinterherzulaufen, während die tierischen Opfer aussichtslos um ihr Leben krabbelten.

Eine Frau war unterdessen damit beschäftigt, die frisch gekochten Krabben nach und nach mit einer Holzzange aus dem dampfenden Wasser herauszufischen und auf einem Holzblock mit einer Machete zu zerteilen. Wiederum eine andere pulte das helle Fleisch aus den aufgebrochenen Schalen und Zangen und gab es zu dem bereits fertigen Gemüseeintopf.

Wortlos nahm Selina einen Blechnapf von einem Tisch und schöpfte zwei gute Kellen des fertigen Eintopfs hinein. Dann legte sie einen dicken Maisfladen dazu und übergab Jess beides.

«Gibst du mir bitte noch eine zweite Portion», bat er.

Selina reagierte nicht sofort, sondern sah ihn mit einem unergründlichen Blick an. In ihren braunen Augen spiegelte sich das offene Feuer des Ofens. Dann ging sie zum Tisch, nahm einen neuen Napf und bereitete eine weitere Portion Suppe mit Brot. Er bedankte sich mit einem Nicken und wendete sich zum Ausgang. Plötzlich stand sie neben ihm und versperrte ihm den Weg.

«Stimmt es, dass sie aussieht wie ein Engel?»

«Selina, was soll das? Wovon redest du?»

«Von der Frau, die du mit der Suppe versorgst.»

«Du dürftest gar nicht von ihr wissen.»

«Nathan sagte, er hat euch gesehen, wie du sie zum Quellteich geführt hast.»

«Nathan redet zu viel für einen Krieger», erwiderte Jess dunkel.

«Schläfst du mit ihr?»

In ihrem Blick spiegelte sich eine Mischung aus Trauer und Enttäuschung.

«Red keinen Unsinn», entgegnete er und versuchte sich seine Verlegenheit nicht anmerken zu lassen. «Sie ist eine Gefangene.»

Selina schaute ihn von unten herauf an und lächelte unsicher.

«Gerade deshalb könntest du mit ihr tun, was du willst.»

«Sehe ich so aus, als ob ich das nötig hätte?»

Langsam wurde er ärgerlich.

«Was hat sie, was ich nicht habe?»

Selina beabsichtigte offenbar nicht, ihn einfach mit seiner Suppe ziehen zu lassen. Deshalb stellte er die Schüsseln auf dem Boden ab, um sich ihr intensiver zu widmen. Eine eifersüchtige Frau konnte weitaus gefährlicher sein als eine ganze Armee. Er fasste sie bei den Schultern und sah ihr tief in die Augen.

«Hör zu, Selina», sagte er leise, «das hier hat überhaupt nichts mit uns beiden zu tun. Deshalb möchte ich, dass du aufhörst, so zu sprechen.»

«Deine Mutter sagt, sie sei eine gefährliche Frau, die es auf dein Herz abgesehen hat, und dass du dein Leben aufs Spiel setzt, wenn du dich mit ihr einlässt.»

«Abgesehen davon, dass ich mein Leben tagtäglich aufs Spiel setze, wie alle anderen Krieger dieses Lagers auch, redet Baba ohne Sinn und Verstand», erwiderte Jess verärgert. «Ich will nicht, dass du dich mit ihr über diese Sache unterhältst. Nicht mit ihr und auch mit keiner anderen Frau dieses Lagers. Dafür ist die Angelegenheit viel zu gefährlich. Cato und ich haben einen Plan, und dabei wird uns diese weiße Frau nützlich sein. Ich tue das alles nur, um die drei Jungs zu retten, die in Fort Charles auf ihre Hinrichtung warten. Hier geht es nicht um eine mögliche Liebschaft; hier geht es um Leben und Tod. Und zwar für uns alle. Hast du mich verstanden?», fragte er schroff.

«Ja», hauchte sie und blickte eingeschüchtert zu Boden.

Jess verharrte noch einen Moment, dann bückte er sich, hob die zwei Blechnäpfe vom Boden auf und eilte davon.

Lena verspürte eine diffuse Freude, als Jess nach längerem Warten endlich in der Höhle auftauchte. Ihr Blick streifte seine schönen, kräftigen Hände, in denen er zwei Blechteller balancierte. Darin schimmerte eine sämige Flüssigkeit.

«Oh», sagte sie nur. «Ich dachte schon, du hättest mich vergessen.»

Er warf ihr einen undurchsichtigen Blick zu. Dann setzte er die beiden Teller ab, bevor er seinen ledernen Rucksack von den Schultern gleiten ließ und die Türe zu ihrem Verlies aufschloss. Nachdem er seinen Rucksack wieder geschultert hatte, nahm er die Blechteller auf und trat durch die Tür.

In der Zelle reichte er ihr einen Teller Suppe und setzte danach seinen Rucksack direkt neben dem Strohlager ab, auf dem sie sich inzwischen wohl oder übel häuslich eingerichtet hatte. Am Morgen hatte er ihr überraschend eine saubere, dicht gewebte Baumwolldecke mitgebracht, die sie über der verschlissenen Strohmatte hatte ausbreiten können. Den anderen Teller in der Hand, hockte er sich mit einem Ächzen neben sie.

«Was ist das?», fragte sie und verspürte beim Anblick der gut gefüllten Näpfe einen Anflug von nagendem Hunger.

«Ein Eintopf mit Yams und Fleisch», sagte er nur und nickte ihr aufmunternd zu, bevor er selbst zu essen begann.

«Keine Ratten?», fragte sie mit einem neckischen Augenaufschlag.

«Schwarze Krabben.»

«Das ist ja fast noch schlimmer», bekannte sie lächelnd und schnupperte an der Suppe.

Der Eintopf roch leicht süßlich und wunderbar nach Kräutern. Aus dem hellen Brei schauten kleine, helle Fleischwürfel hervor, die sie jedoch eher an Fisch erinnerten.

«Ich finde auch, dass diese Viecher weitaus hässlicher aussehen als Ratten», bekannte Jess. «Aber wenn du mich fragst, schmecken sie besser.»

Es gab kein Besteck, denn die meisten Neger bevorzugten es, mit den Fingern zu essen. Lena schaute zu, wie Jess den zähflüssigen Eintopf direkt aus dem Napf schlürfte und den eingerollten Maisfladen wie einen Löffel benutzte. Sie tat es ihm nach und versuchte die Gedanken daran zu verdrängen, was sie aß.

Die für Jamaika typischen schwarzen Riesenkrabben hatte sie erst einmal leibhaftig gesehen, als Estrelle sie in der Küche für Jeremia zubereitet hatte. Angeblich hatte es vor mehr als zehn Jahren auf der Insel eine unerklärliche Plage dieser grässlichen Kreaturen gegeben. Seither waren die Tiere, deren Anblick Lena an große schwarze Spinnen erinnerte, vor allem aus jamaikanischen Kochtöpfen nicht mehr wegzudenken.

Trotzdem schmeckte der Eintopf überraschend gut. Das helle Krabbenfleisch war zart, und das sämige Gemüse, das einer Kartoffelsuppe ähnelte, war zusammen mit dem knusprigen Maisbrot äußerst sättigend. Schweigend saßen sie da und aßen. Angeregt durch die ungewohnten Gewürze, verspürte Lena plötzlich einen unbändigen Durst. Als ob Jess geahnt hätte, dass sie sich nach etwas anderem als bloßem Quellwasser sehnte, fasste er hinter sich in seinen Rucksack und brachte eine große, glasierte Tonflasche zum Vorschein, die mit einem Korken verschlossen war.

«Selbst gegorener Wein aus roten Sorellfrüchten», erklärte er und reichte ihr das gut zwei Liter schwere Gefäß.

«Der scheint es in sich zu haben», bemerkte sie halb im Scherz, nachdem sie an der Öffnung gerochen hatte und ihr ein untrüglicher Schwaden von Alkohol entgegenwaberte.

Jess gab sich unbeeindruckt.

«Ich habe den Wein schon mit Quellwasser verdünnt und noch etwas Zucker hineingegeben», beruhigte er sie. «Wenn er dir zu stark ist, hole ich mehr Wasser.»

«Was für eine Alternative», bemerkte sie grinsend. «Ich war erst zweimal in meinem Leben betrunken», erinnerte sie sich mit zögerlichem Blick auf die Flasche. «An meinem 18. Geburtstag, und an jenem verhängnisvollen Abend bei *Almack's*, als ich Edward kennengelernt habe, hatte ich einen Champagnerrausch.»

Sie schaute ihn an und lächelte säuerlich.

Er half ihr, die Öffnung der Flasche an die Lippen zu setzen. Die Mischung war köstlich, obwohl sie sogleich bemerkte, wie ihr der Weingeist in Kopf und Knie schoss. Sie tranken abwechselnd, und schon wenig später empfand Lena eine heitere Gelöstheit, die eigentlich nicht zu ihrer misslichen Lage passte.

Bei einem Seitenblick auf Jess, der die Arme hinter dem Kopf gekreuzt hatte und einen zufriedenen Seufzer von sich gab, bemerkte Lena unter seiner Achsel eine kleine Tätowierung. Ein Stern oder so etwas Ähnliches. Man musste schon genau hinsehen, um zwischen seinen krausen Achselhaaren zu erkennen, was es war. Neuerdings sah man solche Körperbemalungen häufiger bei Seeleuten. Ihre Neugierde war geweckt. Doch bevor sie ihn befragen konnte, kam er ihr zuvor.

«Du wolltest mir etwas von dir erzählen», erinnerte er sie mit einem Lächeln. «Schon vergessen?»

«Da gibt es nicht viel zu erzählen», begann sie gedehnt. «Ich wurde in Deutschland geboren und bin in der Schweiz und in England erzogen worden. Mein Vater ist ein recht vermögender Kaufmann. Er war der Meinung, es wäre an der Zeit, dass ich mich nach einer passenden Partie umschaue. Edward Blake schien genau der Richtige zu sein. Auch wenn Jamaika für den Geschmack meines Vaters ein bisschen zu weit von Deutschland und England entfernt liegt, war er mit meiner Wahl einverstanden. Edward versprach ihm bei der Unterzeichnung des Ehevertrages, mindesten alle zwei Jahre mit mir für mehrere Monate nach England zu reisen, um ihn zu besuchen. Mein Vater und auch ich dachten wohl, dass ich einen perfekten Gentleman gefunden hätte.»

Jess lächelte schwach.

«Also glatt das Gegenteil von mir, hab ich recht?»

«Nach allem, was ich inzwischen erfahren habe, würde ich einen Kerl wie dich Edward jederzeit vorziehen», erklärte sie kühn und spürte, wie sie errötete. «Mein Vater wird sicher verstehen, dass ich unmöglich bei Edward bleiben kann. Er wird die Zustände auf der Insel ebenso wenig gutheißen wie ich, da bin ich mir sicher.»

Lena schüttelte nachdenklich den Kopf.

«Vater ist ein guter Mensch, er würde niemals Sklaven halten, und schon gar nicht würde er sie so scheußlich behandeln. Er hat mich oft zu Wohltätigkeitsveranstaltungen mitgenommen. Er gibt eine Menge Geld an Armenhäuser, Anstalten für Waisenkinder und an Hospitäler zur Bekämpfung der Cholera. Er meinte, ich solle nie vergessen, dass wir im Vergleich zu solch armen Menschen in einem Paradies leben. Ihm war es schon immer wichtig, dass wir anderen Menschen von unserem Wohlstand etwas abgeben.»

«Und du denkst, er hat keine Ahnung, dass der Wohlstand der meisten vermögenden Weißen erst durch die Ausbeutung der Armen und Sklaven ermöglicht wird?»

Obwohl nicht ein Funken der Anklage in seiner Frage lag, wich Lena irritiert seinem durchdringenden Blick aus. Sie zuckte mit den Schultern, und auf einmal war ihr, als ob sie sich für ihre Herkunft entschuldigen müsste. «Vater sagt immer, dass alleine Gott der Herr entscheidet, welcher Platz uns auf dieser Welt beschieden wird.»

«Und du glaubst, Gott straft Menschen wie mich mit einem Sklavendasein?»

Jess hob eine Braue und schaute sie zweifelnd an.

«Nein», erwiderte sie zögernd. «Ich glaube eher, die Sklaverei ist eine Erfindung des Teufels. Nicht, dass ich es nicht geahnt hätte, aber erst durch dich habe ich erfahren, was wirklich auf den Plantagen geschieht. Dafür muss ich dir dankbar sein.»

«Hast du nur noch deinen Vater?», fragte er unvermittelt.

«Nein», sagte sie leise. «Ich habe nur meinen Vater und Maggie, Gott möge sie behüten. Ich frage mich andauernd, wo sie ist und wie es ihr ergangen ist, nachdem sie die Flucht ergriffen hat.»

«Sie wird schon irgendwo Zuflucht gefunden haben», versuchte Jess sie zu beruhigen. «Es tut mir leid, dass ich dir all das zumuten muss», murmelte er beiläufig.

«Auch wenn ich zu Beginn ziemlich wütend auf dich und deine Mutter war, hat sich meine Einstellung geändert. Das alles ist nichts im Vergleich zu dem, was du und deine Leute durchleben müssen», erwiderte sie leise.

Lena nahm noch einen Schluck von dem Wein. Während des Gesprächs hatte sie unbemerkt die halbe Flasche ausgetrunken und fühlte sich nun trotz aller Beschwernisse merkwürdig leicht. Es war verrückt. Sie genoss die Nähe zu Jess, obwohl er allein die Schuld an ihrem Unglück trug und sie eigentlich Angst vor ihm hätte haben sollen. Stattdessen hätte sie sich am liebsten an ihn geschmiegt und alles vergessen, was bisher geschehen war.

Jess saß mit ausgestreckten Beinen am Boden, den Rücken an den Felsen gelehnt. Obwohl er nichts dagegen hatte, dass seine niedliche Geisel unaufhörlich näher rückte, wusste er nicht was er von ihrer unvermittelten Anhänglichkeit halten sollte. Erst recht, weil sie ihn mit einem merkwürdigen Glanz in ihren wunderschönen Augen von unten herauf anschaute.

«Cheers», sagte sie und nahm noch einen Schluck von dem Wein, den sie beinahe ganz alleine getrunken hatte.

Danach setzte sie ein seliges Grinsen auf und schmiegte ihren Kopf an seine nackte Brust. Er ließ sie gewähren und legte den Arm um ihre Schulter, damit sie es bequemer hatte.

«Du bist ein Schatz», lallte sie und kuschelte sich an ihn.

Sie war betrunken, gar keine Frage, und er hatte alle Mühe, ihrem Bedürfnis nach Nähe zu widerstehen. Ihre süßen Lippen und das leicht entrückte Lachen reizten ihn, sie vollends in seine Arme zu ziehen und mit Haut und Haaren zu verschlingen. Doch nichts schien ihm ferner, als eine betrunkene Frau zu verführen, noch dazu, wenn sie von ihm abhängig war. Als sie spürte, dass er auf Abstand ging, kroch sie ihm entgegen und klammerte sich mit beiden Armen an seinen Hals.

«Lass mich bitte nicht allein», nuschelte sie. «Bei dem Gedanken, dass diese seltsamen Krabben aus ihren Löchern kommen und sich womöglich an uns rächen, weil ich wir ihre Artgenossen verspeist haben, graust es mir. Ich fürchte, du musst mich vor diesen Ungeheuern beschützen.»

«Is' ja gut», beschwichtigte Jess sie. «Ich bleibe bei dir und pass auf dich auf.»

Unbeholfen zog er sie auf seinen Schoß. Er atmete den Duft ihres Haares ein und verspürte das Bedürfnis, sie noch fester an sich zu drücken. Der Gedanke, sie tatsächlich beschützen zu wollen, nicht nur vor Cato und seinen Männern, sondern auch vor Edward Blake, erfüllte ihn mit einer bis dahin unbekannten Sehnsucht.

Schlag sie dir verdammt noch mal aus dem Kopf, sagte er zu sich, während er auf das helle seidige Haar herabblickte, das im Schein der Fackeln golden schimmerte. Was passieren würde, wenn der Gouverneur das Ultimatum ablehnte und die Männer hinrichten ließ, daran wollte Jess lieber erst gar nicht denken. Lena wäre dem Tode geweiht. In Anbetracht der Lage, dass die große Revolution noch bevorstand, würde Cato auf ihre Hinrichtung nicht verzichten können. Schon alleine, weil er gegenüber seinen Unterstützern das Gesicht wahren musste.

Jess wurde einmal mehr bewusst, in welchen persönlichen Konflikt er mit seiner unüberlegten Tat geraten war. Bei dem Gedanken, Lena in Catos Auftrag töten zu müssen, verspürte er einen heftigen Kloß in der Kehle.

«Herr im Himmel», flüsterte er mehr zu selbst. «Bei allem, was mir heilig ist, bewahre mich vor einem solchen Schicksal.»

KAPITEL 18

September 1831 || Jamaika || Höllenschlund

Wie ein kleines, verletzliches Tier hatte Lena die ganze Nacht in der Obhut von Jess verbracht. Sogar noch als der Morgen graute, schmiegte sich ihr hellblonder Schopf mit dem weichen, seidigen Haar in seine Armbeuge. Ihr süßer Leib schlummerte unterdessen entspannt auf seinem Schoß, während er im Schneidersitz an der schroffen Höhlenwand lehnte.

Er spürte die Wärme, die von ihr ausging, und wie sie sich im Schlaf unbewusst an seinen Körper schmiegte. Seine Hand ruhte wie selbstverständlich auf ihrem kleinen, runden Hintern, als ob sie dort hingehörte. Es kostete ihn einige Mühe, still und verhalten ihre Gegenwart zu genießen, anstatt mit den Fingern auf Wanderschaft zu gehen. Beinah liebevoll betrachtete er ihr engelsgleiches Gesicht: die geschlossenen Augen, die langen, dunklen Wimpern auf bleichen Wangen. Sie war so schön, dass es weh tat.

Es gab viele hübsche Mädchen im Lager, und Jess schaute ihnen gerne hinterher. Aber Lena entsprach unglücklicherweise seinen ganz eigenen Vorstellungen von vollkommener Schönheit und Anmut. Es beunruhigte ihn, dass er sie nicht hassen konnte, weil sie eine Weiße war. Im Gegenteil, er begehrte sie so sehr, dass er es unvermittelt in seinen Lenden zu spüren bekam, wenn er sie nur anschaute. Während sie in seinen Armen schlief, war er ein paar Mal eingenickt und hatte davon geträumt, wie es sein würde, als Herr einer Plantage mit einer solchen Frau an seiner Seite über die Ländereien zu reiten. Sie hatte ihm zugelacht, und der Wind hatte mit ihren hüftlangen Haaren wie mit einer goldenen Fahne gespielt, während sie sorglos über Wiesen und Felder galoppierten.

Als er zwischen den tristen Höhlenwänden, mit ihren Eisengittern und dem Unrat um sie herum, wieder zu sich kam, wurde ihm schlagartig klar, wie unrealistisch solche Träume waren – und wie gefährlich.

Dabei war es genau das, wofür er und seine Mitstreiter kämpften: Sie wollten Herren dieser Insel sein. Doch in diesen Traum passte keine weiße Herrin, erst recht nicht als Ehefrau.

Vorsichtig löste er sich von ihr und bettete ihren Kopf auf die Tasche, in der sie all ihre Habseligkeiten hortete. Dann ging er zur Tür und öffnete sie möglichst leise, um Lena nicht zu wecken. Als er draußen vor dem Gitter stand, gab er sich alle Mühe, das Tor zu ihrem Verlies ebenso leise zu schließen. Er verabscheute es, sie schon wieder einsperren zu müssen, und schon gar nicht konnte er ertragen, wenn sie ihn dabei mit waidwunden Augen beobachtete.

Doch ihm blieb nichts weiter übrig, als sie zurückzulassen. Bei Sonnenaufgang wurde er zu einer Versammlung der Alten erwartet. Es ging dabei um nicht weniger als das Leben dieser jungen Frau. Was Jess blieb, war die Hoffnung, dass Catos Drohungen gegenüber dem Gouverneur ihre Wirkung zeigten.

Der Sturm hatte sich gelegt, als er mit einem seltsamen Gefühl der Niedergeschlagenheit das Dorf durchquerte. Ein paar Kinder lungerten vor den wenigen Strohhütten, verhielten sich jedoch ruhig. Sie wurden von klein auf darauf eingeschworen, dass sie keinen allzu großen Lärm machen durften, damit ihre hellen Stimmen nicht über das Lager hinausgetragen wurden.

Jess machte vor seiner eigenen Behausung kurz halt, um ein frisches Hemd anzuziehen. Danach marschierte er mit zwei anderen Kriegern zur Versammlungshöhle. Die meisten Angehörigen des Ältestenrates saßen bereits auf ihren angestammten Plätzen und warteten geduldig auf Catos Erscheinen, doch der ranghöchste Rebell ließ sich Zeit. Jess spürte die neugierigen Blicke der anderen Brüder, als er sich im

Schneidersitz niederließ. Besonders Nathan, der wie immer auf dem Platz neben ihm saß, beäugte ihn kritisch. Während das Stimmengewirr langsam abflaute, verpasste sein Freund ihm einen leichten Stoß in die Rippen.

«Und?», fragte er leise. «Hattest du sie schon?»

«Sie ist eine Gefangene, eine Weiße dazu», erwiderte Jess empört. «Und jetzt komm bloß nicht auf die Idee, dass ich ihr Gewalt antun sollte, nur weil sie sich nicht wehren kann.»

«Ich an deiner Stelle würde mir eine solche Gelegenheit nicht entgehen lassen. Unsere Mädchen werden zu Tausenden von den Weißen vergewaltigt, und niemand interessiert sich dafür. Da ist es nur recht, wenn wir es ihren Weibern in gleicher Münze heimzahlen.»

«Ach», flüsterte Jess, während Cato die Höhle betrat und die Stimmen um sie herum verstummten, «und du denkst wirklich, dass man Unrecht mit Unrecht vergelten sollte?»

«Was denn sonst», raunte Nathan. «Eine Rebellion ist doch auch nichts anderes. Hast du je von einem Krieg gehört, der Rücksicht auf Frauen und Kinder nimmt?»

«Nein», erwiderte Jess düster. «Aber jeder muss letztendlich für sich selbst entscheiden, wie weit er in einem Krieg gehen will.»

Nathan erhielt keine Gelegenheit, ihm zu antworten. Cato hatte die Hand erhoben und forderte ihre uneingeschränkte Aufmerksamkeit. Aleeke stand neben ihm, den sehnigen Körper in Schweiß gebadet. Wahrscheinlich war er von Kingston, wo er ihren Mittelsmann getroffen hatte, bis in die Berge durchgeritten. Zum Beweis hielt Cato die neuste Ausgabe der *Kingston Gazette* in den Händen und hatte jene Seite aufgeschlagen, auf der die verschlüsselte Antwort des Parlaments auf sein Ultimatum zu lesen sein sollte.

«Der Beginn zur Planung der neuen Brücke über den White River wird noch mindestens zwei Wochen in Anspruch nehmen, weil nicht alle Parlamentarier zur Abstimmung zugegen waren», las Catos Schreiber vor. Was nichts anderes bedeutete, als dass man von Parlamentsseite einen zeitlichen Aufschub zur Erfüllung der genannten Bedingungen forderte. *«Die be-*

reits begonnenen Beratungen werden bis dahin zurückgestellt. Die beteiligten Verhandlungspartner mahnten zu Besonnenheit, um den gewünschten Ausgang der Planungen nicht zu gefährden. Außerdem erwarteten die verantwortlichen Abgeordneten einen nachvollziehbaren Grund zur Notwendigkeit dieser Maßnahme.»

Cato war wie versteinert, während sein Schreiber die Zeitung sinken ließ.

«Sie wollen einen Beweis, dass unsere Gefangene lebt und wir sie tatsächlich in unserer Gewalt haben. Sobald das geschehen ist, benötigen sie angeblich mehr Zeit, um unter allen Abgeordneten der Insel eine Abstimmung zu veranlassen, die über die Freilassung der zum Tode Verurteilten entscheidet.»

«Was hat das zu bedeuten?», krächzte einer der Alten.

«Es bedeutet», erwiderte Cato mit vor Wut zitternder Stimme, «dass unsere Gegner uns nicht ernst nehmen und nicht zur Tat schreiten. Aber das werden wir nicht hinnehmen.»

Sein Blick schnellte zu Jess hin.

«Ich will, dass du die Schlampe folterst. Sie soll um ihr Leben bangen und aus dieser Angst heraus einen Brief schreiben. Einen herzzerreißenden Brief, am besten mit ihrem eigenen Blut. Dann bekommen ihre weißen Verbündeten alles auf einmal. Einen Beweis dafür, dass wir sie tatsächlich in unseren Händen halten und dass ihr Lebenssaft noch fließt.» Catos Augen glitzerten leicht wahnsinnig.

Jess erhob sich zu voller Größe, was auf den wesentlich kleineren Cato wie üblich eine einschüchternde Wirkung entfaltete. Dabei versuchte Jess sich nicht anmerken zu lassen, wie groß seine Sorge um Lena war.

«Ich halte es für unmenschlich, sie absichtlich zu quälen», erklärte er ruhig in die Runde hinein. «Sie kann nichts dafür, wenn die Herren in Spanish Town Katz und Maus mit uns spielen.»

«Heißt das», fragte Cato mit einem abwertenden Grinsen, «du schlägst vor, dass wir ihr lieber gleich den Hals umdrehen und sie in einem Leichenwagen nach Hause schicken?»

«Nein, verdammt!»

Jess biss sich auf die Lippen. Er würde alles tun, um sie vor dem Äußersten zu bewahren.

«Dann lass dir was Besseres einfallen», befahl Cato ungehalten. «Wir müssen unsere Verhandlungspartner schleunigst schockieren, sonst glauben sie uns nicht, dass wir Ernst machen.»

«Wir könnten ihr ein Ohr abschneiden», riet einer der Alten krächzend. «Oder die Nase», rief ein anderer. «Und die abgeschnittenen Körperteile könnten wir in einer Schachtel zum Gouverneur schicken.»

«Na prima», stieß Jess unerschrocken hervor, «damit Edward Blake sie erst gar nicht zurückhaben möchte? Oder denkst du, er hätte sie zur Frau genommen, wenn sie verstümmelt gewesen wäre? Außerdem könnte sie an den offenen Wunden sterben. Und was macht ihr dann?»

Die Vorstellung, eine junge Frau derart zu quälen, ließ Jess den Glauben an die Moral seine Mitbrüder verlieren. Dass sie gegen ihre Feinde mit Härte vorgehen mussten, war klar. Dabei unschuldige Frauen oder gar Kinder zu quälen, gehörte jedoch eindeutig nicht zu seinen Methoden.

Ratloses Murmeln machte die Runde. Jess wusste, dass manche Ratsmitglieder einen solchen Hass auf die Weißen hegten, dass ihre kruden Überlegungen durchaus Zustimmung finden konnten. Das machte ihm Angst, und er fragte sich, wie er Lena vor einer solchen Entscheidung bewahren konnte.

«Es sollte völlig genügen, dem Gouverneur einen blutbesudelten Unterrock zu schicken oder noch besser ihr Mieder», schlug er mit leidenschaftlicher Stimme vor. «Desdemona schlachtet tagtäglich mindestens ein Huhn. Dessen Blut dürfte vollkommen ausreichen, um die Herren in Spanish Town in Angst und Schrecken zu versetzen.»

Cato machte ein nachdenkliches Gesicht und rieb sich den krausen Bart.

«Ja, du hast recht», sagte er, und Jess verspürte sofort Erleichterung.

«Trotzdem will ich, dass du sie dazu bringst, diesen Brief zu schreiben. Mit Blut. Es muss möglichst echt aussehen, selbst wenn es nicht ihr eigenes ist. In dem Schreiben soll stehen, dass sie Angst hat und um ihr Leben fürchtet, wenn die drei Gefangenen nicht in kürzester Zeit aus dem Gefängnis befreit werden. Wenn sie sich weigert, diesen Brief zu schreiben, muss sie sterben. Ich will, dass du ihr das unmissverständlich klarmachst.»

Cato warf Jess einen triumphierenden Blick zu.

«Soweit ich weiß, bist du doch des Lesens und Schreibens mächtig. Du kannst dich hinter sie stellen und sie mit einer Machete am Hals dazu zwingen, dass sie die richtigen Worte verwendet. Hinterher bringst du den Brief zu mir, und wir schicken ihn umgehend zum Gouverneurspalast!»

Jess nickte wortlos.

«Wird gemacht», sagte er nur und stand auf.

Dann verabschiedete er sich und verließ schnurstracks die Höhle, bevor noch mehr rüde Ideen die Runde machten.

Lena erwachte lange nach Tagesanbruch mit einem Gefühl der Übelkeit und dem Bewusstsein, dass ihr etwas fehlte. Ihr treuer Bewacher hatte allem Anschein nach das Weite gesucht. Während sie sich mühsam aufrichtete, stellten sich rasende Kopfschmerzen ein. Verkatert blickte sie in das trübe Licht.

Wasser, schoss es ihr durch den Kopf, und dann – Laudanum.

Unbeholfen krabbelte sie zu ihrer Tasche und verscheuchte todesmutig zwei junge Ratten, die den Jagdversuchen von Jess offenbar entgangen waren. Mit zitternden Händen holte sie das kleine braune Fläschchen hervor, entkorkte es und träufelte sich den Inhalt tropfenweise unter die Zunge. Nicht zu viel, denn sie musste sparsam sein. Sie dachte an Lady Elisabeth, die wahrscheinlich Gallonen davon im Keller hortete.

Ihr nächster Gedanke galt Maggie, deren Schicksal ihr keine Ruhe ließ. Während ihre Freundin dort draußen in der Wildnis herumirrte oder in ihrer Verzweiflung vielleicht zu Lady Elisabeth zurückgekehrt war, hatte Lena sich von einem attraktiven Wilden zu einem Besäufnis verführen lassen.

Erinnerungsfetzen flackerten auf: wie sie immer wieder bereitwillig zur Flasche gegriffen hatte und am Ende beinahe bei Jess auf dem Schoß gelandet war. Der Rest versank im geistigen Nebel, was ihr äußerst gnadenvoll erschien. Wusste der Teufel, was weiter geschehen war. Immerhin war sie nicht in seinen Armen erwacht, und auch ihre Kleider hatte sie noch am Leib.

Das Laudanum versetzte sie wie Wein in einen schwebenden Zustand. Es linderte ihre Schmerzen, auch wenn es ihre Gedanken nicht eben klärte. Schwere Schritte ließen sie aufschrecken. Hastig setzte sie sich die Augenbinde auf und tat so, als ob sie gefesselt wäre.

«Ich bin's nur», sagte eine inzwischen bekannte Stimme, die ihr irgendwie sorgenvoll erschien. «Ich komme von einer Versammlung, in der über dein weiteres Schicksal entschieden wurde.»

Lena riss die Augenbinde herunter, obwohl die vollkommene Dunkelheit ihr angenehmer erschien.

«Gibt es was Neues?», fragte sie furchtsam. «Haben deine Leute schon eine Nachricht von Edward oder dem Gouverneur? Wird man die zum Tode verurteilten Männer nun endlich freilassen?»

Jess schüttelte den Kopf, während er den Schlüssel im Schloss drehte und sich damit Zugang zu ihrem Gefängnis verschaffte.

«Sieht schlecht aus», brummte er und bückte sich, um sich nicht den Kopf zu stoßen, als er durch die offene Tür trat.

Er trug noch immer seine verschlissene Reithose und Stiefel, hatte aber ein frisches Hemd übergezogen. Seine schulterlangen, braunen Locken sahen frisch gewaschen aus. Trotzdem wirkte seine Miene erschöpft, was vielleicht daran lag, dass er Wort gehalten und sie die halbe Nacht bewacht hatte.

Ohne ein Wort hockte er sich zu ihr und übergab ihr ein Stück

Maisfladen und einen Becher mit Ziegenmilch, den sie dankend ablehnte.

«Ein Schluck Wasser wäre nicht schlecht», jammerte sie, worauf er geduldig das einfache Frühstück zur Seite stellte und eine Feldflasche zückte.

Gierig trank sie das wohlschmeckende Quellwasser,

Als ob sie wüsste, was er mit ihr vorhatte, legte er ein abgegriffenes Stück Papier und eine Schreibfeder auf den Boden. Dazu holte er ein kleines, braunes Fläschchen aus seinem Lederbeutel hervor, das er vor ihren Augen entkorkte.

«Unser Anführer hat befohlen, dass du einen Brief an den Gouverneur schreibst.» Er hob das Fläschchen in die Luft, als ob er ihm damit mehr Bedeutung verleihen wollte. «Mit Blut.»

Lena sah ihn ungläubig an und betrachtete die braune Glasphiole mit angewiderter Miene.

«Sag nur, das ist Menschenblut?»

«Hühnerblut», setzte er beschwichtigend hinzu.

«Um Himmels willen, was hat das jetzt wieder zu bedeuten?» Eine diffuse Angst machte sich in ihr breit. «Sind die Verhandlungen etwa gescheitert?»

«Bisher gab es keine Verhandlungen», erwiderte er spöttisch. «Wir hatten ein Ultimatum gestellt. Unsere sogenannten Verhandlungspartner haben sich mit einer lapidaren Mitteilung herausgeredet. Sie verlangen einen Beweis, dass wir dich wirklich in Gefangenschaft halten. Sie sagen, dass über die Freilassung der Männer nicht entschieden wird, bis sichergestellt ist, dass wir die richtige Frau entführt haben und dass du noch lebst. Außerdem können in so kurzer Zeit nicht alle Parlamentarier zusammengerufen werden, um eine Abstimmung über die Bedingungen zu deiner Freilassung abzuhalten.»

«Parlamentarier? Abstimmung?»

Lena glaubte, sich verhört zu haben. «Hier geht es um das Leben von Menschen, nicht zuletzt um meins. Was gibt es da noch groß zu entscheiden? Und was ist mit Edward und meinem Schwiegervater?

William ist so reich wie der Sonnenkönig, verdammt, warum tun er und sein Sohn denn nichts dafür, dass eure Bedingungen so rasch wie möglich erfüllt werden?»

«Keine Ahnung», murmelte Jess.

Lena wurde das Gefühl nicht los, dass er ihr absichtlich etwas verschwieg. Deshalb beschloss sie, die Flucht nach vorn zu ergreifen, obwohl sie sich selbst vor der Wahrheit fürchtete.

«Vielleicht hat Edward längst begriffen, dass ich ihm davongelaufen bin. Gut möglich, dass Maggie in ihrer Not zur Plantage zurückgekehrt ist und Edward sie gezwungen hat, die wahren Hintergründe unseres Verschwindens zu beichten. Und nun traut er der Rebellenforderung nicht. Vielleicht bin ich ihm auch vollkommen egal, und er will sich wegen meiner Untreue an mir rächen.»

Verzweifelt sah sie ihn an.

«Ich hoffe für uns beide, dass du Edwards Sehnsucht nach dir unterschätzt. Außerdem vermag ich mir kaum vorzustellen, dass er vor dem gesamten Parlament zugibt, dass du ihm davongelaufen bist.»

Seine Stimme war ruhig, aber sein Blick verriet, dass er eine solche Entwicklung ebenso fürchtete.

«Bisher ist noch nichts entschieden. Und es ist ja nicht so, dass der Gouverneur überhaupt nicht auf unsere Forderungen eingeht. Sie wollen einen Beweis, was ich als durchaus angemessen empfinde. Vielleicht haben sie einfach noch nicht begriffen, um was es hier geht», beschwichtigte Jess sie und deutete nochmals auf Zettel und Tinte. «Deshalb solltest du besser tun, was man von dir erwartet.»

Lena schüttelte den Kopf.

«Ich weigere mich, so etwas zu tun! Wenn noch nicht einmal Edward bereit ist, sich beim Gouverneur für meine sofortige Freilassung einzusetzen, und auch der Gouverneur offenbar kein Mitleid mit mir hat, was sollte sich da durch einen Bittbrief ändern?»

«Mein Anführer will, dass du mit deinem eigenen Blut schreibst», bemerkte Jess mit einem bedrohlichen Blick. «Ich habe ihn davon überzeugen können, dass wir das Blut eines Huhns nehmen. Also bitte tu jetzt, was ich dir gesagt habe.»

«Nein», sagte sie stur. «So einen Blödsinn mache ich nicht mit.»

Ihre Augen blitzten im Schein der brennenden Fackeln, die er in eine Halterung gesteckt hatte.

«Das ist mir zu verrückt.»

«Du spielst mit deinem Leben», sagte er rau. «Und mit meinem. Vergiss das nicht.»

Einen Moment lang war sie sprachlos.

«Bedeutet das etwa, man würde uns beide umbringen, nur weil ich mich weigere, einen solchen Brief zu schreiben?»

«Es bedeutet, dass man mir den Auftrag erteilen würde, dich zu töten», sagte er vollkommen ruhig.

«Und du würdest das tun?»

Das letzte Wort war nur ein Hauch. Lena empfand pures Entsetzen bei dem Gedanken, dass er bereit sein könnte, für seine Ziele so weit zu gehen.

«Nein, würde ich nicht.»

Er sah sie mit ausdrucksloser Miene an.

«Aber du weißt inzwischen, dass ich nicht allein verantwortlich bin. Viele der Ratsangehörigen bevorzugen durchaus einen härteren Umgang mit Weißen. Ich könnte nicht für unser Leben garantieren, wenn ich mich den Anweisungen von Cato widersetze. Wir müssten versuchen zu fliehen, und das wäre sehr gefährlich. Also schreib», sagte er rau. «So weit muss es ja gar nicht kommen.»

Mit zitternden Fingern befolgte sie seine Anweisungen. Ihre Schultern zuckten verräterisch, während sie den Kopf nach unten beugte und schrieb, was er ihr diktierte.

«Lieber Edward … ich befinde mich in höchster Not. Es geht um mein Leben …»

Ihr Gesicht konnte er nicht sehen, da es von einem Wust herabhängender, blonder Haare verdeckt war.

«Hey», sagte er und fasste sie bei der Schulter. «Du weinst doch nicht etwa?»

Als sie aufschaute, bestätigte sich seine Befürchtung. Ihr tränenverhangener Blick schnitt ihm mitten ins Herz.

«Was hast du denn?»

«Nichts», schluchzte sie und setzte tapfer den Brief fort.

«Du brauchst keine Angst zu haben», erwiderte er unbeholfen. «Du kannst mir vertrauen.»

«Vertrauen?»

Verwirrt schaute sie auf, und ihre Miene verfinsterte sich.

«In was für einem Irrenhaus befinde ich mich hier eigentlich? Erst deine Mutter, die Lord William einen geköpften Hahn an den Kopf wirft. Dann du, der mich entführt und in diesen dreckigen Käfig sperrt. Ohne zu wissen, was folgt, wohlgemerkt. Und nun kommst du und sagst, ich soll dir vertrauen, obwohl du die Dinge gar nicht mehr in der Hand hast? Du bist nicht weniger verrückt als deine Mutter!»

Eine dicke Träne kullerte ihre Wange hinunter.

Sie hatte vollkommen recht mit dem, was sie sagte. Die ganze Situation war verrückt. Er war verrückt gewesen, sie als Geisel zu nehmen. Erst hatte er sie eingesperrt, dann ihren Fluchtversuch vereitelt, und danach hatte er Schuldgefühle entwickelt und versucht, ihr das Leben in diesem Käfig so angenehm wie möglich zu gestalten. Nun hatte er ihr mit seinen Erläuterungen zum Stand ihrer Freilassung eine Höllenangst eingejagt. Aber wie sonst hätte er sie dazu bringen sollen, eigenhändig einen solchen Brief zu schreiben? Und nur das machte Sinn, weil die Blakes ihre Schrift anhand anderer Dokumente vergleichen konnten. Spätestens dann sollte ihnen klarwerden, dass Lena sich tatsächlich in höchster Not befand.

«Es tut mir leid», flüsterte er in aller Sanftheit. «Bitte … du musst mir glauben, ich werde dich beschützen, auch wenn es für dich absurd klingen mag. Ich schwöre …»

Er hätte beim Leben seiner Mutter schwören können, doch das ließ er lieber bleiben. Ausgerechnet Baba zu erwähnen, wäre mehr als unklug gewesen. Und jemand anderen hatte er nicht, der ihm wichtig genug erschien, um einen Schwur zu leisten.

«Du musst mir nichts schwören», erwiderte sie schroff und tauchte die Feder ins Blut.

Als sie geendet hatte, nahm Jess den Brief wortlos an sich und las ihn durch. Sie hatte tatsächlich alles geschrieben, was Cato verlangt hatte. Das von echten Tränen verschmierte Hühnerblut gab der ganzen Sache die passende Note. Wenn Edward Blake und der Gouverneur auf diese dramatische Botschaft nicht reagierten, machte es keinen Sinn, Lena weiter hier festzuhalten. Schon gar nicht, ihr etwas anzutun. In diesem Fall würde er höchstpersönlich dafür sorgen, dass sie lebend und unversehrt entkam. Und wenn es sein eigenes Leben und sogar das seiner Mutter kosten sollte.

Trevor war wie besprochen ohne Maggie nach Redfield Hall zurückgekehrt. Edward, der am frühen Morgen aus Spanish Town gekommen war, hatte keine weiteren Fragen gestellt und ihm lediglich zugenickt, als er den Auftrag für erledigt erklärte.

«Das arme Mädel wollte nicht mit mir zurück nach Redfield Hall», erklärte Trevor mit theatralischer Miene. «Stattdessen ist sie in Richtung Falmouth weitergeritten. Ist wohl völlig verrückt geworden. Keine Ahnung, wo sie jetzt ist.»

Nur Edward wusste, dass dies eine Ausrede war und Trevor sie in Wahrheit beseitigt und damit im wahrsten Sinne des Wortes mundtot gemacht hatte. Ganz nebenbei erzählte er seinem Aufseher, was in Spanish Town vorgefallen war. Zusammen mit Trevor dachte er sich daraufhin eine nette, kleine Nebengeschichte zum Verschwinden beider Frauen aus.

Gemeinsam würden sie behaupten, sein Bursche habe ihm versichert, dass der persönliche Leibdiener von Lady Elisabeth offenbar etwas mit der Sache zu tun habe. Er habe sehr wahrscheinlich höchstselbst dafür gesorgt, dass die beiden Frauen direkt von Rosenhall aus entführt worden seien. Da Lady Helena sich nun allem Anschein nach allein in den Händen der Entführer befand, müsse man leider davon ausgehen, dass ihrer Gesellschafterin etwas Böses zugestoßen sei, ansonsten hätte sie sich doch mit Sicherheit auf Redfield Hall zurückgemeldet.

Das Treffen mit Maggie auf der Drydenfarm würde er schlichtweg verschweigen, denn es war nicht anzunehmen, dass der Farmer und seine Frau von sich aus gegenüber den Behörden eine Aussage machten. Schließlich kannten sie die Zusammenhänge nicht.

Als Commodore Bolton am frühen Nachmittag unvermittelt mit Lieutenant Pearce, seinem blassblonden Assistenten, auf der Plantage aufkreuzte, um weitere Fragen zu stellen, war die Geschichte von den beiden verschwundenen Frauen bereits bis zu den Sklaven durchgedrungen. Zuvor hatte Edward den jungen Tom darauf eingeschworen, dass man Candy Jones als ersten Verdächtigen favorisiere. Entsprechend sollte er seine Aussage machen, falls der Commodore ihn dazu verhören würde.

Der Stalljunge, der Lena und Maggie noch in der Nacht die Pferde gesattelt hatte, durfte selbstverständlich nicht mehr erwähnt werden. Trevor hatte inzwischen unauffällig dafür gesorgt, dass der Zwölfjährige auf unerklärliche Weise verschwunden blieb.

Lord William, der über das Treffen mit Miss Blumenroth auf der Drydenfarm ebenfalls nicht informiert worden war, ahnte von all dem nichts. Er wirkte entsprechend aufgebracht, nachdem es seinen Parlamentskollegen in Spanish Town bisher nicht gelungen war, eine einheitliche Meinung zu der ganzen Sache zu finden.

«Ich will meine Schwiegertochter zurück», fuhr er den Ermittler bei einem Glas Brandy im Salon an. «Sie müssen diese Kerle finden, bevor sie dem Mädchen etwas antun können, dass seine Gebärfähigkeit gefährdet. Sie soll die zukünftige Mutter meiner Enkel werden!»

«Deshalb bin ich ja hier», erklärte Bolton leicht irritiert. «Die Frage, die sich uns immer noch stellt, ist: Wie konnten die Entführer Ihrer Schwiegertochter habhaft werden? Woher wussten sie, dass die junge Frau auf Rosenhall weilte, und wie kann die Entführung dort vonstattengegangen sein?»

«Candy Jones», warf Edward beiläufig ein, dem das Enkel-Gequatsche seines Vaters inzwischen gehörig auf die Nerven ging.

«Wie? Was?» Der Kopf seines Vaters ruckte hoch. «Was soll denn das braune Schoßhündchen deiner Tante mit Helenas Entführung zu tun haben?»

Auch Commodore Bolton zeigte sein unverhohlenes Interesse an dem neuen Namen.

«Um wen handelt es sich, wenn ich fragen darf?»

«Um einen Sklaven meiner Tante, der mir schon lange äußerst suspekt erscheint und den ich verdächtige, die Entführung meiner Frau erst möglich gemacht zu haben», erklärte Edward reichlich gnadenlos. «Schließlich war er der Letzte, der die Frauen lebend gesehen hat, und er war der Einzige, der Zugang zu ihren privaten Gemächern auf Rosenhall hatte.»

«So gesehen muss ich dir recht geben, Edward», pflichtete Lord William bei, der offensichtlich mit einem Mal die Bedeutung dieses Verdachts erkannte. «Er scheint tatsächlich ein gerissener, habgieriger Bursche zu sein. Wir vermuten schon eine ganze Weile, dass er Lady Fortesque in unlauterer Absicht mit Weingeist und Laudanum versorgt. Was ihrer Gesundheit nicht eben zuträglich ist, wie man sich denken kann. Er bringt sie damit nicht nur um ihren Verstand, wenn ich es recht betrachte, sondern eines Tages gewiss auch um ihr Erbe. Und die arme Frau bemerkt es nicht einmal. Vielleicht hat er sich ja von den Rebellen bezahlen lassen, dass er ihnen den Weg zu meiner Schwiegertochter ebnet.»

«Das ist ein interessanter Gedanke», bestätigte Bolton. «Was halten Sie davon, wenn wir ihn festnehmen und nach Spanish Town bringen lassen, um ihn zu verhören?»

«Da will ich dabei sein», sagten Lord William und sein Sohn wie aus einem Munde.

Edward weidete sich an dem Gedanken, diesem verhassten Kerl eine gehörige Abreibung zu verpassen. Es juckte ihn nicht, dass Lenas ursprüngliches Verschwinden allem Anschein nach ganz andere Gründe hatte. Schließlich waren es Gründe, die niemanden etwas angingen. Noch nicht mal seinen Vater. Eine Verurteilung von Candy Jones wegen Verrats und Mithilfe zur Entführung einer weißen Lady würde jeden Zweifel an der Integrität seiner Frau zerstreuen. Jeder würde glauben, dass Lena gar keine Chance gehabt hatte, ihren Entführern zu entgehen. An eine Mitschuld würde man nicht mal im Traum denken.

Wenn es ihnen gelänge, den Liebhaber seiner Tante in Verdacht zu bringen, war nicht nur das Problem der untreuen Ehefrau gelöst. Auch die womöglich fehlgeleitete Erbschaft ließe sich auf diese Weise elegant verhindern. Sollte Lady Elisabeth irgendwann einmal an einer Überdosis von Laudanum und Brandy das Zeitliche segnen, wäre Edward der rechtmäßige Erbe der Plantage. Lady Fortesque konnte das Testament zwar ändern, aber ihre Zuneigung zu ihrem Lieblingsdiener war sicherlich getrübt, wenn man nachweisen konnte, dass er etwas mit Lenas Entführung zu tun hatte.

Im Nachhinein würde man Candy Jones und seinen vermeintlichen Rebellen auch wunderbar Miss Blumenroths Verschwinden anhängen können. Edward grinste in sich hinein und rieb sich die Hände. Wie einfach es doch war, Unglück in Glück zu verwandeln, wenn man nur die passenden Ideen verfolgte.

Reiß dich zusammen, Mädchen!, sprach Lena sich selbst Mut zu.

Sie wollte Jess gerne glauben, dass er nicht fähig war, sie umzubringen. Blieb die Frage, ob er mutig genug war, sich den Befehlen seiner Oberen zu widersetzen und sie zu verteidigen, wenn sie etwas Derartiges von ihm verlangten. Als er am Abend mit einer weiteren Schüssel Suppe und einem Stück Brot vor ihr stand, hatte sie ihm bereits verziehen.

«Darf ich?», fragte er, und als sie nickte, zückte er den Schlüssel und trat in ihr Gefängnis ein.

Dankbar nahm sie den Blechnapf entgegen. «Was ist das?», fragte sie und schnupperte an der Suppe.

«In der Brühe befindet sich das Huhn, das mit seinem Blut für deinen Brief herhalten musste», sagte er und lächelte säuerlich.

Lena grinste schwach.

«Es hatte offenbar weniger Glück als ich und keinen so engagierten Beschützer.»

Sie spürte, wie sein Blick auf ihrem Gesicht ruhte, während sie vorsichtig ihre Suppe schlürfte.

«Ein Bote hat deinen Brief hinunter nach Spanish Town gebracht», erklärte er und schaute ihr aufmerksam beim Essen zu. «Mein Anführer war hochzufrieden.»

«Ist das ein gutes Zeichen?», erwiderte Lena und nahm noch einen Schluck von der Suppe.

«Vorerst ja», gab Jess mit gedämpfter Stimme zurück. «Es heißt, dass wir einen Aufschub bekommen haben.»

«Kein Wein heute?», fragte sie mit einem hintergründigen Lächeln.

«Nein», gab er schmunzelnd zurück und zückte erneut eine Flasche aus seinem Lederbeutel. «Limonade. Das ist harmloser und schmeckt auch nicht schlecht. Ein Gemisch aus Zucker, Quellwasser und dem Saft einiger Limonen, die hier oben wild wachsen.»

Lena stellte den Teller zur Seite und nahm einen Schluck aus der Flasche.

«Himmlisch», flüsterte sie. «Es erinnert mich an meinen ersten Abend zusammen mit Maggie in Vauxhall Gardens in London. Sie hat mich zusammen mit ein paar jungen Damen zu einem Tanzkränzchen begleitet, das unter der strengen Aufsicht von unseren Gouvernanten stattfand. Es gab lediglich Limonade, und um zwölf Uhr nachts durften wir uns das Feuerwerk anschauen. Es war wunderbar.» Ihre Stimme klang verträumt.

«Ich wünschte, ich könnte mir so etwas auch mal ansehen», erklärte er lächelnd, doch sein Blick wurde gleich wieder ernst. «Ich war noch nie in London, und es sieht auch nicht danach aus, als ob ich irgendwann mal dort hinkäme.»

«Du könntest mit uns mitkommen. Spätestens, wenn ich diese Sache hier erfolgreich hinter mich gebracht habe, werde ich Edward verlassen und mit Maggie von der Insel in Richtung London verschwinden. Wir könnten uns an irgendeinem Hafen treffen, und ich übernehme für dich die Passage.»

Er schnaubte kurz und verbissen.

«Wie sollte das gehen? Ich werde gesucht, und außerdem besitze ich nichts, womit ich dir deinen Großmut vergelten könnte.»

«Ich könnte dich als meinen Sklaven ausgeben. Keiner würde daran zweifeln, dass es so ist. Und wenn wir erst in meiner Heimat angekommen sind, könntest du ein neues Leben beginnen. Als freier Mann. Dort würde bestimmt niemand nach dir suchen, geschweige denn dein Leben bedrohen. Vielleicht könntest du sogar im Kontor meines Vaters als Schreiber arbeiten?»

«In deiner Heimat.»

Er setzte ein ungläubiges Lächeln auf.

«Und was wird aus meiner Mutter? Soll ich sie noch einmal zurücklassen? Ich kann mir kaum vorstellen, dass du dein großzügiges Angebot auf sie ausweiten würdest. Baba ist nicht unbedingt deine Freundin, hab ich recht?» Er lachte verhalten. «Und außerdem, was würde aus meinem Kampf für die Rechte der Sklaven auf dieser Insel? Soll ich sie einfach im Stich lassen?»

«Natürlich nicht», erwiderte sie und fühlte sich mit einem Mal beschämt. «Tut mir leid, dass ich so oberflächlich dahergeredet habe. Ich weiß, wie wichtig dir das Schicksal all dieser gequälten Menschen ist.»

Plötzlich hatte sie diese Idee, auch wenn sie ziemlich abenteuerlich und zugegeben wahnsinnig war.

«Ich könnte ebenso gut zu dir zurückkehren, nachdem der Austausch stattgefunden hat. Ganz gleich wie die Sache ausgeht, ich will nicht bei Edward bleiben. Vielleicht könnte ich am Ende sogar mein eigenes Vermögen einsetzen, dass ich in Kingston auf einer Bank angelegt habe, um euch zu helfen. Wir könnten meinen Schmuck verkaufen, um heimlich Schiffe zu chartern, die eure Flüchtlinge in Sicherheit bringen.»

«Und was wird aus deiner Gesellschafterin?»

«Ich würde sie auszahlen, und sie kann hingehen, wo immer sie will.»

Er antwortete nicht, sondern sah sie nur lange an. «Du bist wirklich ein besonderes Mädchen, Lena. Du meinst es tatsächlich ernst, hab ich recht?»

«So wie ich es sehe, haben wir einen gemeinsamen Feind», erklärte sie mit überzeugter Miene. «Außerdem habe ich die Sklaverei schon für barbarisch gehalten, da kannten wir uns noch gar nicht. Nun weiß ich erst recht, dass sie keine Zukunft haben darf. Also, was sagst du?»

KAPITEL 19

September 1831 || Jamaika || Abgrundtief

Die Tage vergingen, und Jess wartete zusammen mit Lena angespannt auf eine Entscheidung aus Spanish Town.

«Wenn nicht bald etwas geschieht, wird die Kleine dran glauben müssen», mehrten sich die Stimmen jener im Ältestenrat, die Jess und seiner Idee von einem Austausch eine vernichtende Niederlage prophezeiten.

Die Unruhe wuchs, als endlich eine weitere Meldung in der *Kingston Gazette* bestätigte, dass man seitens des jamaikanischen Parlamentes die erbrachten Beweise über die Echtheit der Geisel und deren Zustand anerkannte.

«Diesmal ist die Meldung als eine winzige Taufankündigung in den örtlichen Kirchennachrichten getarnt», wusste Samson, Catos beleibter Schreiber zu berichten.

Er war in die Hocke gegangen, um das Blatt umständlich vor Cato auf dem Boden auszubreiten.

«Zu finden am unteren Ende des vorletzten Blattes», führte er weiter aus und deutete auf eine unbedeutende Anzeige. «Darin steht, dass das neugeborene Mädchen einer anglikanischen Familie in zwei Wochen in der Kapelle des heiligen Franziskus in Anwesenheit von drei Paten auf den Namen Helena Sophie getauft werden wird.»

«Was nichts weiter bedeutet», fuhr Samson mit einem mürrischen Blick in die Runde der Krieger fort, «als dass die Freilassung der drei Delinquenten erst zu diesem Zeitpunkt stattfinden wird.»

«Warum, verdammt, dauert es so lange, bis die Wahlmänner zu

einem Urteil finden?», knurrte Cato mit bissiger Miene, als sein Schreiber in Gegenwart von Jess die kryptische Botschaft verlas. «Haben die denn gar keine Angst um ihr Täubchen?»

«Solange sie tun, was wir wollen, ist es in Ordnung», beschwichtigte Jess seinen Häuptling, obwohl auch er sich Sorgen machte, dass hinter dieser Verzögerung vielleicht eine hinterlistige Falle lauerte.

Doch das sagte er nicht, weil er Lena dadurch nur in noch größere Gefahr bringen würde.

«Wie benimmt sich unser eingesperrtes Vögelchen denn?», wollte Cato wissen und setzte dabei eine grimmige Miene auf. «Jammert sie herum, wie man es von einer weißen Schlampe erwarten würde?»

«Nein, sie trägt ihr Schicksal mit Würde», gab Jess halbwegs gelassen zurück. «Ich konnte ihr zu verstehen geben, dass es keinen Sinn hat, sich gegen uns aufzulehnen. Und dass sie zu ihrem Mann zurückkehren darf, wenn sie vernünftig ist und sich ruhig verhält.»

«Dann sorg dafür, dass es in den nächsten zwei Wochen so bleibt», befahl Cato ihm mit einem vieldeutigen Blick. «Auch wenn ich mir vorstellen könnte, dass sie heulend zusammenbricht, wenn sie weiterhin auf ihren üblichen Luxus verzichten muss.»

Er grinste gehässig. Zwei lange Wochen, dachte Jess mit gemischten Gefühlen, als er zu Lenas Gefängnis zurückmarschierte. Dabei war ihm nicht klar, wie er sie bis dahin im Zaum halten sollte.

«Es ist mir egal, Jess, ob ich weiterhin zur feinen Gesellschaft gehöre», hatte sie ihm erst gestern gesagt. «Wenn ich dafür all diese bitteren Wahrheiten ignorieren muss, die du mir offenbart hast, will ich nicht länger eine von ihnen sein, hörst du? Ich könnte sämtliche Kosten für den Abtransport der Flüchtlinge übernehmen», hatte sie Jess in einem Anflug von Großmut erklärt, der in seinen Augen an Wahnsinn grenzte.

Sie ist verrückt, dachte er. Vollkommen verrückt. Großer Gott, sie bemerkt es nur nicht. Hinzu kam, dass sie keinerlei Ahnung hatte, wie weit Cato in Wahrheit zu gehen bereit war und dass er über Lenas wahnwitzige Angebote nur lachen würde, falls er davon erführe. Lena war anscheinend nicht aufgefallen, dass es nicht nur um die Befreiung von ein paar Sklaven ging. Cato und seine Anhänger wollten mehr. Viel mehr. Schon bald würde man sämtliche Plantagen der Weißen niederbrennen, ihre Frauen schänden und ihnen alles nehmen, was sie auf dieser Insel besaßen, ihr kleines, beschissenes Pflanzerleben mit inbegriffen.

Lena durfte davon auf keinen Fall erfahren, denn dann wäre sie wohl kaum bereit, Jess und den Verurteilten mit ihrer Rückkehr nach Redfield Hall zu helfen. Seine Aufgabe war es allein, Lena nach der geplanten Befreiung der drei Gefängnisinsassen in die Freiheit zu entlassen. Dabei hatte er längst beschlossen, dass er sie auch danach noch beschützen wollte. Sei es gegenüber ihrem vermaledeiten Ehemann oder Catos geplantem Feuersturm. Doch zunächst einmal musste er sich selbst schützen. Sie war eine atemberaubend schöne Frau. Wie er es schaffen sollte, in den nächsten zwei Wochen nicht nur seine Finger bei sich zu behalten und damit verbunden Herz und Verstand, war ihm ein Rätsel.

Commodore Bolton und sein Assistent Pearce, der mit seinen ständigen Rückfragen eine gewisse Übereifrigkeit an den Tag legte, konnten es offenbar kaum erwarten, endlich einen handfesten Ermittlungserfolg zu erlangen, als sie am nächsten Tag zusammen mit Edward und seinem Vater nach Rosenhall aufbrachen.

Am Abend zuvor war es Edward mit wenigen Worten gelungen, den herausgeputzten Liebhaber seiner Tante vor dem geistigen Auge des Advokaten in einen brandgefährlichen Rebell zu verwandeln. Auf Boltons Geheiß wurden noch in der Nacht sechs Scharfschützen des 84 th Rifle Regimentes aus Fort Littleton auf die knapp zwanzig Meilen entfernte Plantage von Lady Fortesque bestellt.

Die Elitesoldaten hatten bis spätestens zwölf Uhr mittags anzutreten, um den Advokaten und sein Gefolge vor angriffslustigen Sklaven zu schützen. Später würde man den Verdächtigen Joshua Jones, auch ‹Candy› genannt, nach Spanish Town eskortieren, damit Bolton ihn nach seiner Vorführung beim obersten Richter von Jamaika einem ersten Verhör unterziehen konnte.

Edwards Vater schlug vor, dass Lady Elisabeth zugegen sein solle, wenn die Anklagepunkte gegen Candy Jones aufgelistet wurden, damit ihr klarwurde, wie ernst die Lage war. Lord William äußerte Edward gegenüber die Hoffnung, dass dieses Vorgehen seine Tante zur Vernunft bringen würde, wenn man Jones schließlich abführte. Bestenfalls trat sie von ihrer Absicht zurück, dem windigen Sklaven noch vor ihrem Tod die Freiheit zu schenken und ihm ihr gesamtes Erbe zu überschreiben. Im schlechtesten Fall veranstaltete sie einen unbotmäßigen Aufstand, um ihn vor dem Galgen zu retten.

«Wenn sie sich schlimm genug aufführt», raunte Lord William mit grimmiger Freude seinem Sohn zu, «können wir sie vor Zeugen an Ort und Stelle entmündigen lassen, und die Plantage fällt laut Testament ihres verstorbenen Gatten an dich.»

Edward lächelte zustimmend, sein Vater hatte wirklich an alles gedacht. Aus diesem Grund sollte nicht nur der Advokat der Delegation anwesend sein, sondern auch Dr. Lafayette, den Lord William ebenfalls aus Fort Littleton bestellt hatte. Notfalls würde er die Geisteskrankheit von Lady Fortesque mit Brief und Siegel bescheinigen.

«Oh mein Gott, Edward, das alles tut mir so leid», rief Lady Elisabeth, als sie die honorige Gesellschaft von Ehrenmännern in ihren lichtdurchfluteten Salon führte, während die Soldaten draußen hinter den Ställen warteten. Edward zierte sich ein wenig, als sie ihm in der üblichen, mütterlichen Fürsorge um den Hals fiel und ihn vollkommen ahnungslos an ihren riesigen, rüschenbesetzten Busen drückte. Die Ärmste hatte wohl nicht die geringste Vorstellung davon, was sie in Kürze erwartete. Dann war Lord William an der Reihe, der sich ihrem Übereifer mit einer formvollendeten Verbeugung entzog und ihr lediglich einen angedeuteten Handkuss zukommen ließ.

«Ist es nicht furchtbar, dass Lena auf so unerklärliche Weise verschwinden konnte?», fragte Elisabeth sichtlich in Sorge. «Wir haben noch immer nicht die geringste Ahnung, was in jener Nacht vorgefallen sein könnte.»

Mit entsprechend ratloser Miene bot sie den Männern an, auf den mit rosafarbenem Samt bezogenen Rokoko-Stühlen Platz zu nehmen.

Die Hausdame wurde durch einen Butler ersetzt, der die hohen Herren unaufgefordert mit Brandy, Kaffee und frisch gebackenen Mandelplätzchen versorgte. Wobei sich die Männer nur zögernd bedienten.

«Gibt es schon etwas Neues?», fragte Elisabeth mit aufgeregter Stimme.

Ihr Gesicht hatte wieder diese roten Flecken, was entweder auf ein romantisches Stelldichein mit Candy Jones oder ihren morgendlichen Gin schließen ließ.

«Es gibt offenbar eine ganze Bande, die hinter dieser Entführung steckt», leitete Bolton ohne Umschweife seine Erläuterungen ein und nippte mehr aus Höflichkeit an seinem Kaffee. «Sie nennen sich *Flamme von Jamaika*. Seit gestern liegt uns ein Ultimatum vor, das die Freilassung der drei zum Tode verurteilten Aufständischen im Gerichtsgefängnis von Spanish Town verlangt. Im Gegenzug will man Lady Helena in die Freiheit entlassen. Tun wir es nicht, ist sie tot.»

«Heiliger Jesus!»

Lady Elisabeth schlug die Hände vors Gesicht und kämpfte offenbar mit akuter Übelkeit, doch Dr. Lafayette war sogleich mit einem Riechfläschchen zur Stelle.

«Und weiß man schon, warum diese Scheusale ausgerechnet Lena entführt haben?»

«Um das herauszufinden, sind wir hier», verkündete Bolton mit kryptischer Miene.

Die Lady schien nicht sofort zu begreifen, was er ihr damit sagen wollte, also half er ein bisschen nach.

«Wir vermuten, dass einer Ihrer Sklaven in die Sache involviert ist», eröffnete er ihr mit einer gewissen Erbarmungslosigkeit, die ihm als Advokat der Marine durchaus gut zu Gesicht stand.

«Meine …? Jesus, wer sollte das sein?» Elisabeth erblasste, und sogar die roten Flecke waren mit einem Mal bleich.

«Candy Jones», ergänzte Edward mit einer aufgesetzten Miene des Bedauerns.

Für einen Moment glaubte er, dass die leicht vorstehenden Augäpfel seiner Tante rauszufallen drohten, so fassungslos starrte sie ihn an.

«Ausgeschlossen», erwiderte sie mit einer Stimme, die ihr eine sofortige Nüchternheit bescheinigte.

«Hm …»

Edward ahnte ihren aufkeimenden Widerstand und kniff die Lippen zusammen.

Candy Jones nach Spanish Town zu entführen, und mit Daumenschrauben aus ihm herauszupressen, dass er derjenige war, der die Täter auf Lenas Spur gebracht hatte, würde also doch nicht so einfach sein.

«Lady Fortesque», begann Bolton mit einiger Nachsicht in der Stimme. «Sie tun sich selbst keinen Gefallen, wenn Sie sich hinter einen Ihrer Sklaven stellen, ohne zu wissen, ob er es auch wirklich verdient hat.»

«Er hat es verdient! Da gibt es für mich nicht den geringsten Zweifel», erwiderte sie mit der Kampflust einer Löwin, die ihr Junges verteidigt. «Ich würde zwei Hände für ihn ins Feuer legen und meine Füße noch dazu, wenn es sein muss.»

«Ich kann verstehen, Elisabeth, dass dir eine solche Anschuldigung nahegeht. Wir sagen ja auch gar nicht, dass er tatsächlich etwas damit zu tun haben muss», fügte Lord William mit einer erstaunlichen Sanftmut hinzu, von der zumindest Edward wusste, dass es sich um ein wahres Meisterwerk der Heuchelei handelte. «Wir haben lediglich gewisse Hinweise erhalten, denen Dr. Bolton nachgehen möchte. Schließlich geht es um Lenas Leben. Wir wollen nichts unversucht lassen, um sie möglichst rasch und heil nach Hause zurückzuholen.»

Lady Elisabeth schnippte beiläufig mit den Fingern, woraufhin ihr Butler herbeieilte, der an der Tür gestanden hatte und die Diskussion offenbar aufmerksam verfolgte.

«Adam, geh doch bitte in die Küche und bring mir ein großes Glas Gin mit Wasser und einer Limonenscheibe, so wie ich es gerne mag.»

Edward glaubte gesehen zu haben, wie sie dem älteren Schwarzen vertraulich zugezwinkert hatte. Doch dann wandte sie sich, ohne mit der Wimper zu zucken, wieder an Bolton.

«Abgesehen davon, dass ich nicht weiß, wie Sie auf eine solch abstruse Idee kommen, Mr. Jones zu verdächtigen, kann ich sagen, dass er für jene Nacht ein lupenreines Alibi hat.»

Bolton zog eine Braue hoch, und Lady Elisabeth räusperte sich hinter einem frisch gezückten spanischen Fächer, der offenbar ihre eigene Verlegenheit verbergen sollte.

«Er war bei mir. Die ganze Nacht.»

Bolton schien irritiert und wusste nicht, was er darauf erwidern sollte, doch Edward sprang ein.

«Tante Elisabeth, ich möchte dir ungern widersprechen, aber von meinem Burschen weiß ich, dass es dir in jener Nacht …» Er machte, eine kleine Pause, als ob er sich sammeln müsste. «Dass du dich nicht besonders wohl gefühlt hast. Er sagte mir, dass er Candy Jones helfen musste, dich von Laudanum betäubt in dein Bett zu tragen. Danach hat er gesehen, wie dein Sklave das Haus verlassen hat und später mit einem deiner Küchenmädchen mehrmals lautstark in der Scheune kopulierte. Er hat sie halb angezogen dort zurückgelassen, um meinem Burschen den Weg zu den Sklavenunterkünften zu zeigen. Dort verliert sich seine Spur.»

Lady Elisabeth war anzumerken, dass sie Edwards Einwand wahrhaftig entsetzte. Nicht nur, weil er sie offenbar der Lüge bezichtigte, sondern auch, weil deutlich wurde, dass Candy, wie sie ihren Hausdiener liebevoll nannte, von Treue nichts zu halten schien und durchaus am Beischlaf mit anderen Frauen interessiert war.

Während sie sichtbar um eine Erklärung rang, die ihren Liebhaber entlastete, knallte es mehrmals ohrenbetäubend von der Veranda her, und selbst Edward fuhr unwillkürlich zusammen.

«Was war das?», fragte seine Tante, für einen Moment vollkommen erstarrt.

Als von den Männern keine Antwort kam, zitterte sie plötzlich so stark, dass ihr Doppelkinn wie ein zu weich gekochter Weihnachtspudding bebte. Commodore Bolton war aufgestanden und entschuldigte sich. Kaum hatte er die Türe geöffnet, stand auch schon Captain Hayes, der Kommandant des 84th Rifle-Regimentes, in seiner graugrünen Uniform vor ihm, der den noch immer nicht gesundeten Captain Peacemaker ersetzte, und salutierte.

«Commodore, Sir», grüßte er zackig. «Wir haben den Verdächtigen bei einem Fluchtversuch gestellt. Er wollte sich heimlich davonmachen und wurde mit einem Warnschuss daran gehindert, sich zu entfernen.»

«Legen Sie ihn in Ketten», befahl Bolton kalt. «Wir nehmen ihn mit nach Spanish Town, wo er dem Richter zur Vernehmung vorgeführt wird.»

Lady Elisabeth, die wohl ahnte, dass es Candy Jones erwischt hatte, sprang auf und tat einen Schrei der Entrüstung.

«Das dürfen Sie nicht tun», rief sie vollkommen außer sich und stürmte an Captain Hayes vorbei nach draußen.

Jones selbst hatte Glück gehabt, weil der Schuss, der für ihn bestimmt gewesen war, nur seinen muskulösen Oberarm gestreift hatte. Das bisschen Blut schien ihn kaum zu stören. Jedenfalls gab er sich unbeeindruckt ob der Verletzung und des Theaters, das seine Mäzenin, kaum dass sie alle hinausgestürmt waren, im Garten des Herrenhauses veranstaltete. Mit versteinertem Gesicht blickte er in die Runde seiner Verfolger und sagte auch dann nichts, als die Lady ohne Rücksicht auf ihr roséfarbenes Kleid sich vor ihm in den Staub warf und seine Beine umklammerte, wobei sie bitterlich weinte.

Edward empfand das Verhalten seiner Tante als äußerst unpassend, und auch seinem Vater war die Entrüstung über Lady Elisabeths merkwürdiges Benehmen anzusehen. Auf Geheiß von Bolton bückte sich Pearce und löste gewaltsam die Arme der Lady, auf dass man ihren Sklaven endlich abführen konnte. Währenddessen blieb Edwards Tante am Boden hocken und bettelte vor Commodore Bolton um das Leben ihres Geliebten. Ungeachtet jedweder Würde, die sie zweifellos vor den Männern einbüßte, trommelte sie mit ihren molligen Fäusten auf die harten Steine. Dabei warf sie den Kopf so heftig hin und her, dass sich ihre blonde Perücke löste und sich mit einer plötzlich aufkommenden Windböe wie eine Sturmkugel davonmachte. Keiner der Männer dachte daran, das kostbare Haarteil zu retten.

Lord William gab Dr. Lafayette einen Wink, und gemeinsam brachten sie die völlig derangierte Lady auf die Füße, wo sie sich nur mit Hilfe ihrer Unterstützung auf den Beinen hielt. Eingeknickt in den Knien und unter andauerndem Schluchzen, bot sie ein Bild des Jammers. Durch die vielen Tränen bahnte sich ihre Wimperntusche in pechschwarzen Rinnsalen den Weg hinab zu ihrem Doppelkinn, um sich in Mund und Kinnfalten abzusetzen, was sie mitsamt ihrer weißen Schminke wie eine schlecht bemalte Marionette aussehen ließ.

«Kommen Sie», schlug Dr. Lafayette in beschwichtigendem Tonfall vor und zerrte die Lady mit sanfter Gewalt in Richtung Haupteingang. «Ich verabreiche Ihnen ein stärkendes Beruhigungsmittel, und Sie legen sich eine Weile ins Bett. Vielleicht ist ja alles nur ein großes Missverständnis, und morgen sieht die Welt schon ganz anders aus.»

«Sie werden ihn töten», flüsterte sie heiser, wobei sie nur noch bedingt Widerstand leistete und von neuem zu weinen begann. «Ich bin alt genug, um zu wissen, dass das alles nur ein Vorwand ist, um einen Schuldigen zu finden.»

«Es ist mitten in der Nacht! Was hast du vor?», fragte Lena mit Erstaunen in der Stimme, als Jess unerwartet in ihrem Käfig auftauchte.

Ihr Haar war zerzaust und ihr Blick nicht gerade freundlich, als

Jess sie anders als sonst nicht mit einer Fackel, sondern nur mit einem spärlichen Öllicht beleuchtete. Sie hatte sich bereits schlafen gelegt, nachdem er sie nach dem gemeinsamen Abendessen mit dem Hinweis, noch etwas erledigen zu müssen, in ihrem Gefängnis zurückgelassen hatte.

Nach der letzten Mitteilung des Gouverneurs, was die Verhandlungen zu ihrer Freilassung betraf, hatte Jess damit aufgehört, sie in den Fortgang der Dinge einzuweihen. Angeblich weil er sie nicht ängstigen wollte. Sie wusste nur, dass es noch länger dauern konnte, bis es zu ihrer Freilassung kam. Aber auch Lena war nicht mehr sicher, ob sie ihm vorurteilsfrei vertrauen konnte. Jedenfalls machte er weiterhin keine Anstalten, den Käfig offen zu lassen, wenn er sie in ihrer Höhle allein ließ. Dabei hätte sie ihn so gerne davon überzeugt, dass sie ihm und seinen Leuten helfen wollte. Aber all ihre Vorschläge, nach dem Austausch heimlich zu ihm zurückzukehren und sogar ihre eigenen Mittel einzusetzen, um entflohene Sklaven ins Ausland zu schaffen, hatte er ohne Erklärung zurückgewiesen. Das hatte sie getroffen.

Trotzdem hatte er sich weiterhin alle Mühe gegeben, ihr den Aufenthalt in dieser Abgeschiedenheit so angenehm wie möglich zu gestalten. Vielleicht war seine unerwartete Fürsorge daran schuld, dass ihre Bewunderung für diesen großen, breitschultrigen Kerl von Tag zu Tag mehr gewachsen war. Nicht nur sein Mut als Rebell gegen die weißen Sklavenschänder, auch dass er keine Angst hatte, für seine Ideale zu sterben, imponierten ihr sehr.

Auch sein Äußeres ließ ihr Herz auf der Stelle höher schlagen. Seine urwüchsige Kraft, sein sensibler Mund und das verhaltene Lachen, wenn sie etwas sagte, das ihn anscheinend amüsierte, entzückten sie. Dazu die Ernsthaftigkeit, die in seinen schönen, bernsteinfarbenen Augen lag, wenn er ihr mal wieder einen dieser unergründlichen Blicke zuwarf, von denen sie nicht wusste, was sich dahinter verbarg. Sie hoffte, es wäre Zuneigung, wenn nicht sogar Liebe. Er musste doch spüren, wie sehr sie sich nach seiner Nähe sehnte. Trotzdem hielt er sie auf Abstand. Auch wenn aus seinen Augen ein eindeutiges Verlangen sprach, hatte er nicht einmal versucht, sie zu küssen.

«Lass dich überraschen, Prinzessin», sagte er leise. Und zum ersten Mal seit langem benutzte er wieder den Spitznamen, den sie zu Beginn als Demütigung empfunden hatte. Doch nun schien es, als wolle er mit der Bezeichnung die Stimmung auflockern. «Ich dachte mir, ein bisschen Abwechslung könnte dir guttun.»

«Jetzt?», fragte sie ungläubig.

Er war den ganzen Abend ziemlich einsilbig gewesen und hatte, während sie ihre Gemüsesuppe schlürfte, kaum ein Wort gesprochen. Es war, als ob er über etwas nachgegrübelt hätte, aber er verriet ihr nicht, worüber, sondern hatte sie nur ständig so merkwürdig angeschaut.

«Es ist dunkel, und die meisten schlafen», bekannte er lapidar. «Die beste Zeit, um unbemerkt ein wenig draußen herumzuspazieren.»

«Hast du nicht gesagt, dein Anführer sieht es nicht gerne, wenn du mit mir allzu oft die Höhle verlässt?»

Sie sah ihn unsicher an. Tagelang waren sie nicht mehr draußen gewesen, obwohl sie gerne gebadet hätte. Und nun das?

«Nimm das nicht wörtlich. Solange ich für dich die Verantwortung übernehme und dafür Sorge trage, dass du nichts Verbotenes siehst, können wir tun und lassen, was wir wollen. Nicht umsonst hat man mir freie Hand gegeben, mit dir zu verfahren, wie es mir beliebt.»

Mit dir zu verfahren, wie es mir beliebt? Lena war von der schroffen Art irritiert. Was hatte er vor? Urplötzlich spielten sich albtraumhafte Szenen in ihrem Kopf ab. Vielleicht hatte der Gouverneur sich nun doch endgültig geweigert, die zum Tode verurteilten Männer freizulassen. Vielleicht hatte Jess sich deshalb die ganze Zeit so seltsam benommen. Was wäre, wenn er den Befehl erhalten hatte, sie zu töten?

«Du machst mir Angst», sagte sie ehrlich, nachdem er sie beinahe grob auf die Füße gezogen hatte.

Sie spürte die Anspannung, die in der Luft lag, als sie versehentlich zusammenprallten. An seinen markanten Gesichtszügen glaubte sie eindeutig ablesen zu können, dass etwas nicht stimmte. Dabei hatte er Tage zuvor noch versichert, dass er alles tun würde, um sie zu schützen. War sie dabei, den Verstand zu verlieren?

Sie hatte sich, wenn sie ehrlich zu sich war, unbeabsichtigt in einen skrupellosen Rebellen verliebt, und womöglich nutzte er ihr Vertrauen nur schamlos aus. In Wahrheit würde er wahrscheinlich nicht zögern, sie wie eine Ziege zu töten, die man hegte und pflegte, solange sie Milch gab, und eiskalt zur Schlachtbank führte, wenn sie einem nicht mehr nützlich war.

«Ich hab dir schon mehr als ein Mal gesagt, dass du keine Angst zu haben brauchst, und schon gar nicht vor mir», murmelte Jess, als könne er ihre trüben Gedanken lesen, und beließ es dabei.

Am liebsten hätte sie ihn angeschrien, dass er ihr die Wahrheit sagen sollte. Doch das kam ihr unwürdig vor. Was wäre, wenn sie ihm unrecht tat?

Im Schein des Öllichtes leuchteten seine bernsteinfarbenen Augen unnatürlich auf, als er ihr seine warmen Hände entgegenstreckte, um ihr trotz der Dunkelheit die Augenbinde anzulegen.

Warum sollte er ihr noch die Augen verbinden, wenn er sie wenige Augenblicke später töten würde? Vielleicht gerade deshalb, zischte eine innere Stimme. Damit er ihr nicht in die Augen schauen musste, wenn er sie erstach oder erdrosselte oder einen Abgrund hinunterstürzte. Verzweifelt versuchte Lena, die Bilder ihres möglichen Todes wieder loszuwerden. Sie spürte, wie ihr Begleiter sie sanft bei der Hand nahm und nach draußen führte. Obwohl er mit seinen langen Haaren und den dunklen Bartstoppeln nicht gerade vertrauenswürdig wirkte, hatte ihr seine Gegenwart bisher immer ein unerklärliches Gefühl der Geborgenheit vermittelt.

Dass er alles, was er mit ihr unternahm, möglichst unauffällig tun musste, lag angeblich daran, dass niemand von ihrer schon fast freundschaftlichen Beziehung wissen durfte. Nach außen hin musste es so aussehen, als ob Jess lediglich für ihre Grundbedürfnisse sorgte und sie darüber hinaus so schlecht wie nur möglich behandelte.

Die Art, wie er ihre Hand hielt, beruhigte ihr aufgewühltes Gemüt ein wenig. Würde ein Mann, der sie töten wollte, sie so sanftmütig davonführen? Ja, das würde er, sagte die Stimme der Angst, die ihr Innerstes gefangen hielt.

Vollkommen durcheinander, schenkte sie den Ästen und Blättern kaum Beachtung, die ihr ins Gesicht schlugen, während sie schnellen Schrittes in den Dschungel vordrangen. Das Tempo, das er gewählt hatte, erschien ihr hektischer als zuvor. Atemlos lauschte sie den Geräuschen der Nacht, doch nichts schien ihr so laut wie ihr eigener, rasender Herzschlag. Die Luft war mild, und nur ein leichter Wind strich durch ihr Haar. Hier und da knackte ein morscher Ast, und das ‹Schuhu› einer Eule oder das plötzliche Geschrei eines Papageis begleitete ihre ansonsten lautlosen Schritte.

«Du kannst die Augenbinde jetzt abnehmen», flüsterte er nach einer Weile. «Ab hier müssen wir nicht mehr mit Lagerwachen rechnen, und dort, wo ich dich hinführe, werden wir garantiert ungestört sein.»

Garantiert ungestört?! Damit keiner mitbekommt, wenn ich schreie, dachte sie verzweifelt. Der aufgehende Mond hatte Bäume und Sträucher in silbernes Licht getaucht, und diese warfen bizarre Schatten in die Umgebung. Obwohl Jess sie vertrauensvoll anlächelte, flößte die Umgebung ihr Furcht ein. Stumm wanderten sie einen Berghang hinunter, wobei er ihr immer noch nicht sagte, wohin die Reise ging. Mit einem solchen Kerl wäre sie notfalls bis ans Ende der Welt gegangen. Doch was führte er wirklich im Schilde? Abrupt blieb sie stehen.

«Was ist?», fragte er und drehte sich irritiert nach ihr um.

«Sag mir die Wahrheit», forderte sie mit bebender Stimme. «Hast du den Auftrag, mich umzubringen?»

«Was?» Jess schien nicht zu begreifen, was sie ihn gerade gefragt hatte.

«Willst du mich töten?»

«Bist du von Sinnen?» Seine Stimme klang kalt.

«Nein, aber ich bin kurz davor, es zu werden.»

Sie konnte ihre Tränen nicht länger zurückhalten und begann hemmungslos zu weinen.

Jess reagierte sofort. Augenblicklich nahm er sie in seine starken Arme und drückte sie sacht.

«Um Himmels willen, Lena, wie kannst du nur auf eine solch törichte Idee kommen?»

Er schien ehrlich entsetzt zu sein. Sein Griff wurde fester, während sie nicht aufhören konnte zu weinen.

«Was weiß ich», schluchzte sie. «Du verhältst dich so merkwürdig und gehst mitten in der Nacht und ohne eine nachvollziehbare Erklärung mit mir in diesen unheimlichen Wald. Nicht, dass ich Angst mit dir hätte, aber …» Sie stockte, um zu schlucken und nach Luft zu ringen, bevor sie fortfahren konnte.

«Du hast Angst vor mir», vollendete er den Satz, und eine gewisse Bitterkeit lag in seiner Stimme.

«Was weiß denn ich», brach es aus ihr heraus, «was in deinem Lager vor sich geht. Woher soll ich wissen, ob Edward oder der Gouverneur auf die Bedingungen deines Anführers eingegangen sind und wenn nicht, was weiter mit mir zu geschehen hat?»

Sanft küsste er sie auf den Scheitel, dann schob er sie ein Stück von sich weg und sah auf sie herab. Seine Augen funkelten im Mondlicht.

«Was bin ich nur für ein Narr», schalt er sich selbst. «Ich hab mich von deiner forschen Art täuschen lassen. Ich kann gut verstehen, dass du dich fürchtest, nach allem, was dir hier oben widerfahren ist. Aber ich stehe zu meinem Wort, dass du keine Angst vor mir zu haben brauchst. Ich werde nicht zulassen, dass dir Leid zugefügt wird. Schon gar nicht durch mich, ich könnte dir niemals etwas Böses antun.»

«Gut», hauchte sie und lehnte ihre Stirn erschöpft an seine Brust.

Er streichelte ihr sanft über Kopf und Rücken und spielte mit ihrem hüftlangen Haar, das sie seit der Entführung offen trug.

«Komm», sagte er und fasste sie bei der Hand. «Wir sind gleich da, es ist nicht mehr weit. Ich bin sicher, es wird dir gefallen.»

Trotz seiner Ankündigung waren sie noch mindestens eine Viertelstunde unterwegs, in der sie kaum ein Wort sprachen. Zwischen ihren ineinander verschlungenen Händen baute sich währenddessen eine seltsame Anziehung auf, die nach mehr Nähe verlangte. Am liebsten wäre sie stehen geblieben, um sich noch einmal von ihm umarmen zu lassen.

Plötzlich war ein leises Rauschen zu vernehmen. Neugierig folgte sie Jess wie ein Kind an der Hand seines Vaters. Bergab ging es über einen unebenen, von wilden Bananenstauden gesäumten Weg hin zu einem steinigen, von hohen Felsen eingerahmten Plateau. In dessen Mitte war ein kleiner Teich eingelassen, auf dessen Oberfläche sich das helle Mondlicht spiegelte. Seiner Form nach war er ähnlich dem, in dem sie kürzlich ein Bad genommen hatte. Nur dass dieser um einiges kleiner war und viel weiter vom Lager entfernt lag.

Von den Felsen sprudelten mehrere Katarakte durch steinerne Rinnen herab, die wie geschliffene Diamanten glitzerten und das Becken über einen mindestens zehn Meter hohen Wasserfall mit Frischwasser versorgten. Dahinter verbarg sich offenbar ein kleiner Höhleneingang, der halb im Schatten lag und in dem – so hoffte sie – niemand hauste, der ihre traute Zweisamkeit zu stören vermochte. Wenn es nicht so verrückt gewesen wäre, hätte sie an ein romantisches Rendezvous denken mögen.

«Gefällt es dir?», fragte Jess, als sie das Ufer erreichten.

Sein fragender Blick barg eine Entschuldigung dafür, dass er sie mit seinem geheimnisvollen Vorgehen so sehr geängstigt hatte.

«Es ist wunderschön», flüsterte Lena und ging in die Knie, um ihre Finger in das handwarme Wasser einzutauchen.

Das Bedürfnis, sich die verschwitzten Kleider vom Leib zu reißen und in das kristallklare Nass zu hüpfen, nahm überhand. Jess schien ihre Gedanken zu erraten.

«Lass uns ein Bad nehmen», schlug er mit rauer Stimme vor.

Uns. Er hatte eindeutig *uns* gesagt. Lena spürte, wie ihr der Atem stockte. Das bedeutete, dass sie ihn nackt sehen würde, denn er behielt wohl kaum Hose und Stiefel an, wenn er mit ihr ins Wasser stieg.

«Bist du sicher, dass wir das tun sollen?» Ihre Stimme klang seltsam heiser.

Noch nie in ihrem Leben hatte sie nackt mit einem Mann gebadet. Schon gar nicht mit einem dunkelhäutigen Fremden, der ihr so begehrenswert erschien wie nichts sonst auf der Welt.

«Du brauchst dir keine Sorgen zu machen», versicherte er sanft. «Ich tue nichts, was du nicht willst. Ich möchte einfach ein bisschen Zeit mit dir hier verbringen und den Anblick des Mondes genießen. Mehr nicht.»

Was du nicht willst ... und was wäre, wenn sie mehr von ihm wollte als nur im Mondschein baden?

«Ich mache mir keine Sorgen», erklärte sie so gelassen wie möglich, obwohl es gelogen war.

Sie machte sich Sorgen, und zwar höllische. Aber nicht wegen Jess, sondern wegen sich selbst. Schon seit Tagen dachte sie daran, wie es wohl sein würde, von ihm berührt zu werden. Ihre Jungfräulichkeit schrie geradezu nach Erlösung. Ihre Moral befahl ihr freilich etwas anderes. Selbst wenn er sich wie ein Weißer gebärdete und längst nicht so schwarz war wie ein reinrassiger Afrikaner, argumentierte sie streng, was wäre, wenn er dich schwängert? Du wärst gebrandmarkt mit einem Negerbastard.

Er ist ein kaltblütiger Rebell, appellierte ihre moralische Seite. Er kann dich nehmen und gleichzeitig töten, wie ein Kater es mit einer Maus zu tun pflegte. Erst das Spiel und dann der Tod. Er ist kein Tier, argumentierte sie wütend zurück. Viel eher ist er der aufregendste Mensch, der mir je begegnet ist.

Unsinn, widersprach sie im Geiste. Er ist der schönste Mann, der mir je begegnet ist. Er ist klug und gebildet. Er kämpft für seine Ideale und hilft ohne Rücksicht auf sein eigenes Leben den Menschen, die seine Hilfe am meisten benötigen. Aber vor allem ist er ein richtiger Kerl. Nicht so ein eingebildeter Pinsel wie Edward. Im Gegensatz zu ihm hat er Charakter.

Ihre Blicke trafen sich, und es durchfuhr sie wie ein Blitz. Seine

Augen sind einfach der Himmel … ich könnte immerzu in ihnen versinken.

Ihr Blick fiel auf Jess' Rücken, den er ihr für einen Moment zugewandt hatte, um sicherheitshalber noch einmal die Umgebung zu inspizieren. Unwillkürlich stachen ihr die silbrig schimmernden Narben ins Auge, die sein breites Kreuz wie ein unregelmäßiges Netz überspannten. Sie waren ihr schon zuvor aufgefallen, aber sie hatte sich nicht getraut, ihn nach deren Ursprung zu fragen.

Als ob er gespürt hätte, dass sie ihn anstarrte, wandte er sich zu ihr um und erwiderte ihren Blick mit einem Lächeln.

Oh Gott, wenn er mich will, werde ich ihm nicht widerstehen können …

Langsam und mit Bedacht begann sie, sich zu entkleiden. Keinesfalls durfte er bemerken, wie nah sie daran war, sich für ihn das verschmutzte Reitkleid vom Leibe zu reißen.

Jess hielt ihrem provozierenden Blick stand und begann seine Stiefel auszuziehen. Lässig entledigte er sich anschließend seiner Hose. Darunter war er vollkommen nackt. Ungeniert präsentierte er ihr sein beeindruckendes Geschlecht und, als er sich umdrehte, um seine Sachen zusammenzulegen, die wohlgeformten Rundungen seines muskulösen Hinterns. Beim Anblick seines perfekten Körpers vergaß Lena beinahe zu atmen, sodass sie unwillkürlich nach Luft schnappte.

Schnell schlüpfte sie aus ihrem Unterkleid und den Schuhen, bemüht, vor ihm im Wasser zu sein.

Mit behutsamen Schritten watete sie in das kühle Nass, das ihr bereits nach wenigen Schritten bis zu den Hüften reichte. Plätschernd benetzte sie ihre Brüste mit dem Wasser, worauf sich ihre Brustwarzen versteiften. Als sie aufschaute, bemerkte sie, dass Jess sie mit verträumten Blicken beobachtete. So wie er da stand, aufrecht und stolz, musste selbst Adonis vor Neid erblassen. Der Mond ließ seine bronzefarbene Haut mattsilbern schimmern und zeichnete jeden Muskel und jede Sehne so exakt nach, als ob sie von Michelangelo persönlich gemeißelt worden wären. Während sie ihn entgeistert anstarrte, blitzten seine weißen Zähne unter seinem amüsierten Lächeln auf.

Magisch angezogen, wanderte ihr Blick zurück zu seinem recht großen Geschlecht. Umgeben von einem Wust dunkler Löckchen, trat es im Zustand harmloser Entspannung zwischen seinen muskulösen Schenkeln hervor.

«Schwimm ans andere Ufer», empfahl Jess fürsorglich. «Dort ist ein breiter Felsvorsprung unter Wasser, auf den du dich setzen kannst.» Lena löste sich vom Boden, und drei oder vier Züge später saß sie genau dort, wo Jess sie hinbeordert hatte. Mit dem Rücken an eine Felswand gelehnt, ging ihr das warme Wasser bis fast zum Hals. Entspannt ließ sie ihre Unterschenkel in die Tiefe baumeln, wobei sie froh war, dass sie den Grund sehen konnte. Erfahrungsgemäß lebten in solchen Gewässern keine Fische oder sonstiges Getier, vor dem man sich hätte fürchten müssen.

Vollkommen befreit von jeglichen Kleidern im glasklaren Wasser, umgeben von nachtschwarzen Palmen und Büschen, zu sitzen, hatte in der Tat etwas von Eva im Paradies. Und Adam ließ nicht lange auf sich warten. Mit zwei ausgreifenden Schwimmbewegungen war er bei ihr. Wie selbstverständlich griff er nach ihrer Hand, wobei er es strikt vermied, sie an anderen Stellen zu berühren. Behutsam nahm er neben ihr auf dem steinernen Vorsprung Platz, wo sie bequem nebeneinandersitzen konnten. Genüsslich streckte er unter Wasser seine langen Beine aus. Für einen Moment legte er den Kopf in den Nacken und strich seine lockigen, langen Haare zurück. Mit einem leisen Seufzer schloss er die Augen.

Lena hatte derweil einen weiteren verstohlenen Blick auf sein Geschlecht geworfen, das in für sie greifbarer Nähe zwischen seinen Schenkeln ruhte. Verlegen wandte sie den Blick ab und beobachtete stattdessen, wie das Wasser aus seinen Haaren über das Kinn in die Bartstoppeln sickerte und sich dort wie dicke Tautropfen verfing. Wie es in schmalen Rinnsalen weiter am Kehlkopf vorbei über die Muskelstränge seines breiten Halses rann, bis hinunter zu den mächtigen Schultern und über die Narben.

«Ich hab mich schon ein paar Mal gefragt», begann sie vorsichtig, «warum du ausgepeitscht wurdest. War das dein Master, der dich nach Kuba verschleppt hat?

«Nein», sagte er und schüttelte lächelnd den Kopf. «Fernando de Montalban mag man einiges nachsagen können, aber er hat selten Hand an mich gelegt. Als Kind hat er mich ein paar Mal mit dem Stock verprügelt, weil ich ihn beklaut habe. Sein einziger Fehler war, dass er manchmal merkwürdige Ansichten hatte, die ich am Ende ausbaden musste.»

«Was meinst du mit merkwürdigen Ansichten?»

«Er ging zu Huren», führte Jess weiter aus. «Obwohl er streng katholisch war und es im Grunde moralisch verwerflich fand. Danach hat er sich immer selbst gegeißelt, bis er ganz blutig war. Um sich den Teufel auszutreiben, wie er es nannte. Danach verlangte er, dass ich seine Wunden behandelte, weil niemand davon erfahren sollte. Vor ein paar Jahren kam er aus heiterem Himmel auf die Idee, mich an die spanische Armee ausleihen zu müssen. Damals ging ein patriotischer Aufruf durch die kubanischen Gazetten, dass die dortigen Pflanzer die spanische Krone unterstützen sollten, indem sie ihre jungen, männlichen Sklaven kostenlos für den Kriegsdienst zur Verfügung stellten. Nach den Unabhängigkeitskriegen in Südamerika hatte Spanien erhebliche Verluste in den Reihen seiner einheimischen Söldner hinnehmen müssen. Es galt, die verbliebenen Kolonien nicht nur gegen den Einfluss von Freiheitskämpfern, wie Simón Bolívar, zu schützen, sondern auch gegen die Territorialansprüche von Amerika. Also hat er mich in die Festung von Santiago gebracht, die den größten Militärhafen von Kuba überschattet und die bedeutendste Garnison des Landes beherbergt. Dass mein Rücken heute einer Seekarte gleicht, habe ich den dortigen Militärs zu verdanken.»

Er schnaubte verdrossen und wandte ihr demonstrativ seine Schultern zu.

«Nicht gerade hübsch, oder?»

Sie wusste sofort, dass sie einen Fehler begangen hatte, als sie mit ihren zaghaften Fingerkuppen ungefragt über die wulstigen Erhebungen strich. Sogleich durchlief ihn eine gut sichtbare Gänsehaut, und sein bis dahin unauffälliges Glied richtete sich zwischen seinen strammen Schenkeln kaum merklich auf. Lena senkte verlegen den Blick, weil sie sich nicht eingestehen wollte, was sie mit ihrer harmlosen Berührung angerichtet hatte.

«Na, jedenfalls hatten sie in der Garnison von Santiago nichts anderes zu tun, als uns möglichst rasch in skrupellose Legionäre zu verwandeln», überging er die Reaktion seines Körpers und suchte ihren Blick, als ob nichts geschehen wäre. «Was zur Folge hatte, dass meine Kameraden und ich konsequent auf das Töten eines Menschen abgerichtet wurden und dazu den Umgang mit allen erdenklichen Waffen erlernten.» Er lachte leise. «Mich wundert noch heute, dass unsere spanischen Ausbilder gar keine Angst hatten, wir könnten uns irgendwann in jene Rebellen verwandeln, vor denen sie sich so sehr fürchteten.»

«Das hört sich beinah an, als hätte es dir Freude bereitet, so unmenschliche Dinge zu erlernen?»

Jess bemerkte ihren kritischen Blick. Er war auf dem besten Wege, ihr schon wieder Angst einzujagen, indem er ein ziemlich barbarisches Bild von sich zeichnete.

«Natürlich nicht», erwiderte er ohne einen Funken Zweifel in der Pupille. «Aber was blieb uns anderes übrig? Wenn wir nicht spurten, wurden wir ausgepeitscht. Wie du sehen kannst, ist mir das häufiger passiert.»

«Willst du damit sagen, dass dein Master dich aus reinem Patriotismus in irgendeinen Krieg schicken wollte, und du konntest gar nichts dagegen tun?»

«Ich sagte doch», erinnerte er sie, «als Sklave bist du jeglicher Form von Willkür ausgesetzt. Ob es dir nun passt oder nicht. Wobei Montalbans Verhalten weniger mit Patriotismus zu tun hatte, sondern vielmehr mit der Sorge, dass er seine Plantage an irgendwelche Freiheitskämpfer verlieren könnte. Haiti wird seit Jahren nur noch von Mulatten regiert. Den dortigen Rebellen ist es gelungen, sich gegen

Frankreich durchzusetzen, und die Sklaverei wurde in hartnäckigen Verhandlungen mit der ehemaligen Kolonialmacht abgeschafft. Nicht wenige von uns hofften, dass uns in Kuba das Gleiche gelingen könnte. Und hier in Jamaika ist es nicht anders. Bis dahin versuchen immer wieder entflohene Sklaven nach Haiti zu entkommen, was selten gelingt, denn unsere Häfen werden streng überwacht, und der Seeweg auf kleinen, illegal gemieteten Boten ist teuer und ziemlich gefährlich.»

«Du hast viel durchgemacht», sagte Lena und wagte es kaum, ihn anzuschauen. «Ich wünschte, ich hätte die Macht, dir all dieses Leid im Nachhinein zu nehmen.»

«Vielleicht kannst du es sogar», erwiderte er und begegnete ihrem mitleidigen Blick mit einem undurchsichtigen Lächeln. «Dein Verhalten zeigt mir, dass es auch gute weiße Menschen gibt. Und so schlimm war es auch wieder nicht. Montalban war ein gnädiger Master und ein gläubiger Katholik», fuhr er bedächtig fort. «Er war Spanier und besaß auf Kuba eine riesige Tabak-Plantage. Er machte mich von Beginn an zu seinem persönlichen Burschen. Als ich jünger war, hat er mich oft an die benachbarten Jesuiten ausgeliehen und komplettierte damit gerne die Sonntagskollekte. Von den frommen Brüdern habe ich Lesen und Schreiben gelernt. Unter ihnen lebten auch ein paar Engländer, die in mir die englische Sprache lebendig gehalten haben, was mein Glück war, sonst könnte ich mich kaum mit jemandem auf dieser Insel verständigen.»

«Und von ihnen hast du auch Homer gelernt?»

«Na ja, was heißt gelernt.» Er lächelte schwach und suchte ihren Blick. «Neben der allgegenwärtigen Bibel sind mein Lehrmeister und ich ab und zu ein paar alte Bücher durchgegangen. Ein wenig Shakespeare war auch dabei und was man sonst noch so an Poesie verinnerlichen kann.»

«Shakespeare?» Sie lächelte verzückt. «Bis heute ist es mir nicht gelungen, Shakespeare zu lesen. Ich habe den Sommernachtstraum in London im Theater gesehen.»

«Dann soll der Mond, gleich einem Silberbogen, am Himmel neu gespannt, die Nacht beschaun», zitierte er mit einem Lächeln und deutete auf die leuchtende Scheibe am Firmament, die so hell war, dass die Nacht beinahe zum Tage wurde.

Lena sah ihn mit ihren großen, ängstlichen Augen an, die im Mondschein wie reine Smaragde schimmerten.

«Aber auch Montalban hatte keine Scheu davor, Karten zu spielen und ein Kind als Gewinn zu akzeptieren», fügte sie leise hinzu.

Es rührte ihn, wie sehr sie an seinem früheren Schicksal Anteil nahm. Am liebsten hätte er sie dafür in den Arm genommen und an sich gedrückt. Jess überging ihr betretenes Schweigen mit einem Lächeln.

«Er hat mir damit wahrscheinlich das Leben gerettet. Bei William Blake hätte ich mich mit fünfundzwanzig Jahren längst zu Tode geschuftet.»

«Und wie kam es, dass du schließlich hierher zurückgekehrt bist?»

«Als der Vertrag auslief, hat mein Master mich nicht wie erwartet endgültig an die Armee verkauft, sondern auf seine Plantage zurückbeordert. Er wurde langsam alt und hatte Probleme mit seinen Knien und seinen Hüften. Deshalb benötigte er einen zuverlässigen Hausburschen, der ihn den lieben langen Tag die Treppen in seinem Palast hinauf- und hinabtragen konnte. Kurz bevor er starb, vor mehr als einem Jahr, holte er einen der Jesuiten, der meine Freilassungsurkunde bezeugte. Mir erschien es wie ein Wunder, dass ich nun kein Sklave mehr sein sollte. Aber so einfach, wie ich dachte, war es nicht.» Er seufzte verbittert.

«Da war noch Montalbans Neffe, der wegen der Testamentseröffnung extra aus Mexiko angereist war. Er wollte die Urkunde nicht anerkennen. Gott sei Dank war die Urkunde noch in meinem Besitz.

Also bin ich kurzerhand damit abgehauen. Aber mein Master hatte mir noch etwas anderes auf dem Sterbebett anvertraut. Etwas, das mir beinahe noch mehr wert war als die Freiheit. Er sagte mir, wer meine Mutter gewesen war und auch, wer als mein Vater in Frage kam. Daraufhin schwor ich mir, nach Jamaika zurückzukehren, koste es, was es wolle. In der Hoffnung, dass meine Mutter noch lebte, machte ich mich auf die Suche. Als ich spürte, wie überglücklich Baba war, als sie mich wieder in die Arme schließen konnte, und wie sehr ich sie vermisst hatte, wusste ich, dass ich die richtige Entscheidung getroffen hatte.»

Lena schaute ihn unverwandt an. Ihr Blick war eine Mischung aus Mitgefühl und Bitterkeit.

«Was ist?», fragte er zögernd.

«Ich muss an Edward denken. Daran, dass er immerzu behauptet hat, Sklaven hätten keine Gefühle und es mache ihnen nichts aus, wenn sie von ihren Familien getrennt werden. Wie sehr er sich doch mit seinem idiotischen Urteil getäuscht hat.» Sie kniff die Lippen zusammen und schluckte. «Es tut mir so leid, was dir und deiner Mutter und all den anderen Sklaven widerfahren ist. Und ich schäme mich so, dass ich Edward nicht vehementer widersprochen habe.»

Ihre Augen schimmerten plötzlich feucht. Jess ergriff ihre Hand, was töricht war, wie ihm bewusst wurde. Sie strich sich eine nasse blonde Strähne aus dem Gesicht. Ihr hüftlanges Haar schwebte derweil im Wasser um sie herum und ließ eine Menge Raum für Männerphantasien, von denen Jess aufgrund seiner langen Enthaltsamkeit nicht gerade wenige besaß.

«Auf diese Weise habe ich zumindest das Vergnügen, neben einer wunderschönen, weißen Lady zu sitzen», fügte er grinsend hinzu, «die aussieht wie jene Meerjungfrau, von der ich immer geträumt habe.»

Sie wich seinem Blick aus.

Wie süß sie doch war, wenn sie aus Verlegenheit schwieg.

«Allein deshalb besteht überhaupt kein Grund, mit mir Mitleid zu haben oder auch nur eine Träne zu vergießen», sagte er leise und legte wie selbstverständlich seinen Arm um ihre Taille.

Sie ließ es geschehen. Er beugte sich zu ihr hinab und vergrub seine Nase hinter ihrem Ohr, auf das er einen zarten Kuss hauchte. Ein vorsichtiger Annäherungsversuch, dem sie zu seinem Erstaunen nicht auswich. Im Gegenteil, sie schmiegte sich regelrecht in seinen Arm und blickte vertrauensvoll zu ihm auf. Ihre sehnsuchtsvollen Augen sprachen eine eindeutige Sprache. Im kühlen Wasser spürte er die Wärme ihres nackten, weichen Körpers, der sich unerwartet an seine harten Muskeln drängte. Die ganze Zeit über starrte er auf ihren üppigen, feuchten Mund und die silbrige Spur, die eine einzelne Träne auf ihrer Wange hinterlassen hatte.

«Ich würde dir gerne persönlich beweisen, wie sehr sich Edward getäuscht hat, was die Gefühle der Sklaven angeht», murmelte er heiser und senkte seine Lippen auf ihr zartes Gesicht.

Zuerst küsste er die Träne fort, und dann widmete er sich hingebungsvoll ihren Lippen. Als er spürte, wie sie bereitwillig den Mund öffnete und ihm mit ihrer Zungenspitze entgegenkam, rauschte ihm plötzlich das Blut durch die Ohren. Sein Puls beschleunigte sich, und sein bestes Stück erhob sich zwischen seinen Schenkeln wie ein aufkeimender Blütenstängel im Morgenlicht. Halb ohnmächtig vor Begierde, ließ sein Verstand die Zügel sausen, und er verlor komplett die Kontrolle über sich.

Ihr schien es kaum anders zu ergehen. Sie ließ es geschehen, dass er sie mit nur einem Arm anhob und sie im Wasser elfengleich schwebend zu sich heranzog. Mit leicht gespreizten Schenkeln landete sie anschließend auf seinem Schoß direkt vor seinem aufrecht stehenden Glied.

Anstatt sich zu wehren, sah sie Jess mit ihren großen grünen Augen erwartungsvoll an, als ob er all ihre Sehnsüchte kennen würde.

«Ich will dich», flüsterte er heiser und strich ihr eine Strähne aus dem Gesicht. «Schon vom ersten Moment an, damals im Dschungel, als du davongerannt bist und ich dich eingefangen habe.»

«Ich will dich auch», wisperte sie und legte zum Beweis ihre schlanken Arme um seinen Nacken und zog ihn erstaunlich kraftvoll zu sich heran.

Jess wunderte sich, mit welch wilder Entschlossenheit sie sich offenbar nach ihm verzehrte, als sie ihren Mund auf seinen drückte und bereitwillig ihre Lippen für ihn öffnete. Ihre unvermutete Bereitschaft, weiterzugehen als gedacht, ließ ihn halb wahnsinnig werden vor Lust. Mit zitternden Händen erkundete er ihren zarten und doch üppig ausgestatteten Körper. Dann packte er ohne Vorwarnung zu und umschloss mit beiden Händen ihre drallen, süßen Pobacken, um ihre wollüstige Unschuld direkt auf seinem harten Glied zu positionieren. Anstatt gegen sein Vorgehen zu protestieren, wand sie sich leise stöhnend auf ihm hin und her.

«Nimm mich», flüsterte sie, während ihre festen Brüste sich auffordernd gegen ihn pressten.

«Auch wenn ich kaum fassen kann, dass du das willst, Prinzessin», raunte er. «Dein Wunsch sei mir Befehl.»

Lena vergaß beinah zu atmen, als sie Jess' harte Männlichkeit direkt unter sich spürte. Alles war so unglaublich schnell gegangen, und doch war sie glücklich. Mit Jess bei Mondschein splitternackt in einem Teich zu sitzen, war genau das, was ihr nicht mehr aus dem Kopf gegangen war, seit er sie zum ersten Mal zum Baden begleitet hatte.

Er war stark, er war groß, er war aufregend. Mit seinen feuchtglänzenden Muskeln und den langen, lockigen Haaren erschien er ihr wie ein schönes, wildes Tier, das es zu bezwingen galt. Sein fester Griff, mit dem er sie auf seinem Schoß hielt, war unnachgiebig, während sein Mund und seine freie Hand die wunderlichsten Dinge mit ihr anstellten. Seine Küsse regneten wie bei einem Tropensturm auf Hals und Dekolleté herab, was sie halb ohnmächtig vor Verlangen werden ließ. Sie wollte lieber nicht darüber nachdenken, was sie zu dieser nie gekannten Zügellosigkeit trieb. Menschen, die den Tod vor Augen hatten, verloren nicht selten ihre guten Manieren. Irgendetwas in dieser Richtung musste es sein, das ihr sämtliche Hemmungen nahm und sie berauschte, als ob sie zehn Glas Champagner auf einmal getrunken hätte.

Aber was wäre, wenn es zum Äußersten käme und sie sich mit ihm vereinte? Und danach sah es im Moment verdammt noch mal aus.

Bereit, alles zu wagen, gab sie sich seinen forschenden Händen hin. Seine Zunge drängend in ihrem Mund, genoss sie das Spiel seiner geschickten Finger zwischen ihren Schenkeln, das sie aufblühen ließ wie eine Rose im Sommer. Ein ekstatisches Kribbeln nach dem anderen jagte durch ihren noch jungfräulichen Schoß.

Sie wollte ihm ebenso Lust verschaffen. Von frivoler Neugier erfasst, tastete sie ins Wasser und berührte zaghaft seinen Penis, der vor ihr aufragte wie ein Degen, bereit zum Duell. Im Vergleich zu vorhin erschien er ihr riesig. Obwohl er so hart und beeindruckend war, fühlte er sich verletzlich an wie ein Pfirsich. Zaghaft strich sie darüber. Während Jess ein gutturales Stöhnen von sich gab und für einen Moment mit einem Ausdruck wilder Verzückung den Kopf in den Nacken legte, trieb sie ihre Forschungen voran.

Entschlossen nahm sie sein Glied in die Hand und bewegte die zarte Haut, die es überzog, auf und ab. Sie erspürte fasziniert die dicken Adern, die sich darunter entlangschlängelten, und fuhr mit den Fingerspitzen die pralle Kuppe entlang, die sich eifrig nach oben drängte. Jess beugte den Kopf zu ihr hinab und beobachtete schwer atmend, was sie mit ihm tat. Dabei stöhnte er so laut in ihr Ohr, dass sie erschrak und die Hand zurückzog, als ob sie sich verbrannt hätte.

«Hör nicht auf», stieß er mit einem heiseren Lächeln hervor, «du machst das phantastisch.»

«Ich dachte ...» Das sollte doch wohl nicht alles gewesen sein?, überlegte sie enttäuscht.

Er schien zu ahnen, was in ihr vorging, und grinste verblüfft. Während er sein Glied mit einer Faust umklammerte und die Spitze tief in ihrer zarten Mitte platzierte, schaute er ihr unentwegt in die Augen. Mit einem Arm umfasste er ihre Taille und schob sie ein wenig hin und her, bis seine dralle Kuppe ihr empfindsames Fleisch zur Seite drängte. Die kleine harte Erbse in ihrem Schritt begann heftig zu pochen, als er den Druck erhöhte und sich Zoll für Zoll in sie hineinschob. Dabei streichelte er sie unentwegt.

Die grenzenlose Verblüffung darüber, wie herrlich dieses Gefühl war, schien ihr ins Gesicht geschrieben. Zugleich war es beängstigend, welche Macht Jess mit seinem Vorgehen auf sie ausübte. Er schien unterdessen aufs höchste konzentriert und schaute sie mit verhangenen Augen an. Unwillkürlich verzog sie den Mund und hielt den Atem an, als er ihren inneren Widerstand zu überwinden versuchte und sie einen dumpfen Schmerz verspürte.

Alarmiert suchte er ihren Blick. «Hast du …», brachte er schwer atmend hervor, «… das schon einmal mit deinem Ehemann getan?»

«Nein», erwiderte sie nicht weniger atemlos, während er ihr Innerstes beinahe zum Bersten brachte.

«O verdammt», stöhnte er leise. «Sag nur, ich bin der Erste, der …»

«Hätte ich es dir sagen sollen?», wisperte sie unsicher.

«Nein …», erwiderte er und küsste sie zärtlich. «Es ist nur …» Mit einem Mal bewegte er sich zurückhaltender.

«… bitte hör deshalb nicht auf!»

«Nein, Prinzessin», raunte er mit geschlossenen Augen und hob sie noch einmal an, um anschließend behutsam noch ein kleines bisschen tiefer in sie hineinzugleiten.

Atemlos ließ sie es zu, dass er ihre enge Öffnung mit aller gebotenen Vorsicht dehnte, so lange, bis sie sich ganz und gar um sein hartes Glied schmiegte. Sanft küsste er ihren Hals, ihr Kinn und dann ihren Mund, wobei ihre Lippen zu einem süßen, wahrhaft berauschenden Kuss verschmolzen und er sie mit seiner beeindruckenden Männlichkeit vollkommen ausfüllte.

Ein berauschendes Gefühl. Lena war sich sicher, dass ihr jeglicher Schmerz den Preis wert war, diese einzigartige Erfahrung zu machen, die Edward ihr durch sein rüdes Verhalten schlichtweg versagt hatte. Und als ob sie ihr Schicksal höchstpersönlich vorantreiben wollte, drängte sie sich Jess regelrecht entgegen. Ihre Finger krallten sich in seine bronzefarbenen Schultermuskeln. Fasziniert bemerkte sie, wie sich auf seinen Armen die feinen dunklen Härchen aufstellten.

«Mach langsam, Prinzessin», mahnte er sanft. «Wie du richtig festgestellt hast, habe auch ich Gefühle, und wenn du es zu heftig angehst, ist es zu schnell vorüber, und das wäre doch schade.»

Offenbar trunken vor Glück, suhlte er sich mit seinem prallen Geschlecht in ihrer feuchtheißen Enge. Um ihr gemeinsames Vergnügen noch zu steigern, hob er sie immer wieder an und stieß von neuem in sie hinein. Lena ließ ihrer Lust freien Lauf und stöhnte kehlig. Sie schloss unwillkürlich die Augen, als er sich abermals so tief wie nur möglich in ihr vergrub. Sie hatte ihre Arme fest um seinen Hals geschlungen und fühlte sich wie eins mit ihm, während ihre kleinen Brüste sich an seine beeindruckenden Muskeln drückten.

Ihr Atem ging nur noch stoßweise. Trotzdem ließ Jess nicht nach, ihre kleine harte Perle weiterhin mit den Fingern zu verwöhnen. Obwohl Lena über keinerlei intime Erfahrung verfügte, ahnte sie, was zu tun war, um mit ihm den Gipfel der Lust zu erreichen. Die Knie rechts und links neben seinen Hüften aufgestellt, hob und senkte sie ihren Unterleib so hingebungsvoll auf seinen Schoß, als ob sie eine Hurenschule besucht hätte und nicht etwa ein Mädchenpensionat. Ihre Bewegungen waren zunehmend kraftvoller, sodass das Wasser auf dem ansonsten so friedlichen Teich beträchtliche Wellen schlug.

«Langsam, Mädchen», flüsterte Jess mit bebender Stimme, als sie ihn immer wilder zu reiten begann.

Sie selbst konnte spüren, wie sich ihr ohnehin enges Fleisch immer fester um sein Glied zusammenzog. Das Gefühl, das sich dabei einstellte, war überwältigend und so intensiv, dass ihr beinah die Sinne schwanden. Den Kopf in den Nacken gelegt, die Arme um seinen Hals geschlungen, ritt sie ihn so heftig, als ob sie den Preis des besten Jockeys gewinnen wollte.

Als sich ihre Anspannung unvermittelt in heftigen Kontraktionen entlud, die ihren gesamten Unterleib erfassten, entwich ihr ein erlösendes Schluchzen. Jess bäumte sich fast gleichzeitig auf und bockte mit einem heiseren Schrei in sie hinein. Danach umklammerte er sie keuchend und bedeckte ihre Schultern mit feuchtheißen Küssen. Herz an Herz raste ihr Puls im gleichen Takt und beruhigte sich nur langsam, wobei Lena ein pulsierendes Nachbeben verspürte, das nur langsam abebbte, während Jess noch immer tief in ihrem Innern verweilte.

KAPITEL 20

September 1831 || Jamaika || Nichts als die Wahrheit

Der Gerichtskerker von Spanish Town war ein finsteres, in Stein gemauertes Loch. Edward wäre am liebsten auf der Stelle wieder umgedreht, als Commodore Bolton ihn und seinen Vater mit einiger Entschlossenheit zu den Verhörräumen führte. Die Enge und die Aussichtslosigkeit, diesem Ort zu entkommen, gruselten ihn. Die Ausstattung der Folterkammer ließ nichts zu wünschen übrig und hatte sich seit den spanischen Besatzern des 17. Jahrhunderts wohl kaum verändert.

Der Geruch von Fäkalien, Blut und Schweiß ließ Edward ein Riechtüchlein herbeisehnen, aber in Gegenwart seines Vaters und der Soldaten wollte er nicht wie ein verweichlichtes Weib daherkommen.

Sein Vater sagte nichts, aber auch er verzog seine aristokratische Nase zu einer angewiderten Grimasse, als er das Zimmer betrat, in dem man Candy Jones bereits auf einen Züchtigungstisch gebunden hatte.

Fliegen schwirrten umher und labten sich an dem, was die Verhörspezialisten von Lady Fortesques Bettgenossen übrig gelassen hatten. Nicht viel, wie Edward zufrieden feststellen durfte. Die Vorstellung, dass Elisabeth es in schöner Regelmäßigkeit mit diesem schwarzen Mistkerl getrieben hatte, ekelte ihn an. Alleine um diese Perversion zukünftig zu unterbinden, hatte es sich gelohnt, diesen Schmarotzer von einem Sklaven zu denunzieren. Jones' nackter, athletischer Körper war über und über mit Blut besudelt. Sein kahl geschorener Kopf hing mit verdrehten Augen über die Kante des Tisches.

«Ist er tot?», fragte Lord William hoffnungsvoll und schaute in die Runde von Rotröcken, wie die Soldaten hier genannt wurden. Commodore Bolton, im Gegensatz dazu in dunklem Blau, erteilte einem seiner Folterknechte mit einem Nicken das Wort, damit er dem Lord antworten durfte.

«Nein», erwiderte der hagere Soldat mit einem schmierigen Lächeln. Zum Beweis nahm er einen Eimer mit kaltem Wasser, den er mit Schwung über dem Delinquenten auskippte. Edward sprang zur Seite, weil er direkt in der Schusslinie der blutigen Brühe gestanden hatte, die ungehemmt über den Tisch hinaus an die Wände spritzte. Auch unter den Fliegen, die sich offenbar bei ihrem fürstlichen Mahl gestört fühlten, veranstaltete dies Aufruhr. Im Nu schwirrte das ganze Zimmer, und es dauerte eine Weile, bis die blutdürstigen Insekten sich in dem Gewirr von aufgeplatzten Fleischwunden neu orientiert hatten, um ihr Gelage fortzusetzen. Jones gab derweil ein leises Stöhnen von sich, ohne dabei die Lider zu heben.

«Hat er gestanden?», wollte Edward wissen.

Etwas anderes interessierte ihn nicht. Am liebsten wäre ihm gewesen, der Mann hätte vor lauter Pein alles zugegeben, was man ihm unterstellte, und dann würde er gefälligst sterben. Dass Jones dieses Martyrium nicht überleben durfte, war so gut wie beschlossene Sache. Vielleicht konnte man ja ein bisschen nachhelfen, überlegte er und dachte an Trevor, der alles erledigte, was man ihm auftrug, selbst wenn es noch so schmutzig war. Falls es ein Hindernis gab, wie zum Beispiel den wachhabenden Kommandeur, der niemanden ohne Erlaubnis in den Kerker ließ, half notfalls Bestechung. Kaum ein Soldat konnte einer Handvoll Goldmünzen widerstehen, wenn er selbst nur zwanzig Pfund im Jahr für seine zweifelhafte Treue erhielt.

«Nicht in der gewünschten Ausführlichkeit», beantwortete Bolton Edwards Frage. «Ansonsten sähe er wohl anders aus.»

«Was soll das bedeuten?», setzte Lord William nach. «Hat er nun etwas mit der Entführung meiner Schwiegertochter zu tun oder nicht?»

«Nun ja …» Bolton räusperte sich und kniff seine schmalen Lippen für einen Moment zu einem geraden Strich zusammen. «Er sagte aus, dass die Frauen ohne sein Wissen die Plantage verlassen haben. Und zwar mitten in der Nacht.»

«Er lügt!»

In Edwards Stimme schwang die Unverfrorenheit eines eiskalten Killers mit, und wenn er etwas zu sagen gehabt hätte, wäre Jones auf der Stelle gestorben.

«Meiner Frau zu unterstellen, mitten in der Nacht ohne Grund das Haus meiner Tante verlassen zu haben – lediglich in Begleitung ihrer Zofe –, ist so absurd, dass es allein eine Strafe verdient. So ein Unsinn ist doch geradezu ein Indiz dafür, dass der Kerl keine saubere Weste hat.»

«Das haben wir uns auch gedacht», versuchte Bolton Edwards Aufgebrachtheit zu beschwichtigen.

Lord William warf dem Ermittler einen irritierten Blick zu.

«Ich dachte, Sie haben nur Ihre besten Leute im Einsatz? Jedenfalls hat mir das mein Freund, der Gouverneur, zugesichert. Wenn ich nun einen solchen Blödsinn höre, bleibt mir nichts anderes, als an der Kompetenz Ihrer Männer zu zweifeln.»

Bolton hüstelte verlegen, wobei sein Blick noch einmal über den Gefolterten wanderte.

«Könnten wir es gegenüber der Öffentlichkeit so darstellen, dass er gestanden hat?» Lord William warf dem königlichen Ermittler einen eindeutigen Blick zu, der besagte, dass man es sich von Beginn an hätte einfacher machen können. «Schließlich können wir ja nichts dafür, dass er ein solcher Sturkopf ist. Wie mein Sohn richtig anmerkte, liegen die Fakten ja so gut wie auf der Hand.»

«Ganz meine Meinung», fiel Edward seinem Vater im Brustton der Überzeugung ins Wort.

«Aber das sagt uns leider nicht», führte Bolton leicht ungeduldig aus, «wer seine Hintermänner sind und vor allem, wo wir sie finden können, um Lady Helena aus den Klauen ihrer Entführer zu retten. Und darum geht es uns bei einer solchen Art von Verhör schließlich.»

«Und wann gedenken Sie, dass Sie so weit sind und ich endlich wieder mein geliebtes Weib in die Arme schließen kann?»

Edward warf ihm einen vernichtenden Blick zu, der sein Urteil über die Unfähigkeit des Ermittlers und seiner Assistenten zum Ausdruck bringen sollte.

Auch Lord William ließ gegenüber dem Commodore und den beiden Rotröcken keinerlei Zweifel über seinen Unmut aufkommen. «Gibt es neben dem bereits geplanten Gefangenenaustausch Bestrebungen, nach meiner Schwiegertochter zu suchen? Ich meine, mit Unterstützung des Militärs?»

«Lassen Sie uns das draußen besprechen», riet Bolton, dem die feuchte Hitze und der Gestank des Blutes ebenso den Atem nahmen wie Edward.

Als sie nach draußen in den Gerichtshof gelangten, atmete er so heftig ein, dass Edward dachte, die Knöpfe seiner Uniformweste müssten abplatzen. Dann atmete er wieder aus und sank erschöpft in sich zusammen. Anscheinend erleichtert, fürs Erste dem unappetitlichen Anblick von Jones entkommen zu sein, führte er Edward und seinen Vater in einen weiteren Trakt des Gerichtsgebäudes, wo sich sein weiß getünchtes Büro befand. Bei der Ordonnanz, die sich pflichtschuldigst nach seinen Wünschen erkundigte, bestellte er drei Gläser doppelten Brandy. Während Edward und sein Vater auf den angebotenen Sesseln Platz nahmen, kippte Bolton den Brandy hinunter, als ob er am Verdursten wäre. Hustend setzte er das Glas ab und setzte sich hinter seinen Schreibtisch.

«Ich hoffe, Sie sind sich mit mir darüber einig, dass ein Geständnis von Jones einiges in der Beziehung zwischen Schwarzen und Weißen verändern wird. Vielleicht mehr, als uns lieb sein könnte. Wenn sich herumspricht, dass die Rebellen ihre Unterstützer sogar unter den Hausangestellten rekrutieren, könnte es bei den Plantagenbesitzern zu größerer Unruhe kommen. Die Lage auf der Insel ist jetzt schon angespannt genug, weil man offensichtlich der Meinung ist, dass wir gegen ungehorsame Sklaven zu lasch vorgehen. Sie wissen selbst,

Lord William, dass nicht wenige Pflanzer und ihre Aufseher nach der Wiedereinführung der Selbstjustiz schreien und die Todesstrafe für Sklaven zurückfordern, die sich ihren Herren widersetzen. Diese erneuten Diskussionen wiederum könnten dazu führen, dass die Sklavengegner in London neuen Zulauf bekommen. Und das will schließlich niemand riskieren. Uns bleibt nichts weiter übrig, als die Angelegenheit so diskret wie möglich zu regeln. Im Auftrag des Gouverneurs habe ich bereits weitergehende Strategien entwickelt, wie wir der Sache auf den Grund gehen können.»

«Papperlapapp!»

Lord William schlug ziemlich ungalant mit der Faust auf den Tisch.

«Es führt allenfalls dazu, dass uns der König von England weitere Truppen schickt, um diesem Übel ein Ende zu bereiten.»

«Wir brauchen keine neuen Truppen», erwiderte Bolton pikiert. «Die Geschichte mit Ihrer Schwiegertochter hat ohnehin schon dafür gesorgt, dass der Gouverneur das gesamte Militär der Insel mobilisiert hat. Was wollen Sie also noch?»

Mit einem unterdrückten Zittern in den Händen kramte der Commodore eine Landkarte heraus und legte sie auf den Tisch.

«Sehen Sie hier», sagte er und signalisierte Edward und seinem Vater, dass sie einen Blick auf das ausgebreitete Papier werfen sollten. «Das sind die Ausläufer der Blue Mountains», erklärte er mit einem Fingerzeig. «Irgendwo dort oben in diesen zerklüfteten Felsen und Hochtälern vermuten wir das gesuchte Rebellennest. Colonel Brown ist bereits mit einem Erkundungstrupp auf dem Weg dorthin. Aufgrund unserer früheren Erfahrung, dass diese Gegend für Soldaten äußerst gefährlich ist, sind die Männer als Pflanzer getarnt und bis an die Zähne bewaffnet.»

Edward runzelte besorgt die Stirn bei der Vorstellung, dass der Colonel und seine Leute wie eine Herde Elefanten durch den Dschungel trampelten.

«Und was wird, wenn sich die Aufrührer, die meine Frau festhalten, herausgefordert fühlen und ihre Geisel aus Rache ermorden?»

«Wenn meiner Schwiegertochter wegen dieser Aktion auch nur ein Haar gekrümmt wird», stellte Lord William mit erhobener Stimme klar, «werde ich Sie höchstpersönlich zur Verantwortung ziehen. Haben Sie mich verstanden?»

«Keine Panik, Mylord», erklärte Bolton ungerührt. «Die Männer haben lediglich den Auftrag, die Umgebung zu erkunden. Sobald sie etwas Verdächtiges finden, werden sie umkehren, und wir werden eine ganze Armee bereitstellen, um diese Teufel bis ins letzte Glied auszurotten. Allerdings erst, wenn wir Lady Helena in sicheren Händen wissen. Der Plan ist, möglichst erst den Austausch zu vollziehen. Danach rücken wir unverzüglich vor, um jedes Rattenloch auszuräuchern, das es dort oben in den Bergen gibt.»

Lena glaubte sich in einem bizarren und doch wunderschönen Traum, als sie früh am Morgen in Jess' Armen erwachte. Anstatt noch in der Nacht zum Lager zurückzugehen, hatte er sie in eine Höhle unterhalb des Wasserfalls geführt und ein wärmendes Lagerfeuer entfacht. Nackt und geschützt vor unerwünschten Besuchern hatten sie sich auf ihren Kleidern wieder und wieder geliebt.

Dass dies kein Traum gewesen war, spürte sie zwischen ihren Schenkeln, die sich ein wenig wund anfühlten. Ein Sonnenstrahl, der durch eine Gesteinslücke von der Höhlendecke wie ein Speer zu ihnen hineinfiel, kitzelte ihr Gesicht. Jess streckte genüsslich seine starken Glieder und gähnte ausgiebig, wobei er ihr unbeabsichtigt sein makelloses Gebiss präsentierte.

«Gut geschlafen, Prinzessin?»

Sein Lächeln war verträumt und so süß und zurückhaltend, wie sie es nach so einer stürmischen Nacht kaum für möglich gehalten hätte. Spätestens seit sie sich leidenschaftlich geliebt hatten, erschien ihr alles an ihm geradezu perfekt. Dabei wirkte er am Morgen sogar noch bedrohlicher, weil sein Bart dunkler schimmerte und seine braunen, langen Haare wild und ungekämmt von seinem Kopf abstanden. In seinen Augen glühte noch immer etwas von jenem Besitzerstolz, mit dem er sie in der Nacht zuvor mit Leib und Seele erobert hatte. Er verschränkte seine Arme hinter dem Kopf, um sein mächtiges Kreuz zu dehnen, dabei sah Lena erneut die winzige Tätowierung unter der linken Achsel, die halb versteckt unter dem kurzen, krausen Haar hervorlugte.

«Was ist das?», fragte sie, und deutete mit der Fingerspitze auf das seltsame Gebilde, ohne zu überlegen, ob sie ihn mit ihrer Frage überrumpelte.

Jess schien überrascht und lenkte seinen Blick dorthin, wo sie seine Haut berührt hatte.

«Ach, das», sagte er und nahm die Arme runter, als ob er die Stelle vor ihr verbergen wollte. «Das ist eine Art Stammeszeichen.»

«Stammeszeichen?»

An ihrer Stimme war zu hören, dass sie nun erst recht neugierig geworden war. Jess gab brummend nach und setzte mit einem beiläufigen Lächeln zu einer Erklärung an.

«Es soll den Kelch eine Blüte darstellen. Wahrscheinlich ist dir diese Blume schon aufgefallen. Die Flamme von Jamaika. Sie blüht das ganze Jahr über auf dieser Insel und stellt für uns mit ihrer rotgoldenen Farbe ein Symbol für unseren Freiheitskampf gegen die Weißen dar. Jeder, der zum inneren Kreis der Rebellen gehört, trägt sie zum Zeichen der Zugehörigkeit und Loyalität.»

Natürlich kannte sie diese Blüten. Es waren ihre Hochzeitsblumen, dachte sie, sagte es aber nicht. Was für ein merkwürdiger Zufall! «Ist es nicht gefährlich, ein solches Zeichen zu tragen? Ich meine, was ist, wenn du in die Hände von Soldaten gerätst und sie dir die Zugehörigkeit zu einer Rebellenorganisation nachweisen können?»

Er beugte sich zu ihr hinab, als ob er sie küssen wollte, aber sein Mund näherte sich nicht ihren Lippen, sondern ihrem Ohr. Er strich ihr Haar zur Seite und verfiel in einen verschwörerischen Flüsterton: «Niemand weiß, dass dieses Zeichen eine solche Bedeutung hat.

Außer denen, die es tragen, natürlich, und nun du. Das heißt, du hast mein Leben in der Hand und das all dieser Menschen hier. Ich hoffe, du enttäuschst mich nicht.»

Sie nickte fassungslos, und augenblicklich wurde Lena bewusst, dass weit mehr zwischen ihnen war als pures Verlangen. Plötzlich ahnte sie, wie sehr Jess auf sie zählte, ihr vertraute, sie vielleicht sogar liebte. Auch wenn es ihr vollkommen absurd erschien, das Gefühl war sehr schön. Die vergangene Nacht mit diesem unglaublichen Mann würde sie nie mehr vergessen können, ganz gleich was noch geschah. Als ob er ihre Zuneigung gespürt hätte, streichelte er über ihre bloßen Brüste, hinunter bis zu ihrem leicht gewölbten Bauch. Seine geübten Finger wanderten unter einem wölfischen Grinsen bis zu den blonden Löckchen zwischen ihren Schenkeln und schlüpften wie zufällig in ihre feuchte Spalte.

«Komm zu mir», flüsterte sie und wölbte sich ihm aufreizend entgegen.

Er beugte sich zu ihr hinab und verwöhnte mit seinem weichen Mund ihre Brustwarzen, die sofort hart und dunkel wurden, als er daran zu saugen begann. Sein steifes Glied drückte sich dabei gegen ihre Hüften. Bereitwillig spreizte sie ihre Schenkel und lud ihn mit einem tiefen Seufzer des Begehrens zu sich ein.

Jess war sofort bereit. Als er über sie kam und sich auf seinen Ellbogen abstützte, um sie nicht zu erdrücken, sog sie seinen moschusartigen Geruch in sich auf. Nicht scharf oder unangenehm, sondern berauschend und warm. Dieser Duft vernebelte ihr regelrecht die Sinne. Keuchend bog sie ihren Rücken durch, um mit ihrem Unterleib seine Lenden zu erspüren. Er beugte den Kopf und küsste sie heiß und verlangend auf den Mund, während die pralle Spitze seines Gliedes ihre feuchte Spalte neckte.

Mit einem kehligen Laut purer Wonne nahm sie ihn in sich auf und genoss die Macht, mit der er ihren Leib aufs Neue eroberte. Sein hartes, drängendes Glied reizte ihr Innerstes so sehr, dass alles in ihr pulsierte und sie dem Höhepunkt entgegenfiebern ließ. Mit jeder Faser ihres Körpers spürte sie das nahende Beben. Jess antwortete auf dieses Echo, indem er sich nur noch auf einen Arm abstützte und mit der freien Hand einen ihrer Schenkel abspreizte, dass sie so offen wie möglich unter ihm lag. Im Takt ihres hämmernden Herzens stieß er fest und doch sanft in sie hinein. Sie schrie vor Lust, als plötzlich ihr Innerstes explodierte und er sich gleichzeitig unter leisem Stöhnen in sie ergoss.

Schwer atmend sank er auf sie herab, bemüht darum, sie nicht zu erdrücken, und bedeckte ihr glühendes Gesicht mit zärtlichen Küssen.

«Jess?», fragte sie zaghaft, während sie noch schweigend beieinanderlagen und die Gegenwart des anderen genossen.

«Ja?»

Lena nahm ihren ganzen Mut zusammen, obwohl sie beinah glaubte zu sterben.

«Seit letzter Nacht bin ich mir sicher, dass ich nie wieder einen anderen Mann haben möchte. Ich liebe dich. Ich will, dass du das weißt. Und du sollst wissen, dass ich alles tun werde, um dir zu helfen. Für dich werde ich sogar zu Edward zurückkehren.»

«Lena …»

Sie spürte, wie er schluckte und vor Rührung nach Worten rang, doch als er zu ihr aufblickte, war nur noch pure Vernunft in seinen Augen.

«Ich kann … nein … ich darf das nicht zulassen. Es ist zu gefährlich für dich, an meiner Seite zu leben», fügte er leise hinzu. «Abgesehen davon, dass ich tagtäglich mit meinem Gewissen hadere, warum ich dich überhaupt in eine solche Situation gebracht habe, wäre ich schon froh, wenn ich dich heil aus diesem Lager herausbringen könnte. Hinzu kommt, dass unsere Regeln es nicht zulassen, hier oben Weiße als Lagerinsassen zu beherbergen. Jeder würde fürchten, dass du eine Spionin bist. Deshalb darf auch niemand wissen, was wir heute Nacht miteinander getan haben. Nicht, dass du glaubst, es hätte etwas mit meinen Gefühlen für dich zu tun …», versicherte er hastig. «Aber vor meinen Leuten kann ich nicht offen zu dir stehen, ohne mich zum Verräter zu machen.»

Dann sagte er nichts mehr. Er sagte nicht, dass er sie liebte oder sie mehr für ihn war als ein übliches Abenteuer, das für Männer seines Schlages sicher nichts Besonderes war. Er sah sie nur an. Lena versuchte vergeblich ihre Enttäuschung zu verbergen. Jess streichelte ihr wortlos übers Haar und gab ihr einen harmlosen Kuss, der alles Mögliche bedeuten konnte.

«Aber …», begehrte sie auf.

«Kein Aber», erklärte Jess mit befehlsgewohnter Stimme. «Wenn der Austausch misslingt, werde ich dich unverzüglich nach Port Maria bringen, wo du das nächste Schiff in Richtung Deutschland nimmst. Und wenn er gelingt, werde ich das Gleiche tun, sobald sich die Gelegenheit ergibt, dich von Redfield Hall fortzubringen.»

«Und was war das heute Nacht?», fragte sie verzweifelt, bemüht, die Tränen in ihren Augen wegzublinzeln. «Ich dachte, du empfindest etwas für mich?»

«Dass ich nicht will, dass du stirbst, beweist doch, wie viel ich für dich empfinde, oder?»

Sie konnte seinen flehenden Augen kaum widerstehen und wollte ihm gerne glauben, trotzdem war es nicht das, was sie hören wollte.

«Ich will auch nicht, dass du stirbst», sagte sie leise und schaute zu Boden.

«Dann hilf mir, indem du tust, was ich sage.»

Er musste ihr doch ansehen, dass sie todunglücklich war.

«Vielleicht ist es ein gottgegebenes Schicksal, dass wir in verschiedenen Welten geboren wurden», erklärte er nüchtern. «Und leider ist jetzt nicht der Zeitpunkt, um daran etwas zu ändern.»

Plötzlich knurrte laut und vernehmlich ihr Magen. Jess hielt inne, blickte auf und schmunzelte, so als ob gar nichts geschehen wäre.

«Hunger?», fragte er überflüssigerweise.

«Eigentlich nicht», murmelte sie abwesend.

«Eigentlich doch», sagte er und grinste schräg. «Wir sollten etwas essen. Mit vollem Magen ist die Welt nur noch halb so trüb, sagt ein altes Sprichwort.»

Er stand auf und zog sich rasch an. Lena beobachtete, wie er sein stattliches Gemächt beiläufig in seiner abgetragenen Armeehose verstaute, und stieß einen Seufzer aus.

«Wo willst du hin?», fragte sie, nachdem er seine Stiefel angezogen hatte und mit freiem Oberkörper, nur mit seiner Machete bewaffnet, Richtung Höhlenausgang marschierte.

Er drehte sich zu ihr um, als ob es die selbstverständlichste Sache der Welt wäre, dass er sie alleine zurückließ. Sie hätte davonlaufen können, und es war unmöglich, dass er sich dessen nicht bewusst war.

«Ich werde uns ein paar Eier zum Frühstück besorgen und etwas Obst. Wer weiß, vielleicht läuft mir auch eine Ferkelratte über den Weg?»

Ihr gespieltes Entsetzen schien ihn zu amüsieren. Aber seine Augen lachten nicht mit. Es war ein Ablenkungsmanöver, weil er sie auf andere Gedanken bringen wollte.

«Untersteh dich», warnte sie ihn mit einem finsteren Blick, der durchaus ihrer Laune entsprach, und hob ihr zerknittertes Kleid vom Boden auf.

«Keine Sorge, Prinzessin», beschwichtigte er sie. «Ich werde nur servieren, was Euch genehm ist. Ich bin gleich zurück.»

Schon war er durch den niedrigen Höhleneingang nach draußen verschwunden. Lena stieß ein verbittertes Schnauben aus, als sie ihm nachschaute. Trotzig stieg sie in ihr Kleid. Sie musste Jess davon überzeugen, dass er auf Dauer nicht ohne sie leben konnte. Und wenn er es von selbst nicht einsah, würde sie ihm so sehr den Kopf verdrehen, dass er nicht mehr wusste, wo oben und unten war.

Häkchen für Häkchen knüpfte sie ihr Kleid über den Brüsten zu und schlüpfte danach in ihre Stiefel. Dann ging sie zum Ausgang und warf einen Blick nach draußen. Der wolkenverhangene Morgenhimmel bot ein interessantes Wechselspiel von Licht und Schatten. Neben ihr rauschte das Wasser, und der Teich glitzerte verführerisch unter einem durchbrechenden Sonnenstrahl. Nicht weit entfernt lud ein dichtes Gebüsch zu einer schnellen unbemerkten Erleichterung ein, was sie gerne erledigen wollte, bevor Jess zurückkommen würde. Während sie im Schutz eines üppigen Blütenbuschs ihre Röcke hob, glaubte sie plötzlich Stimmen zu hören. Erschrocken hielt sie inne. Hoffentlich entdeckte sie niemand, bevor Jess zurückkam. Ihre Augenbinde lag drinnen in der Höhle, und sie wollte nicht gezwungen sein, sich ohne ihn vor den Lagerbewohnern erklären zu müssen. Am Ende wurde sie noch verdächtigt, ihm davongelaufen zu sein.

Durch die Äste des Strauches hindurch sah sie am gegenüberliegenden Ufer des Teiches ein Paar Stiefel, dann die dazugehörigen Hosenbeine und schließlich eine Gruppe von Männern, die allesamt mit Pistolen und Gewehren bewaffnet waren. Als sie ihre Angst überwand und sich langsam streckte, um sicher verborgen hinter fetten, dunkelgrünen Blättern mehr von den Eindringlingen zu erhaschen, stockte ihr Atem. Weiße! Es waren eindeutig Weiße. Sie trugen die breitkrempigen Hüte von Pflanzern und ihren Aufsehern. Einige führten Pferde mit sich, andere Mulis. Keine Hunde.

«Jess!», schoss es ihr heiß durchs Geblüt, und eine kalte Angst saß ihr plötzlich im Nacken.

Wenn sie ihn fanden, war er erledigt. Mutlos sank sie in die Knie und fing an zu beten, was sie recht selten tat, ihr aber diesmal dringend notwendig erschien.

Auf seinem Weg durch den Dschungel hielt Jess nach Mangos und Brotfrüchten Ausschau, die in dieser Region wild wuchsen und ihnen ein schmackhaftes Frühstück garantierten. Die Brotfrüchte mit ihrem hellen, mürben Fruchtfleisch wollte er in Scheiben geschnitten über dem Feuer rösten. Dazu ein Stück frische Mango, und er war sicher, dass Lena mit ihrer Verpflegung zufrieden war.

Wobei er sich von neuem die Frage stellte, ob es gut war, was er tat.

Schon jetzt beging er eine absurde Gratwanderung in dem Bemühen, ihr nicht nur ein guter Gastgeber, sondern zu allem Überfluss auch ein guter Liebhaber zu sein. Letzteres musste unbedingt aufhören, beschloss er hart gegen sich selbst. Offenbar hatte er den Verstand verloren, als er ihren Reizen erlegen war. Wenn sie sich ernsthaft ineinander verliebten, wäre die Katastrophe perfekt.

Davon ganz abgesehen, wenn er sie versehentlich schwängerte, würde das für Lena das Ende bedeuten. Sie waren eindeutig nicht füreinander geschaffen. Dabei war der Gedanke, sie womöglich nie wieder zu sehen, bereits jetzt so schmerzhaft, dass er ihn kaum ertragen konnte. Es grenzte an ein Wunder, wie ihre Körper sich im Gleichklang verständigten. Selten hatte er eine solche Befriedigung bei einer Frau erfahren, schon gar nicht bei einer, die so unerfahren gewesen war. Doch die Umstände ihres Aufeinandertreffens waren nicht ideal. Aber was wäre, wenn die Bedingungen sich änderten … was wäre, wenn Cato und seine Anhänger die Revolution für sich entscheiden könnten und das Blatt sich wenden würde? Warum sollte er sich dann keine weiße Frau nehmen dürfen? Vorausgesetzt, sie wollte ihn dann noch.

Ach verdammt, sagte er sich und schlug sich den Weg durchs Gestrüpp mit seiner Machete frei. Wieso dachte er überhaupt an einen solchen Blödsinn? Komm zu dir, Junge, und werd wieder nüchtern, schalt er sich und hielt Ausschau nach essbaren Früchten. Plötzlich vernahm er ein Knacken und dann ein paar Stimmen, die ihn erstarren ließen.

«Hey, Lester, hast du das auch gehört?», rief eine heisere Stimme auf Englisch.

«Nein, was meinst du, Fitzpatrick?»

«Ich dachte, ich hätte das Herabsausen einer Machete vernommen.»

Eine plötzliche Stille trat ein, bei der noch nicht mal ein Vogelzwitschern zu hören war. Jess verharrte geduckt hinter einem Strauch und rührte sich nicht. Nur sein Herz pumpte so hart, dass er fürchtete, die Männer, die gut hundert Fuß von ihm entfernt palaverten, könnten es hören. Es gelang ihm, durch die Sträucher hindurch einen Blick auf die beiden zu werfen. Sie trugen Armeestiefel wie er, waren aber ansonsten zivil. Soldaten?

Jess spürte, wie sein Atem davongaloppierte. Das Rebellen-Lager war kaum drei Meilen entfernt. Was wäre, wenn die Männer es entdeckten? Der Weg bis dorthin war verschlungen und anstrengend und für Pferde und Mulis nur schwer zu bezwingen, weil die Pfade mitunter so schmal waren, dass die Tiere kaum hindurchpassen würden. Aber trotzdem handelte sich hier um eine akute Bedrohung. Vorsichtig spähte Jess zwischen den Blättern hindurch. Die vermeintlichen Soldaten trugen keine Uniformen, sondern die Kleidung gewöhnlicher Pflanzer. Es waren sechs, nein – er zählte noch mal und kam auf sieben.

«Was ist los?», fragte ein Kerl mit rotem Schnauzbart, offenbar ihr Anführer, wie Jess an dem herrischen Tonfall zu erkennen glaubte.

«Colonel Brown, Sir!», meldete einer der Männer und salutierte. «Gilbert Fitzpatrick glaubte ein seltsames Geräusch gehört zu haben, wie von einer Machete.»

Heilige Scheiße! Colonel Brown!, schoss es Jess in den Sinn. Der Schlächter von Trelawney.

Der Mann war berüchtigt wegen seines Vorgehens bei der Verfolgung von flüchtigen Sklaven. Obwohl es bei Strafe verboten war, einen Sklaven ohne Gerichtsverhandlung zu töten, hatte es einige Schwarze gegeben, die eine Begegnung mit Brown und seinen Häschern nicht überlebt hatten. Hinterher hatte er sich bei Gericht jedes Mal eine fadenscheinige Ausrede einfallen lassen, warum es nötig gewesen war, die Flüchtlinge zur Strecke zu bringen. Bisher hatte man ihn und seine Leute nie zur Rechenschaft gezogen. Und auch dieses Mal würde es keinen Ankläger geben, falls sie Jess in seinem Versteck aufspüren und erschießen sollten.

Um einen flachen Atem bemüht, zog er sich vorsichtig zurück. Gott sei Dank lebte er schon lange genug in diesem Dschungel, um sich möglichst lautlos bewegen zu können.

«Haltet gefälligst die Augen auf», befahl Brown seinen Männern. «Und wenn sich etwas regt, wartet nicht, bis ihr seht, was es ist. Es muss tot sein, bevor es euch töten kann. Verstanden?»

«Jawohl, Sir!», hallte es wie aus einem Munde.

Jess hatte den Aufruhr genutzt und war bergab gerobbt, um den Abstand zu Brown und seinen Schergen zu vergrößern. Doch warum waren sie überhaupt hier? Schon seit Ewigkeiten hatte sich das Militär nicht mehr so weit in die Berge vorgewagt.

Lena! Was wäre, wenn sie auf Lena stießen? Ungeachtet der Gefahr, sprang er auf und lief eilig den Berg hinab, darauf bedacht, im Schutz der Bäume zu verbleiben.

Er musste so schnell wie möglich zurück zur Höhle, denn er wusste nicht, was geschehen würde, wenn sie Lena entdeckten. Am schlimmsten erschien ihm die Ungewissheit, ob sie den Auftritt des Colonels und seiner Männer nicht doch begrüßen würde. Oder ob es tatsächlich so war, dass sie auf der Seite der geflohenen Sklaven stand. Je mehr er darüber nachdachte, desto mehr glaubte er, dass es sich ebenso um eine geschickte Lüge handeln konnte. Er selbst wäre auch nicht so dumm gewesen, in aller Offenheit seinem Entführer zu widersprechen.

Was ist, wenn sie dich nur verführt hat, um dich auf ihre Seite zu ziehen? Dieser an sich abwegige Gedanke, wo immer er auch herkam, hatte auf ihn die Wirkung eines tödlichen Giftpfeils, dessen Einfluss sich langsam und erbarmungslos in seinem Bewusstsein ausbreitete. Je mehr er sich dem Teich mitsamt der Höhle näherte, umso langsamer wurde er. Die Furcht, dass er recht behalten könnte, brachte ihn beinahe um. Lena wirbelte herum, als er plötzlich im Höhleneingang stand.

«O mein Gott!», rief sie viel zu laut und rannte außer sich vor Erleichterung auf ihn zu und warf sich ihm an den Hals. Er spürte, wie sie vor Aufregung in seinen Armen zitterte.

«Hast du die Männer gesehen?», keuchte sie atemlos. «Sie sahen aus wie weiße Pflanzer, aber ich bin mir nicht sicher, ob es nicht vielleicht doch Leute von der Miliz waren. Sie haben mich im Vorbeigehen nicht bemerkt, aber ich bin fast gestorben vor Angst bei dem Gedanken, dass du ihnen über den Weg laufen könntest!»

Jess atmete tief durch. Vor Erleichterung umarmte er sie so fest, dass sie kaum noch Luft bekam und sich nach Atem ringend beschwerte. Sie hatte ihn nicht verraten, im Gegenteil, sie wollte ihn schützen.

«Du bist ein unglaubliches Mädchen», flüsterte er in ihr Ohr. «Und ich dachte schon …»

Er hielt inne und sah ihr tief in die Augen.

«Was dachtest du?»

Sie schaute ihn misstrauisch an.

Während er nach Worten rang, verfinsterte sich ihr Blick.

«Du hast an mir und meiner Loyalität gezweifelt», klagte sie tonlos. «Du dachtest, ich würde dich an diese Menschenschänder verraten! Gib's zu!»

Grenzenlose Enttäuschung spiegelte sich in ihren Augen, als er nicht sogleich eine Antwort fand. Jess spürte unvermittelt die Faust der Erkenntnis in seinem Magen. Ja – sie hatte recht. Er hatte ihr misstraut.

«Hör zu … ich.» Verdammt, wie sollte er diesen Karren je wieder aus dem Sumpf ziehen? «Wir sprechen später darüber», sagte er leise. «Jetzt müssen wir erst mal so unauffällig wie möglich von hier verschwinden und den Leuten im Lager Bescheid geben, damit sie alle Wachmannschaften warnen können. Der Kerl, der die Truppe angeführt hat, ist Colonel Brown, ein gefürchteter Sklavenschlächter.»

«Na dann los, worauf warten wir noch?», erklärte Lena mit erstaunlich abgeklärter Miene. «Wenn du mir Anweisungen gibst, wie ich mich beim Durchqueren des Dschungels möglichst unauffällig zu verhalten habe, kann nichts geschehen. Ich weiß, dass du mir ein hervorragender Lehrmeister sein wirst, was Tarnung betrifft.»

Das saß, aber Jess begriff, dass es müßig war, die Unstimmigkeiten zwischen ihnen gerade zu rücken, bevor sie den Weg ins Lager antraten. Er legte eine Hand auf ihren Rücken und dirigierte sie zum

Höhlenausgang. Einen Moment lang hielt er inne, bevor sie aus der Deckung nach draußen traten.

«Das andere Problem ist unser Anführer», gab Jess zu bedenken. «Wenn wir ihm sagen, dass das Militär hier herumschnüffelt, wird er nervös werden und womöglich auf deine Hinrichtung drängen.»

Jess verspürte eine würgende Angst bei der Vorstellung, dass Cato ihm aus reiner Wut und Frustration den Befehl geben könnte, Lena zu töten.

«Das müssen wir riskieren», erwiderte sie erstaunlich gefasst. «Wie sonst willst du ihn warnen?»

«Du hast recht», sagte er und wich ihrem prüfenden Blick aus.

Sie sollte nicht sehen, wie sehr ihn das alles bedrückte.

«Komm», sagte er und streckte ihr seine Hand hin.

Doch sie schlug sein Friedensangebot aus und stapfte mit gesenkten Lidern hinter ihm her.

KAPITEL 21

September 1831 || Jamaika || Bittere Erkenntnis

Lena folgte Jess wie in Trance, während sie über verschlungene Pfade zum Lager zurückkehrten. Inzwischen war es ihr beinahe gleichgültig, was er von ihr hielt. Er liebte sie nicht, und er misstraute ihr, weil sie eine Weiße war. Das war eine wesentliche Erkenntnis, die ihr beinahe das Herz zerriss. Da half es auch nichts, dass es ihm offenbar leidtat, sie des Verrats verdächtigt zu haben.

Vielleicht ist es ein gottgegebenes Schicksal, dass wir in verschiedenen Welten geboren wurden. Und leider ist jetzt nicht der Zeitpunkt, um daran etwas zu ändern, hallte es in ihr nach. Der Zeitpunkt würde niemals richtig sein, so viel wusste sie nun.

Sie hatten ungehindert die äußeren Ausläufer des Lagers erreicht. Auch wenn es beinahe unerträglich gewesen war, dass sie die ganze Zeit kaum ein Wort miteinander gesprochen hatten. Nicht nur, weil sie wegen Colonel Brown und seiner Meute besonders leise sein mussten, sondern auch, weil es nichts zwischen ihnen zu reden gab.

«Ich muss dir die Augenbinde anlegen», sagte er leise, bevor sie endgültig das Lager betraten.

Eigentlich hätte er sie schon vorher darum bitten müssen, doch es war ihm offenbar unangenehm gewesen, sie wieder in seine Gefangene zu verwandeln. Lena blieb stehen und schloss die Augen, damit er seiner Pflicht nachkommen konnte. Als seine Finger ihr Gesicht berührten, schrie alles in ihr danach, sich zu ihm umzudrehen und ihn zu küssen. Wortlos ließ sie ihn walten. Sie hörte, dass sein Atem schneller ging und seine Hände nervös einen Knoten schnürten.

«Ich muss das tun», sagte er rau, und sie spürte, dass er gerne viel mehr gesagt hätte.

«Ist schon in Ordnung», erwiderte sie mit brüchiger Stimme, weil das, was zwischen ihnen stand, ihr beinahe den Atem nahm.

Als er ihre Hand nahm, zart und doch kraftvoll, spürte sie, wie Tränen in ihr aufstiegen. Sie schluckte verkrampft, um ein Aufschluchzen zu unterdrücken. Angesichts der lauernden Gefahr, die das gesamte Lager und all seine Bewohner bedrohte, erschien es ihr nicht angebracht, aus Liebeskummer zu weinen.

Bevor er sie zu ihrem Gefängnis zurückführte, bat er sie an einem Baumstamm hockend zu warten. Er stieß ein Pfeifen aus, das sich wie ein Vogelzwitschern anhörte, und kurz darauf hörte sie Stimmen, die sich hektisch in Patois unterhielten.

«Das war einer meiner Offiziere», erklärte er ihr leise, als sie weitergingen. «Ich habe ihn und meine restlichen Krieger vor den weißen Häschern gewarnt.»

«Was wollt ihr tun?», fragte sie mit erstickter Stimme.

«Dafür sorgen, dass sie uns nicht entdecken», erwiderte er, wobei sie sich denken konnte, dass er und seine Männer nicht davor zurückschrecken würden, die weißen Soldaten zu töten, wenn es sein musste.

Über verschlungene Wege führte er sie zurück zu ihrem Gefängnis.

«Du kannst die Augenbinde jetzt abnehmen», erklärte er dumpf, nachdem er sie wie üblich eingesperrt hatte.

«Danke», erwiderte sie leise und tastete sich zu ihrer Strohmatte vor, auf der sie sich wortlos niederließ. Sie nahm den Schal ab und erklärte tonlos: «Ich bin müde.» Ohne ihn anzusehen, fügte sie noch hinzu: «Du solltest zu deinen Leuten gehen, sie werden sicher deine Unterstützung benötigen.»

«Wenn du etwas brauchst …» Er stockte. «Ich komme nachher vorbei und bringe dir etwas zu essen.»

Sie nickte nur. Hunger hatte sie keinen. Ihr Magen war wie zugeschnürt. Einen leisen Fluch auf den Lippen, dessen Bedeutung sie nicht verstand, stapfte er hinaus ins Freie. Lena blieb zurück mit der

Sorge, ob es womöglich zu einem Kampf kommen würde zwischen den weißen Soldaten und Jess und seinen Kriegern, von denen sie noch keinen einzigen gesehen hatte.

Was wäre, wenn das Militär dieses Lager aufspürte und es einem Soldaten gelänge, den Standort nach Spanish Town oder Kingston zu melden? Seitdem Jess ihr einen Einblick in die Krankenhöhle gegeben hatte, wusste sie, dass hier oben nicht nur geflohene Sklaven, sondern auch Frauen und Kinder hausten. Was würde mit ihnen geschehen, wenn die Weißen sie entdeckten? Lena wurde von der plötzlichen Einsicht ergriffen, dass, egal wie düster ihr Leben auch grade aussah, es niemals so grausam sein würde wie für diese Menschen hier. Unvermittelt erfasste sie eine tiefe Scham, weil sie sich selbst und ihr Schicksal so wichtig genommen hatte. Ganz im Gegensatz zu Jess, der offenbar einiges mehr an Weitblick besaß und allem Anschein nach ausschließlich für die Sache lebte, auch wenn er sich und seine Gefühle dafür verleugnen musste.

Jess hatte noch immer das Gefühl, als hätte ihm jemand einen Faustschlag verpasst, als er sich auf den Weg zu Catos Hütte machte. Mit seinem Misstrauen hatte er Lena tief enttäuscht. Gleichzeitig war ihm noch einmal klargeworden, dass es eine unüberwindbare Mauer zwischen ihnen gab, die es egal machte, was sie füreinander empfanden. Auf halbem Weg begegnete er Nathan, der offenbar von den Wachen alarmiert worden war.

«Hey, Soldat», rief er Jess spöttisch zu. «Wo warst du vergangene Nacht, wir haben uns Sorgen gemacht?»

«Das geht dich überhaupt nichts an», zischte Jess ungehalten. «Abgesehen davon, war ich weit genug draußen, um Colonel Brown und ein paar Söldner zu entdecken, die als Pflanzer verkleidet die Gegend unsicher machen. Sie können jeden Moment vor unseren Toren auftauchen! Also beweg dich und hol deine Waffen!»

«Weiß Cato schon Bescheid?»

«Ich habe Tupac auf halbem Weg im Dschungel getroffen und ihm gesagt, er solle unseren Obersten warnen und alle Krieger in Gefechtsalarm versetzen. Ich bin auf dem Weg, um Cato persönlich Bericht zu erstatten. Und dir kann ich nur raten, schnellstens deine Position als stellvertretender Anführer der Krieger einzunehmen, ansonsten ist es um die Verteidigung unseres Lagers nicht gut bestellt.»

«Zu Befehl», stieß Nathan atemlos hervor, bemüht, mit Jess' riesigen Schritten mithalten zu können.

Als Jess die Hütte des Rebellenoberhauptes erreichte, befand sich das Lager bereits in hellem, wenn auch lautlosem Aufruhr. Mit der Furcht, dass Cato seine Wut über das Auftauchen der Soldaten an Lena auslassen könnte, betrat Jess die Hütte. Doch zu seinem Erstaunen ging sein Anführer zunächst einmal gar nicht auf seine Geisel ein. Vielmehr schien ihn zu interessieren, warum es ausgerechnet Brown war, der den Mut aufgebracht hatte, seine Leute in diese als verflucht geltende Gegend zu führen.

«Wir müssen sie alle töten», rief Cato ihm voller Wut zu, nachdem Jess genau berichtet hatte, was etwa drei Meilen vom Lager entfernt vorgefallen war. «Spürt sie auf und schneidet ihnen den Weg ins Tal ab!»

«Bin schon unterwegs», versicherte Nathan eifrig, der soeben hinzugekommen war, um die Vollständigkeit der Verteidigungstruppen zu melden.

Cato nickte Aleeke zu, der neben ihm wie eine gespannte Bogensehne darauf lauerte, weitere Befehle entgegenzunehmen.

«Sag Desdemona Bescheid», bellte Cato ihm zu. «Wir benötigen dringend etwas von ihrem Zaubersaft.»

Der Junge salutierte und machte sich sogleich auf den Weg, die gut funktionierende Verteidigungskette um eine ganz spezielle Strategie zu erweitern. Desdemona hielt für diesen Zweck eine hochgiftige Substanz bereit, die sie aus der einheimischen Manakawurzel und getrockneten Aconitumwurzeln gewann, die sie über geheime Quellen direkt aus Afrika bezog. Verflüssigt mit Weingeist, wurde die Substanz mit winzigen Pfeilen aus fingerdicken Blasrohren verschossen, um das Opfer sogleich in einen Zustand der Verwirrtheit und des Deliriums zu versetzen. Es gab kaum eine bessere Methode, um sich unerwünschte Besucher vom Hals zu halten. Die meisten unbedarften Wanderer drehten danach reumütig ab und suchten unter Krämpfen und Übelkeit den kürzesten Weg zurück ins Tal, um eine Krankenstation oder einen Arzt aufzusuchen.

Jess und seine Kameraden waren allesamt dafür ausgebildet, ein solches Blasrohr in absoluten Notfällen einsetzen zu können. Um die Substanz herzustellen, die sich nicht sonderlich lange hielt, weil sie rasch austrocknete, benötigten sie die Weisheit und das Können der alten Obeah-Zauberin. Für Soldaten mischte sie in der Regel eine tödliche Dosis, was in der Vergangenheit zu verstärkter Legendenbildung geführt hatte und dafür sorgte, dass Einheiten des Militärs sich erst gar nicht in diese abgelegene Region der Blue Mountains verirrten. Dass Brown und seine Männer es trotzdem getan hatten, dazu noch als gewöhnliche Landarbeiter verkleidet, war ein untrüglicher Hinweis darauf, dass sie offenbar den Auftrag verfolgten, nach Lena zu suchen.

«Und was hattest du so weit draußen mit unserer Geisel zu suchen?», fragte ihn Cato mit missbilligendem Blick.

Jess kniff die Lippen zusammen und schluckte.

«Ich wollte ihr ein wenig Bewegung verschaffen. Sie drohte der Schwermut zu verfallen.»

«Der Schwermut verfallen?» Cato grinste schwach. «Du bist hoffentlich nicht so dumm, dass du am Ende ihrem süßen Arsch verfällst und dich von ihr um den Finger wickeln lässt?», versicherte sich Cato gereizt. «Dann müsste ich nämlich euch beide töten, und das wäre jammerschade. Nicht wegen ihr, sondern weil ich ungern einen guten Kämpfer verliere.»

Mit einigem Widerwillen schüttelte Jess seinen Kopf.

«Mach dir keine unnötigen Sorgen um mich. Die Kleine hat keinen

Mucks von sich gegeben, als die Soldaten in der Nähe waren. Wenn sie es getan hätte, wäre sie jetzt tot. Ich sollte gehen, um unsere Männer zu unterstützen», schob er pflichtschuldigst hinterher. «Dort draußen können sie gerade jeden gebrauchen.»

Natürlich konnten dreißig gut ausgebildete Rebellen mit sieben britischen Soldaten fertigwerden, es war jedoch wichtig, dass kein einziger von Browns Männern entkam.

Cato winkte lässig ab.

«Verschwinde», sagte er nur. «Sollen sie nur alle kommen, um das weiße Täubchen aus seinem geheimen Käfig zu befreien, am Ende werden sie ihren Leichtsinn mit dem Leben bezahlen!»

Jess atmete einmal tief durch, als er nach draußen trat, und schaute über die baufälligen Hütten hinweg zu den Höhlen. Alte, Kranke, Frauen und Kinder liefen wie aufgescheuchte Ameisen umher, doch niemand sagte ein Wort. Mütter hielten ihren schreienden oder weinenden Kindern den Mund zu, aber nur wenige mussten so weit gehen, denn sogar die Kleinsten unter ihnen wussten schon, dass jeder Laut eine Gefahr für sie alle barg.

Alle Lagerbewohner wurden in die Hütten und Höhlen verbannt, mit der Auflage, vorher sämtliche Wäsche einzusammeln und alle Feuer zu löschen.

Auf halbem Weg zu dem Ort, an dem die vergifteten Pfeilspitzen ausgegeben wurden, stellte sich Selina ihm plötzlich in den Weg. Sie war vollkommen aufgelöst.

«Ich kann eins meiner Mädchen nicht finden. Cilia war unten am Teich und hat für mich die Wäsche gewaschen. Ich hab dort unten nach ihr gesucht, damit sie schleunigst nach Hause kommt, aber sie war nicht mehr dort. Ich hab nur den braunen Flechtkorb gefunden. Was ist, wenn die Weißen sie geschnappt haben?»

Tränen quollen aus ihren großen, braunen Augen. Jess legte ihr beruhigend die Hand auf die Schulter.

«Reg dich nicht auf», erklärte er sanft. «Ich werde sie finden.»

Ohne lange zu überlegen, lief er an den geschickt mit Ästen und

Blättern getarnten Hütten und Höhleneingängen vorbei und versorgte sich bei Desdemona mit den nötigen Waffen. Die uralte Obeah-Frau saß mitten im Lager und verteilte an einem aufgestellten Tischchen Blasrohre aus Schilf und winzige Pfeile aus scharf gefeilten Tierknochen, die sie in das flüssige Manaka-Aconitum-Gemisch getunkt hatte.

«Geh vorsichtig damit um», mahnte sie Jess. «Du darfst dich keinesfalls selbst damit verletzen, sonst verlierst du die Orientierung, und im schlimmsten Fall kann das Herz aussetzen.»

«Keine Sorge», versicherte er ihr. «Ist ja nicht das erste Mal, dass ich damit auf die Jagd gehe.»

Am Gürtel trug er zusätzlich seine Pistole und eine Machete. Beides würde er ohne Zögern einsetzen, falls die Pfeile ihre Wirkung verfehlten. Jess hatte kein Problem damit, seine Widersacher zu töten, erst recht nicht, wenn diese ihre Freiheit bedrohten. Im Schutz des Waldes rannte er hinunter zum Waschteich, während die übrigen Krieger sich lautlos in der Umgebung des Lagers verteilten.

Cilia war Selinas zweitjüngste Tochter. Ein anmutiges Mädchen mit bronzefarbener Haut und hellbraunen Haaren, die sie wahrscheinlich von ihrem weißen Vater geerbt hatte, der nach Selinas Angaben ein walisischer Aufseher gewesen war. Als dieser jedoch begann, sich für seine eigene, minderjährige Tochter zu interessieren, war sie bei Nacht und Nebel davongelaufen und hatte bei Kojos Fluchthelfern Hilfe gesucht – und gefunden.

Der Gedanke, dass eines ihrer Kinder in die Hände der weißen Söldner fallen könnte, versetzte Selina berechtigterweise in Panik. Als entlaufene Sklavin hatte das Mädchen nicht nur mit einer harten, körperlichen Strafe zu rechnen, man würde sie so lange foltern, bis sie das Versteck ihrer Mutter und Schwestern verriet.

Den Waschteich des Lagers hatte Jess längst hinter sich gelassen, als er plötzlich ein heiseres Keuchen vernahm. Geduckt durchstreifte er das hohe Gras zwischen zwei Baumgruppen. Und dann sah er sie. Cilia lag in ihrem abgetragenen, hellblauen Kittel bäuchlings im Gras, während vom Waldrand Colonel Browns Männer in ihre Richtung stapften.

Sie waren schon ziemlich nah an dem Mädchen dran, als sie in Panik aufsprang und in die entgegengesetzte Richtung rannte. Jedoch nicht dorthin, wo Jess hinter einem Gebüsch verharrte und sie hätte schützend in Empfang nehmen können, sondern quer zu den Weißen auf eine Anhöhe zu, wo sie niemals eine Chance haben würde zu entkommen. Dort bot sie für die Soldaten die perfekte Zielscheibe.

Browns Leute zückten sofort ihre vorgeladenen Gewehre. Schüsse peitschen durch die Luft und verfehlten das Mädchen nur knapp. Jess war nah dran, ‹Runter!› zu brüllen, aber dann hätte er die Verfolger auch auf sich aufmerksam gemacht.

«Haltet drauf», schrie der Colonel seinen Leuten zu, und Jess hörte, wie sie luden und den Hahn spannten.

Cilia hatte sich in die Büsche gerettet, aber ihre Verfolger näherten sich bereits wie ein Rudel Wölfe, das die Fährte eines Lamms aufgenommen hatte. Sie würden Cilia ohne Gnade abknallen wie eine räudige Hündin. Jess hatte längst das Blasrohr aus seiner Tasche gerissen und fixierte über das Blattwerk hinausschauend sein erstes Opfer. Er musste möglichst genau zielen, um mit einem einzigen Pfeil die empfindliche Halsregion des Mannes zu treffen. Aufgrund der feuchtwarmen Luft und der Anstrengung hatten sich die Männer zumeist ihrer Halstücher entledigt und den Kragen gelockert, was Jess' Absichten sehr entgegenkam.

Souverän füllte er seine Lungen mit einem einzigen Atemzug. Danach richtete er sich auf und presste die gesamte Luft durch das schlanke Röhrchen, mit dem Ergebnis, dass sein erster Schuss einen rothaarigen, blassen Kerl im Nacken traf. Dieser zuckte unwillkürlich zusammen, als das winzige Geschoss in seine weiche Haut eindrang. Ohne nachzudenken, klatschte er mit der flachen Hand auf jene Stelle, wo der Pfeil eingedrungen war, als ob er einen Moskito erledigen wollte. Das bewirkte, dass der künstliche Stachel nur noch tiefer in seine Haut drang.

Von dort aus durchsetzte die unselige Mischung aus Manaka und Aconitum das Blut des Opfers. Wie ein unruhiger Kreisel begann der Soldat zu torkeln. Seine Begleiter bemerkten, dass mit ihrem Kameraden etwas nicht stimmte, und ließen von Cilia ab. Längst hatte Jess den zweiten Pfeil abgeschossen. Und jetzt war er auch nicht mehr allein. Von allen Seiten her hagelte es Pfeile, und nach und nach fielen die weißen Männer wie gefällte Baumstämme zu Boden: zuckend, krächzend, schreiend und röchelnd. Niemand von ihnen war in der Lage, normal zu reagieren. Sie zappelten in wilden Krämpfen wie an Land geworfene Fische.

Plötzlich war Nathan an Jess' Seite.

«Sind das alle?», fragte er. «Oder waren da noch mehr unterwegs?»

«Einer fehlt», antwortete Jess alarmiert und rannte in Richtung Cilia direkt in die Büsche hinein.

Durch die Sträucher sah er, wie ein junger Soldat mit einem geladenen Gewehr dem Mädchen folgte. Anscheinend hatte er noch nicht bemerkt, was mit seinen Kameraden geschehen war, ebenso wenig, dass Jess ihn verfolgte. Cilia rannte in Panik den Berg hinauf, und Jess sah deutlich, wie sie an Kraft verlor. Auch der Soldat hatte dies erkannt und versuchte diese Chance zu nutzen.

«Wenn du stehen bleibst, werde ich dir nichts tun.»

Selinas Tochter machte schwer japsend halt, eine Hand in die offenbar stechende Seite gestemmt. Als sie sich zu ihrem Verfolger umdrehte, sah sie Jess, der dicht hinter ihm war.

«Jess!», schrie sie unüberlegt und warnte damit den Soldaten.

Ein Schuss fiel, und für einen Moment dachte Jess, er wäre getroffen. Doch es war nur ein Ast gewesen, der in der Bewegung zurückgeschleudert war und ihn wie ein Peitschenhieb an den Rippen getroffen hatte. Aus der Hocke heraus sprang er auf und stürzte sich mit der Kraft eines Panthers auf den verblüfften Soldaten.

Ächzend landete er auf dem viel kleineren Mann. Der Kerl zog sein Stiefelmesser, und im Nu kam es zum Kampf. Jess rollte mit seinem Opfer den Berg hinab, immer auf die Klinge seines Gegners bedacht.

Als sie endlich zum Stillstand kamen, lag der Mann immer noch unter ihm, doch er rührte sich nicht mehr. Auf Höhe der Brust war das Hemd durchnässt. Im Fallen hatte sich der Soldat aus Versehen selbst das Messer von unten herauf ins Herz gerammt.

Beruhigt atmete Jess auf.

Cilia schrie vor Angst. Allem Anschein dachte sie, es hätte Jess getroffen. Als er unverletzt aufstand, war sie nicht mehr zu halten und rannte schluchzend auf ihn zu. Atemlos fiel sie ihm in die Arme und weinte so sehr, dass er fürchtete, sie würde ersticken.

«So beruhige dich doch», raunte er und hielt sie fest in den Armen, damit sie sich sicher fühlte.

Sie gab würgende Laute von sich, weil sich ihre ganze Anspannung mit einem Mal entlud. Als er das Mädchen zurück auf die Lichtung führte, traf er auf Nathan und vier weitere Krieger, die ihm gefolgt waren.

«Danke», sagte er nur. «Ohne euch wäre die Sache wohl ziemlich böse ausgegangen.»

«Waren das wirklich alle Soldaten?», fragte Joel, der hinter Nathan auftauchte und ihn aus großen Augen ansah.

«Heute Morgen, als ich sie zum ersten Mal gesehen habe, waren es sieben, mit dem Colonel. Einer liegt dort drüben im Gebüsch, er hat sich selbst aufgespießt.»

Jess wies mit dem Kopf in die Richtung, aus der er mit Cilia gekommen war.

«Dann haben wir sie alle erledigt», triumphierte Nathan und klopfte ihm anerkennend auf die Schulter.

«Das heißt, alle sind tot, so wie es Cato befohlen hat?»

Jess sah ihn ungerührt an. Er hatte kein Mitleid mit solchen Teufeln.

«Bis auf Colonel Brown», führte Nathan weiter aus. «Cato hat gesagt, wir sollen ihn in seinem Delirium auf ein Pferd binden und es hinunter ins Tal treiben, wo es von alleine seinen Stall findet. Der gute Colonel, sofern sein Herz stark genug ist, wird sich nicht erinnern können, was ihm widerfahren ist. Er wird einige Mühe haben, das Verschwinden seiner Männer zu erklären. Ich möchte im wahrsten Sinne nicht in seiner Haut stecken, wenn er wieder erwacht.»

«Ich halte das für keine gute Idee», befand Jess, der dieses Vorgehen seines Oberhauptes für vollkommenen Unsinn hielt, weil es nichts weiter als dessen Eitelkeiten bediente.

Wenn es nach Jess gegangen wäre, hätte man Brown am nächsten Baum aufgeknüpft oder einfach den Familien überlassen, denen er so viel Leid zugefügt hatte.

«Wenn du Catos Befehl nicht befolgst, wird er dich zur Verantwortung ziehen», gab Nathan zu bedenken. «Du kennst ihn gut genug, er würde so etwas nicht auf sich beruhen lassen.»

Jess dachte an Lena und dass er sie vor Catos Willkür schützen musste. Nathan hatte recht, jetzt war nicht der richtige Zeitpunkt, einen Machtkampf mit seinem eigenen Anführer auszutragen.

«Tut, was Cato befohlen hat», sagte er tonlos. «Und seht zu, dass ihr die Leichen verscharrt. Ich kann euch nicht helfen, ich muss das Mädchen zurück ins Lager bringen. Es ist vollkommen aufgelöst.»

Es kam ihm beinahe vor wie eine Entschuldigung.

«Ist schon gut, Jess.»

Nathan zeigte zu seiner Erleichterung Verständnis.

«Bestell Selina einen schönen Gruß, sie soll demnächst besser auf ihre Wildfänge aufpassen.»

Cilia, die immer noch am ganzen Leib zitterte, ließ sich bereitwillig von Jess auf die Arme nehmen, weil sie vor lauter Aufregung nicht fähig war, auch nur noch einen Schritt zu tun. Und weil sie so leicht war wie ein Lamm, machte es Jess keine Mühe, sie zu tragen.

«Was geschieht mit den weißen Männern?», fragte sie bang, wobei sie nicht wagte zurückzuschauen.

Jess war nicht bereit, ihr die Wahrheit zu sagen, auch wenn sie es durchaus ahnen konnte.

«Sie können dir nichts mehr tun», erklärte er stattdessen. «Sag mir lieber, wieso du so weit hier draußen anzutreffen warst.»

Er beschleunigte sein Tempo, damit sie nicht mehr sah, was Nathan und die anderen mit den Opfern anstellten.

«Ich hab eine Ferkelratte verfolgt», gestand sie mit ihren reuigen, goldenen Augen, die denen ihrer Mutter so ähnlich waren. «Ich dachte, Mutter würde sich über einen saftigen Braten freuen.»

«Demnächst überlässt du das Jagen den Kriegern!», schalt er sie scherzhaft.

«Wer waren diese Männer?», fragte sie schüchtern.

«Weiße Soldaten, die es auf uns abgesehen hatten», antwortete er ehrlich und beschleunigte seine Schritte, damit die Fragerei endlich ein Ende nahm.

«Was wäre geschehen, wenn sie mich erwischt hätten?»

«Sie haben dich nicht erwischt.»

«Und wenn sie es getan hätten?» Sie ließ keine Ruhe.

«Dann hätten sie dich mit zu den Weißen genommen und ins Gefängnis von Spanish Town geworfen», referierte er wenig diplomatisch. «Dort hätten sie dich gefoltert, bis du ihnen gesagt hättest, wo deine Mutter und deine Schwestern zu finden sind. Und dann wären sie mit vielen Soldaten gekommen, und wir hätten uns einem Kampf stellen müssen. Dabei wären wir dann wahrscheinlich alle gestorben.»

«Ich hätte ihnen nie gesagt, wo sie uns finden können», erwiderte sie trotzig.

«Doch, meine Liebe, das hättest du. Glaub mir, ich weiß, wovon ich rede.» Er lachte verbittert.

«Das bedeutet, du bist schon mal gefoltert worden?»

«Was denkst du, woher ich die Striemen auf dem Rücken habe? Und das war noch nichts, sage ich dir. Es gibt noch wesentlich grässlichere Methoden, einen Mann zum Sprechen zu bringen.»

«Aber ich bin ein Mädchen», erwiderte sie und unterstrich ihre Hoffnung, von brutalen Foltermethoden verschont zu werden, mit einem naiven Augenaufschlag. «Einem Mädchen würden sie so etwas Schreckliches doch nicht antun, oder?»

Jess setzte ein müdes Grinsen auf, das Cilia nicht entging.

«Hast du eine Ahnung. Der Unterschied zwischen einem Mann und einem Mädchen», erklärte er ihr, «liegt lediglich darin, dass man ein Mädchen gar nicht so lange foltern muss, bis es redet. Und wahrscheinlich hätten die Soldaten auch nicht damit gewartet, bis sie dich nach Spanish Town gebracht hätten, sondern hätten direkt dort unten am Teich begonnen.» Indem sie dich angeschossen und dann der Reihe nach vergewaltigt hätten, dachte er, sagte es aber nicht, um sie nicht noch mehr zu verängstigen.

Er spürte, wie sie von neuem zu zittern begann. Eine Träne rann über ihr noch kindliches Gesicht, dessen Mund bereits davon kündete, dass sie schon bald eine unwiderstehlich schöne, junge Frau sein würde.

«Danke, Jess», flüsterte sie und barg ihr Gesicht an seiner Halsbeuge. «Danke, dass du mich gerettet hast.»

Nach einer Weile kam Selinas Hütte in Sicht. Mit einem Aufschrei lief sie herbei, als sie erkannte, dass Jess ihre Tochter auf seinen Armen trug. Cilia sah die Freude ihrer Mutter mit gemischten Gefühlen. «Hoffentlich schlägt sie mich nicht», flüsterte sie ängstlich.

«Keine Angst», versprach Jess. «Ich werde dafür sorgen, dass sie dich nicht noch mehr quält. Für heute hast du genug durchgemacht.»

«Jess?»

Die Frage klang dringend. Cilia wollte unbedingt noch etwas loswerden, bevor Selina vor ihnen stand.

«Ja?»

«Ich würde mir nichts sehnlicher wünschen als einen Vater wie dich.»

Jess schluckte hart ob dieses rührenden Bekenntnisses und setzte das Mädchen auf den Boden. Selina wich erschrocken zurück, als sie das Blut sah, das noch an ihm und an den Kleidern ihrer Tochter klebte. Dann sah sie, dass beide unverletzt waren, und fiel Jess ungefragt um den Hals, obwohl sie noch gar nicht wusste, was genau vorgefallen war. Doch dafür sorgte Cilia schon. Atemlos erzählte sie ihrer Mutter, was Jess für Heldentaten vollbracht hatte. Inzwischen war auch Baba an ihrer Seite erschienen und hörte aufmerksam zu.

«Ich bin stolz auf dich», sagte sie nur und streichelte anerkennend über seinen Unterarm.

«Und ich werde dir nie vergessen, dass du meine Tochter gerettet hast.» Selinas Augen glänzten plötzlich tränenverhangen, und es machte den Eindruck, als ob sie ihn nicht nur aus überschwappender Dankbarkeit küssen wollte. Alarmiert wich er zurück.

«Das hätte jeder von unseren Männern getan», begründete er seinen angeblich so heroischen Einsatz schroff. «Nathan, Joel und die anderen haben genauso dazu beigetragen wie ich.»

Babas Augen funkelten ihn warnend an. Er konnte förmlich ihre Gedanken lesen. *Sie will aber nicht Nathan oder Joel. Sie will dich!*

Jess fühlte sich durch die Frauen bedrängt. «Es tut mir leid», raunte er und wandte sich ab. «Ich muss Cato Bericht erstatten», sagte er und machte sich auf den Weg zur Versammlungshöhle, um den anderen Mitgliedern des Ältestenrates den Hergang des Kampfes aus seiner Sicht zu erläutern.

Als er eintrat, debattierten die Männer entsprechend aufgeregt, und man war sich darüber im Klaren, dass nach dem Tod der Soldaten etwas Entscheidendes geschehen würde.

«Wir haben die Leichen der übrigen Soldaten in einem schwer zugänglichen Tal weiter unten vom Lager verscharren lassen», erklärte Nathan den Anwesenden emotionslos. «Brown haben wir gemäß Catos Befehl noch lebend, aber im Delirium auf sein Pferd gebunden und zu Tal getrieben. Der Gaul wird hoffentlich instinktiv den Weg nach Hause wählen, und somit wäre sichergestellt, dass die Botschaft vom Gouverneur verstanden wird», erklärte Joel.

«Wenn der Gouverneur die Sklaven bis zum nächsten Neumond nicht freigelassen hat, werden wir das Mädchen töten», erklärte Cato mit kalter Wut in der Stimme. «Nach so einer Geschichte gibt es nur zwei Möglichkeiten», prophezeite er. «Entweder sie gehen nun auf unser Ultimatum ein, oder sie werden uns angreifen. Letzterem sollten wir zuvorkommen. Ich werde Desdemona heute Abend zurate ziehen. Sie soll für uns das Skorpion-Orakel befragen, damit wir vorbereitet sind.»

Nachdem die Versammlung aufgelöst war, trat Cato an Jess heran und nahm ihn zur Seite.

«Ab sofort bleibt die weiße Schlampe in ihrem Verlies. Du hast verdammtes Glück gehabt, dass sie dich und damit uns nicht verraten hat. Auch wenn sie keinen von uns zu Gesicht bekommen hat und nur mit verbundenen Augen herumläuft, könnte sie durchaus später eine Aussage zu ihrem Aufenthaltsort machen. Ist das klar?»

Jess nickte mechanisch. Mit einem Mal kamen ihm Zweifel, ob er mit seiner Strategie des Vertrauens gegenüber Lena das Richtige getan hatte. Auch sie würde sicher keiner intensiveren Befragung durch militärische Stellen standhalten können. Wobei nicht davon auszugehen war, dass man eine weiße Lady der Folter unterzog. Aber was wäre, wenn sie nach ihrer Freilassung aus freien Stücken plauderte?

Dabei wurde ihm noch einmal bewusst, dass es keine Alternativen gegeben hatte. Schließlich hatte sie bei ihrem Fluchtversuch, von dem Cato nichts ahnte, sein Gesicht und auch das seiner Mutter gesehen.

Und sie war nicht bereit gewesen, zu ihrem Ehemann zurückzugehen.

Mit seinem Versuch, sie durch Ehrlichkeit auf seine Seite zu ziehen, war er ein hohes persönliches Risiko eingegangen. Blieb zu hoffen, dass er nicht irgendwann die Rechnung dafür präsentiert bekam.

Lena wartete vergeblich auf eine rasche Rückkehr von Jess. In ihrer Abgeschiedenheit fragte sie sich, ob es zu dem befürchteten Kampf mit den weißen Soldaten gekommen war. Gehört hatte sie nichts, was ihre Angst nur noch steigerte. Bilder von Jess, der erschossen und blutüberströmt in der Wildnis lag, geisterten durch ihren Kopf. Tote

Kinder und Frauen, die Brown und seine Leute kaltblütig dahingemetzelt hatten. Ebenso fragte sie sich, was mit ihr geschehen würde, falls die Weißen gewonnen hatten.

Als Jess nach ewigen Zeiten der Angst vor ihr stand und ihr einen Napf entgegenhielt, der eine gestückelte Mango und geröstete Brotfrüchte barg, wusste sie nicht, ob sie lachen oder weinen sollte. Beiläufig schloss er ihren Käfig auf und gesellte sich zu ihr.

«Gott sei Dank, du lebst», flüsterte sie und nahm das Essen entgegen.

«Wieso nicht?», erwiderte er mit einem lakonischen Augenaufschlag und setzte sich neben sie.

«Was ist geschehen?», fragte sie ihn.

Obwohl sich der Hunger inzwischen bei ihr bemerkbar machte, glaubte sie nichts hinunterbringen zu können, bevor sie die ganze Wahrheit erfahren hatte.

«Nichts», bemerkte er dumpf, während er eine Flasche aus einem Rucksack nahm, den Korken entfernte und sie ihr reichte.

Lena hoffte, dass es Brandy war, denn den hätte sie bei all der Aufregung jetzt gut gebrauchen können. Doch so wie es schien, war es noch nicht mal Wein, sondern eine Mischung aus Sorellsaft, Wasser und Zucker.

«Nichts?», fragte sie empört, wobei ihr auffiel, dass er sich komplett umgezogen hatte.

Im Gegensatz zum Morgen trug er nun eine abgetragene, blaue Leinenhose und darüber ein ärmelloses Hemd. Außerdem hatte er sich gewaschen, denn seine Haare waren noch nass. Das musste einen Grund haben.

«Lüg mich nicht an!», forderte sie scharf. «Du hast von Vertrauen gesprochen, und ich spüre, dass etwas vorgefallen ist, was mich ebenso betrifft.»

«Mein Anführer ist da anderer Meinung», erwiderte er fest. «Außerdem sind uns ab sofort gemeinsame Expeditionen in die Umgebung verboten. Er fürchtet, du könntest uns nach deiner Freilassung verraten, wenn du zu viel gehört hast. Wobei er noch nicht einmal weiß, dass du in Wahrheit bereits mehr gesehen hast, als uns allen lieb sein kann.»

«Und du? Was denkst du?», fragte sie aufgebracht. «Glaubst du auch, ich würde euch verraten?»

Er zögerte einen Moment.

«Wenn ich dir nicht vertrauen würde, säße ich nicht hier», bezeugte er bedrohlich leise. «Aber manchmal läuft es eben nicht so, wie man es sich wünscht. Und ich könnte verstehen, wenn du versuchen würdest zu fliehen, sobald weiße Soldaten vor unserem Lager auftauchen. Oder wenn du dich später an uns rächst, weil wir dich gefangen genommen und mit dem Tode bedroht haben.»

Er räusperte sich und schaute ihr tief in die Augen.

«Ich habe mich gefragt, was *ich* in so einer Situation tun würde. Ich meine …» Stockend rang er nach Worten. «Ich empfinde ebenso Loyalität für meinen Anführer und unsere Sache, obwohl ich ihn und sein Verhalten im Grunde nicht ausstehen kann. Warum sollte es dir mit Edward und deinen Leuten nicht ähnlich ergehen?»

Weil ich mich in dich verliebt habe, dachte sie. Und weil ich sehr genau weiß, was richtig und falsch ist. Doch sie sagte es nicht.

«Weil es etwas ganz anderes ist», untermauerte sie ihren Entschluss, zu ihm zu halten. «Du und dein Anführer – ganz gleich, was für ein Mensch er ist –, ihr steht auf der Seite des Guten. Ich hingegen bin einen Pakt mit dem Teufel eingegangen, indem ich Edward geheiratet habe, ohne mich vorher zu erkundigen, was genau auf seiner Plantage geschieht. Nur eine Verrückte würde so etwas gutheißen.»

«Vielleicht sind wir ja alle verrückt und tun Dinge, die uns der Teufel befiehlt», argumentierte Jess leise. «Ich bin nicht so engelhaft, wie du glaubst», bekannte er heiser. «Auch ich habe schon Menschen getötet, um an meine Ziele zu gelangen, und ich würde es wieder tun. Du wärst wahrscheinlich enttäuscht, wenn du den ganzen Jess kennenlernen würdest und nicht nur den, der sich um die Gunst einer wichtigen Geisel bemüht.»

«Was willst du mir damit sagen?», fragte sie in einem Anflug plötzlichen Argwohns.

«Dass ich ziemlich egoistisch bin und alles tun würde, damit du mir hilfst, meine Ziele zu erreichen. In diesem Fall, die Rettung der drei jungen Männer.»

«Das heißt, du würdest dafür sogar mit mir schlafen, wenn ich es wollte?»

Aus schmalen Lidern sah sie ihn an. Der Gedanke, dass er sich wie ein Candy Jones prostituierte, um sie auf perfide Weise für seine Zwecke einzuspannen, war ihr noch gar nicht gekommen.

«So war das nicht gemeint …», lenkte er ein und hob entwaffnend die Hände.

«Wie war es denn gemeint?»

Sie blickte ihn mit einem katzenhaften Lächeln an, wobei sie inständig hoffte, dass all seine Zärtlichkeit nicht nur ein Kalkül gewesen war, um sie von etwas zu überzeugen, das ihm wichtig war. Aber genau wusste sie es natürlich nicht. Ohne Zögern stellte sie ihm die alles entscheidende Frage: «Liebst du mich?»

Sie schaute ihn herausfordernd an. Selbst wenn sie nicht mit einer Antwort rechnete, war es ihr wichtig zu sehen, wie er darauf reagierte.

«Verdammt, Lena», stieß er hervor und wandte sich ab, um ihr nicht in die Augen sehen zu müssen. «Ich hab dir gesagt, dass Liebe kein Thema zwischen uns sein darf. Nicht jetzt und nicht in der Zukunft. Das hier ist kein romantischer Ausflug, sondern harte Realität. Du kannst mir nachsagen, was du willst, aber darüber habe ich dich nie im Unklaren gelassen.»

«Weißt du was?», log sie kühl. «Es ist mir egal, was du für mich empfindest. Ich werde meinen Teil der Abmachung halten und dir zuliebe mit wehenden Fahnen zu Edward zurückgehen.»

Überrascht blickte er auf, was sie nutzte, um ihm beschwörend in die Augen zu schauen. Sie hegte die verzweifelte Hoffnung, er würde spüren, wie sehr sie ihn liebte. Und dass er sich auf sie verlassen konnte, ganz gleich, was er selbst für sie empfand.

«Ich gehe zurück, weil ich meine eigene Mission für die drei Gefangenen erfüllen will. Danach werde ich alles in meiner Macht Stehende tun, um dich und deine Leute zu unterstützen. Egal, ob es dir passt oder nicht.»

Ein Blick auf seine schönen Hände, die er zu Fäusten geballt hatte, verriet die Anspannung, die ihn durchflutete. Die Art jedoch, wie er lässig neben ihr saß und nichts auf ihr Bekenntnis erwiderte, ließ sie nervös werden.

«Anscheinend begreifst du nicht, dass es niemals eine gemeinsame Zukunft für uns geben kann», sagte er schließlich und sah sie mit traurigen Augen an. «Aber eins kann ich dir versichern», fügte er mit rauer Stimme hinzu. «Mein Herz wird brechen, wenn eintritt, was ich befürchte, und du mich eines Tages vergisst.»

KAPITEL 22

Anfang Oktober 1831 || Jamaika || Ohne Gnade

Ich will, dass diese Schwächlinge sofort etwas unternehmen und nicht erst, wenn meine Frau als Leiche zu mir zurückkehrt!», empörte sich Edward und starrte zum Fenster hinaus.

Er hatte mit sich selbst gesprochen, und Jeremia, der das Geschirr vom Lunch zusammenräumte, schien das zu wissen. Er zuckte noch nicht einmal mit der Wimper, geschweige denn, dass er etwas erwiderte. Über dem Fluss braute sich ein Sturm zusammen, der die Palmen im Park hinter dem Herrenhaus gefährlich ins Wanken brachte und an den Strohdächern der Sklavenhütten zerrte.

Einen Moment lang dachte er an Yolanda, die mit dem nächsten Balg im Leib auch bei schlechtem Wetter draußen auf den Feldern schuftete. Erst gestern Nacht hatte sie ihm gestanden, dass sie schon wieder von ihm schwanger sei. Sein Vater hatte ihn gewarnt, sich unter den Sklavinnen eine feste Mätresse zu suchen, weil so etwas nur Ärger bedeuten konnte. Vielleicht war es an der Zeit, Yolanda und ihre Brut in den Westen des Landes zu verkaufen. Abnehmer gab es jedenfalls genug, und Edward hatte bereits ein paar andere, jüngere Sklavinnen ins Auge gefasst, die sicher nichts dagegen einzuwenden hatten, Yolandas Platz einzunehmen.

Doch zunächst einmal wollte er Lena zurückhaben und nach ihrer Rückkehr keine Zeit verstreichen lassen, seine Angetraute zu schwängern. Wenn sie erst mit seinem Kind guter Hoffnung wäre, würde sie nicht mehr auf die Idee kommen davonzulaufen. Verdammte Weiber, schoss es ihm durch den Kopf. Ganz gleich, ob schwarz oder weiß, von dem Moment an, in dem man sich mit ihnen einließ, machten sie das Leben eines Mannes komplizierter.

Dunkle Wolken verfinsterten die Sonne und spiegelten Edwards schlechte Laune wider, als ihm auf dem Weg zu seinem Arbeitszimmer sein Vater zusammen mit Commodore Bolton begegnete. Bereits am frühen Morgen waren die beiden mit einer Truppe von Soldaten in Spanish Town aufgebrochen, um mit Edward zu beraten, wie es mit Lenas Entführung weitergehen sollte. Vielleicht wollte Bolton auch nur prüfen, wie strapazierfähig die Geduld der Blakes war und wie lange es noch dauern würde, bis sie Lady Helenas sofortigen Austausch verlangten.

Wie üblich trug der Commodore die blau-weiße Uniform eines Advokaten der Marine, an deren Gürtel ein goldener Säbel blinkte. Sein dunkles Haar war ein wenig zerzaust von dem schwarzen Zweispitz, den er beim Eintritt ins Zimmer abgesetzt hatte. Edward reichte Bolton zur Begrüßung die Hand, und Bolton verbeugte sich kurz. Seinen Vater begrüßte Edward mit einem beiläufigen Nicken. Er hätte mit dem Gouverneur weitere Maßnahmen zur Rettung von Lady Helena besprochen. In wenigen Worten skizzierte Bolton Edward den Stand der Dinge bezüglich Lenas Entführung, während Jeremia ein paar Erfrischungen servierte.

«Man hat Colonel Brown völlig desorientiert am Rande von Stony Hill aufgefunden», fuhr Bolton ungerührt fort. «Weiß der Teufel, wer ihn in diesem absolut bedenklichen Zustand auf sein Pferd gebunden und ihn mitsamt dem Tier sich selbst überlassen hat. Er kann sich an absolut nichts mehr erinnern und brabbelt nur noch unverständliches Zeug. Es ist, als hätte er sein Gedächtnis verloren. Von seinen Männern, die mit ihm ins Gebirge aufgebrochen sind, fehlt jede Spur.»

Edwards Vater schüttelte verständnislos den Kopf.

«Wir leben in der dritten Generation auf dieser Insel, aber so etwas ist mir noch nie untergekommen», bemerkte er düster.

«Was ist das bloß für eine krude Geschichte?», entgegnete Edward gereizt und wandte sich erneut dem Commodore zu. «Waren Brown und seine Leute nicht bis an die Zähne bewaffnet? Und warum haben sie sich dann offenbar betrunken? Ansonsten verfällt man doch nicht ins Delirium?»

«Dr. Lafayette meint, es könnte Gift gewesen sein», erklärte Bolton. «Allerdings ist er nicht sicher, wie es ihm verabreicht worden ist. Wir haben keinerlei Spuren gefunden. Tatsache ist, dass ihn jemand gefunden haben muss, von alleine konnte er sich schließlich nicht ans Pferd binden.»

«Ich begreife das nicht.»

Edward schüttelte den Kopf und nahm einen Schluck Fruchtbowle, die Jeremia in die bereitstehenden Kristallgläser eingeschenkt hatte.

«Brown und seine Leute wussten doch, welche Gefahren in den Bergen lauern. Erzählten Sie nicht, dass sie für dieses Unternehmen sogar auf ihre Uniformen verzichtet haben und stattdessen als normale Pflanzer aufgetreten sind?» Edward hielt einen Moment inne, dann ging ihm plötzlich ein Licht auf. «Und was ist, wenn selbst die Miliz von Spionen unterwandert ist? Überall, im Haushalt und in den Stallungen, werden Sklaven beschäftigt. Da braucht nur jemand was aufgeschnappt und an die entsprechenden Banden weitergegeben zu haben. Und schon stecken Aufklärungstrupps wie Brown und seine Leute im Schlamassel.»

«Ausgeschlossen», erwiderte Bolton sichtlich verstimmt. «Die Sache unterlag strikter Geheimhaltung.»

«Denkst du, Edward, dass diese Rebellenorganisation, die Helena entführt hat, hinter der Sache mit Brown steckt?» Lord William schaute seinen Sohn fragend an. «Wie nennen sich diese Teufel noch gleich?»

«Die Flamme von Jamaika», half ihm Bolton sichtlich entnervt auf die Sprünge. «Wir haben bisher keinerlei Beweise, dass Browns Zustand etwas mit dem Aufenthaltsort Ihrer Schwiegertochter zu tun hat. Sie kann überall sein. Vielleicht hält man sie in irgendeinem unscheinbaren Keller gefangen.»

«Es ist ein Jammer, dass weder unsere Polizei noch das Militär weiß, wo sich diese Hunde versteckt halten», schürte Edward das Feuer gegen Bolton und seine Ermittler weiter. «Nicht zu fassen», knurrte er. «Und so etwas soll eine anständige Ermittlung sein?»

Einen Augenblick lang hielt er inne, dann schlug er mit der flachen Hand auf den Mahagonischreibtisch, an dem er bislang Halt gesucht hatte.

«Commodore Bolton hat mir versprochen, dass man der Sache umgehend auf den Grund gehen wird», nahm sein Vater den Offizier in Schutz. «Nicht nur wegen Helena. Auch wegen des Colonels und seiner verschwundenen Mannschaft.»

«Ich will keine leeren Versprechungen mehr», schleuderte er seinem peinlich berührten Vater entgegen. «Dein Freund, der Gouverneur, soll diese Idioten im Gefängnis von Spanish Town endlich freilassen, damit es zu dem zugesicherten Austausch kommt. Ansonsten werde ich selbst eine Armee aus Söldnern finanzieren, die in die Berge reitet und meine Frau aus den Klauen von wem auch immer befreit.»

«Das halte ich für höchst gefährlich», warf Bolton ein, der zu seiner kurzzeitig eingebüßten Souveränität zurückgefunden hatte. «Wir wissen immer noch nicht, mit wem wir es genau zu tun haben», erklärte er mit zuckenden Schultern und brachte Edward damit nur noch weiter in Rage.

«Und wie viele Verbündete diese Rebellen hinter sich vereinigen, ist auch noch nicht geklärt. Wir sollten vorsichtig sein, bevor sie eine ernsthafte Gefahr für die Sicherheit des gesamten Landes darstellen. Jeder, der nicht zu einhundert Prozent hinter der Politik unseres Gouverneurs steht, könnte dafür in Frage kommen.»

«Was, verehrter Commodore», antwortete Edward gefährlich leise, «muss denn noch geschehen, bis man im Parlament endlich wach wird und begreift, dass die von Ihnen viel beschworene, ernsthafte Gefahr längst eingetreten ist? Bestellen Sie unserem Gouverneur einen schönen Gruß und sagen Sie ihm, dass es mir scheißegal ist, mit wem wir uns anlegen. Wenn meine Frau nicht zum vereinbarten Termin ausgetauscht wird, werde ich die Lösung des Problems selbst in die Hand nehmen. Ich habe schon einmal eine Frau durch die Schuld eines Sklaven verloren. Und ich schwöre Ihnen, das wird mir kein zweites Mal passieren.»

Bolton schaute verdutzt auf.

«Verzeihen Sie, Sir, das wusste ich nicht. Überall erzählt man sich, dass Lady Helena die erste Herrin auf Redfield Hall seit dem Tod Ihrer Stiefmutter ist.»

Der Advokat schwenkte seinen irritierten Blick hin zu Lord William, als Edward ihm nicht sofort antwortete.

«Mein Sohn war vor einigen Jahren mit einer jungen Dame namens Hetty MacMelvin verlobt», erklärte der Lord steif. «Ihr Vater besitzt eine äußerst ertragreiche Plantage in Trelawney. Bei einem Besuch auf Redfield Hall ist sie während eines Spaziergangs am Nachmittag plötzlich spurlos verschwunden. Am Abend hat man sie tot in der Nähe der Kupferpfannen gefunden, in denen der Zuckersaft zu Sirup gekocht wird.» Lord William stockte. «Es stellte sich heraus, dass sie von einem Sklaven erwürgt worden war.»

Ihm fiel es offensichtlich schwer, über die damaligen Ereignisse zu sprechen, und Edward hätte sich gewünscht, er hätte es gelassen. Nur er selbst wusste, was sich tatsächlich zugetragen hatte. Hetty hatte ihm auf jenem verhängnisvollen Spaziergang durch den Park ziemlich gnadenlos erklärt, sie wolle die Verlobung lösen, weil sie ähnlich wie Lena vermutete, dass er es regelmäßig mit seinen Sklavinnen trieb. Irgendjemand hatte ihr zugetragen, dass ein paar Negerinnen von ihm schwanger seien. Als er sich zu rechtfertigen versuchte und sich dabei in Widersprüche verstrickte, hatte sie ihn angeschrien, dass sie sich bei seiner Hurerei am Ende noch die Syphilis holen könne oder gar Schlimmeres. Alles Beschwichtigen hatte zu keinem Ergebnis geführt. Dann hatte Edward plötzlich die Nerven verloren und sie hinter ein Gebüsch gezerrt, weil er ihr in einem überfallartigen Liebesakt beweisen wollte, dass es kein Zurück gab, weil sie ihm bereits mit Leib und Seele gehörte. Doch sie hatte sich gewehrt und noch heftiger zu schreien begonnen. Während er sie niederdrückte, um sie zu beruhigen, hatte er ihr den Mund zugehalten. Dabei war er wohl etwas zu kräftig vorgegangen, wobei ihm nicht aufgefallen war, dass er ihr den Atem nahm.

Als er mit ihr fertig war, lag sie erschlafft auf dem Boden, und er hatte es mit der Angst zu tun bekommen. Sie hatte das Bewusstsein verloren und regte sich nicht. Als er feststellen musste, dass sie tot war, beauftragte er Trevor in Panik, die Sache möglichst sauber für ihn zu erledigen. Trevor hatte die Leiche daraufhin zu den Zuckerpfannen getragen, um alles wie einen Unfall aussehen zu lassen. Dabei wurde er von einem jungen, kräftigen Sklaven überrascht, der von einer Nachbarplantage an Redfield Hall ausgeliehen worden war – und schon war der Schuldige gefunden. Trevor behauptete eiskalt, er habe den Jungen überrascht, nachdem dieser Hetty getötet und anschließend geschändet hatte.

Edwards Vater durfte die wahren Hintergründe niemals erfahren, und Trevor war durch diese Geschichte auf ewig an Edward und Redfield Hall gebunden, so wie er an seinen Vater gebunden war.

Als Mitwisser würde er ihn niemals entlassen können, ganz gleich, was geschah. Edward hatte ihm einen Freibrief erteilt, was sein Benehmen auf der Plantage betraf, und Trevor würde als Gegenleistung dichthalten.

Bolton, der von solchen Machenschaften noch nicht einmal etwas ahnte, nickte einsichtig.

«Aber das heißt noch lange nicht, dass der Mörder Ihrer Verlobten auch ein Rebell war. Diese Bezeichnung verdienen nur die gefährlichsten Banditen. Gegen das, was diese Halunken vorhaben, ist ein Mord oder eine Vergewaltigung ein Kinderspiel. Aber noch zu einer anderen Sache. Der Gouverneur berichtete mir, dass Sie seltsamen Besuch auf der Hochzeit Ihres Sohnes hatten. Eine verdächtige Person, die einen Fluch bekräftigt haben soll und anschließend geflüchtet ist. Ich hörte, dass bei der Verfolgung dieses Phantoms zwei hervorragende Scharfschützen ihr Leben gelassen haben. Denken Sie, dass die Entführung von Lady Helena mit diesen Geschehnissen etwas zu tun hat?»

Lord William kniff die Lippen zusammen und schaute durch das

Terrassenfester in die Ferne, wo der Sturm noch zugelegt hatte und sogar die Trauerweiden rund um den abgelegenen Friedhof in Mitleidenschaft zog.

«Wissen Sie, seit dieser Geschichte sind wir in aller Munde, weil auf unserer Familie angeblich ein Fluch lastet, der sämtliche Frauen der Blakes betrifft. Ich halte das für einen ausgemachten Blödsinn und glaube nicht daran, dass da eine Verbindung zu Lenas Entführung besteht. Es sei denn, die Verrückte, die uns die Feierlichkeiten verdorben hat, wäre auch eine Rebellin.»

«Seit wann schmeißen Rebellen mit Hühnern?», schleuderte ihm Edward verärgert entgegen. Dann wandte er sich an Bolton.

«Sie haben doch eben selbst gesagt, diese Burschen wären aus einem anderen Holz geschnitzt. Warum bei der Verfolgung dieser Frau anschließend zwei Soldaten ihr Leben lassen mussten, ist natürlich eine interessante Frage. Aber die sollten nicht wir beantworten, sondern *Sie*! Schließlich sind *Sie* der vom Gouverneur eingesetzte militärische Ermittler. Wenn wir am Ende selbst herausfinden müssen, wer die Verbrecher in diesem Lande sind, können wir uns die Steuern für Ihren Sold auch sparen!»

Edward spürte, wie eine unkontrollierte Wut in ihm hochkochte. In solchen Fällen war er fähig zu töten, wie nicht nur Hetty MacMelvin sondern auch schon einige seiner Sklaven leidvoll hatten erfahren müssen, die nur knapp mit dem Leben davongekommen waren. Bei Bolton würde kraft seines Amtes Derartiges nicht möglich sein, was ihn nur noch wütender machte.

«Mein Vater hat die Lage hinreichend erläutert. Wegen unseres hervorragenden Rufs, was die Lebensdauer unserer Ehefrauen betrifft», bemerkte er in einem sarkastischen Ton, «haben wir kaum noch etwas zu verlieren. Allerdings reise ich nicht extra nach London, um mir für einen Haufen Geld eine Gemahlin zu kaufen … äh … zu suchen, damit sie mir kurze Zeit später von ein paar dahergelaufenen Rebellen entführt wird. Welche zu allem Übel anscheinend um einiges durchtriebener sind als die hiesige Armee!»

Edward stemmte die Hände in die Hüften und visierte Bolton aus schmalen Lidern an, als ob er ihn fressen wollte.

«Also – richten Sie Ihrem Gouverneur aus, wenn er in den nächsten zwei Tagen nicht zu einer angemessenen Lösung findet, nehme ich die Sache selbst in die Hand!»

«Der Austausch findet in drei Tagen statt», berichtete Cato am darauffolgenden Tag mit triumphierender Stimme, nachdem er Jess hatte zu sich rufen lassen.

Seine schwarzen Augen leuchteten wie glühende Kohlenstücke aus seinem verschlagenen, bärtigen Gesicht. Mit hocherhobenem Haupt, den hageren Körper gestrafft, stolzierte er in einem braunen Anzug und einem vergilbten, ehemals weißen Hemd vor Jess hin und her. Er spielte sich auf, als ob er bereits der künftige Präsident dieses Landes wäre. Jess hatte er als Anführer seiner Krieger und Bewacher der Geisel als Ersten in seine Hütte rufen lassen, damit er diese überraschende Nachricht unverzüglich erfuhr. Jess schüttelte innerlich den Kopf über Catos Darstellungseifer. Seine großen Vorbilder waren eindeutig die Freiheitskämpfer der südamerikanischen Länder, die sich bereits mit Erfolg gegen die Kolonialisten erhoben hatten.

«Das war nur der Startschuss», erklärte Cato mit sichtlich überbordendem Selbstbewusstsein und dem Blick eines Wahnsinnigen, der keine Ahnung hatte, wo die eigenen Grenzen lagen.

Jess hingegen war froh, dass seine Rechnung allem Anschein nach aufgegangen war, und zwar in doppelter Hinsicht. Einmal wegen der drei Jungs, deren Freilassung nun in greifbare Nähe gerückt war, und dann wegen Lena, deren Leben verwirkt gewesen wäre, wenn Cato seinen Willen nicht erfüllt bekommen hätte.

«Soll das heißen, ich kann unsere Geisel auf den Austausch vorbereiten?», fragte Jess, um sicherzugehen, dass er sich nicht verhört hatte.

Ein diffuses Gefühl von Erleichterung und Furcht durchfuhr ihn, als das Rebellenoberhaupt mit stolzgeschwellter Brust nickte.

Aber eins interessierte Jess noch, auch um selbst einschätzen zu können, wie zuverlässig die Meldung war. «Wie hast du davon erfahren?»

Auf Catos Wink hin hielt Aleeke ihm ein abgegriffenes Stück Zeitungspapier unter die Nase, das in einem verschlüsselten Artikel bestätigte, dass die Freilassung der drei zum Tode verurteilten Sklaven unmittelbar bevorstand.

«Ich bin sicher, die Sache mit dem Colonel und den vermissten Soldaten hat diesen weißen Idioten gezeigt, dass sie keine Chance gegen uns haben», triumphierte Cato erneut.

Jess war sich nicht im Klaren darüber, ob er genauso euphorisch sein sollte wie sein Befehlshaber. Er dachte in erster Linie an Lena und dass nun die Stunde der Wahrheit gekommen war. Die Blakes würden sie nach ihrer Rückkehr bewachen wie Bluthunde. Es würde nicht einfach werden, ihr zu einer erneuten Flucht zu verhelfen. Dabei war klar, dass er die Sache selbst in die Hand nehmen musste, schon allein, um sicherzugehen, dass sie tatsächlich das Land verließ. Er ahnte bereits, wie schwierig es werden würde, Lena davon zu überzeugen. «Ich werde dich von deinen Aufgaben, was die Geisel betrifft, bis zu ihrer Freilassung entbinden», hörte er Cato wie durch einen Nebel fabulieren. «Ab sofort übernimmst du wieder das Kommando über die Krieger und sorgst dafür, dass die drei Freigelassenen sicher und ohne Verfolger das Lager erreichen. Du kannst deiner Mutter sagen, dass sie sich solange um die Frau kümmern soll.»

«Wann soll es losgehen?», fragte Jess wie betäubt.

«Morgen Nacht, wenn die Sichel des Mondes hoch am Himmel steht. Der Übergabeort ist passenderweise die Gabelung des Hope River. Erst nachdem die Männer sicher hier eingetroffen sind, wirst du die Geisel in die Nähe der Kapelle des heiligen Franziskus unweit von Stony Hill bringen. Ich will, dass du das ganz alleine erledigst», bestimmte er und verzog keine Miene. «Ich traue dem Frieden nicht. Sollte der

Gouverneur seine Soldaten in Stellung bringen, um dich nach ihrer Freilassung zu verfolgen, bist du der Einzige, dem ich es zutraue zu entkommen, ohne Spuren zu hinterlassen. Und falls sie dich trotzdem schnappen, bin ich mir sicher, dass du schon allein um deiner Mutter willen nicht reden wirst, ganz gleich wie schwer man dich foltert.»

Jess nickte benommen.

«Ich werde meine Männer entsprechend instruieren», ratterte er monoton. «Sie müssen einen Fluchtweg vorbereiten, auf dem die drei Freigelassenen möglichst rasch in Sicherheit gebracht werden können. Das gesamte Gelände muss überwacht werden. Die Flucht muss lautlos und ohne Spuren vonstattengehen, damit die Backras uns nicht aufspüren können.»

«Ich weiß, dass ich mich auf dich verlassen kann», erklärte Cato und klopfte ihm feierlich auf die Schulter. «Schließlich haben wir dir einen Großteil dieses Erfolges zu verdanken.»

Lena schaute überrascht auf, als Jess plötzlich vor ihrer Zellentüre auftauchte. Er trug ein zerschlissenes, helles Baumwollhemd zu seiner alten Armeehose, die Lena schon kannte. Seine mächtigen Schultern und die muskulösen Oberarme drohten den fadenscheinigen Stoff zu sprengen. Die Stiefel verliehen ihm den Schritt eines Soldaten. Seit er ihr, aus reiner Vernunft, wie er sagte, hartnäckig jegliche Intimitäten verweigerte, kam er ihr noch begehrenswerter vor. Aber er hatte ihr eindeutig zu verstehen gegeben, dass ihre Nähe ein Fehler gewesen war, den er inzwischen bereute. Trotzdem hatte er die Nacht bei ihr verbracht, aber eher um sie vor Ferkelratten und Schwarzkrabben zu schützen denn aus Liebe. Enttäuscht hatte Lena so getan, als würde sie schlafen, selbst als er ihr das Frühstück hingestellt hatte.

Danach war er zu seinem Obersten abberufen worden.

«Wie geht es dir?», fragte er verlegen, während er den Schlüssel in das rostige Schloss steckte.

«Gut wäre gelogen», gab ihm Lena mit einem spöttischen Lächeln zu verstehen.

Erst jetzt erkannte sie, dass seine bernsteinfarbenen Augen verdächtig feucht schimmerten. Nachdem er das Gitter mit einem rostigen Quietschen geöffnet hatte, traf sie sein undurchsichtiger Blick.

«Es ist so weit, Prinzessin», erklärte er, ohne ihr in die Augen zu schauen.

Dann setzte er sich neben sie und seufzte wie ein alter Mann, dem das Leben die Luft zum Atmen genommen hatte. Er kniff die Lippen zusammen und nahm ihre Hand. Still saß er da und schaute ihr stumm in die Augen, als ob er sich ihre Gesichtszüge einprägen wollte.

«Jess?»

«Ja?», flüsterte er.

«Du machst mir Angst.»

«Du mir auch, Prinzessin.»

Er schaute auf, und seine Lippen waren den ihren so nah, dass er sie leicht hätte küssen können, doch nichts dergleichen geschah.

«Der Gouverneur hat deinem Austausch zugestimmt», erklärte er tonlos. «Schon übermorgen werde ich dich hinunter ins Tal bringen.» Eigentlich eine frohe Botschaft! Doch an seinen Augen konnte sie sehen, dass er mindestens so bedrückt war wie sie selbst.

«Das bedeutet, die Gefangenen werden freigelassen, und ich gehe zu Edward zurück?», fragte sie beinahe ungläubig, obwohl es genau das war, was Jess mit ihrer Entführung hatte erreichen wollen.

«Es bedeutet in jedem Fall, dass er dich offenbar zurückhaben will.» Jess schnaubte verdrossen.

«Sag nur, du hast was dagegen», fragte sie provokativ. «War es nicht genau das, was du wolltest?»

Sie war nicht mehr sicher, ob Jess tatsächlich aus reinem Verantwortungsgefühl zu ihr auf Abstand gegangen war oder weil er nun seine Ziele erreicht hatte und in Wahrheit nie etwas für sie empfunden hatte.

«Oh mein Gott», entfuhr es ihr, und um ihre wahren Gefühle zu verbergen, schlug sie die Hände vors Gesicht. «Bleibt mir zu hoffen, dass Edward nicht ahnt, dass ich ihn in Wahrheit verlassen wollte.»

«Was ist mit deiner Begleiterin?», fragte Jess besorgt. «Glaubst du, sie hat ihm die Wahrheit gesagt, falls sie nach Redfield Hall zurückgekehrt ist?»

Lena schüttelte den Kopf.

«Maggie würde mich niemals verraten. Aber um zu erfahren, wie Edward wirklich über die Sache denkt», sinnierte sie laut, «bleibt mir ohnehin nichts anderes übrig, als zurück in die Höhle des Löwen zu gehen und es selbst herauszufinden.»

Einen Augenblick lang sah sie ihn schweigend an. Die ganze Zeit über hatte sie darüber nachgedacht, was geschehen würde, wenn sie ihrem Ehemann erneut gegenüberstand. Und nun war der Moment der Wahrheit gekommen, und sie hatte nicht die geringste Vorstellung, wie Edward *ihr* gegenüber reagieren würde. Was wäre, wenn er sich tränenreich für alles, was vorgefallen war, bei ihr entschuldigte und nach einem harmonischen Neuanfang verlangte? Was, wenn er außer sich vor Wut Anklage erhob, weil sie ihm und seinem Vater mit ihrem Verschwinden von Rosenhall so viele Unannehmlichkeiten eingebrockt hatte?

«Du kennst meine Meinung», sagte Jess und machte ein entschlossenes Gesicht. «Ich denke, du solltest die Insel verlassen, sobald sich eine Möglichkeit dazu ergibt. Du weißt, dass ich dir dabei helfe, wenn du willst.»

«Du scheinst es ja ziemlich eilig zu haben, mich loszuwerden», bemerkte sie spöttisch.

Doch dann sah sie, wie sein Blick weich wurde. Mit einem tiefen Seufzer zog er sie an sich und küsste ihren Scheitel.

«Ach Lena, wenn du nur ahnen könntest, wie viel ich dafür gäbe, dich ewig in meinen Armen zu halten. Wie unendlich viel es mir bedeuten würde, mit dir ein normales Leben führen zu können. Als Mann und Frau, mit dir Kinder zu haben, ein bescheidenes Auskommen. Aber wenn ich diese Vorstellung nur ausspreche, kommt sie mir bereits vollkommen absurd vor.»

Seine Stimmlage hatte einen fatalistischen Unterton angenommen. Bevor sie ihm widersprechen konnte, fuhr er fort:

«Du bist eine Weiße aus gutem Hause, dazu noch mit einem der einflussreichsten Männer in Jamaika verheiratet. Ich bin ein Sklave, ein Rebell, ein Geächteter. Ich kann keinen verdammten Schritt in diesem Land tun, ohne Gefahr zu laufen, verhaftet zu werden. Wenn herauskäme, dass wir gemeinsame Sache machen, würde das unweigerlich meinen Tod bedeuten, und deinen dazu. Einer solchen Gefahr kann und will ich dich nicht aussetzen. Verdammt, Lena, es würde mich auf der Stelle umbringen, wenn ich Schuld daran hätte, dass man dich hängt!»

«Erstens würdest du es nicht mitbekommen», erwiderte sie trocken, «weil du dann selbst längst baumeln würdest, und zweitens denke ich ebenso wenig wie du daran, mich erwischen zu lassen. Solange ich bei dir bin, kann mir nichts geschehen. Und was unser Dasein als Familie betrifft, die Menschen hier oben im Lager leben doch auch als Familien. Ich habe mehr als einmal das Lachen von Kindern gehört. Ich weiß von deiner Mutter, dass hier Männer und Frauen zusammenleben. Und was den Reichtum betrifft … was braucht man mehr als die Liebe, um glücklich zu sein?»

«Du kapierst es nicht», knurrte Jess verdrossen.

Mit zusammengekniffenen Lippen sah er sie an.

«Dann erklär's mir», fauchte sie. «Ich bin alt genug, selbst zu entscheiden, welches Leben ich führen will. Und eins hab ich gelernt, seit ich mich in deiner Gesellschaft befinde: Ich will kein zuckersüßes Aristokratenpüppchen sein, das sich für nichts anderes als die neuste Mode und den neusten Klatsch interessiert. Seit ich weiß, was dort draußen wirklich geschieht», zischte sie und deutete mit ausgestrecktem Zeigefinger zum Höhlenausgang, «grüble ich Tag und Nacht darüber nach, dass es meine sorglose Oberflächlichkeit war, die mich in diese zutiefst grausame Welt verschlagen hat. Aber ich bin mir sicher, dass so etwas nie ohne Sinn geschieht. Es muss Gottes Wille sein, dass du mir begegnet bist und mir die Augen geöffnet hast. Du hast meine Sichtweise verändert und damit mein Leben. Selbst wenn ich nach Deutschland zurückginge, wäre ich nie wieder dieselbe, die ich mal war. Was macht es da noch für einen Unterschied, wenn ich weiterhin an deiner Seite leben möchte?»

«Der Unterschied besteht darin, dass du in Deutschland leben wirst», erklärte Jess. «Hier bist du so gut wie tot, wenn du bleibst.»

«Wie soll ich das in Gottes Namen verstehen?»

Sie schaute ihn ungläubig an.

«Cato will Krieg», erklärte er kalt. «Er will keine friedliche Revolution wie die Baptisten. Er zielt darauf ab, die Herrenhäuser der Pflanzer abzufackeln und die Inhaber zu töten. Wenn du zu mir zurückkehren würdest, wärst du die Erste, die auf seine Anweisung hin stirbt. Er hat dich nur am Leben gelassen, weil er dich für den Austausch benötigte.»

Es dauerte eine Weile, bis Lena die Botschaft begriff.

«Aber du willst das nicht, oder?»

Sie sah, wie Jess schluckte, als er zu einer Erklärung anhob.

«Bevor wir uns begegnet sind, wollte ich es auch. Wenn ich anders gedacht hätte, wäre ich nicht hier, sondern Baptistenpriester geworden. Aber auch bei mir hat sich etwas verändert, seit ich dich kenne. Ich weiß nun, dass nicht alle reichen Weißen oberflächliche Arschlöcher sind. Ich weiß, dass es durchaus Menschen gibt, die in der Lage sind umzudenken. Du bist das beste Beispiel dafür, dass so etwas möglich ist. Und nun sitze ich verdammt noch mal zwischen den Stühlen. Wenn Cato bemerkt, dass ich nicht mehr einhundert Prozent hinter unserer Sache stehe, wenn er gar wüsste, was ich in Wahrheit für dich empfinde, wird er alles daransetzen, um mich zu töten. Und mir bliebe kein Schlupfloch, wo ich mich vor ihm und seinen Männern verstecken könnte. Die Insel ist nicht groß genug, als dass ich eine Chance hätte, Catos Leuten und zugleich den Regimentern des Gouverneurs zu entkommen. Gejagt von Soldaten, Polizisten, Milizen und meinen eigenen Kameraden, wäre es nur eine Frage der Zeit, bis ich einer von beiden Seiten ins Netz ginge. Und dann ist da noch meine Mutter. Sie wäre nicht weniger dem Tode geweiht, wenn ich Cato hintergehen und einfach verschwinden würde.»

Er atmete tief durch und war offenbar nicht fähig, ihr in die Augen zu schauen.

«Es hat keinen Sinn, Lena, sich falsche Hoffnungen zu machen. Ganz gleich, was wir füreinander fühlen», stieß er heiser hervor. «Das Einzige, was mir bleibt, ist, dir zur erneuten Flucht vor den Blakes zu verhelfen und zu versuchen, dich sicher zu irgendeinem Hafen zu geleiten, damit du unbehelligt ein Schiff in deine Heimat nehmen kannst.»

Lena kämpfte mit den Tränen. Also liebte er sie doch, aber es schien aussichtslos zu sein. Sie hatten keine Zukunft, und das galt es zu akzeptieren. Jess schien seine Gefühle tapfer zu übergehen. Es war wohl das, was einen wahren Krieger ausmachte. Ungeachtet von Schmerz und Trauer zu tun, was notwendig war.

«Jess, ich habe Angst, dass Edward verlangt, mit mir das Lager zu teilen, sobald ich nach Hause zurückgekehrt bin. Was ist, wenn er bemerkt, dass ich nicht mehr jungfräulich bin?»

«So weit lassen wir es erst gar nicht kommen», erklärte er zuversichtlich. «Ich schlage vor», führte er in nüchternem Tonfall aus, «dass wir uns nach deiner Rückkehr nach Redfield Hall bereits in der darauffolgenden Nacht am Ufer des White Water verabreden. Danach werde ich dich umgehend nach Port Antonio bringen. Von dort laufen ständig Schiffe in die Alte Welt aus. Selbst in stürmischen Zeiten können sie dich wenigstens bis nach Haiti oder Barbados bringen. Wenn es ruhiger wird, kannst du ohne Sorge nach England, Frankreich oder sogar bis nach Deutschland reisen. Hauptsache, Edward weiß nicht, wo du bist, und kann dir nicht folgen.»

«Und Geld?», fragte sie wie betäubt. «Was ist mit meinem Geld? Ich hab keine Ahnung, ob Edward nicht ahnt, was ich vorhabe, und mir meinen Schmuck wegnimmt, wenn ich zurückkehre.»

«Vertraust du mir?», fragte er rau und hob eine Braue.

«Bei der Seele meiner verstorbenen Mutter», flüsterte sie.

Jess beugte sich zu ihr hinab und küsste sie sanft auf den Mund.

Ein klarer Beweis seiner bedingungslosen Zuneigung, der sie beinahe in Tränen ausbrechen ließ.

«Gib mir deinen Schmuck in Obhut, und ich bringe ihn mit, wenn wir uns treffen.»

«Abgesehen von dem Schmuck, ist das nicht zu gefährlich?», wandte sie ein. «Ich meine, du bist ein Rebell, und du verfügst über keinerlei Papiere, die dich als freien Mann ausweisen können. Was ist, wenn die Soldaten dich schnappen oder die Aufseher von Redfield Hall auf dich aufmerksam werden?»

«Mach dir um mich keine Sorgen.» Er zwinkerte ihr aufmunternd zu. «Es gibt da etwas, das du noch nicht weißt. Ich bin nicht nur ein Rebell. In meinem anderen Leben bin ich Baptistenpriester, und in dieser Rolle kann ich ziemlich überzeugend sein.»

Plötzlich war es still. Und dann brach die Gewissheit wie ein Sturm über sie herein, dass dies ihre letzte gemeinsame Nacht sein würde. Lena versuchte vergeblich, ihre Tränen zurückzuhalten.

«Nicht weinen», flüsterte Jess und nahm sie liebevoll in den Arm. «Wenn Gott dich zu mir geführt hat, will er auch, dass wir uns eines Tages wiedersehen. Irgendwann, wenn das alles hier vorbei ist und wir in dem Paradies leben, das wir uns immer erträumt haben. Ohne Schranken zwischen den Rassen und ohne den Hass, der daraus entsteht.»

Er küsste sie so zart, dass sie von neuem zu weinen begann.

«Ich liebe dich, Prinzessin», flüsterte er und sprach zum ersten Mal aus, was er wirklich für sie empfand.

Behutsam hielt er sie fest, während sie ihren Kopf an seine Brust legte und seinen stetigen Herzschlag spürte.

Lieber Gott, betete sie lautlos, mach das Unmögliche möglich und lass uns eine gemeinsame Zukunft haben.

KAPITEL 23

Anfang Oktober 1831 || Jamaika || Traumland

Lena stieß einen erstickten Schrei aus, als irgendjemand sie mitten in der Nacht mit einem Kuss aus dem Schlaf holte. Im Traum war sie wieder zu Hause in Hamburg gewesen, umgeben von kostbaren Orientteppichen und Möbeln im Stil von Jacob Desmalter, für die ihr Vater noch zu Lebzeiten ihrer Mutter ein kleines Vermögen ausgegeben hatte. Bevor sie im Traum blinzelnd die Augen öffnete, hatte Heinrich, der in Ehren ergraute Leibdiener ihres Vaters, ihr einen Kakao serviert.

Als sie nun die düstere Umgebung gewahrte, in der sie sich tatsächlich befand, hätte der Unterschied zur Realität nicht größer sein können. Von einer brennenden Fackel beleuchtet, die in einer Wandhalterung steckte, erhob sich Jess aus der Hocke und stand unmittelbar vor ihr. Verwirrt starrte sie auf den riesigen, kraftvollen Kerl, der seinen nackten Oberkörper ebenso wie sein Gesicht offensichtlich vollkommen mit Holzkohle geschwärzt hatte, was seine bernsteinfarbenen Augen noch leuchtender erscheinen ließ. Sein langes Haar hatte er zu einem Zopf zurückgebunden, und sein Stoppelbart war abrasiert.

«Es tut mir leid, dass ich dich erschreckt habe», sagte er leise. «Ich wollte dich nicht im Ungewissen zurücklassen. Meine Männer und ich machen uns auf den Weg, um die drei Gefangenen an einem verabredeten Ort abzuholen. Bis dahin wird meine Mutter dich mit allem versorgen, was du brauchst. Sie weiß, dass sie sich zusammenreißen muss und dir kein Härchen krümmen darf.»

Er lächelte gequält.

«Bleibt zu hoffen, dass sie deine Worte verinnerlicht hat», gab Lena mit säuerlicher Miene zurück. «Ich verspreche, dass ich sie nicht provozieren werde.»

«Es tut mir leid, dass ich dir all das zumuten muss, aber du sollst wissen, dass ich niemals vergessen werde, was du für mich … für uns … getan hast.»

Ein schwacher Trost, wie Lena befand. Wobei es für seine Mutter mit Sicherheit eine große Zumutung war, ihr gegenüber Freundlichkeit zu heucheln.

«Wann wirst du zurück sein?», fragte sie schüchtern, während sie ihre schier unkontrollierbare Furcht unterdrückte, dass die Soldaten des Gouverneurs Jess und seinen Leuten bei der Übergabe der Gefangenen etwas antun konnten.

«Spätestens morgen Vormittag. Bevor es dunkel wird, bringe ich dich in eine Kapelle unten am Wag-Water-Fluss. Dort soll der Austausch stattfinden. Also halte dich bereit.»

Ohne ein Wort des Abschieds machte er kehrt und ging davon, dabei ließ er die Gefängnistür offen stehen. Ein wortloser Beweis, wie sehr er ihr in Wahrheit vertraute.

Baba hatte sich unwissend gestellt, als Jess in ihre Hütte gekommen war, um sich von ihr zu verabschieden. Ganz schwarz bemalt, sah er in der dunklen Kleidung aus wie sein afrikanischer Großvater, als er in die Neue Welt verschleppt worden war.

«Heute Nacht beginnt der Gefangenenaustausch», erklärte er ihr in unaufgeregtem Ton. «Zuerst übernehmen wir die zum Tode verurteilten Sklaven von den weißen Soldaten und bringen sie in Sicherheit. Danach habe ich den Auftrag, unsere Geisel beim Wag Water in die Freiheit zu entlassen. Cato hat mich gebeten, dir solange ihre Versorgung zu übertragen, bis wir mit den Männern ins Lager zurückgekehrt sind.»

«Mach dir keine Sorgen», entgegnete sie knapp. «Ich erledige das schon. Hauptsache, du lässt dich nicht von diesen weißen Schweinehunden erwischen.»

«Hab ich nicht vor», brummte er und schaute ihr von oben herab in die Augen. «Und komm nicht auf die Idee, sie zu schikanieren», fügte er mit drohender Stimme hinzu.

«Ich dachte, du würdest mir vertrauen», erwiderte sie scheinheilig und versuchte sich an einem Lächeln, das jedoch nicht überzeugend ausfiel. «Das Täubchen wird es gut bei mir haben», beteuerte sie. «Obgleich ich natürlich froh bin, wenn sie endlich wieder unter ihresgleichen weilt.»

«Unser aller Schicksal hängt davon ab, dass Lena heil und munter zu ihrem Ehemann zurückkehrt», warnte er sie noch einmal unmissverständlich.

«Ja, verstanden», schnappte sie und stemmte die Fäuste in die Hüften. «Und nun sieh zu, dass du deine Mission zu einem glücklichen Ende bringst, damit sich die ganze Aufregung auch gelohnt hat.»

In Wahrheit lief schon jetzt alles nach Plan. Wie Desdemona vorhergesagt hatte, überbrachte Jess ihr den Auftrag, die Versorgung der Blake-Schlampe, wie sie die weiße Geisel still für sich nannte, zu übernehmen. Ohne sich ihren Groll anmerken zu lassen, klopfte sie ihrem Sohn auf die breite Schulter und mahnte ihn nochmals zur Vorsicht, als er die Höhle verließ, die sie normalerweise mit mehreren Frauen bewohnte.

Irgendwie wirkte Jess verändert, seit er die meiste Zeit mit dieser Weißen verbracht hatte. Er war auf seltsame Weise abwesend und schien an nichts anderes mehr denken zu können als an diese Frau. Er hatte sich in sie verliebt. Eine Mutter spürte so etwas, selbst wenn ihr Sohn ein Krieger war, der seine wahren Gefühle hinter einer überlegenen Miene verbarg.

Baba lauerte hinter ihrer Hütte, bis Jess und seine Männer auf ihren Mulis im Dickicht des Waldes verschwunden waren. Erst danach wagte sie es, ihre Behausung zu verlassen und zu Desdemonas Hütte zu schleichen. Niemand sollte später wissen, dass sie dort gewesen war. Der Mond schien hell genug, um die kleine Hütte der Obeah-Zauberin am Rande des Waldes ohne Fackel zu finden.

Als Baba sachte an die hölzerne Tür klopfen wollte, öffnete diese sich bereits. Offenbar war die uralte Frau ihr immer einen Schritt voraus. Desdemona trug das traditionelle bunte Gewand einer Zauberin, das ihr bis hinab zu ihren nackten Fesseln reichte. Ihre blinden Augen flackerten im Schein eines schwachen Öllichtes, das sie Baba entgegenhielt.

«Komm rein», sagte sie mit krächzender Stimme. «Ich habe dich erwartet.»

Baba schaute sich noch einmal um, ob sie auch niemand gesehen hatte, bevor sie die Hütte betrat und die Türe fest hinter sich zuzog. Ihr Atem ging schneller, als sie Desdemona in den hinteren Teil des Raumes folgte, wo die Regale mit den Tontöpfen und Kästchen standen, die auch den verhexten Skorpion beherbergten, den sie für ihre Vorhersagen benötigte. Wortlos bot Desdemona ihr einen Platz auf einem Hocker an. Bevor sie der Aufforderung nachkam, strich Baba sich nervös ihren alten, graublauen Kittel glatt. Im Schein des Lichtes hatte Desdemona bereits mehrere Flaschen und Pulversäckchen auf einem kleinen Tisch zu einem bunten Reigen vereint. Daneben standen eine Schale und ein Mörser.

«Was du vorhast, birgt gewisse Unwägbarkeiten», bemerkte die alte Zauberin heiser und begann mit der ihr eigenen Bedachtsamkeit die Korken aus den Tiegeln und Töpfen zu entfernen.

Dann zückte sie einen silbernen Löffel und nahm von jedem etwas, um es in dem Mörser zu vereinen. Obwohl sie blind war, schaute sie auf und fixierte Baba mit ihren unheimlichen, weißen Pupillen.

«Einen Menschen in eine willenlose Marionette zu verwandeln, ist nicht ungefährlich. Ich hoffe, du bist dir dessen bewusst?»

Baba nickte betreten.

«Wir haben doch alles besprochen. Du weißt, dass die Frau unsere Gesichter kennt. Sie hat das Lager von außen gesehen. Deshalb besteht die Gefahr, dass sie uns alle verrät. Wenn Jess denkt, dass er ihr vertrauen kann, beweist das nur, wie sehr sie seinen Verstand verhext hat. Es muss also sein, koste es, was es wolle», erwiderte sie ernst und hob mit sorgenumwölkter Miene zu einer weiteren Erklärung an. «Jess hat sich in diese weiße Hure verliebt», flüsterte sie, wobei ihre Stimme einen verbitterten Ausdruck annahm. «Er denkt, sie habe begriffen, was die Weißen uns antun, aber ich glaube das nicht. Sie ist eine reinrassige Bakra. Eine falsche, weiße Schlange. Giftig dazu. Ein Biss, und sie hat meinen armen Jungen in ihre Abhängigkeit gebracht. Schon alleine aus diesem Grund müssen wir sie mundtot machen.»

Baba schluckte verkrampft. Bevor sie fortfuhr, leckte sie sich über die ausgetrockneten Lippen.

«Jess muss glauben, dass sie mit Haut und Haaren zu ihrem Mann zurückgekehrt ist und an dessen Seite entgegen ihren Beteuerungen ihr Glück gefunden hat. Erst wenn er begreift, dass sie seine Gefühle nicht erwidert und ihn belogen hat, wird er frei sein für eine neue Liebe. Solange das Herz meines Sohnes von der üblen Hexerei dieser Weißen besetzt ist, hat er keine Augen für Selina.»

Babas Gesicht verriet ihre ganze Abscheu über die Vorkommnisse der vergangenen Tage und Wochen.

«Das ist nicht so einfach, wie du es dir vorstellst», mahnte Desdemona. «Wir werden die Ahnen hinzubitten müssen», gab sie mit gewichtiger Stimme zu bedenken. «Und du weißt, im Reich der Toten gibt es nichts umsonst.»

«Ich will nur, dass du diese weiße, affektierte Missus dazu bringst, ihrem noblen Ehemann in all seinen Wünschen gefügig zu sein. Nichts sonst. Wichtig ist allerdings, dass Jess nichts von unserem starken Zauber erfährt. Glaub mir, wenn er wüsste, was wir vorhaben, wäre er imstande, uns eigenhändig zu töten.»

Sie räusperte sich und senkte bekümmert den Kopf.

«So weit ist es schon gekommen, dass eine Mutter ihren leibhaftigen Sohn zu dessen Schutz betrügen muss.»

«Ich habe das Orakel befragt», wandte Desdemona beiläufig ein und begann nun damit die verschiedenen Ingredienzien miteinander zu mischen. «Es könnte tatsächlich ein großes Unglück geschehen, wenn wir nicht eingreifen. Du musst dir also keine weiteren Sorgen machen. Das, was wir tun, ist rechtens und kann nur dem Willen der Ahnen entsprechen.»

Baba war erleichtert über Desdemonas Zustimmung, und doch wusste sie, dass die Ahnen ihren Preis fordern würden.

«Falls nötig», erwiderte sie trotzig, «sollen die Ahnen mich holen, wenn es eines Opfers bedarf. Ich bin lieber tot als alleine und ohne Familie.»

Desdemona setzte zu einem hohen Gesang an, um die Geister der Ahnen zu locken. Ein kalter Windstoß fuhr durch die Hütte und ließ Baba erschaudern. Das Licht flackerte, und sie glaubte plötzlich weiße Nebelschwaden zu erkennen, die sie und Desdemona wie zarte Gespinste umkreisten. Aus Furcht, von ihnen ergriffen zu werden, schloss sie die Augen. Plötzlich hörte der Gesang auf, und die vorübergehende Kühle wich einer wohligen Wärme. Baba schlug zaghaft die Lider auf. Desdemona saß indessen mit zufriedener Miene an ihrem Tisch und strich eine gelbe Paste in ein frisches Bananenblatt, das sie sorgfältig faltete. Zielsicher übergab sie es an Baba, deren Hände immer noch zitterten.

«Misch das in eine wohlschmeckende Suppe und serviere sie der Gefangenen zum Frühstück. Bereits winzige Mengen reichen aus, um sie nach ein paar Stunden in einen dauerhaften Zustand schweigsamer Willenlosigkeit zu versetzen. Nur ein geheimes Gegenmittel, das ich in meinem Besitz halte, kann sie ins Diesseits zurückholen und wieder zu einem eigenständigen Menschen machen.»

Mit fünfzehn Männern und ihren Mulis hatte Jess sich mitten in der Nacht in Bewegung gesetzt, um die Übernahme der Gefangenen vorzubereiten, die im Morgengrauen vorgesehen war. Die vielen Krieger benötigte er weniger zur Verteidigung, sondern vielmehr als Beobachter, die sicherstellten, dass sie anschließend nicht verfolgt wurden.

«Es tut dir leid, hab ich recht?», fragte Nathan in die Dämmerung hinein, nachdem sie die halbe Nacht dem schweren Regen unter ausladenden Blätterdächern getrotzt hatten.

Manche der Männer hatten die unfreiwillige Pause genutzt, um noch ein wenig zu schlafen, doch Jess war zu aufgedreht, um sich auszuruhen.

«Was meinst du mit leidtun?», fragte Jess leise und nahm einen Schluck Wasser aus seiner Feldflasche, um die Nervosität zu bekämpfen.

«Nun, dass du deine weiße Geisel spätestens morgen früh an ihren Ehemann zurückgeben musst. Vorausgesetzt, mit der Übergabe der zum Tode Verurteilten läuft alles glatt», gestand Nathan geradeheraus.

«Ich hab keine Ahnung, was du meinst», log Jess, ohne mit der Wimper zu zucken.

«Glaubst du wirklich», erwiderte Nathan leicht spöttisch, «die Jungs und ich hätten nicht mitbekommen, dass du etwas mehr für sie empfunden hast, als üblich wäre?»

«Du musst dich täuschen», antwortete Jess mit rauer Stimme. «Da war nichts, und da wird nie etwas sein. Sie ist eine weiße Bakra, nicht mehr und nicht weniger.»

Dass es ihn schier zerriss, wenn er daran dachte, Lena nie wiederzusehen, würde er sich nicht anmerken lassen. Er tröstete sich damit, dass sie wenigstens seiner Idee zugestimmt hatte, bei nächster Gelegenheit mit seiner Hilfe zum nächstbesten Hafen zu fliehen, um sich schnellstmöglich nach Europa absetzen zu können. Wobei er sich eingestehen musste, dass es weitaus schlimmer für ihn war, sie wieder in Edward Blakes Armen zu sehen, als sie Tausende Meilen entfernt zu wissen.

«Falls die Sache mit dem Austausch schiefgehen sollte», bemerkte Nathan mit einem grimmigen Unterton in der Stimme, «wirst du beweisen dürfen, wie wenig sie dir bedeutet, indem du ihr vor Catos Augen die Kehle durchschneidest.»

«Nathan!»

Joel, der dicht hinter ihnen stand und sich an einem Maisfladen gütlich tat, gingen Nathans Sticheleien offenbar zu weit. «Glaubst du ernsthaft, Nat, deine Bemerkungen seien hilfreich?»

«Lass gut sein», erwiderte Jess. «Nathan sorgt sich völlig umsonst. Er ist wie ein düster orakelndes Weib, schlimmer noch als meine Mutter», frotzelte er.

Nathan stieß einen schnaubenden Laut aus, der sein Missfallen bekundete. Dabei hatte Joel es nur gut gemeint. Jetzt war wirklich nicht die Zeit, um zu streiten. Sie mussten sich mit Haut und Haaren ihrer Mission widmen, und dabei durfte ihnen nicht der geringste Fehler unterlaufen. Wobei die Bedingungen alles andere als ideal waren. Der Regen hatte aufgehört, und dampfende Nebelschwaden stiegen vom Boden auf. Sie verwandelten die Umgebung zumindest in der Nähe des Waldes in eine regelrechte Suppenküche.

Auf leisen Zuruf verteilte Jess seine Krieger, die er für dieses Unterfangen eigenhändig ausgesucht hatte. Die Mulis hatten sie oberhalb eines zurückliegenden Hügels angebunden, und nun waren sie zu Fuß unterwegs. Bis an die Zähne bewaffnet, mit Pistolen, Macheten und Blasrohren, schlichen sie lautlos durch das Unterholz. An einem Felsvorsprung zückte Jess sein Fernrohr und überschaute die darunterliegende Ebene, die durch den aufkommenden Wind frei von Nebel war.

Mehrere Schatten bewegten sich dort unten im hohen Gras, und bei näherem Hinsehen bemerkte er die bewaffneten Scouts, die hinter ein paar Büschen lauerten. Ihr Auftrag war nicht, sie anzugreifen, denn das wäre zu offensichtlich gewesen. Aber allem Anschein nach sollten sie den entlassenen Gefangenen möglichst unauffällig folgen.

«Unsere freigelassenen Vögelchen sind nicht allein», knurrte Jess grimmig. «Sie werden von neunmalklugen Hühnerhabichten verfolgt.»

«Aber die Ahnen sind mit uns», gab Joel leise zurück. «Desdemona hat sie im Auftrag von Cato beschworen. Und wie du siehst, wird uns der Nebel eine natürliche Deckung geben.»

«Trotzdem müssen wir vorsichtig sein», erklärte Jess, während er weiter durch das Fernrohr schaute. «Die britische Armee hat hervorragende Fährtenleser, die auch Nebel nicht zurückhalten kann.»

Flüsternd wurde die Nachricht weitergegeben. Im Nu hatten sich seine Männer in der Umgebung verteilt. Jess gab Nathan und Joel einen Wink, der ihnen sagte, dass sie sich bereitzuhalten hatten, damit sie gemeinsam in gebückter Haltung einen Hügel hinablaufen konnten, an dessen Ende sie die drei ehemaligen Häftlinge in Empfang nehmen wollten. Bei näherem Hinsehen erkannte Jess, dass die drei jungen Kerle vollkommen abgemagert, schwer verletzt und nicht sonderlich gut zu Fuß waren. Ihre Peiniger hatten sie einige Zeit zuvor, wie abgemacht, in die Freiheit entlassen, aber Jess ahnte, dass sie beobachtet wurden. Sie würden jeden Einzelnen von ihnen den Berg hinauftragen müssen, damit sie sich in Anbetracht ihrer Verfolger schneller davonmachen konnten.

Jess ahmte das keckernde Geräusch eines Truthahngeiers nach, um die Sklaven mit den kurz geschorenen, schwarzen Köpfen, die plötzlich hinter hohen Grashalmen auftauchten, vorzuwarnen. Angstvoll schrak der Erste dennoch zurück, als Jess wie aus dem Nichts vor ihm auftauchte und ihn ohne Vorwarnung auf die Schultern nahm. Er wollte etwas sagen, doch Jess gab ihm mit einem stummen Zeichen zu verstehen, dass er schweigen musste.

In der Hoffnung, dass seine Kameraden ihren Auftrag ebenso zuverlässig erledigten, trug Jess den Mann die Anhöhe hinauf. Dabei konnte er spüren, wie die Verfolger aufholten. Die Scouts hatten den lautlosen Befehl zum Vorrücken bekommen. Jess glaubte die Schritte seiner Verfolger regelrecht spüren zu können, doch als er das schützende Dickicht eines wilden Feigenbaums erreichte, sah er, dass es Nathan war, der ihm dicht auf den Fersen folgte.

«Wo ist Joel?», fragte Jess ein wenig besorgt, weil er ihn beim Anstieg aus den Augen verloren hatte.

«Weiß nicht», keuchte Nathan und schickte sich an, seinen wimmernden Häftling weiter zu den Mulis zu schleppen.

Jess blieb stehen und sah sich um. Als er Rahim, einen hochgewachsenen muslimischen Bruder, in seiner Nähe entdeckte, rief er ihn zu sich heran, damit dieser den geschwächten Gefangenen übernehmen konnte. «Bring ihn zu den Mulis, ich muss nachsehen, wo Joel mit dem dritten Kerl bleibt.»

Jess machte sich erneut auf den Weg bergab, obwohl er dabei Gefahr lief, auf die sie verfolgenden, britischen Soldaten zu treffen. Als er plötzlich ein Stöhnen vernahm, wusste er, dass er richtig gehandelt hatte. Ganz in der Nähe, unterhalb eines Felsvorsprungs, lag Joel am Boden und hielt sich mit schmerzverzerrtem Gesicht den Knöchel. Der Häftling, den er getragen hatte, saß mit angstvoll aufgerissenen Augen daneben, offenbar nicht schlüssig, wie er ihm helfen konnte. «Oh Jess», stöhnte Joel, «dich schicken die Geister der Ahnen!»

Angespannt deutete er auf seinen Fuß, der in einem halbhohen Stiefel steckte und dessen Knöchel bereits anzuschwellen begann. «Es tut mir leid», meinte er reuevoll, «wenn ich alles vermasselt habe.»

«Du hast nichts vermasselt», raunte Jess. «Solange wir die Frau haben, werden sie uns nicht angreifen. Es steht nur zu befürchten, dass sie unsere Spur aufnehmen, je länger wir hier verweilen. Also los, kommt!»

Jess half Joel auf die Beine und schulterte dessen völlig apathischen Häftling. Zusätzlich stützte er Joel, der an ihn geklammert die Anhöhe hinaufhinkte. Wie von Jess prophezeit, wurden sie nicht angegriffen, aber die Männer, die ihnen folgten, kamen näher. Er konnte sie hören, ja beinahe riechen, wie ein Puma, der Witterung aufnahm.

Nachdem sie die Gefangenen auf die Mulis verfrachtet hatten, gab Jess der Hälfte seiner Krieger den Befehl zum Rückzug. Er selbst blieb mit Nathan und fünf anderen vor Ort, um die Verfolger aufzuhalten. Auch wenn seine Zeitplanung, was die Rückgabe von Lena betraf, damit ins Wanken kam, war es wichtig sicherzustellen, dass die Scouts blieben, wo sie hingehörten.

Während die anderen ihren Weg ins Lager fortsetzten, schlichen Jess und seine Leute lautlos in den Schatten der Büsche und Bäume und verharrten dort, bis die Geräusche stampfender Stiefelsohlen näher kamen. Mit Desdemonas Wunderwaffe im Gepäck lauerten sie den weißen Verfolgern auf. Es waren viele, mindestens zwanzig, und damit würde es ein ungleicher, hässlicher Kampf werden.

Nathan zückte als Erster das Blasrohr und traf einen hageren, schwarzhaarigen Söldner mitten ins Auge. Der Mann warf sich schreiend auf den Boden, und im Nu wurde der Dschungel lebendig. Schüsse fielen, und Jess sah, wie einer seiner Männer getroffen zu Boden ging. Im nächsten Moment hörte er ein Geräusch hinter sich, und es gelang ihm, im letzten Moment den Streich eines Säbels abzuwehren, indem er sich duckte und dem Angreifer die Faust in den Magen schlug. Der Mann machte einen Satz und knallte rücklings an einen Baumstamm, wo er bewusstlos liegen blieb.

Doch schon tauchte der nächste Angreifer auf, und nachdem die Pistole, die er auf Jess gerichtet hielt, offenbar eine Ladehemmung hatte, bedrohte er ihn mit seinem Säbel. Jess, dessen Pistole die anhaltende Feuchtigkeit ebenfalls nicht überstanden hatte, griff stattdessen zu einer gewaltigen Machete, die er wie üblich am Gürtel trug. Eine Sonderanfertigung für die südamerikanischen Armeen, die Cato von weiß Gott woher organisiert hatte. Stahl klirrte auf Stahl, und sein Gegner, ein rothaariger Kerl, kaum kleiner als Jess, war ein hervorragender Kämpfer, der ihm keinerlei Verschnaufpausen gönnte. Jess war sich darüber im Klaren, dass sie diesen Kampf nicht verlieren durften. Sonst wären nicht nur seine Männer erledigt, sondern auch Lena und das gesamte Lager.

Dieser Gedanke machte ihn so wütend, dass er all seine moralischen Vorsätze vergaß. Wie ein Tier schlug er auf seinen Gegner ein, und durch die Wucht und die rasch aufeinanderfolgende Anzahl seiner Schläge ging der Mann schließlich tödlich getroffen zu Boden. Jess bemerkte in seinem Blutrausch gar nicht, dass er selbst auch verletzt worden war. Eine hässliche Fleischwunde zierte seinen linken Unterarm, aber das viele Blut störte ihn nicht. Während er den nächsten Gegner ins Visier nahm und mit seiner Machete wie ein Wirbelsturm über die Köpfe der Feinde hinwegfegte, spritzte sein roter Lebenssaft in die Umgebung.

«Rückzug!», brüllte irgendjemand in die nur von Keuchen und Stöhnen durchbrochene Stille hinein.

Jess stellte in Windeseile sicher, wie viele seiner Männer Verletzungen davongetragen hatten. Zum Glück waren es nur drei, wenn er sich selbst dazuzählte. Und wie er hatten sie nichts, was nicht heilen würde. Die weißen Soldaten hatte es um einiges schlimmer getroffen. Zum Teil rannten die Überlebenden humpelnd davon und brachten sich unterhalb des Hügels in Sicherheit. Jess starrte auf die am Boden liegenden Leichen. Drei, vier – keine Ahnung, wie viele davon auf sein Konto gegangen waren.

Plötzlich war Nathan neben ihm und machte sich mit einem Stück Stoff, das er vom Hemd eines Toten abgerissen hatte, daran, Jess' stark blutenden Unterarm zu verbinden.

«Kannst du mir sagen, was da plötzlich in dich gefahren ist?», fragte er, während er den Stoffstreifen so fest um die Wunde wickelte, dass die Blutung zum Stillstand kam.

«Sei doch froh», murmelte Jess, «dass ich meine Dämonen von der Kette gelassen habe. Ansonsten wäre die Angelegenheit vielleicht anders ausgegangen.»

«Du hast es nicht wegen uns getan, du hast es wegen ihr getan. Stimmt's?»

«Halt die Klappe, Nathan», knurrte er dumpf. «Oder es gibt noch einen Toten. Doch diesmal wird es kein Weißer sein.»

Lena schreckte aus einem traumlosen Schlaf hoch. Die Gefängnistüren quietschten. Doch es war nicht Jess, wie sie heimlich gehofft hatte, der ihr das Frühstück brachte, sondern seine Mutter. Lena hatte sie schon länger nicht mehr zu Gesicht bekommen, und wenn sie an ihre ersten Begegnungen dachte, hatte sie stets das Bild eines keifenden, hässlichen Weibs in Erinnerung. Bei näherer Betrachtung sah sie gar nicht so hässlich aus.

Nachdem Lena nun ihre vollständige Geschichte kannte, suchte sie nach Spuren, die Lord William dazu veranlasst hatten, sie aus einem Heer von willigen oder eher unwilligen Sklavinnen auszusuchen und über Jahre zu seiner Mätresse zu machen. Sie hatte wunderschöne Augen, groß und mit langen, dunklen Wimpern, die – obwohl viel dunkler – denen von Jess ziemlich ähnlich waren. Heute war sie dürr, aber Lena sah die grazile junge Frau von damals mit den sanft gerundeten Hüften und den prallen Brüsten geradezu vor sich, die sich nun tief hängend wie reife Brotfrüchte unter ihrem armseligen Kittel abzeichneten. Und auch ihr schöner Mund war in früheren Zeiten gewiss üppiger und damit verführerischer gewesen. Ihre Zähne waren immer noch hell und vollständig, selbst wenn sich das Zahnfleisch bläulich verfärbt und schon merklich zurückgezogen hatte. Ihr Haar, das nun mit Silberfäden durchzogen war, flutete ihr immer noch lang und lockig über die Schultern. Es war nicht so kraus wie das vieler anderer Negerinnen. Zusammen mit ihrer kaffeebraunen Haut hatte ihr anziehendes Äußeres sie unter ihren übrigen Leidensgenossinnen sicher zu etwas Besonderem gemacht. Staunend hatte Lena in ihren nächtlichen Gesprächen mit Jess vernommen, dass die Neger zum großen Teil ihre eigene Herkunft verschmähten und alles darum gaben, selbst hellhäutiger zu sein. Viele wünschten sich, hellhäutige Kinder zu gebären. Babas hübsches Aussehen war also zum einen ein großes Glück, zum anderen ein verheerender Fluch gewesen, der in der Person William Blakes über sie hereingebrochen war wie ein alles vernichtender Wirbelsturm.

«Es tut mir leid, was Ihnen alles widerfahren ist», entfuhr es Lena in einem Anflug ehrlichen Mitgefühls dafür, dass Lord William sich ihr gegenüber so abscheulich benommen hatte.

Baba schaute erstaunt auf, nachdem sie die offene Gittertür zur Seite geschoben hatte. Ihr zuvor aufgesetztes Lächeln erstarb.

«Was weißt du schon», erwiderte sie barsch. «Aus der Welt, der du entstammst, sendet Gott unsere Dämonen. Das Tückische dabei ist, dass sie wie Engel aussehen, es aber nicht sind.»

Sie musterte Lena auffällig und stellte ihr schließlich den dampfenden Napf vor die Füße. Gemüseeintopf mit frisch gebackenem Fladenbrot. Hatte Lena kurz zuvor noch geglaubt, sie hätte keinen Hunger, so belehrte ihr knurrender Magen sie nun eines Besseren. Während sie noch zögernd nach der erstaunlich sauberen Blechschüssel griff – schließlich war sie von ihrer Peinigerin anderes gewohnt –, grübelte sie immer noch darüber, ob die alte Frau sie je in ihr Herz schließen könnte.

«Guten Appetit.»

Auch das war neu, dachte Lena und honorierte Babas zuckersüßes Lächeln, indem sie ebenso zuckersüß zurücklächelte. Auch wenn Baba zugegebenermaßen seltsam war, sie wollte sich gerne mit ihr vertragen. Immerhin war sie Jess' Mutter und hatte in ihrer Vergangenheit Schreckliches durchmachen müssen. Er liebte sie. Also würde sie versuchen, diese Frau auch zu lieben.

Lena löffelte erst vorsichtig, dann immer hastiger die Suppe, die ihr warm und köstlich den Magen füllte. Ein wenig störte es sie, dass Baba die ganze Zeit über am Gitter stehen blieb und sie beobachtete. Vielleicht wollte sie mit ihr reden und wusste nicht, wie sie es beginnen sollte.

«Hat man schon etwas von Jess gehört?», fragte Lena mit halb vollem Mund.

Sie musste sich eingestehen, dass sie in der Zeit ihrer Gefangenschaft offenbar nicht nur ihre Moral über Bord geworfen hatte, sondern auch gleich ihre guten Manieren. Baba schien das jedoch nicht zu stören.

«Nein», sagte sie, und plötzlich zeigten sich Sorgenfalten auf ihrer breiten Stirn. «Aber Jess ist ein Krieger, und er ist mein Sohn. Er wird sich von niemandem unterkriegen lassen», betete sie ihre Überzeugungen wie eine Litanei herunter.

Lena wollte es zu gerne glauben und stellte die fast leere Schüssel weg, weil ihr mit einem Mal übel war. Ob vor Angst um Jess oder weil sie das Essen viel zu rasch hinuntergeschlungen hatte, vermochte sie nicht zu sagen.

«Den Weißen kann man nicht trauen», bemerkte Baba überflüssigerweise. «Das weiß ich aus eigener Erfahrung. Aber alles wird so kommen, wie die Ahnen es wollen», verkündete sie in der ihr eigenen kryptischen Verschlossenheit.

Dann betrat sie erneut die Zelle und nahm den fast leeren Napf an sich, wobei sie Lena nicht aus den Augen ließ. Wahrscheinlich befürchtete sie, noch einmal ein Brett über den Schädel gezogen zu bekommen. Bevor sie ging, verschloss sie die Türe von außen mit dem Schlüssel und nahm ihn an sich.

«Vergiss nicht, dir deine Augenbinde aufzuziehen», mahnte sie Lena, als sie schon halb auf dem Weg nach draußen war. «Falls außer Jess und mir plötzlich jemand anderes hier auftaucht.»

«Jemand anderes?», fragte Lena verwirrt.

«Einen angenehmen Tag wünsche ich», fügte Baba kommentarlos hinzu, aber es klang nicht besonders freundlich.

Wahrscheinlich hatte sie irgendwelche düsteren Ahnungen, die sie nicht aussprechen wollte. Lena lehnte sich schwer atmend an die kalte Höhlenwand, ihre Augenbinde in der Hand, und dachte nach. Bis zu ihrer eigenen Übergabe an Edward blieben nur noch ein paar Stunden. Wenn Jess bis zum Vormittag nicht zurückkehrte, würden sie den festgelegten Zeitpunkt ihrer Übergabe kurz vor Sonnenuntergang nicht einhalten können. Sie wusste nicht genau, was das bedeutete, aber ihr blieb ein mulmiges Gefühl.

Du musst verrückt sein, schalt sie sich in einem plötzlichen Anflug von Verzweiflung. Die ganze Nacht über hatte sie die Gelegenheit gehabt davonzulaufen. Nun saß sie wieder in der Falle. Wenn Jess nicht lebend zurückkam, hatte sie jede Chance auf Rettung verloren.

KAPITEL 24

Anfang Oktober 1831 || Jamaika || Falsches Spiel

Jess trieb sein Muli an, um so schnell wie möglich ins Lager zurückzukommen. Er konnte sich gut vorstellen, dass Lena bereits ungeduldig auf ihn wartete. Ergriffen von einer diffusen Angst um ihre Sicherheit, beschleunigte sich sein Puls, als er zusammen mit Nathan endlich die ersten Hütten erreichte.

Im Dorf war unterdessen der Teufel los. Obwohl sich das gesamte Lager noch im Alarmzustand befand, hatten sich Erwachsene und Kinder längst in der Mitte des Versammlungsplatzes eingefunden, um die erschöpften Ankömmlinge mit Freudentänzen zu begrüßen. Desdemona war herbeigeführt worden, um die Verletzungen der ehemaligen Todeskandidaten zu untersuchen.

Selina und ein paar andere Frauen reichten ihnen Suppe und Brot, was sie mit ausgehungertem Blick dankend entgegennahmen. Die Soldaten der Garnison hatten sie unter anderem mit glühenden Eisen gefoltert. Von Nahrungs- und Wasserentzug, dem sie allesamt über Wochen ausgesetzt worden waren, gar nicht zu sprechen. Doch sie hatten nicht preisgegeben, wo sich ihre Helfer befanden und wer sich dahinter verbarg. Kein Wunder, dass sie sich nun fühlten wie im Paradies.

Jess hielt sich nicht lange damit auf, seinen Erfolg zu genießen. Er übergab sein Muli einem der halbwüchsigen Jungs, der sich sogleich um das Tier kümmerte, und marschierte direkt auf die Gefängnishöhle zu. Zwar hätte er sich gerne noch das Blut und den Dreck abgewaschen und auch den Verband mit einem sauberen Stück Stoff erneuert, aber ein inneres Drängen hielt ihn davon ab. Als er das hintere Ende der Höhle erreichte, traf es ihn wie ein Schlag. Die Zelle war leer, die Türe stand offen. Wobei er nicht annahm, dass Lena einfach davongelaufen war, obwohl er das Gitter beim Weggehen offen gelassen hatte.

Von bösen Ahnungen heimgesucht, rannte er im Laufschritt nach draußen. Auf Höhe des Freiplatzes stolperte er beinahe über Selina, die ihm mit einem leergeputzten, gusseisernen Kessel entgegenkam. Sie sah sofort seine Verletzung am Arm und ließ den Kessel zu Boden fallen.

«Bei den Geistern der Ahnen! Was ist mit dir geschehen?» Ängstlich betastete sie den Verband. «Sag nur, du wurdest ernsthaft verletzt?»

«Nichts von Bedeutung», erwiderte er eine Spur zu barsch und entzog sich ihr mit einer ruppigen Geste. «Ich weiß, du meinst es nur gut», schob er weitaus sanftmütiger hinterher, weil er an ihren Augen ablas, dass er ihren Stolz verletzt hatte. «Ich hab zurzeit andere Sorgen.»

«Sie ist bei Cato», erwiderte Selina spitz. Mit einem deutlichen Anflug von Eifersucht im Blick fügte sie hinzu: «Es geht dir doch um dein weißes Täubchen, oder irre ich mich?»

«Danke», raunte er und lief, ohne einen weiteren Kommentar abzugeben, zur einzigen, größeren Rundhütte im Lager, vor deren Eingang sich bereits gut ein Dutzend Krieger versammelt hatte.

«Lasst mich durch!», befahl Jess mit harter Stimme.

Gehorsam wichen die Männer zur Seite und machten den Hütteneingang für ihn frei. Die meisten blickten nervös zur Seite. Spätestens als er Catos Refugium betrat, konnte er sich denken, warum. Lena kniete mit bebenden Schultern und nur im Unterkleid auf dem gestampften Fußboden, die Augen verbunden, die Hände gefesselt, inmitten einer Meute von gierig dreinschauenden Rebellen. Deren Blicke ruhten unzweifelhaft auf den runden festen Brüsten, die sich klar und deutlich unter dem dünnen Stoff abzeichneten. Man hatte ihr noch nicht einmal genügend Zeit gelassen, ihre Schuhe anzuziehen. Vor dem Hintergrund all dieser bewaffneten Männer wirkte ihre Erscheinung besonders zart und verletzlich. Ihr blondes Haar fiel wie ein langer Vorhang vor ihr Gesicht. Trotzdem konnte Jess sehen, dass sie geweint hatte. Am liebsten wäre er sofort zu ihr hingestürmt, hätte sie auf seine Arme genommen und so weit weg getragen wie möglich. Doch stattdessen nahm er gegenüber Cato und seinen Wachmannschaften eine kämpferische Haltung ein und stellte sich schützend vor das Mädchen.

«Kannst du mir verraten, was das soll?», blaffte Jess das Oberhaupt der Rebellen respektlos an und legte eine Hand um den Griff seiner Machete, bereit, jeden zu töten, der es auch nur wagen sollte, sie noch einmal anzufassen.

Cato hob verblüfft eine Braue, dann lächelte er verschlagen.

«Beeindruckende Vorstellung», spottete er. «Ich hoffe, die weiße Hure weiß deinen Einsatz zu würdigen und liefert dich nicht umgehend ans Messer, sobald sie in die Zivilisation zurückkehren darf. Wir überlegen gerade, was wir mit ihr anstellen sollen, damit der gute Earl of Belmore endlich von seinem Gouverneursposten abtritt», knurrte Cato, nun gar nicht mehr amüsiert. «Er hätte es verdient, wenn man bedenkt, wie leichtfertig er das Leben dieser kleinen Schlampe aufs Spiel gesetzt hat.»

«Du wirst ihr kein Leid zufügen», bekräftigte Jess noch einmal mit finsterer Miene. «Ich habe mich dafür verbürgt, dass sie unversehrt zu ihrem Ehemann zurückkehrt, wenn der Gouverneur unsere Bedingungen erfüllt.»

«Du denkst also, das, was der Gouverneur sich bei der Übergabe der Gefangenen geleistet hat, soll ungesühnt bleiben? Wir müssen sie ja nicht sofort töten», bellte er kalt. «Wir könnten ihr als Warnung ein Ohr abschneiden oder zumindest das Haar abrasieren.»

Lena zitterte so stark, dass Jess befürchtete, sie könne jeden Moment in Ohnmacht fallen. Er überlegte nicht lange, umfasste ihren schmalen Oberarm mit einer Hand und zog sie auf die Füße. Entschlossen schob er sie hinter sich, wobei er Körperkontakt zu ihr hielt, damit sie sich möglichst beruhigte. Cato, der plötzlich umringt war von seinen Getreuen, schaute ihn aus schmalen Lidern an.

Jess ließ sich nicht beirren. Der alte Truthahngeier würde es nicht darauf ankommen lassen, unter den eigenen Männern ein Blutvergießen zu riskieren, schon gar nicht wegen einer weißen Geisel.

«Ich werde sie nun zu ihrer Zelle zurückbringen», erklärte Jess mit fester Stimme. «Sie wird sich anziehen dürfen, und danach werde ich mit ihr zum vereinbarten Treffpunkt aufbrechen.»

«Woher willst du wissen, ob die Weißen sich diesmal an die Abmachungen halten?», fragte Cato provozierend. «Was ist, wenn sie dich in eine Falle locken?»

«Dann schneide ich mir selbst die Kehle durch, bevor sie mich in eine ihrer Folterkammern schleppen können», erwiderte Jess in aller Seelenruhe. «So wie es das Gesetz der Krieger verlangt. Das sollte dir eine gewisse Beruhigung verschaffen. Es ist auf jeden Fall besser, als sich nicht an die Vereinbarung zur Übergabe zu halten. Ein solcher Betrug könnte ziemlich übel an deiner Glaubwürdigkeit kratzen. Die Weißen würden nie mehr auf Verhandlungen mit uns eingehen.»

«Das tun sie jetzt schon nicht», beschwerte sich Cato. «Gerade deshalb denke ich daran, ihnen eine weitere Lektion zu erteilen.»

«Glaubst du nicht, sie haben mit dem Tod ihrer Soldaten genug Lektionen bekommen? Wenn du das Mädchen wie vereinbart zurückgibst, wird es ihren Respekt dir gegenüber nur noch steigern. Der große Cato hat es nicht nötig, sich über die falschen Spielchen der Weißen aufzuregen, geschweige denn im Nachhinein darauf zu reagieren. Wenn du stattdessen eine weiße Frau marterst und sie verstümmelt nach Hause schickst, wird ihnen gar nichts anderes übrig bleiben, als uns mit allen zur Verfügung stehenden Mitteln den Krieg zu erklären. Eine solche Provokation sollten wir uns lieber aufheben, bis der rechte Zeitpunkt dafür gekommen ist.»

Jess redete sich um Kopf und Kragen. Er durfte vor Lena nicht preisgeben, dass in nur knapp zwei Monaten ein Generalangriff auf die größten Plantagen des Landes geplant war. Andererseits musste er Cato daran erinnern, dass längst noch nicht alle Vorbereitungen für diesen Schritt getroffen waren und eine vorzeitige Kriegserklärung an die Weißen diese Pläne durchaus zunichtemachen konnte. Weil die Weißen sich genötigt sähen anzugreifen, ganz gleich wie hoch der Preis sein würde.

Und es gab noch einen anderen Grund, ihn zu überzeugen, endlich die Geisel ziehen zu lassen. Je mehr Zeit Cato zum Nachdenken hatte, umso perversere Geschichten konnte er sich einfallen lassen. Ihm war durchaus zuzutrauen, dass er Lena selbst schänden würde, falls sie noch länger im Lager blieb. Sein gieriger Blick auf ihre zitternde Gestalt und die Art, wie er sich hungrig über die Lippen leckte, waren Jess Beweis genug, dass er sie längst ins Visier genommen hatte.

Jess spürte Lenas Angst beinahe körperlich. Ihre Haut war eiskalt trotz der drückenden Wärme, die sie umgab. Cato schien immer noch zu überlegen, was er mit ihr tun sollte. In der Hütte herrschte bis auf Lenas bebenden Atem absolute Stille. Die Männer um Cato herum hatten ausnahmslos ihre Köpfe gesenkt, um ihn bei seiner Urteilsfindung nicht zu stören.

«Nun gut», sagte er schließlich nach einer quälenden Ewigkeit. «Bring sie zurück zu den Bakras. Aber ich will, dass du sie auf der Stelle tötest, falls die Weißen noch einmal versuchen, dir eine Falle zu stellen. Außerdem hab ich noch eine Mitteilung für unsere Verbündeten, die du dir bei mir persönlich abholen kannst, bevor es losgeht.»

«Bevor die Sonne untergeht, werde ich hier sein», versprach Jess, bemüht, sich seine Erleichterung nicht anmerken zu lassen.

Er drehte sich um und schob Lena eilig vor sich her.

«Geh, geh, geh», zischte er ihr zu, kaum dass sie Catos Hütte hinter sich gelassen hatten.

Fest am Arm gepackt, dirigierte er sie mitten durch das Dorf. Er scheuchte sie regelrecht über den unebenen Boden und nahm dabei wenig Rücksicht darauf, ob sie stolperte oder gar hinfiel. Erst als sie tief in das Innere der Höhle zurückgekehrt waren, riss er ihr im Halbdunkel die Augenbinde vom Kopf und umarmte sie fest.

«Es tut mir so leid», raunte er, während er einen Moment von ihr abließ. «Wenn er dir etwas angetan hätte, glaub mir, er wäre ein toter Mann gewesen.»

«Und ich hatte solche Angst», stammelte sie und klammerte sich an ihn wie eine Ertrinkende, «dass dir etwas passiert sein könnte.»

«Ich habe bei meinem Leben versprochen, dich zu beschützen, und ich gehöre zu den Männern, die für gewöhnlich einhalten, was sie versprechen.»

Ihr Blick fiel auf den blutgetränkten Verband an seinem Arm.

«War das ein erster Versuch, dein Leben für mich zu geben?», fragte sie besorgt. «Wer hat dir das angetan?»

Ihr Blick war geradezu panisch.

«Keine Sorge», versuchte er sie zu beschwichtigen. «Der Kerl, der das getan hat, lebt nicht mehr.»

«Wenn du meinst, das würde mich beruhigen, liegst du falsch», erwiderte sie mit zittriger Stimme.

Ängstlich presste sie ihre Wange an seine breite Brust und sog den Duft seiner Haut ein.

«Das, was du für mich bei deinem Anführer getan hast, werde ich dir nie vergessen», flüsterte sie.

«Ich hab dir die Suppe eingebrockt, also sollte ich sie auch auslöffeln.» Er lächelte schwach. «Los, zieh dich an, und dann lass uns so schnell wie möglich von hier verschwinden, bevor unser Oberhaupt sich seine Entscheidung noch mal anders überlegt. Doch vorher muss ich noch was erledigen. Es dauert nicht lange, warte hier auf mich.»

Schon wieder war er weg, und Lena wusste nicht, wohin. Wahrscheinlich ließ er sich seinen Verband wechseln, der es dringend nötig hatte, dachte sie und schaute sich nach ihren Habseligkeiten um. Der Gedanke, schon bald Edward gegenüberzustehen, ließ sie frösteln. Mehr tastend stieg sie in ihr Kleid, wobei sie das Mieder zum Teufel schickte. Hastig beugte sie sich hinab und schnürte ihre Stiefel. Als sie hochkam, schwindelte sie leicht. Wahrscheinlich kommt das alles von dieser elenden Aufregung, tröstete sie sich.

Plötzlich hörte sie Schritte und zog sich hastig die Augenbinde über.

«Ich bin's nur», hörte sie Jess' vertraute, dunkle Stimme.

Als sie den Schal herunterzog, staunte sie nicht schlecht. Jess trug den dunklen Anzug eines Baptistenpriesters, dazu ein weißes Hemd, das ihn beinahe elegant aussehen ließ! Das schwarze Jackett stand ihm ausgesprochen gut, auch wenn es an Brust und Armen ein wenig zu eng saß. Seine Armeestiefel hatte er gegen ein paar solide Halbschuhe getauscht. Eine Bibel in der Hand komplettierte das seltsame Bild.

Beinahe hätte sie gelacht, doch er schien seine Verkleidung vollkommen ernst zu nehmen. Sein Haar war streng mit Palmöl zurückgekämmt und zu einem Zopf gebunden, sein Gesicht zum zweiten Mal glatt rasiert, doch diesmal ohne den geringsten Anflug von Ruß. Seine Miene war so ernst wie die eines frommen Kirchenmannes, der den lieben langen Tag von nichts anderem als von Sünde redete.

«Denkst du ernsthaft, patrouillierende Milizen kaufen dir den Priester ab?»

Er öffnete das heilige Buch an einer x-beliebigen Seite und las ein paar Zeilen daraus vor: «*Und Gott sprach: Es werde Licht! Und es ward Licht. Und Gott sah das Licht, dass es gut war; und Gott schied das Licht von der Finsternis. Und Gott nannte das Licht Tag, und die Finsternis nannte er Nacht. Und es ward Abend und es ward Morgen.*»

Er schaute auf und sah sie so selbstverständlich an, als ob er nie im Leben etwas anderes verkündet hätte. Danach zückte er aus den hinteren Seiten des Buches ein paar Papiere und hielt sie ihr unter die Nase. Rasch überflog Lena die Zeilen, die ohne jeden Zweifel über seine freie Herkunft und sein Dasein als Prediger referierten. Unterschrieben von vereidigten Beamten Jamaikas, die berechtigt waren, im Auftrag des Gouverneurs Dokumente zu zeichnen.

«Wo hast du das denn her?», fragte Lena verblüfft.

«Das darf ich dir nicht sagen», erwiderte er mit einem verschlagenen Grinsen. «Wir haben weitaus mehr Verbündete unter den Weißen, als du dir vorzustellen vermagst. Dumm ist nur, dass die meisten von ihnen eine friedliche Lösung des Problems anstreben und Cato den Weg der blutigen Revolution verfolgt. Er gaukelt ihnen nur vor, dass er von kriegerischen Auseinandersetzungen nichts hält. Wenn sie wüssten, dass wir hinter deiner Entführung stecken, hätten sie uns wahrscheinlich schon längst die Unterstützung versagt.»

«Was bedeutet kriegerisch?»

Lena schaute ihn fragend an.

Schon einmal hatte er etwas Ähnliches verlauten lassen, war aber dann nicht mehr darauf eingegangen.

«Ich sollte es dir nicht sagen», bekannte er leise. «Aber Cato ist durchaus gewillt, die weißen Pflanzer anzugreifen, wenn sie zu keiner friedlichen Einigung bereit sind oder der Abschaffung der Sklaverei nicht einheitlich zustimmen. Bis dahin müssen wir versuchen, die Menschen in den sonntäglichen Messen mit unseren Predigten davon zu überzeugen, dass sie uns bei einer friedlichen Revolution nach Leibeskräften unterstützen.»

«Wie willst du das tun?!»

«Wir sagen ihnen, dass der König von England und das Parlament in London die Sklaverei so gut wie abgeschafft haben und wir lediglich auf den *Abolition Act* – ein Gesetz zur Beendigung der Sklaverei – warten.»

«Aber …», protestierte Lena halblaut, «mir ist nicht bekannt, dass ein solches Vorhaben bisher von Erfolg gekrönt gewesen wäre. Edward und sein Vater sprachen oft davon, dass sie und die anderen Pflanzer aktiv dagegen vorgehen wollten, falls das britische Parlament eine solche Maßnahme beschließen würde. Was bedeutet, dass sie es faktisch noch nicht beschlossen haben.»

«Das spielt keine Rolle», murmelte Jess abwehrend. «Wichtig ist, dass es in anderen Teilen der Welt bereits geschehen ist und die Betroffenen daran glauben, dass es in Kürze auch hier geschehen wird. Wir können damit ihren Protest anheizen. Je mehr Aufsehen die Sache erregt, umso mehr Gegner der Sklaverei können wir auf unsere Seite ziehen.»

Damit schien für Jess das Thema erledigt zu sein. Lena seufzte leise und band zum Schein für die übrigen Lagerbewohner, die ihnen auf dem Weg zum Rande des Waldes begegnen konnten, ihren Schal um die Augen. Jess dirigierte sie am Ellbogen gefasst wortlos zum Ausgang der Höhle. Dann fasste er sie bei der Hand und zog sie sanft hinter sich her. Überdeutlich spürte sie den Druck seiner Finger und die Schwielen darin, die vom häufigen Gebrauch einer Machete zeugten.

Wieder erfasste sie ein Schwindel, von dem sie nicht wusste, wie sie ihn einordnen sollte. Lena war froh, als Jess am Rande des Lagers von einem Jungen, der die Tiere betreute, ein gesatteltes Maultier entgegennahm und sie auf dessen Rücken hob. Wenig später erlaubte er ihr, die Augenbinde abzunehmen. Zunächst sah sie nur Schatten, doch dann erhellte sich das Bild des Dschungels im Angesicht einer untergehenden Sonne. Das Maultier ging absolut ruhig neben Jess, der es locker am Zügel hielt. Nur ab und zu wackelte es mit seinen plüschigen Ohren. Lena hätte gerne etwas gesagt, doch in ihrem Kopf überschlugen sich die Gedanken. Jess war nicht weniger schweigsam. Wahrscheinlich war er zu erschöpft, um etwas zu sagen. Soweit sie es beurteilen konnte, war er seit gestern Nacht durchgehend auf den Beinen.

«Bist du böse auf mich?», fragte sie zaghaft.

Jess blickte überrascht zu ihr hoch.

«Wie kommst du nur auf einen solch törichten Gedanken?»

Zum Beweis, dass er es gut mit ihr meinte, legte er eine Hand auf ihren Oberschenkel und streichelte sie sachte.

«Sollten wir nicht noch mal unser geplantes Treffen am White River durchgehen, bevor du mich Edward und den Soldaten des Gouverneurs überlässt?», fragte sie mit belegter Stimme.

Plötzlich hatte sie Angst, er könne sein Wort nicht halten und würde nicht wie verabredet erscheinen.

«Was machen wir, wenn der Gouverneur darauf besteht, dass ich mit den Soldaten nach Spanish Town reite, um dort eine Aussage zu machen, oder Edward darauf besteht, dass ich zunächst einmal im Haus bleibe?»

«Ich werde versuchen, in deine Nähe zu kommen. Ich habe ohnehin nicht vor, sogleich zum Lager zurückzukehren. Cato hat mich beauftragt, Kontakt zu diversen Baptisten aufzunehmen. Dadurch habe ich jede Menge Rückzugsmöglichkeiten bei verschiedenen frommen Kirchgängern, die uns in den Parishes unterstützen. Ich werde dich finden, ganz gleich, wo du landest. Sagen wir einfach, spätestens nachdem du nach Redfield Hall zurückgekehrt bist, werde ich an der Flussbiegung unterhalb der alten Fischerhütte auf dich warten. Sobald es dir möglich ist, musst du nur von den Sklavenunterkünften auf Redfield Hall immer am Fluss entlang nach Süden laufen, dann können wir uns gar nicht verfehlen. Komm am besten kurz nach Sonnenuntergang dorthin, und ich werde dich ohne Probleme nach Port Antonio bringen. Spätestens vor Anbruch des Morgens sitzt du auf einem Schiff nach Europa.»

«Und was ist, wenn es kein Schiff gibt, das von dort aus in die Alte Welt aufbricht? Oder wenn ein Sturm aufkommt, der all unsere Pläne zunichtemacht?»

Lena verspürte immer noch die wilde Hoffnung, dass etwas dazwischenkommen könnte und sie bei ihm bleiben durfte. Jess klopfte ihr Bein, als wäre sie ein treues, braves Pferd. Dass er ihr dabei nicht in die Augen sah, beunruhigte sie.

«Gott wird mit uns sein», murmelte er. «Wenn Er will, dass du zu deinem Vater zurückkehrst, wird Er alles zum Besten richten.»

«Ich will aber nicht zu meinem Vater zurückkehren», gestand sie mit gedämpfter Stimme. «Du weißt, dass ich bei dir bleiben möchte.»

«Spätestens nach Catos Vorstellung müsste dir nun klar sein, dass das nicht geht», erwiderte er ebenso leise.

Lena wurde von neuem Schwindel ergriffen. Höchstwahrscheinlich rührte dieses Gefühl von ihrer Angst her, Jess zu verlieren.

«Ich kann ohne dich nicht leben», beschwor sie ihn von neuem.

«Nicht in Hamburg und auch sonst nirgendwo. Wenn du mich im Stich lässt, werde ich sterben – ich weiß es einfach.» Die Inbrunst, mit der sie es sagte, ließ ihn hellhörig werden.

Er stoppte das Maultier kurz vor einer Lichtung, die aufgrund der letzten Sonnenstrahlen, die sich einen Weg durch das Dickicht bahnten, gut zu überblicken war. Mit schmalen Lidern schaute er zu ihr auf.

«Sag so etwas nicht», bat er sie ernst, wobei seine Augen verdächtig glitzerten. «Du kannst dich auf mich verlassen. Ich werde mein Wort halten und dir helfen, von Edward wegzukommen. Aber mehr kann ich nicht tun.»

«Jess?» Ihre Stimme klang zaghaft.

«Ja?» Er schluckte.

Also ging der Abschied auch an ihm nicht spurlos vorüber.

«Du könntest mich noch einmal lieben, bevor wir uns auf immer trennen.»

Er sah sie ungläubig an, dann schaute er sich um, als ob er die Möglichkeit prüfen wollte.

«Hier, mitten im Wald?»

Außer ihnen war zwischen Bäumen, Blättern und Blüten keine Menschenseele zu sehen.

«Wo sonst», antwortete sie tonlos. «Wir haben uns in einem Teich geliebt und in einer Höhle und …»

Sein Blick war magisch, als er sie aus dem Sattel hob und mit seinen starken Armen so sehr an seine Brust presste, dass es weh tat. Der Kuss, der folgte, war noch schmerzvoller und so leidenschaftlich, dass ihr abermals schwindelig wurde. Lena presste ihren Oberschenkel an seine unvermittelte Härte und gab ihm damit zu verstehen, dass sie ihren Wunsch nach einer letzten Vereinigung absolut ernst meinte. Während seine Hände damit beschäftigt waren, ihr die Röcke zu heben, und sich besitzergreifend um ihre nackten Pobacken legten, öffnete sie ihre Lippen, um seiner fordernden Zunge Einlass zu gewähren.

Sie küssten sich heiß und voller Verlangen, während Jess sie an sich drückte, als ob er mit ihr verschmelzen wollte. Sie hob ein Bein und legte es ihm um die Hüften, und für einen Moment hatte sie den Eindruck, dass er sie, an eine riesige Palme gelehnt, auf der Stelle im Stehen nehmen wollte. Doch dann ließ er mit einer Hand von ihr ab und löste die Gurte am Sattel, die eine zusammengerollte Baumwolldecke hielten. Er hielt kurz inne, als er sie mit einer Hand auf den Boden warf, sodass sie sich vollkommen entfaltete.

Noch im Stehen fielen sie wortlos übereinander her, küssten und umarmten sich und rissen sich wie zwei Kämpfende die Kleider vom Leib, bis sie schließlich halbnackt auf der ausgebreiteten Decke landeten. Atemlos und zu allem bereit.

Lena lag auf dem Rücken, mit gerafften Röcken, bis über den Bauchnabel entblößt. Jess zog sich schwer atmend und halb vor ihr kniend die Hose über die Hüften herab. Wie im Rausch spürte Lena die Spitze seines harten, federnden Penis an der Innenseite ihres Oberschenkels. Halb wahnsinnig vor Gier, spreizte sie ihre Schenkel. «Tu es!», hauchte sie atemlos.

Ohne langes Vorspiel drang er in sie ein und nahm sie mit einer Kraft, die sie vollkommen schwach werden ließ. Er stieß so fest und rasch, dass ihr ganzer Leib durchgeschüttelt wurde. Als sie den Höhepunkt erreichte, ergoss auch er sich zuckend in ihr, wobei er ihr mit heiserer Stimme immer wieder seine endlose Liebe gestand. Überwältigt von diesem beeindruckenden Beweis seiner wahren Gefühle, blieb sie unter ihm liegen und hielt ihn fest, bis sich ihr Herzschlag beruhigte.

«Jess», flüsterte sie. «Jess?»

«Ja, Prinzessin?», erwiderte er rau und stemmte sich auf seinen Ellbogen, damit sie wieder zu Atem kam.

Sein Blick, mit dem er im Zwielicht auf sie herabschaute, war warm und liebevoll.

«Versprich mir, dass du mich nicht vergessen wirst, und versprich mir, dass wir reden werden, bevor ich auf irgendein Schiff gehe.»

«Ich werde dich nicht vergessen», versprach er leise und küsste sie noch einmal, bevor er sich mit einer Hand die Hose hochzog und ihr anschließend auf die Füße half. Schweigend ordneten sie ihre Kleider.

«Wir müssen los», erklärte er ziemlich ernüchternd und hob sie ohne Mühe in den Sattel des Maultiers.

Danach zogen sie weiter durch das dichte Gebüsch des Urwalds, als ob gar nichts geschehen wäre. Doch Lena wusste es besser. Das, was soeben geschehen war, hatte alles verändert.

Als sie nach Einbruch der Dunkelheit das Tal erreichten, in dem Jess sie in die Freiheit entlassen wollte, war Lena kaum noch in der Lage zu sprechen. Irgendetwas lähmte sie in ihren Bewegungen. Wahrscheinlich die Angst, dachte sie. Hieß es nicht, dass sie Menschen ganz steif werden ließ? Jess stoppte das Tier und deutete in die Ferne. Ein weites, von Mondlicht überflutetes Grasland tat sich vor ihnen auf, das von einem schmalen, schimmernden Fluss begrenzt wurde. An dessen Ende erhob sich schattenhaft eine kleine Ortschaft mit jener unscheinbaren Kapelle, die – wie Jess ihr erklärte – mit den Männern des Gouverneurs als Übergabeort vereinbart worden war. Falls alles nach Plan lief, würden sie dort auf Lena warten.

«Links siehst du das Wag Water», erklärte Jess mit verhaltener Stimme. «Und der kleine Ort geradeaus ist Stony Hill. Du wirst verstehen, dass ich dich nicht bis zur Kapelle bringen kann. Aber ich werde von hier aus deinen Weg beobachten und darauf aufpassen, dass du wohlbehalten dort ankommst.»

Lena nickte schweigend, obwohl die Furcht vor dem, was alles geschehen konnte, wenn sie Jess erst hinter sich gelassen hatte, sie geradezu auffraß. Dann fiel ihr noch etwas ein. Etwas Wichtiges, das sie ihm bereits angekündigt hatte, doch er schien es vergessen zu haben. Mit tauben Fingern kramte sie in ihrer Tasche, die sie hatte mitnehmen dürfen. Zitternd hielt sie ihm das mit Samt ausgelegte Kästchen entgegen.

«Mein Schmuck», krächzte sie kaum hörbar. «Wir hatten doch gesagt, dass du ihn an dich nimmst und ihn mir zurückgibst, wenn wir uns wie verabredet wiedersehen.»

Zögernd nahm er das Kästchen entgegen und steckte es in die Satteltaschen.

«Ich werde es hüten wie meinen Augapfel», versicherte er und lächelte wehmütig.

Dann umfasste er Lenas schmale Taille, um sie aus dem Sattel zu heben. Vorsichtig, als ob sie aus kostbarem Porzellan bestünde, stellte er sie auf die Füße.

«Glaub mir», bekannte er heiser, «dich dort hinauszuschicken, in dem Wissen, dass du damit in die Höhle des Löwen zurückkehrst, ist das Schwerste, was ich je getan habe.»

Er wartete nicht auf ihre Antwort, sondern riss sie in seine Arme und drückte sie an sich. Willenlos ließ sie sich von ihm küssen.

«Hör zu», flüsterte er mit erstickter Stimme. «Du wirst nun losmarschieren, bis du beim Kapellenturm angekommen bist. Sollte wider Erwarten dort niemand sein, der dich in Empfang nimmt, so geh in eines der Farmhäuser und bitte um Einlass. Falls bis morgen früh niemand erscheint, was ich nicht glaube, werde ich dich eigenhändig zum nächsten Hafen bringen.»

Lenas Augen waren von Tränen erfüllt, als sie sich umdrehte und schnurstracks davonging. Wie betäubt stolperte sie durch das hohe Gras, die Augen fest auf die schwarzen Schatten der Häuser gerichtet, die ihr beinahe unerreichbar erschienen. Sie spürte den Hauch von Salz auf den Lippen, während sich ihre Brust zu einem eisernen Gefängnis zusammenzog.

Als sie sich noch einmal zu Jess umdrehte, war er bereits zwischen den Felsen und Bäumen verschwunden. Plötzlich schossen Reiter aus allen Richtungen in vollem Galopp an ihr vorbei und jagten wie unselige Geister über die Steppe. Schüsse zerrissen die Stille, und bevor sie es sich versah, wurde sie von einem starken Arm gepackt und landete auf dem Sattel eines riesigen Pferdes.

«Keine Angst, Mylady», raunte ihr eine dunkle Stimme mit einem harten, schottischen Akzent ins Ohr.

Als sie sich zu dem Mann umdrehte, der mit festem Griff dafür sorgte, dass sie nicht hinunterfiel, schaute sie in das Gesicht eines älteren Soldaten, der die rote Uniform eines britischen Kavalleristen trug. In dem Durcheinander verlor sie ihre Tasche, doch das war nun egal, weil sich darin ohnehin nichts mehr befand, was ihr hätte wichtig sein können.

Der Mann spornte sein Pferd an, und die Umrisse von Stony Hill kamen erschreckend schnell näher. Lena reckte trotz der Sorge, hinunterstürzen zu können, den Hals, weil sie sehen wollte, was hinter ihr in der Ebene geschah. Die halbe Kavallerie schien ausgerückt zu sein, um ihren Entführer zu jagen. Ihre Angst um Jess steigerte sich ins Uferlose. Ein Schwindel erfasste sie und ließ sie schier ohnmächtig werden. Es war, als ob sie ihre Atmung nicht mehr beherrschte und drohte zu ersticken. Panik kam in ihr auf. Schwarze Punkte tanzten vor ihren Augen.

«Hey Mädchen, was machst du nur, halt dich fest!», rief eine alarmierte Stimme hinter ihr, und der Soldat zügelte spürbar das Pferd.

Lena verlor das Gleichgewicht und glitt dem Mann, der sie bis dahin gehalten hatte, unvermittelt aus den Händen. Dann war es plötzlich dunkel um sie.

KAPITEL 25

Anfang Oktober 1831 || Jamaika || Höllentor

Ein kreischender Schrei weckte Lena aus einem traumlosen Schlaf. Wie lange sie geschlafen hatte, vermochte sie nicht zu sagen. Um sie herum war es taghell, und ihr Kopf dröhnte so schrecklich, dass sie am liebsten die Augen geschlossen gehalten hätte. Doch sie musste wissen, was um sie herum geschah und wo sie sich befand.

Langsam erkannte sie die halb vertraute Umgebung, die sie schließlich als ihr Gästezimmer auf Redfield Hall ausmachte. Sie selbst lag in einem Himmelbett aus dunklem Mahagoniholz. Umgeben von einem Wust blütenweißer Seidenlaken und weicher Kaschmirwolldecken, hatte man sie rücklings auf hohen, spitzenbesetzten Daunenkissen aufgebahrt, die Hände gefaltet wie bei einem Leichnam.

Einen Moment lang befürchtete sie, gestorben zu sein, doch dann bemerkte sie, dass alles um sie herum nach Rosenblüten und Jasmin duftete. Irgendjemand hatte sie gebadet und in ein frisches Seidennachthemd gesteckt. Selbst ihr Haar war frisch gewaschen und wurde von einer gestärkten Betthaube gebändigt.

Ein wenig später hörte sie trappelnde Geräusche, und Estrelle erschien im Türrahmen. Ihr schwarzes Gesicht setzte sich unnatürlich dunkel von der weißen Haarschleife ab, die sie als Haussklavin wie üblich in ihrer krausen Frisur trug. Neben Estrelle tauchte ein dürres Männchen im vornehmen Anzug auf, mit einer Nickelbrille auf der Nase und langen Koteletten vor den abstehenden Ohren, und stürmte in das Zimmer. Dr. Lafayette!

«Mylady, dem Herrn sei's gedankt, Sie kommen zu sich!», rief er euphorisch und wedelte mit dem Riechfläschchen vor ihrer Nase herum.

Der unangenehme Geruch nach Ammoniak übertünchte augenblicklich den Blütenduft. Angewidert wollte Lena sich wegdrehen, musste jedoch feststellen, dass ihr Kopf nicht gehorchte. Panik kam in ihr auf. War sie gelähmt? Hastig wollte sie sich aufrichten, doch auch ihre Arme versagten ihr kläglich den Dienst. Dann versuchte sie es mit den Beinen, aber auch hier tat sich nichts. Ihre Glieder gehorchten einfach nicht ihren Befehlen. Dr. Lafayette schien die Fassungslosigkeit in ihren Augen bemerkt zu haben und drückte sie sanft in die Kissen.

«Immer schön ruhig bleiben, Mylady», versuchte er sie zu besänftigen. «Alles wird gut. Ich habe bereits nach Ihrem Mann rufen lassen. Er wird jeden Augenblick hier sein.»

In Anbetracht der Lage, dass Edward gleich an ihr Bett treten würde, war überhaupt nichts gut. Schon gar nicht in ihrem Zustand.

«Sie sind ohnmächtig geworden», plapperte Lafayette unaufhörlich weiter, «was ja kein Wunder ist, nach allem, was Sie durchmachen mussten. Aber seien Sie gewiss, wir werden diejenigen, die Ihnen das angetan haben, aufspüren, und dann werden sie alle einzeln am Galgen baumeln, wie reife Äpfel kurz vor dem Pflücken. Sie werden leiden, so wie Sie leiden mussten, meine Teuerste.»

Ohne ihre Erwiderung abzuwarten, zückte er einen Löffel und ein braunes Glasfläschchen und verabreichte ihr eine bitter schmeckende Medizin, die Lena nur mit Mühe hinunterwürgen konnte, weil auch ihr Schluckreflex nur zögerlich reagierte. Sie wollte etwas sagen, doch ihre Stimme gehorchte nicht. Sosehr sie sich auch bemühte, kein einziges Wort wollte über ihre Lippen kommen.

«Ganz ruhig, ganz ruhig», beschwichtigte Dr. Lafayette ihre Aufregung und strich ihr mit einem freundlichen Lächeln über die Stirn.

Diese Geste der Vertrautheit unterbrach er jedoch sofort, als eine bekannte Stimme aus dem Hintergrund regelrecht über sie hereinbrach.

«Lena, meine Teuerste!», rief Edward in übertriebenem Enthusiasmus.

Am liebsten wäre sie sogleich aus dem Bett gesprungen und hätte vor ihm das Weite gesucht. Doch sie schaffte es noch nicht einmal, ihre Hand zur Abwehr zu erheben. Inbrünstig hoffte sie, dass nicht der Sturz vom Pferd Schuld an der Lähmung trug.

«Wie geht es dir, mein Engel?», fragte Edward mit gespielter Besorgnis und beugte sich so besitzergreifend über sie, dass Dr. Lafayette nichts anderes übrig blieb, als das Feld zu räumen.

Ohne zu antworten, starrte sie ihren Ehemann lediglich an. Am liebsten hätte sie sofort nach Maggie gefragt, doch nicht einmal das war ihr möglich. Sie war sprachlos – im wahrsten Sinne des Wortes. Edward schien sich nicht daran zu stören, sondern bedeckte ihr taubes Gesicht mit Küssen, von denen der letzte fordernd auf ihrem Mund landete. Irritiert blickte er auf, als sie nicht reagierte, und wandte sich entrüstet zu Dr. Lafayette um.

«Warum sagt sie denn gar nichts?», beschwerte er sich beim Doktor, als ob dieser die Schuld daran trüge. «Freut sie sich denn gar nicht, mich zu sehen?»

Er machte große Augen, wie ein enttäuschtes Kind, dem man das Lieblingsspielzeug genommen hatte.

«Sie steht gewiss noch unter Schock», entschuldigte Lafayette ihr Verhalten. «Wir wissen nicht, was ihr in der Hand der Rebellen widerfahren ist. Obwohl ich bis auf ein paar blaue Flecke keine größeren Verletzungen feststellen konnte, hat ihre Seele aller Wahrscheinlichkeit nach immensen Schaden genommen. Sicher wurde sie bedroht und eingesperrt. Sie war über Wochen in der Hand von brutalen Barbaren. Sie wäre nicht die Erste, die nach einer solchen Erfahrung die Sprache verliert und in eine gewisse Orientierungs- und Bewegungslosigkeit fällt. Sie müssen Geduld mit ihr haben. Meist kommen Stimme und Kraft nach einer Weile zurück.»

Lena dachte an Jess und an all die unvergleichlichen Stunden, die sie mit ihm erlebt hatte. Vielleicht war es gut, dass ihr Körper streikte und dass sie nicht in die Verlegenheit geriet, sich verstellen zu müssen, was ihre wahren Gefühle bezüglich der Zeit bei den Rebellen betraf.

«Was bedeutet ‹eine Weile›?», fragte Edward mit einem eigentümlichen Glitzern in den Augen, das nichts Gutes verhieß.

«Das kann ich nicht sagen», erwiderte der Doktor. «Sie kann schon morgen wieder die Alte sein, aber vielleicht auch erst nach einem halben Jahr – oder nie. Es kommt ganz darauf an, wie Körper und Seele ein solches Erlebnis verdauen. Sie müssen Geduld haben mit Ihrer Frau. Bei guter Kost und guter Pflege wird sie sicher recht bald Fortschritte machen.»

«Commodore Bolton will sie sobald wie möglich persönlich verhören», ergänzte Edward wenig hilfreich.

Lafayette schüttelte entschieden den Kopf.

«Im Moment sehe ich da keine Chance. Das arme Mädchen hat noch nicht mal die Kraft, ihren Finger zu rühren, geschweige denn ihre Stimme zu erheben.»

Lena wusste nicht, ob sie erschrocken oder erleichtert sein sollte, dass niemand sie über die Zeit im Rebellenlager ausquetschen konnte. Andererseits erschien ihr die Aussicht darauf, womöglich noch Monate in dieser furchtbaren körperlichen Starre verharren zu müssen, schlimmer als jedes Verhör. Wie sollte sie bloß ihre Verabredung mit Jess einhalten? Geschweige denn, ihre Fluchtpläne in die Tat umsetzen? Ihr Blick irrte ratlos umher. Das Sehen war neben dem Schlucken und dem Atmen eine der wenigen Mechanismen ihres Körpers, die noch zu funktionieren schienen. Herrgott noch mal, wo steckte bloß Maggie? Nur sie konnte ihr noch helfen, wenn überhaupt.

Schwach hörte sie, wie Dr. Lafayette Estrelle ein paar Anweisungen gab, was ihre Pflege betraf. Zu ihrer Speisung war zunächst nur klare Suppe erlaubt, und das auch nur löffelweise, bis sie wieder einwandfrei schlucken konnte. Hinzu kamen Übungen, die sie jeden Tag mit der Patientin zu absolvieren hatte, um ihre Muskeln und Gelenke wieder in Gang zu bringen.

Lena beobachtete aus einem Auge, dass auch Edward den Anweisungen des Doktors aufmerksam zuhörte. Als alle gegangen waren, schloss sie erschöpft die Augen. Irgendwann musste sie eingeschlafen sein. Sie träumte von Jess und seiner wunderbaren Sanftheit, wenn er sich auf sie herabsenkte, sie küsste und streichelte, bis er gefühlvoll in sie eindrang.

Gefühlvoll? Das, was sie unvermittelt zwischen ihren Schenkeln verspürte, war das genaue Gegenteil! Obwohl Lena kaum Herr ihres Körpers war, ließ der starke Schmerz sie abrupt die Augen öffnen. Am liebsten hätte sie sogleich einen lauten Hilferuf ausgestoßen, doch selbst in höchster Not versagte ihr die Stimme. Der Mann über ihr, der im flackernden Kerzenschein sein hartes Glied erbarmungslos tief in ihr Innerstes rammte, war keinesfalls Jess. Aus den zunächst verschwommenen Umrissen kristallisierte sich das angestrengte Gesicht von Edward heraus, der sich mit beachtlichem Körpereinsatz grunzend und stöhnend zwischen ihren brutal gespreizten Schenkeln abmühte! Sein Vorgehen hatte etwas von einem wilden Stier, der eine ahnungslose Kuh besprang! Mit dem bedauernswerten Unterschied, dass die Angelegenheit in ihrem Fall um einiges länger dauerte.

Edward hatte ihr das Nachthemd bis über die Brüste geschoben und knetete sie zwischendrin immer wieder grob und erbarmungslos, als ob es sich um einen Sauerteig handelte. Dann bemächtigte er sich erneut ihrer Schenkel und drückte die Knie bis fast zu den Achseln, sodass sie weit geöffnet und vollkommen hilflos unter ihm lag.

Die Gewalt, mit der er ihren wehrlosen Unterleib durchpflügte, erschien ihr grenzenlos. Doch viel schlimmer noch quälte sie die Scham und die Angst, die sie durchflutete. Er tat mit ihr, was ihm beliebte, und wenn sie nicht schnellstens wieder zu Kräften kam, würde er in dieser Weise so oft mit ihr verfahren, wie es ihm dienlich erschien.

Während er sich mehrmals bockend in ihr ergoss, kämpfte sie mit den Tränen. Sie hätte sich übergeben können, doch sie hielt das Gefühl krampfhaft zurück, weil sie fürchtete, daran ersticken zu müssen. Edward blieb für einen Moment nass geschwitzt und schwer keuchend auf ihr liegen.

«Das hast du gebraucht! Nicht wahr?», röchelte er ihr verwaschen ins Ohr. «Auch wenn du nichts sagst, ich kann es spüren. Stellt sich die Frage, wer dir die Jungfräulichkeit genommen hat. Ich möchte nicht hoffen, dass es einer von diesen schmutzigen Rebellen war. Denn falls dir irgendjemand dort draußen einen schwarzen Balg gezeugt hat, werde ich ihn töten müssen, sobald er das Licht der Welt erblickt. Gut möglich ist aber auch, dass du bereits vor unserer Hochzeit jemanden mit deinem Honigtöpfchen beglückt hast. Schon bei *Almack's* konntest du es kaum erwarten, von mir bestiegen zu werden. Umso weniger habe ich deiner gespielten Keuschheit geglaubt, als du auf Redfield angekommen bist. Aber wie dem auch sei, nun wird alles anders, und ich werde dich so oft besteigen, wie es mir beliebt. Du hast mich vermisst, hab ich recht? Du bist schließlich meine Frau und bestimmt ganz ausgedürstet vor Sehnsucht nach meiner Liebe und Fürsorge.»

Er stieß ein irres Lachen aus und stemmte sich auf die Hände. Dann schaute er schwer atmend auf sie herab und beugte seinen Kopf so weit, dass seine Lippen ihre Stirn berührten. Anschließend bedeckte er ihr Gesicht mit einer Reihe von abstoßenden Küssen. Wobei er am Ende seine raue Zunge schamlos in ihren Mund hineinschob, um das Innerste zu erforschen. Wieder wurde Lena von aufkommender Übelkeit übermannt. Und erst jetzt bemerkte sie, dass Edward offenbar eine ziemliche Menge Brandy getrunken hatte und nicht ganz Herr seiner Sinne war.

«Ich will, dass du mich liebst», schwafelte er in rührseligem Ton und machte ein ganz und gar enttäuschtes Gesicht. «Sag, warum bist du davongelaufen?», fragte er nun. «Oder denkst du, ich wüsste das nicht?» Seine Stimme erhob sich zu weiterem Wehklagen. «Ich hab dir doch alles auf einem goldenen Tablett serviert. Reichtum, Ansehen, ein sorgenfreies Leben, die Plantage, Hunderte von Sklaven, und wenn du gewollt hättest, eine eigene Familie, Kinder. Das ist es doch, was eine Frau glücklich macht. Oder liege ich da so falsch? Also – warum bist du gegangen?»

Er stützte sich nur noch auf einem Arm ab, und mit der anderen Hand quetschte er ihr Kinn zwischen Daumen und Zeigefinger und schob ihr Gesicht hin und her. Vollkommen hilflos musste sie sich diese Behandlung gefallen lassen. Misstrauisch fixierte er ihren starren Blick. Edward wusste also sehr wohl, dass sie sich auf der Flucht befunden hatte. Gar nicht gut. Vor allem, weil Maggie bis jetzt noch nicht aufgetaucht war.

«Ich weiß, dass du nicht mit mir reden willst», fuhr er in einem Ton fort, als ob er mit einem kleinen Kind sprechen würde, «aber das wird schon noch kommen. Warte ab, bis ich deinen Willen gebrochen habe. Dann wirst du nur noch tun, was ich will.»

Grundgütiger, war er vollkommen übergeschnappt? Wie sollte sie bitte schön noch abhängiger von ihm werden?

«Wenn du immer noch böse bist wegen dieser Sklavin», erklärte er in seiner absurd kindischen Stimmlage, «so kann ich dich beruhigen. Sie nimmt dir nichts weg. Ich tobe mich nur ab und zu bei ihr aus. Damit es für dich nicht zu anstrengend wird», rechtfertigte er sich weiter. «Das ist doch nicht verwerflich, oder? Männer sind von Natur aus mit starken Trieben gesegnet, deshalb verlangt es uns täglich nach Dutzenden von Frauen. Wenn eine einzige diesen Trieb befriedigen müsste, wäre sie zu schnell verbraucht. Dafür sind Sklavinnen hervorragend geeignet. Du schiebst ihnen die Röcke hoch, und schon halten sie still», lallte er.

Anscheinend war er von sich selbst und dem, was er sagte, vollkommen überzeugt.

«Wenn ich dich ein- oder zweimal am Tag nehme, so kann dir das nicht schaden», rechtfertigte er sich mit einem wahnsinnigen Lächeln. «Und wer weiß, vielleicht gelingt es mir ja, dich guter Hoffnung zu machen. Dann wirst du bald unser Kind gebären und mich spätestens dann als deinen Herrn und Meister verehren.»

Zum krönenden Abschluss seines kleinen Vortrages rülpste er laut.

Dann nuschelte er: «'tschuldigung, das gehört sich nicht in Gegenwart einer Lady …»

Sabbernd küsste er ihre Brüste und saugte schließlich schmerzhaft an den Nippeln. Lena erschauderte innerlich. Wie lange würde es wohl dauern, bis er dieses unverschämte Auftreten auch ohne Weingeist zuwege brachte? Bis er seine Drohungen, sie mehrmals täglich zu nehmen, wahr machte?

Wenn es ihr nicht gelang herauszufinden, was mit ihr geschehen war und wie sie wieder gesunden konnte, war sie im Nu zur willigen Hure verdammt, die Edward bis an sein Lebensende in schändlicher Gier benutzen konnte. Darüber hinaus war sie, falls die Natur keine anderen Pläne mit ihr hatte, dazu verurteilt, ihm zahllose Kinder zu gebären, die von Ammen großzogen wurden. Eiskaltes Grauen überflutete sie.

Was für eine bittere Ironie des Schicksals! Sie hatte vor Edward fliehen wollen, weil er ihr nicht genug Aufmerksamkeit schenkte, und nun würde er sie nicht nur belügen und betrügen, sondern auch zur Zuchtstute herabwürdigen. Und das alles, ohne dass sie den leisesten Funken Hoffnung hatte, seinen perfiden Machenschaften zu entkommen.

«Du kannst rauskommen», sagte eine verhältnismäßig hohe, flatternde Männerstimme.

Sie gehörte Isaak Bernhard. Er war ein noch junger Baptistenprediger, der sich trotz seiner Jugend bereits zur Riege der Vertrauten des geistigen Führers William Knibb zählen durfte. Knibb war der schärfste Gegner der Sklaverei, den man auf der Insel unter den Weißen finden konnte. Bereits mehrfach war sein Leben von ebenfalls weißen Sklaventreibern bedroht worden. Wer es genau gewesen war, der ein paar Mal versucht hatte sein Haus anzuzünden, wusste man nicht. Klar war nur, dass Knibbs Widersacher vorwiegend in Rudeln auftraten. Die Männer kamen meist nachts, und sie kamen maskiert, um seine Existenz zu bedrohen und ihm Hassparolen an die Wände zu schmieren. Manchmal schoben sie auch Briefe unter die Türe, die seinen nahenden Tod ankündigten, wenn er seinen Kampf für die Rechte der Sklaven nicht tunlichst beendete.

Wie die meisten weißen Unterstützer von Knibb war Isaak Bernhard schmächtig und bleich und schien beim ersten Anblick nicht gerade von herausragendem Mut gezeichnet, wenn es um den Umgang mit bewaffneten Widersachern ging. Aus diesem Grund hatten ihm die berittenen Soldaten eine höllische Angst eingejagt. Denn im Gegensatz zu Cato und den Angehörigen der *Flamme von Jamaika* verabscheuten weiße wie schwarze Baptisten den bewaffneten Widerstand und vertraten die Meinung, dass allein das Wort Gottes als flammendes Schwert geeignet sei, um die Feinde hinwegzufegen.

Wobei es für Leute wie Isaak mit Sicherheit nicht in Frage kam, jemanden zu töten, obwohl sie den Passus in der Bibel – Auge um Auge, Zahn um Zahn – genauso selbstverständlich wie alle anderen Passagen beherrschte.

Dass Isaak im Moment höchster Not Jess zu Hilfe geeilt war und es ihm gelang, ihn in letzter Minute in einem geheimen Kellerloch unter seinem baufälligen Farmhaus zu verstecken, grenzte beinah an biblische Fügung. Vielleicht hatte es aber auch nur an der konservativen Pastorenkleidung gelegen, die Jess zur Tarnung trug.

Als die Soldaten in seine Richtung gestürmt waren, hatte Jess es nicht mehr geschafft, sich in die schützende Hügellandschaft hinter dem Fluss zurückzuziehen. Also hatte er schnell sein Muli in die Wälder getrieben, in der Hoffnung, dass das Tier allein seinen Weg nach Hause fand oder er ihn sich später aus den Wäldern zurückholen konnte. Dann war er geduckt im Zickzack durchs hohe Gras gelaufen und hatte sich robbend bis zum Haus des Pastors durchgeschlagen. Die Soldaten hatten ihn unterdessen gesucht, doch es war ihnen nicht gelungen, seine Spur aufzunehmen. Entmutigt waren sie zum Dorf zurückgekehrt, um die Bewohner nach einem verdächtigen Flüchtling zu befragen. In letzter Sekunde war der junge Pastor aufgetaucht und hatte Jess Zuflucht in seinem Keller gewährt.

«Moses Campbell», stellte Jess sich unter falschem Namen vor, als Isaak nach einer Weile die klapprige Kellertüre anhob, um reine Luft zu signalisieren.

Jess wies sich bei seinem Retter mit einem gut gefälschten Freibrief aus, der auf besagten Namen ausgestellt war und ihm eine lückenlose Legende sicherte, was seine Herkunft betraf.

«Was wollten die Soldaten von dir, Moses?», fragte Isaak, dem noch immer der Angstschweiß im lichtblonden Haaransatz glitzerte.

Nachdem er die Türe zum Kellerverschlag wieder geschlossen und einen alten Teppich darübergelegt hatte, wagte Isaak einen furchtsamen Blick nach draußen in den Hof, um sich zu vergewissern, dass die Männer tatsächlich abgezogen waren. Erst danach bot er Jess einen Platz in seiner kleinen Wohnstube an und stellte einen echten, irischen Whisky auf den Tisch. Die Flasche war ziemlich alt und noch gut drei Viertel voll, ein Zeichen dafür, dass Isaak sich nicht oft daran bediente.

«Keine Ahnung», log Jess und schaute dabei zu, wie sein Retter mit zitternden Händen zwei große Wassergläser mit dem goldschimmernden Gebräu bis zur Hälfte füllte.

Er schob ihm eines der Gläser zu und setzte sich ihm gegenüber auf einen Stuhl. Bevor er weitere Fragen stellte, nahm Isaak einen mächtigen Schluck und hustete anschließend wie erwartet, wobei er das Gesicht zu einer angewiderten Miene verzog.

«Mein Vater war ein Säufer», bemerkte er lapidar, als er wieder zu Atem gekommen war. «Sicher ein Grund, warum Gott mich mit der Abscheu vor Alkohol gesegnet hat.»

«Aber ab und zu tut ein kleiner Schluck ganz gut», bestätigte Jess, der ebenfalls kein großer Trinker war.

Nach einer solchen Verfolgungsjagd, die ihn nicht nur sein Muli, sondern beinahe das Leben gekostet hatte, konnte er durchaus einen beruhigenden Tropfen vertragen. Isaak beäugte ihn prüfend, nachdem er sein Glas abgesetzt hatte.

«Vor ein paar Wochen ist hier in der Gegend eine junge Pflanzergattin verschwunden», begann er vorsichtig. «Seither benimmt sich das Militär, als ob man in ein Wespennest gestochen hätte. Hab gehört, dass man überall nach ihr sucht. Unter der Hand wird erzählt, sie wäre von Rebellen entführt worden.»

Offenbar hatte Isaak nicht mitbekommen, dass die Soldaten Lena ganz in der Nähe gefunden hatten. Der Priester stockte einen Moment, als ob er darauf wartete, dass Jess einen Kommentar dazu abgab, doch dieser blieb einfach nur stumm und schaute seinem Gegenüber, ohne mit der Wimper zu zucken, in die Augen.

«Du hast doch nichts damit zu tun, oder?»

Isaak fixierte ihn mit einem unsicheren Lächeln.

«Warum sollte ich?», gab Jess lässig zurück. «Ich bin wie du ein Anhänger von Knibb und Sharpe und unterstütze die beiden in ihrem Bemühen, die Rechte der Sklaven möglichst ohne Blutvergießen einzufordern. Nichtsdestotrotz neigen meine Brüder und ich dazu, den Bakras nicht allzu sehr zu vertrauen. Immerhin sind wir Teil einer Organisation, die geflohenen Sklaven hilft, sich zu verstecken. Was jedoch nicht bedeutet, dass wir zu unlauteren Mitteln greifen», log er dreist. «Aber darüber hinaus gibt es natürlich immer ein paar Abtrünnige, die sich nicht an die Regeln halten und schlimme Dinge tun. Sie schaden allen, weil sie den guten Ruf der Sklavengegner aufs Spiel setzen.»

Jess verdrehte die Tatsachen so gekonnt, dass er sich beinahe vor sich selbst schämte. Offenbar wusste Isaak weder, was tatsächlich hinter der Entführung steckte, noch, wer sie begangen hatte. Cato hatte sich darüber amüsiert, dass die Regierung sich mit Erklärungen zu Lenas Verschwinden zurückgehalten hatte. In der Gazette war nichts zu lesen, wahrscheinlich weil man die Unfähigkeit der eigenen Soldaten nicht an den Pranger hängen wollte.

Natürlich würde die ganze Sache um Lena und die freigelassenen Gefangenen irgendwann von alleine ans Licht kommen, wenn die Bevölkerung nach der bereits angekündigten Hinrichtung der drei Aufständischen verlangte. Bis es jedoch zur unvermeidlichen Offenbarung kam, würden die Regierung und der Gouverneur Stillschweigen darüber bewahren, wie wenig sie Jess und seinen Rebellenbrüdern hatte entgegensetzen können.

«Kann ich bei dir übernachten?», fragte Jess den verunsicherten Baptisten mit einem gewinnenden Lächeln. «Ich hab mein Muli verloren und kann schlecht zur Garnison laufen und um Ersatz bitten. Schließlich bin ich Mulatte, wie du unschwer erkennen kannst.»

Als ob noch ein Beweis vonnöten gewesen wäre, hob er seine bronzefarbenen Hände und drehte sie hin und her.

«Auch wenn mein Vater und mein Großvater Weiße waren und ich einen Freibrief in meiner Tasche trage, heißt das noch lange nicht, dass ich die gleichen Rechte genieße. Als Mischling laufe ich in dieser Gegend im Moment ständig Gefahr, verhaftet zu werden, auch wenn ich gar nichts getan habe. Morgen früh wird die Welt hoffentlich schon wieder friedlicher aussehen.»

Jess legte seine Finger demonstrativ auf die Bibel. Sie war das Einzige, was ihm außer Lenas Schmuck geblieben war, den er in letzter Sekunde in die Innentasche seiner Jacke gestopft hatte. Isaak, dem die unscheinbare Geste ganz offensichtlich nicht entgangen war, nickte zustimmend.

«Ich helfe dir gern, Bruder. Wenn du willst, kannst du oben auf dem Dachboden schlafen, dort liegen noch eine Strohmatratze und eine Decke. Du könntest als Gegenleistung heute Abend in der Scheune die Messe lesen. Es haben sich einige schwarze Brüder und Schwestern aus der benachbarten Plantage angesagt, die mit Erlaubnis ihres Masters am Gottesdienst teilnehmen dürfen. Ihnen wollen wir Mut machen, dass es nicht mehr lange dauern kann, bis Gott ihnen die lang verdiente Freiheit gewährt.»

Jess nickte verhalten. Sein Wissen um die Gestaltung einer Baptistenmesse war ein wenig eingerostet, aber es musste reichen, um einigermaßen glaubwürdig zu wirken. Schließlich waren es die Baptisten, die sich von allen Glaubensgemeinschaften der Insel am meisten gegen die Sklaverei einsetzten. Cato hatte ihn nicht umsonst zu einer Art geheimem Mittelsmann bestimmt und darauf bestanden, dass er seine Rolle als Prediger perfekt beherrschte.

Jess selbst hatte kein besonderes Verhältnis zu den frommen Brüdern und Schwestern der Baptistengemeinden. Sie erschienen ihm im Verhältnis zu den Katholiken, denen er sich zugehörig fühlte, zu kompromisslos, was die Auslegung der Bibel betraf. Natürlich durften Isaak und die übrigen Baptisten nicht erfahren, dass Jess zu den Rebellen gehörte und seine Leute in ihrem innersten Kreis eine Obeah-Zauberin beherbergten.

Gleich am nächsten Morgen machte sich Jess auf den Weg zum White Water, jenem Fluss, der das Land der Blakes durchquerte. Unterhalb der Mangrovenbüsche hatte er sich mit Lena an einer alten Fischerhütte verabredet. Während des Ritts dachte er an die Predigt, die er am Abend zuvor eine Meile entfernt in einer kleinen, heruntergekommenen Holzkirche gehalten hatte.

Wenn man Lenas Einstellung vertrat, dass sie die Leute belogen, wenn sie vom baldigen Ende der Sklaverei sprachen, war die Messe in der Scheune nichts anderes als eine euphorische Lügenveranstaltung zur Aufstachelung der Massen gewesen. Im Namen der höchsten baptistischen Würdenträger hatten Isaak und Jess die nahende Freiheit gepredigt, indem sie den Gläubigen versichert hatten, dass das Papier zu ihrer Freilassung aus dem fernen London längst unterschrieben und zu ihnen unterwegs sei.

Isaak hatte wiederholt zu ruhigem Widerstand aufgerufen und die anwesenden Sklaven dazu ermutigt, nur die notwendige Arbeitsleistung zu erbringen und darüber hinaus nichts zu tun, um den weißen Herren zu gefallen. Es war ein Aufruf zu passivem Protest, nicht mehr und nicht weniger, und doch war er in den Augen der weißen Plantagenbesitzer brandgefährlich.

Danach hatten die Sklaven tanzend und singend Gott dem Allmächtigen für seine Gnade gehuldigt, und Jess hatte sich an frühere Zeiten erinnert gefühlt, in denen er als Kind den Kirchenliedern am Sonntag gelauscht hatte. Früh am Morgen war Isaak so großzügig gewesen, ihm eins seiner Kutschpferde zu borgen und es für Jess zu satteln.

«Ich bringe es zurück», hatte Jess mit aufrichtiger Miene versprochen, «sobald ich meinen Auftrag erledigt habe.»

Dass dieser Auftrag darin bestand, ebenjener Pflanzergattin, von der Isaak gesprochen hatte, zur Flucht vor ihrem niederträchtigen Ehemann zu verhelfen, verriet er freilich nicht. Er verkündete vollmundig, dass er nach Falmouth müsse, um sich im Auftrag seines Obersten mit Sharpe und Knibb zu treffen, womit er Isaak sichtlich beeindruckte.

Die ganze Nacht hatte Jess kein Auge zugetan und ununterbrochen an Lenas Verzweiflung gedacht, mit der sie sich beim letzten Mal in seine Arme geworfen hatte. Jess war sich plötzlich nicht mehr sicher, ob er seine harte Linie, sie in jedem Fall nach Europa zurückschicken zu wollen, aufrechterhalten konnte. Obwohl er nicht wusste, wie ein längerer Aufenthalt von ihr auf Jamaika zu bewerkstelligen war, machte ihn die Vorstellung, sie zu verlieren, ganz krank. Unentwegt grübelte er darüber nach, ob es nicht doch irgendwo ein winziges Schlupfloch für ihre Liebe gab, an das er bisher nicht gedacht hatte.

Als er sich im strömenden Regen mit seiner braunen Stute vorsichtig der verfallenen Fischerhütte näherte, beschlich ihn eine seltsame Ahnung, dass ihr irgendetwas dazwischengekommen sein konnte und sie deshalb nicht dort war. Ganze zwei Tage und zwei Nächte wartete er auf sie. Währenddessen ernährte er sich von rohen Vogeleiern und Fisch. Mit jeder Stunde, die verging, nahm sein Appetit gründlich ab. Das Warten machte ihn mürbe, und die andauernde Anspannung, dass ihn jemand entdecken könnte, schlug ihm auf den Magen.

Am Abend des zweiten Tages fasste er einen Entschluss. Entweder war Lena etwas zugestoßen, oder sie hatte es sich anders überlegt.

Beides konnte er nicht auf sich beruhen lassen. Bevor er unverrichteter Dinge in die Berge zurückkehrte, musste er Gewissheit erlangen, was mit ihr geschehen war. Selbst wenn er dafür sein Leben aufs Spiel setzte.

Zwei Tage und Nächte waren vergangen, seit sie, wie auch immer, nach Redfield Hall zurückgekehrt war. Von Stunde zu Stunde verlor Lena mehr Hoffnung, je wieder sie selbst sein zu können. Fieberhaft überlegte sie, was wohl zu ihrem erschreckenden Zustand geführt haben konnte. Vielleicht hatte sie im Dschungel eine seltene Krankheit befallen, deren Auswirkungen sie nun erst zu spüren bekam? Oder es waren doch die Nerven, wie Dr. Lafayette vermutete, die den Fluss ihrer Säfte ordentlich durcheinandergewirbelt hatten? Wenigstens der Doktor machte ihr Hoffnung, dass es mit Ruhe und gutem Essen zu einer raschen Besserung kommen könne. Doch in Gegenwart von Edward konnte von Ruhe keine Rede sein. Sein erbarmungsloses Vorgehen schockierte sie mehr, als die Zustände im Rebellenlager es je vermocht hätten.

Am schlimmsten war jedoch, dass sie noch nichts über das Schicksal von Maggie erfahren hatte und auch niemanden fragen konnte. Daneben zehrte an ihr, dass Jess nun vergeblich auf sie warten würde. Bestimmt war er tief enttäuscht, wenn sie ihre Abmachung nicht einhielt. Mit seiner Bereitschaft, in der Fischerhütte auf sie zu warten, ging er ein hohes Risiko ein. Ach, wenn sie ihm doch nur eine Gedankenbotschaft schicken könnte. Doch vielleicht war es besser so. Wenn er wüsste, in welchen Zustand sie sich befand, würde er womöglich so leichtsinnig sein, sie aus den Klauen ihres düsteren Schicksals erretten zu wollen.

Edward malträtierte sie derweil auf die übelste Weise und hatte inzwischen sogar veranlasst, dass sie zu ihm ins sogenannte Eheschlafzimmer verlegt wurde. Stumm ertrug sie seine Vergewaltigungen.

Doch sie würde es ihm heimzahlen, eines Tages, wenn sie wieder zu Kräften gekommen war.

Der einzige Lichtblick, der sie davor bewahrte, vollkommen durchzudrehen, war, dass sie unter größter Anstrengung es inzwischen geschafft hatte, auf eigenen Füßen zu stehen und mit Hilfe von Estrelle ein wenig umherzugehen. Auch die Bettpfanne benötigte sie nun nicht mehr. Estrelle dirigierte sie mehrmals täglich auf einen Leibstuhl, der im Schlafzimmer hinter einem Paravent verborgen stand. Wie eine Marionette musste sie sich führen lassen, weil sie über keinerlei eigenen Willen verfügte. Sie ging hin, wo man sie hinführte, aß, was man ihr in den Mund steckte, und ließ sich ohne Protest Edwards Anzüglichkeiten gefallen, obwohl sie ihm innerlich am liebsten die Augen ausgekratzt hätte. Es war beinah, als ob sie jemand in eine lebendige Puppe verhext hätte.

Am Sonntag nach ihrer Rückkehr wurde sie von Estrelle und Larcy wie ein Baby gebadet und in ein gelbes Musselinkleid gesteckt. Danach frisierten ihr die Frauen wortlos die Haare, puderten ihr Gesicht und schminkten ihr Augen und Lippen, sodass sie trotz ihres Elends aussah wie das blühende Leben. Lena versuchte mehrmals, sich mit Zwinkern bemerkbar zu machen, denn sie hätte Jess zu gerne einen Brief geschrieben, der ihre Situation genauestens schilderte.

Doch es war zwecklos. Die Sklavinnen bemerkten ihre Kommunikationsversuche nicht und konnten ohnehin weder schreiben noch lesen. Als Edward plötzlich in einem seiner besten Anzüge in der Türe erschien und ihr galant den Arm bot, hätte sie gewarnt sein müssen. Bei dem Versuch zu protestieren, zog sie mehr unfreiwillig die Mundwinkel hoch. Zu mehr als einem dämlichen Grienen war ihre Mimik augenscheinlich nicht fähig.

«Sieh her, Estrelle», triumphierte er. «Sie kann schon wieder lächeln. Wenn du weiterhin so gut mit ihr arbeitest, ist sie schon bald genesen.»

Edward schien ihren unfreiwillig zur Schau gestellten Optimismus tatsächlich als ein gutes Zeichen zu werten. Mit jovialer Miene nahm er sie in die Arme und trug sie hinunter in die Haupthalle, wo er sie galant auf die Füße stellte. Fest gestützt führte er sie hinaus in die feuchtwarme Luft, die vom Fluss her über den Park wehte. Kurz zuvor hatte es geregnet, und die Natur roch intensiv nach Erde und Blüten. Die Glocken der Kapelle übertrugen das Geläut kilometerweit über die Ebene. Vor der Türe traf sie zum ersten Mal seit ihrer Rückkehr auf Lord William, der sie misstrauisch beäugte.

«Guten Tag, meine liebe Schwiegertochter», versuchte der Lord sein Glück, indem er sich leicht verbeugte und sie mit einem angedeuteten Handkuss bedachte. «Ich bin froh, dass du die hinter dir liegende Odyssee so gut überstanden hast.»

Lena starrte ihm stumm in die Augen, ohne etwas erwidern zu können. Dabei hätte sie ihn liebend gerne angeschrien und ihm versichert, was für ein verdammtes Schwein er doch war.

«Sie kann nicht mehr reden», entschuldigte Edward ihr sonderbares Verhalten.

«Dr. Lafayette hat mich darüber unterrichtet, dass sie offenbar einen nachhaltigen Schock davongetragen hat», erwiderte Lord William. «Aber dass es so schlimm ist, hätte ich nicht gedacht. Es bedeutet doch hoffentlich nicht, dass sie unwiederbringlich den Verstand verloren hat?»

«Und wenn schon, Vater», raunte Edward ihm mit einem süffisanten Augenzwinkern zu. «Sie ist willig wie nie zuvor und widerspricht mir nicht. Ein Trottel, der mehr von seiner Frau erwartet. Selbst wenn ich sie zehnmal am Tag nehmen wollte, sie hätte nichts dagegen. Wobei …», räumte er ein, «ich müsste lügen, wenn ich sage, dass sie besondere Begeisterung zeigt.»

«Wenn es dich zufriedenstellt, eine lebende Leiche zu vögeln, die außer einem verblödeten Grinsen keine weitere Regung zustande bringt …», bemerkte Lord William mit hochgezogener Braue.

«Solange sie uns den gewünschten Erben gebiert, soll es uns doch egal sein, ob sie beim Beischlaf Begeisterungsschreie von sich gibt. Sollte es mich danach verlangen, habe ich immer noch Yolanda.»

Er zwinkerte seinem Vater wissend zu, doch dieser wandte sich nur irritiert ab.

Na wunderbar, dachte Lena, im festen Willen, es den beiden heimzuzahlen, sobald sich eine Gelegenheit dazu bot. Vor der Kirche hatten sich schon zahlreiche Bedienstete eingefunden. Offenbar neugierig darauf, ob die Gerüchteküche zutreffend war und ihre Herrin sich merkwürdig verhielt, glotzten die meisten interessiert in ihre Richtung. Estrelle spannte zu Lenas Schutz einen gerüschten Regenschirm auf und übergab ihn Edward. Dieser hielt Lena so fest im Arm, dass sie noch nicht einmal wankte, als sie die breiten Treppen zum Hof hinabstiegen.

Der Wind war unterdessen stärker geworden und zerrte an ihrem hoch aufgesteckten Haar. Rasch führte Edward sie in Richtung Kapelle, wo Pastor Langley bereits vor der Tür auf sie wartete. Er hatte das Gebetbuch mit beiden Händen wie ein Bollwerk vor seine Mitte gepresst.

Auf dem Weg zum weit geöffneten Portal hastete Edward mit ihr an Hunderten von Sklaven vorbei, die allem Anschein nach vor dem Lagerhaus eine Messe unter freiem Himmel vorbereiteten. Ihnen war es nicht gestattet, die Kapelle zu betreten, und die meisten von ihnen wollten es gewiss auch gar nicht, weil sie keine Anglikaner, sondern Baptisten waren.

Als Lena mitten in der Menge einen hochgewachsenen, relativ hellhäutigen Priester entdeckte, der ebenfalls eine Bibel mit sich trug, stockte ihr der Atem. Sofort erkannte sie sein markantes Gesicht und die langen Haare, die er im Nacken zu einem strengen Zopf gebunden hatte. Jess! Ihr Herz schlug einen Purzelbaum. O mein Gott! Es war Jess! Kein Zweifel. Doch was machte er hier? Für ihn war es brandgefährlich, sich auf dem Gelände von Redfield Hall aufzuhalten. Was, wenn ihn jemand wiedererkannte? Aber das konnte eigentlich nicht sein. Seit seinem Verkauf waren viele Jahre vergangen, und der kleine Junge war schmächtig wie ein Vögelchen gewesen. Nun war er fünfundzwanzig und so breitschultrig und stark wie ein ausgewachsener

Stier. Trotzdem war sein Auftritt in dieser Umgebung der reinste Wahnsinn.

Vater im Himmel!, schoss es Lena heiß durch die Glieder. Er war doch wohl nicht hierhergekommen, um sie persönlich aus Edwards Klauen zu retten? Nachdem sie ihre Verabredung nicht hatte einhalten können, musste er sich irgendeinen Reim auf ihr Fernbleiben gemacht haben. Freude, Panik und ein Gefühl verzweifelter Ohnmacht befielen sie, als er in ihre Richtung schaute. Am liebsten hätte sie sich losgerissen und lauthals geschrien. Doch so blieb ihr nur zu verharren und den Mann anzustarren, von dem sie glaubte, dass ihm ihr ganzes zukünftiges Leben gehörte.

Just in dem Moment blieb auch Edward stehen und küsste sie vor der gesamten weißen Belegschaft von Aufsehern, Advokaten, Schreibern, und was sonst noch auf Redfield Hall an bezahltem Personal beschäftigt war, auf den Mund. Frenetischer Beifall brandete unter den Anwesenden auf und mischte sich mit Hochrufen auf das prominente Paar. Es war, als ob sie ein zweites Mal zur Vermählung schritten, und vielleicht war die Begeisterung sogar noch ein bisschen größer als bei der vorherigen Zeremonie. Weil Lena zu keiner anderen Reaktion fähig war, als die Mundwinkel nach oben zu ziehen, musste es so aussehen, als ob sie sich über Edwards Kuss freute. Noch einmal erschollen Hochrufe auf ihre heldenhafte Rückkehr in den Kreis der Familie.

Voller Entsetzen starrte Lena in das geradezu versteinerte Gesicht von Jess, der aus der Menge der jubelnden Sklaven herausragte wie ein Leuchtturm inmitten der Nacht. Dazu sein erstarrter, glasklarer Blick, der von tiefer Enttäuschung und vielleicht sogar von Hass gekennzeichnet war und ihren vermeintlichen Verrat aufs schärfste verurteilte.

Jess überkam das Gefühl, als hätte sie ihm einen Dolch ins Herz gerammt. Machtlos musste er zusehen, wie sich Lena bereitwillig von

Edward küssen ließ. Und als ob das noch nicht genug der Schmach gewesen wäre, lachte sie ihm – Jess – auch noch dreist ins Gesicht. Das reichte völlig aus, um ihm sämtliche Hoffnungen zu nehmen, dass sie andere Gründe gehabt hatte, nicht an ihrem vereinbarten Treffpunkt zu erscheinen. Schließlich hatte ihn ihr Blick nicht nur gestreift, sie hatte ihm direkt in die Augen geschaut und ihn zweifelsfrei erkannt.

So wie sich die Dinge zu entwickeln schienen, konnte er noch froh sein, dass sie Edward und seinen vermaledeiten Vater nicht auf ihn aufmerksam gemacht und ihn als ihren Entführer gebrandmarkt hatte. Was wohl eher zeigte, dass sie tatsächlich Mitleid mit ihm hatte. Was für ein hirnvernagelter Idiot war er doch gewesen, als er vor Nathan und seiner Mutter für sie Partei ergriffen und sie als weißen Engel dargestellt hatte. Und wenn er ehrlich war, hatte er nicht nur Baba wegen dieser Frau in Gefahr gebracht. Auch den Freiheitskampf hätte er beinahe für sie aufgegeben. Blieb nur zu hoffen, dass sie sich wenigstens an ihr Versprechen hielt, das Lager und seine Insassen nicht zu verraten. Sie wusste so gut wie alles über ihn, und es war klar, dass das Militär sie über ihr Verschwinden befragen würde. Wenn sie es nicht schon getan hatten.

Und Edward? Wenn er seine wiedergefundene Ehefrau vor allen Leuten so liebevoll behandelte, konnte das nur bedeuten, dass er für seine Untreue, die unter anderem zu Lenas Flucht geführt hatte, tiefste Reue empfand. Wobei es ja noch andere Aspekte gab, warum Lena nicht mehr zu ihm hatte zurückkehren wollen. Vielleicht hatte er ihr versprochen, ein paar Sklaven vor dem Erschöpfungstod zu bewahren. Vielleicht glaubte sie ihm, dass er bereit war, für sie Veränderungen einzuleiten, auch wenn sie für die Sklaven kaum spürbar wären – aber zumindest würden sie das Gewissen einer kleinen, schockierten Lady beruhigen. Sie war so leicht zu begeistern. Möglicherweise empfand sie es sogar als Triumph, wenn sie ihn zum Umdenken brachte.

Wahrscheinlich war ihr nach ihrer Rückkehr trotz aller Beteuerungen schnell klargeworden, dass Sir Edward Blake ihr weit mehr bieten konnte als ein räudiger Rebell, der in einer schmutzigen Höhle hauste.

Ohnmächtig vor Wut, musste Jess zusehen, wie sie aufgetakelt wie eine englische Adlige an Edwards Arm geklammert in der Kirche verschwand. Es folgte die gesamte arrogante, weiße Entourage, deren Mitglieder nicht gewillt waren, das Haus Gottes mit ihren Sklaven zu teilen.

KAPITEL 26

Anfang Oktober 1831 || Jamaika || Brennendes Land

Die Tage vergingen, und Lena gab es auf, sich allzu große Hoffnungen zu machen, was ihren elenden Zustand betraf. Der einzige Mensch, mit dem sie in einer archaischen Form der Zeichensprache kommunizierte, war Estrelle. Die erste Haussklavin gab sich redliche Mühe, sie mit Rindfleischsuppe und Bananen, die sie mit steif geschlagener Sahne pürierte, aufzupäppeln. Lena nahm jegliche Nahrung nur in Spatzenmenge zu sich, was für Estrelle zum Problem werden konnte. Edward hatte sie ganz allein dafür verantwortlich gemacht, dass seine Frau an Gewicht zunahm. Falls ihr dies nicht gelang, würde er sie mit Sicherheit hart bestrafen.

Der Doktor hatte Estrelle außerdem empfohlen, Lena so viel wie möglich herumzuführen. Sie müsse sich bewegen, damit ihre Koordinationsfähigkeit und der Wille zum Leben zurückkehrten. Da ihre eigene Antriebskraft sie so gut wie verlassen hatte, war sie kaum fähig, auch nur ein Bein aus dem Bett zu setzen. Estrelle musste sie regelrecht aus den Federn zerren, sie ankleiden wie ein kleines Kind und schließlich mit ihr im Haus umherwandern.

Währenddessen schien Edward sich um die baldige Ernte der Zuckerrohrpflanzungen zu kümmern, jedenfalls war er schon seit Tagen nicht mehr im Haus erschienen, was Lena als wohltuend empfand. So konnte sich ihr geschundener Körper wenigstens ein bisschen von seinen ekelerregenden, nächtlichen Übergriffen erholen.

Vielleicht war Edward auch mit Lord William nach Spanish Town gefahren, um an irgendwelchen Abgeordnetensitzungen mitzuwirken. Ob sie neue Maßnahmen gegen die Rebellenbewegung ins Leben riefen? Wie Lena beiläufig in einem Gespräch zwischen Jeremia und Estrelle aufgeschnappt hatte, gab es anscheinend neue Erkenntnisse, was die Aufklärung ihrer Entführung betraf. Angeblich hatte man einen Mann eingekerkert, der ihr Verschwinden eingefädelt haben sollte. Doch Lena hatte nicht hören können, um wen es sich dabei handelte. Ihre Angst, dass man Jess gefangen haben könnte, wuchs mit jedem Tag. Doch sie war nicht in der Lage zu fragen, wie der Name des Delinquenten lautete.

Als Lena zusammen mit Estrelle an der Tür vorbeiging, hinter der Maggie zuvor gewohnt hatte, blieb sie einfach stehen. Das war die einzige Bewegung, die sie allein bestimmen konnte. Bei allem anderen war sie in gespenstischer Weise auf den Anstoß anderer angewiesen.

«Mylady, was ist denn?», murmelte Estrelle ungeduldig und versuchte, sie zum Weitergehen zu bewegen.

Obwohl es sie einiges an Konzentration kostete, rührte Lena sich nicht von der Stelle. Schließlich gab die alte Sklavin seufzend nach und öffnete die Tür, damit sie einen Blick in Maggies altes Gästezimmer werfen konnte. Lena nahm all die ihr innewohnende Kraft zusammen und schlurfte los. Das Bett war ordentlich gemacht, alles war aufgeräumt, kein Stäubchen störte das perfekt gereinigte Ambiente. Auch deutete nichts mehr darauf hin, dass Maggie hier einmal gewohnt hatte. Wie ein Schatten ihrer selbst schleppte Lena sich weiter zum Kleiderschrank und blieb mit Tränen in den Augen davor stehen. Estrelle schaute sie beunruhigt an.

«Kommen Sie, Mylady, lassen Sie uns gehen.»

Doch Lena wiedersetzte sich dem Drängen der Sklavin unter Aufbietung aller ihr verbliebenen Kräfte. Wo war Maggie?

«M … m … m …», formten ihre Lippen, doch weiter kam sie nicht.

Estrelle seufzte ergeben und verriegelte vorsichtshalber die Tür hinter ihnen, bevor sie zu einer Erklärung ansetzte.

«Ich darf es Ihnen eigentlich nicht sagen, Mylady», unterstrich sie ihre Zurückhaltung. «Aber ich kann nicht mit ansehen, wie Sie leiden, und so wie es aussieht, können Sie mich ohnehin nicht an Sir Edward verraten. Hören Sie zu», sagte sie ernst. «Ich sage es nur ein Mal und dann nie wieder: Maggie ist tot. Candy Jones ... Sie erinnern sich an Lady Elisabeths Leibdiener? Man hat ihn vor wenigen Wochen verhaftet. Er gehörte zu dieser Rebellengruppe ... Lady Fortesque hat daraufhin angeblich ihren Verstand verloren. Auf Geheiß von Dr. Lafayette wurde sie im Auftrag des Masters im Naval Hospital von Port Royal in eine geschlossene Zelle für Geisteskranke gesteckt. Vor zwei Tagen hat Jones dann gestanden, Sie und Maggie entführt zu haben. Offenbar war aber weiter nichts aus ihm herauszuholen. Er hat lediglich zugegeben, dass Ihre Entführung durch die Rebellen schon länger geplant gewesen war und dass er Maggie hernach in deren Auftrag beseitigt hat, weil sie ihnen als Zeugin im Wege stand. Nachdem man ihn im Gerichtsgefängnis von Spanish Town mehrmals hat foltern lassen, um die ganze Wahrheit über den Verbleib von Miss Blumenroths sterblichen Überresten zu erfahren, wurde er am nächsten Tag tot in seiner Zelle aufgefunden. Angeblich hat er sich selbst erhängt.»

Lena spürte, wie sie den Boden unter den Füßen verlor. Maggie tot? Das konnte unmöglich sein. Noch weniger wollte sie glauben, dass Jess und seine Leute etwas mit der Sache zu tun hatten. Die Nachricht von Maggies Tod nahm ihr die Luft zum Atmen. Und Candy Jones? Er sollte ihr Mörder sein? Das klang vollkommen absurd. Jess hatte ihr erzählt, dass Maggie davongeritten war, nachdem Lena bewusstlos auf dem Boden liegen geblieben war. Er hätte ihr doch bestimmt gesagt, wenn der Liebhaber von Lady Elisabeth irgendetwas mit den Rebellen zu tun gehabt hätte! Schließlich hatte sie ihm beiläufig erzählt, dass sie vor ihrer Flucht auf Rosenhall übernachtet hatten.

Natürlich hatte er sie nicht in alle organisatorischen Details der *Flamme von Jamaika* eingeweiht. Warum auch? Wenn sie es recht bedachte, war ihm sogar nichts anderes übrig geblieben, als ihr hauptsächlich die Heldentaten seiner Organisation vor Augen zu führen, um sie mit Haut und Haaren für sich zu gewinnen. Ansonsten hätte sie keine Bereitschaft gezeigt, zu Edward zurückzukehren, und dann wären die drei jungen Sklaven verloren gewesen. Und so gut kannte sie Jess inzwischen, dass er deren Hinrichtung nicht zugelassen hätte.

Plötzlich lief es ihr heiß und kalt über den Rücken. Was wäre, wenn er sie absichtlich verführt und mit ihr geschlafen hatte, nur um ihr den Kopf zu verdrehen und sie für seine Zwecke einzuspannen?

Aber nein, protestierte ihre innere Stimme. Schließlich war sie diejenige gewesen, die sich ihm vollkommen freiwillig hingegeben hatte.

Und selbst wenn er sie für seine Ziele missbrauchen wollte, so änderte es doch nichts an der Tatsache, dass er vollkommen im Recht gewesen war. Wie sonst hätte sie je begreifen können, welch schändliches Spiel Edward und die übrigen weißen Pflanzer mit den Sklaven auf dieser Insel spielten? Bei genauerer Betrachtung konnte sie sich sogar gut vorstellen, dass Jess für das Recht und die Freiheit dieser Menschen über Leichen ging. Aber würde er so weit gehen, Maggie zu töten?

Der Zweck heiligt die Mittel, hatte ihr Vater einmal gesagt.

O Herr im Himmel, was bin ich nur für eine Närrin gewesen!

Lena spürte, wie ihr erneut die Tränen kamen. Er hatte all das nicht für sich getan und schon gar nicht für sie. Sich einzubilden, dass ihr Zusammensein irgendetwas mit Liebe zu tun hatte, war vollkommen abwegig. Gut möglich, dass ihre Entführung kein Zufall gewesen war, wie Jess ihr hatte glauben machen wollen. Vielleicht steckte tatsächlich ein Plan dahinter, und Jess und seine Rebellen hatten sie von Anfang an entführen wollen, um sie gegen die drei Todeskandidaten austauschen zu können. Was, wenn Candy Jones ihr geheimer Mittelsmann gewesen war, der ihre nächtliche Flucht an die bereits lauernden Rebellen verraten hatte, um ihnen die Sache einfacher zu machen? Vielleicht steckten Cato und seine Männer tatsächlich hinter Maggies Ermordung, weil sie ihnen als Zeugin lästig geworden war und man für sie kein Lösegeld bekommen würde? Sie bemerkte, wie ihr die Knie nachgaben und sie mit dem Hintern zuerst auf den weichen Teppich plumpste.

«Mylady!», rief Estrelle erschrocken und fing sie geistesgegenwärtig auf, bevor ihr Kopf auf den Boden schlug.

Lena blieb einfach liegen, aus Angst, sich übergeben zu müssen. Für einen Moment drehte sich die holzvertäfelte Zimmerdecke über ihr wie ein Karussell, dann wurde ihr schwarz vor Augen.

Jess versuchte krampfhaft zu ignorieren, was ihm am vergangenen Sonntag auf Redfield Hall widerfahren war. Lena hatte sich also unübersehbar dazu entschlossen, zu Edward zurückzukehren und bei ihm zu bleiben. *Warum, warum, warum?* Immer wieder malträtierte er sein Hirn auf der Suche nach dem Grund dafür, dass sie am Arm dieses eingebildeten Stinktiers lächelnd und mit hocherhobenem Haupt zur Kirche gestakst war. Wahrscheinlich hatte er sie mit schmeichelnden Worten und Gesten und nicht zuletzt mit seinem Schwanz überzeugt, dass er sein bisheriges Verhalten bereute. Möglicherweise hatte er sie auf Knien angefleht, bei ihm zu bleiben.

Lenas Entscheidung, sich von ihm einlullen zu lassen, bedeutete letztendlich, dass sie genau die oberflächliche Person war, für die er sie am Beginn ihrer Begegnung gehalten hatte. Ihre Anteilnahme am Schicksal seiner schwarzen Brüder und Schwestern war nur ein trügerisches Schauspiel gewesen, um ihn milde zu stimmen und zu ihrem Verbündeten zu machen. Übrig geblieben war eine üble Variante von Mitleid, auf die er gerne verzichten konnte.

Dennoch tat die Einsicht höllisch weh, dass sie nicht in ihn verliebt war, wie sie bei ihrem letzten Zusammensein noch beteuert hatte. Andererseits war es mit Sicherheit besser so. Für Lena und auch für ihn. Ihre Liebe hatte keine Zukunft gehabt. Er war ihr Feind, und in seiner Welt hätte sie niemals Fuß fassen können, ebenso wenig wie er in ihrer. Auf diese Weise konnte er seine Mission ohne schlechtes Gewissen zu Ende bringen. Ein wenig beunruhigte ihn, was mit ihr geschehen würde, wenn die geplanten Sklavenaufstände zum Erfolg führten.

In den darauffolgenden Tagen war er stur seinem Plan gefolgt. Er war bei den geheimen Versammlungen der Baptisten als Gastprediger aufgetreten und hatte die schwarzen Mitbrüder und -schwestern davon zu überzeugen versucht, dass die Sklaverei in London längst abgeschafft worden sei. Immer wieder beschrieb er, wie der Gouverneur und das hiesige Parlament die Papiere der einheimischen Bevölkerung vorenthalten hätten, weil sie die Beschlüsse aus London nicht umsetzen wollten. Einer solchen Ungerechtigkeit könne man am besten mit einer stoischen Arbeitsverweigerung in den anstehenden Erntekampagnen entgegentreten.

Doch all diese Predigten waren nur Tarnung gewesen für das, was in Wirklichkeit folgen sollte. Im Auftrag von Cato hatte Jess mehrere Mittelsmänner aufgesucht und ihnen Instruktionen gegeben, was sie als Nächstes gegen die weißen Pflanzer zu unternehmen hatten. Daraufhin waren etliche Scheunen und Fabrikhallen im Parish St. Mary und St. Ann in Brand gesetzt worden, was deren Verwalter in ernsthafte organisatorische Schwierigkeiten stürzte. Für die bevorstehenden Ernten fehlten nun nicht nur die Lagerhallen, sondern auch die Weiterverarbeitung war gefährdet, weil Maschinen zerstört worden waren. Menschen waren nicht zu Schaden gekommen, so weit hatte man noch nicht gehen wollen. Aber auch das würde eines Tages unvermeidbar sein in diesem erbitterten Kampf um die Gleichberechtigung von Schwarzen und Weißen.

Isaak stand nichtsahnend draußen im Hof seiner kleinen Farm, als Jess nach etlichen Tagen der Abwesenheit zu ihm zurückkehrte. Der junge Baptistenpriester trug einen breitkrempigen Strohhut und fütterte in seinem abgetragenen, schwarzen Anzug die Hühner. Von weitem hätte man die hagere blonde Gestalt durchaus mit einer beweglichen Vogelscheuche verwechseln können. Als Jess ihn vom Sattel aus lautstark begrüßte, fuhr er heftig zusammen und sah ihn erschrocken an.

«Moses?», bemerkte er schließlich erleichtert.

Dann stellte er den Eimer mit dem Hühnerfutter beiseite, ging auf seinen unerwarteten Besucher zu und schüttelte ihm lächelnd die Hand.

«Ich wollte dir dein Pferd zurückbringen», erklärte Jess und sprang aus dem Sattel, ohne näher auf das einzugehen, was er inzwischen erledigt hatte.

Er klopfte das Fell der braunen Stute, die ihn in den vergangenen Tagen zuverlässig von Plantage zu Plantage getragen hatte, und übergab Isaak die Zügel.

«Ich hab dir eine Flasche Rum mitgebracht, weil ich mich für dein Vertrauen und deine Großzügigkeit bedanken wollte. Ich weiß, dass du nicht zu den stärksten Trinkern gehörst, aber zum Tauschen eignet sie sich allemal.»

«Gott segne dich», erwiderte Isaak und nahm mit einem dankbaren Nicken die Flasche entgegen. «Ich bringe Molly nur rasch in den Stall. Dann lass uns reingehen. Du hast sicher Hunger. Ich hab einen Fischeintopf auf dem Herd. Hast du schon gehört, dass es in den letzten Tagen zahlreiche Brände in den Gemeinden hier gab?»

Wenn du wüsstest, dachte Jess, wer wirklich hinter diesen Unruhen steckt, wärst du vorsichtiger damit, wem genau du deine Gastfreundschaft offerierst.

«Ein kühler Schluck Wasser würde mir vollkommen reichen», rief er ihm hinterher.

«Den bekommst du selbstverständlich dazu», rief Isaak zurück. «Geh schon mal hinein, auf dem Küchentisch steht außerdem eine Kanne mit frischer Buttermilch. Einen Becher findest du auf dem Wandregal.»

Die träge Nachmittagssonne schickte ihre letzten Strahlen in das schummrige Zimmer, als Jess die bescheiden eingerichtete Wohnküche des jungen Pastors betrat. Staubflocken tanzten in der Luft, und das schmutzige Geschirr, das im Waschbecken stand, zeugte davon, dass eine Frau im Haushalt fehlte. Isaak hätte sich leicht eine Sklavin halten können, doch das lehnte er wie alle Baptisten strikt ab. Und für ein Dienstmädchen, das nach Bezahlung verlangte, konnte er kein

Geld erübrigen. Sein Gehalt gab er lieber für Flugblätter aus, die Stimmung gegen die Sklaverei machen sollten, wie er Jess beim letzten Treffen erklärt hatte.

Jess lenkte seinen Blick zum wurmstichigen Küchentisch und entdeckte den Krug, von dem Isaak gesprochen hatte. Auf der Anrichte lag ein Klumpen Butter auf einem weißen Teller. Die Milch dazu stammte vermutlich von der einzigen Kuh im Stall, die, wie Jess wusste, vor ein paar Wochen gekalbt hatte. Sie war ein wertvoller Schatz, trotz aller Geldknappheit, die hier offenbar herrschte. Sklaven besaßen in den seltensten Fällen eine eigene Kuh, sondern höchstens ein paar Ziegen. Diese hielt man sich, wenn überhaupt, um Lämmer zu züchten, damit einmal im Jahr vernünftiges Fleisch in den Topf kam.

Aber auf dem Tisch lag noch etwas anderes, das die Aufmerksamkeit von Jess weitaus mehr fesselte. *Kingston Gazette* stand in großen Lettern auf dem zerknitterten Papier, das sicher schon durch Dutzende Hände gegangen war. Er nahm auf einem der beiden Stühle Platz und widmete sich der ersten von mehreren Seiten.

«*Brutaler Sklavenaufrührer hat die Tötung einer deutschen Hausbediensteten gestanden und sich – wahrscheinlich aus Reue – selbst in der Zelle erhängt*», las er murmelnd.

Im weiteren Verlauf des Artikels war zu erfahren, dass einer der Haussklaven von Rosenhall offenbar in Verbindung zu einer ominösen Rebellenorganisation stand, die für den Tod der Gesellschafterin von Lady Helena Blake verantwortlich war. Dem Bericht nach hatte die missglückte Verschleppung der Lady zum gewaltsamen Tod ihrer Angestellten geführt, die sich angeblich in heldenhafter Weise für deren Unversehrtheit eingesetzt habe. In der weiteren Berichterstattung hieß es, Lady Blake habe in letzter Minute aus den Händen der Unholde befreit werden können, die man erfolgreich in die Flucht geschlagen habe. Kein Wort von einem Austausch. Kein Wort über die freigelassenen Gefangenen.

«Was ist das bloß für ein Schwachsinn?», knurrte Jess und blätterte weiter, um mehr zu erfahren.

Doch auf den folgenden Seiten wurde lediglich vor allgemeinen Übergriffen von Rebellen gewarnt, deren Anhänger in den letzten Wochen für zahlreiche Brände auf Feldern und in Lagerschuppen verantwortlich waren. Der Gouverneur persönlich kündigte in einem Kommentar vollmundig an, dass man für die Aufstellung neuer Polizei-Milizen sorgen wolle, die gemeinsam mit der Armee den Aufständen ein abruptes Ende bereiten würden. Dafür wurden freiwillige, junge Männer gesucht – ausschließlich weißer Herkunft, natürlich.

«Hast du das gelesen?», fragte Isaak, der aus dem Stall zurückgekehrt war und ihn nun neugierig anschaute. «Offenbar haben sie den Mann geschnappt, der die Schuld an der versuchten Entführung von Lady Blake trägt. Wenigstens wird er für den Mord an ihrer Gesellschafterin in der Hölle schmoren.»

Isaak schüttelte bedauernd den Kopf und nahm beiläufig zwei Steingutkrüge vom Regal, stellte sie geräuschvoll auf den Tisch und schenkte die Buttermilch ein. Jess erwiderte nichts. In Gedanken ging er noch mal das Gelesene durch. Der Kerl, der angeblich die Tat gestanden hatte, war ihm vollkommen unbekannt. Hinzu kam, dass die Gesellschafterin, von der die Rede war, noch gelebt hatte, als sie zusammen mit Lena den Weg von Kojo und den Flüchtlingen kreuzte. Ergo musste sie nach ihrer Flucht gestorben sein.

Neben diesen Unstimmigkeiten unterschlug der Zeitungsbericht das tatsächliche Ausmaß von Lenas Entführung. Auch das musste einen Grund haben. Vielleicht hatte Lena sich einfach an die Abmachung gehalten, ihn und seine Leute nicht zu verraten und das, obwohl sie sich offenbar von ihm abgewandt hatte. Aber warum sollte sie jemanden beschuldigen, der gar nichts mit der Sache zu tun hatte? Jess hoffte, dass nicht er der Grund dafür war. Der Gedanke, dass der andere Mann womöglich sterben musste, weil sie von ihm ablenken wollte, erschütterte ihn. Dass der Kerl sich garantiert nicht freiwillig erhängt hatte, darauf hätte Jess wetten mögen. Aber dass Lena dessen Tod billigend in Kauf genommen hatte, um sein Leben zu schützen, konnte er ebenso wenig glauben.

Oder sollte er sich wirklich so in ihr getäuscht haben? Sie war durchaus eine Frau, die ihren Kopf durchsetzen wollte, und dies im Notfall auch mit ungewöhnlichen Mitteln. Nachdem sie ihm an Edwards Seite so spöttisch ins Gesicht gelächelt hatte, wunderte ihn beinahe gar nichts mehr. Gut vorstellbar, dass der Tod ihrer Angestellten sie so sehr schockiert hatte, dass sie ihr Vertrauen in ihn vollkommen verloren hatte. Jess musste sich eingestehen, dass er sie nicht gut genug kannte, um zu wissen, was wahrhaftig in ihrem hübschen Dickkopf vorging. Er hätte es zu gerne gewusst, doch diese Chance war fürs Erste vertan.

Isaak, der seine Nachdenklichkeit nicht zu bemerken schien, prostete ihm zu.

«Der Herr sei mit uns.»

«Zu allen Zeiten», erwiderte Jess die allseits bekannte Losung und prostete zurück.

Er trank einen beherzten Schluck Buttermilch in der Hoffnung, dass der fade Geschmack seiner abgrundtiefen Enttäuschung über Lenas Verhalten gleich mit hinuntergespült würde, doch das war ein Irrtum. Der wiederkehrende Gedanke, dass sie ihm womöglich eine Mitschuld am Tod ihrer Gesellschafterin einräumte, machte die ganze Angelegenheit nur noch grausamer, als sie ohnehin schon war.

Der Geruch von Candy Jones verbrannter Leiche waberte noch über den Innenhof der Gefängnismauern, als Edward zusammen mit seinem Vater das Büro von Commodore Bolton im Gerichtsgefängnis von Spanish Town betrat. Der Advokat bot ihnen in linkischer Freundlichkeit einen Sessel an und setzte sich dann selbst hinter seinen monströsen Schreibtisch, der ihm für die Dauer seines Aufenthaltes vom Gouverneur zur Verfügung gestellt worden war.

«Hat Ihre Frau inzwischen ihre Sprache wiedererlangt?», fragte er forsch.

«Nein, leider nicht», antwortete Edward gedehnt. «Dr. Lafayette meint, das könne noch Monate dauern. Sie benimmt sich, als ob sie der Schlag getroffen hätte, dabei konnte sie bei den Rebellen wenigstens noch schreiben, wie wir alle wissen. Aber selbst das scheint sie verloren zu haben.»

Edward blickte ratlos in die Runde.

«Wer sagt denn, dass sie den merkwürdigen Brief selbst geschrieben hat», erwiderte Bolton mit hochgezogener Braue.

«Ich kenne ihre Schrift», erwiderte Edward im Brustton der Überzeugung. «Sie hat mir etliche Briefe geschrieben, bevor sie aus London zu uns übergesiedelt ist.»

«Wer weiß, was die Rebellen ihr angetan haben?», mutmaßte Lord William. «Sie müssen bedenken, meine Schwiegertochter war mehr als vier Wochen unter den Wilden, jedenfalls nehmen wir das an. Dr. Lafayette befürchtet das Schlimmste.»

«Denkt er, dass man sie vergewaltigt hat?», fragte Bolton mit einer unbotmäßigen Neugier im Blick.

«Äußerlich gibt es keinerlei Hinweise darauf», versicherte Edward scheinbar gelassen. Er würde vor Bolton nicht zum Besten geben, dass seine Hochzeitsnacht, was die Entjungferung der Braut betraf, ein Reinfall gewesen war. Und auch nicht, dass er seine Frau sogleich nach ihrer Rückkehr – trotz ihres erbärmlichen Zustandes – bestiegen hatte, nur um dabei feststellen zu müssen, dass er nicht der Erste gewesen war. Außerdem konnte er noch nicht einmal sagen, ob sie überhaupt jungfräulich in die Ehe gegangen war. Falls doch, musste sie mit irgendeinem dieser rebellischen Teufel das Lager geteilt haben.

«Und was würde das schon für einen Unterschied machen», fügte er stoisch hinzu. «Sie ist traumatisiert», erklärte er und benutzte die Wortwahl des Doktors, «da gibt es nichts zu diskutieren. Wir müssen ihr nur genügend Zeit lassen, sich wiederzufinden.»

Insgeheim hoffte er, dass sie sich vielleicht irgendwann an ihn gewöhnen, ja ihn sogar akzeptieren würde. Wobei Doktor Lafayette ihm versichert hatte, dass sie in ihrem Zustand zweifelsfrei Kinder gebären konnte. Spätestens, wenn sie ihm einen gesunden Sohn gebar, war er die größte Sorge los.

«Und was machen Sie, wenn sie von irgendeinem Wilden geschwängert wurde?»

Bolton ist rücksichtslos und unverschämt, dachte Edward, der eine solche Variante schlichtweg verdrängte.

«Wenn sie ein Kind in sich trägt, das schwarz ist, wird es die ersten Stunden nach der Geburt nicht überstehen», behauptete Lord William empört.

Offenbar gingen auch ihm die Anzüglichkeiten des Commodore zu weit.

«Bevor Sie sich über den Nachwuchs von Redfield Hall Gedanken machen, lieber Commodore», bemerkte Edward süffisant, «was gedenkt der Gouverneur gegen die Rebellen zu unternehmen? Wir haben uns nämlich überlegt, dass wir eine Privatarmee aufstellen wollen, um die Gipfelregion der Blue Mountains zu erkunden. Wir haben den dringenden Verdacht, dass es dort etwas mehr gibt als schroffe Felsen und verlassenen Kaffeeplantagen.»

«Mit Verlaub, Sir Edward», begann Bolton gereizt, «der Gouverneur duldet in Ermittlungsangelegenheiten keine privaten Milizen. Das müsste Ihr Vater als sein Vertrauter eigentlich wissen. Wir wollen keinen zweiten Fall ‹Brown› provozieren. Wenn überhaupt, sollten Ihre Leute in unser militärisches Personal vor Ort integriert werden und dabei helfen, die Umgebung der Plantagen sauber zu halten. Dazu ist erst kürzlich ein Aufruf ergangen, dass sich alle weißen Männer der Insel für die Aufstellung von neuen Polizeimilizen melden sollen. Soweit ich weiß, sind ferner mehrere Regimenter aus England im Anmarsch, die uns kurz vor Weihnachten erreichen werden und uns bei der Aushebung von Rebellennestern unterstützen sollen. Bis dahin sollten Sie sich noch gedulden und allenfalls die Verteidigung auf Ihren Plantagen verstärken.»

«Auf fünf Plantagen hat es in der letzten Woche gebrannt», erklärte

Edward schnaubend. «Lediglich dem andauernden Regen haben wir es zu verdanken, dass kein größerer Schaden entstanden ist.»

«Ich weiß», wiegelte Bolton gereizt ab. «Rosenhall hat es auch erwischt.»

«Ja», bestätigte Lord William ungehalten. «Dort wurde die Scheune, in der sie den Jamaikapfeffer trocknen, abgefackelt. Gott sei Dank musste Lady Fortesque das nicht miterleben.»

«Lady Fortesque?» Bolton hob eine Braue und schaute ihn fragend an. «Was ist eigentlich aus ihr geworden? Ich habe mich schon gewundert, dass sie nach der Verhaftung ihres Sklaven keinen weiteren Protest mehr eingelegt hat.»

«Dr. Lafayette hat sie nach der Verhaftung von Candy Jones ins Naval Hospital in Port Royal einliefern lassen müssen, weil sie vollkommen den Verstand verloren hat. Nun steht sie vierundzwanzig Stunden am Tag unter ärztlicher Beobachtung, weil die Gefahr besteht, dass sie sich ansonsten das Leben nimmt. Sie weiß noch nichts vom Tod ihres Dieners. Sie hat sehr an ihm gehangen und ist immer noch stark vom Laudanum abhängig. Bekommt sie es nicht, läuft sie tobend und schreiend umher. Da sie keine anderen Verwandten hat und mein Sohn als ihr alleiniger Erbe im Testament steht, habe ich bis zu ihrem Tod ihre Vormundschaft und die Verwaltung der Plantage übernommen.»

«Möge Gott der Herr ihrer armen Seele gnädig sein», fügte Edward hinzu und setzte ein möglichst trauriges Gesicht auf.

In Wahrheit triumphierte er regelrecht. Es hätte kaum besser für ihn laufen können.

Nachdem Jess ins Lager zurückmarschiert war, hatte er sein treues Maultier in einem Verschlag entdeckt, in dem die Mulis der Rebellen untergebracht waren. Entweder hatte jemand das Tier gefunden, oder es war freiwillig in die Berge zurückgekehrt. Als er nach draußen trat, lief ihm ausgerechnet Selina über den Weg. Sie trug einen Korb mit verschiedenen Früchten auf dem Kopf, den sie sofort absetzte, um auf ihn zuzulaufen. Unerwartet stürmisch fiel sie ihm um den Hals.

«Gott sei Dank, du lebst», wisperte sie an seiner Brust.

Er sah, dass sie beinah weinte. «Hey, hey», flüsterte er und strich ihr über den Rücken. «Ich war doch nur ein paar Tage unterwegs.»

Nun blickte sie zu ihm auf, und ihre braunen Augen waren voll ehrlicher Sorge.

«Deine Mutter sagte mir, dass du die Frau zu den Weißen zurückgebracht hast. Als dein Maultier herrenlos zurückkam, dachten wir schon, die Soldaten hätten dich geschnappt.»

«Ich lasse mich nicht so einfach schnappen», erwiderte er und fasste sie bei den Schultern, um den Abstand zwischen ihnen zu vergrößern.

«Ich bin so froh, dass du heil zu uns zurückgekehrt bist», sagte sie freudestrahlend und nahm ihn wie selbstverständlich bei der Hand. «Und ich bin froh, dass sie fort ist», bekannte sie ehrlich.

Jess wusste sofort, wen sie meinte.

«Ja», sagte er und vermied es, ihr in die Augen zu schauen.

Er würde ihr nicht verraten, was er in Wahrheit über Lenas Abwesenheit dachte.

«Sie hat ihre Zwecke erfüllt», erklärte er düster, «und nun ist sie wieder dort, wo sie hergekommen ist.»

«Wir könnten zum Teich spazieren», schlug Selina mit einem aufreizenden Lächeln vor und schaute hoffnungsvoll zu ihm auf.

«Nicht jetzt», hörte er sich selbst sagen. «Ich muss erst zu Cato und ihm Bericht erstatten.»

«Dann sehen wir uns danach?», fragte sie zuversichtlich.

Jess schenkte ihr einen Moment lang seine Aufmerksamkeit. Sie war hübsch, gar keine Frage, und sie war willig, ihn in ihr Bett und ihr Herz zu lassen. Auch daran war im Grunde nichts auszusetzen. Aber sie war nicht Lena, und das war der Fehler.

«Vielleicht», erwiderte er müde. «Ich habe noch einiges zu erledigen, und ich weiß nicht, mit welchen Aufträgen Cato mich als Nächstes versieht. Geh und berichte meiner Mutter, dass ich wohlbehalten zurückgekehrt bin.»

«Aber natürlich», antwortete sie und himmelte ihn mit ihren großen, braunen Augen regelrecht an. «Ich kann warten», fügte sie mit leiser Stimme hinzu.

Jess betrat die Hütte des alten Rebellenführers mit gemischten Gefühlen. Catos Auftritt gegenüber Lena war mit nichts zu entschuldigen, und Jess war sich nicht im Klaren darüber, ob er den Anführer deshalb hasste und im Grunde nicht mehr bereit war, dessen gewaltsame Ideen zu unterstützen.

«Ich dachte schon, du lässt mich ewig warten», erklärte Cato mit einem spöttischen Grinsen. «Aber von Kojo weiß ich, dass die Übergabe der weißen Lady allem Anschein nach wie gewünscht verlaufen ist und du bei den Baptisten mit offenen Armen empfangen wurdest.»

«So reibungslos, wie du denkst, war es nicht», erwiderte Jess. «Ich hatte Glück, dass die Soldaten, die am Übergabeort lauerten, mich nicht erwischt haben. Wie du vielleicht bemerkt hast, musste ich mein Maultier aufgeben.»

«Das genau wie du den Weg zu uns zurückgefunden hat», fügte Cato mit einem süffisanten Lächeln hinzu. «Und wie fühlt es sich an, wenn man ein Satan im Priestergewand ist und alle glauben macht, dass man kein Wässerchen trüben könne?»

«Beschissen», erwiderte Jess ungewollt ehrlich.

Er ärgerte sich, dass Cato sich über ihn lustig machte, obwohl er es selbst gewesen war, der ihm den Befehl zu dieser Verkleidung gegeben hatte.

«Ich mag es nicht, friedliebende Christen ins offene Messer laufen zu lassen. In allen Gesprächen wurde klar, dass die meisten von ihnen wie Samuel Sharpe nur eine friedliche Revolution akzeptieren und jegliche Gewalt ablehnen.»

«Bist du jetzt etwa unter die verblendeten Fußeküsser gegangen, oder hat der falsche Rock dir deinen Verstand vernebelt?», fragte Cato argwöhnisch. «Soweit ich sehe, haben die Christen keine Probleme damit, Menschen in der Sklaverei zu halten. Das heißt, sofern sie uns Schwarze überhaupt als Menschen wahrnehmen.»

«Es gibt solche und solche», wandte Jess ein, in der Absicht, Leute wie Isaak und Knibb zu verteidigen.

Doch Cato vertrat eindeutig eine andere Meinung. Für ihn hatte der christliche Glaube nichts mit seinem eigenen Leben zu tun und auch nichts mit seiner afrikanischen Herkunft.

«Ich vertraue einzig darauf, was uns die alten Götter und unsere Ahnen sagen. Alles andere ist von Weißen gemachter Humbug, um die Welt in dunkelhäutige Teufel und blonde Engel aufzuteilen. Die Vergleiche mit dem Bösen wurden von Anfang an zu unseren Ungunsten festgelegt.»

Jess vermied es, darauf etwas zu erwidern. In gewisser Weise konnte er Cato nicht einmal widersprechen.

«Erzähl mir lieber, wie es mit denen gelaufen ist, die unsere Pläne unterstützen.»

«Ich habe den Kontakt zu allen wichtigen Mittelsmännern auf den betreffenden Plantagen hergestellt. Die Angriffspläne für die nächsten drei Monate liegen unseren jeweiligen Rädelsführern vor», erläuterte er ohne Umschweife. «Das, was wir in den vergangenen Tagen und Wochen in die Wege geleitet haben, ist auf fruchtbaren Boden gestoßen. Spätestens Weihnachten wird das ganze Land brennen. Der Weg ist frei, um die von dir gewünschte Revolution einzuläuten.»

«Gut gemacht», bestätigte Cato grinsend. «Spätestens im Frühjahr haben wir den letzten Weißen von seiner Plantage verjagt, und ich kann als neuer Präsident dieses Landes die Macht übernehmen. Wir haben dreihunderttausend Sklaven auf dieser Insel, die fünfundzwanzigtausend Weißen gegenüberstehen. Wäre doch gelacht, wenn es uns nicht gelingen sollte angesichts einer solchen Übermacht, diese elenden Menschenschinder auf immer zu verjagen.»

«Hat er irgendetwas über die weiße Schlampe gesagt?»

Baba schaute Selina fragend an, als sie zu ihr in die Hütte trat.

Sie war froh, dass Jess diese unselige Geschichte mit der weißen Frau nun endlich hinter sich gebracht hatte und dass ihm dabei nichts Böses widerfahren war. Desdemonas Zauber, von dem er – wie beabsichtigt – nichts bemerkt hatte, würde sein Übriges dazutun, damit die Sache so schnell wie möglich in Vergessenheit geriet.

«Nein», erwiderte Selina mit gesenktem Kopf. «Aber er war nicht gerade bester Laune. Er erschien mir gereizt, und seine Augen sahen traurig aus.»

«Das ist gut», erwiderte Baba und ignorierte Selinas verwundertes Gesicht. «Wir sollten Desdemona bitten, einen Liebestrank für dich zu brauen, den du Jess ins nächste Essen kippst. Dann wird er schon bald deinen Reizen erliegen.»

«Nein, Mama Baba, das möchte ich nicht!», wies Selina ihren Vorschlag brüskiert zurück. «Entweder er liebt mich aus freien Stücken, oder er lässt es bleiben. Ich will keinen Mann, der nur wegen irgendeiner Zauberkraft das Lager mit mir teilt.»

«Dummes Mädchen», entgegnete Baba und schüttelte verständnislos den Kopf. «Den Zauber braucht es doch nur so lange, bis er dir ein Kind gezeugt hat. Wenn er erst euren gemeinsamen Sohn in Händen hält, wird ihn nichts mehr davon abhalten, dir seine Liebe freiwillig zu schenken.»

«Nein», wiederholte Selina schwach. «Wenn er zu mir kommt, soll er es klaren Gemütes tun. Meine Töchter wurden von ihren Vätern ausnahmslos in betrunkenem Zustand gezeugt. Dass sie trotzdem gut geraten sind, habe ich der Gnade der Ahnen zu verdanken. Aber ich habe mir geschworen, wenn ich noch mal ein Kind empfange, so soll es allein aus Liebe geschehen.»

«Na, dann streng dich an», empfahl ihr Baba in herablassendem Ton und ließ sie in der Hütte zurück.

Wütend ging sie zu Desdemona. Die alte Obeah-Frau saß Pfeife rauchend vor ihrer Hütte und schien sie bereits erwartet zu haben. «Komm rein», sagte sie, ohne Baba zu begrüßen.

«Ich hoffe, dein Zauber hat gewirkt», erklärte Baba und musterte aufmerksam das faltige Gesicht der alten Zauberin.

«Was denkst du denn?», gab Desdemona mit einem zahnlosen Grinsen zurück. «Ich habe die Geister angerufen, sobald ich wusste, dass die beiden das Lager verlassen haben. Die volle Wirkung des Zaubers hat sich also erst nach ihrer Rückkehr in die Welt der Weißen entfaltet. Ansonsten wäre zu befürchten gewesen, dass dein Sohn etwas bemerkt. Solange ihr niemand ein Gegenmittel verabreicht, wird die Weiße im Zustand gnädiger Willenlosigkeit verbleiben und kaum in der Lage sein, sich irgendwem mitzuteilen. Fortan ist sie nichts weiter als eine sprachlose Marionette, die dem Willen ihres jeweiligen Puppenspielers untersteht.»

KAPITEL 27

Ende Dezember 1831 || Jamaika || Guter Hoffnung

Ihre Frau ist guter Hoffnung», verkündete Dr. Lafayette voller Freude, nachdem er Lena auf ihrem Bett liegend unter einem Tuch sorgsam abgetastet hatte. Schließlich setzte er noch ein gewaltiges Hörrohr an ihren Bauch, um letzte Gewissheit zu erlangen. «Ich meine bereits einen winzigen Herzschlag zu hören.»

«Wie weit ist sie denn?», wollte Edward wissen, der hinter ihm ausharrte und wie gebannt auf Lenas weiße Schenkel starrte, die unter dem Tuch hervorlugten.

«Es ist noch zu früh, um Genaueres zu sagen», erklärte Lafayette und schaute in Edwards angespannte Gesichtszüge. «Ich würde wetten, Sie waren bereits in der Hochzeitsnacht erfolgreich», scherzte er anzüglich.

Edward verdrängte den Gedanken, dass die Hochzeitsnacht gar nicht stattgefunden hatte und er stattdessen befürchten musste, dass das Kind vielleicht von einem anderen stammte. Wenn es schwarz war, würde er den Säugling auf welche Weise auch immer beseitigen und von neuem beginnen müssen. Aber dieses Risiko musste er wohl oder übel eingehen.

«Und was ist mit ihrem Gemütszustand?», wollte Edward nun wissen. «Seit ihrer Entführung sind drei Monate vergangen, und es hat sich kaum etwas an ihrem Benehmen verändert. Sie spricht immer noch nicht und handelt nur auf Anweisung, so als ob sie gar keinen eigenen Willen hätte.»

«Sie ist eben immer noch schwermütig», konstatierte der Doktor mit einem Seufzer. «Das Wichtigste ist, dass sie weiterhin bereit ist, Nahrung zu sich zu nehmen. Die meisten Schwermütigen müssen elendig verhungern, weil sie sich weigern zu essen.»

«Wird ihr merkwürdiges Verhalten irgendwelche Auswirkungen auf das Kind haben?»

«Nein», sagte der Doktor und schüttelte bedächtig den Kopf, während er sich die Hände in einer von Estrelle dargebotenen Schüssel wusch.

«Sie kann gehen, sie kann essen. Mehr braucht es nicht, um ein Kind auszutragen. Reden gehört auf jeden Fall nicht dazu.»

«Das heißt, ich muss nichts weiter berücksichtigen?» Edward schaute ihn erwartungsvoll an.

«Doch», erwiderte Lafayette, während er sich die Hände an einem weichen Leinentuch abtrocknete. «Sie sollten Ihre Frau von nun an konsequent von ehelichem Beischlaf verschonen, damit wir sie keinerlei Gefahr aussetzen, das Kind zu verlieren. Suchen Sie sich im Ernstfall lieber woanders Erleichterung, wenn Sie verstehen, was ich meine.»

Der Doktor lächelte schwach, während Edward abwesend nickte.

«Das dürfte das geringste Problem sein», erklärte er beiläufig.

Verdammter Hund!, dachte Lena, nachdem Edward und der Arzt das Zimmer verlassen hatten und Estrelle ihr in ein frisches Nachthemd half. Die Nachricht von der Schwangerschaft hatte ihr Gutes, was den ausbleibenden Beischlaf mit Edward betraf. Andererseits war die Geburt eines Kindes gelinde gesagt eine Katastrophe. Lena hatte schon länger bemerkt, dass mit ihr etwas nicht in Ordnung war, doch erst die lästige Übelkeit, die sie seit Wochen befiel, hatte ihr und Estrelle letzte Gewissheit gegeben.

Schwanger! Irgendwann musste es ja geschehen sein, so oft wie Edward sie in den letzten Wochen zum ehelichen Beischlaf gezwungen hatte. Doch ihre Blutungen waren schon während der Gefangenschaft ausgeblieben. Der Gedanke, dass dieses Kind genauso gut von Jess sein konnte, hätte sie gefreut, wenn die Umstände anders gewesen wären. Aber nun ängstigte sie sich noch mehr. Erstens würde sie dem Kind in ihrem Zustand keine Mutter sein können, und zweitens würde Edward außer sich sein, wenn das Kind eine andere Hautfarbe als die eines reinrassigen Weißen besaß. Sie traute ihm zu, dass er es direkt nach der Geburt weggeben, ja sogar töten würde, falls es nicht seinen Vorstellungen entsprach.

Und an Flucht war nicht zu denken. Obwohl inzwischen fast drei Monate vergangen waren, fiel ihr das Sprechen nach wie vor unsäglich schwer. An guten Tagen waren es ein paar verständliche Worte, die das Nötigste beschrieben. An schlechten waren es nur tierische Laute, die ihr die seltsamen Blicke der Angestellten bescherten. Trotzdem lud Edward weiterhin in ihrem Namen zu amüsanten Nachmittagskränzchen in den Salon von Redfield Hall, wo sie gekämmt, gepudert und in feinstem Batist schweigend zwischen all den Tee trinkenden Ladys saß und gute Miene zum bösen Spiel machen sollte.

Er vergab die Einladungen angeblich, um sie aufzumuntern. In Wahrheit tat er es, um sich und ihr den Anschein von Normalität zu geben. Niemand sollte auch nur ahnen, welchen Schatten ihr Zustand über ihre Ehe geworfen hatte. Solange sie ein öffentlicher Teil der feinen Gesellschaft waren, würde niemand an ihrem harmonischen Miteinander zweifeln. Im Gegenteil. Überall erzählte man sich, welch treu sorgender Ehemann Edward Blake doch war. Wie rührend er sich um seine offenbar schwerkranke, junge Frau kümmerte, die unter den vorangegangenen Vorfällen unsäglich gelitten haben musste.

Ein paar Tage später hatte Edward anlässlich des bevorstehenden Weihnachtsfestes vier Plantagenverwalter aus der Umgebung samt ihren Gattinnen eingeladen, um auf ihr gemeinsames Glück anzustoßen. Vollmundig verkündete er Lenas Schwangerschaft, die von den Damen mit freudigen Gratulationen begrüßt und von den Herren mit ein paar leisen, zotigen Bemerkungen kommentiert wurde, die Edward in verhaltenem Ton lobten.

Edward nahm den Zuspruch mit jovialer Miene entgegen. Kein Wort davon, dass er sich schon wenige Stunden später wieder mit einer seiner Sklavinnen amüsieren würde, wie er es in diesen Tagen so häufig tat. Mitten in der Nacht verschwand er und kehrte erst am Morgen zurück, mit dem Geruch einer fremden Frau an seinem verschwitzten Körper. Wahrscheinlich zeugte er Nacht für Nacht Dutzende von Bastarden, die dazu bestimmt waren, ein trauriges Leben als seine Sklaven zu fristen.

Während die Frauen beim Nachmittagstee im Esszimmer sitzen blieben, verabschiedeten sich die Männer in den Salon, um eine kubanische Zigarre zu rauchen und einen Brandy zu trinken.

«Ach, meine liebe Helena», unterbrach Lady Albright die peinliche Stille und fasste Lena mitfühlend am Arm. «Ich freue mich so für Sie und Ihren Gatten. Diese Schwangerschaft ist doch eine wunderbare Nachricht nach allem, was Sie durchmachen mussten!»

Estrelle schenkte derweil den vier verbliebenen Damen indischen Tee in feinste Tässchen aus Meißner Porzellan mit Rosendekor ein. Danach verteilte sie Erdbeertörtchen und Roastbeef-Sandwiches auf die dazu passenden Teller.

«Wenn es stimmt, was allenthalben erzählt wird», fuhr Lady Albright fort und nippte vornehm an ihrem Tee, «war es äußerst mutig von Ihnen, sich diesen Wilden zu widersetzen. Und nun schenkt Ihnen Gott der Herr zum Dank für Ihre Tapferkeit ein neues Leben, das Sie all diese Schrecknisse vergessen lassen wird. Ist das nicht großartig? Lasst uns auf den zukünftigen Erben von Redfield Hall anstoßen, meine lieben Freundinnen.»

Sie hob ihren Kristallkelch, in dem zur Feier des Tages prickelnder Champagner perlte. Gemeinsam prostete die Runde erstklassig gekleideter Damen Lena zu, die wie immer nur ein gequältes Lächeln zustande bringen konnte. Während die Damen sich anschließend an Kuchen und Sandwiches gütlich taten, schnatterten sie fröhlich über ihre Schwangerschaften und amüsierten sich über die Lüsternheit ihrer Männer.

«Wenn es mir zu viel wird», wusste Lady Butterfield mit hochrotem Kopf zu berichten, «rate ich ihm, eins unserer Dienstmädchen zu besteigen. Immer noch besser, als wenn er es in seiner Not mit einer Ziege treibt.»

Amüsiertes Gekicher machte die Runde. Bekanntermaßen verfügte Lady Butterfield über einen deftigen Humor, den sie jedoch nur durchblicken ließ, wenn ihr Mann nicht anwesend war. Er war ein studierter Advokat, der sie – wie man munkelte – aus irgendeiner Hafenkneipe in London geholt hatte, wo sie die Gäste angeblich nicht nur mit ihrem Gesang erfreut hatte. Beim Anblick der stummen Gastgeberin wechselten die Damen schließlich das Thema.

«Ist es nicht fürchterlich, was gerade um uns herum geschieht?», fragte Lady Albright mit pikierter Miene. «Walter erzählte mir, dass die Übergriffe der Rebellen auf die Besitzungen der Weißen immer ausschweifender werden. Letzte Woche erst wurde eine Plantage in St. James überfallen. Ein Aufseher wurde getötet und der Verwalter schwer verletzt. Außerdem hat man das Haupthaus angezündet. Die Sklaven haben derweil nur dumm rumgestanden, anstatt bei den Löscharbeiten zu helfen.»

«Ich halte alle Neger für geistig zurückgeblieben», fügte Lady Montague hinzu. «Ernest ist im Übrigen der Meinung, dass hinter den Angriffen unmöglich afrikanische Sklaven stecken können. Er sagt, die Rädelsführer müssen Mischlinge sein. Im Gegensatz zu ihnen verhalten sich die rein schwarzen Sklaven wie willenlose Marionetten. Die tun nichts, was man ihnen nicht vorher gesagt hat. Und selbst dann verstehen sie manchmal nicht, was man von ihnen will.»

Plötzlich war es still, und alle schauten auf Lena, der nichts anderes übrig blieb, als die Mundwinkel zu heben.

«Oh. Tut mir leid, meine Liebe», beeilte sich Lady Montague hinzuzufügen. «Ich wollte natürlich nicht Ihren bedauernswerten Zustand verurteilen. Es ist schließlich etwas völlig anderes, ob man etwas will und nicht kann oder ob man etwas kann und nicht will.»

«Genau!», eilte Lady Butterfield ihrer Nachbarin zu Hilfe. «Ganz gleich, wie schlimm es um Lady Blake steht, sie ist und bleibt eine von uns! Ganz anders verhält es sich mit den afrikanischen Sklaven und ihren Nachkommen. Man kann ihren Intellekt nicht mit dem eines Weißen vergleichen. Alles an ihnen erinnert an Affen im Tierpark. Allister meint, dass ihre Vorfahren vielleicht eine Mischung aus Affen und Menschen seien, sonst könnten sie unmöglich so viel von beidem in sich vereinen.»

Sie lachte schrill, und Lena hätte ihr am liebsten die Teetasse aus der Hand geschlagen, deren Henkel sie mit abgespreiztem Finger hielt.

Leider blieb ihr durch die Starre nichts anderes übrig, als die darauffolgende Diskussion der Damen über die Dummheit ihrer Sklaven und deren tierische Eigenschaften ohne Protest über sich ergehen lassen zu müssen. Währenddessen dachte sie schmerzhaft an Jess, der ihr gezeigt hatte, dass die Mutmaßungen der anwesenden Gäste nichts weiter als üble Hirngespinste einer äußerst dekadenten Gesellschaft waren.

Plötzlich erschien Jeremia in der Tür und bat die anwesenden Damen, ihm im Auftrag seines Masters nach draußen zu folgen. Vor dem Dinner hatte Edward eine besondere Attraktion angekündigt, sich aber mit Einzelheiten zurückgehalten. Jeremia führte die Damen in den Hof, wobei Estrelle Lena bis zu den ersten Lagerhallen geleitete. Dort warteten ihre Männer bereits in der tief stehenden Sonne vor einer rechteckigen, provisorischen Absperrung aus hölzernen Viehgattern. Es war ein Boxring, wie Lena und die restlichen Damen wenig später von Edward erfuhren. Zur krönenden Unterhaltung des Tages sollte ihnen dort ein besonders Schauspiel dargeboten werden.

Trevor Hanson hatte bereits für den Aufmarsch einer Reihe von ausgewählten Sklaven gesorgt. Etwa fünfzig von ihnen wurden von ihm und seinen Männern mit Hilfe von Gewehren und Macheten in Schach gehalten. Die Gesichter der halbnackten Männer waren resigniert.

Lena, die nur ahnen konnte, was nun folgen sollte, hätte am liebsten wieder kehrtgemacht. Aber Edward sorgte dafür, dass sie einen

Ehrenplatz auf einer der vordersten Bänke bekam, die extra für diese Darbietung in der Nähe des provisorischen Rings aufgestellt worden waren.

Die weiblichen Gäste hatten gegen die abendliche Kühle ihre Capes und Jäckchen übergezogen und tranken Sangaree, eine Mischung aus Fruchtsaft und Rum, die Jeremia ihnen auf Anweisung von Edward in geschliffenen Bowlegläsern kredenzte. Die Männer standen Zigarre oder Pfeife rauchend in der Nähe des eingezäunten Schauplatzes und unterhielten sich angeregt.

Auf Trevors Pfiff marschierten zwei muskelbepackte, tiefschwarze Sklaven in die Mitte des Rings. Ihre Leiber waren gedrungen und glänzten vor Öl. Beide waren nur mit einem notdürftigen Lendenschurz bekleidet. Trevor kündigte ihre Herkunft an. Der Herausforderer stammte von Redfield Hall und sein Gegner von Prestwick Hall, jener Plantage, die den Montagues gehörte. Offenbar hatte Sir Montague einen seiner stärksten Sklaven mitgebracht, um ihn gegen einen von Edwards Männern kämpfen zu lassen. Es war das dekadente Pendant der Oberschicht für Hunde- und Hahnenkämpfe, die sich in unteren Gesellschaftsschichten einer zunehmenden Beliebtheit erfreuten. Aber im Gegensatz zu den Tieren, die sich von Natur aus aggressiv gegenüberstanden, bedurfte es bei den Menschen eines Anreizes, um siegen zu wollen.

«Derjenige, der verliert, wechselt zur Strafe den Besitzer und wird zukünftig auf der Plantage des anderen arbeiten», verkündete Trevor mit einem breiten Grinsen.

Beide Sklaven wussten anscheinend, was von ihnen erwartet wurde, und nahmen eine kämpferische Haltung ein. Lena ahnte, dass man sie ausgesucht hatte, weil sie Familien hatten. Die Männer würden um den Erhalt ihrer familiären Bande kämpfen, die unweigerlich zerstört wurden, wenn sie ohne Frauen und Kinder die Plantage wechseln mussten.

Was folgte, war ein äußerst blutiger Boxkampf, und mehr als einmal kniff Lena instinktiv die Lider zu. Sie war froh, dass ihr wenigstens diese Fähigkeit nicht abhandengekommen war. Edward und seine Gäste überboten sich mit Wetten, welcher von den Männern zuerst zu Boden gehen würde. Die beiden Sklaven droschen erbarmungslos aufeinander ein. Blut spritzte, und ausgeschlagene Zähne fielen in den Staub. Erst als der Sklave der Montagues ächzend in die Knie ging und von Edwards Sklaven einen letzten, beinah vernichtenden Schlag in die Magengrube erhielt, der ihn reglos zu Boden schickte, war das grausame Schauspiel beendet.

Edward jubelte in Erwartung seines dreifachen Wetteinsatzes und befahl Trevor gut gelaunt, nun zum zweiten Akt des Abends überzugehen. Lena spürte, wie Übelkeit in ihr aufstieg, als Trevor die Auspeitschung eines ungehorsamen Sklaven verkündete, der zur Abschreckung aller seiner gerechten Strafe öffentlich zugeführt werden sollte.

Der junge Mann, ein muskulöser Mulatte, wurde vollkommen nackt von Trevor unter dem anerkennenden Kichern der Damen in Ketten herbeigeführt. Dabei hielt er den Blick gesenkt. Trotzdem konnte Lena das Feuer des Widerstandes in seinen Augen erblicken, als er an ihr vorbeigeführt wurde. Zu ihrer Überraschung ließ er sich, ohne aufzubegehren, an einen Pflock binden. Danach verkündete Trevor mit selbstgefälliger Stimme dessen Vergehen.

«Er hat sich mehrfacher Fluchtversuche schuldig gemacht, konnte aber von meinen wachsamen Gehilfen jedes Mal wieder eingefangen werden. Und da er allem Anschein nach nicht belehrbar ist, verlangt es nach einer Strafe, die ihn ein für alle Mal von seiner Widerspenstigkeit kuriert.»

Edward nickte Trevor kurz zu.

«Dreißig Hiebe mit der Peitsche müssten ausreichen, um ihm zu zeigen, wer sein Herr ist.»

Als Trevor mit einem gehässigen Grinsen eine mehrschwänzige Bullenpeitsche durch die Hand gleiten ließ, ging ein Raunen durch die Menge. Die Blicke der anwesenden Sklaven waren ängstlich bis hasserfüllt. Lena hätte aufspringen und laut schreien mögen, doch ihr blieb nichts weiter übrig, als in ihrem gelähmten Zustand zu verharren. Hilflos musste sie mit ansehen, wie sich Trevors Peitsche mit einem lauten Knall tief in das feste Fleisch des jungen Sklaven grub. Die Haut platzte an mehreren Stellen auf, und sogleich lief das Blut in Strömen über Rücken und Hintern. Von seinen Füßen aus sickerte es in den trockenen Lehmboden. Doch mehr als ein leises Aufstöhnen war dem Mann nicht zu entlocken.

Trevor, durch so viel Widerspenstigkeit herausgefordert, schlug beim nächsten Mal um einiges härter zu. Lena sah, wie sich der gequälte Sklave bei jedem Schlag so fest auf die Lippen biss, dass auch dort wenig später Blut zu sehen war. Erst als er ohnmächtig zu Boden sank, erklärte Edward das grausame Schauspiel für beendet.

Lena war jegliches Zeitgefühl abhandengekommen, weil sie unentwegt Jess vor Augen gehabt hatte, dem durchaus noch Schlimmeres geschehen konnte, wenn man ihn jemals erwischte. Sie zuckte zusammen, als Edward sie unter den Armen fasste und von ihrer Bank zog, um sie zurück ins Haus zu führen. Nie war sie sich ausgelieferter vorgekommen. Lady Butterfield hatte unrecht: Lena war sehr wohl eine willenlose Sklavin. Sie war Edwards persönliche Sklavin, und offenbar konnte sie keine Macht der Welt von ihrem erbarmungslosen Schicksal erlösen.

Auch die anderen Gäste waren überraschend schweigsam geworden. Erst beim Abendessen lockerte sich die Stimmung wieder ein wenig. Estrelle und Jeremia trugen gekochten Hummer und Rinderfilet auf. Lena verweigerte ihr Essen, weil es die einzige Möglichkeit war, um ein Mindestmaß an Protest zu zeigen.

«Das liegt bestimmt an ihrer Schwangerschaft», kam Lord Butterfield mit einem anzüglichen Lächeln zu Hilfe. «Als meine Frau mit unseren Jungs guter Hoffnung war, litt sie auch an Appetitlosigkeit.»

«Wenn es ein Junge wird, erkennt man das gerne an der Appetitlosigkeit der Schwangeren», fügte Lady Butterfield hilfreich hinzu.

«Na, das nenn ich doch mal eine gute Prognose», verkündete Edward mit aufrichtiger Begeisterung.

Mit einem siegessicheren Lächeln hob er vor der versammelten Gästeschar sein Portweinglas.

«Einen Toast auf meine liebe Frau», rief er und erhob sich mit stolzgeschwellter Brust von seinem Platz. «Bleib so, wie du bist, auf dass uns Gott der Herr viele gemeinsame Söhne schenke.»

Bleib, wie du bist! Lena verspürte plötzlich eine überwältigende Übelkeit, die sie angesichts Edwards unverschämter Aussage überfiel wie ein unangekündigter Orkan. Obwohl sie den ganzen Tag beinahe nichts zu sich genommen hatte, übergab sie sich lautstark auf den vor ihr stehenden Teller.

Edward ärgerte sich immer noch über Lenas Auftritt bei Tisch, als er wenige Tage später seinen ganz persönlichen Heiligen Abend einläutete. Wahrscheinlich hatte sie mit Absicht auf den Teller gekotzt. Irgendetwas in ihrem Blick ließ ihn ahnen, dass sie ihn nach wie vor abgrundtief hasste. Sosehr er sich auch bemühte, nichts schien ihr zu gefallen. So sorgte er stets für ausgesuchte Köstlichkeiten, kostbare Seifen und Parfüms und ließ die teuersten Kleider für sie kaufen. Und nun verschonte er sie noch von ehelichem Beischlaf, was sie durchaus zu begrüßen schien, aber trotz dieses Entgegenkommens wollte es ihm nicht gelingen, ihre Mauer aus Schweigen zu durchbrechen. Sollte sie doch in ihrer Starre verrecken! Der Vorteil dieses verabscheuungswürdigen Zustands war, dass sie ihm offenbar gehorsam blieb.

Das Einzige, was ihn inzwischen beunruhigte, waren die Briefe ihres Vaters, die er ihr bisher vorenthalten hatte und – gespickt mit Tausenden von Lügen – von seinem Schreiber beantworten ließ. Irgendwann würde der alte Haudegen misstrauisch werden, doch bis dahin war vielleicht schon sein Enkel geboren, was Lenas Vater sicherlich milde stimmen würde.

Ein Blick auf seine schlafende Frau ließ Edward den Entschluss fassen, seine Lust am Tag vor Weihnachten wieder einmal bei Yolanda zu befriedigen. Schließlich wollte er nicht, dass Lena den Balg vorzeitig verlor. Edward stieg leise seufzend in seine Stiefel und schloss die Tür lautlos hinter sich, bevor er sich auf den Weg zu den Sklavenunterkünften machte.

In der Dunkelheit des Parks kamen ihm Zweifel, ob er sich auf seiner eigenen Plantage noch sicher fühlen konnte. Die Auspeitschung des jungen Mulatten war nicht eben auf begeisterten Boden gefallen. Eigentlich war es ja verboten, zur Selbstjustiz zu schreiten, aber mit den meisten übrigen Pflanzern auf der Insel war er sich einig, dass das Sklavenpack nicht die Oberhand gewinnen durfte.

Verdammt noch mal, hörte er seinen Vater sagen, wo kommt man denn hin, wenn man noch nicht einmal mehr seine eigenen Sklaven züchtigen darf?

Wer sich weigerte, den Blakes zu gehorchen, würde auch weiterhin Trevors Peitsche zu spüren bekommen. Und wenn das nicht half, notfalls Trevors Messer oder dessen Pistole. Edward und sein Vater würden sich nicht von diesen stumpfsinnigen Negern auf der Nase herumtanzen lassen!

Schon war Yolandas Hütte in Sicht. Dank seiner Großzügigkeit brannte dort immer eine Kerze, die er ihr neben besserem Essen und besseren Kleidern bezahlte. Als er, ohne anzuklopfen, in ihre Hütte marschierte, stillte sie gerade ihren jüngsten Säugling. Ein fettes kleines Kerlchen, das in ein paar Jahren mühelos einen der ausgemergelten Zuckerrohrarbeiter ersetzen würde. In Decken eingewickelt, lagen ihre anderen Kinder auf dem Boden. Mit ihren sieben, neun und zehn Jahren gehörten sie bereits zur dritten Kolonne, die für leichtere Feldarbeiten vorgesehen war.

Die fünfzehnjährige Priscilla, Yolandas älteste Tochter, die in deren Bett lag, schreckte auf, als Edward plötzlich nur mit Hemd, Hose und Stiefel bekleidet vor ihnen stand. Natürlich wusste Priscilla bereits, was Edward von ihrer Mutter erwartete und auch dass er der Vater des jüngsten Kindes war. Mit einem schüchternen Blick auf Edward nahm sie den Kleinen von Yolanda entgegen, wickelte ihn und schaukelte ihn noch ein bisschen in der armseligen Wiege, während sich Yolanda die Milch von den Brüsten wusch.

Edwards gierige Blicke ruhten auf Yolandas langgezogenen Warzen, die vom Saugen noch ganz geschwollen waren. Wie in Trance öffnete er seine Hose und ließ seine Hand hineingleiten, um seinen bereits harten Schwanz noch ein wenig mehr zu stimulieren.

«Bück dich», raunte er Yolanda zu. «Ich kann es kaum erwarten.»

«Heute ist es nicht günstig», wagte Yolanda zu widersprechen, wobei sie ihm nicht in die Augen sehen konnte. «Ich hab meine unreinen Tage. Ich glaube kaum, dass dich mein Zustand erfreuen würde.»

«Was?», krächzte er und sah sie ungläubig an. «Was soll das heißen? Sonst machst du darum doch auch keinen so großen Aufstand?»

«Sonst ist es auch nicht so schlimm», bekannte sie fest.

Edward glaubte, sich verhört zu haben. In all den Jahren, die er zu Yolanda ging, hatte sie sich ihm nicht ein einziges Mal verweigert. Irgendetwas in ihrer Stimme und in ihrem Blick ließ ihn eine ungewohnte Aufmüpfigkeit erahnen.

«Was denkst du denn, wer du bist?», zischte er gefährlich leise.

Aus seinem Augenwinkel sah er, wie sich Priscilla mit dem Baby erhob und offenbar nach draußen gehen wollte. Sein Kopf schnellte herum.

«Bleib!», fuhr er sie an. «Und setz dich aufs Bett! Deine Mutter ist unpässlich? Dann wirst du mir eben zu Diensten sein.»

«Master Edward», flehte Yolanda ihn an. «Es tut mir leid, ich wollte dich nicht abweisen, es ist nur …»

«Du hast deine unreinen Tage», wiederholte er kalt. «Kein Problem. Schnapp dir den Säugling und geh nach draußen, bis ich mit deiner Tochter fertig bin.»

«Nein!», keuchte Yolanda. «Sie ist noch ein Kind. Kein Mann hat sie bisher berührt. Ich tue alles, was du von mir verlangst, aber lass sie in Frieden.»

«Nun», befand Edward mit einem schmutzigen Grinsen. «*Jus primae noctis*, das Recht der ersten Nacht, das der Herr gegenüber seinen

Leibeigenen ausüben darf, bevor sie die Ehe vollziehen! Schon davon gehört? Also mach dich davon. Wir werden unseren Spaß auch ohne dich haben.»

Sein Blick war brennend, sodass Yolanda seine Entschlossenheit darin lesen musste. Schweigend nahm sie ihrer Tochter den Säugling ab und ging hinaus, ohne sich noch einmal umzudrehen.

«Zieh dich aus!», befahl er dem Mädchen, kaum dass seine Mutter nach draußen verschwunden war.

Zögernd streifte sie ihr dünnes Kleid von den Schultern, und Edward durfte erstaunt feststellen, dass ihn ihre jugendlichen, noch nicht vollständig entwickelten Knospen weit mehr in Stimmung brachten als die reifen Hängebrüste ihrer Mutter. Mit ein paar groben Handgriffen machte er ihr deutlich, dass sie sich aufs Bett setzen sollte. Dann reckte er ihr im Stehen sein steifes Geschlecht entgegen.

«Leck ihn», befahl er ihr, «und dann nimm ihn so weit in den Mund, wie du kannst. Damit du dich schon einmal an ihn gewöhnst», fügte er hinzu und dirigierte ihren Kopf in die passende Position, indem er mit einer Hand in ihr krauses Haar fasste und daran zog.

Priscilla stöhnte schmerzvoll auf, tat aber gehorsam, was er von ihr verlangte, indem sie, wenn auch von Ekel gezeichnet, ihre rosige Zunge zum Vorschein brachte.

Als er genug von ihrem unfreiwilligen Vorspiel hatte, zwang er sie auf die Matratze, wo sie vor ihm auf die Knie gehen musste. Er spuckte sich in die Hände und rieb seinen Schwanz ein, bis er feucht genug war. Dann entjungferte er das Mädchen mit einem einzigen Stoß. Sie hatte den Atem angehalten und begann zu wimmern, als er immer härter zustieß. Plötzlich gewahrte Edward einen riesigen Schatten an der Wand, der ihn erschrocken herumfahren ließ. Zu seiner Erleichterung war es nur Tom, sein junger afrikanischer Lakai, den er als Zeugen gegen Candy Jones eingesetzt hatte.

«Master Edward!», stieß der Junge mit unverhohlener Abscheu hervor. «Was tun Sie da?» In seinem jungen Negergesicht stand das blanke Entsetzen.

«Was geht dich das an?»

Edward hatte einen Moment in seinen Stößen innegehalten, verärgert, dass Tom ihn bei seinem kleinen Vergnügen störte.

«Und jetzt raus mit dir, ich war noch nicht fertig.»

«Sie ist meine Liebste», jammerte der Junge, sichtbar den Tränen nahe. «Ich möchte sie heiraten, wenn sie das richtige Alter hat. Und jetzt kommen Sie und nehmen sie mir einfach weg.»

Edward stutzte einen Moment und brach dann in schallendes Gelächter aus, sodass die Kinder am Boden unvermittelt die Augen aufschlugen und verdattert aus ihren alten Laken zu ihm emporschauten. Edward jedoch wandte sich ohne Skrupel wieder seinem Objekt der Begierde zu und nahm seinen vorherigen Rhythmus auf, um zu beenden, was er begonnen hatte.

«Sie ist *mein* Eigentum …», stieß er röchelnd hervor und deutete mit einem Nicken auf Priscilla. «Und niemandes sonst, du Schwachkopf.»

Edwards Gesichtszüge entgleisten, während er seinen Samen rücksichtslos in das Mädchen pumpte. Schwer atmend zog er anschließend sein noch halb steifes Glied aus ihr heraus und schenkte ihr keine weitere Beachtung mehr. Er verstaute sein Geschlechtsteil in der Hose und trat Tom gegenüber, der gut zwei Köpfe kleiner war.

«Falls du sie jetzt noch heiraten willst, musst du mich ohnehin um Erlaubnis fragen», blaffte er den Jungen an.

«Aber, Master Edward», stotterte Tom mit erstickter Stimme. «Sie haben mir die Freiheit versprochen, wenn ich sage, was Sie wollten.»

«Deine Freiheit», erwiderte Edward spöttisch und schnürte sich umständlich die Hose zu, «kannst du dir in den Hintern stecken. Dafür erlaube ich dir, die Kleine auch ohne Heirat so oft zu bespringen, wie es dir passt. Redfield Hall kann gar nicht genug neue Sklaven bekommen.»

Toms Augen weiteten sich vor Entsetzen, bevor er sich umwandte und ohne ein Wort davonrannte. Edward hob eine Braue und warf einen letzten Blick auf das tränenverschmierte Elend, das sich ihm auf dem Bett darbot.

«Verdammtes Negerpack!», zischte er und marschierte fluchend davon.

«Heute Nacht feiern wir die Geburt unseres Herrn Jesu Christ», verkündete Pastor Knightly seiner Baptistengemeinde mit hocherhobenen Armen. «Gottes Sohn steht wie sein Vater für die Gleichberechtigung und Freiheit aller Menschen, ganz gleich, welcher Herkunft sie sich erfreuen.»

Aus seiner Stimme war eine unverkennbare Leidenschaft herauszuhören, die sämtliche müden Geister auf der Stelle lebendig machte. Von einer frisch getünchten Holzkanzel herab erklärte er den etwa zweihundert Gläubigen ohne Umschweife, dass die Sklaverei nicht von Gott gewollt war, sondern von dessen Widersachern. Die wenigen Kerzen im Raum illuminierten die andächtigen Gesichter nur spärlich. Unter seinen gottesfürchtigen Zuhörern befand sich kein einziger Weißer.

«Und Mose sprach zum Volk der Israeliten: *Fürchtet euch nicht, stehet fest und sehet zu, was für ein Heil der Herr heute an euch tun wird. Denn diese Ägypter, die ihr heute sehet, werdet ihr nimmermehr sehen ewiglich.*»

Jess hockte in der ersten Reihe und lauschte pflichtschuldig den Worten des grauhaarigen Pastors, obwohl er in Wahrheit kurz vor dem Einnicken war. Den ganzen Tag über war er auf Catos Anweisung hin unterwegs gewesen, um nach den Bibelstunden mit aufmerksamen Augen die Spreu vom Weizen zu trennen. Sprich, jene herauszusieben, die zu etwas mehr bereit waren als nur stummem Protest.

Das, was anschließend an Gläubigen übrig geblieben war, hatte er im Hinterzimmer diverser Kirchen von ihrer bevorstehenden, durchaus gewaltsamen Mission zu überzeugen versucht. Wobei er wie üblich vorsichtig sein musste, um die jeweiligen Priester, die ihm ein solches Vorgehen überhaupt erst ermöglichten, nicht zu verschrecken. Aber auch unter ihnen gab es mittlerweile einige, die das Schwert dem Wort vorzogen. Knightly gehörte unzweifelhaft zu jenen, die notfalls auch zur Waffe greifen würden, um in diesem Land etwas zu verändern.

Nachdem er das letzte Wort von der Kanzel herunter gesprochen hatte, lud er die von Jess Auserwählten zu einer Limonade ins Hinterzimmer der kleinen Holzkirche von Ochos Rios ein. Der Ort lag direkt am Meer und nicht weit entfernt von Redfiel Hall, wie Jess wusste. Auch wenn es schon Monate her war, seit er Lena zuletzt in seinen Armen gehalten hatte, machte es ihn nervös zu wissen, dass sie ganz in der Nähe mit Edward Blake Weihnachten feierte.

Obwohl seine Mutter alles versucht hatte, um ihn für Selina zu vereinnahmen, hatte er Lena nicht aus seinen Gedanken verbannen können. Er hatte sich damit zu trösten versucht, dass sein Herz ohnehin für die Revolution schlug und es eine äußerst schlechte Idee gewesen war, einer Frau darin einen Platz einräumen zu wollen. Dass sie sich jetzt nicht mehr daraus verbannen ließ, war ein echtes Unglück.

«Liebe Brüder und Schwestern», wandte Jess sich mit Erlaubnis seines Gastgebers an die gut fünfzig verbliebenen Männer und Frauen.

Dank seiner Statur und seiner samtig dunklen Stimme schenkten sie ihm ihre sofortige Aufmerksamkeit. Möglicherweise lag es auch an der Kleidung. Der schwarze Anzug und ein gestärktes Hemd ließen ihn weitaus seriöser erscheinen als einen gewaltbereiten Rebellen aus den Bergen, der er nun einmal war.

«Ich komme zu euch als glühender Anhänger von William Knibb und Samuel Sharpe», erklärte er mit leiser, aber eindringlicher Stimme. «Die beiden können nicht überall sein und werden außerdem von Polizei und Militär überwacht. Deshalb ist es an mir, euch ihre Botschaft zu überbringen. Am 27. Dezember, also übermorgen, rufen sie ihre Anhänger in ganz Jamaika zu einem Generalstreik auf. Wie ihr vielleicht von den Predigten Samuel Sharpes wisst, ist bereits vor einiger Zeit ein Schreiben zur Aufhebung der Sklaverei beim Gouverneur von Jamaika eingetroffen, das die Zustimmung des Houses of Lords in London und die Unterschrift des britischen Königs trägt. Dieser Umstand wird vom Gouverneur und vom Parlament ignoriert und gegenüber der Bevölkerung Jamaikas unterschlagen.»

Ein Raunen ging durch die Menge, und Stimmen wurden laut, die über diese unglaubliche Tatsache zu diskutieren begannen. Jess hob seine Hände und mahnte zur Ruhe.

«Aber es reicht anscheinend nicht, mit den Plantagenbesitzern darüber zu diskutieren. Nur wenn wir uns mit aller Macht zur Wehr setzen, kann sich in diesem Land etwas ändern. Deshalb fordere ich euch hiermit auf, die Botschaft in alle Hütten, Lagerhallen und auf die Felder zu tragen, dass ab nächsten Dienstag die Arbeit niederzulegen ist. Wo man euch mit körperlicher Züchtigung droht, soll lediglich der Anschein der Betriebsamkeit gewahrt werden. Falls ihr in den nächsten Tagen auf Rebellen trefft, die gewillt sind, über den üblichen Protest hinauszugehen, und gewaltsam agieren, so bitte ich euch, diese nicht aufzuhalten, sondern sie zu unterstützen. Für die Erlangung der Freiheit sollte uns fast jedes Mittel recht sein. Erst wenn den weißen Pflanzern das Wasser bis zum Hals steht und ihre Existenzen bedroht sind, werden sie einlenken. Wir wollen erreichen, dass ihr alle – wie es in London gewünscht wird – aus der Sklaverei entlassen werdet und man euch für einen gerechten Lohn weiter beschäftigt.»

Dass Cato in Wahrheit durch einen solchen Streich die Macht über die Insel an sich reißen wollte, sagte er nicht. Aber inzwischen gab er sich auch mit Halbwahrheiten zufrieden, um für die Sklaven etwas zum Besseren zu verändern.

«Ich weiß, dass ich euch viel abverlange», gestand er, als er in die erwartungsvollen Blicke seiner Zuhörer schaute. «Aber seid gewiss, ihr seid nicht alleine in eurem Gram. Hinter euch steht eine mächtige Organisation, die nur darauf wartet, alles zu eurem Besten verändern zu können.»

Jess glaubte an der sich allmählich auflösenden Menge zu erkennen, dass nicht alle Angesprochenen mit seinem Vortrag zufrieden waren. Ihre hasserfüllten Gesichter verlangten nach mehr. Einige blieben zurück und folgten ihm unauffällig nach draußen. Dort konnte man das Meer rauschen hören, und ein warmer Wind fegte über den freien Platz

«Wir wollen mitkämpfen, wenn es so weit ist, und nicht nur Händchen halten», zischte ihm einer der kräftigen Mulatten zu, die sich in einer Gruppe um ihn versammelten.

«Wer bist du eigentlich, dass wir dir vorbehaltlos glauben könnten?», fragte einer von ihnen misstrauisch.

Anstatt zu antworten, zog Jess ein Stück Papier aus der Tasche und zeichnete mit einem Kohlestift, den er immer bei sich trug, eine sternförmige Blume auf.

«Kennt ihr dieses Zeichen?», fragte er leise.

Die Männer sahen ihn entgeistert an. Einer pfiff leise durch seine Zähne.

«*Die Flamme von Jamaika*», erklärte ein anderer. «Ich dachte, das wäre nur ein Gerücht?»

Jess beugte sich näher zu ihnen.

«Wir haben im Westen des Landes etwa zwanzigtausend Männer mobilisiert, die bereit sind, jederzeit zu den Waffen zu greifen, die wir im Laufe der letzten Monate in Verstecken gehortet haben. Damit werden wir bis zum Äußersten gehen. Denen könnt ihr euch gerne anschließen. Meldet euch morgen früh in St. Ann's Bay beim Pferdeverleiher. Er wird euch mit den notwendigen Instruktionen versorgen», raunte ihnen Jess im Halbdunkel eines brennenden Feuerkorbes zu. «Sollte Sharpes Plan zu einer friedlichen Revolte nicht funktionieren, werden wir das Land im Sturm erobern.»

Nachdem sich seine Zuhörer mit dem Schwur auf den Lippen, die Flamme zu unterstützen, zerstreut hatten, verabschiedete sich Jess von Knightly und dankte ihm für sein Vertrauen und die Unterkunft, die er ihm zur Verfügung gestellt hatte. Am nächsten Morgen wollte er bereits in der Dämmerung losziehen, um Vertreter der Maroon zu treffen, die ihnen ebenfalls Unterstützung zugesagt hatten.

Bis dahin wollte er noch ein paar Stunden schlafen, obwohl ihm das angesichts der bevorstehenden Revolution immer schwerer fiel. Mit müden Schritten wandte er sich der Außentreppe zu, die zu einem Dachgeschoss führte, wo ihm Knightlys Haushälterin ein Strohlager hergerichtet hatte.

«Mister?», erklang eine jugendliche Stimme aus dem Dunkel, bevor Jess die Treppe erreichte.

Es war schon weit nach Mitternacht, und kein Mensch hielt sich um diese Zeit noch auf den Straßen auf. Lediglich im Hurenhaus von Ochos Rios herrschte anscheinend noch Betrieb, wie man an einem hellen Frauenlachen und ein paar lauthals krakeelenden Gästen festmachen konnte, deren albernes Gezeter von einer frischen Brise herübergetragen wurde.

Jess, dessen Augen sich inzwischen an die Dunkelheit gewöhnt hatten, erkannte nur die Umrisse einer schlanken, nicht besonders großen Gestalt. Es war allem Anschein nach ein junger Bursche, und er war unzweifelhaft von schwarzer Hautfarbe.

«Ich habe gehört, dass Sie hier eine Messe gehalten haben und extra von außerhalb gekommen sind, um über die Rechte der Sklaven zu sprechen.»

Die Stimme des jungen Mannes klang schüchtern. Jess sah sich noch einmal aufmerksam um. Er wollte sichergehen, dass es sich um keine Falle handelte. Dann fasste er den Jungen bei der Schulter und zog ihn zur Treppe hin, um ihn in sein Quartier zu führen.

«Wenn du mir was zu erzählen hast», sagte er leise, «dann von Angesicht zu Angesicht und nicht hier draußen auf der Straße, wo jeder mithören kann. Also, willst du mit mir kommen?»

«Jawohl, Sir», bestätigte der Junge Jess' Anweisung respektvoll.

Jess musste lächeln, weil ein solches Verhalten sonst nur gegenüber Weißen üblich war. Gut möglich, dass der Kleine irgendwo abgehauen war. Wer würde sonst mitten in der Nacht einen vermeintlichen Priester ansprechen? Nachdem er die Tür zu seinem Zimmer geöffnet hatte, entzündete er eine Kerze, die Knightly ihm zusammen mit etwas Proviant und einer Flasche Wein zur Verfügung gestellt hatte.

«Setz dich», sagte er zu dem Jungen, der kaum älter als siebzehn sein mochte. «Wie ist dein Name?»

«Tom», erwiderte der Junge immer noch völlig eingeschüchtert.

«Ich heiße Moses», stellte sich Jess seinem verkrampft dasitzenden Gast unter seinem Tarnnamen vor.

«Möchtest du etwas trinken? Pastor Knightly war so freundlich, mich anlässlich des ersten Weihnachtstages mit einer Flasche Wein und ein paar Pasteten zu versorgen, die seine Haushälterin gebacken hat. Magst du eine?»

Der Junge nickte zaghaft, und Jess reichte ihm eine der Pasteten, die so groß war wie eine Männerfaust. Sie waren mit gekochtem Rindfleisch gefüllt und schmeckten wahrhaft himmlisch. Der Junge aß gierig, während Jess den Wein in zwei Becher einschenkte und ihm einen davon überreichte. Er prostete dem Jungen lächelnd zu.

«Also, was hast du auf dem Herzen?»

«Ich will meinem Herrn davonlaufen. Und ich möchte mein Mädchen mitnehmen.»

Oje, dachte Jess. Eine Geschichte, so alt wie die Welt und doch so aktuell, dass es weh tat.

«Nun mal der Reihe nach», riet ihm Jess. «Wer ist dein Herr, und warum hältst du es nicht mehr bei ihm aus?»

«Mein Herr ist Sir Edward Blake. Ich gehöre zu Redfield Hall.»

Jess verschluckte sich und hatte Mühe, nicht allzu lange zu husten.

«Kennen Sie ihn?»

«Nein», versuchte Jess seinen Fehler wiedergutzumachen, indem er hastig einen Schluck trank, um die Krümel, die ihn plagten, hinunterzuspülen. «Natürlich habe ich schon von ihm gehört. Wer kennt nicht Lord William Blake? Immerhin hat er einen Sitz im Parlament. Soweit ich weiß, vertritt er dort die Interessen der Pflanzer von St. Mary und St. Thomas-in-the-Vale.»

Tom kniff die Lippen zusammen und war versucht, sich zu erheben.

«Wahrscheinlich war es doch keine so gute Idee hierherzukommen», murmelte er. «Entschuldigen Sie, Sir, dass ich Ihre kostbare Zeit gestohlen habe.»

Bevor er aufstehen konnte, fasste Jess ihn am Arm.

«Bleib», sagte er so sanft, wie es ging. «Moses. Sag Moses zu mir. Nur weil ich weiß, was Lord William Blake tut, heißt das noch lange nicht, dass ich auf seiner Seite stehe. Eher das Gegenteil ist der Fall. Du kannst mir vertrauen. Ich geb dir mein Wort darauf.»

Tom lehnte sich zurück, obwohl es ihm immer noch nicht gelingen wollte, sich zu entspannen.

«Also, Tom», ermutigte Jess ihn. «Was ist geschehen?»

«Sir Edward hat meine Liebste gegen ihren Willen genommen. Wie ein Hengst, der eine Stute besteigt. Er hat ihr Gewalt angetan. Vor meinen Augen. Dabei wollte ich sie heiraten, wenn sie demnächst sechzehn wird. Er ist ein solcher Hund! Man müsste ihm die Kehle durchschneiden, und das wäre noch zu wenig.»

Er kämpfte mit seinen Tränen, doch vergebens. Unweigerlich flossen sie an seinen Wangen hinab. Vor lauter Scham senkte er den Kopf, wobei das Wasser auf seine helle Hose tropfte und dort dunkle Flecken hinterließ. Erst jetzt wurde Jess bewusst, dass der Junge die bessere Kluft eines Leibburschen trug. Er musste Edward Blake also näherstehen als ein gewöhnlicher Sklave.

«Und was sagt Blakes Frau dazu?», fragte Jess. Unvermittelt musste er daran denken, wie Edward und Lena sich vor der Kapelle geküsst hatten. «Oder weiß die Lady am Ende gar nichts von seinem zusätzlichen Glück?», fügte er sarkastisch hinzu.

«Woher soll ich das wissen?», erwiderte Tom erwartungsgemäß. «Ich weiß nur, dass die Lady nicht ganz klar im Kopf ist. Sie schläft viel, seit sie nach Redfield Hall zurückgekehrt ist. Angeblich kann sie nicht mehr sprechen, sondern grinst nur noch blöd. Richtig laufen kann sie auch nicht mehr. Dabei war das überhaupt eine merkwürdige Sache, mit ihrer sogenannten Entführung. Ich hätte schwören können, dass sie freiwillig mit ihrer Gesellschafterin von Rosenhall abgehauen ist. Und Candy Jones, den sie anschließend verhaftet haben, hatte gar nichts mit dieser Sache zu tun. Und –»

«Moment», stoppte Jess seinen Redefluss. «Was heißt das, Lady Blake ist nicht ganz klar im Kopf?»

«Unter uns Sklaven erzählt man sich, dass sie von ihren Entführern verhext wurde. Seit sie zu unserem Master zurückgekehrt ist, kann sie nicht mehr sprechen und sich kaum noch bewegen. Vielleicht ist ihr aber auch bei der Entführung etwas zugestoßen. Trotzdem ist sie nun schwanger, wie die Mutter meiner Liebsten erzählt hat. Kein Wunder, denn Master Edward bespringt sie ständig, obwohl sie sich wie eine Holzpuppe bewegt. Aber wenn ich ehrlich bin, ist es mir lieber, er bespringt seine schwachsinnige Frau, als dass er sich an meinem Mädchen vergreift. Schließlich trägt Lady Blake auch Schuld an meinem Unglück. Wäre sie mir damals auf Rosenhall nicht einfach davongeritten, hätte der Master mir längst meine Freiheit geschenkt.»

Jess hatte bei den letzten Worten des Jungen gar nicht mehr zugehört.

Wie versteinert saß er da und versuchte die Mosaiksteinchen der vergangenen Wochen und Monate zusammenzufügen. Wenn es stimmte, was der Junge sagte, hatte er Lena großes Unrecht getan, und am Ende war er selbst verantwortlich für ihr unsägliches Leid. Wie hatte er nur so blind sein können? Was, wenn sie ihn immer noch liebte, aber in der ganzen Zeit nicht in der Lage gewesen war, zu ihm durchzudringen? Vielleicht hatte Edward Blake sie vergiftet? Oder sie mit Hilfe seines teuflischen Leibarztes unter Drogen gesetzt, damit sie ihm nicht noch einmal davonrannte?

«Was soll ich nur tun?», fragte Tom mit weinerlicher Stimme und sprach damit die Frage aus, die Jess gerade selbst im Kopf herumgeisterte.

«Zunächst gehst du zurück nach Redfield Hall, bevor man deine Abwesenheit bemerkt.»

«Mein Master ist im Moment sowieso nicht da», widersprach der Junge. «Er ist einfach davongeritten, ohne mich mitzunehmen.»

«Umso besser», entgegnete Jess, der in Gedanken bereits seine eigenen Pläne vorantrieb. «Dein Problem wird sich in den nächsten Tagen von ganz alleine lösen», versprach er dem Jungen.

«Wie?» Tom sah ihn vollkommen entgeistert an.

«Vertrau mir», sagte er nur. «Und nun werde ich dich auf meinem Muli nach Hause bringen.»

Jess wusste plötzlich, dass er Lena sofort von dort wegholen musste. Ganz gleich, was es ihn kosten würde.

KAPITEL 28

Ende Dezember 1831 || Jamaika || Verhängnisvolle Bekenntnisse

Über dem White River schimmerte ein blassgelber Halbmond, als Jess nach einer guten Stunde Ritt endlich die Silhouette des Herrenhauses von Redfield Hall erblickte.

«Du kannst mich getrost runterlassen, Moses», sagte Tom. «Von hier aus kann ich zu Fuß gehen. Bis zu meiner Hütte ist es nicht weit.»

«Moment mal», erwiderte Jess leise und fasste seinen jungen Begleiter am Arm. «Wäre es möglich, dass du mich mitnimmst und mir zeigst, wo sich das Schlafzimmer von Lady Blake befindet?»

«Was?», fragte der Junge entgeistert. «Bist du verrückt geworden? Ich darf nicht ins Haus. Ich gehöre nicht zum Dienstpersonal. Nur wenn der Master mich ruft, darf ich rein.»

«Jetzt beruhige dich doch erst einmal», empfahl ihm Jess mit gedämpfter Stimme. «Ich will gar nicht in die Villa. Ich will nur wissen, hinter welchem Fenster deine Herrin schläft.»

Tom stieg hastig ab, als ob er es eilig hätte, von Jess wegzukommen. Doch der hielt ihn nach wie vor an seiner Joppe gefasst.

«Es ist das zweite Fenster von oben rechts, von uns aus gesehen. Aber sag mir lieber, was du vorhast. Du willst doch wohl nicht dort hineingehen und ihr irgendetwas antun?»

«Keine Sorge, Tom. Ich bin gleich wieder verschwunden. Und höre auf das, was ich dir gesagt habe: Verhalte dich ruhig in den nächsten Tagen und vertraue auf Gott.»

Jess wartete noch eine Weile, bis die Schritte des Jungen im Dunkeln verhallt waren. Dann band er sein Maultier in der Uferböschung des Flusses an einem Strauch fest und schlich durch den weitläufigen Park bis zu jener Stelle des Hauses, über der sich das besagte Fenster befand. Hundebellen hallte durch die Nacht. Die Tiere witterten einen Eindringling, und Jess sah sich gründlich um, ob ihn niemand beobachtete. Außerdem wollte er wissen, wo er sich notfalls verstecken konnte, falls ihn jemand entdeckte. Dass Edward Blake sich nicht im Herrenhaus aufhielt, war eine wertvolle Information. Hieß es doch, dass Lady Blake allem Anschein nach die Nacht ohne ihren Gatten verbrachte.

Nüchtern abschätzend begutachtete er die kräftige Bougainvillea-Ranke, die sich stark verzweigt bis zum obersten Stockwerk an einem Holzgerüst emporschlängelte. Sie war zwar dornig, aber zusammen mit dem Gerüst würde es halten. Kurz entschlossen hangelte er sich daran empor und ignorierte tapfer die Schmerzen, wenn die scharfen Dornen ihm hier und da in die Finger stachen. Nur kurze Zeit später erreichte er das halb geöffnete Schlafzimmerfenster in schwindelnder Höhe. Vorsichtig spähte Jess um die steinerne Begrenzung herum und schob die wehenden Gardinen beiseite.

Mitten im Zimmer stand ein massives Ehebett mit einem burgunderfarbenen Baldachin, dessen seitliche Schals nicht zugezogen waren. Darin lag eine Gestalt, die unverkennbar ein weißes Betthäubchen trug. Sie rührte sich nicht, weil sie offenbar schlief. Vorsichtig stellte Jess einen Fuß auf die Fensterbank, um sein Gleichgewicht zu finden. Dann schob er mit beiden Händen die untere Hälfte des Fensters so weit nach oben, dass er zunächst mit einem Bein hindurchschlüpfen konnte und dann mit dem restlichen Körper.

Sein erster Blick, als er sich aufrichtete, fiel auf die hellblonden Haare, die aus dem Häubchen hervorschauten. Dann sah er ihr feines porzellanfarbenes Gesicht. Den rosigen, leicht gewölbten Mund. Die langen Wimpern. Kein Zweifel. Es war Lena! Jess spürte, wie sich sein Herz zusammenzog, als er sie näher betrachtete. Ihr schmaler Leib hob kaum die seidene Bettdecke. Sie wirkte weitaus zerbrechlicher als noch Monate zuvor.

«Lena», flüsterte er.

Sie reagierte nicht. Am liebsten hätte er sie gleich an sich gerissen und wäre mit ihr davongelaufen. Hunderte Meilen weit weg, in ein Land, wo es nichts gab, das sie je wieder trennen konnte. Er zögerte einen Moment, doch dann setzte er sich auf die Matratze und streichelte ihr über den Kopf, wobei er ungewollte das Häubchen abstreifte. Plötzlich schlug sie die Augen auf. Er sah, wie sie bei seinem Anblick regelrecht erstarrte.

«Lena», sagte er noch einmal mit erstickter Stimme. «Ich bin's, Jess.»

Sie machte keinen Laut, doch ihre smaragdgrünen Augen leuchteten unverkennbar vor Freude. Ihre Lippen bebten, und es sah aus, als ob sie ihm etwas sagen wollte. Doch kein Laut kam aus ihrem Mund, stattdessen rannen Tränen über ihr Gesicht. Als Jess erkannte, dass Tom recht gehabt hatte und sie offenbar nicht mehr Herrin ihrer selbst war, traf es ihn wie ein Schock.

«O mein Gott!»

Er riss sie regelrecht an sich. Er spürte ihre nasse Wange an seiner und ihren heißen Atem an seinem Ohr, während sie ihn unbeholfen zu umarmen versuchte. Er war nicht fähig zu sprechen. Ein Kloß, so dick wie eine Brotfrucht, versperrte seine Kehle. Tränen liefen ihm übers Gesicht und vermischten sich mit den ihren. Sie war offensichtlich schwer krank. So sehr, dass sie nichts hatte unternehmen können, um ihre Abmachung zu erfüllen, geschweige denn, Edward, diesem Monster, zu entfliehen. Beinah drei lange Monate hatte sie dieses Martyrium aushalten müssen. Verdammt!

«Es tut mir leid», flüsterte er unaufhörlich. «Es tut mir so leid. Ich dachte, du wärst … Himmelherrgott, was bin ich für ein Narr! Aber jetzt wird alles gut, das verspreche ich dir!»

Sie versuchte etwas zu sagen, doch Jess konnte es nicht verstehen. Er ging auf Abstand, um zu erkennen, was sie meinen konnte. Von dort aus sah er, dass sie auf die Tür deutete. Vom Flur her hörte er Schritte. Rasch legte er sie zurück in die Kissen. Dann sprang er auf und versteckte sich hinter einem monströsen Wandschrank.

Eine Sklavin betrat das Zimmer. Sie trug ein Windlicht in der Hand und war in das schwarz-weiße Gewand einer Hausdienerin gekleidet. Hinter sich schloss sie sorgsam die Türe. Dann beugte sie sich über Lena, offenbar um zu schauen, ob sie ruhig schlief. Als sie sah, dass sie erwacht war, gab sie ihr ein Glas frisches Wasser. Danach bot sie ihr an, ihr auf den Leibstuhl zu helfen, falls sie die Notdurft quälte. Doch Lena verneinte.

Überhaupt ging die Frau sehr behutsam mit ihr um. Sie schien uralt, ihre Haut war kohlschwarz, und ihr krauses Haar hatte die silbergraue Farbe von Asche angenommen. Jess glaubte mit einem Mal, sie schon als Kind gesehen zu haben. Eine Weile beobachtete er, wie sie Lena sorgsam zudeckte. Als sie sich anschickte, neben ihr in einem Lehnstuhl Platz zu nehmen, gab er sein Versteck auf und trat leise hinter sie. Lena sah ihm dabei direkt in die Augen. In ihrem Blick flackerte Angst, dass er der Alten etwas antun könnte. Doch er hielt ihr lediglich den Mund zu, bevor er sie so fest packte, dass sie sich keinen Zoll mehr rühren konnte.

«Schön ruhig, Mütterchen», raunte er der völlig erstarrten Frau ins Ohr. «Ich will mich nur ein wenig mit dir unterhalten. Wenn du hübsch brav bleibst und nicht schreist, wird dir nichts geschehen. Falls du auf mein Angebot nicht eingehst, wird mir nichts anderes übrig bleiben, als dir den Hals umzudrehen.»

Jess spürte, wie die alte Haussklavin vor Angst zitterte. Deshalb setzte er sich mit ihr auf die Matratze und hielt sie noch einen Moment vollkommen ruhig, bevor er seine Finger von ihren Lippen löste.

«Wer in Dreiteufelsnamen bist du?», zischte sie heiser. «Und was hast du hier zu suchen?»

«Was ist mit deiner Herrin geschehen?», fragte er geradeheraus.

«Das sieht man doch», erwiderte die Dienerin barsch. «Sie wurde verhext.»

«Wer soll sie denn verhext haben?», fragte Jess, der das abergläubische Gefasel der Sklavin nicht wirklich glauben konnte. «Hat man ihr irgendwelche Drogen verabreicht? Vielleicht im Auftrag ihres Ehemannes oder des Doktors? Wenn du jeden Tag mit ihr zusammen bist, musst du es doch wissen!»

«Kein Weißer ist eines solchen Zaubers mächtig», orakelte die Alte. «So etwas vermag nur ein Obeah-Zauber zu vollbringen. Meine Herrin ist eine lebende Tote.»

Jess packte die Frau härter am Arm und riss sie herum, sodass sie ihm direkt in die Augen schauen musste.

«Was hat das zu bedeuten?», fragte er rau.

Für einen Moment starrte die Frau ihm direkt ins Gesicht, und ihre Mimik wurde unvermittelt weicher.

«Ich kenne dich», sagte sie leise. «Und vor allem kenne ich deine Mutter. Ich war dabei, als sie dich zur Welt gebracht hat. Auch wenn du nun den Anzug eines weißen Priesters trägst, kannst du mich nicht darüber hinwegtäuschen, dass du zu den Rebellen gehörst, Jesús.»

Jess schluckte überrascht.

«Und wenn schon», erwiderte er. «Das tut nichts zur Sache. Ich will wissen, an wen ich mich wenden kann, um den Zauber aufheben zu lassen.»

«Frag deine Mutter», wisperte sie mit einem undurchsichtigen Lächeln. «Sie hat eine mächtige Freundin, die dir bestimmt weiterhelfen kann.»

Plötzlich klopfte es an der Tür, und jemand versuchte, die Klinke zu drücken.

«Estrelle!», rief eine verärgerte, männliche Stimme.

«Lord William», zischte die Sklavin erschrocken.

«Ich hab dir schon tausendmal gesagt, du sollst dich nicht mit Lady Helena einschließen. Das Haus wird bewacht, hier kann niemand kommen und sie entführen. So etwas anzunehmen ist absoluter Humbug!»

Wieder rüttelte er an der Tür, diesmal energischer. Estrelle starrte Jess mit aufgerissenen Augen an.

«Du musst fort», zischte sie. «Auf der Stelle!»

«Ich gehe nicht ohne sie!», raunte Jess und warf Lena einen wehmütigen Blick zu.

«Bist du verrückt?», schimpfte Estrelle mit verhaltener Stimme. «Wenn Lord William dich hier findet, wird er dich töten. Seit ihrer Entführung tragen beide Blakes stets eine Pistole bei sich. Und wenn du mit ihr durch das Fenster fliehen willst, werden dich spätestens am Flussufer seine Hunde ergreifen. Es ist aussichtslos, sieh es ein!»

«Estrelle, mach sofort die Tür auf!», brüllte der Lord von draußen.

In Sekundenschnelle traf Jess eine Entscheidung. Er drückte Lena einen Kuss auf die Stirn.

«Ich hol dich hier raus», flüsterte er heiser. «Schon bald. Das verspreche ich dir.»

Dann verschwand er ohne ein weiteres Wort über den Fenstersims.

Estrelle schloss das Fenster hinter ihm. Der Abstieg ging rascher als der Aufstieg, und während er weiter oben durch die geschlossenen Scheiben die wütende Stimme des alten Lords hörte, war er längst wieder unten im Kiesbett gelandet und eilte zu seinem Maultier. Ganz gleich, wie hoch der Preis auch sein sollte, er würde Lena nicht noch einmal ihrem Schicksal überlassen. Das war er ihr schuldig.

Jess war zu ihr zurückgekehrt und wollte alles tun, um sie zu erretten! Lenas eingeschlossenes Herz machte einen Sprung, und urplötzlich stellte sich bei ihr ein Gefühl puren Glücks ein, so stark, wie sie es schon lange nicht mehr erlebt hatte. Zumindest wusste er nun, dass sie keine Schuld daran trug, nicht am vereinbarten Treffpunkt erschienen zu sein. Wobei Estrelle in seiner Gegenwart einen bis dahin noch nicht formulierten Verdacht geäußert hatte.

Nachdem Jess verschwunden war und auch Lord William sich wieder in seine Gemächer zurückgezogen hatte, war Estrelle an Lenas Bett sitzen geblieben und hatte ihr von der alten Zauberin erzählt, deren Wirken sie hinter ihrer seltsamen Krankheit vermutete. Wobei sie keinerlei Beweise dafür hatte und Jess vollkommen arglos zu sein schien. Was aber, wenn diese Zauberin tatsächlich dahintersteckte? Vielleicht hatte man Lena über Jess' Kopf hinweg mundtot machen wollen, und das im wahrsten Sinne des Wortes? Gut möglich, dass diese Frau sie von ihrem Fluch auch wieder erlösen konnte.

«Ich bin sicher, dass Jess alles tun wird, damit Sie wieder gesund werden», hatte Estrelle ihr versichert.

Lena hatte nichts darauf antworten können, sondern nur dankbar genickt. Die Hoffnung, dass es da jemanden gab, der ihr helfen und ihren scheußlichen Zustand beenden konnte, ließ sie neuen Mut fassen. Während sie im Halbschlaf noch grübelte, polterte es abermals an der Tür. Als sie die Augen aufschlug, sah sie, dass der Morgen längst angebrochen war und Edward mitten im Zimmer stand. Wie gut, dass er die Nacht nicht auf Redfield Hall verbracht hatte.

Überraschend früh war er von einer Inspektion in der Rumfabrik zurückgekehrt, nachdem es dort am gestrigen Abend einen Brand gegeben hatte, von dem man nicht wusste, wer ihn gelegt hatte. Bei seinem Anblick kam es Lena beinahe so vor, als ob sie alles, was gestern Nacht geschehen war, nur geträumt hatte. Lediglich Estrelles panisch aufgerissene Augen und das leichte Zittern ihrer Hände zeugten davon, dass Jess wahrhaftig vor ihrem Ehebett gestanden hatte.

«Kannst du mir verraten, warum Lady Helena noch nicht gewaschen und frisiert ist?», herrschte Edward die alte Dienerin an.

In den frühen Morgenstunden war Estrelle im Lehnsessel, der neben dem Bett stand, eingeschlafen und zu spät erwacht, als dass sie rechtzeitig mit der Morgentoilette hätten fertig sein können. Nun schlug sie die Augen nieder, offenbar erleichtert, Edward nicht ins Gesicht sehen zu müssen.

«Tut mir leid, Master Edward, es soll nicht wieder vorkommen, ich verspreche es.»

«Kleide meine Frau an und geleite sie anschließend in den Salon. Wir haben hohen Besuch, den ich ihr vorstellen möchte.»

Estrelle nickte gehorsam. Als Edward wieder verschwunden war, schüttelte sie den Kopf, als ob sie eine Horde Fliegen loswerden müsse. Während sie Lena von ihrem Nachthemd befreite, ruhte ihr Blick auf ihren Brüsten.

«Hast du dem kleinen Jesús damit den Kopf verdreht?», fragte sie ziemlich direkt. «Er ist doch derjenige, der für deine Entführung verantwortlich war. Hab ich recht?»

Lena nickte kaum merklich.

«Ich habe es mir beinah gedacht. Seit William Blake ihn nach Kuba verkauft hat, kursiert sein Name unter den Schwarzen wie eine Legende. Es heißt, eines Tages würde er zurückkommen und sich an Lord William für alles rächen, was er ihm und seiner Mutter angetan hat. Dass es tatsächlich geschehen würde, hätte ich nicht für möglich gehalten. Aber die Geister der Ahnen spielen ihr eigenes Spiel. Niemand weiß, wen sie begünstigen, wem sie den Weg ebnen und wessen Schicksal sie erfüllen.»

Sie stockte einen Moment und lächelte verträumt. Dann fiel ihr Blick auf Lena, die dazu gern eine ganze Menge gesagt und am liebsten noch mehr gefragt hätte. Vor allem was wirklich mit Maggie geschehen war. Denn sie war inzwischen absolut sicher, dass Jess für deren angeblichen Tod nicht verantwortlich war. Estrelle schlug die Decke zurück und half Lena aufzustehen.

«Aus ihm ist aber auch wirklich ein verdammt gut aussehender Kerl geworden.»

Estrelle führte sie hinter den Paravent und setzte sie splitternackt auf den Leibstuhl. Mit einem sauberen Lappen nahm sie anschließend die intimen Waschungen vor. Als sie fertig war, half sie Lena in die Unterröcke. Während sie das Mieder schnürte, trafen sich ihre Blicke im Spiegel.

«Sie sind wunderschön, Mylady», murmelte sie. «Ich kann verstehen, dass sich Jess in Sie verliebt hat. Aber wenn er zurückkehrt, um Ihr Leben zu retten, könnte es ihn den Kopf kosten. Nicht nur wegen Edward. Sondern vor allem wegen Lord William. Wenn der wüsste, dass Jess sich auf seinem Land herumtreibt, würde er alles daransetzen, ihn zu töten. Da bin ich mir sicher. Und das nicht nur, weil er inzwischen zu einem gefährlichen ein Rebell geworden ist. Vor allem weil er nicht wollen würde, dass die alte Geschichte um seine Vaterschaft und Babas vermeintlichen Tod wieder an die Oberfläche gezerrt wird und den Ruf seines Hauses beschmutzt.»

Lena wusste zwar nicht, was es da noch viel zu beschmutzen gab, aber sie war ebenfalls überzeugt, dass Lord William in Jess einen Todfeind sehen würde, der ihm und seinem Sohn womöglich nach dem Leben trachtete. Und einen Todfeind galt es zu vernichten, bevor dieser irgendwelches Unheil anrichten konnte. Doch was sollte sie tun, um Jess davon abzuhalten, sie aus diesem Höllenloch zu befreien? Und wenn sie ehrlich war, wollte sie schnellstens von Edwards Ländereien verschwinden und nur bei Jess sein.

Estrelle streifte ihr das Kleid über, das Edward extra heute Morgen für sie ausgesucht hatte. Ein Traum aus dunkelgrüner Seide. Lena konnte die Farbe nicht ausstehen, und das wusste er. Aber wenn sie Glück hatte, war der Spuk bald vorbei.

Vorsichtig stieg Lena am Arm ihrer Dienerin die Treppe hinunter zur großen Halle. Edward hatte offensichtlich schon zum Frühstück hohen Besuch eingeladen. Wahrscheinlich der Gouverneur und seine oberflächliche Gattin. Aber selbst wenn es der Teufel persönlich gewesen wäre, hätte Lena keine Augen für diese Personen gehabt. Sie dachte nur noch an Jess. Auch Edward schien ihr inneres Glück zu bemerken, denn er schaute verwundert, als Estrelle sie in den Salon hinein führte.

«Da ist ja mein ganz persönlicher Engel!», frohlockte er mit einem gekünstelten Lachen.

Dann stellte er sie einer ganzen Reihe von uniformierten, zum Teil hochdekorierten Soldaten vor. Auch Langley, der Militärpfarrer, war unter ihnen. Er wusste bereits um Lenas Schicksal. Die anderen hatten offenbar keine Ahnung. Die Männer, einige von ihnen noch recht jung, andere im mittleren Alter, erhoben sich gleichzeitig, um sie mit einer Verbeugung zu begrüßen.

Einer von ihnen stellte sich als Assistant Commissaries General John Bland vor und wollte ihr stellvertretend für die übrigen Herren den obligatorischen Handkuss andeuten. Lena reagierte jedoch nicht, und der Offizier schaute betreten zu Boden, weil sie ihm allem Anschein nach ihre Gunst schlichtweg verweigerte. Einen peinlichen Moment lang sagte niemand etwas, bis Edward die Ungeschicklichkeit bemerkte.

«Sie müssen entschuldigen, General Bland. Das ist einer der Gründe, warum ich Sie hergebeten habe. Ich möchte Ihnen zeigen, welches Leid mir und meiner Familie ganz persönlich durch diese Rebellen widerfahren ist. Meine Frau ist seit ihrer Entführung schwer erkrankt. Irgendetwas ist ihr während der Zeit ihrer Entführung zugestoßen, das ihre Sinne lähmt. Seither ist sie nicht mehr in der Lage, eigenständige Bewegungen auszuführen. Sie ist weder ihrer Sprache noch des Schreibens mächtig», entschuldigte er ihr seltsames Benehmen.

Gegen ihren Willen führte er sie an einen freien Platz am Tisch und ließ von Estrelle ein weiteres Gedeck auflegen. Dann setzte er sich neben sie und band ihr ein seidenes Lätzchen um. Wie ein Kleinkind wollte er sie vor den Augen der Besucher füttern. Das hatte er bislang immer den Haussklaven überlassen. Aber wahrscheinlich wollte Edward den hochrangigen Militärs demonstrieren, wie schwer es ihn und seine Frau durch die Gewalt der Rebellen erwischt hatte, um deren Kampfeswillen zu schüren.

«Das tut mir sehr leid, Madam», erklärte der General Assistant sichtlich berührt, bevor er wieder Platz nahm.

Auch die übrigen Soldaten setzten sich wieder hin. Es waren sieben, und die meisten von ihnen starrten betreten auf ihre dampfenden Teetassen und wagten aufgrund der seltsamen Atmosphäre nicht, ihr Frühstück anzurühren.

«Nun greifen Sie doch zu, meine Herren», forderte Edward die Männer auf.

Dann begann er, Lena mit Stücken von gebuttertem Toast zu füttern. Auch wenn sie vor lauter Aufregung nicht den geringsten Hunger verspürte, blieb ihr nichts anderes übrig, als zu kauen und zu schlucken, wenn sie nicht ersticken wollte.

«General Bland und seine Kameraden sind Gesandte von Sir Lieutenant General Willoughby Cotton», erklärte Edward beiläufig, wobei sich Lena fragte, warum Lord William bei dieser Zusammenkunft fehlte. «Der Lieutenant General ist vor wenigen Tagen mit einer Flotte aus London eingetroffen. Sie sollen die hiesigen Truppen verstärken. Ich habe Mister Bland gebeten, ein paar seiner Regimenter in die Blue Mountains zu entsenden, weil ich dort jene Rebellen vermute, die an deiner Entführung die Hauptschuld tragen.»

Lena blieb der Toast im Halse stecken, doch sie vermied es zwanghaft, zu husten oder zu würgen. Stattdessen schluckte sie tapfer und schluckte noch einmal, auch wenn es höllische Schmerzen bereitete.

Bland hatte sich unterdessen erhoben und salutierte ihr gegenüber. «Seien Sie gewiss, Mylady, wir werden alles in unserer Macht Stehende tun, um jene zu fangen und zu richten, die Ihnen das angetan haben. Wir werden jeden Einzelnen von ihnen hängen, und wenn es Sie zufriedenstellt, sogar vor Ihren Augen.»

Unwillkürlich verzog Lena ihre Mundwinkel zu einer vollkommen schiefen Grimasse. Was der Offizier und seine Männer anscheinend als Ermutigung auffassten.

«Schön, dass wir uns einig sind!», verkündete Edward gut gelaunt und rief Jeremia herbei, der die ganze Zeit folgsam am Buffet auf seine Anweisungen wartete. «Darauf trinken wir einen Brandy», entschied Edward. «Bring uns den besten Brandy, den wir haben, Jeremia.»

Gegen Abend hockte Baba am knisternden Lagerfeuer und beobachtete, wie Selina ihren Töchtern Zöpfe flocht. Die Mädchen waren genauso, wie sie sich ihre Enkeltöchter gerne vorgestellt hätte. Vielleicht lag es daran, dass sie sich immer eine Tochter gewünscht hatte. Nachdem sie Jess das Leben geschenkt hatte, war ihr Leib nicht wieder gesegnet gewesen, obwohl sie bei den Maroon, wo sie sich zunächst versteckt hatte, noch andere Männer gehabt hatte.

Die Welt befindet sich permanent im Gleichgewicht, hatte Desdemona sie gelehrt. Jeder kommt mit einem gewissen Maß an Besitz auf die Welt. Verlangt er mehr, muss er etwas von dem opfern, was ihm ursprünglich zustand.

«In deinem Fall war es nicht vorgesehen», hatte die alte Obeah-Frau erklärt, «dass du überlebst. Deshalb hast du keine weiteren Kinder mehr bekommen.»

Baba hatte immer mehr gewollt, als eine höhere Macht ihr augenscheinlich zugestehen wollte. Vielleicht hatte sie sich deshalb nie gegen das Begehren ihres Masters gewehrt. Sie hatte sich sogar extra schön gemacht und damit William Blakes Verlangen geschürt. Insgeheim hatte sie immer gehofft, dass er sie eines Tages zu seiner Ehefrau erheben würde, obwohl ein solcher Gedanke natürlich grenzenlos naiv gewesen war.

«Er ist ein englischer Lord, und du bist nur ein Negerbastard», hatten ihre Schwestern auf den Feldern ihr zugeflüstert.

Aber Baba hatte den Neid aus ihren Stimmen herausgehört und war mit hocherhobenem Kopf in ihr Verderben gelaufen. Natürlich hätte Lord William sie nie geheiratet, selbst wenn seine Frau gestorben wäre, hätte er sich wieder eine weiße Lady ins Haus geholt. Zu spät hatte sie erkannt, welchem Teufel sie sich hingegeben hatte.

Das einzig Gute, das er ihr hinterlassen hatte, war Jess. Ihr Blick fiel wieder auf Selina, von der sie sich nichts mehr wünschte, als dass sie Jess' Frau würde. Sie wollte endlich eine große Familie haben, mit vielen Enkeln. Aber seit Jess diese weiße Schlange über den Weg gekrochen war, begannen sich all ihre Hoffnungen in Luft aufzulösen.

Daran hatte sich auch nichts geändert, nachdem er sie zu ihrem vermaledeiten Ehemann zurückgebracht hatte. Man sah ihm an, wie sehr er darunter litt, dass sie in ihre Welt zurückgekehrt war und nichts mehr von ihm wissen wollte. Und obwohl ihm Baba immer wieder versicherte, dass sie eine falsche Giftnatter war, von der er nichts zu erwarten hatte, gab er sich seinem Kummer hin und behandelte Selina seither, als sei sie gar nicht anwesend. Aber vielleicht würde ja nach dem Aufstand alles anders werden? Wenn die Sklaverei erst mal abgeschafft und die Weißen aus dem Land vertrieben worden waren, würde auch Jess einsehen, dass es an der Zeit war, sich eine gleichartige Frau zu suchen, um für den Fortbestand seiner afrikanischen Wurzeln zu sorgen.

Während Baba noch ihren Gedanken nachhing, kam plötzlich aus dem Dunkeln eine große Hand und packte sie fest bei der Schulter.

«Oh!» Selina stieß einen erstickten Schrei aus.

Baba wollte herumfahren, um zu sehen, wer ihnen einen solchen Schrecken einjagte. Doch das war nicht möglich. Die Hand umfasste schmerzhaft ihren Oberarm und riss sie trotz ihres Alters brutal empor auf die Füße.

«Jess?» Ihre Stimme gipfelte in Ungläubigkeit. «Ich dachte …»

In seinem schwarzen Priestergewand sah ihr Sohn aus wie ein düsterer Racheengel. Was tat er hier? Die langersehnte Revolution stand nun kurz bevor. Er hätte doch mit den anderen Kriegern in den westlichen Landesteilen sein sollen, um Waffen an die rebellisch gesinnten Sklaven zu verteilen.

«Wir beide haben ein Hühnchen miteinander zu rupfen!», spie er ihr entgegen. «Trägt Desdemona Schuld daran, dass Lena sich seit ihrer Rückkehr zu Edward Blake nicht mehr bewegen kann? Oder ist es gar deine Schuld, dass Desdemona einen solchen Zauber ausgeführt hat?»

«Ich weiß gar nicht, was du willst!», stammelte sie. «Sei doch froh, dass sie uns auf diese Weise nicht verraten konnte!»

«Du weißt also Bescheid», knurrte er düster.

Bevor Baba antworten oder auch nur eine Frage stellen konnte, packte er sie erneut schmerzhaft am Arm und riss sie regelrecht mit sich fort. Aus dem Augenwinkel sah Baba, wie Selina und ihre Töchter ihnen eingeschüchtert hinterherschauten. Auf dem Weg zu Desdemonas Hütte nahm Baba ihren ganzen Mut zusammen.

«Warum gehst du bloß so grob mit deiner armen, alten Mutter um? Hast du zu viel getrunken, oder was ist mit dir geschehen?»

Jess benahm sich wie ein wütender Stier. Hätte er Hörner gehabt, läge sie längst aufgespießt am Boden, dachte sie ängstlich.

Erst als in der tief stehenden Abendsonne die Umrisse von Desdemonas Hütte in Sicht kamen, atmete er tief durch. Zwischen den Ritzen der geflochtenen Bambustür sah Baba, dass Desdemona im Innern ein kleines Lagerfeuer entzündet hatte und offenbar nicht überrascht war, sie beide zu sehen. Jess stieß die Tür auf. Wie eine Gefangene führte er seine Mutter in die Hütte.

«Er weiß Bescheid», warnte Baba die Zauberin. «Aber ich schwöre, ich habe ihm nichts verraten!»

Desdemona fixierte ihn beinahe amüsiert mit ihren blinden Augen.

«Ich kann verstehen, Jess, wenn du auf Baba und mich wütend bist, aber dass du deine arme Mutter vorführst wie eine Galeerensklavin, ist nicht unbedingt notwendig. Erstens hat sie es nur gut gemeint, und zweitens hätte ich dir auch so Rede und Antwort gestanden.»

Bevor Baba eingreifen konnte, hatte Jess schon das Wort ergriffen. «Ich will auf der Stelle wissen, was ihr Lena angetan habt!»

«Ich habe die Geister befragt», erwiderte Desdemona ruhig. «Wenn ich es nicht getan hätte, wären wir jetzt alle tot. Nur der Umstand, dass sie weder reden noch schreiben, noch selbst entscheiden kann, wo sie hingeht, bewahrt uns sicher davor, dass sie uns und unser Lager an die weißen Soldaten verrät.»

Jess ließ Babas Arm so heftig fahren, dass sie rückwärtsstolperte. Dann trat er mit einer Entschlossenheit auf Desdemona zu, als ob er beabsichtigte, ihr den Schädel zu spalten. Baba schrie auf und riss ihn am Arm zurück, doch er schüttelte sie nur ab wie eine lästige Fliege.

«Wenn du sie nicht auf der Stelle wieder gesund machst, Hexe, werde ich dich töten, so wahr ich hier stehe», fauchte er bedrohlich leise. «Ich werde deine Hütte abbrennen, mit allem, was darin ist. Und deinen Leichnam werde ich den Truthahngeiern zum Fraß vorwerfen. Das verspreche ich dir!»

«Jess!», rief Baba, und ihre Stimme überschlug sich fast. «Wie kannst du nur! Desdemona hat dein Leben gerettet und das aller Lagerbewohner. Du warst nicht mehr Herr deines Verstandes!»

«Schweig, Weib!», knurrte er und wandte sich mit einem äußerst bösartigen Blick zu ihr um. «Oder du bist die längste Zeit deines Lebens meine Mutter gewesen.»

Bei seinem Anblick wurde Baba angst und bange. Nie im Leben hatte sie ihren Sohn so hasserfüllt erlebt. Es war, als ob eine Horde Dämonen in ihn gefahren wäre.

«Lass ihn, Baba», beruhigte Desdemona. «Das Schicksal sucht sich immer seinen Weg. Da hilft auch der stärkste Zauber nicht. Das Rad der Zeit hat sich zu drehen begonnen, und wir werden es nicht aufhalten können.»

«Ganz gleich, was du da faselst», erwiderte Jess aufgebracht. «Gib mir ein Mittel, das sie ins Reich der Lebenden zurückholt. Tust du es nicht, werde ich dich zu den Ahnen schicken und damit dein Schicksal schneller erfüllen, als dir lieb ist!»

«Du liebst sie?» Desdemona sah ihn mit ihren blinden Augen durchdringend an.

«Mehr als mein Leben», antwortete Jess hörbar leiser. «Aber das ist es nicht, das mich vorantreibt. Ich habe ihr mein Wort gegeben, dass ihr nichts Böses geschieht, wenn sie uns hilft, die Todgeweihten aus dem Gefängnis zu befreien. Und obwohl sie auf der Flucht vor ihrem Ehemann war, hat sie sich den drei jungen Männern zuliebe bereit erklärt, zu Edward Blake zurückzukehren. Sie hat mir ihr Wort gegeben, dass sie uns nicht an die Weißen verrät, falls sie von Polizei und Militär verhört wird. Damit es erst gar nicht dazu kommt, habe ich versprochen, ihr bei der anschließenden Flucht nach Europa zu helfen. Wenn uns das wie geplant gelungen wäre, hätten wir erst gar nicht um unsere Sicherheit fürchten müssen. Wegen meiner Mutter und ihrer kruden Ideen muss sie nun schon drei Monate in dieser Hölle ausharren und sich von Edward Blake vergewaltigen lassen. Nun ist sie schwanger …»

Jess brach die Stimme. Desdemona nickte einsichtig.

«Ich kann verstehen, was in dir vorgeht. Auch du hast einen Schwur geleistet, den du wegen uns nicht einhalten konntest. Deshalb sehe ich mich gezwungen, dir zu helfen.»

Während Baba noch immer wie erstarrt ihren Sohn angaffte, wandte sich Desdemona einem Regal mit Tongefäßen zu. Auf diesem verwahrte sie, nach Babas Wissen, die stärksten und wirkungsvollsten Mittel. Unter den vielen verschlossenen Gefäßen nahm sie eine kleine, gläserne Phiole an sich und übergab sie Jess.

«Gib ihr das zu trinken, und in wenigen Stunden wird sie so sein wie zuvor. Aber geh vorsichtig damit um. Ich weiß nicht, wann die Geister mir noch mal ein solches Gegenmittel brauen.»

Jess atmete regelrecht auf und ließ das Fläschchen in seiner Jackentasche verschwinden. Dann drehte er sich ohne ein weiteres Wort um und verschwand nach draußen. Baba blieb wie angewurzelt stehen und blickte ihm fassungslos hinterher. Mit Tränen in den Augen wandte sie sich Desdemona zu.

«Hab ich ihn verloren?» Baba hatte das Gefühl, in einen dunklen Abgrund zu stürzen. «Sag es mir, Desdemona, wird er zu mir zurückkommen, oder wird er mich bis an mein Lebensende hassen?»

«Ich hatte dich gewarnt», sagte sie leise. «Die Ahnen verlangen ein Opfer, wenn wir um einen solch starken Zauber bitten.»

Baba war ganz starr vor Angst. Schweiß trat ihr auf die Stirn.

«Heißt das, er muss nun sterben?»

«Es ist möglich, dass das der Preis ist, den du zu zahlen hast.»

Jess marschierte zu den Stallungen, um sein Muli zu holen. Dabei versuchte er, die kalte Wut, die er bei den Machenschaften seiner Mutter empfand, zu verdrängen. Immer noch glaubte er, schlecht zu träumen. Um Haaresbreite hätte er Baba erwürgt und die alte Desdemona dazu! Aber wie hatten die beiden ihm so etwas nur antun können? Ihn so zu hintergehen! Und das über Monate!

Wie sehr hatte er sich den Kopf zerbrochen, warum Lena in scheinbarer Selbstverständlichkeit zu Edward Blake zurückgekehrt war! Beinahe wäre er an der Trauer über ihr Verhalten zerbrochen. Doch Baba hatte so getan, als ob nichts anderes von Lena zu erwarten gewesen wäre. Schlimmer noch, sie hatte ihre Intrige damit gekrönt, dass sie ihm stattdessen Selina wie einen besonderen Leckerbissen darbot. Rücksichtslos verfolgte sie ihre Interessen. Aber dass sie dafür so weit ging, ihren eigenen Sohn zu betrügen, hätte er niemals vermutet. So schockiert er auch war, darüber wollte er im Augenblick nicht länger nachdenken. Er war verpflichtet wiedergutzumachen, was seine Mutter angerichtet hatte. Doch bevor er sich wieder ins Tal aufmachte, hatte er noch etwas anderes zu tun. Am Rande des Lagers war noch immer Lenas Schmuck vergraben. Nun war der Zeitpunkt gekommen, ihn ihr zurückzugeben.

Im Halbdunkel grub er unter einem Feigenbaum und holte den kleinen Lederbeutel, in den er den Schmuck nach seiner enttäuschten Rückkehr gesteckt hatte, mit bloßen Händen aus der Erde. Dann machte er sich auf den Weg ins Tal. Auf halber Strecke, mitten im Wald, wurde er hellhörig, als er ein paar untypische Geräusche vernahm. Rascheln, leise Worte und das Stampfen von Hufen. Er schärfte seine Sinne und erkannte, dass es seine eigenen Leute waren. Nathan und Joel, die wie Jess den schwarzen Anzug eines Baptisten trugen. Cato hatte sie entsandt, damit sie den angeworbenen Rebellen am nächsten Tag die Waffendepots zugänglich machten, die sie überall im Land verteilt angelegt hatten. Als Jess aus seinem Versteck hervortrat, zogen sie unverzüglich ihre Macheten.

«Verdammt, Bruder, was tust du hier?», fragte ihn Nathan aufgebracht. «Du solltest längst in St. James sein und den Widerstand organisieren. Hast du uns nicht befohlen, dass wir uns morgen früh in Brownsville treffen?»

«Vorher muss ich noch etwas anderes erledigen», knurrte Jess düster.

«Dürfen wir erfahren, was?» Nathan warf Jess einen misstrauischen

Blick zu. «Ich meine, wenn du dich schon nicht an deine eigenen Anweisungen hältst, wäre es gut, wenn du uns wenigstens über die Planänderung informieren würdest.»

Jess überlegte einen Moment, ob er Nathan die Wahrheit sagen sollte. Ihre Freundschaft hatte in den vergangenen Wochen und Monaten unter seiner Zuneigung für Lena sichtlich gelitten. Nathan hasste die Weißen, was ihm nicht zu verdenken war. Weiße Pflanzer hatten seine Eltern auf dem Gewissen, und ihn selbst hatten sie von Kindesbeinen an so hart schuften lassen, dass er beinahe daran gestorben wäre.

«Es hat mit Lena zu tun», sagte er, gefasst darauf, dass Nathan ihm eine saftige Standpauke hielt.

«Ich denke, sie ist zu ihrem Sklavenschinder zurückgekehrt», bemerkte Nathan ungewöhnlich neutral. «Also, was hast du noch mit ihr zu schaffen?»

«Desdemona hat sie vergiftet, und meine Mutter hat ihr den Auftrag dazu erteilt. Das hat eine lebende Tote aus ihr gemacht. Ich habe es nicht bemerkt, weil die Wirkung erst eingesetzt hat, nachdem ich sie aus meiner Obhut entlassen habe.»

«Warum sollte deine Mutter so etwas tun?», entfuhr es Joel, der die ganze Zeit angespannt zugehört hatte.

«Weil Jess ein liebeskranker Tölpel ist, der sich in seine weiße Geisel verguckt hat», fuhr ihm Nathan ins Wort. «Und seine schlaue Baba erkannt hat, dass er sich sehenden Auges ins Unglück stürzt.»

«Abgesehen davon, dass du Schwachsinn redest, rechtfertigt es nicht, dass man einen unschuldigen Menschen in einen lebenden Zombie verwandelt hat!» Jess bebte vor Zorn.

«Na ja», spöttelte Nathan. «So ganz unschuldig wird sie nicht mehr gewesen sein. Außerdem scheinst du in der Zeit, in der du ihren Gefängniswärter gespielt hast, vergessen zu haben, dass sie eine Weiße ist.»

«Das habe ich nicht. Aber sie ist anders als die meisten Weißen. Kojo hatte recht mit seinem Verdacht», gestand Jess tonlos, während sie nebeneinander durch den Dschungel ritten. «Als wir sie damals gefunden haben, war sie auf dem besten Weg, den Klauen von Edward Blake zu entfliehen.»

«Na, wenn das keine Neuigkeiten sind», erwiderte Nathan sichtlich beeindruckt.

«Ich habe es euch nicht gesagt, weil ich die Sorge hegte, dass Cato davon erfahren und den Austausch abblasen würde. Dabei war es unsere einzige Chance, die Jungs noch zu retten.»

Joel riss überrascht die Augen auf.

«Sag bloß, sie wollte wegen dir abhauen?»

«Dummkopf», schalt ihn Jess, «als wir sie gefunden haben, kannte sie mich noch gar nicht. Aber ihr habt es mir zu verdanken, dass ich sie davon überzeugen konnte, den drei Gefangenen zu helfen, indem sie zu Blake zurückkehrt. Im Gegenzug hatte ich versprochen, ihr hinterher sobald wie möglich bei der Flucht zum nächstmöglichen Hafen zu helfen. Doch daraus ist ja dann nichts geworden.»

«Verdammte Weiber», erklärte Joel verdrießlich, «wo sie sind, gibt es immer Ärger. Und da macht es bestimmt auch keinen Unterschied, ob sie Weiße oder Schwarze sind.»

Nathan legte Jess eine Hand auf die Schulter.

«Meinst du, mir ist entgangen, wie du gelitten hast, nachdem sie weg war? Man konnte ja gar nichts mehr mit dir anfangen. Ich sag immer, keine Waffe vermag einen Mann so leicht umzuhauen wie die Schönheit einer Frau.»

«Glaub mir, es liegt nicht nur an ihrer Schönheit. Wer Edward Blake davonläuft, besitzt eine Menge Charakter. Aber genug davon. Wenn du mir deine Freundschaft beweisen willst, schwafel nicht lange rum, sondern hilf mir lieber, sie aus dieser Hölle zu befreien. Sie hat uns geholfen, und nun möchte ich ihr helfen. Das ist doch nur fair.»

«Du kannst dich auf uns verlassen», sagte Nathan und bezog Joel wie selbstverständlich mit ein. «Und was sollen wir tun?»

«Das erkläre ich euch später. Es ist schön, euch an meiner Seite zu wissen.»

Nun war er nicht mehr allein. Mit der Unterstützung seiner Kameraden sollte er es schaffen, Lena von ihrem Fluch zu erlösen und in Sicherheit zu bringen.

KAPITEL 29

Ende Dezember 1831 || Jamaika || Auge um Auge

Von der aufgehenden Morgensonne geblendet, erkannte Jess zu spät, dass sich ein Regiment englischer Scharfschützen hinter einem Farmhaus am Ortseingang von Stony Hill verschanzt hatte. Einzelne versprengte Soldaten ragten mit ihren grünen Uniformen wie giftige Pilze aus dem hohen Steppengras, das den Straßenrand bis zum Horizont säumte.

Einer inneren Eingebung folgend, hatte er sich kurz vor der Weggabelung, die zum Wag Water führte, von Nathan und Joel getrennt, was ihm nun zugutekam. Drei breitschultrige Schwarze, die gemeinsam auf ihren Mulis Richtung St. Mary ritten, wären den patrouillierenden Soldaten sofort ins Auge fallen. Blieb zu hoffen, dass er und seine beiden Kameraden getrennt problemlos passieren konnten. Gegen Mittag wollte Jess sich mit ihnen bei der alten Fischerhütte am White River treffen.

Nathan und Joel planten, auf den Feldern von Redfield Hall ein paar Feuer zu legen. Wenn ihr Plan aufging, sollte die Ablenkung es ermöglichen, dass Jess im allgemeinen Tumult unbemerkt zu Lena vordringen konnte. Doch bis dahin konnte noch viel geschehen. Inzwischen befand sich das ganze Land in Aufruhr. Die Anspannung, dass etwas Großes bevorstand, lag geradezu in der Luft und machte sich allem Anschein nach auch an der Nervosität der Soldaten bemerkbar.

Während einige Sergeants sämtliche Reisenden kontrollierten, die sich dem Hundertseelenort näherten, standen deren Kameraden in einigem Abstand. Für den Fall, dass jemand auf die verrückte Idee kam, sich unkontrolliert davonzumachen, hielten sie die Gewehre im Anschlag.

Glücklicherweise ahnten sie nicht einmal, dass bereits am nächsten Tag in Westmoreland, Trelawney und St. James die Plantagen brennen würden. Und wenn Cato, entgegen den friedlichen Absichten eines Samuel Sharpe, mit seiner Strategie der Gewalt Erfolg hatte, würde der Sturm gegen die Weißen die gesamte Insel erfassen.

Jess fluchte innerlich, weil er mit seinen Gedanken woanders gewesen war und die Soldaten zu spät bemerkt hatte. Schon spürte er die kritischen Blicke der Männer auf sich. Selbstverständlich waren er und seine Kameraden auf Kontrollen vorbereitet. Ihre geheimen Verbündeten bei den Maroon hatten sie mit gefälschten Papieren versorgt. Doch sicher fühlte er sich deshalb noch lange nicht.

«Runter von deinem Maultier», herrschte ihn einer der Soldaten respektlos an, als er seinen Braunen nicht gleich zum Stehen brachte.

In den Augen des Mannes war Jess nichts weiter als ein Neger und damit verdächtig. Da half es auch nicht, dass er den typischen schwarzen Anzug eines Baptisten trug. Hinzu kam, dass sein bulliges Gegenüber mit einem derben, englischen Akzent sprach und höchstwahrscheinlich Anglikaner oder Protestant war. Für Baptisten hatte er sicher nichts übrig.

Jess straffte sich und atmete tief durch, während er aus dem Sattel glitt. Kaum stand er in seinen geschnürten und extra sauber geputzten Schuhen vor dem Soldaten, versuchte er, sich möglichst geduckt hinzustellen, und vermied es, dem viel kleineren Mann in die Augen zu sehen. Weiße verlangten von Negern und Mischlingen unterwürfiges Verhalten, ganz gleich, ob sie Sklaven oder Freie waren.

Gott sei Dank sehe ich in diesem Aufzug einigermaßen ordentlich aus, dachte Jess und nahm demonstrativ seine Bibel zur Hand, damit erst gar kein Zweifel über seine friedliche Gesinnung aufkam. Trotzdem stieg seine innere Anspannung, als der Soldat seine Papiere forderte. In seiner Phantasie ging er durch, was er tun würde, wenn der Mann ihm Schwierigkeiten bereitete. Um möglichst kooperativ zu erscheinen, hatte Jess die Dokumente fein säuberlich zwischen die Seiten der Bibel gelegt und überreichte sie an den jungen Sergeant.

«Woher kommst du?», blaffte der Soldat ihn an.

«Von überall und nirgends», antwortete Jess, und merkte noch im selben Augenblick, dass die Antwort ein Fehler gewesen war.

Die eng zusammenstehenden Augen des Mannes verwandelten sich in schmale Schlitze, was ihm zusammen mit dem vorstehenden Kinn das Aussehen eines Kampfhundes verlieh. Fehlte nur noch, dass er die Zähne fletschte.

«Entweder du sagst mir jetzt, wo du hingehörst, oder ich muss dich in Ketten legen und nach Spanish Town zum Verhör mitnehmen.»

«Ich bin ein freier Baptistenpriester», erwiderte Jess betont leise, um den Anschein eines sanftmütigen Mannes wiederzuerlangen. «Ich bin im gesamten Land unterwegs, um das Wort Gottes zu predigen. Dabei wohne ich mal hier und mal da. Je nachdem, wer mir seine Gastfreundschaft gewährt. Wie Jesus auf der Wanderschaft.»

«Lionel, komm mal her», rief sein Kontrolleur einem dürren, hochgeschossenen Kameraden zu, der sich ungefähr zehn Schritte entfernt mit einem weißen Händler beschäftigte, der mit einem Leiterwagen voller Sklaven unterwegs war.

«Schon wieder so ein Heiliger, der behauptet, nirgendwohin zu gehören!»

Aha, dachte Jess, Nathan oder Joel hatten diese Stelle aller Wahrscheinlichkeit nach bereits vor ihm passiert.

«Kann er sich als freier Mann legitimieren?», rief der andere umgehend zurück und schaute dabei in ihre Richtung.

«Wenn man den Papieren Glauben schenken will, wurde er vor einem Jahr in die Freiheit entlassen und ist in Spanish Town entsprechend registriert!»

«Wer hat unterschrieben?»

«Sir Randolph Patterson, erster Sekretär des Gouverneurs.»

«Dann lass ihn ziehen. Die Leute, die wir suchen, haben keine Urkunden oder Tickets bei sich. Und schon gar kein Gebetbuch!»

«Noch mal Glück gehabt, du Sohn einer Hundefotze», raunte ihm der Soldat entgegen und rückte zögernd Jess' Papiere heraus.

Jess ließ sich nicht anmerken, dass er dem Kerl am liebsten das Maul poliert hätte. Besonnen verstaute er alles ordnungsgemäß in seiner Bibel und saß auf seinem Muli auf.

«Der Herr sei mit Ihnen, Sir», verabschiedete er sich unterwürfig lächelnd und trat seinem tierischen Gefährten härter als nötig in die Seiten, damit er so schnell wie möglich mit ihm davontrabte.

Erst als er die Soldaten hinter sich gelassen hatte, bemerkte Jess, dass seine Hände zitterten. Ihm wurde bewusst, wie viel Glück er gehabt hatte, dass ihn niemand komplett durchsucht hatte. Nicht auszudenken, wenn man Lenas Schmuck bei ihm gefunden hätte! Oder Desdemonas Glasphiole! Wie um sich selbst zu beruhigen, dass alles gut gegangen war, betastete Jess das Fläschchen in seiner Jackentasche.

Kurz darauf überholte er den Leiterwagen mit den Sklaven, der vor ihm die Kontrolle passiert hatte. Im Vorbeireiten sah er die dicken Fußketten, die seine apathisch dreinblickenden Brüder um die Knöchel trugen. Wahrscheinlich waren sie eine vorübergehende Leihgabe, die für gutes Geld von einer Plantage zur nächsten gereicht wurde. Am liebsten hätte er die Männer aus ihrem Elend befreit und ihnen zugerufen, dass sie sich dem Widerstand anschließen sollten, bevor sie in Agonie versanken. Doch dann hätte er den Weißen töten müssen, und es war nicht sicher, ob die Schwarzen nachher zu seinen Gunsten das Maul gehalten hätten. Also begnügte er sich damit, ihnen aufmunternd zuzulächeln.

«Der Herr gebe euch Zuversicht», rief er. «Das Himmelreich ist nicht mehr fern!»

Die Männer antworteten nicht, sondern glotzten nur stoisch. Stattdessen wandte sich der weiße Kutscher zu ihm um und musterte ihn hasserfüllt.

«Kerle wie du sind daran schuld, dass unsere Sklaven den Verstand verlieren», zischte er und funkelte ihn böse an. «Ihr hetzt sie auf, indem ihr behauptet, in London wäre die Sklaverei abgeschafft worden.

Ihr macht unser ganzes Land kaputt, wenn nicht bald einer kommt und euch das Maul stopft, damit ihr aufhört, einen solchen Unsinn zu predigen!»

«Das ist kein Unsinn», erwiderte Jess im Brustton der Überzeugung. Dann gab er seinem Muli zu verstehen, dass es antraben sollte. «Der Herr soll mein Zeuge sein, dass es nicht mehr lange dauern wird, bis er schwarze und weiße Schafe zusammen auf die grünen Auen führen wird.» Wobei die Weißen womöglich schon bald vertrieben sein werden, dachte er, sagte es aber nicht.

«Wo willst du hin?»

Selina schaute Baba irritiert an. Unbemerkt hatte sie Babas Höhlenbehausung betreten und sie beim Packen erwischt.

Auf dem unordentlichen Strohlager vor ihr blähte sich ein abgewetzter Lederbeutel auf, den sie an einem Riemen quer über die Brust tragen konnte. Rasch versteckte Baba die Pistole in einem Konglomerat aus Kleidung und anderen Habseligkeiten. Dazu steckte sie, in ein Bananenblatt eingewickelt, Pulver und Blei, das sie von José ergattert hatte. Ihr alter Gefährte aus frühen Zeiten bei den Maroon bewachte das Waffenlager. Ab und an machte er ihr schöne Augen, wenn sie an ihm vorbeilief. Sie hatte ihm einen kleinen Freundschaftsdienst geleistet, indem sie ihm in der Abgeschiedenheit seiner Höhle manchmal ein wenig Erleichterung verschafft hatte. Und er hatte sich revanchiert. Außer der Schusswaffe verstaute sie auch noch ein langes Pflanzermesser tief zwischen ihren Kleidern, das sie extra geschärft hatte.

«Ich muss Jess folgen», erklärte sie tonlos und stopfte noch einen Umhang und ihren alten, blauen Arbeitskittel in die Tasche. Beides würde sie später noch benötigen. «Er ist ganz alleine nach Redfield Hall unterwegs, um diese weiße Schlange aus ihrem Nest zu holen. Er wird dabei sterben, wenn ich nichts unternehme.»

«Weiße Schlange?» Selina warf ihr einen verständnislosen Blick zu.

«Na, diese weiße Hure, die ihm den Kopf verdreht hat, bevor sie im Austausch mit den drei jungen Gefangenen zu ihrem feinen Ehemann zurückkehren durfte. Wenn du mich fragst, ich hätte sie umgebracht, aber mein Sohn hat ein zu gutes Herz. Er hat sie die ganze Zeit über nicht aufgegeben, obwohl ich mein Bestes getan habe, um ihn vom Gegenteil zu überzeugen.»

«Dein Bestes getan?» Selina hob eine Braue und stemmte die Hände in ihre ansehnlichen Hüften. «Was willst du damit sagen?»

«Na ja.» Baba räusperte sich und betrachtete nachdenklich ihre nackten Zehen. «Ich hab eben ein bisschen nachgeholfen, damit sich ihre Wege nicht mehr kreuzen.»

«Nachgeholfen?» Selinas Blick nahm eine misstrauische Note an. «Du hast doch nichts getan, was unrecht gewesen wäre, oder?»

«Nein. Ich habe es auf unsere Weise erledigt. Desdemona hat für mich einen sehr wirksamen Zauber ausgesprochen.»

«Einen Zauber?» Selina gab sich keine Mühe, ihr Entsetzen zu verbergen. «Aber sich eines Zaubers zu bedienen, heißt, ein Opfer zu bringen. Wie stark war der Zauber?»

«Sehr stark.» Baba stieß einen resignierten Seufzer aus. «Er hat der weißen Frau den Willen gebrochen und sie zu einer lebenden Toten gemacht. Seit der Zauber seine Wirkung entfaltet hat, kann sie nicht mehr sprechen und bewegt sich nur noch auf Anweisung.»

Selina gab einen lang gezogenen Laut des Entsetzens von sich und schlug die Hände vor den Mund.

«Und welches Opfer musstest du dafür bringen?», wisperte sie ängstlich.

«Desdemona sagte mir, dass die Ahnen dafür ein Menschenleben fordern könnten. Und nun fürchte ich, dass sie Jess haben wollen. Denn nachdem Desdemona so dumm war, ihm das Gegenmittel zu überlassen, ist er regelrecht davongestoben, um diese weiße Hure von dem Fluch zu erlösen.» Baba schnaubte verdrossen und sah sich um, ob sie auch nichts vergessen hatte. «Deshalb muss ich sofort aufbrechen, um ihn zu retten.»

«Was hast du vor?» Selinas Stimme bebte. «Man wird dich nicht einfach von hier fortgehen lassen. Du weißt doch, dass wir Frauen das Lager nicht ohne Erlaubnis verlassen dürfen. Und du erst recht nicht mehr!»

«Die meisten Krieger sind unten im Tal, und diejenigen, die auf das Lager aufpassen, kann ich überlisten. Ich habe das schon einmal gemacht, ich kann es wieder tun.»

«Und was ist, wenn dich die Weißen erwischen? Du besitzt doch keinerlei Papiere. Jeder Sklave auf dieser Insel ist dem Gesetz nach in Spanish Town registriert und muss ein Ticket bei sich haben, das ihn ausweist.»

«Ich besitze noch eine alte Urkunde, die ich damals nach meiner Flucht von Redfield Hall von den Maroon erhalten habe. Sie stammt von einer verstorbenen Sklavin, deren Tod sie nicht an das Sekretariat in Spanish Town gemeldet hatten. Demnach müsste ich zwar dreißig Jahre älter sein, aber was soll's?»

Baba grinste frech und schulterte ihr Gepäck. Dann schickte sie sich an, nach draußen zu gehen. Selina stand wie angewurzelt da und versperrte ihr unbeabsichtigt den Weg. Baba drängte sie mit einem unwirschen Murren zur Seite.

«Aber ...» Selina sah ihr ratlos hinterher.

Baba blieb stehen, kam zurück, umarmte die junge Mulattin noch einmal fest und küsste sie auf den Mund.

«Wenn mir je eine Tochter beschieden gewesen wäre, hätte sie so sein sollen wie du.»

«Baba ...» Selina standen die Tränen in den Augen, als sie sich von ihr löste. «Ich habe Angst, dass ich dich nie wiedersehen werde.»

«Mach dir keine Sorgen. Die Weißen haben mich bisher nicht töten können, und es wird auch dieses Mal nicht geschehen.»

Wie ein Hurrikan breitete sich das Sturmläuten von der Plantagenkapelle über Redfield Hall aus. Wobei es den Anschein machte, als ob der Seewind das stetige Echo der schrillen Glockentöne bis über sämtliche Ländereien trüge. Gleichzeitig stieg Lena der Geruch von süßlichem Rauch in die Nase, als sie einen Blick durch das halb geöffnete Schlafzimmerfenster erhaschte.

Estrelle hatte sie nach dem Lunch zurück in die obere Etage gebracht, wo sie im Eheschlafzimmer wie üblich ihren Mittagschlaf halten sollte. Fehlte nur noch Edward, der ihr dabei manchmal Gesellschaft leistete, was jedoch keinerlei Entspannung versprach. Die alte Sklavin schnürte gerade Lenas Mieder auf, um ihr ein weißseidenes Nachthemd anzuziehen, als Edward völlig aufgebracht die Treppen hinaufgestürmt kam und ohne Rücksicht in ihr Zimmer stolperte.

Estrelle hob eine Braue, wobei sie es wie üblich nicht wagte, eine Frage an ihren Master zu richten. Lena hätte gerne gewusst, was ihn zu dieser Eile trieb, brachte aber nur ein unverständliches Stammeln heraus.

«Die Zuckerrohrfelder unterhalb des Flusses brennen auf einer Länge von achthundert Yards», erklärte Edward und kramte in hektischer Betriebsamkeit in einer Kommodenschublade. «Dazu ein paar Trockenlager. Ich muss Trevor helfen, mehrere Löschmannschaften zusammenzustellen. Die Sklaven sollen eine Transportkette vom Fluss zu den Brandherden errichten. Vater ist noch nicht aus Spanish Town zurück, deshalb …» Er sah sie nun direkt an, und sein Blick verriet eine ungewohnte Panik. «Deshalb bleibst du solange bei Estrelle und Jeremia. Ich habe einige unserer Wachleute hiergelassen und ihnen befohlen, auf das Haus achtzugeben.»

Ohne Scham entkleidete er seinen athletischen Körper vor den Frauen bis auf die Unterhose und schlüpfte in eine Reithose aus feinem Leder. Danach streifte er sich ein schmuckloses Hemd über, das er aus einem der Schränke genommen hatte. Während er, ohne sich zu verabschieden, auf Strümpfen zurück in den Gang stürzte, wo Jeremia höchstwahrscheinlich mit den Reitstiefeln auf ihn wartete, fiel

Lenas Blick auf Estrelle. Die weißhaarige Dienerin schaute sie sorgenvoll an.

«Das hat nichts Gutes zu bedeuten, Mylady», prophezeite die betagte Negerin düster. «Machen Sie sich darauf gefasst, dass wir schon bald Gesellschaft bekommen. Es ist besser, wenn ich Sie vorsichtshalber wieder ankleide.»

Nachdem Estrelle ihr wieder in das lavendelfarbene Musselinkleid geholfen hatte, schleppte sich Lena mühsam zum Fenster. Es war furchtbar, die Aufregung, die sie verspürte, nicht zeigen zu können. Der Rauch zog nun in dichten Schwaden vorbei Richtung Park. Er umhüllte die Kronen der Palmen und zog weiter bis hinunter zum Fluss. Die Hütten der Sklaven leerten sich, weil die Aufseher selbst Frauen und Kinder für die Löscharbeiten zusammentrieben.

«Kommen Sie, Mylady, ich möchte Ihnen das Haar wieder hochstecken.»

Ungläubig wandte Lena sich um. War Estrelle noch ganz bei Sinnen? Die halbe Plantage schien zu brennen – und sie dachte an ihre Frisur? Aber ihr blieb nichts anderes übrig, als ihrer Leibsklavin zu gehorchen. Es war wie verhext. Wenn ihr jemand Befehle erteilte, war sie nicht fähig, sich zu widersetzen. Wäre es anders gewesen, hätte sie Estrelle längst einen Vortrag gehalten, wie enttäuscht sie über ihre bisherige Geheimnistuerei war. Denn so wie es sich darstellte, hatte die alte Sklavin von Anfang an geahnt, wer hinter dem Angriff auf ihrer Hochzeit gesteckt hatte. Sie hatte Jess' Mutter erkannt. Und so wie es aussah, ahnte sie auch, was hinter ihrer merkwürdigen Krankheit steckte.

Aber wie hätte Estrelle an sie herantreten sollen, beschwichtigte Lena ihren Groll, als sie gründlicher nachdachte. Realistisch betrachtet, hätte sie sich mit verdächtig gemacht und nicht nur ihre Anstellung im Haus, sondern auch ihr Leben aufs Spiel gesetzt. Lena beschloss, Estrelle zu verzeihen, als sie ihr dabei zusah, wie sie vor ihr kniete, um ihr in die Strümpfe zu helfen. Die alte Frau hatte sich rührend um sie gekümmert. Zumal sie auf Jess' Seite zu stehen schien.

Plötzlich stieß die Sklavin einen Schrei aus, als sich ein großer, dunkler Schatten von der Wand hinter ihr löste und die hereinströmende Nachmittagssonne durchbrach.

«Mach die Tür zu und verriegle sie!», befahl eine bekannte Stimme, die Lena für einen Moment den Atem stocken ließ.

Jess! Als sich ihr Verdacht bestätigte, fragte sie sich, wie es ihm gelungen war, völlig unbemerkt hier hereinzukommen. Wobei sie sich denken konnte, dass er wie schon zuvor durch das Fenster geklettert war. Jedoch im Gegensatz zu seinem letzten Besuch war es nun taghell, und die gesamte Plantage befand sich in Aufruhr. Estrelle war sichtlich eingeschüchtert von seinem kompromisslosen Auftritt. Sofort war sie aufgesprungen und gehorchte. Jess hingegen schien vollkommen ruhig zu sein und bewegte sich souverän auf Lena zu, als hätte er nicht den geringsten Zweifel daran, das Richtige zu tun.

Sie selbst saß immer noch auf dem Bett, und als er vor ihr stand und sich zu ihr hinabbeugte, um sie zu küssen, wollte sie es beinahe nicht glauben. Erst als sie seine weichen Lippen spürte, die Zärtlichkeit, mit der sie die ihren berührten, wusste sie, dass dies kein Traum war. Er trug wieder das Gewand des Priesters, das kaum darüber hinwegtäuschen konnte, dass er beileibe kein Heiliger war. Von irgendwoher war Estrelles verlegenes Hüsteln zu hören und erinnerte Jess offenbar an sein eigentliches Anliegen.

«Ich verfluche mich, dass ich dich so habe leiden lassen», flüsterte er und setzte sich neben sie, um etwas aus seiner Jackentasche hervorzukramen.

Lena fixierte derweil ungewollt die verschlossene Tür. Inbrünstig hoffte sie, dass Edward nicht auf die Idee kam, zu ihnen zurückzukehren, weil er vielleicht etwas vergessen hatte. Gott würde es hoffentlich nie so weit kommen lassen, dass die beiden Halbbrüder aufeinandertrafen. Sie waren wie Kain und Abel, dachte sie bitter.

«Jess, was hast du vor?» Estrelle schien ähnliche Befürchtungen zu hegen wie Lena. «Ihr Mann kann jederzeit zurückkehren. Er ist gerade erst fort.»

«Der ist eine Weile beschäftigt», knurrte Jess und schaute kurz auf.

Er zwinkerte Lena zu, als ob er über den Grund von Edwards Verschwinden bestens im Bilde wäre. Als er seine Vorbereitungen mit dem Fläschchen abgeschlossen hatte, stand er auf und drückte Lena kurzerhand aufs Bett. Sanft hob er ihre Beine an, um sie so bequem wie möglich hinzulegen. Er musste ihren innerlichen Protest gespürt haben, denn er sah sie an und hob wie ein Schulmeister den Zeigefinger.

«Schön liegen bleiben», sagte er und schob ihr noch ein weiteres Kissen unter den Kopf.

Dabei schien er vollkommen vergessen zu haben, dass sie gar keine andere Wahl hatte, als seinen Anweisungen zu folgen.

«Gib acht», sagte er schließlich und zückte das kleine Glasfläschchen mit der gelblichen Flüssigkeit.

Er hielt es ihr vor die Nase und schaute ihr tief in die Augen. Ganz so, als ob er sie beschwören wollte.

«Ich will, dass du das bis auf den letzten Tropfen trinkst. Vertrau mir», erklärte er feierlich. «Es wird dir helfen, wieder so zu werden, wie du warst.»

«Ist die Medizin von Desdemona?»

Estrelle war an Lenas Bett getreten und runzelte die Stirn.

«Ja», sagte Jess nur, konzentriert darauf, nichts zu verschütten.

Einen Moment lang wurde Lena von der Befürchtung beherrscht, dass dieser sogenannte Zaubertrunk womöglich nicht half, sondern alles nur noch viel schlimmer machen könnte. Doch Jess war allem Anschein nach davon überzeugt, was er tat. Vorsichtig setzte er die Phiole an ihre Lippen und kippte den Inhalt in ihren geöffneten Mund. Es schmeckte scheußlich. Eine Mischung aus bitter, sauer und dem Geruch einer Stinkmorchel. Lena schüttelte sich unwillkürlich, als der Nachgeschmack ihre Zunge quälte.

«Hat Desdemona für die Wirkung zu den Ahnen gebetet?», wagte Estrelle schließlich zu fragen und schockierte Lena damit nur noch mehr.

Offenbar glaubte nicht nur die Sklavin, sondern auch Jess an Geister und jegliches Teufelszeug. Blieb zu hoffen, dass Gott der Herr ihnen diesen Ausrutscher nicht übelnahm. Der Gedanke, lebenslänglich in diesem Zustand verharren zu müssen, brachte sie beinahe um.

«Selbstverständlich hat sie zu den Ahnen gebetet», raunte Jess und studierte Lenas Gesicht, als ob sie ein seltenes Insekt wäre.

«Meinst du, es zeigt schon Wirkung?», fragte Estrelle.

«Ich will es hoffen», sagte er. «Es ist unsere einzige Chance.»

Einzige Chance, hallte es in Lena nach.

«Kennst du die alte Obeah-Zauberin gut?»

Jess warf Estrelle einen Blick zu, als ob er der Frau, die dieses Zeug gebraut hatte, selbst nicht hundertprozentig vertraute. Estrelle nickte.

«Wer kennt sie nicht? Sie ist eine mächtige Frau. Als du noch klein warst, hat sie dir die Pocken, die Schwindsucht und die Cholera vom Leib gehalten. Ein paar Mal ist es ihr sogar gelungen, Kinder von der Tollwut zu heilen oder sie ins Leben zurückzuholen, nachdem sie in einen rostigen Nagel getreten waren und schon kurz vor dem Tod standen.»

Einen Moment lang schöpfte Lena Zuversicht, doch als das unvermittelte Gefühl zu ersticken einsetzte, geriet sie in Panik. Röchelnd versuchte sie, sich aufzurichten. Schweiß brach ihr aus. Jess wurde unruhig und legte ihr einen Arm unter den Kopf, um sie zu stützen und ihr die Atmung zu erleichtern. Auch in Estrelles Blick lauerte plötzlich Unruhe. Lena begann zu frieren, und ihr Körper zitterte, als ob sie in einen zugefrorenen Teich eingebrochen wäre. Ihre Augen verdrehten sich ohne ihr Zutun, und ein merkwürdiger Schmerz durchfuhr ihre gesamte Muskulatur. Jess hielt sie fest umklammert, während ihr Kiefer so heftig aufeinanderschlug, dass sie Angst um ihre Zunge bekam.

«Ich … krieg … keine Luft», stöhnte sie laut und versuchte, Jess' Umklammerung zu entkommen.

«Lena!», keuchte er tränenerstickt und ließ sie abrupt los, als ob er sich an ihr verbrannt hätte. «Du hast deine Sprache wiedergefunden.»

«Ja!», stieß sie erleichtert hervor.

Sie war von Schweiß durchtränkt, und es schüttelte sie, aber erstaunt stellte sie fest, dass ihre Arme und Beine wieder ihren eigenen Befehlen gehorchten. Sie warf sich Jess derart heftig an den Hals, dass sie beinahe vom Bett fielen. Er hob erschrocken die Arme. Halb lachend, halb weinend küsste Lena ihn mit all ihrer Leidenschaft. Es war, als ob die angestaute Kraft, die über Monate in ihr gefangen gewesen war, auf einen Schlag explodierte.

«Du hast mein Leben gerettet, weißt du das?», hauchte sie atemlos und strich ihm über sein markantes Gesicht, dessen frische Rasur ihn so anders aussehen ließ.

Ihre Fingerspitzen ertasteten die dichten, perfekt geschwungenen Brauen, die Linie seiner hohen Wangenknochen, die gerade Nase, den vollen, geschwungenen Mund, als ob sie sich noch einmal von seiner wahrhaftigen Gegenwart überzeugen müsste.

«Ich liebe dich», flüsterte sie heiser. «So sehr!»

Er zog sie an sich und hielt sie fest in seinen kräftigen Armen. Dann küsste er sie, dass es ihr den Atem verschlug.

Estrelle räusperte sich streng.

«Ich darf Mylady daran erinnern, dass sie verheiratet ist und sich gerade mit einem Geächteten vergnügt.»

«Estrelle, das verstehen Sie nicht», erwiderte Lena mit einem unbeugsamen Seitenblick auf die verwundert dreinschauende Sklavin. «Ab sofort gehören Jess und ich zueinander, ganz gleich, was vorher geschehen ist.»

«Verzeihen Sie meine Widerrede, Mylady. Er ist und bleibt ein unfreier Rebell, den man – wenn man ihn in diesen Räumlichkeiten findet – auf der Stelle erhängen oder erschießen wird. Es ist äußerst gefährlich, was Sie da tun. Für Sie beide!»

Lena sah an ihrem sorgenvollen Blick, dass es keine Missgunst war, die Estrelle trieb, sondern die pure Angst um Jess.

«Sie hat recht.» Schweren Herzens schaute sie zu ihm auf. «Du musst verschwinden, sie werden dich töten, wenn sie dich hier finden.»

«Verschwinden?»

In seinen Augen flackerte jener rebellische Protest, der sie bereits bei ihrer ersten Begegnung fasziniert hatte.

«Ohne dich? Kommt gar nicht in Frage. Denkst du, ich überlasse dich noch einmal diesen beiden Teufeln? Nein, du kommst mit mir. Ich bring dich zum Hafen, wie ich es dir versprochen habe, damit du von dieser höllischen Insel verschwinden kannst, bevor es noch heißer zugeht.»

Lenas Protest ignorierend, nickte er Estrelle zu. «Steck sie in Reisekleider und schau nach, dass sie alle Papiere hat, die sie braucht, um das Land zu verlassen!»

Es dauerte nicht lange, und Estrelle reichte ihr die geräumige Lederumhängetasche, die Lena schon bei ihrem unfreiwilligen Ausflug in die Blue Mountains dabeigehabt hatte. Irgendjemand musste sie nach ihrem Austausch gefunden haben.

Estrelle holte rasch ein dunkelbraunes Reitkleid aus einem der Schränke und stellte Lenas Reitstiefel bereit. Lena zögerte einen Moment, doch dann beschloss sie, Jess zu gehorchen. Für Diskussionen war im Moment keine Zeit.

«Umdrehen!», schnarrte Estrelle und meinte damit Jess, der nicht zusehen sollte, wenn sich Lena bis auf die Unterwäsche entkleidete.

Er grinste verhalten und tat, was sie sagte, während Estrelle Lena hastig die steifen Brokat-Röcke zuband und ihr in das voluminöse Oberteil mit den gebauschten Gigot-Ärmeln half. Das Kleid mit der schmalen Taille und den herabfallenden Schulterpartien machte sogleich eine Gutsherrin aus ihr. Schnell schlüpfte sie in die frisch gewienerten Stiefel und zog sich trotz der anhaltenden Wärme ein paar Lederhandschuhe über.

«Den Vorderausgang könnt ihr nicht nehmen», mahnte Estrelle. «Master Edward hat die verbliebenen Wachen unten an der Auffahrt postiert, damit sie jeden kontrollieren, der Einlass verlangt.»

«Dabei scheint er zu meinem Glück vergessen zu haben, dass es noch einen Hinterausgang zum Fluss hin gibt», spöttelte Jess mit Blick zum Fenster.

«Und was ist mit Ihnen, Estrelle?», fragte Lena, weil sie sich plötzlich bewusst wurde, wie viel die alte Sklavin riskierte, wenn sie ihr zur Flucht verhalf.

«Wird Edward Sie nicht bestrafen, wenn ich einfach verschwunden bin?»

«Ich werde ihm sagen, dass ich den Eimer vom Leibstuhl geleert habe, und als ich zurückkam, waren Sie nicht mehr da.»

«Oh danke, Estrelle!»

Lena fiel der Sklavin um den Hals und küsste ihre Wange, worauf Estrelle beschämt zu Boden schaute.

«Danke», sagte auch Jess und hob Lena im gleichen Atemzug von den Füßen. Schneller, als sie reagieren konnte, trug er sie zum Fenster. «Bist du schwindelfrei?», fragte er sie mit prüfendem Blick.

«Kein bisschen», erwiderte sie kläglich und warf einen Blick in die Tiefe. Von Panik ergriffen, klammerte sie sich an seinen Oberkörper.

«Das macht nichts», antwortete er, «wir werden es auch so schaffen. Du musst dich nur gut an mir festhalten.»

«Estrelle!», rief Lena angsterfüllt, doch Jess hatte sie bereits auf das Sims gesetzt.

Rasch legte sie sich den Schulterriemen ihrer Tasche um die Brust, in die sie alle notwendigen Dokumenten gestopft hatte, dann war sie, wenn auch widerwillig, bereit für den Abstieg. Behände kletterte Jess durchs Fenster und gab ihr zu verstehen, dass sie ihre Arme um seinen Hals legen sollte. Die Bewältigung großer Höhen gehörte zu Jess' nachgewiesenen Dschungelqualitäten. Wie er ihr selbst versichert hatte, machte es ihm nichts aus, mit bloßen Händen und Füßen Palmen hinaufzuklettern, um Kokosnüsse zu pflücken. An ihn gekrallt wie ein Affenkind, erreichte Lena schließlich gemeinsam mit Jess festen Boden. Der Qualm der verbrannten Felder bildete mittlerweile einen dichten Nebel und machte es schwer, die Orientierung zu behalten.

«Folge mir», sagte Jess und führte sie quer durch den Park. «Unten am Fluss hab ich mein Maultier versteckt.»

«Wie stellst du dir das vor?»

Lena schüttelte im Schatten der üppig blühenden Bougainvillea den Kopf. Langsam kam ihr Verstand wieder in Gang.

«Eine weiße Lady auf dem Maultier eines Negers ist ungefähr so auffällig wie eine Horde Soldaten in Frauenkleidern. Kurz gesagt, es ist unmöglich. Wenn wir nicht auffallen wollen, muss ich mein eigenes Pferd nehmen. Außerdem sind wir dann wendiger, falls jemand auf die Idee kommen sollte, uns zu verfolgen. Ich laufe rasch zu den Stallungen und lasse meine Stute satteln. Dann komme ich zu dir zurück. Mit dem Pferd sind wir schneller.»

«Aber ...» Jess wollte widersprechen, doch sie ließ ihn nicht zu Wort kommen. Und bevor er sie davon abhalten konnte, rannte sie los. «Versteck dich!», rief sie ihm noch zu.

Der Hof war menschenleer, anscheinend waren alle unterwegs, um das Feuer zu löschen. Deshalb erschrak Lena, als sie die Box ihrer eleganten Fuchsstute ‹Lady› erreichte und hinter dem Pferd, das sie mit einem leisen Wiehern begrüßte, plötzlich eine Gestalt zum Vorschein kam. Es war Tom, Edwards junger Stallbursche.

«Tom, o mein Gott!» Sie fasste sich an die Brust, weil ihr der Schreck durch sämtliche Glieder fuhr. «Was tust du hier? Ich denke, es brennt?»

«Mylady?», fragte der nicht weniger verdatterte Junge in ungläubigem Erstaunen. «Geht es Ihnen etwa wieder besser?»

«Das tut nichts zur Sache, Tom», fuhr sie ihn an, wobei es ihr sogleich leidtat, so barsch zu ihm gewesen zu sein. «Sei so gut und hilf mir rasch, das Pferd zu satteln, ich will zu meinem Mann. Ich will ihm sagen, dass ich geheilt bin.»

«Aber das können Sie nicht», belehrte er sie altklug. «Die Felder brennen, und dort draußen ... Das ist nichts für feine Ladys. Außerdem hat Master Edward gesagt, ich soll hierbleiben und auf die Pferde und das Haus aufpassen. Wenn das Feuer sich den Stallungen nähert, soll ich die Pferde zum Fluss treiben und die Wachmänner warnen. Und ich muss auch auf Sie aufpassen.»

«Wenn du nicht sofort tust, was ich sage, dann ...»

Plötzlich stand Jess hinter ihr.

«Wo bleibst du, verdammt?», rief er ungeduldig. «Ich hab mir schon Sorgen gemacht.»

«Moses, du?» Der Junge ließ den Mund offen stehen.

Lena verstand nicht, woher die beiden sich kannten und wieso der Junge Jess mit falschem Namen ansprach. Aber jetzt blieb keine Zeit für Erklärungen.

«Los», entgegnete Jess, ohne großes Aufsehen zu machen. «Hilf mir, das Pferd zu satteln.»

Erstaunlicherweise tat Tom auf der Stelle, was Jess von ihm verlangte. Dass er ihm ohne Protest gefällig war, kam Lena äußerst merkwürdig vor.

«Du musst dir keine Sorgen machen», erklärte Jess dem Jungen. «Sag einfach, dass du niedergeschlagen wurdest und niemanden gesehen hast, falls dein Master die Stute vermisst. In ein paar Tagen wird ohnehin überall die Hölle los sein. Und wenn alles nach Plan läuft, wirst du im neuen Jahr deine Freiheit genießen können.»

Der Junge nickte wie hypnotisiert.

«Gott schütze dich», sagte Jess zum Abschied und segnete ihn wie ein echter Priester.

Erst als Lena hinter Jess im Sattel saß und sie mit ihrer Stute quer durch den Park Richtung Fluss galoppierten, wagte sie eine Frage zu stellen.

«Woher kennst du Edwards Reitburschen?»

«Ich hab ihn zufällig in Ochos Rios nach einer Messe getroffen. Von ihm habe ich erfahren, dass es dir nicht gutgeht, wobei er es als Krankheit bezeichnete.»

An einem Ausläufer der Mangroven machte Jess halt und stieg auf sein Muli um, das dort mit treuen Augen auf ihn wartete.

«Das heißt also, du hast wirklich nicht gewusst, warum ich damals nicht wie verabredet zur Fischerhütte kommen konnte?», versicherte sich Lena, während Jess an ihr vorbeiritt und einen Weg am Ufer einschlug.

«Nein», bestätigte er und schaute sie reuevoll an. «Und als ich dich dann bei der Sonntagsmesse an der Seite von Edward gesehen habe und du mir ins Gesicht gelacht hast, dachte ich, ich müsste auf der Stelle sterben.» Er presste die Lippen zusammen. «Ich war so ein Idiot. Ich hoffe, du kannst mir jemals verzeihen.»

«Es war kein Lachen», bekannte sie leicht ironisch. «Es war mehr ein Grinsen, und es war das Einzige, was ich aus freien Stücken zu tun vermochte.»

«Als ich dann gestern Abend erfahren habe, dass meine Mutter diesen Zustand herbeigerufen hat, dachte ich, der Blitz soll mich treffen.» Lena entging nicht, dass er seinen Fehler, ihr nicht vertraut zu haben, zutiefst bedauerte.

«Ich hätte wissen müssen, dass irgendetwas im Argen liegt, was es dir unmöglich macht, Edward zu verlassen.»

«Deine Mutter?» Lena glaubte sich verhört zu haben. «Warum hat sie das getan?»

«Ich erkläre es dir später», sagte er und spähte zurück in die Ferne, wobei er seine Augen mit der Hand vor dem Sonnenlicht schützte, um besser sehen zu können.

Lena verlangsamte ihren Ritt und warf ebenfalls einen letzten Blick zurück zur Plantage. Hinter Redfield Hall stiegen dicke Rauchschwaden auf. Was darauf hindeutete, dass das Feuer sich weiter ausbreitete. Ihre Sorge galt weniger dem schönen Herrenhaus und der prachtvollen Gartenanlage als den ärmlichen Hütten der Sklaven, die ihre letzte Habe verloren, wenn alles ein Opfer der Flammen wurde.

Das riesige Haus mit den grauen Rauchschwaden bot ein schauriges Bild, und Lena erinnerte sich, wie hoffnungsvoll sie einst nach Redfield Hall gekommen war. Sie war so naiv gewesen. In Gedanken war sie plötzlich bei ihrem Vater und wurde von heftigem Heimweh erfasst. Dies warf in ihr die drängende Frage auf, wie es nun weitergehen sollte.

«Wir haben keine Zeit zu verlieren», bemerkte Jess. «Lass uns so rasch wie möglich von hier verschwinden, bevor Edward bemerkt, dass du nicht mehr da bist.»

«Und wo willst du mit mir hin?», rief sie ihm zu, während er sein Muli antrieb. Sie sperrte sich heftig gegen den Gedanken, Jess zu verlassen.

«Nach Port Maria», gab er zurück. «Zum Hafen.»

«Ich will zu keinem Hafen!», erklärte sie trotzig. «Ich dachte, wir reiten ins Lager?»

«Sag nicht, du hast Sehnsucht nach meiner Mutter? Oder nach meinem Anführer», spöttelte er. «Nein, im Ernst, das wäre unter den momentanen Umständen eine verdammt schlechte Idee», erwiderte er und schüttelte entschlossen den Kopf. «Um deine Sicherheit zu garantieren, musst du weiter fort. Viel weiter.»

«Und wie soll das vonstattengehen?», fragte sie und schaute ihn unsicher an.

«Wir werden ein Schiff für dich suchen, das nach Hamburg oder London fährt.» Sein Blick war undurchsichtig. «Um diese Jahreszeit werden wir keine Probleme haben, eine Passage zu buchen.»

«Daraus wird nichts werden», erwiderte sie bockig. «Erstens habe ich kein Geld, und zweitens werde ich nicht ohne dich gehen!»

Er grinste verhalten und zog das Ledersäckchen mit ihrem Schmuck aus der Innentasche seiner Jacke.

«Erstens hast du Geld, und zwar mehr, als du für eine Passage nach Europa benötigst. Und zweitens werde ich dich begleiten.»

Lena war ehrlich verblüfft. Gleichzeitig wurde ihr klar, dass er den wertvollen Schmuck monatelang für sie gehütet hatte. Obwohl er das Geld, das der Verkauf gebracht hätte, sicher gut für seine Zwecke gebrauchen konnte. Ein Zeichen, dass er ihr immer ergeben gewesen war, ganz gleich, was inzwischen geschehen war. Misstrauisch erforschte sie seine Mimik.

«Aber du hast immer gesagt, dass du nicht fortgehen kannst», sagte sie. «Wegen deiner Mutter und der anderen. Ich konnte mich selbst davon überzeugen, dass du hier gebraucht wirst. Das war einer der Gründe, warum ich bei dir bleiben möchte. Der andere ist, dass ich helfen will, die Dinge auf dieser Insel zum Besseren zu wenden!»

«Ich hab viel nachgedacht, seit ich dich in Stony Hill den Soldaten überlassen habe. So etwas möchte ich nie wieder tun müssen.»

«Dann lass mich bei dir bleiben, hier und für alle Zeiten.»

«Das wäre Wahnsinn, Lena. Dieses Eiland ist zu klein, als dass wir dich irgendwo verstecken könnten. Dein Mann wird nach dir suchen lassen, sobald er bemerkt, dass du fort bist, und meine Leute würden dich diesmal ganz sicher nicht verschonen. Wenn es zum Äußersten kommt und eine blutige Revolution ausbricht, bist und bleibst du in ihren Augen der Feind.»

«Aber –»

«Nichts aber!», sagte er fest. «Ich habe beschlossen, mit dir zu reisen.» Er klopfte sich auf die Tasche seiner Jacke, in der er nun auch wieder den Schmuck verschwinden ließ. «Und wenn du einen Beweis willst: Ich habe sogar die dafür notwendigen Papiere bei mir. Die Urkunde zu meiner Freilassung. Auch wenn die Schrift ein wenig gelitten hat, man kann es noch deutlich lesen. Unterschrift und Siegel sind noch vorhanden.»

«Und deine Mutter?» Sie sah ihn fassungslos an.

«Meine Mutter kann sehr gut auf sich selbst aufpassen.»

«Aber es wird ihr das Herz brechen!»

«Sie hat genug Unheil angerichtet. Sie war es, die Desdemona dazu angestachelt hat, dir das Gift zu verabreichen. Und ich Narr hätte wissen müssen, dass ich ihr in Bezug auf dich nicht trauen kann.» Er senkte den Kopf und trieb sein Maultier zu einer schnelleren Gangart an. «Ich habe mit ihr gebrochen», erklärte er dumpf. «Endgültig.»

«Ich weiß nicht …», wandte Lena ein. «Du kannst sie nicht einfach so zurücklassen. Es wird dir unendlich leidtun, sie nie wiederzusehen. Und hast du nicht gesagt, dass euer Oberhaupt sich an ihr rächen könnte?»

«Erstens lasse ich sie nicht einfach so zurück. Es hat einen wichtigen Grund, nämlich dich. Und zweitens habe ich alles erledigt, was Cato mir aufgetragen hat. Ich habe die Revolution nach besten Kräften unterstützt. Mehr kann ich nicht tun. Es ist sein Krieg, der nun begonnen hat. Schon morgen werden Hunderte von Plantagen brennen, und die Sklaven im Westen der Insel werden die Arbeit auf den Feldern ruhen lassen. Ich habe nachgedacht, Lena. Wenn ich mit dir nach London ginge, könnte ich weitaus mehr für die Sache der Sklaven tun. Indem ich mich den dortigen Abolitionisten anschließe und nicht nur für die endgültige Abschaffung der Sklaverei in den Kolonien kämpfe, sondern für deren weltweite Ächtung.»

Lena sah ihn überrascht an.

«Du willst in die Politik gehen?»

«Ja, warum nicht. Oder denkst du, ich wäre nicht fähig dazu?»

«Nein, Jess, in Gottes Namen, nein! Das halte ich für eine wunderbare Idee. Ich werde dich dabei nach Kräften unterstützen.»

Eine Weile ritten sie im Schatten riesig anmutender Palmen schweigend nebeneinanderher. Es war, als ob jeder von ihnen das soeben Gesagte erst einmal verinnerlichen müsste. Dass Jess das Zeug zum Politiker hatte, glaubte Lena gern. Er war entschlossen, diszipliniert und besaß das nötige Einfühlungsvermögen, um Menschen zu führen.

Sie dachte darüber nach, mit wie viel diplomatischem Geschick er sie dazu gebracht hatte, trotz ihres anfänglichen Widerstandes seine Geisel zu spielen und damit die drei zum Tode verurteilten Jungs aus dem Gefängnis zu befreien. Ohne sein einnehmendes Wesen hätte sie sich niemals bereit erklärt, zu Edward zurückzukehren. Seit der ersten Begegnung mit Jess hatte sich ihr Leben auf geheimnisvolle Weise verändert. Reichtum und Ansehen waren ihr nicht mehr wichtig.

Unbemerkt schaute sie ihn von der Seite an und musste innerlich lächeln. Sie war sofort seinem natürlichen Charme erlegen gewesen, und auch das war ein nicht zu unterschätzender Vorteil, der ihm bei der politischen Bekämpfung der Sklaverei garantiert helfen würde.

Gegen Abend trafen sie in Port Maria ein. Beim Hafenmeister erkundigte sich Jess sogleich nach den Schiffen, die kurz vor dem Auslaufen standen. Auch ein Schiff nach London war dabei. Gleich am nächsten Morgen wollten sie alles in die Wege leiten, um den Schmuck zu verkaufen und so schnell wie möglich die Passagen zu buchen.

Bis dahin gaben sie die Stute und das Maultier in einem Mietstall ab und suchten für das wenige Geld, das Jess übrig geblieben war, ein preiswertes Zimmer in der Nähe des Hafens. Vor der Tür standen jede Menge leicht bekleideter Mädchen. Sie schwenkten ihre bunt gerüschten Kreolen-Röcke bis hoch zu den Knien und präsentierten Jess mit einem frivolen Lächeln ihr üppiges Dekolleté. Aber er hatte nur Augen für Lena, womit sie sich einige böse Blicke einhandelte, als sie an den Frauen vorbeimarschierten.

Am Eingang des anderthalbstöckigen Gebäudes verhandelte Jess kurz mit dem Wirt, der ebenfalls ein Mischling war. Der hagere, verschlagen dreinblickende Mann kaute betont desinteressiert auf einem Stück Tabak herum, während Jess ihm ein paar Münzen in die Hand zählte. Der argwöhnische Blick des Mannes schnellte immer wieder zwischen Jess und Lena hin und her. Ihm war anzusehen, dass er sich auf die Kombination schwarzer Priester – weiße Plantagenbesitzerin in einer solchen Kaschemme keinen Reim machen konnte.

«Tut mir leid», murmelte Jess Lena ins Ohr, nachdem er für sein Geld nur eine Übernachtung in einem winzigen Zimmer erhalten hatte. «Ich hätte mir gewünscht, dass es für mehr reicht als eine schäbige Absteige. Aber solange wir den Schmuck noch nicht eingelöst haben, müssen wir sparsam sein.»

Dem Wirt, der Lena noch immer begaffte, als ob sie ein Verbrechen begangen hätte, weil sie so unvermittelt in seine andere Welt eingebrochen war, musste klar sein, dass es sich bei ihr um keine Hure handelte. Warum sie trotzdem mit einem Halbblut das Zimmer teilte, dazu noch einem vermeintlichen Priester, gab ihm unübersehbar ein Rätsel auf. Wobei sein schmutziges Grinsen Bände sprach.

«Netten Abend, die Herrschaften», bemerkte er in schleimigem Ton. «Darf ich fragen, was Sie beide ausgerechnet in mein bescheidenes Etablissement führt?»

«Ich wüsste nicht, was Sie das angehen sollte!», entfuhr es Lena ärgerlich.

«Ist es nicht so, dass gerade ein Haus wie dieses von seiner Verschwiegenheit lebt?» Jess sah ihn fragend an und drückte ihm noch eine weitere Münze in die Hand.

«Ob Sie's glauben oder nicht», antwortete der Mann unbeeindruckt und nicht weniger anzüglich. «Es kommt gar nicht so selten vor, dass weiße Ladys die Vorzüge eines schwarzen Bruders genießen wollen. Nur, dass sie meist älter sind und ich ihnen die Männer zu ihren Plantagen schicke, wo sie es hinter verschlossenen Türen treiben.»

Jess blieb stehen und wandte sich mit bedrohlicher Miene zu ihm um.

«Gib acht, was du sagst», knurrte er und ballte die freie Hand zu einer Faust.

Beschwichtigend hob der Wirt seine Hände.

«Schon gut, schon gut», lenkte er ein. «Wenn man Sie beide so einträchtig sieht, sollte man nicht glauben, dass eine Revolution vor der Tür steht, wo doch zwischen Weißen und Schwarzen alles in bester Ordnung zu sein scheint.»

Jess wollte etwas erwidern, und Lena spürte, wie sich sein Körper anspannte. Bevor es zu einem Faustkampf kommen konnte, zog sie ihn zum Treppenaufgang hin. Das Zimmer lag im oberen Stockwerk des Gebäudes, wie sie beiläufig mitbekommen hatte.

Jess folgte ihr ohne Widerspruch über die schmalen Holzstiegen und überholte sie, als sie oben angekommen waren. Der lange Flur, von dem die einzelnen Zimmertüren abgingen, wirkte schmucklos und arm.

Das Haus war selbst innen nicht mehr als eine Bretterbude. Jess dirigierte sie zu einem Eckzimmer, bei dem die Türe offen stand. Obwohl es hier nach Mottenpulver und menschlichen Ausdünstungen roch, hätte Lena nicht glücklicher sein können, als sie sich auf das breite Bett fallen ließ. Erst recht, da ein Bursche auf einem Tablett noch eine Flasche Wein, etwas Brot und Obst aufs Zimmer servierte, was im Preis enthalten war. Er stellte die Sachen auf einem kleinen Tischchen ab, das mit zwei Stühlen neben einer alten Kommode stand. Nachdem er gegangen war, verriegelte Jess die Tür, öffnete die

Fenster und rückte einen der Stühle zurecht, wobei er Lena aufmunternd zuzwinkerte.

«Darf ich bitten, Mylady?»

«Gern», sagte sie und erhob sich mit Schwung von ihrem gemeinsamen Lager.

Bei dem Gedanken, es schon bald mit Jess teilen zu dürfen, durchfuhr sie ein Prickeln. Nachdem sie Platz genommen hatte, setzte er sich ihr gegenüber und goss den Wein in zwei emaillierte Becher ein. Dann teilte er das Brot und gab ihr ein Stück. Während sie wortlos tranken und aßen, drangen das Stöhnen der Freier und das kehlige Jauchzen der Huren durch die Ritzen der Holzbalken. Ab und zu war von den Nebenzimmern rhythmisches Rumpeln zu hören, das die Wand vibrieren und die sich ablösende Farbe von der Decke herunterrieseln ließ.

«Da scheint sich ja jemand prächtig zu amüsieren», murmelte Jess und schaute Lena vieldeutig an.

Die zunächst herrschende Beklommenheit zwischen ihnen wich einem breiten Grinsen und mündete schließlich in schallendes Gelächter. Gut gelaunt prosteten sie sich zu. Doch dann wurden sie plötzlich wieder ernst. Jess bedachte Lena mit einem intensiven Blick.

O Gott, wie sehr sie ihn liebte, so sehr, dass sie bereit war, sich auf der Stelle die Kleider vom Leib zu reißen und sich ihm hemmungslos hinzugeben.

Jess schien zu wissen, wonach es sie verlangte. Den Blick fest auf sie geheftet, stand er auf und nahm ihr den Becher aus der Hand. Behutsam stellte er ihn neben seinen eigenen, bückte sich zu ihr hinab und hob sie mit seinen starken Armen empor. Danach trug er sie mit Leichtigkeit in das Bett, wo er sie wie ein rohes Ei niederlegte. Im Nu war er über ihr und schien alle Zurückhaltung zu vergessen. Er küsste sie so heftig, dass ihr ganz schwindlig wurde. Voller Verlangen zerrte er an ihren Kleidern.

«Sei vorsichtig», mahnte sie ihn liebevoll. «Ich brauche das Kleid noch, wenn wir zusammen nach Europa segeln.»

Sie küsste ihn auf die Nase und half ihm, die Brokatjacke mit den bauschigen Gigot-Ärmeln über den Kopf zu ziehen. Dann zeigte sie ihm, wie er ihr helfen konnte, das Mieder aufzuschnüren, das sie über dem knielangen Leinenunterhemd trug. Voll Wonne ergriff er mit beiden Händen ihre nackten Brüste, als er endlich die letzte Barriere beseitigt hatte. Sie schmerzten vor Verlangen, als er sie sanft zu kneten begann. Sehnsüchtig reckte sie ihm ihre harten, rosigen Knospen entgegen und hoffte, dass er sie in den Mund nehmen und daran saugen würde. Er enttäuschte sie nicht. Fast beiläufig hatte er sich seiner Kleidung entledigt, und sein geschmeidiger Körper glitt zwischen ihre bereitwillig gespreizten Schenkel, als ob er dort hingehörte.

«Komm!», hauchte sie fast ohnmächtig vor Lust. «Ich will dich in mir spüren. Ich hab solche Angst gehabt, dass es nie mehr geschehen würde.»

Im Nu war sie feucht und geschwollen, bereit, ihn tief in sich aufzunehmen. Doch Jess hielt inne.

«Stimmt es, dass du ein Kind erwartest?» Er kräuselte die Stirn.

«Woher weißt du davon?», fragte sie atemlos. «Sag nur, man kann es mir schon ansehen?»

Verdammt, wieso musste er ausgerechnet jetzt davon anfangen? Sie hatte sich eingebildet, Jess gegenüber diesen Zustand so lange verdrängen zu können, bis er nicht mehr zu übersehen war. Zumal sie nicht wusste, ob das Kind von ihm war. Doch nun durchfuhr sie ein innerer Schmerz. Sie hätte so gerne ein Kind von Jess gehabt und mit ihm eine Familie gegründet. Und obwohl ein Fünkchen Hoffnung blieb, dass das Kind von ihm stammen konnte, schien die Erfüllung dieses Traums ziemlich unmöglich.

«Tom hat es mir erzählt», erklärte er rau. «Anscheinend weiß es schon die halbe Plantage, wie es um dich steht. Warum hast du es mir nicht sofort erzählt?»

«Abgesehen davon, dass wir kaum Zeit für längere Gespräche hatten», flüsterte sie mit erstickter Stimme, «bin ich mir nicht sicher, ob es von dir ist. Es könnte genauso gut von Edward sein. Er hat mich täglich …»

Sie stockte, weil sie plötzlich einen Kloß im Hals verspürte. Ich will nicht weinen, dachte sie trotzig. Nicht jetzt, und doch traten ihr Tränen in die Augen.

«Edward hat bemerkt, dass ich nicht mehr jungfräulich war», erklärte sie heiser. «Als sein Leibarzt die Schwangerschaft bestätigte, hat er geschworen, dass er den Balg töten würde, falls er die falsche Hautfarbe hätte.» Lena atmete schluchzend auf.

«Sch …», machte Jess und küsste ihr zärtlich die Tränen weg.

Reglos verharrte sie und spürte dennoch die Macht, die seine Nähe auf sie ausübte. Er vermittelte ihr seine Stärke und jene Sicherheit, die sie so dringend benötigte.

«Ich werde es lieben», sagte er leise. «Weil es von dir ist.»

«Dann bist du zu mehr bereit als ich selbst», erwiderte sie mit zittriger Stimme. «Ich bete zu Gott, dass das Kind von dir ist und nicht von Edward. Ich fürchte mich davor, Tag für Tag in grausamer Erinnerung an die schrecklichen Nächte mit Edward leben zu müssen.»

Zärtlich strich er ihr eine Haarsträhne aus der Stirn.

«Du bist stark, ganz gleich, was noch kommt, du wirst damit fertigwerden. Es gibt Schlimmeres, als ein Kind großzuziehen, dessen Vater man hasst.»

Sie senkte den Blick und nickte zaghaft.

«Du sprichst von Baba und dir, hab ich recht? Sie liebt dich abgöttisch, auch wenn dein Vater in Wahrheit ein Dämon ist.»

Jess verlagerte sein Gewicht, um sie nicht zu erdrücken, und schaute sie durchdringend an.

«So wahr mir Gott helfe», schwor er mit gefährlich ruhiger Stimme, «ich werde Edward Blake töten, sobald ich die Gelegenheit dazu habe.»

«Das wird nicht nötig sein», beeilte sich Lena zu sagen, «wenn wir schon morgen nach London abfahren. Und außerdem will ich ihn nie wieder sehen, geschweige denn, dass du wegen eines solchen Scheusals schwere Schuld auf dein Gewissen lädst.»

«Mein Gewissen …» Er atmete geräuschvoll aus und strich ihr mit einem verhaltenen Lächeln über die Wange. «Wenn ich doch nur die Zeit zurückdrehen könnte.»

«Er hat nichts getan, was du mit deiner Liebe nicht heilen könntest», sagte sie leise und küsste ihn zärtlich.

Sehnsuchtsvoll drängte sie sich ihm entgegen. Jess sollte spüren, wie wichtig es für sie war, dass er sie normal behandelte. Als ob es all die Wochen und Monate des verzweifelten Hoffens und Bangens nie gegeben hätte. Behutsam drang er in sie ein und nahm einen stetigen Rhythmus auf.

Lena genoss den Moment, indem er begann sie härter zu nehmen, in vollen Zügen. Er vermittelte ihr damit das Gefühl, sie kompromisslos besitzen zu wollen, was durchaus auf Gegenseitigkeit beruhte. Ungeduldig bäumte sie sich auf, umklammerte ihn mit ihren Schenkeln, als er sie ganz und gar mit seiner Härte erfüllte.

«Bleib ein bisschen so», wisperte sie und brachte ihn dazu innezuhalten, damit sie ihn noch intensiver in sich spüren konnte.

Jess knabberte leise keuchend an ihrem Ohrläppchen, küsste ihren Hals und ihren Mund. Seine Zunge schlüpfte zwischen ihre Lippen und vereinte sich köstlich mit ihrer eigenen. Genüsslich fuhr sie mit den Fingerspitzen über seinen breiten Rücken und fuhr voller Wonne hinab zu seinem Po, dessen muskulöse Rundungen sie zärtlich umkreiste.

«Jetzt», hauchte sie und forderte ihn damit auf, sie ohne Rücksicht zu nehmen, wobei er sie in ungeahnte Höhen katapultierte.

«Jess», flüsterte sie, während ihre schweißnassen Körper in köstlicher Erschöpfung aneinanderklebten. «Ich kann ohne dich nicht mehr leben, ich schwöre es dir, keinen einzigen Tag. Hörst du?»

«Sag so was nicht», erwiderte er leise und stemmte sich auf seine Ellbogen, seine Augen glitzerten verdächtig. «Du machst mir wirklich Angst.»

Jess hatte nicht gelogen. Angst war genau das richtige Wort, obwohl er sich ansonsten wenig ängstigte. Für alles gab es irgendwie eine Lösung, und er war von Haus aus eine Kämpfernatur. Aber für die anstehenden Probleme gab es keine befriedigende Lösung.

In Wahrheit dachte er gar nicht daran, Lena nach Europa zu begleiten. Sie um ihrer selbst willen belügen zu müssen, brach ihm das Herz. Es war genau so, wie Lena es vermutet hatte. Er wollte und konnte seine Leute nicht im Stich lassen, solange er nicht wusste, ob Catos Plan, dreihunderttausend Sklaven für den Widerstand zu begeistern, aufgegangen war. Niemand wusste, was danach kam. Ob das Land in einem blutigen Bürgerkrieg versinken würde, ob die Engländer weitere Truppen schickten. Ob die ganze Geschichte in einem Desaster endete und ihm nichts weiter übrig blieb, als mit den Menschen, für die er sich verantwortlich fühlte, übers Meer zu fliehen.

Doch bis es so weit kam, galt sein erster Gedanke Lena. Er musste sie in Sicherheit bringen, erst recht, wo sie nun schwanger war. Selbst wenn es ihm noch so schwerfiel, sie nie wiederzusehen. Dass sie nicht ohne ihn gehen würde, hatte sie klar und deutlich gesagt. Deshalb blieb ihm nichts anderes übrig, als ihr gegenüber den Eindruck zu erwecken, dass er mit ihr gehen würde. Selbst wenn es eine eigentlich nicht zu verzeihende Lüge war.

Er tröstete sich damit, dass es mehrere Gründe gab, die sein Verhalten entschuldigten. Neben den bereits bekannten vermochte er sich kaum vorzustellen, dass ihr Vater ihn als zukünftigen Schwiegersohn akzeptierte. Der Mann war ein Weißer, und er war reich. Somit würde seine Einstellung gegenüber Negern und deren Nachkommen keinen Unterschied zu den Blakes aufweisen, auch wenn Lena stets seine Güte betonte. Jess war sicher, dass seine Toleranz bei der Hautfarbe von Lenas potenziellem Ehemann ihre Grenzen fand. Hinzu kam, dass sie von Edward Blake erst noch rechtskräftig geschieden werden musste, bevor sie sich offiziell einem neuen Mann zuwenden konnte. Wenn sie dann noch ein Kind gebar, dessen Vaterschaft ungeklärt war, wäre der Skandal perfekt. Sie würde gezwungen sein, sich komplett aus der Öffentlichkeit zurückzuziehen. Das einzig Gute an der Sache war, dass Edwards Macht oder die seines Vaters nicht bis nach Deutschland reichen würde.

Blieb die Frage, wie er Lena austricksen konnte, damit sie keinen Verdacht schöpfte. Er würde ihr einen Brief hinterlassen und nach dem Auslaufen unbemerkt von Bord springen. Eine Überlegung, die ihn umso mehr quälte, da sie sich nun eng an ihn schmiegte.

«Jess?», flüsterte sie atemlos.

«Hm …»

Halbwegs zufrieden über seine Entschlossenheit, nahm er sie noch fester in seine Arme. Wenn er sie schon so bald ihrem Schicksal überlassen musste, wollte er wenigstens die letzten Augenblicke mit ihr genießen. Die Erinnerung daran würde er in sein Gedächtnis einschließen und sie, wenn es sein musste, mit in den Tod nehmen.

«Hast du eine Ahnung, was mit Maggie geschehen ist?» Die Frage kam unvermittelt. «Du weißt doch, sie war meine Gesellschafterin. Angeblich ist sie spurlos verschwunden, und Edward hat gegenüber Estrelle behauptet, der Leibdiener seiner Tante würde zu den Rebellen gehören und hätte Maggie umgebracht. Außerdem soll er etwas mit unserer Entführung zu tun gehabt haben. Bitte, Jess, sag mir, dass das nicht wahr ist.»

«Natürlich ist das nicht wahr», knurrte er. «Ich hab gehört, dass sie diesen armen Teufel verdächtigen, der auf Rosenhall gearbeitet hat. Wie hieß er noch gleich?»

«Candy Jones.» Lena hob den Kopf und sah ihn mit ängstlichem Blick an. Offenbar befürchtete sie, dass er seine Mitgliedschaft bei den Rebellen bestätigte.

«Kanntest du ihn?»

«Nein», erwiderte Jess. «Noch nicht mal vom Sehen. Geschweige denn, dass er was mit uns zu tun gehabt hätte.» Ihre Zweifel stimmten ihn ein wenig traurig. «Du kannst mir vertrauen», erklärte er fest. «Deine Entführung war ein spontaner Entschluss meinerseits, den ich inzwischen mehr als ein Mal bereut habe. Was diesen Candy Jones betrifft, so benötigte man von Regierungsseite einfach einen Schuldigen, um der weißen Bevölkerung zu zeigen, dass man die Lage im Griff hat. Wobei ich mir fast sicher bin, dass der Mann sich nicht selbst erhängt hat, wie es in der Zeitung stand. Sie haben ihn mundtot gemacht, damit er nicht das Gegenteil behaupten konnte und zum Märtyrer wird.»

«Das hört sich ziemlich scheußlich an», brach es aus Lena hervor. «Arme Lady Elisabeth! Sie hat so sehr an ihm gehangen. Es heißt, sie sei daraufhin wahnsinnig geworden.»

Sie legte sich zurück in die Kissen und atmete tief durch.

«Aber das verrät uns immer noch nicht, was tatsächlich mit Maggie geschehen ist. Wenn Candy Jones sie nicht auf dem Gewissen hat und deine Leute es auch nicht waren, wer war es dann?»

Jess richtete sich halb auf und stützte sich auf dem Ellbogen ab. Nachdenklich schaute er ihr in die Augen.

«Wem würde Maggies Tod etwas nützen?»

«Vielleicht Edward, der nicht wollte, dass sie die Wahrheit über meine Flucht und deren Gründe ausplaudert?»

«Gut möglich», entgegnete Jess. «Es wäre eine logische Schlussfolgerung. Bleibt die Überlegung, was für einen Vorteil er davon hatte, diesen Candy Jones in die Angelegenheit hineinzuziehen?»

«Vielleicht dachte er, dass Mister Jones ihn eines Tages um sein Erbe bringen könnte. Edward stand als Lady Fortesques Alleinerbe im Testament. Ihr Mann hatte das so bestimmt. Aber wenn sie noch mal geheiratet hätte, wäre das Testament zugunsten ihres neuen Ehemannes geändert worden. Sie war ihrem Leibdiener sehr zugetan. Wer konnte sich da sicher sein, dass sie ihm nicht eines Tages die Freiheit schenkte und zum Altar führte?»

«Und so hat unser guter Edward drei Fliegen mit einer Klappe geschlagen», resümierte Jess mit grimmigem Blick. «Maggies Tod, der daraus resultierende Verdacht, den er geschickt auf Candy Jones lenken konnte, und die Tante, die ihren Verstand verlor und auf diese Weise als Erbschaftsverhinderer aus dem Weg geräumt werden konnte. Eigentlich müsste ich auf einen solch cleveren Bruder stolz sein», erklärte er mit einer gehörigen Portion Ironie in der Stimme. Er lachte verbittert. «Die Blakes waren schon immer für ihre Skrupellosigkeit berüchtigt.»

Im Schein der Kerze streckte Lena ihre Hände aus.

«Siehst du, wie ich zittere, Jess? Wenn das wahr ist, was du sagst, und ich zweifle nicht einen Moment daran, kann ich froh sein, dass ich noch lebe. Aber zugleich stürzt mich die Erkenntnis, an Maggies Tod eine Mitschuld zu tragen, in einen kaum erträglichen Abgrund. Nicht zu wissen, was genau mit ihr geschehen ist und wie sie die letzten Stunden verbracht hat, macht mich geradezu wahnsinnig.»

«Umso wichtiger ist es für dich, von hier zu verschwinden. Für Maggie können wir nichts mehr tun.» Er zog sie an seine warme, schützende Brust. «Aber dir hat Gott eine zweite Chance gegeben.»

Das Krachen einer zerberstenden Tür ließ Jess aus dem Bett fahren. Holz splitterte. Im Nu hatte er zu einem Stuhl gegriffen, bereit, sich den Angreifern entgegenzustellen. Lena fuhr völlig verstört aus ihrer Decke hoch.

«Versteck dich unterm Bett», rief Jess ihr zu.

Doch es war schon zu spät. Der eiserne Riegel platzte unter dem Druck auf, und die Tür wurde aus den Angeln gehoben. Hatte Jess zu Beginn noch gehofft, dass es Räuber waren, so musste er sich nun eingestehen, dass Soldaten im Auftrag der Regierung vor dem Zimmer standen. Schon stürzten die ersten britischen Rotröcke bereits wie kampflustige Hornissen ins Zimmer.

Jess erwischte den ersten am Kopf, worauf der Mann bewusstlos zu Boden ging. Blitzschnell zog er ihm den Säbel vom Gürtel und nahm, nur ein Leinentuch um die Hüften geschlungen, den Kampf mit einem nachdrängenden Söldner auf.

Lena verkroch sich schreiend in die Ecke des Raumes und wickelte sich bis zum Hals in ein Laken. Nach dem ersten Schock warf sie mit allem, was ihr zur Verfügung stand, um Jess zu unterstützen. Doch Öllampen, Kerzenständer, Flaschen, Stiefel und Kissen reichten nicht aus, um die nachdrängende Meute davon abzuhalten, ihn zu bedrängen.

Es gelang ihm, seinen nächsten Gegner mit zwei gekonnten Schlägen zu entwaffnen und mit einem weiteren Hieb zu Boden zu schicken. Doch sofort sprang ein neuer Soldat herbei. Dann fiel ein Schuss. Die Kugel verfehlte zwar ihr Ziel, entzündete aber das Öl der Lampe am Boden. In Windeseile breitete sich eine Feuerspur aus. Während Jess dem dritten Angreifer Paroli bot, begann das Bett zu brennen, und Lena war gezwungen, aus ihrer Ecke hervorzukommen.

Inzwischen hatte ein weiterer Soldat das Zimmer erstürmt, das bereits von Rauch erfüllt war. Aus einem Augenwinkel heraus sah Jess, wie der rüde Kerl sich Lena schnappte, als ob sie ein entlaufenes Kaninchen wäre. Obwohl sie sich wie ein Berserker wehrte, war der blonde Sergeant zu groß und zu stark, als dass sie etwas gegen ihn hätte ausrichten können. Jess wollte gerade auf ihn losgehen, als ihm sein Gegenüber in einem Moment der Unachtsamkeit mit dem Säbel einen Schmiss an der Rippe verpasste. Das Blut lief ihm die Hüften hinab. Lena ergab sich mit einem Aufschrei, als sie sah, dass Jess verletzt war. Inzwischen loderte das Feuer bis zu den Deckenbalken hinauf. Jess musste einsehen, dass er einer solchen Übermacht nicht gewachsen war. Sie würden alle verbrennen, wenn er nicht kapitulierte.

Also wich er zurück und hob beide Hände zum Zeichen des Rückzugs. Sein Gegner setzte ihm dennoch nach und war offensichtlich nicht bereit, ihn unversehrt davonkommen zu lassen. Da erdröhnte eine Stimme durch den beißenden Nebel.

«Zurück, Soldat, wir brauchen ihn lebend!»

Der Mann blieb wie angewurzelt stehen, den Säbel immer noch drohend erhoben.

«Waffen fallen lassen, sofort!», befahl die Stimme erneut.

Jess warf seinen Säbel auf den Fußboden und sah gerade noch, wie man Lena zum Ausgang zerrte. Verzweifelt versuchte sie, ihr Laken festzuhalten, um ihre Blöße vor den geifernden Soldaten zu verbergen.

Aus dem Qualm schälte sich eine dunkelblau uniformierte Gestalt von mittlerer Größe. Ein blasser Mann mit dunklem, fettigem Haar und goldenen Epauletten auf den Schultern. Entgegen seinem unscheinbaren Äußeren setzte er eine erhabene Miene auf, die keinen Zweifel darüber aufkommen ließ, dass er als Commodore der Royal Navy hier das Kommando trug.

«Alle Mann raus hier!», brüllte er überraschend laut. «Damit die Löscharbeiten beginnen können!»

Auf dem Weg nach unten kam ihnen der Wirt fluchend entgegen und setzte damit eine Löschkette mit Wassereimern in Gang, die vermutlich nicht mehr viel nützen würde.

Jess wurde nach draußen gestoßen und auf die Straße geführt, wo die gesamte Kolonne mit ihm haltmachte. Hinter ihnen knisterte es immer noch auffällig laut. Der Qualm erfüllte inzwischen den gesamten Straßenzug. Panik brach aus, weil man befürchtete, dass die Flammen, die nun aus dem gesamten Dachstuhl hervorloderten, auf benachbarte Gebäude übergreifen konnten. Vom Hafen her war das schrille Läuten eines von Pferden gezogenen Löschwagens zu hören.

«Dr. Bolton», stellte sich der Offizier näselnd vor, als ob ihn der Brand nicht weiter interessierte. «Advokat der britischen Marine. Und mit wem haben wir hier das Vergnügen?»

Jess erwiderte nichts. Aus einem Augenwinkel heraus hatte er gesehen, dass seine Kleidung vermutlich längst ein Opfer der Flammen geworden war und damit sämtliche gefälschten Dokumente und Lenas Schmuck verbrannten. Aber darauf konnte er unmöglich aufmerksam machen. Er würde diesem Kerl nicht sagen, wer er in Wirklichkeit war. Damit würde er nicht nur sich selbst in höchste Gefahr bringen, sondern auch Lena. Es gab nur eine Chance, sie zu retten: Niemand durfte erfahren, dass sie ihm freiwillig gefolgt war.

«Deinen Namen will ich wissen!», schnarrte Bolton voller Ungeduld.

Doch Jess blieb stumm.

«Ergreift ihn!», befahl der Offizier seinen Soldaten mit beleidigter Miene. «Und legt ihn unverzüglich in Ketten.»

Jess überlegte krampfhaft, ob und wie er die Männer überwältigen und fliehen konnte. Doch als sie ihn in der gleißenden Morgensonne um die nächste Straßenecke führten, sah er sich mit einer Übermacht von zwanzig berittenen Soldaten konfrontiert, die auf einem Zufahrtsweg zum Hafen auf ihre Befehle warteten. Die Reiter trugen die grünen Uniformen der Scharfschützen und waren großzügig mit Gewehren und Pistolen behängt. Er würde keine zwanzig Yards weit kommen, ohne getroffen zu werden. Auf der anderen Straßenseite entdeckte er Lena, die sich mit panischem Blick zu ihm umwandte. Als sie erkannte, dass er bis auf den Schmiss an den Rippen unverletzt war, ließ sie sich wie eine willenlose Marionette von zwei Soldaten zu einer geschlossenen Kutsche abführen.

Gut so, dachte Jess. Wenn er schon sterben musste, dann wollte er es wenigstens nicht vor ihren Augen tun.

«Lasst den Jungen kommen», befahl der Commodore, als er mit Jess und einigen seiner bewaffneten Männer an einem mannshohen Eisenkäfig auf Rädern angekommen war, der von zwei Pferden gezogen wurde.

Plötzlich stand Tom mit gesenktem Kopf vor ihnen. Er konnte Jess nicht in die Augen schauen und zitterte am ganzen Leib.

«Ist das der Kerl, der Lady Helena entführt hat?», fragte Bolton streng.

Tom schaute nicht auf, sondern nickte nur stumm.

«Und wie ist sein Name?»

«Moses», flüsterte Tom so leise, dass man ihn kaum verstand.

«Ich kann dich nicht verstehen!», herrschte Bolton ihn an.

«Moses», sagte er nun ein wenig lauter.

«Und wo kommt er her?» Bolton packte ihn an seinen schmalen Schultern und schüttelte ihn so fest, dass sein Kopf hin- und herflog.

«Ich weiß es nicht, Herr», erwiderte der Junge mit erstickter Stimme. Plötzlich kullerten dicke Tränen über sein dunkles Gesicht, und seine vollen Lippen bebten so stark, dass er Mühe hatte zu sprechen.

«Er ist ein B … B … Baptistenpriester», stotterte er. «Ich kenne ihn erst seit wenigen Tagen. Er interessierte sich für die Lady, wollte wissen, wo ihr Schlafgemach sei. Ich konnte doch nicht wissen, dass er …»

«Ein Baptistenpriester also», wiederholte Bolton sarkastisch und bedachte Jess mit einem anzüglichen Blick. «Wohl eher ein Neger mit schmutzigen Phantasien, der sich an der wehrlosen, kranken Ehefrau eines weißen Lords vergeht.» Seine Stimme strotzte nur so vor Zynismus. «Ich bin gespannt, ob ihm die Folterkammer von Spanish Town genauso viel Spaß bereitet.»

Gott sei Dank! Jess fiel trotz aller Not ein Stein vom Herzen. Wenigstens machten sie Lena nicht mitverantwortlich. Und doch wusste er, dass es ein Trugschluss war, sie und das Kind in Sicherheit zu wiegen.

KAPITEL 30

Ende Dezember 1831 || Jamaika || Harte Zeiten

Lena war der Ohnmacht nahe, als die Soldaten sie zur Kutsche abführten. Mit anzusehen, wie Jess beinahe vollkommen nackt in Ketten gelegt wurde, gab ihr das Gefühl zu ersticken. Ihre Beine knickten immer wieder ein, alles drehte sich.

Du musst einen kühlen Kopf behalten, beschwor sie sich. Wenn du hysterisch reagierst, würde es Jess nur schaden.

Doch was sollte sie stattdessen tun? Jess schwebte in Lebensgefahr, und sie war die Einzige in dieser verdammten Stadt, die an seiner Rettung interessiert war. Fieberhaft überlegte sie, wie sie der Situation entkommen konnte. Wenn sie doch nur an ihren Schmuck gelangen könnte! Dann würde sie ihn zur Bestechung der Soldaten einsetzen, damit sie Jess in die Freiheit entließen. Oder sie könnte sich einen Advokaten engagieren, um Jess vor Gericht zu vertreten. Doch das Haus brannte lichterloh. Der Wirt und die Huren nebst ihrer Kundschaft versuchten vergeblich das Feuer zu löschen. Zögernd rückten ein paar Löschmannschaften an, um ein Übergreifen der Flammen auf benachbarte Hafengebäude zu verhindern.

«Da wären wir, Madame», erklärte einer der Soldaten, «wenn Sie nun bitte in die Kutsche einsteigen würden?»

Er öffnete die Tür, und ihre Hoffnung auf die Möglichkeit zu einer Flucht erstarb: Im Inneren des Wagens erwartete sie der Leibhaftige.

«Edward», wisperte sie stumm.

Er grinste.

«Mit mir hast du garantiert nicht gerechnet, was?»

Lena zog sich das Laken enger um Brust und Schultern, trotzdem fühlte sie sich plötzlich splitternackt. Schweigend ließ sie sich ihm gegenüber in den Sitz fallen. Der Soldat, der sie bis hierher begleitet hatte, warf ihrem triumphierenden Ehemann einen fragenden Blick zu.

«Ist in Ordnung, Ensign», erklärte Edward. «Sagen Sie dem Commodore, dass er gute Arbeit geleistet hat. Mein Vater und ich werden uns sobald wie möglich bei ihm erkenntlich zeigen.»

Lena wollte protestieren, doch sie besann sich eines Besseren. Edward sollte nicht wissen, dass sie vollkommen genesen war. Das würde ihm nur beweisen, dass sie mit Jess unter einer Decke gesteckt haben musste. Dies erschien ihr weitaus gefährlicher als die Tatsache, dass man Jess in ihrer Gesellschaft verhaftet hatte. Sie durfte keinesfalls den Verdacht erregen, an dieser vermeintlichen zweiten Entführung beteiligt gewesen zu sein. Jedenfalls solange nicht, wie sie noch unter Edwards Kontrolle stand. Sobald sich eine Gelegenheit fand, würde sie alles tun, um seinen Klauen zu entrinnen. Notfalls musste sie in die Berge gehen und nach diesem ominösen Cato suchen, damit er und seine Leute Jess aus dem Gefängnis befreiten.

Stockend setzte sich die Kutsche in Bewegung. Ein wenig später hielt sie noch mal kurz an. Der blaue Samtvorhang, der das offene Fenster verhüllte, wurde zur Seite geschoben, und das Gesicht von Commodore Bolton tauchte im Rahmen auf. Lena hatte ihn erst einmal zuvor gesehen, als er sie nach ihrer Entführung auf Redfield Hall verhören wollte. Damals hatte Edward ihn abgewiesen, mit dem Hinweis, dass sie krank und nicht ansprechbar sei. Auch jetzt schien Edward daran interessiert zu sein, dass sie vor dem Commodore nichts ausplauderte, was er nicht vorher zensiert hatte.

«Ich hab da noch was gefunden, das Ihrer Frau gehören dürfte», sagte Bolton und reichte Lenas Tasche herein, die Edward ohne Kommentar entgegennahm. «Kann ich ihr noch ein paar Fragen stellen?»

«Sie sehen doch, Commodore», erklärte er düster. «Meine Frau ist vollkommen durcheinander. Sie wurde allem Anschein nach zum zweiten Mal entführt. Möglicherweise von demselben Mann, der sie schon zuvor gepeinigt hat. Ich werde erst Dr. Lafayette zurate ziehen müssen, bevor wir sie mit eingehenden Befragungen belasten können.»

«Sir Edward», wandte Bolton ein und warf Lena einen verstohlenen Blick zu. «Als wir in das Zimmer eingedrungen sind, machte Ihre Frau nicht den Eindruck, als ob sie unter ihrem Entführer sehr gelitten hätte.»

Edwards Augen verengten sich zu gefährlich schmalen Schlitzen. «Sind Sie nicht ganz bei Trost?», zischte er. «Oder wie kommen Sie zu einer solch unfassbaren Behauptung?» Seine Stimme nahm eine schrille Note an. «Ich muss mich doch sehr wundern», ereiferte er sich weiter. «Sie haben wohl keine Augen im Kopf. Der Kerl, der sie in seiner Gewalt hatte, besteht aus gut zweihundert Pfund Muskeln und ist drei Köpfe größer als meine Frau. Wenn es nicht einmal Ihren Soldaten gelang, ihn auf Anhieb zu überwältigen, und erst das halbe Haus abbrennen musste, wie hätte sich meine Frau ihm widersetzen sollen?»

Er straffte sich und bedachte Bolton mit einem abfälligen Blick. Der Commodore salutierte pikiert.

«Nichts für ungut, Sir. Ich wollte Ihre Frau nicht beleidigen. Es war nur …»

«Gehen Sie!», blaffte Edward ihn an, wobei sein Kopf rot anschwoll. «Und lassen Sie sich erst wieder blicken, wenn Sie mir sagen können, wer dieser Schwachkopf ist, der die Dreistigkeit besitzt, meine Frau aus meinem eigenen Haus zu entführen und in dieses heruntergekommene Freudenhaus zu verschleppen. Finden Sie heraus, ob er etwas mit diesen Rebellen zu tun hat, die unser ganzes Land tyrannisieren!»

Edward wartete nicht ab, was Bolton darauf zu erwidern hatte, sondern klopfte mit seinem Gehstock, der einen Degen in seinem Innern verbarg, energisch gegen das Kutschendach. Der Wagen zog an, und Bolton blieb nichts anderes übrig, als sich zurückzuziehen.

Nachdem die Pferde angetrabt waren und die Kutsche an Fahrt aufgenommen hatte, warf Edward einen Blick in die Tasche, die ihm Bolton übergeben hatte, und wühlte ein bisschen darin herum. Lena wurde ganz schummrig vor Angst. Was würde er denken, wenn er darin ihre Papiere entdeckte? Doch er verschloss die Tasche mit regloser Miene und bedachte Lena nur mit einem undurchsichtigen Blick.

«Denk ja nicht, dass du mir etwas verschweigen kannst», erklärte er unvermittelt. «Ich habe dich durchschaut.»

Jess hatte keine Gelegenheit, sich irgendetwas überzuziehen. Wie zu Zeiten der anlandenden Sklavenschiffe aus Afrika wurde er wie Gott ihn geschaffen hatte angekettet und auf einem Leiterwagen nach Spanish Town gefahren. Die Sonne brannte auf ihn herab, und der Durst quälte ihn. Doch niemand kam auf die Idee, ihm etwas zu trinken zu geben oder ihm eine Decke überzuwerfen. Und so hockte er mit angewinkelten Knien in seinem fahrenden Gefängnis, seine Arme und Hände waren wie zum Gebet gefaltet, der Blick nach unten gesenkt.

Ab und an streiften ihn die Blicke von vorbeilaufenden Schwarzen oder weißen Händlern, die auf ihrem Kutschbock saßen und ihnen ausweichen mussten. Aber der Transport von blutverschmierten, nackten Sklaven in Käfigen war in diesem Land keine große Sensation. Dass ihm acht uniformierte Rotröcke sowie ein uniformierter Navy-Commodore auf einem weißen Pferd folgten, war allerdings eine Besonderheit. Jess machte sich keine Illusionen darüber, was dieser Mann mit ihm vorhatte. Wenigstens hatte seine Wunde aufgehört zu bluten. Wenn er jedoch die verschlagene Miene des Offiziers betrachtete, würden bereits in Kürze weitere Blessuren hinzukommen.

Trotz dieser beunruhigenden Aussichten empfand Jess tief in seinem Innern eine merkwürdige Gleichgültigkeit. Er hatte oft von Leuten gehört, die dem Tod ins Auge geblickt hatten. Kurz vor ihrem Ende waren sie in jeder Hinsicht gefühllos geworden. Boltons Schergen würden ihn mit allen zur Verfügung stehenden Mitteln foltern, und es war klar, dass Jess ihnen trotzdem nicht das Geringste verraten durfte. Dafür hatte er vor Cato und seinen Männern – und damit nicht zuletzt auch vor sich selbst – einen heiligen Eid geschworen, der Blut mit Ehre verband. Die stärkste Verbindung, die es für einen respektablen Krieger gab.

Nur wenn er an Lena dachte, ging es mit seiner Gleichgültigkeit bergab. Wie hatte er sich nur in dieser beschissenen Kaschemme in Sicherheit wiegen können? Dabei hatte er diesen Ort gerade deswegen ausgesucht – im sicheren Glauben daran, dass niemand auf die Idee kommen würde, eine reiche Pflanzersgattin ausgerechnet in einem Hurenhaus zu suchen.

Edward Blake war ein Fuchs, wie sein Vater. Offenbar war es ihm gelungen, den Brand auf der Plantage einzudämmen. Als er festgestellt hatte, dass seine Frau verschwunden war, musste er sämtliche Hausangestellte, inklusive seiner Stalldiener, in die Mangel genommen haben, um herauszufinden, was mit ihr geschehen war. Jess war beunruhigt. Ausgerechnet in Port Maria hatte Edward nach Lena suchen lassen. Wahrscheinlich in der Annahme, dass sie zu fliehen gedachte. Unwillkürlich musste er auf den nächstliegenden Hafen gekommen sein. Blieb zu hoffen, dass Lena auch ohne seine Hilfe die Flucht gelang, bevor Edward ihr endgültig auf die Schliche kam.

Als der Gefängniswagen nach stundenlanger Fahrt im Schatten der Gefängnismauern von Spanish Town anhielt, war Jess froh, endlich der tief stehenden Nachmittagssonne zu entkommen. Seine Zunge klebte aufgequollen am Gaumen, doch auch jetzt erbarmte sich niemand. Gleich fünf Soldaten zerrten ihn auf Anweisung des Commodore aus dem Wagen und stießen ihn in einen langen, überdachten Gang, der zu den Einzelzellen der Schwerverbrecher führte.

«Bevor ihr ihn einlocht, schert ihm den Kopf», befahl Bolton seinen Schergen in missmutigem Ton.

Eine Geste der Demütigung. Nichts sonst, dachte Jess und ließ es klaglos über sich ergehen, dass man ihn in eine feuchte Zelle stieß, dort auf die Knie zwang und ihm den Kopf rasierte wie einem Schaf den Pelz. Locke für Locke fiel sein braunes Haar lautlos zu Boden. Nackt und in Ketten ließen die Männer ihn schließlich alleine zurück und verschlossen die Zellentür mit einem dicken Schlüssel. Er musste an Lena denken, wie sie sich wohl gefühlt hatte, als sie in ihrem Höhlenkerker im Lager zu sich gekommen war.

Dies ist die gerechte Strafe für meine Sünden, befand Jess resigniert.

Wenn er Lena in Ruhe gelassen hätte, wäre sie längst über alle Berge in Deutschland, ihre Gesellschafterin würde noch leben, und sie selbst wäre nicht schwanger. Nun war sie erneut Edwards Willkür ausgesetzt, und er – Jess – trug an allem die Schuld. Blieb zu hoffen, dass sie so schlau war, ihre Genesung vor ihrem Ehemann nicht zu offenbaren. Denn dann würde sie in ernster Gefahr sein, weil Edward unmöglich dulden konnte, dass sie ihm etwas vorgespielt hatte.

Jess sah noch eine winzige Chance, dass sie ihm trotzdem entkommen konnte. Wenn Cato und seine Kameraden am nächsten Tag zum Angriff übergingen, würde Edward zu beschäftigt sein, um auf seine Frau aufpassen zu können.

«Lieber Gott», betete er stumm, «schicke Lena einen Engel, der sie an meiner Stelle vor diesem Scheusal beschützt.»

Edward führte Lena mit eiserner Hand nach oben in ihr Zimmer. Unterwegs schrie er nach Estrelle und befahl ihr barsch, seine Frau zu baden und ihr frische Kleidung anzulegen. Das Ganze durfte nicht länger als eine halbe Stunde dauern. Dann würde er zurückkommen und sie sich vorknöpfen.

«Und wenn du noch mal auf die Idee kommst wegzulaufen», raunte er Lena zu, «werde ich es Estrelle und die anderen Sklaven bitter spüren lassen.»

Lena zitterte am ganzen Leib, als Estrelle sie aus den Decken wickelte, die man ihr hastig übergeworfen hatte. Larcy wurde in Windeseile damit beauftragt, heißes Wasser herbeizuschaffen, um die

Kupferwanne hinter dem Paravent zu füllen. Als das Mädchen nach draußen gehuscht war, fasste Estrelle Lena am Arm.

«Hören Sie, Mylady», erklärte sie aufgeregt. «Ich habe Sie nicht verraten, das müssen Sie mir glauben. Als der Master kam und nach Ihnen fragte, habe ich nichts gesagt. Ich könne mir Ihr Verschwinden auch nicht erklären, sagte ich ihm. Daraufhin hat er mir Prügel angedroht.» Sie schnaubte verdrossen. «Mir! Einer Frau, die glatt seine Großmutter sein könnte. Aber ich bin trotzdem standhaft geblieben und habe geschwiegen. Deshalb flehe ich Sie an, verraten Sie mich nicht!»

«Keine Sorge, Estrelle», beruhigte Lena die Sklavin leise. «Ich werde weder Sie noch Jess verraten, egal was Edward mit mir anstellt, das schwöre ich Ihnen.»

Beiläufig betrachtete sich Lena im Spiegel. Auf Hals und Brust zeigten sich ein paar unschöne, rötliche Flecken, die auch Edward nicht entgangen sein konnten. Es waren die Überbleibsel einer äußerst wilden Liebesnacht, die sie bis an ihr Lebensende nicht würde vergessen können. Auch Estrelle fielen die Liebesmale jetzt auf.

Ihre Blicke trafen sich, und das Mitgefühl in den schwarzen Augen der Sklavin war unverkennbar.

«Was um Himmels willen ist mit Jess geschehen?» Estrelles Stimme bebte vor Sorge. «Die Soldaten haben ihn doch nicht umgebracht, oder?»

«Nein», sagte Lena, «Commodore Bolton und seine Rotröcke haben ihn gefangen genommen und in einen Gefängniswagen gesteckt. Mehr weiß ich nicht. Ich habe höllische Angst um ihn», wisperte sie unter Tränen. «Sie werden ihn nach Spanish Town ins Gefängnis bringen, und dort werden sie ihn verhören.»

Die schwarze Hausdienerin schlug die Augen nieder, was sicher kein gutes Zeichen war.

«Heute Morgen kam die Kunde, dass Rebellen das Kensington Estate Great House in St. James angezündet haben. Im gesamten Westen des Landes herrscht inzwischen der Ausnahmezustand. Überall wird Militär eingesetzt, um die Aufständischen zurückzudrängen. Ich glaube kaum, dass der Gouverneur und die Provinzgerichte unter diesen Umständen Gnade walten lassen.» Leise fügte sie noch hinzu: «Beten Sie. Nicht dafür, dass Sie Jess lebend wiedersehen, sondern dafür, dass er nicht lange leiden muss.»

«Heiliger Heiland, hilf!», brach es aus Lena hervor.

Die Tränen flossen aus ihr heraus, als hätte man einen Damm geöffnet. Weinend warf sie sich aufs Bett.

«Was hab ich nur getan?», schluchzte sie unentwegt. «Es ist alles meine Schuld.»

«Nicht doch, Mylady. Wenn jemand Schuld hat, dann Master Edward und sein verfluchter Vater. Der Teufel soll sie alle beide holen», zischte sie leise, «bevor sie noch mehr Unheil anrichten können.»

Lena spürte Estrelles kühle, trockene Hand auf ihrer Schulter.

«Kommen Sie.» Ihre Stimme war mitfühlend. «Wir sollten Sie nun baden. Wenn Master Edward bemerkt, wie viel Jess Ihnen bedeutet, macht das die Sache nicht eben besser.»

Während Estrelle ihr das Haar wusch, mischte sich die Seifenlauge mit Lenas Tränen. Alles, einfach alles war verloren, wenn nicht ein Wunder geschah. Trotziger Widerstand machte sich in ihr breit. So schnell gab eine Huvstedt nicht auf.

«Estrelle?»

«Ja, Mylady?»

«Wir müssen einen Weg finden, wie wir Jess dort herausholen können, und wenn ich Edward dafür eigenhändig ins Jenseits schicken muss.»

«Was wollen Sie tun, Mylady?», fragte die Dienerin bang.

«Ich weiß es noch nicht, aber ich werde mich nicht eher geschlagen geben, bis ich alles versucht habe, um Jess zu retten.»

«Selbst wenn es meinen eigenen Tod bedeutet, Mylady, ich helfe Ihnen dabei. Das verspreche ich Ihnen, so wahr ich hier stehe!»

Edward lief ruhelos in seinem Arbeitszimmer auf und ab und grübelte verdrossen, was er von Lenas Auftritt zu halten hatte und wie er weiter mit ihr verfahren sollte. Im Augenblick hatte er leider überhaupt keine Zeit, sich ihr und ihrem seltsamen Verhalten näher zu widmen. Die Brände im Land hatten sich ausgebreitet, und die Aufständischen gewannen an Terrain.

Im Zweifel musste er Dr. Lafayette um Hilfe bitten, Lenas merkwürdiges Benehmen zu analysieren. Notfalls sollte der Arzt sie eben wie Lady Fortesque mit Drogen ruhigstellen.

Tom hatte behauptet, sie habe sich vollkommen natürlich und ohne fremde Hilfe bewegt, als sie in die Stallungen gekommen sei, um ihre Fuchsstute zu holen. Außerdem habe sie mit dem Priester zusammenhängende und deutlich zu verstehende Worte gesprochen.

Ihm selbst war nicht entgangen, mit welch verzweifeltem Gesichtsausdruck Lena sich nach dem Fremden umgeschaut hatte. Und die Tatsache, dass der Commodore sie nackt aus den Fängen dieses angeblichen Baptisten geholt hatte, tat ihr Übriges, um Edwards Misstrauen zu schüren. Aber war sie tatsächlich freiwillig mit ihm mitgegangen? Oder war sie ihm unter dem Einfluss ihrer merkwürdigen Krankheit zwanghaft gefolgt? Er war sich nicht sicher, wie er Lenas Gesundheitszustand einzuschätzen hatte. Spielte sie nur? Oder war sie immer noch partiell gelähmt? Auch war Edward aufgefallen, dass der Kerl für einen Mann seines Schlages recht groß und muskulös war. Dem Aussehen nach konnte er durchaus zu den Rebellen gehören, denen man nachsagte, dass sie über militärische Erfahrung verfügten. Doch das würde Bolton für ihn rausfinden.

«Edward?»

Er erschrak, als plötzlich sein Vater vor ihm stand. Er war soeben von einer Dringlichkeitssitzung zum Schutz der umliegenden Plantagen zurückgekehrt.

«Ich hab von Jeremia gehört, was vorgefallen ist. Wie geht es Lena?»

Sein Vater schien tatsächlich besorgt. Vielleicht lag es daran, dass sie Edwards Mutter ähnlich sah. Die schlanke Gestalt, die helle Haut, das blonde Haar, die grünen, strahlenden Augen, all das musste in seinem Vater viele Erinnerungen wecken. Wer wollte es ihm verdenken? Schließlich hatte der Alte kein Glück mit seinen Frauen gehabt. Sie waren ihm alle gestorben, und irgendwann hatte er es aufgegeben, sich eine neue weiße Lady zu suchen, und seine Gier nach hingebungsvollem Fleisch nur noch an jungen Sklavinnen befriedigt.

«Ich bin mir nicht sicher, wer oder was genau hinter dieser neuerlichen Entführung steckt. Und ich wage gar nicht daran zu denken, welchen Einfluss dies auf Lenas Gesundheit hat», gestand Edward und berichtete seinem Vater zunächst von dem gestrigen Brand auf der Plantage, der mehrere Hektar Land verwüstet hatte.

Mit Hunderten von Sklaven war es ihnen zum Abend gelungen, die Feuersbrunst einzudämmen und schließlich zu löschen, bevor sie auf die Lagerhallen und das Haupthaus übergreifen konnte.

«Als ich zurückkam, war Lena verschwunden.»

Hastig erzählte er von der anschließenden Suche und dass er selbst auf die Idee gekommen war, Bolton und seine Männer nach Port Maria zu schicken.

«Wie kommst du denn ausgerechnet auf Port Maria?», wollte sein Vater von ihm wissen, der nichts davon wusste, dass Lena ihn zuvor hatte verlassen wollen.

Edward überspielte den Moment der Verlegenheit mit einem souveränen Lächeln.

«Tom hat mich auf die Idee gebracht, weil der Priester, der das Pferd aus unserem Stall gestohlen hat, zwei Tage zuvor in Ochos Rios gegen die Sklaverei gehetzt hat. Deshalb dachten wir, es könnte gut sein, dass er sich nunmehr die Gläubigen in Port Maria vornimmt.»

Edward verzichtete darauf, seinem Vater zu erzählen, dass er Lena und den vermeintlichen Priester nicht in einer Kirche, sondern in einem Freudenhaus aufgespürt hatte. Er sprach lediglich von einer Absteige am Hafen.

«Höchst merkwürdig, das alles», bestätigte William. «Denkst du, die Entführung hat mit der Brandstiftung zu tun?»

«Gut möglich», resümierte Edward. «Immerhin hat der Brand uns davon abgehalten, das Haupthaus im Auge zu behalten. Und wir wissen inzwischen, dass es vornehmlich die Baptisten sind, die Front gegen die Sklaverei machen.»

«Und Lena, wie hat sie diese neuerliche Katastrophe verkraftet?»

«Das kann ich nicht einschätzen», antwortete Edward gespielt besorgt. «Wir wissen ja noch nicht einmal, was ihr seltsames Verhalten nach der ersten Entführung ausgelöst hat, geschweige denn, was die Entführer mit ihr angestellt haben. Sie machte mir jedenfalls keinen sonderlich geschockten Eindruck, als Boltons Leute sie aus den Fängen dieses Monsters befreit haben. Aber ich denke, wir sollten Dr. Lafayette trotzdem informieren, damit er sie gründlich untersucht.»

Lord William nickte zustimmend und rief Jeremia zu sich, der nicht weit entfernt mit Staubwischen beschäftigt war. Ihn beauftragte er, unverzüglich einen Boten zu seinem Leibarzt zu entsenden, der sich im Augenblick praktischerweise in der Krankenstation von Redfield Hall aufhielt.

«Was hat sich in der Zwischenzeit im Parlament getan?», fragte Edward. «Wissen wir schon mehr zu den Bränden?»

«Nein, aber Colonel Brown hat sich aus der Versenkung zurückgemeldet», berichtete Lord William. «Seitdem sein halbes Regiment in den Blue Mountains verlorengegangen ist, hat man ihn nun mit der Zusammenstellung von freiwilligen Heimat-Milizen beauftragt. Sie sollen die Armee überall im Lande dabei unterstützen, die Unruhen niederzuschlagen und für Ordnung zu sorgen. Alle jungen Weißen über zwanzig sind aufgefordert, sich zum Polizeidienst zu melden. Sie sind wehrpflichtig, zumindest so lange, bis alles wieder beim Alten ist. Ich habe eine Depesche aus Spanish Town mitgebracht, die dich zum verantwortlichen Befehlshaber für die Polizeiregimenter von St. Mary, St. Ann und St. Thomas-in-the-Vale befördert. Du sollst dich dafür morgen in Falmouth melden, um bis auf weiteres diesen durchaus hohen Offiziersposten in der Miliz zu bekleiden. Trevor soll dich als dein Adjutant begleiten.»

«Und was wird dann aus meiner Frau und der Plantage? Wer soll all die Leute beaufsichtigen und für Sicherheit sorgen?»

Edward schaute seinen Vater verständnislos an.

«Na, wer schon?», fragte Lord William provokativ. «Ich habe das die letzten vierzig Jahre geschafft, warum sollte ich es nicht weiterhin tun? Wenn wir niemanden haben, der unser Land gegen die Aufständischen verteidigt, wird es bald ohnehin nichts mehr zu beaufsichtigen geben.»

«Nun gut», gab Edward nach. «Ich geh jetzt nach oben. Ich will Lena noch ein paar Fragen stellen und sehen, wie sie sich fühlt. Ich muss herausfinden, ob sie ihren Entführer gekannt hat. Vielleicht war er schon an ihrer ersten Entführung beteiligt. Bolton wollte sie verhören, aber das erschien mir in ihrem Zustand nicht passend.»

«Geh behutsam mit ihr um», mahnte sein Vater. «Denk an das Kind. Du solltest sie nicht unnötig aufregen.»

«Keine Sorge, Vater, ich werde vorsichtig sein.»

«Weißt du was, ich komme mit, wenn du erlaubst.»

Edward überlegte, ob es von Nachteil sein konnte, wenn er seinen Vater an dem Gespräch teilhaben ließ. Schließlich wusste er nicht, wie Lena auf ihn reagieren würde. Was wäre, wenn sie plötzlich wieder bei klarem Verstand war und ihn vor seinem Vater beschuldigte, sie vergewaltigt zu haben, oder zugab, dass sie vor ihm davongelaufen war? Er grübelte. Im Grunde genommen war dies alles gar kein Problem. Nach allem, was bisher vorgefallen war, unterstrich es den gestiegenen Grad ihres Irrsinns.

«Gerne», sagte er zu seinem Vater. «Ich möchte nur ungern auf deine Meinung verzichten, was ihren geistigen Zustand angeht.»

Lena hatte damit gerechnet, dass Edward auftauchen würde, um sie in die Zange zu nehmen. Estrelle hatte ihr für diese Begegnung ein hochgeschlossenes Nachthemd übergezogen. Anschließend hatte sie ihren Schützling in eine dicke Daunendecke gehüllt und den Rücken, wie bei Kranken üblich, mit mehreren Kissen gestützt.

Sie würde Edward also wie eine Prinzessin empfangen, die ihm vom Bett aus eine Audienz gewährte. Eine schweigende Audienz wohlgemerkt, so hatte sie es mit Estrelle vereinbart. Alles würde so sein wie in den letzten drei Monaten, in denen sie kein Wort über die Lippen gebracht hatte. Lena hatte jedoch nicht damit gerechnet, dass Edward seinen Vater mit in ihr Schlafgemach bringen würde.

«Raus!», befahl er Estrelle. «Und mach die Tür hinter dir zu!»

Nervös verfolgte Lena den resignierten Abgang ihrer einzigen Vertrauten, als ihr Schwiegervater mit der gewohnt strengen Miene in ihr Zimmer trat. Er trug einen grauen Anzug passend zu seinem silbergrauen, gepflegten Haar und seinen grauen Augen, die Lena an die eines lauernden Wolfes erinnerten. Hatte sie ihm zu Beginn ihrer familiären Verbindung noch Respekt gezollt, so verachtete sie ihn nun abgrundtief dafür, was er Mama Baba und ihrem Sohn angetan hatte. Schlimmer noch, er hatte diese Tat offenbar nie bereut.

«Guten Abend, Lena», begann er mit einer schmeichelnden Höflichkeit, die ihr nicht ganz geheuer war.

In den letzten drei Monaten hatte er so gut wie gar nicht zu ihr gesprochen, und auch diesmal erwartete er offenbar keine Antwort. Edward trat unterdessen nervös von einem Fuß auf den anderen. Lena sah ihm an, dass er ihr gegenüber lieber eine forschere Gangart eingelegt hätte.

«Ich habe gehört, dass schon wieder ein Fremder versucht hat, deiner habhaft zu werden, und das sogar in deinem eigenen Schlafzimmer. Es tut mir leid, dass du erneut so etwas Schreckliches durchmachen musstest. Edward hat die Wachen verschärft, damit so etwas nicht wieder vorkommt. Aber du könntest uns helfen, den Verdächtigen festzunageln. Weißt du vielleicht, ob dieser Mann ein Rebell ist? Und hatte er etwas mit deiner Entführung vor zwei Monaten zu tun?»

Keine Reaktion.

«Kanntest du den Mann? Kam er dir irgendwie vertraut vor?»

Lena stellte sich stur und sagte – nichts.

«Vater, das hat doch so keinen Zweck», wandte Edward ungeduldig ein. «Du siehst doch, dass sie entweder nichts sagen will oder es nicht kann. Weiß der Teufel, warum.»

Lord William gesellte sich unaufgefordert zu Lena ans Bett und setzte sich neben sie. Seine manikürten Finger ergriffen ihre eiskalten Hände, und die grauen Augen fixierten sie, als ob er sie hypnotisieren wollte. Lena spürte, wie ihr Herz zu stolpern begann. Es war ungleich schwieriger, eine Rolle zu spielen und sich körperlich tot zu stellen, als es wirklich zu sein.

«Wir werden dafür sorgen, dass dieser Mann nie wieder eine Weiße entehrt», versprach Lord William mit eindringlicher Stimme. «Ich werde noch heute einen Boten nach Spanish Town entsenden und den Gouverneur bitten, dass man den Gefangenen der härtesten Folter aussetzt, die das britische Militär zu bieten hat. Sie sollen ihm sein braunes Fell über die Ohren ziehen, um ihn zum Sprechen zu bringen. Außerdem werde ich dafür plädieren, dass man ihn im Schnellverfahren verurteilt und ihn in spätestens drei Tagen hängt. Zugehörigkeit zu einer Rebellenorganisation und Unterstützung eines Aufstandes gegen die Staatsgewalt ist bei den Negern immer ganz leicht zu behaupten. Wenn du möchtest, lasse ich dir seinen Kopf auf einem silbernen Tablett servieren. Schließlich hat der Mann dir neuerliches Leid zugefügt, indem er so dreist war, dich direkt aus deinem Schlafzimmer zu entführen. Ich bin sicher, dass du deinen Schock überwinden kannst, wenn der Übeltäter nicht mehr unter den Lebenden weilt.»

Lena war bei Lord Williams Worten der Schweiß ausgebrochen, und jetzt bekam sie kaum noch Luft. Alles, was ihr Schwiegervater soeben gesagt hatte, würde er in die Tat umsetzen, dafür kannte sie ihn mittlerweile gut genug. Auch wenn es ihr wie der reine Wahnsinn erschien, blieb ihr nur noch die Flucht nach vorn, wenn sie das Leben von Jess retten wollte.

«Ich kann nicht zulassen, dass Sie ihn töten», brach es unvermittelt aus ihr hervor. «Es wäre ein großer Fehler.» Ihre Stimme war nur ein Hauch.

«Ein Fehler?» Lord William hob eine Braue.

Schlagartig wurde ihr klar, dass sie in eine Falle getappt war. Lord William war hundertmal gefährlicher als sein Sohn. Während Edward mit der Tür ins Haus polterte, kam Lord William ohne Schwierigkeiten mit lautlosen Schritten durch die Hinterpforte.

«Was für ein Fehler sollte das sein, einen Rebell aus der Welt zu schaffen?»

«Er ist kein Rebell», erwiderte Lena mit brüchiger Stimme. «Er ist Ihr Sohn, Lord William. Sie würden Ihren eigenen Sohn töten lassen.» Sie wurde lauter. «Dieser Mann ist Ihr eigenes Fleisch und Blut», entfuhr es Lena in der irrwitzigen Hoffnung, dass in der Brust dieses Mannes ein Herz wohnte und kein kalter Stein, wie zu vermuten war. «Sie haben sich schon genug an ihm und seiner Mutter versündigt. Es ist Ihre Pflicht als Mensch, als Christ und als Vater, für seine Freilassung zu sorgen. Ich flehe Sie an, Lord William, lassen Sie Gnade vor Recht ergehen und kehren Sie um. Ansonsten wird Gott Sie für Ihre Untaten hart bestrafen!»

Für einen Moment herrschte eisiges Schweigen, bis Edward die Stille durchbrach.

«Was redet sie da für einen Unsinn? Und überhaupt hatte ich recht, sie kann wieder sprechen, auch wenn sie nur blödsinniges Zeug von sich gibt!»

«Das ist kein blödsinniges Zeug.»

Am geschärften Blick ihres Schwiegervaters konnte Lena sehen, wie die Erkenntnis einschlug.

«Sie hat vollkommen recht», knurrte Lord William gefährlich leise. «Und das macht es umso schlimmer.»

«Kann mir vielleicht jemand erklären, was das alles zu bedeuten hat?» Edward schaute mit Unverständnis im Blick abwechselnd von Lena zu seinem Vater.

«Es bedeutet, dass deine Frau von deinem Halbbruder entführt wurde. Er hat ihr eine krude Geschichte erzählt, die jeder Wahrheit entbehrt. Und es bedeutet, dass sie sich davon hat beeinflussen lassen. Wahrscheinlich hat dieser Hund sie sogar gefickt. In jedem Fall muss er schnellstmöglich sterben, denn es kann kein Zufall sein, dass er sie entführt hat. Dahinter steckt eine uralte Geschichte, deren Dämonen wir keinesfalls wiederauferstehen lassen dürfen.»

Lena glaubte für einen Moment sich verhört zu haben, doch dann sah sie Lord Williams versteinerte Gesichtszüge und wusste, dass sie soeben in der Hölle angelangt war und Satan persönlich vor ihr saß.

Bevor sie aufspringen und ihm an den Hals gehen konnte, klopfte es an der Tür, und Dr. Lafayette trat ein, wie immer in einem ordentlich gebügelten Anzug, die Nickelbrille auf der Nasenspitze.

«Ich hoffe, ich störe nicht», erklärte er höflich, wobei er nicht die geringste Ahnung zu haben schien, was hier los war.

«Gut, dass Sie da sind», sagte Lord William überraschend abgeklärt. Geschäftig erhob er sich mit einem falschen Lächeln. «Ich möchte, dass Sie meiner Schwiegertochter eine angemessene Menge Laudanum verabreichen, damit sie möglichst schnell schläft. Sie ist völlig erschöpft und neigt nach ihrer neuerlichen Entführung zu hysterischen Anfällen. Wir müssen sie unbedingt ruhigstellen, damit sie keine Dummheiten macht und sich am Ende noch selbst verletzt. Schließlich ist sie guter Hoffnung, und wir dürfen das Kind nicht gefährden. Deshalb plädiere ich dafür, dass wir sie kurzfristig ins Naval Hospital nach Port Royal bringen, wo man schon Lady Elisabeth betreut. Zumindest bis das Kind das Licht der Welt erblickt, sollte man sie in ihrem Wahn vor sich selbst schützen.»

Fassungslos über die Dreistigkeit ihres Schwiegervaters, bäumte Lena sich auf und versuchte ihre letzten Kräfte zu mobilisieren, um einem furchtbaren Schicksal zu entgehen.

«Glauben Sie ihm nicht, Doktor!», schrie sie in Panik. «Die beiden wollen dafür sorgen, dass man mich für irrsinnig erklärt, aber das bin ich nicht! Ich flehe Sie an! Mein Schwiegervater ist ein Mörder.

Und mein Mann ist ein notorischer Fremdgänger, der seine wehrlosen Sklavinnen samt deren Töchtern zum Beischlaf zwingt! Ich bin nicht entführt worden. Ich wollte das Land verlassen, weil hier ein solches Sodom und Gomorra herrscht, dass ich es nicht länger ertragen kann!»

«Sie haben recht», sagte der Doktor seltsam gefasst und nickte den beiden Männern mit einem bedauernden Blick zu. «Ihre bisherige Schweigsamkeit ist in Irrsinn umgeschlagen. Es bekümmert mich, eine solche Diagnose stellen zu müssen. Aber es bleibt uns tatsächlich nichts anderes übrig, als sie auf unbestimmte Zeit in eine geschlossene Anstalt einzuliefern. Bis dahin sollten wir sie ruhigstellen.»

Rasch zückte er eine braune Glasflasche aus seinem Medizinköfferchen und entkorkte sie. Dann nahm er einen Löffel und füllte ihn vorsichtig mit einer dunklen Flüssigkeit.

«Halten Sie sie fest», sagte er zu Vater und Sohn. «Es wird ihr nicht gefallen, was ich nun tue, aber es muss sein.»

Edward und sein Vater stürzten sich regelrecht auf Lena und drückten sie an Armen und Beinen in die Kissen. Lena musste einsehen, dass es keinen Zweck hatte, sich zu wehren. Lafayette setzte ihr eine Schraubzwinge aus Holz zwischen die Zähne und träufelte mit einem Silberlöffel Laudanum in ihren Mund. Sie war gezwungen zu schlucken, wenn sie nicht ersticken wollte. Schluck für Schluck spürte sie, wie ihr die Sinne schwanden. Sie hatte ihre letzte Chance auf Rettung verspielt. Ihre Absicht, Lord William von seinen moralischen Verpflichtungen zu überzeugen und damit Jess zu retten, war gründlich danebengegangen.

Manchmal war es von Vorteil, nicht so hell zu sein wie die Weißen, dachte Baba, während sie sich schleichend vom Fluss her dem Herrenhaus von Redfield Hall näherte. Sie hatte sich in kluger Absicht ihre schwarze Joppe übergezogen und war in der Dunkelheit nun beinahe unsichtbar. Das Licht der brennenden Feuerkörbe vor den Sklavensiedlungen wies ihr den Weg.

Kurz zuvor hatte sie einen Tumult zwischen den Stallungen beobachtet. Eine Gruppe von Aufsehern hatte sich zu einem nächtlichen Ausritt zusammengerottet. Und wenn sie nicht alles täuschte, war auch Edward Blake unter ihnen gewesen. Baba hatte erleichtert aufgeatmet und ihren Weg zur Villa fortgesetzt, als sie allesamt davongeritten waren. Nun war es wieder still geworden. Nur hier und da war noch das Wehklagen eines Säuglings zu hören, das von den Sklavenhütten herüberdrang und sich mit dem heiseren Bellen eines Hundes vermischte. Der Wind fuhr raschelnd in die Palmen.

Mit eisiger Entschlossenheit näherte sie sich dem Boteneingang des Hauses. Hier war sie jahrelang ein und aus gegangen, solange sie noch in William Blakes Gunst gestanden und er ihr erlaubt hatte, sich aus den Vorräten der Küche zu bedienen. Bezahlt hatte sie dafür mit ihrem Seelenheil. Stoisch hatte sie seine Vergewaltigungen und die dazu gehörigen Schläge ertragen, weil sie wusste, dass sie sich anschließend mit französischem Wein und kaltem Braten trösten durfte.

Knarrend öffnete sie die kleine Holztür. Ob Jess ihre Unvernunft geerbt hatte und längst in die Höhle des Löwen eingedrungen war? Sie hoffte inständig, dass er sich nicht hatte erwischen lassen. Dies war möglich, denn seit seinem Auftritt bei Desdemona hatte sie rein gar nichts mehr von ihm gehört. Aber es gab ja noch Estrelle, die ihr gewiss sagen konnte, ob er hier gewesen war und seinen Plan zur Rettung der weißen Schlampe in die Tat umgesetzt hatte.

Estrelle wohnte gleich neben der Küche in einem bescheidenen Verschlag, den sie manchmal mit jüngeren Sklavinnen teilen musste, wenn mehr Personal im Haus tätig war, als es Schlafplätze gab. Als sich Baba über das breite Strohlager beugte, musste sie feststellen, dass dort nur eine junge Sklavin lag, die so fest schlief, dass sie Babas Gegenwart gar nicht bemerkte. Von Estrelle hingegen war weit und breit nichts zu sehen.

Tastend versuchte sie sich in dem kleinen Verschlag zu orientieren.

Plötzlich spürte Baba die Spitze eines Messers im Rücken und erstarrte vor Schreck.

«Wer bist du, und was hast du hier zu suchen?», raunte eine krächzende Stimme aus der Dunkelheit.

Nachdem Baba den ersten Schreck überwunden hatte, drehte sie sich halb um und nahm allen Mut zusammen.

«Estrelle? Bist du's?», flüsterte sie.

«Baba?» Die Stimme klang reichlich erstaunt. «Hast du den Verstand verloren? Was ist, wenn man dich hier findet? Reicht es dir nicht, dass du auf dieser vermaledeiten Hochzeit gerade so mit heiler Haut davongekommen bist?»

«Wer sollte mich hier finden?», fragte sie ärgerlich. «Der junge Master ist soeben mit seinen Aufsehern davongeritten. Und der alte macht mir keine Angst. Er sollte eher Angst vor mir haben!»

«Das sehe ich anders», gab Estrelle aufgebracht zurück und ließ endlich den Dolch sinken. «Du weißt, dass Lord William dich töten würde, wenn er dich in die Finger bekommt.»

«Ich will nur wissen, ob mein Junge hier war», erklärte Baba schlicht. «Wir sind im Streit auseinandergegangen. Er schrie im Zorn, dass er hierherkommen wolle, um eure weiße Herrin zu heilen. Seitdem habe ich nichts mehr von ihm gehört.»

«Da bist du genau einen Tag zu spät», erwiderte Estrelle betrübt. «Er sitzt im Gefängnis von Spanish Town, und ich glaube kaum, dass du an seinem Schicksal noch etwas ändern kannst.»

Baba stockte der Atem.

«Spanish Town? Bei den Dämonen der Unterwelt! Wie konnte denn das geschehen? Und wieso weißt du davon?»

«Willst du dich nicht lieber setzen?», fragte Estrelle und bot ihr einen Stuhl an.

Dann entzündete sie ein schwaches Öllicht und begann leise von den vorangegangenen Geschehnissen zu erzählen. Davon, dass Jess im Herrenhaus von Redfield Hall aufgetaucht war und die junge Lady zunächst geheilt und dann entführt hatte. Dass beide bis Port Maria gekommen, dann jedoch von Edwards Verbündeten geschnappt worden waren.

«Und wo ist die weiße Hure abgeblieben?», fragte Baba wie betäubt. «Hat sie ihn etwa der Entführung beschuldigt?»

«Das kann ich mir kaum vorstellen», widersprach Estrelle. «Ich konnte sehen, wie sehr sie ihn liebt. Aber gestern Abend ist noch etwas anderes geschehen, das viel furchtbarer ist als alles zuvor. Jeremia und ich konnten William und Edward heimlich belauschen, als sie das Mädchen in die Zange genommen haben. In ihrer Not, Jess vor einer Verurteilung retten zu wollen, hat sie Lord William gebeichtet, wer Jess wirklich ist. Meine Herrin hat ihren Schwiegervater angefleht, nicht zuzulassen, dass sein eigen Fleisch und Blut an den Galgen gerät.»

Baba hielt hörbar die Luft an.

«Was hat er gesagt?», fragte sie tonlos.

«Er beabsichtigt, in aller Frühe einen Boten mit einer Depesche nach Spanish Town zu entsenden, die Jess als Rebellen entlarvt. Er will, dass der Junge stirbt.»

«Und das Mädchen?»

«Sie liegt oben im Bett. Vollgepumpt mit Laudanum. Master William hat dafür gesorgt, dass sie morgen Mittag nach Port Royal in eine Anstalt gebracht wird.»

«Ich hatte also recht mit meiner Befürchtung, dass man sie – wenn auch nicht gerade durch Folter – irgendwie zum Sprechen zwingen würde. Vermutlich geschah es durch ihre eigene Dummheit. Ich kann mir gut vorstellen, wie William sie ohne große Mühe aus der Reserve gelockt hat.»

Baba war, als ob ihr jemand ein Messer in die Brust gerammt hätte. Nicht genug, dass William ihr Leben zerstört hatte, nun wollte er ihr zum zweiten Mal das Einzige nehmen, das sie besaß.

«Wo ist er?», fragte sie tonlos.

«Wer? Jess?» Estrelle sah sie fragend an.

«Nicht Jess», erwiderte Baba überraschend ruhig. «William.»

«Baba, was hast du vor?»

Estrelles Stimme war nur noch ein heiseres Krächzen.

«Ihn töten, was sonst? Also, wo ist er?»

«In … seinem Schlafzimmer», gab Estrelle flüsternd zurück. «Aber das kannst du nicht tun. Was ist, wenn er dich bemerkt? Er ist ein kampferfahrener Mann, und du bist nur eine alte, schwache Frau.»

«Das lass meine Sorge sein», erwiderte Baba und war schon auf den Füßen.

Sie fasste in ihre Tasche und holte ihre Perkussionspistole daraus hervor. Es war eine moderne Waffe, die ein drehbares Magazin besaß, bei dem man kein loses Pulver mehr verwendete, sondern ein Zündhütchen einlegte. José hatte ihr das Schießen mit einer solchen Waffe genauestens erklärt. Jetzt war sie geladen und die Mündung mit einem Schusspflaster versehen. Fehlte nur noch das Zündhütchen. Aber davon hatte Baba genug in der Tasche, um eine halbe Armee auszulöschen. Das abgepackte Schwarzpulver darin war der Grund gewesen, warum sie diesmal nicht durch den Fluss geschwommen war, sondern sich über die Brücke gewagt hatte.

Estrelle sah sie mit ängstlichen Augen an.

«Du willst ihn erschießen? Du bist dir doch klar, dass du nur einen Versuch hast, bevor er selbst zu einer Pistole greift, oder? Was ist, wenn dein Schuss danebengeht?»

Seelenruhig holte Baba ein langes Messer aus der Tasche.

«Dann werde ich ihn abstechen wie ein Schwein, das zur Schlachtbank geführt wird.»

Estrelle hielt den Atem an.

«Wird er bewacht?», fragte Baba, während sie sich Pistole und Messer in den Hosenbund steckte.

«Jeremia ist oben», erklärte Estrelle mit zitternder Stimme. «Er schläft im Dienstbotenzimmer.»

«Geh zu ihm und lenk ihn ab», befahl Baba im Befehlston eines britischen Offiziers. «Ich kann ihn dort oben wirklich nicht gebrauchen.»

«O mein Gott, o mein Gott», stammelte Estrelle und folgte Baba willenlos zum Treppenaufgang.

Gemeinsam schlichen die beiden Frauen zum ersten Stock, wo Lord William eine geräumige Suite bewohnte. Unwillkürlich kamen Baba Fetzen der Erinnerung hoch, als sie vor knapp zwanzig Jahren mit einer Machete in der Hand um die Rückgabe ihres Kindes gebettelt hatte. Diesmal würde sie nicht betteln, sondern handeln.

«Hält William noch immer eine Pistole unter seinem Kopfkissen verborgen?», fragte sie Estrelle.

Die Dienerin sah sie nur erschrocken an, ganz und gar unfähig zu antworten. Sie nickte betroffen. Es war anzunehmen, dass William diese Angewohnheit nicht abgelegt hatte.

Ich muss also verdammt schnell sein, dachte Baba. Jedenfalls schneller als er.

Lautlos schlichen sie im ersten Stock über die weichen Teppiche. Und während Estrelle nach links zu Jeremias Zimmer abbog, wandte sich Baba nach rechts. Sie warf ihrer alten Freundin einen letzten, verschwörerischen Blick zu, dann nickte sie und drehte sich zur Tür. Leise zog sie die Pistole hervor und setzte eins von den Zündhütchen ein. Anschließend enterte sie auf Zehenspitzen Lord Williams düsteres Reich. Der schwache Lichtschein einer Petroleumlampe schimmerte ihr entgegen, als sie die Tür einen Spaltbreit öffnete und die Lage sondierte. William hatte auf seinem Nachttisch stets ein Licht brennen, auch das wusste sie noch aus vergangenen Zeiten. So wie es aussah, schnarchte er selig vor sich hin.

Dass sie noch nicht einmal zitterte, hatte sie wohl ihrer wilden Entschlossenheit zu verdanken. Diesmal würde sie endlich tun, was sie eigentlich schon vor langer Zeit hätte erledigen sollen.

Nachdem Baba geräuschlos ins Zimmer geschlüpft war und ebenso geräuschlos die Türe hinter sich geschlossen hatte, blähte ein Windstoß die Gardinen auf. William hatte allem Anschein nach einen leichten Schlaf, denn sein Kopf ruckte erschrocken in die Höhe. Als sein geweiteter Blick auf Baba fiel, nutzte sie den Schreckmoment und zielte ihm direkt auf die Stirn. Trotz seiner offensichtlichen Verblüffung war William ebenso schnell. Er zog seine geladene Waffe unter dem Kopfkissen hervor und drückte ab.

Der Schuss verfehlte Baba nur knapp. Sie schoss zurück und traf wie beabsichtigt seinen Schädel. Aber es war nur ein Streifschuss. Blutüberströmt wankte er aus dem Bett und marschierte auf sie zu. Offenbar hatte er vor, sie zu erwürgen oder an seinen Säbel zu gelangen, der hinter ihr an der Garderobe hing.

Geistesgegenwärtig zog Baba das Messer und stürzte nach vorn. Ehe er sie abwehren konnte, hatte sie ihm die Klinge in die Körpermitte gerammt. Von Jess wusste sie, dass sich die Wirkung eines solchen Angriffs verstärkte, wenn man die Klinge noch im Fleisch steckend hin und her drehte. Sie vollführte die Bewegungen beinahe mechanisch.

William torkelte stöhnend zurück und fiel auf den Rücken, dabei riss er sie mit sich zu Boden. Röchelnd lag er vor ihr. Baba war auf ihren Knien gelandet. Noch immer hielt ihre Hand das Messer umklammert.

«Du verdammte, dreckige Hure!», keuchte William. «Ich hätte dich eigenhändig umbringen sollen. Stattdessen habe ich mich auf meinen Trottel von Aufseher verlassen.»

Baba starrte ihm mit aufgerissenen Augen ins Gesicht und beobachtete, wie es mit dem einflussreichen Lord William zu Ende ging. Noch im Todeskampf verzog er seinen Mund zu einem gehässigen Grinsen.

«Sie werden dich kriegen, das schwöre ich dir. Und dann werden sie dich lynchen. So wie sie es mit deinem Sohn machen werden, den du selbst mit meinem Tod nicht mehr retten kannst», stieß er atemlos hervor.

«*Unser* Sohn», verbesserte sie ihn tonlos. «Jess ist *unser* Sohn.»

William wollte noch etwas erwidern, doch seine Stimme erstarb, und sein Körper wurde schlaff. Mit gebrochenen Augen starrte er ins Leere. Es dauerte eine Weile, bis Baba sich von dem Anblick zu lösen vermochte. Als sie aufstand und an sich herabschaute, sah sie, dass sie über und über mit Blut besudelt war. Doch das war ihr egal. Genauso leise wie sie gekommen war, verließ sie das Zimmer und stolpert beinahe über Estrelle und Jeremia, die angsterfüllt vor der Tür gewartet hatten.

«Es ist vollbracht», verkündete Baba nicht ohne Stolz. «Er ist tot.»

Estrelle schlug sich die Hände vors Gesicht und schluchzte: «Wenn Edward herausfindet, wie es geschehen ist, wird er uns alle hängen lassen!»

«Das wird er nicht – wenn ihr die Klappe haltet!» Baba schaute sich auffällig um. «Wo ist das Mädchen?»

«Willst du die junge Lady etwa auch noch umbringen?», fragte Jeremia alarmiert.

«Nein, ich benötige sie für meinen Plan. Bringt mich zu ihr und steckt sie in anständige Kleider. Und gib mir auch etwas Sauberes zum Anziehen. Dann lasst eine Kutsche anspannen. Ich will als ihre Dienerin mit ihr nach Spanish Town reisen. Wir müssen versuchen, Jess zu retten, bevor Edward Blake vom Tod seines Vaters erfährt.»

«Und was machen wir nun mit Lord Williams sterblichen Überresten?», fragte Jeremia aufgebracht.

«Säubert den Teppich und werft die Leiche, so wie sie ist, in den Park», bestimmte Baba kalt. «Soll Williams feiner Sohn ruhig denken, dass sein Vater auf dem Weg zu seinen Sklavenhuren von einem Rebellen erstochen wurde.»

KAPITEL 31

Ende Dezember 1831 || Jamaika || Falsche Hoffnungen

Bolton war noch am gleichen Abend in Jess' Zelle gekommen, um seinen Neuzugang zu verhören. Nachdem Jess wie schon zuvor nicht bereit war, eine Aussage zu machen, und es auch keine Zeugen gab, die für oder gegen ihn ausgesagt hätten, sah der Commodore sich gezwungen, zu drastischeren Maßnahmen zu greifen.

Dafür ließ er Jess von vier kräftigen Wächtern eine steile Treppe hinunter in eine Kelleranlage schleifen, die unter dem eigentlichen Gefängnisareal lag und deren Hauptportal noch einmal extra mit einem eisernen Vorhängeschloss verriegelt war. Obwohl Jess einiges gewohnt war, nahm ihm der Gestank nach Blut und Fäkalien in den düsteren Gängen beinahe den Atem. Keine Frage, dass an diesem Ort Menschen unerträgliches Leid zugefügt worden war. Der Marsch endete in einer geräumigen Kammer mit niedriger Decke, in der ein unauffälliger Tisch und mehrere Eimer mit Wasser standen.

«Fesselt ihn auf den Tisch», befahl Bolton kalt und hockte sich wie ein Theaterzuschauer auf einen Stuhl in der Zimmerecke.

Jess tat alles, was in seiner Macht stand, um nicht auf die starke Eichenholzplatte gebunden zu werden. Auf dieser waren mehrere dicke Lederriemen mit Schnallen angebracht, um die Handgelenke und Fußknöchel der Delinquenten zu fixieren. Die vier grobschlächtigen Sergeants waren jedoch widerspenstige Häftlinge gewohnt und schickten ihn per Faustschlag kurzerhand ins Land der Träume.

Als Jess von einem Schwall kalten Wassers geweckt wurde, schmerzten ihn Kiefer, Hand- und Fußgelenke, weil er so fest an den

Tisch gebunden war, dass er sich kaum noch rühren konnte. Er lag auf dem Bauch, Brust und Hüften fest auf das Brett gepresst. Nur sein Kopf hing halsabwärts über das Brett hinaus nach unten, was er ohnehin schon als äußerst unangenehm empfand.

Der erste Peitschenhieb schnitt wie glühendes Eisen in seinen Rücken, war aber nichts, was Jess wirklich fürchtete, weil ihm diese Tortur bekannt war. Als Sklave hatte er früh lernen müssen, Schmerzen zu ertragen. Die spanische Armee hatte ihn zudem abgehärtet, was eine solche Behandlung betraf. Entsprechend trotzig biss er die Zähne aufeinander und ertrug Hieb um Hieb, ohne den Mund aufzumachen. Selbst als ihm das Blut an den Rippen hinunterrann, gab er keinen Laut von sich.

Nach einer Weile befahl der Commodore eine Pause und setzte von neuem mit seinen Fragen an. Er versprach, von weiteren Torturen abzusehen, wenn er ihm verriete, warum er ausgerechnet die Frau von Edward Blake entführt habe. Jess reagierte trotz der quälenden Schmerzen mit einer lapidaren Erklärung, die den Offizier nur noch mehr in Rage versetzte.

«Ich hab in der Zeitung von ihr gelesen», behauptete Jess mit verwaschener Stimme. «Man sagte mir, die weiße Lady sei sehr hübsch, aber krank und hilflos. Also habe ich mir gedacht, als Priester könnte ich ihr vielleicht helfen, neuen Lebensmut zu schöpfen. Ich wollte sie aufsuchen und mit ihr beten. Um sie auf leichtere Gedanken zu bringen, bin ich mit ihr nach Port Maria geritten.»

«Das, was du da sagst, ist nichts weiter als ein großer Haufen Bockmist», befand Bolton mit einem sarkastischen Unterton in der Stimme und ließ ihn noch härter auspeitschen.

Diesmal schlug man Jess zwischen die Schenkel, was die bisherigen Schmerzen in den Schatten stellte. Mit jedem Schlag biss er sich fester auf die bereits blutige Lippe, um nicht laut aufzuschreien. Irgendwann, als der Schmerz nicht mehr steigerungsfähig war, verfiel er in eine seltsame Lethargie, die ihn nun vollkommen gleichgültig werden ließ.

«Das bringt alles nichts», stellte Bolton mit näselnder Stimme fest. «Und ich habe nicht die Zeit, hier noch länger zu sitzen. Oben erwartet mich ein Lunch mit der Gattin des Gouverneurs.»

Jess hoffte inständig, Bolton würde endlich einsehen, dass auf diese Weise nichts aus ihm herauszubringen war, damit die Qual ein Ende hatte. Stattdessen erhob sich der Offizier mit säuerlicher Miene von seinem Stuhl und befahl:

«Lasst ihn Wasser saufen, das hat noch bei fast jedem geholfen.»

Natürlich wusste Jess, dass man ihm nicht seinen Durst zu stillen gedachte. Dafür war er selbst zu lange in der Armee gewesen. Mitsamt dem Tisch wurde er in Schräglage vornübergekippt. Während zwei Soldaten den Tisch mit Hebeln in seiner Position fixierten, kam ein dritter hinzu und steckte Jess' nach unten hängenden Kopf in einen vollen Eimer mit kaltem Wasser.

Dreieinhalb Minuten, dachte Jess, als er mit dem Gesicht vollkommen untertauchte, war bisher die längste Zeit gewesen, die er unter Wasser ausgehalten hatte, ohne atmen zu müssen. Danach wurde es eng. Obwohl er immer ein phantastischer Schwimmer und ein fast noch besserer Taucher gewesen war. Er versuchte sich zu konzentrieren, aber es half nicht. Nach einer Weile, die ihm wie eine Ewigkeit vorkam, verselbständigte sich sein Körper und begann wie wild zu zappeln, weil er nach Luft verlangte. Da man es nicht für nötig hielt, ihn zu erlösen, schnappte Jess nach Atem und schluckte eine gewaltige Ladung Wasser, die ihn ebenso gewaltig gurgeln ließ. Es tat unendlich weh, als das Wasser in seine Lungen drang. Sein gesamter Körper verkrampfte, und mehrfach rammte er seinen Kopf wie wild gegen den Eimer.

Als man ihn hochzog, tanzten schwarze Punkte vor seinen Augen. Er hustete sich die Lunge aus dem Leib, wobei er sich gleichzeitig erbrach und zwischendrin verzweifelt versuchte zu atmen. Der anhaltende Schmerz zerriss ihm beinah die Brust. Schleim rann aus Mund und Nase, und jeder Atemzug war eine Qual.

«Wer sind deine Hintermänner?», fragte Bolton erbarmungslos.

Jess konnte nicht sprechen, selbst wenn er gewollt hätte. Konzentriert versuchte er seine Atmung unter Kontrolle zu bekommen.

«Wer sind deine Hintermänner?», brüllte der Commodore noch mal.

Jess brachte es fertig, den Kopf zu schütteln.

«Ich bin nur ein … harmloser Baptistenpriester», röchelte er. «Es … Es gibt keine Hintermänner.»

«Und warum kann dich dann niemand identifizieren, selbst die entführte Lady nicht?», zischte Bolton und ging um den Tisch herum.

Einer der Schergen hielt Jess den Kopf hoch, damit der Offizier ihm direkt in die Augen schauen konnte. Der irre Blick des Commodore brannte vor Jagdfieber.

«Weil ich ein Wanderprediger bin», keuchte Jess immer noch völlig außer Atem. «Fragen Sie doch Ihre Soldaten … Ich wurde vor wenigen Tagen kontrolliert. In Port Maria hatte ich noch alle meine Papiere. Aber vermutlich sind sie zusammen mit meiner Bibel und meiner Kleidung verbrannt.»

Bolton setzte eine joviale Miene auf.

«Ausnahmsweise sprichst du die Wahrheit», erklärte er gefährlich leise. «Meine Leute haben gestern Abend bei der anschließenden Durchsuchung des Etablissements eine höchst interessante Entdeckung in den verkohlten Überresten deiner Jacke gemacht. Ich vermag mir kaum vorzustellen, dass der Fund einem der vorherigen Gäste gehört. Zumal er die in Gold gestickten Initialen der Entführten trägt. H und B – was eindeutig auf Helena Blake zutrifft. Ich hatte noch keine Gelegenheit, die Blakes zu dem Fund zu befragen, aber ich bin mir sicher, dass ich mit meinen Vermutungen richtigliege.»

Er schnippte mit den Fingern, woraufhin einer der Soldaten einen kleinen, angesengten Lederbeutel brachte und daraus einen weiteren Beutel hervorfischte. Er war aus Samt und trug die Initialen seiner Besitzerin trug.

Lenas Schmuck! Jess musste schlucken, als Bolton zwei zierliche Ringe enthüllte. Der eine war aus schlichtem Gold, der andere mit einem großen, funkelnden Diamanten besetzt. Außerdem entnahm er eine wertvolle goldene Kette, die mit Süßwasserperlen und Edelsteinen bestückt war, und ein Paar passende Ohrringe.

«Das ist alles zusammen gute 1000 Pfund wert», schnarrte Bolton. «Ich gehe nicht davon aus, dass das dir gehört.»

«Nein», bestätigte Jess. «Der Schmuck gehört der Lady.»

«Du hast ihn ihr also gestohlen?»

«Nein», widersprach Jess wahrheitsgemäß.

«Und wie kommt er dann in deinen Besitz?»

Pass auf, was du sagst, befahl ihm seine innere Stimme. Wenn der Commodore Edward Blake mit dem Fund konfrontierte, brauchte dieser nur eins und eins zusammenzuzählen, um Lenas und Jess' Verhältnis und ihre Pläne zu erahnen.

«Ich habe den Schmuck an mich genommen, weil ich dachte, dass sie ihn später vielleicht gerne anlegen würde. Frauen ihres Schlages gehen nicht gerne ohne Schmuck vor die Tür. Ich dachte, ich tue ihr damit einen Gefallen.»

Bolton brach in schallendes Gelächter aus, was ein paar unschöne Lücken in seinem Gebiss zutage brachte.

«Ich glaube dir kein Wort», erklärte er kalt. «Du hast sie in ihrem hilflosen Zustand entführt und den Schmuck an dich genommen, nachdem sie ihn abgelegt hat. So ist es doch, oder?»

«Nein», erwiderte Jess hartnäckig. «Ich bin ein Mann Gottes, der sich strikt an die Zehn Gebote hält.»

«Die Zehn Gebote? So, so!», höhnte Bolton. «Und wie kommt es dann, dass du bei deiner Ergreifung nichts unversucht gelassen hast, um meine Männer zu töten?»

«Ich dachte, es wären verkleidete Räuber.» Herr im Himmel, fällt dir wirklich nichts Besseres ein?, fuhr es Jess in den Sinn.

«Vielleicht», zischte Bolton bedrohlich leise, «sollten wir dich einfach mal dem Jüngsten Gericht vorführen. Dort wird man dir schon beibringen, warum es besser ist, bei der Wahrheit zu bleiben!»

Was nach einer harmlosen Redewendung klang, erwies sich schon bald als das Schlimmste, was Jess jemals widerfahren war. Bolton befahl seinen Folterknechten, ihn so lange unter Wasser zu halten, bis er das Bewusstsein verlor. Jess hatte das Gefühl gehabt, seinen Körper zu verlassen und in einem gleißenden Licht vor seinem Schöpfer zu stehen. Jedenfalls glaubte er das, als er irgendwann wieder hustend und prustend zu sich kam und sein Brustkorb so sehr schmerzte, als hätte man ihn in glühendes Eisen getaucht.

«Und?», fragte Bolton, der mit einer Miene tiefster Genugtuung über ihm stand. «Ist dir noch was eingefallen?»

Jess war nicht mal fähig, den Kopf zu schütteln. Er röchelte nur.

«Bringt ihn in seine Zelle», befahl der Commodore mit einer abfälligen Handbewegung, «damit noch was für die Hinrichtung übrig bleibt.»

Dann wandte er sich noch einmal seinem Delinquenten zu.

«Ich werde dem Gouverneur empfehlen, die Gerichte entsprechend zu instruieren, dass sie an dir ein Exempel statuieren. Spätestens Ende der Woche sollen sie dich in Priesterkleidung stecken und wegen Entführung, Aufwiegelung und Raub in Montego Bay öffentlich hängen lassen. Die weißen Pflanzer brauchen dringend eine Genugtuung für all die Brände und zerstörten Felder. Und die Sklaven benötigen noch dringender eine Lektion, damit sie verstehen, was mit heiligen Männern geschieht, die sich der Obrigkeit widersetzen.»

Von einem undurchdringlichen Nebel umhüllt, nahm Lena ein klatschendes Geräusch wahr. Als sie die Lider wie in Trance öffnete, erkannte sie das Gesicht von Mama Baba über sich. Der Anblick der Frau hatte etwas von einem wiederkehrenden Albtraum. Reichte es nicht, dass Lord William sie mit Laudanum hatte vollpumpen lassen? Oder war sie wirklich auf dem besten Weg, in den Irrsinn abzugleiten?

Dass die Erscheinung kein Traum, sondern bittere Realität war, bemerkte Lena erst, als die Frau ihr nochmals mit ihrer schwieligen Hand links und rechts auf die Wangen schlug. Empört wollte sie sich aufrichten, um gegen die rüde Behandlung zu protestieren, doch schon ließen die Kräfte wieder nach, und sie versank erneut in einen gnädigen Dämmerschlaf.

«Kaltes Wasser, Larcy, beeil dich!», hörte sie aus der Ferne Estrelles energisch Stimme keuchen.

Estrelle? Sie war also noch auf Redfield Hall und nicht, wie Dr. Lafayette angedroht hatte, in einem Hospital für Geisteskranke. Oder war sie es doch, und alles, was sie erlebte, war nur eine Illusion?

«Larcy? Steh nicht rum! Geh runter und sag Jeremia, wir brauchen noch mehr kaltes Wasser und Tücher. Sag ihm auch, er soll ein paar Becher mit schwarzem Kaffee heraufbringen.»

Lena registrierte ein eiskaltes nasses Leinentuch, mit dem jemand ihr Gesicht und den gesamten Körper abschrubbte. Krampfhaft zwang sie sich, die Lider zu heben, um wenigstens einen Blick von dem zu erhaschen, was dort draußen vor sich ging.

«Sie kommt zu sich!»

Als es Lena endlich gelang, die Augen zu öffnen, sah sie wahrhaftig Estrelle, die sich mit sorgenvoller Miene über sie beugte. Während Lena vollends erwachte, legte die grauhaarige Sklavin ihr einen Arm um die Schultern. Ohne Erklärung half sie ihr, sich aufzurichten. In Estrelles schwarzbraunen Augen zeigte sich eine ungewohnte Nervosität, während sie ihr ein paar Kissen hinter den Rücken stopfte.

«Sie müssen das trinken, Mylady», befahl sie ihr streng und hielt ihr einen dampfenden Becher unter die Nase.

«Nicht schon wieder», stammelte Lena, wobei ihr lediglich der Geruch von schwelendem Kaffee entgegenwaberte.

«Sie können mir vertrauen, Mylady», versicherte Estrelle mit treusorgender Miene. «Es ist weder Gift noch Laudanum, sondern nur Jeremias Spezialkaffee, damit Sie so rasch wie möglich wieder zu sich kommen. Denken Sie bitte daran, dass wir Jess retten müssen, und das geht nur, wenn Sie wach sind!»

«Jess? O mein Gott! Was ist mit ihm?», entfuhr es ihr mit brüchiger Stimme. «Wie lange war ich ohnmächtig?»

«Nur ein paar Stunden», beruhigte sie Estrelle und hielt ihr den Becher hin, aus dem sie nun gehorsam ein paar Schlucke nahm.

«Ich weiß nur noch, dass Lord William diese verdammte Depesche nach Spanish Town schicken wollte», brach es aus ihr hervor, nachdem sie den halben Becher geleert hatte. «Das war, nachdem ich ihn mit der Wahrheit über Jess konfrontiert habe. Dann hat Dr. Lafayette mir gegen meinen Willen Laudanum eingeflößt. Wo ist er überhaupt?»

«Lafayette? Er ist längst wieder abgereist nach Fort Littleton.»

«Meine Güte, wie konnte ich nur so dumm sein, Lord William die Wahrheit zu sagen?»

Entgeistert schüttelte Lena den Kopf, wobei ihr Blick ins Leere ging.

«Sie haben getan, was Sie tun mussten», tröstete sie Estrelle. «Ich habe draußen vor der Tür gehört, was der Alte zu Ihnen gesagt hat. Er wollte Ihnen den Kopf von Jess auf einem Tablett servieren. Er hat Ihnen damit keine andere Wahl gelassen, als die Flucht nach vorn zu ergreifen!»

«Wieso ist er nicht hier?» In Panik schaute sie zur Tür, die sperrangelweit offen stand. «Kann er nicht jeden Augenblick hier hereinkommen?»

«Das hat sich erledigt. Ich hab das Schwein erstochen!»

Lena schaute aufgeschreckt zum Fußende des Bettes, wo eine schattenhafte Gestalt in den Lichtkegel der Petroleumleuchte trat.

Um Fassung ringend, erkannte Lena die sehnige Frau im blauen Kittel, von der sie zunächst vermutet hatte, dass sie ein Trugbild war. Die langen Locken ungekämmt wie eh und je, sah Jess' Mutter aus wie eine Waldhexe.

«Mama Baba?», stammelte Lena immer noch ungläubig.

Verwirrt wandte sie sich an Estrelle, die ihr bei dem Versuch, die Zusammenhänge zu verstehen, wie ein rettender Fels in der Brandung erschien.

«Was tut sie hier, und wie kommt sie herein?»

Baba schaute sie ungerührt an.

«Du kannst vollkommen beruhigt sein, Kleines. Ich habe deinen Fehler beheben können, indem ich Lord William vor gut einer Stunde ins Jenseits befördert habe. Und zwar bevor er Jess noch weiteren Schaden zufügen konnte.»

Lena zweifelte nicht einen Augenblick, dass Baba die Wahrheit sprach. Die Gründe, die zu dieser Tat geführt hatten, konnte sie nur allzu gut nachvollziehen.

«Gut», flüsterte sie, überwältigt von der Erleichterung, dass ihr Schwiegervater nun kein weiteres Unheil mehr anrichten konnte.

«Und Jess? Er lebt also noch?»

Lena spürte die Angst um den Mann, den sie so sehr liebte.

«Wir können nur hoffen», erklärte Estrelle. «Edward hat gegenüber seinem Vater bestätigt, dass Bolton und seine Soldaten Jess im Gerichtsgefängnis von Spanish Town in Ketten gelegt haben. Das ist der Grund, warum wir uns beeilen müssen, Mylady. Sie sind die Einzige, die noch rechtzeitig ein Gnadengesuch beim Gouverneur einreichen kann, bevor man Jess wegen Ihrer Entführung zum Tode verurteilt», erklärte ihr Estrelle, während sie ächzend in einem Kleiderschrank kramte, um Lena so rasch wie möglich salonfähig zu machen.

«Und Edward?», fragte Lena.

Immerhin existierte ja noch ein anderer gefährlicher Widersacher, der ihre Pläne jederzeit durchkreuzen konnte.

«Er wurde noch gestern Abend als neuer Befehlshaber der örtlichen Heimatmilizen nach Falmouth abkommandiert. Was nicht bedeutet, dass er nicht jederzeit zurückkehren kann. Erst recht, wenn er erfährt, was mit seinem Vater geschehen ist.»

«Geht das nicht schneller?», blaffte Baba, die Estrelles Bemühungen mit wachsender Ungeduld verfolgte. «Wir sollten schon längst in einer Kutsche sitzen, damit wir noch vor Mittag das Gerichtsgefängnis erreichen.»

«Ich tue, was ich kann», versprach Lena, die sich denken konnte, dass Jess' Mutter mindestens genauso verzweifelt wie sie selbst war.

In Windeseile schlüpfte Lena in ihre Unterröcke und in das Hemd, das Estrelle ihr reichte. Darüber schnürte sie ihr leichtes Mieder, bei dem die alte Sklavin ihr mit flinken Fingern half. Anschließend stieg Lena in eines ihrer besten Tageskleider. Estrelle hat es mit zuverlässiger Hand für ihr Vorhaben herausgesucht. Dunkelroter Brokat, schwarze Rüschen am Ausschnitt und gewaltige Keulenärmel, die ihr eine respektable Erscheinung verliehen. Danach kämmte Estrelle ihr das blonde Haar und steckte es zu einem dicken, goldenen Knoten auf. Darüber platzierte sie einen farblich passenden Hut und steckte ihn mit langen Nadeln fest, damit ihm selbst der stärkste Wind nichts anhaben konnte. Ein bisschen Puder und Lippenrot komplettierten das Bild einer anmutigen, jungen Frau aus bestem Hause. Zuletzt half sie Lena in die schwarzen, blank geputzten Schnürstiefel.

Baba war derweil in eins von Estrelles hochgeschlossenen, dunkelblauen Hauskleidern geschlüpft. Mit einem weißen Kragen und einem weißen Häubchen auf den ebenfalls aufgesteckten, schwarzen Locken hatte Estrelle sie im Handumdrehen in eine tadellose Leibsklavin verwandelt. Nur Babas trotziger Blick verriet, dass sie sich nie wieder einer Weißen unterwerfe würde.

«Gib ihr bitte ein paar Schuhe von mir», bemerkte Lena beiläufig, der aufgefallen war, dass Baba immer noch barfuß umherlief.

Dabei übersah sie großzügig, wie Jess' Mutter die Nase rümpfte, als Estrelle ihr ein paar sündhaft teure Schnürschuhe aus feinem Lammleder reichte.

«Wie sollen wir am besten vorgehen?», fragte Lena, bedacht darauf, bei ihrer Rettungsmission für Jess nichts falsch zu machen.

«Das ist doch nicht schwer», murrte Baba. «Wenn wir erst in Spanish Town angelangt sind, wirst du zum Gouverneur gehen und ihm sagen, dass Jess ein freier Baptistenpriester ist, der dir ohne das Wissen deines Ehemannes in schweren Zeiten geholfen hat.»

«Wie soll er das denn gemacht haben?», widersprach Lena aufgebracht. «Dank des Gifts, das du mir verabreicht hast, war ich doch kaum in der Lage, einen einzigen Schritt ohne fremde Hilfe zu unternehmen. Selbst der Gouverneur und seine Frau wissen davon.»

Lena sah keinen Grund mehr darin, Baba noch länger mit einer höflichen Anrede zu adeln, zumal die Alte selbst auch keinen Gebrauch davon machte.

«Falls jemand an Ihrer Aussage zweifelt, Mylady», fügte Estrelle eilig hinzu, «sagen Sie dem Gouverneur oder seinen Gehilfen, ich hätte Sie in Abwesenheit Ihres Ehemannes zur Sonntagspredigt in die Sklavenunterkünfte oder ins Hospital mitgenommen, wo die Wanderpriester den Kranken manchmal Mut zusprechen. Dabei haben Sie und Jess sich kennengelernt. Ich nehme den Zorn unseres jungen Masters gerne auf mich, wenn ich Jess damit helfen kann.»

«Was Edward denkt, spielt ohnehin keine Rolle mehr», erklärte Lena verbittert. «Abgesehen davon, dass auch er inzwischen weiß, wer Jess in Wahrheit ist, wird er außer sich sein, wenn er erfährt, dass sein Vater getötet wurde. Deshalb darf er keinesfalls erfahren, wo ich mich aufhalte. Sie und Jeremia müssen sich höllisch vor ihm in Acht nehmen. Er steht seinem Vater an Gefährlichkeit in nichts nach. Nach allem, was ich inzwischen über ihn und auch Trevor in Erfahrung bringen konnte, dürfen wir getrost davon ausgehen, dass er sogar Maggie auf dem Gewissen hat.»

«Da kann ich ihr nur beipflichten», bestätigte Baba mit einer finsteren Miene.

Lena strich unterdessen ihre Röcke glatt und warf einen letzten Blick in den Spiegel, dann gab sie Baba einen Wink.

«Komm, wir haben genug geredet, lass uns nach unten gehen.»

Noch einmal schaute sie sich suchend um, in dem sicheren Gefühl, etwas vergessen zu haben.

«An deiner Stelle würde ich etwas Geld einstecken, damit wir notfalls diese verdammten Bürokraten bestechen können», half ihr Baba auf die Sprünge.

«Ja, das war's, was mir fehlte. Und meine Papiere, falls ich mich bei Gericht oder wo auch immer legitimieren muss.»

Während Lena in Edwards Arbeitszimmer ihre Unterlagen aufspürte und sich an der Haushaltskasse zu schaffen machte, welche die stolze Summe von einhundert Sovereign enthielt, packte Estrelle einen Proviantkorb für Jess, den sie mit bestem Wein, frischem Brot und kaltem Braten füllte. Dazu eine Flasche Branntwein und Weidenrindentinktur gegen Schmerzen und sauberes Verbandmaterial, um größere Verletzungen versorgen zu können. Erfahrungsgemäß kamen Häftlingen selten ohne Blessuren davon.

Lena befahl dem verschlafenen Stallburschen, der eigentlich hätte Nachtwache schieben sollen, eine Kutsche anzuspannen. Sie war erleichtert, dass es nicht Tom war, der diese Aufgabe erledigte. Der Junge hatte schon genug mitgemacht. Wo er nach dem Eklat in Port Maria wohl abgeblieben war? Überhaupt schienen die Lagerhallen und Stallungen rund um das Herrenhaus wie leergefegt. Trevor und seine Schergen waren Edward gefolgt, wie Baba bestätigte. Vielleicht lag es aber auch an der nachtschlafenden Zeit. Vom Verwaltungspersonal war morgens um vier noch niemand zu sehen.

«Und wer von uns soll die Kutsche lenken?», fragte einer der jungen Sklaven, der kaum älter sein mochte als Tom.

«Ich werde das übernehmen, du Grünschnabel», herrschte Baba ihn an, woraufhin der Junge ihr ohne ein Widerwort die Zügel des eleganten Zweispänners übergab.

Lena setzte sich ohne weitere Erklärung neben Baba auf den Kutschbock, obwohl ihr Platz eigentlich hinten im Wagen zu suchen gewesen wäre. Doch sie fühlte sich mit Baba auf eine eigentümliche Weise solidarisch. Sie waren nun gewissermaßen Verbündete, auch wenn sie aus völlig unterschiedlichen Welten stammten.

Der Morgen dämmerte, und im Osten kündigte sich die aufgehende Sonne mit den ersten roten Schlieren am Horizont an, als sie auf die Straße nach Kingston einbogen.

«Was war das für ein Gefühl, Lord William zu töten?», fragte Lena aus einem plötzlichen Impuls heraus.

«Hat Jess dir erzählt, was er uns genau angetan hat?», wollte Baba wissen, ohne ihre Frage zu beantworten.

«Ja, das hat er. In aller Ausführlichkeit», bestätigte Lena und hielt sich krampfhaft am Kutschbock fest, während Baba die beiden Fuchswallache zu Höchstleistungen antrieb.

«William war ein räudiger Hund», bekannte sie bitter. «Wobei, nein – er war ein wahrhaftiger Teufel. Noch als er vor meinen Augen starb, hat er bereut, mich damals nicht selbst getötet zu haben.»

Lena sah die Tränen in Babas Augen schimmern und vergaß darüber beinahe, was die Frau ihr angetan hatte. In einem Anflug von aufrichtigem Mitleid legte sie Jess' Mutter ungefragt einen Arm um die Schulter und zog sie an sich. Dass Baba es zuließ, wertete sie als untrügliches Zeichen einer längst fälligen Annäherung.

«Die Weißen haben unserer Familie über Generationen hinweg viel Leid zugefügt. Aber das, was William getan hat, setzt dem Ganzen die Krone auf.»

Sie konzentrierte sich darauf, den Wagen in der Spur zu halten, während die von Nebel überzogenen Zuckerrohrfelder an ihnen vorbeizogen. Hoch am Himmel drehten derweil die ersten Truthahngeier ihre Kreise.

«Ich hasse die Art und Weise, wie die Weißen das Schicksal der Schwarzen bestimmen und uns knechten, als ob wir keine Menschen, sondern Tiere wären. Dabei ist es in Wahrheit umgekehrt. Dass sie immer bekommen, was sie wollen, und dass sie andere dafür schuften lassen, ganz gleich, wie hoch der Preis ist, das ist menschenunwürdig. Und ja, ich hasse weiße Frauen deines Schlages, die ein Dasein im Luxus führen, ohne darüber nachzudenken, dass nur einen Steinwurf entfernt Menschen dafür auf grausame Weise mit ihrem Leben bezahlen.»

«Ich wage nicht zu sagen, dass ich nie dazugehört habe», bekannte Lena ehrlich. «Aber ich habe mich geändert. Und das verdanke ich Jess, der mir gezeigt hat, was auf dieser Insel wirklich geschieht.»

«Er ist ein guter Mann», erwiderte Baba und schaute Lena mit ihren durchdringenden Augen an, die denen von Jess so verdammt ähnlich waren. «Ich bin so froh, dass er, was den Charakter betrifft, nichts von seinem Vater geerbt hat.»

«Ich liebe ihn so unendlich», bekannte Lena, während ihr die Tränen in die Augen schossen. «Ich würde niemals etwas tun, das ihm schaden könnte.» Warum sagte sie das? Um sich zu rechtfertigen, dass sie Jess, ohne es zu wollen, an Lord William verraten hatte?

«Ich weiß», sagte Baba noch einmal. «Und trotzdem hatte ich Angst, dass du nicht Wort halten würdest und ihn ins Verderben stürzen könntest.»

«Deshalb das Gift», entgegnete Lena und lieferte sich selbst die Erklärung für Babas Verhalten. «Warum hast du mich nicht getötet?», fragte sie emotionslos. «Das wäre sicherer gewesen.»

«Ich bin keine Mörderin», erklärte Baba beinahe beleidigt. «Auch wenn ich mir Lord Williams Tod zweifellos zuschreiben muss. Aber das ist Notwehr gewesen. Ich kenne ihn seit meiner Jugend und weiß, was für ein gerissener Hund er ist. Er hat immer so getan, als könne er kein Wässerchen trüben. Aber hinter seiner belanglosen Fassade verbarg sich eine gefühllose Fratze, die nur den eigenen Vorteil im Sinn hatte. Auch wenn sie eine weiße Lady wie dich nicht gefoltert hätten, um herauszubekommen, wo du während deiner Gefangenschaft warst, William hätte es früher oder später auf höchst hinterlistige Weise aus dir herausbefördert.»

«Danke», sagte Lena schlicht und drückte Baba die Schulter. «Für so viel Weitsicht. Doch was hätte ich tun sollen? Schließlich war es nicht meine Idee, von Jess entführt zu werden.»

«Wenn du uns nicht davongelaufen wärst, hätte er solche Gefahren nicht auf sich nehmen müssen», erinnerte Baba sie. «Normalerweise hätte er dich töten sollen, weil du sein Gesicht und das meinige dazu gesehen hast. Aber ich wusste, dass er das niemals über sich bringen würde. Nur gut, dass Cato nicht so viel Menschenkenntnis besitzt und sich von ihm hat täuschen lassen.»

Auch das klang wie eine Entschuldigung. Und zu mehr würde sich Baba wohl nicht hinreißen lassen. Die letzten drei Meilen vor Spanish Town sprachen sie kein Wort mehr. Während Lena anfangs noch gegen ihre wiederkehrende Erschöpfung kämpfen musste, steigerte sich jetzt ihre Aufregung mit jedem Augenblick.

Obwohl Lord William fast jede Woche als Landesvertreter im weiß-roten House of Assembly tagte, hatte Lena seit ihrer Ankunft erst zweimal die alte Kolonialstadt besucht, die schon zu Zeiten der spanischen Besatzung existierte. Als Erstes fielen dem Betrachter die breiten Boulevards, der prachtvolle Gouverneurspalast mit seinen antiken Säulen und die anglikanische Saint Catherine's Cathedral ins Auge. Umgeben von hohen Palmen, bildete die Kirche das Zentrum des stolzen Städtchens.

Inzwischen brannte die Sonne hoch vom Himmel, und die Zuckerrohrverkäufer wetteiferten mit den Händlern von Trinkkokosnüssen am Straßenrand darum, wer den vorbeifahrenden Kutschen als Erster seine Erfrischung anbieten durfte. Lena zückte unterdessen eine Flasche Limonade aus ihrer Ledertasche, die ihnen Estrelle mit auf den Weg gegeben hatte. Sie teilte den Inhalt mit Baba nicht nur, um ihren Durst zu löschen, sondern auch um die steigende Nervosität zu dämpfen.

«Ich würde lieber die Flasche Brandy köpfen», murrte Baba und sprach damit aus, was Lena dachte. «Aber die ist für Jess.»

Wenig später trafen sie vor dem auffälligen Gerichtsgebäude ein. Es handelte sich um ein klassizistisches Bauwerk aus rotem Backstein, das erst vor wenigen Jahren neu errichtet worden war. Mit seinem monströsen Kuppeldach über dem Haupteingang entsprach es dem aktuellen Zeitgeist. Doch was nützte die ganze neumodische Architektur, wenn hinter den Mauern das gleiche unsägliche Leid seinen Lauf nahm wie in den archaischen Folterkammern des Mittelalters.

Lena straffte sich, als Baba die Kutsche an einem Seiteneingang zum Stehen brachte. Für einen Moment überlegte sie, ob es klug wäre, sich zunächst der Frau des Gouverneurs anzuvertrauen, doch dann nahm sie Abstand davon. Sicher würde Lady Juliana lästige Fragen stellen, zum Beispiel warum Lena sich so sehr für einen Mann einsetzte, der nicht mal ein Weißer war. Diese Trumpfkarte würde sie erst ziehen, wenn sonst nichts mehr half.

Mutig raffte sie ihren Rock und marschierte mit energischem Schritt in Richtung Gefängnisportal. Ein Soldat in der grünen Uniform eines Scharfschützen stand mit geschultertem Gewehr an seinem angestammten Platz und schaute stur geradeaus. Ein zweiter, in einer roten Uniformjacke, jung, blond, mit kurz geschnittenen Locken, kam mit rot verschwitztem Gesicht aus dem Wachhäuschen heraus.

«Sie wünschen, Mylady?»

«Ich möchte einen Gefangenen besuchen», erwiderte sie so kühl wie möglich, während sie Babas bohrenden Blick in ihrem Rücken spürte.

«Haben Sie eine Erlaubnis?», fragte der Soldat, ohne eine Regung zu zeigen.

«Erlaubnis?»

Lena gab sich unwissend. Natürlich konnte auch sie sich denken, dass nicht jedem, dem es einfiel, so mir nichts dir nichts ein Regierungsgefängnis zu betreten, auch Einlass gewährte wurde. Aber wo und vor allem wann hätte sie diesen Besuch anmelden sollen?

«Ich denke, das wird kein Problem sein», entgegnete sie entschlossen. «Mein Schwiegervater, Lord William Blake, und mein Ehemann, Sir Edward Blake, sind eng mit dem Gouverneur befreundet. Lady Juliana ist ebenfalls eine persönliche Freundin von mir», erklärte sie mit ausreichend Selbstverständnis in der Stimme.

«Zu wem wollen Sie denn?», fragte der Soldat, offenbar von ihrer Vorstellung beeindruckt.

Lena schwieg verunsichert. Herr im Himmel, was nun? Sie war überzeugt davon, dass Jess seinen richtigen Namen aus Gründen der Geheimhaltung absichtlich verschwiegen hatte. Wie hatte Tom ihn noch gleich genannt?

«M … Mister Moses», stotterte sie.

Lena verspürte Erleichterung, dass ihr der Name in letzter Sekunde wieder eingefallen war.

«Er ist ein Baptistenprediger und wurde gestern versehentlich in Port Maria in Ketten gelegt.»

«Können Sie sich ausweisen?» Der Mann sah sie zweifelnd an.

«Ja, einen Augenblick bitte.»

Hastig kramte sie in ihrer Tasche und zog ihre Herkunftsdokumente hervor. Der Mann überflog die Papiere.

«Einen Moment bitte», sagte er und verschwand mit ihren Dokumenten in einem langen Gang, der augenscheinlich zu den Gefängniszellen führte.

Lena blieb mit einem mulmigen Gefühl zurück und drehte sich unsicher zur Kutsche um. Baba gab ihr ungeduldige Zeichen. Lena zuckte nur mit den Schultern. Als der Mann nach einer Weile zurückkehrte und ihr die Papiere überreichte, war seine Miene noch ein bisschen düsterer als zuvor.

«Was ist denn nun?», fragte sie ungeduldig. «Kann ich zu ihm?»

Der Soldat räusperte sich und begegnete ihr mit einem nervösen Blick.

«Tut mir leid», murmelte er kaum verständlich. «Der Gefangene ist im Moment nicht ansprechbar.»

«Nicht ansprechbar?», fragte Lena alarmiert. «Was soll das bedeuten?»

Der Mann kniff die Lippen zusammen.

«Um seine Gesundheit ist es nicht gut bestellt. Aber das dürfte ich Ihnen eigentlich gar nicht sagen.»

Lena fasste einen Entschluss. Abermals kramte sie in ihrer Tasche und förderte einen Gold-Sovereign zutage.

«Würde das helfen, Ihre Entscheidung für einen Besuch trotzdem zu meinen Gunsten ausfallen zu lassen?»

Der Soldat atmete tief durch, den Blick gierig auf den Sovereign in ihrer Hand gerichtet. Verstohlen sah er sich um.

«Gut möglich, Mylady.»

Er zog den Rotz in seiner Nase hoch, verzichtete aber darauf, vor ihr auszuspucken.

«Worauf warten Sie dann?», zischte sie und streckte ihm das Goldstück entgegen.

Hastig nahm er die Münze an sich und prüfte ihre Echtheit, indem er mit erstaunlich weißen Zähnen hineinbiss.

«Gut, kommen Sie», sagte er schließlich und schob sie mit einer fahrigen Geste in den Gang hinein.

«Moment», sagte Lena und blieb stehen. «Ich möchte meine schwarze Dienerin mitnehmen. Wenn Sie erlauben.»

«Schon in Ordnung», sagte er. «Aber beeilen Sie sich. Ich möchte nicht, dass jemand die Sklavin sieht.»

Mit einem Wink rief Lena Baba zu sich heran, die sichtlich erleichtert ihrem Aufruf folgte. Der Soldat nickte einem älteren Kameraden zu, der anscheinend einen niederen Rang bekleidete.

«Durchsuch die beiden auf Waffen, dann geleite sie zu dem Neuankömmling in Block C.»

Mit einem anzüglichen Grinsen tastete der Soldat Lenas Taille und ihre Beine durch den Stoff des Kleides ab. Auch Mama Baba musste sich dieser Prozedur unterziehen, und Lena war froh, dass sie offenbar auf die Mitnahme ihres Dolches verzichtet hatte. Als der Soldat die Abdeckung des Korbs lüftete, bemerkte Lena seinen begehrlichen Blick.

«Oh, was haben wir denn da? Den sollten wir beschlagnahmen», raunte er seinem Kameraden zu.

Als er Baba den Korb abnehmen wollte, schritt Lena energisch dazwischen.

«Ich habe Ihnen beiden keinen Monatslohn spendiert, damit ich Sie auch noch durchfüttern muss, verstanden?»

Ihre Stimme war undamenhaft laut geworden, was die Soldaten irritiert zurückweichen und auf die Herausgabe des Korbs verzichten ließ.

Mit einem beklommenen Gefühl in der Brust näherte Lena sich anschließend den Zellen, wobei sie unwillkürlich Babas freie Hand ergriffen hatte, um sich ihres Beistands zu versichern. Sämtliche Verliese schienen belegt zu sein. Vorwiegend waren es dunkelhäutige Insassen, die mit leeren Blicken hinter den dicken Eisenstäben kauerten. Hier und da war auch ein weißes Gesicht zu erkennen, meist bärtig und ungepflegt.

Der Weg, den der Soldat einschlug, führte zu einem abgelegenen Trakt, der mit doppelten Mauern versehen war. In die Gänge zwischen den Zellen fiel nur wenig Licht herein, und die Fenster waren wie kleine Schießscharten. Als sie vor einer hölzernen Tür ankamen, die im oberen Drittel ein kleines vergittertes Guckloch aufwies, blieb der Soldat stehen.

«Eine Viertelstunde und keinen Schlag mehr», raunte er.

«Dann schließen Sie schon auf, oder denken Sie, wir wollen die Zeit, die uns bleibt, auf dem Gang verbringen?»

Mit einem verärgerten Schnauben drehte der Kerl den Schlüssel im Schloss herum und öffnete die knarrende Tür. Was dahinter zu sehen war, verschlug Lena die Stimme.

«Jesús!», keuchte Mama Baba und war schon bei ihrem Sohn, der ausgestreckt auf dem Bauch halbnackt auf einer kargen Pritsche lag.

Wimmernd beugte sie sich über ihn, offenbar nicht wissend, wie und ob sie ihn anfassen sollte. Lena war schockiert an der Tür stehen geblieben, doch nun trat sie näher heran. Die bleierne Angst, ob der Mann, den sie über alles liebte, nach dieser Tortur überhaupt noch am Leben war, nahm ihr den Atem.

«Heiliger Heiland hilf!», flüsterte sie. «Was haben sie nur mit ihm angestellt?»

Die Hüften nur notdürftig mit einem zerschlissenen Laken bedeckt, war es vor allem der Zustand seines breiten Rückens, der sie entsetzte. Zu den bereits vorhandenen Narben hatten sich unzählige rot geschwollene, blutige Striemen gesellt, die seine bronzefarbene Haut in ein regelrechtes Schlachtfeld verwandelten. Zu allem Übel tummelten sich etliche Fliegen auf dem blutigen Fleisch, die Baba mit energischer Geste verscheuchte. Ohne lange zu fackeln, machte sie sich daran, den Brandy und das Verbandmaterial aus dem Korb zu holen.

Derweil ging Lena vor Jess in die Hocke und streichelte zögernd über sein bärtiges Gesicht. Seine Augen waren geschlossen und die dichten Wimpern von gelblichen Rückständen verklebt. Es sah aus, als ob er geweint hätte. Überwältigt von Mitleid, unterdrückte sie eisern die eigenen Tränen.

«Er ist noch nicht tot», hörte sie sich selbst sagen und tastete mutig seinen breiten Hals ab. Die dicke Ader darauf pulsierte kräftig.

«Du hast recht», krächzte Baba und nahm ihr damit die größte Furcht. «Es sieht aus, als hätte ihn eine gnädige Ohnmacht befallen.» Inzwischen hatte sie sich darangemacht, seine Wunden mit dem Brandy zu waschen, was Jess ein leises Stöhnen entlockte.

«Jesús», zischte sie ihm energisch ins Ohr, wobei sie sachte an seiner unverletzten Schulter rüttelte. «Jesús, kannst du mich hören?»

«Er braucht einen Arzt», erklärte Lena fassungslos, während ihr nun doch einzelne Tränen über die Wangen liefen. «Jess, ich flehe dich an, komm zu dir», bettelte sie und küsste ihn mutig auf die Stirn. «Deine Mutter ist hier. Wir wollen dir helfen, damit du hier herauskommst, aber wir haben nicht allzu viel Zeit, um mit dir zu sprechen. Du musst uns sagen, was mit dir geschehen ist und wer die Schuld daran trägt!»

«Hm …», kam es wie ein leises Brummen über seine Lippen.

«Jess!» Noch einmal tippte Baba ihn an. «Ich bin es, deine Mutter.»

Kaum merklich öffnete er seine verquollenen Lider einen Spalt und schaute sie an, als ob sie aus einer anderen Welt käme.

«Ich muss tot sein», raunte er mit verwaschener Stimme.

«Du bist nicht tot», erwiderte Lena tränenerstickt. «Du lebst, und wir werden dich schon bald hier herausholen.»

«Ich muss im Himmel sein», lallte er mit einem angedeuteten Lächeln. «Wie sonst ist es möglich, dass meine Geliebte und meine Mutter im Sonntagsstaat vor mir stehen und gemeinsame Sache machen?»

«Jess, das ist kein Spaß», versuchte Lena zu ihm durchzudringen.

«Ich werde im Anschluss an diesen Besuch unverzüglich zum Gouverneur gehen und verlangen, dass er dich auf der Stelle aus der Haft entlässt.»

«Wie seid ihr hier reingekommen?», murmelte er undeutlich, wobei er sie nun mit seinem verhangenen Blick fixierte und dabei leicht die Stirn runzelte. «Es hieß doch, Besuche seien verboten.»

«Das spielt doch jetzt keine Rolle», widersprach ihm Lena energisch. «Sag mir lieber, wer dir das angetan hat. Ich werde mich aufs schärfste beschweren.» Und im gleichen Atemzug fügte sie noch hinzu: «Versprich mir nicht zu sterben, bis wir deine Freilassung durchgesetzt haben.»

«Ich geb mir alle Mühe», nuschelte er und ignorierte ansonsten ihr Anliegen.

Lenas Blick fiel auf Baba, die sich wie selbstverständlich darangemacht hatte, Jess' gewaschene Wunden mit dicht gewebten Baumwollkompressen zu belegen. Als Nächstes hantierte sie mit einer dicken Rolle Leinenstreifen, die sie ihm um den Leib zurren wollte, um das Ganze ordentlich zu fixieren.

«Hilf mir mal, ihn anzuheben», forderte sie Lena auf, damit sie ihn fertig verbinden konnte.

«Was macht ihr mit mir?»

Jess stieß ein ungeduldiges Knurren aus, als Lena an seinen muskulösen Oberarmen zu zerren begann. Auch wenn es ihm sichtlich schwerfiel, stemmte er sich ihnen zuliebe mit kaum vorhandener Kraft auf die Ellbogen, damit sie ihr Werk vollenden konnten.

«Anstatt mit mir Lazarett zu spielen», erklärte er heiser, «solltet ihr lieber schnellstens von hier verschwinden. Sieh zu», riet er nun an Lena gewandt, «dass du Baba unverzüglich zurück in die Berge schickst, bevor jemand auftaucht, der sie erkennt. Nur dort ist sie in Sicherheit.»

«Willst du was trinken, Junge, oder was essen?», unterbrach Baba ihren Sohn.

Ihre Hand lag zärtlich auf seiner Wange, doch Jess' Augenlider flackerten mit einem Mal, und dann hatte er schon wieder das Bewusstsein verloren.

«Er wird sterben, wenn sich niemand um ihn kümmert und ihn zumindest mit dem Nötigsten versorgt. Wir dürfen keine Zeit verlieren», klagte Lena verzweifelt.

«Ich frage mich, warum er so apathisch ist.»

Baba beugte sich noch einmal zu Jess hinunter und betrachtete sein regloses Gesicht, als ob sie etwas darin suchen würde. Dann umrundete sie sein Lager und unterzog seinen gesamten Körper einer näheren Begutachtung.

«Die Peitschenhiebe alleine können ihn unmöglich so sehr geschwächt haben», sinnierte sie und sah nachdenklich auf ihn herab, wobei sie mit der Hand liebevoll über seinen kurz geschorenen Schopf streichelte. «Vielleicht haben sie ihn einer weißen Folter unterzogen.»

«Weiße Folter?», fragte Lena mit erstickter Stimme. «Was ist denn das, um Himmels willen?»

«Das sind grausame Methoden, die einen vollkommen mürbe machen, aber keine Spuren hinterlassen. Wasser zum Beispiel, das einem gefesselten Mann über Stunden und Tage auf die Stirn tropft. Oder Kaltwassergüsse, mehrmals am Tag, bei denen das Opfer in einem engen Käfig sitzt und glaubt, ertrinken zu müssen. Irgend so etwas haben sie mit ihm angestellt, da bin ich mir sicher.»

«Was hat das zu bedeuten?», fragte Lena ängstlich. «Denkst du, sie wollten ihn töten, und es ist ihnen nicht gelungen?»

«Wenn sie das gewollt hätten, wäre er längst tot. Es bedeutet nur, dass das Leiden noch nicht zu Ende ist», murmelte Baba. «Ich kann es spüren. Sie haben noch etwas weitaus Schlimmeres mit ihm vor.»

«Ich gehe auf der Stelle zum Gouverneur», beschloss Lena mit grimmiger Miene. «Ich versuche den Soldaten draußen vor der Tür zu bestechen, damit er uns etwas mehr Zeit gibt und du noch hierbleiben darfst, bis ich zurückkehre. Wenn Jess zu sich kommt, gib ihm Wasser, Brandy und von dem Schmerzmittel, damit er nicht wieder in Ohnmacht fällt!»

«Ich bin sicher, dass das Gericht ihn zum Tode verurteilen will», brachte Baba mit zitternder Stimme hervor.

«Nicht, solange ich lebe», flüsterte Lena und beugte sich zu Jess hinab, um ihn zum Abschied behutsam auf die blutverkrusteten Lippen zu küssen. «Schon bald wirst du wieder frei sein», schwor sie leise, obwohl er schon wieder das Bewusstsein verloren hatte. «Verlass dich auf mich.»

Als Lena wenig später zum King's House einbog, der Residenz des General-Gouverneurs von Jamaika, rauschte ihr Lady Juliana entgegen. Sie war in ein luftiges Kleid aus cremefarbener Seide gehüllt und hatte das zarte Gesicht, samt dem dunklen, aufgesteckten Haar, unter einem monströsen Sonnenhut verborgen. In einem hellen Weidenkorb trug sie einen dicken Strauß rosafarbener Blüten, die ihr der Gärtner offenbar gerade in ihrem angrenzenden Garten geschnitten hatte.

«Lady Helena, was für eine Überraschung», rief sie verwundert. «Sir Edward hat uns ausrichten lassen, es sei Ihnen unmöglich zu sprechen und Sie könnten sich nur eingeschränkt bewegen. Auch sagte man mir, Sie lägen immer noch krank danieder und dürften keinerlei Besuch empfangen. Und nun sind Sie hier?»

«Ja, ich bin inzwischen genesen. Mir erscheint es selbst wie ein Wunder», sagte Lena und räusperte sich ungeduldig. «Ist der Gouverneur im Hause?»

«Nein, tut mir leid», entgegnete Juliana mit einem Blick des Bedauerns. «Haben Sie denn nicht von den schrecklichen Sklavenaufständen gehört? Es hieß doch, auf Redfield Hall habe es auch gebrannt. Deshalb wundert mich, dass Sie offensichtlich alleine nach Spanish Town gekommen sind.»

«Ich bin nicht alleine hier. Eine Sklavin hat mich begleitet. Die Brände sind gelöscht, und Edward wird als neuer Befehlshaber der Milizen alles tun, um uns zu beschützen. Wann wird der Gouverneur zurück erwartet?»

«Das kann dauern. Somerset befindet sich wegen der Sklaven-Unruhen mit einem neu eingetroffenen schottischen Regiment in Trelawney. Vielleicht kann ich Ihnen weiterhelfen?»

«Mal sehen», antwortete Lena und gab eine zensierte Kurzfassung ihrer Geschichte zum Besten.

«Verstehe ich Sie richtig», erwiderte Lady Juliana mit undurchsichtigem Blick, «der Mann in der Zelle ist ein Baptistenpastor und sitzt unschuldig im Gefängnis?»

«Ja, er ist ein wunderbarer Mensch. Ich habe nach meiner Rückkehr aus der Geiselhaft göttlichen Beistand benötigt, und er ist mir in meiner schweren Zeit zu Hilfe geeilt.» Lena bekreuzigte sich und sah Lady Juliana eindringlich an. «Sein einziges Verbrechen war, mich ohne Edwards Erlaubnis nach Port Maria zu begleiten, um mir zu beweisen, dass Gott der Herr ein Wunder bewirkt hat und ich wieder gesund bin. Vielleicht hätte ich Edward informieren sollen, aber er war gerade anderweitig beschäftigt, und ich war so froh, dass dieses schreckliche Leiden endlich von mir abgefallen ist. Aber all das ist kein Grund, einen Unschuldigen auf meine Kosten völlig umsonst leiden zu lassen. Der Mann hat mich mit Gottes Hilfe geheilt. Warum soll er jetzt dafür büßen?»

«Sie haben vollkommen recht», bestätigte Lady Juliana und nickte verständnisvoll. «Es ist bestimmt angemessen, wenn ich Ihnen in dieser Angelegenheit beistehe.»

«Als Allererstes benötigt der Gefangene einen Arzt», verlangte Lena ungeduldig. «Und danach sollte man ihn schnellstmöglich in die Freiheit entlassen. Hier handelt es sich um einen Irrtum der Justiz.»

«Kommen Sie mit», beschloss die Lady und drückte den Korb mit den Blumen einer vorbeieilenden Sklavin in die Arme.

Mit einem zuversichtlichen Lächeln nahm sie Lena an die Hand, als ob sie eine nahe Verwandte wäre, und führte sie ins benachbarte Parlamentsgebäude.

«Wir werden den diensthabenden Advokaten aufsuchen, der die Sache zu Ihrer Zufriedenheit klären wird.»

Am liebsten hätte Lena sich losgerissen und wäre gerannt, als Lady Juliana nicht den kürzesten, sondern den schattigsten Weg zum House of Assembly wählte. Atemlos vor Anspannung, ob Lady Julianas Macht weit genug reichte, um Jess das Leben retten zu können, folgte sie ihr über den weitläufigen Vorplatz, der bis zur breiten Aufgangstreppe mit weißem Kies ausgestreut war. Einige Kutschen warteten im Schatten der Palmen auf zahlungskräftige Kunden oder die Rückkehr ihrer Herrschaften.

Lena drängte ein wenig, um so rasch wie möglich das Hauptportal zu erreichen. Danach ging es durch die verhältnismäßig kühle Empfangshalle mit den Porträts der ehemaligen Gouverneure von Jamaika und zu einer weiterführenden Marmortreppe, die sich am Ende der Halle nach rechts und links verzweigte.

«Ich hoffe, Sie können verstehen, dass ich es eilig habe», warb Lena um Verständnis bei der Gouverneursgattin, die schon ein wenig außer Atem zu sein schien.

«Natürlich», gab Lady Juliana mit einem verständnisvollen Nicken zurück und führte sie ein wenig rascher als zuvor zum ersten Stock hinauf. «Wir müssen dort entlang», bestimmte sie, als die Frauen auf dem zweiten Treppenabsatz angelangt waren.

Sie deutete auf einen hohen, sonnendurchfluteten Gang. Dessen glänzender Marmorboden war mit einem kostbaren Läufer ausgelegt, an dessen Ende ein riesiges Sprossenfenster einen vorzüglichen Ausblick auf den angrenzenden Park gewährte.

«Das Sekretariat liegt ganz am Ende des Ganges», erklärte Lady Juliana und zog Lena an unzähligen, kunstvoll gedrechselten Türen vorbei zum Schreibzimmer ihres Gatten.

«Sir Randolph, der erste Sekretär meines Mannes, ist leider auch nicht zugegen», erläuterte sie mit einigem Bedauern in der Stimme. «Er befindet sich ebenfalls in Trelawney. Soweit ich weiß, hat Commodore Bolton die Vertretung für ein paar Tage übernommen.»

«Commodore Bolton?» Lena konnte ihren Schreck kaum verbergen.

«Was ist mit Ihnen? Sie sehen ja auf einmal ganz blass aus.»

«Nein, es ist nichts», beeilte sie sich zu sagen. «Nur dass ausgerechnet er der Mann war, der den Priester fälschlicherweise hat festnehmen lassen.»

«Na, dann sind wir ja genau richtig», befand Lady Juliana mit einem überzeugten Lächeln.

Commodore Bolton wirkte regelrecht aufgescheucht, als Lady Juliana und Lena nach einem kurzen Anklopfen im Büro des ersten Sekretärs erschienen, ohne auf eine Rückmeldung gewartet zu haben. Er saß in seiner blauen Paradeuniform hinter einem blankpolierten Intarsienschreibtisch mit eingelassener Lederplatte und blätterte in irgendeiner juristischen Lektüre. Als er Lena erblickte, die kurz hinter der Gouverneursgattin ins Zimmer trat, setzte er unvermittelt eine abweisende Miene auf. Wahrscheinlich ahnte er, dass sie nicht erschienen war, um sich bei ihm für ihre Rettung zu bedanken.

Sichtbar nach Luft ringend, erhob er sich von seinem Stuhl und sah sich gezwungen, Lena mit einem angedeuteten Handkuss zu begrüßen. Lady Juliana ließ er lediglich eine angemessene Verbeugung zukommen.

«Lady Blake, was für eine Überraschung», stammelte er mit gedämpfter Stimme. «Wie geht es Ihnen?»

Lady Juliana überging seine Frage und kam sogleich zur Sache.

«Mein lieber Doktor Bolton», begann sie mit einem einschmeichelnden Lächeln. «Lady Helena hat da ein kleines Problem, was die Verhaftung eines gewissen Baptistenpastors betrifft. Ich bin gewiss, dass Sie uns in dieser Angelegenheit eine zufriedenstellende Lösung anbieten können. Hab ich recht?»

«Kommt ganz darauf an, worum es geht», erwiderte Bolton in steifem Ton. Suchend blickte er hinter Lena, als ob er jemanden erwartete. «Ist Sir Edward auch zugegen?»

Wahrscheinlich klammerte sich der Commodore an die Hoffnung, dass es noch einen Verbündeten gab, der ihm notfalls zu Hilfe eilen konnte.

«Sir Edward hatte anderweitige Verpflichtungen», musste Lena ihn enttäuschen. «Er hat mich an seiner Stelle geschickt, um die Angelegenheit schnellstens zu klären. Auch weil er meint, dass ich selbst die vorliegenden, misslichen Entwicklungen mit verursacht habe und persönlich zu deren Aufhebung beitragen müsse. Um mein Anliegen auf den Punkt zu bringen, es geht um meinen vermeintlichen Entführer, den Sie gestern Morgen in Port Maria in Ketten gelegt haben. Ich möchte, dass Sie ihn unverzüglich aus der Haft entlassen. Er hat nichts getan. Wie ich nun zu meinem großen Bedauern feststellen musste, wurde er inzwischen einer Tortur unterzogen, die ihn – so wie es sich darstellt – beinah das Leben gekostet hat.»

Lena zitterte innerlich, als ob tiefster Winter wäre. Doch davon durfte sie sich Bolton gegenüber nichts anmerken lassen, wenn sie mit ihrem Auftreten erfolgreich sein wollte.

«Etwas, für das Sie sich schämen sollten», ereiferte sie sich kühn. «Ist es nicht verboten, Menschen zu foltern? Wenn ich mich recht entsinne, hat sich Großbritannien per Dekret gegen die Folter ausgesprochen. In Deutschland wurde sie bereits Mitte des letzten Jahrhunderts geächtet.»

«Hier geht es nicht um gewöhnliche Verbrechen», verteidigte sich Bolton sichtlich unwohl. «Es geht um Landesverrat, und da ist der britischen Justiz nach wie vor jedes Mittel recht, wenn man die Schuldigen und deren Hintermänner entlarven will. Wer hat Ihnen überhaupt die Erlaubnis gegeben, sich innerhalb der Gefängnismauern bewegen zu dürfen? Die Zellen der politischen Gefangenen sind nur mit Genehmigung zu betreten.»

Eine Mischung aus Wut und Verwunderung stand in Boltons Gesicht geschrieben.

«Was tut das noch zur Sache?», schmetterte Lena ihm mutig entgegen. «Ich dachte, Sie seien ein Mensch von Mut und Ehre, aber in

Wahrheit benehmen Sie sich wie ein Scheusal. Wie kann man einen unschuldigen Mann nur so sehr quälen? Wofür?»

«Er ist nicht unschuldig», erwiderte Bolton bestimmt. «Er hat Sie aus Ihrem Haus entführt, und er hat Ihren Schmuck gestohlen, den Sie im Übrigen bei der Asservatenkammer gegen einen Nachweis zu Ihrer Person wieder abholen können.»

Bolton wollte fortfahren, doch Lena fiel ihm ins Wort.

«Beides habe ich zu verantworten. Ich habe vorgeschlagen, dass er mich nach Port Maria begleitet, und ich habe auch darum gebeten, dass er während unserer Übernachtung im Hotel meinen Schmuck für mich aufbewahrt. Dieser Mann hat nichts getan, was gegen das Gesetz verstößt. Er ist ein freier Baptistenprediger und hat das Recht und die Pflicht, mir seelischen Beistand zu leisten. Nichts weiter hat er getan.»

«Ihr Gatte machte mir nicht den Eindruck, als ob er über diese Art von Beistand informiert gewesen wäre», hielt Bolton mit einem süffisanten Grinsen dagegen.

«Mein Gatte», wiederholte Lena in Boltons näselndem Tonfall, «wusste auch nicht, wie verzweifelt ich war, als er mich aus diesem …», sie stockte einen Moment, «… Etablissement gegen meinen Willen herausholen ließ. Und vielleicht weiß er es immer noch nicht. Aber ich bereue zutiefst, dass ich einen Unschuldigen, der sich meiner kranken Seele verpflichtet fühlte, in meiner Verwirrtheit in eine solch missliche Lage gebracht habe. Er konnte ja nicht wissen, dass Sir Edward mich gleich mit einer ganzen Armee suchen lässt.»

Lena stemmte demonstrativ die Hände in die Taille und sah Bolton herausfordernd an.

«Also, was ist nun? Wann lassen Sie den Mann nun endlich frei?»

Lady Juliana war sichtlich beeindruckt von Lenas mutigem Auftritt.

«Tun Sie, was die Lady gesagt hat», befahl sie dem Commodore von der anderen Seite und bedrängte ihn damit zusätzlich.

«Nein», widersprach er und schüttelte unwirsch den Kopf. «Das kann ich nicht. Er hat einen meiner besten Männer mit dessen Säbel getötet, als wir das Zimmer stürmten, in dem er sich mit Lady Helena aufhielt. Wenn sein Gewissen rein gewesen wäre, hätte er sich meinen Männern ohne Widerstand ergeben.»

Bolton atmete tief durch, als ob er sich damit endgültig gegen die weibliche Front in seinem Arbeitszimmer wappnen wollte.

«Und im Übrigen, Mylady», begann er mit unüberhörbarer Ironie, «jetzt, wo Sie augenscheinlich Ihre Stimme wiedergefunden haben, wie wäre es denn, wenn Sie uns zunächst einmal genauestens berichten, wo man Sie bei Ihrer ersten Entführung gefangen gehalten hat und wer Ihre Entführer waren?»

«Ich kann mich leider an rein gar nichts mehr erinnern», erklärte sie dem finster dreinblickenden Commodore mit einem unschuldigen Augenaufschlag. «Durch meine Erkrankung ist alles wie ausgelöscht. Oder denken Sie ernsthaft, ich würde meine eigenen Entführer decken? Das alles hat mich in eine tiefe geistige und körperliche Krise gestürzt, von der ich mich immer noch nicht erholt habe!»

«Ich bin seit fünfzehn Jahren bei der Marine», polterte Bolton plötzlich erzürnt. «Ich rieche sofort, wenn der Fisch stinkt. Und dieser Fisch stinkt gewaltig. Ich bin davon überzeugt, dass Ihr ach so mitfühlender Priester nicht der ist, für den Sie ihn halten. Oder Sie stecken mit ihm unter einer Decke, auch wenn ich mir kaum vorzustellen vermag, warum das so sein sollte!»

«Ich muss doch sehr bitten, Commodore», kam ihr Lady Juliana zu Hilfe. «Wo ist denn Ihre gute Erziehung geblieben? Was fällt Ihnen ein, Lady Blake derart heftig zuzusetzen? Ich werde mich bei meinem Mann über Sie beschweren!»

«Das ist eine böswillige Unterstellung!», rief nun auch Lena verzweifelt. «Beim Eindringen Ihrer Männer hat der Priester mein Leben verteidigt. Er hat in Notwehr gehandelt. Schließlich wurden wir im Schlaf überrascht und angegriffen.»

«Und genau deshalb habe ich meine Zweifel an der Geschichte», schmetterte ihr Bolton entgegen. «Er hat ziemlich professionell reagiert für einen Priester, der jegliche Gewalt verabscheut. Nein», Bolton schüttelte abermals den Kopf, «er wird hängen. Wegen Aufwiegelei und Mordes an einem Soldaten der britischen Krone. Der Richter hat im Schnellverfahren entschieden. Heute in einer Woche findet die Vollstreckung des Urteils statt. In Montego Bay. Wenn Sie wollen, können Sie hinfahren und es sich ansehen.»

«Hängen?», krächzte Lena völlig außer sich. «In Montego Bay?»

«Warum das denn?» Lady Juliana warf dem Commodore einen entgeisterten Blick zu.

«Um den dort wütenden Rebellen zu signalisieren, dass wir uns nicht alles gefallen lassen.»

«Aha, daher weht der Wind», sprang Lady Juliana ihr bei. «Der Mann wird gar nicht hingerichtet, weil bewiesen ist, dass er zu den Rebellen gehört, sondern weil Sie ein Exempel statuieren wollen. Sehr interessant. Weiß mein Mann davon? Ich glaube nicht, dass es ihm gefällt, wenn Sie die Sklaven dieser Insel durch eine unrechtmäßige Verurteilung noch wütender machen.»

«Es tut mir leid», wiederholte Bolton mit reichlich wenig Empathie in der Stimme. «Das Land ist zurzeit im Ausnahmezustand, und die Gerichte entscheiden mit Wissen und Wollen Ihres Gemahls. Sie werden sich damit abfinden müssen, dass das Urteil gefällt worden ist.»

«Und was ist mit einer Kaution?», fügte Lady Juliana hinzu. «Jeder Häftling kann auf Kaution freigelassen werden, wenn er Widerspruch gegen das Urteil einlegt.»

Bolton zögerte einen Moment, was vermuten ließ, dass die Frau des Gouverneurs mit ihrer Argumentation ins Schwarze getroffen hatte.

«Wie viel?», rief Lena hoffnungsvoll und dachte an ihren Schmuck, den sie sogleich für die Freilassung von Jess in einer Bank oder einem Pfandhaus versetzen würde.

«Ich glaube kaum, dass Sie in der Lage sind, ohne Unterstützung Ihres Gatten 10 000 britische Pfund aufzubringen. Hinzu kommt, dass Sie einen Advokaten beauftragen müssten, um hinlängliche Beweise zu definieren, die gegen eine Vollstreckung des Urteils sprechen.»

«10 000 Pfund …?»

Lena glaubte, den Boden unter den Füßen zu verlieren. Das war weitaus mehr als ihr Schmuck und alles, was sie an Bargeld besaß. Und an ihre Mitgift, die ungefähr dem Doppelten dieser Summe entsprach, würde sie ohne Edwards Zustimmung nicht rankommen. Hinzu kam, dass sie zunächst einen ebenso kostspieligen Advokaten finden musste, der genug Sachverstand besaß, um den Fall übernehmen zu können.

«Bedeutet das, wenn ich Ihre Bedingungen nicht binnen sieben Tagen erfülle, ist der Mann für immer verloren?», flüsterte sie mutlos.

«Genau das bedeutet es», bestätigte Bolton mit einem kalten Lächeln.

Lena fühlte sich wie betäubt, als sie sich von Lady Juliana vor dem Parlamentsgebäude verabschiedete.

«Was werden Sie nun tun?», fragte die Gouverneursgattin besorgt.

«Ich werde versuchen, das notwendige Geld aufzutreiben und einen Advokaten zu finden, der mir hilft, dieses Unrecht zu verhindern.»

«Wissen Sie bereits, an wen Sie sich wenden können?»

«Nein.» Lena schüttelte den Kopf, wobei sie sich wunderte, dass Lady Juliana aller Verwirrung zum Trotz noch immer auf ihrer Seite stand und ihr keinerlei kompromittierende Fragen stellte.

«Ich könnte Ihnen eine Liste von jenen Advokaten zukommen lassen, die nicht für das Parlament arbeiten. Dieser Umstand sichert Ihnen eine gewisse Neutralität.»

«Das ist sehr freundlich von Ihnen.» Lena lächelte die Gouverneursgattin dankbar an. «Aber ohne die erforderliche Kaution nützt mir auch der beste Advokat nichts. Das heißt, ich muss zunächst einmal zur Bank, und dann sehen wir weiter.»

KAPITEL 32

Ende Dezember 1831 || Jamaika || Tödliches Spiel

Zwei Tage waren vergangen, seit Edward den Posten als Anführer der zivilen Polizeimiliz von St. Ann, St. Mary und St. Thomas-in-the-Vale in Anwesenheit des Gouverneurs verliehen bekommen hatte. Im Gegensatz zu den neu eingetroffenen Militärregimentern aus England, Wales und Irland, die sich zunächst einmal mit den örtlichen Gegebenheiten auf der Insel vertraut machen mussten, konnten die mit Einheimischen bestückten Polizeieinheiten schnell und effizient dort eingreifen, wo es im wahrsten Sinne des Wortes brannte.

Die Rauchschwaden über den abgebrannten Zuckerrohrfeldern raubten Edward beinahe den Atem, als er seinen Hengst nach Süden lenkte. An allen strategisch wichtigen Stellen hatten die Rebellen Feuer gelegt, sodass unschwer zu erkennen war, dass ein ausgeklügelter Plan dahintersteckte. Vielleicht war es Glück oder Gottes Wille gewesen, dass der Wind gedreht und das Feuer nicht in die Siedlungen der Umgebung, sondern in eine Sumpflandschaft getrieben hatte, wo es keine weitere Nahrung fand. Doch damit waren die Probleme noch längst nicht gelöst.

Die Johnson-Farm, eine im Gegensatz zu Redfield Hall weitaus kleinere Pflanzung, nicht weit entfernt von Stewart Town, war in der Nacht zuvor von marodierenden Rebellen niedergebrannt worden. Sämtliche Johnsons hatte man mit Macheten abgeschlachtet und die Köpfe der Leichen auf die Pfosten der Zäune aufgespießt. Dabei hatten sich der alte Johnson und seine Söhne keinesfalls kampflos ergeben, wie Augenzeugen zu berichten wussten. Aber irgendwann war ihnen schlichtweg die Munition ausgegangen. Danach hatten die Männer des Hauses verzweifelt versucht, die Frauen auf konventionelle Weise mit dem Degen zu verteidigen. Hilfe hatten sie dabei nicht gehabt, denn die Aufseher der Farm waren zu diesem Zeitpunkt alle draußen bei den Feldern auf Patrouille gewesen, und die restlichen Wachen hatten die Rebellen mit vergifteten Blasrohrpfeilen außer Gefecht gesetzt.

Eine beunruhigende Vorstellung, wie Edward fand. Angeblich hatten die meisten Pfeile die Männer an der Kehle getroffen, und unwillkürlich zog Edward sein Halstuch höher. Staub wirbelte auf, als er und seine Männer ein Sklavendorf ganz in der Nähe erreichten, in das sich die Übeltäter angeblich zurückgezogen hatten.

«Durchkämmt die Hütten!», befahl Edward mit erhobener Stimme.

Im Nu sprangen seine Männer von den Pferden ab und stürmten mit geladenen Pistolen und gezogenen Säbeln die armseligen Strohkaten.

Mit Genugtuung beobachtete Edward vom Rücken seines nervös tänzelnden Hengstes aus, wie die Neger aus ihren Hütten kamen und sich wie flüchtenden Ratten davonmachten. Meist waren es nur Frauen und Kinder. Doch zwei der Flüchtenden waren muskulöse Afrikaner im mittleren Alter, was Edward sofort registrierte.

«Verfolgt sie!», brüllte er seinen Untergebenen zu, die den beiden Negern sogleich mit Eifer nachsetzten.

Während Edward zufrieden beobachtete, wie die flüchtenden Männer unter den Hufen der sich aufbäumenden Pferde zu Fall kamen und unter dem Hagel von Tritten und Peitschenhieben kapitulierten, näherte sich von Süden ein Reiter auf einem Apfelschimmel.

«Sir Edward!», rief der Mann und schwenkte seine Kappe.

Es war einer von Colonel Browns Männern.

«Was gibt's?», rief Edward dem Milizangehörigen zu, als dieser sich auf zehn Fuß genähert hatte.

«Sie sollen sofort ins Hauptquartier kommen», rief der junge Mann zurück. «Es ist etwas mit Ihrem Vater …»

«Mit meinem Vater?» Edward gab seinem Pferd die Sporen und ritt näher an den Boten heran.

«Sir», wiederholte der Mann ernst. «Es tut mir leid, Sir, aber Ihr Vater wurde allem Anschein nach tot aufgefunden. So wie es aussieht, wurde er im Park Ihres Anwesens von Unbekannten ermordet.»

Edward glaubte, sich verhört zu haben. «Sie müssen sich irren», erwiderte er fassungslos.

«So hat es Colonel Brown mir aufgetragen. Er weiß auch nichts Genaues. Nur so viel, dass Sie und Ihr Oberaufseher vom Dienst freigestellt werden, um der Angelegenheit nachgehen zu können. Sollten Sie weitere Unterstützung benötigen oder sollte womöglich ein Rebellenangriff dahinterstecken, wird er selbstverständlich Truppenverbände nach Redfield und St. Mary beordern.»

Edward war wie vom Donner gerührt.

«Ich … ich kann das nicht glauben», flüsterte er stockend. «Bis auf den Brand vor ein paar Tagen sind wir von Sklavenaufständen doch weitestgehend verschont geblieben. Und mein Vater war doch immer gegen alles gewappnet …»

«Mein Beileid, Sir», sagte der Mann und sah ihn mitfühlend an. «Reiten Sie los und finden Sie heraus, was für Schweine das waren, Sir! Und sobald wir ihrer habhaft werden, spießen wir sie auf, um sie langsam über brennendem Feuer zu rösten.»

«Worauf Sie sich verlassen können», murmelte Edward und gab seinem Hengst die Sporen.

Der warme Wind fegte Lena durch die Kleider, als sie zum Gerichtsgebäude zurückkehrte. Baba, die man inzwischen auf Anweisung von Commodore Bolton aus dem Gefängnis herauskomplimentiert hatte, lief ungeduldig vor der Kutsche auf und ab. Lena war versucht, die alte Frau nicht unnötig aufzuregen, indem sie das ganze Ausmaß der Katastrophe offenbarte. Doch Baba war zu schlau, um nicht zu bemerken, wie schlimm es stand.

«Ich verspreche dir, alles Menschenmögliche zu tun, um das nötige

Geld aufzutreiben, damit wir einen Advokaten und die Kaution bezahlen können.»

Doch als sie am Nachmittag das prunkvolle Gebäude der Kolonialbank im benachbarten Kingston verließ, musste Lena sich eingestehen, dass ihre hehren Pläne zu scheitern drohten. Der Bankdirektor, ein gebürtiger Spanier, dessen Institut ausnahmslos das Geld der hiesigen Plantagenbesitzer verwaltete, sah keinerlei Möglichkeit, ihr einen Kredit auf die von Lord William festangelegte Mitgift zu gewähren. Schon gar nicht in der geforderten Höhe. Daraufhin hatte Lena gebettelt, geweint und geflucht, doch alles ohne Erfolg. Nur mit der Unterschrift ihres Ehemannes oder ihres Schwiegervaters war es möglich, an das Geld ranzukommen.

Ratlos glitt ihr Blick in die Ferne. Die Sonne schien freundlich, und das Meer glitzerte in seinem schönsten Blau. Unzählige Schiffe mit hohen Masten und hellen Segeln tanzten auf den Wellen. Doch selbst dieser Anblick konnte Lena nicht aufheitern, weil er lediglich tiefstes Heimweh in ihr erzeugte und die Gewissheit brachte, dass eine Flucht mit Jess in unerreichbare Ferne gerückt war.

Bedrückt beobachtete sie, wie Baba ungeduldig auf dem Kutschbock auf sie wartete. Sie hatte nicht die geringste Ahnung, wie sie der alten Frau beibringen sollte, dass die letzte Hoffnung, Jess zu befreien, soeben wie eine Seifenblase zerplatzt war.

Für die Nacht hatte Lady Juliana ihnen ein gemütliches Zimmer mit zwei Betten darin in ihrem Gästehaus in Spanish Town zur Verfügung gestellt. Doch Lena war nicht fähig, auch nur ein Auge zuzumachen, geschweige denn etwas von dem köstlichen Essen anzurühren, das ein Diener zusammen mit verschiedenen Getränken auf Geheiß der Gouverneursgattin serviert hatte. Dafür hatte sie mit Baba zwei Flaschen Wein getrunken, in der vergeblichen Hoffnung, dass er die Schwere in ihren Herzen ein wenig mildern würde.

Baba wurde durch den teuren Rebensaft zusehends gesprächiger. Unentwegt fielen ihr irgendwelche Geschichten ein, mit denen sie ihre Unruhe überspielte. Von Jess, wie clever und lustig er als Kind gewesen war und wie unglaublich glücklich es sie gemacht hatte, ihn vor gut einem Jahr endlich wieder in ihre Arme schließen zu dürfen. Überraschenderweise sprach sie auch von der Schuld, die sie empfand, weil sie Lena bei ihrer Hochzeit mit Edward verhext hatte. Und dass sie mit dieser Dummheit nicht nur Lenas Leben, sondern vor allem das von Jess in große Gefahr gebracht hatte.

«Wenn es einen Gott gibt», beendete Baba ihren Monolog im Morgengrauen, «warum lässt er nicht mich an seiner Stelle sterben?»

«Das würde uns nicht helfen», erwiderte Lena. «Wir brauchen dich noch! Notfalls musst du Cato und seine Rebellen mobilisieren, damit sie Jess befreien, bevor man ihm einen Strick um den Hals legt. Doch zuvor wird mir nichts anderes übrig bleiben, als Edward auf Knien anzuflehen, dass er mir die Unterschrift für die Freigabe meiner Mitgift erteilt. Er ist auf das Geld ja nicht angewiesen. Ich meine, jetzt, wo sein Vater tot ist, wird er ohnehin alles erben, was sein alter Herr besaß. 10 000 Pfund sind für ihn eine Kleinigkeit.»

Babas Blick wurde plötzlich melancholisch.

«Für mich bedeutet dieses Geld das ganze Leben», fügte sie leise hinzu.

«Nicht nur für dich», sagte Lena traurig. «Trotzdem sollte Edward möglichst nicht erfahren, wofür ich das Geld verwenden will, ansonsten wird er mich garantiert umbringen. Vielleicht sollte ich ihm zuvorkommen und ihn ins Jenseits befördern.»

Sie lächelte kalt, obwohl sie wusste, dass sie wahrscheinlich nicht fähig war, so etwas zu tun.

«Und wer erbt Redfield Hall, wenn Edward nicht mehr ist?», fragte Baba beiläufig.

«Wenn ich mich recht entsinne», antwortete Lena und überlegte, was die Londoner Advokaten ihres Vaters in den Ehevertrag aufgenommen hatten, «würde ich wohl die Erbin sein. Allerdings nur, wenn wir gemeinsame Kinder haben. Das war die Bedingung von Lord William.»

Sie dachte an das Kind, das in ihr wuchs. Wenn es von Edward war, würde sie nach seinem Tod also tatsächlich die alleinige Herrin von Redfield Hall sein.

«Aber kannst du überhaupt zur Plantage zurückkehren?», wandte Baba ein und drehte sich ächzend im Bett herum. «Edward könnte nach allem, was vorgefallen ist, ein ernsthaftes Interesse haben, dich verschwinden zu lassen. Jetzt, wo sein Vater tot ist, kann er die Plantage verkaufen und nach Europa zurückgehen. Wozu braucht er dich dann noch?»

Lena schüttelte den Kopf. «Aus einer Unterhaltung mit Edwards Tante weiß ich, dass Edward nur dann ein Anrecht auf die Plantage und das Vermögen seines Vaters hat, wenn er mindestens die Hälfte des Jahres auf der Insel verbringt. Von ihr habe ich auch noch ein anderes pikantes Detail erfahren. Falls er binnen drei Jahren nach dem Tod seines Vaters keinen rechtmäßigen Erben vorweisen kann, fällt der gesamte Besitz an den europäischen Club, der sich unter anderem für die Rechte der weißen Pflanzer in den Kolonien einsetzt. Das heißt, er benötigt mich sehr wohl, wenn er sein Erbe sichern will.»

Lena streichelte sich gedankenverloren über den Bauch. Baba, der diese Geste selbst in der Dämmerung nicht entgangen war, hob aufmerksam ihr Kinn.

«Heißt das etwa, du bist schwanger?», fragte sie verblüfft.

«Wusstest du das nicht?»

«Woher sollte ich?»

Plötzliche Stille.

«Könnte es zufällig sein, dass das Kind in Wahrheit von Jess ist?»

Die Frage war ziemlich direkt, und Lena wusste nicht, was sie darauf antworten sollte.

«Gut möglich», sagte sie nur und hörte wie Baba einen lang gezogenen Seufzer von sich gab.

«Also werde ich Großmutter?»

«Vielleicht.»

Kaum dass sie am nächsten Morgen aus der Stadt heraus waren, kam Lena eine Idee.

«Wieso reitest du nicht in die Berge und bittest Cato schon jetzt um seine Hilfe? Ich meine, er kann doch nicht zulassen, dass Jess getötet wird. Vielleicht könnten die Rebellen das Gefängnis stürmen und ihn dort herausholen.»

«Ach Schätzchen!» Baba lachte verbittert. «Du stellst dir immer alles so einfach vor. Cato ist ein Großmaul, nichts weiter. Seine Rebellen haben zurzeit genug damit zu tun, Polizei und Militär im Westen des Landes in Atem zu halten. Und was Jess betrifft, so glaube ich nicht, dass er noch weiter an ihm interessiert ist. In seinen Augen war Jess ohnehin nur ein lästiger Konkurrent, der ihm das zukünftige Amt eines Diktators streitig machen könnte. Was natürlich völliger Blödsinn ist. Aber Cato hat Jess lediglich für seine Zwecke benutzt. Er war ihm gut genug, um seine Krieger auszubilden, Militärtrecks zu überfallen, Waffenlager anzulegen und als Pastor verkleidet durch die Lande zu ziehen, um potenzielle Anhänger zu rekrutieren und sie heimlich mit Informationen zu versorgen. Aber die Zeit nach der Rebellion hat Cato ohne seine Krieger geplant. Er wird sich den Kuchen zwar mit den Maroon-Häuptlingen teilen müssen, aber Leute wie Jess sind für ihn dann nicht mehr interessant.»

Dass Baba genauso hilflos war wie sie selbst, schockierte Lena. Hatte sie doch ihre allerletzte Hoffnung auf die Rebellen gesetzt.

«Nur ein totaler Umsturz könnte uns noch helfen», sinnierte Baba. «Aber die Geschichte hat uns gelehrt, dass eine Revolution selten nach einer Woche beendet ist.»

Als sie am späten Nachmittag nach Redfield Hall zurückkehrten, machten sie einen Umweg über die alten Fischerhütten. Baba wollte dort auf Lena warten, weil sie nicht am helllichten Tage auf der Plantage gesehen werden sollte. Womöglich würde sie einer der früheren Aufseher erkennen.

Mit einem mulmigen Gefühl in der Magengrube lenkte Lena die Kutsche alleine zurück zu den Stallungen. Sie hatte keinerlei Ahnung, was inzwischen mit der Leiche von Lord William geschehen war, aber sie sah, dass mehrere Kutschen auf dem Hof standen, die definitiv nicht nach Redfield gehörten. Außerdem bevölkerten neben den üblichen Angestellten einige fremde Gesichter die Umgebung und warfen ihr neugierige Blicke zu.

Edward wusste anscheinend schon über den Tod seines Vaters Bescheid. Sein Hengst stand in den Boxen neben dem Pferd von Trevor.

Anstatt sofort ins Haus zu gehen, machte sich Lena zunächst selbst an das Abschirren der Pferde. Sie wollte ein wenig Zeit gewinnen, um sich auf die bevorstehende Auseinandersetzung mit Edward gedanklich vorzubereiten. Wie würde er wohl auf den Tod seines Vaters reagieren? Und was würde er unternehmen, um die Todesursache aufzuklären?

Plötzlich stand Tom im Stall und starrte sie an, als ob er einen Geist gesehen hätte.

«M… M… Missus», stotterte er und verbeugte sich rasch. «Ich wusste ja nicht … ich dachte ja nicht …»

«Was dachtest du nicht?», herrschte Lena ihn an. Obwohl sie wusste, dass dem Jungen keine andere Wahl geblieben war, hatte sie ihn als Edwards Spion nicht eben ins Herz geschlossen.

«Ich … ich dachte nicht, dass Sie schon wieder … gesund wären, denn Master Edward hat allen erzählt, dass er Sie in ein Hospital bringen musste, weil Sie nach der zweiten Entführung einen schlimmen Rückfall gehabt hätten. Und er sagte, dass dieser Moses mit Candy Jones unter einer Decke gesteckt hat.»

«Glaub nicht alles, was man dir erzählt», riet Lena dem Jungen und übergab ihm die Zügel der Kutschpferde. «Candy Jones war unschuldig, ebenso wie Moses. Er ist ein frommer Mann, der mir nur helfen wollte. Er hat nichts mit den Rebellen zu tun», log sie den Jungen an. «Und wenn kein Wunder geschieht, werden sie ihn in Montego Bay hängen.»

Der Junge riss Augen und Mund auf. Er war sichtlich schockiert.

«Das ist alles meine Schuld», flüsterte er niedergeschlagen.

«Wieso bist du überhaupt zu Moses gegangen?», fragte Lena.

Tom zögerte einen Moment, als ob er ihr etwas verschweigen wollte.

«Los, raus mit der Sprache», forderte Lena ihn unmissverständlich auf. «Ich denke, ich hab's verdient, dass ich die Wahrheit erfahre. Master Edward werde ich nichts davon erzählen. Du kannst mir vertrauen.»

«Ehrlich?» Seine großen, unschuldigen Brombeeraugen rührten sie.

«Bei meiner Seele», versprach sie und legte sich die Hand aufs Herz.

Stockend berichtete Tom, dass Master Edward sich unbotmäßig seiner Liebsten genähert hatte, wobei er nicht ins Detail ging. Aber allein die Tatsache, dass er Yolandas fünfzehnjährige Tochter Priscilla erwähnte, ließ Lena Böses erahnen. Sie hatte das Mädchen zwar noch nicht oft gesehen, aber dass ihre Mutter Edwards Mätresse war, wusste sie ja selbst.

«Sag mir, was er mit ihr getan hat», befahl sie streng, um Gewissheit zu bekommen.

«Er hat sie von hinten bestiegen», erzählte der Junge stockend. «Wie ein Hengst eine Stute. Er war viel zu groß für sie, und sie hat die ganze Zeit über geweint. Nicht laut, sondern leise. Und das war das Schlimmste. Seitdem redet sie nicht mehr mit mir und lässt mich nicht zu sich.» Seine Stimme war zum Ende hin schwächer geworden, und er kämpfte mit den Tränen.

«Als ich hörte, dass Moses, von dem man munkelte, dass er sich für die Abschaffung der Sklaverei einsetzt, in Ochos Rios den Gottesdienst abhält, bin ich dorthin geritten. Ich wusste, dass er mein Leiden verstehen würde», sprach Tom weiter. «Den Rest der Geschichte kennen Sie ja.»

Lena war für einen Moment sprachlos, unfähig, den Jungen zu trösten.

«Der Master hat mir immer wieder die Freiheit versprochen», fügte er mit gesenktem Blick hinzu. «Zuletzt, als ich gegen Candy Jones aussagen sollte. Er hat mir die Worte dafür in den Mund gelegt und mir gesagt, er würde mir danach die Entlassungsurkunde ausstellen. Nichts hat er getan! Stattdessen vergreift er sich an meinem Mädchen.»

Wut und Trauer lagen in Toms Blick. Und Lena lief es eiskalt den Rücken runter. Wie perfide konnte man sein, die Hoffnungen eines solchen Jungen auszunutzen, um das Leben von Candy Jones und auch das von Lady Elisabeth zu zerstören? Ganz zu schweigen von Maggie, deren Verschwinden bis zum heutigen Tage nicht aufgeklärt war.

Edward, du verdammtes Schwein, dachte Lena und fasste einen Entschluss. Sobald sie Gelegenheit dazu erhielt, würde sie ihren eigenen Mann vor Gericht anprangern. Sie würde ihn der Schändung eines unschuldigen Kindes bezichtigen und für den Mord an Maggie anklagen.

«Mach dir keine Sorgen», sagte sie, um nicht mit leeren Händen dazustehen. «Ich bin sicher, dass die Sklaverei schon bald ihr Ende finden wird.» Lena streichelte dem Jungen mitfühlend über den Kopf. «Bis dahin tust du bitte nichts, was Master Edward erzürnen könnte. Und auch unser kleines Gespräch sollte möglichst unter uns bleiben, verstanden?»

«Ja, Mylady. Ich verspreche es. Sie sind eine gute Frau. Viel besser als Master Edward. Ein Mann wie Moses würde gut zu Ihnen passen, wenn er ein Weißer wäre.»

Lena musste unwillkürlich schlucken und verabschiedete sich mit einem bittersüßen Lächeln. Nachdem sie sich endlich überwinden konnte, zum Haupthaus zu gehen, sah sie, dass die Tür zur Kapelle sperrangelweit aufstand und verschiedene Angestellte der Plantage dort ein und aus gingen. Zögernd trat sie näher. Ob man Lord William dort aufgebahrt hatte? Mit seiner Leiche konfrontiert zu werden, ließ Lena beinahe noch mehr erschaudern. Dennoch konnte sie nicht widerstehen.

Als sie die Kapelle betrat, stand Edward schweigend, mit einer brennenden Kerze in der Hand, vor dem geöffneten Sarg seines Vaters. Neben ihm betete Pastor Langley, den man wahrscheinlich eiligst aus Fort Littleton herbeigeholt hatte. Er würde dem Toten die letzte

Segnung geben. Lord Williams Hände waren über seinem besten Anzug gefaltet. Dort, wo die Kugel seinen Kopf gestreift hatte, prangte ein Leinenverband. Die Bauchwunde hatte man geschickt unter einer blütenweißen Weste und einem schwarzen Frack versteckt.

Als Lena näher kam, wurde das Hallen ihrer Schritte lauter. Edward drehte sich um. Er sagte kein Wort, doch sein Blick sprach Bände. Seine blauen Augen blitzten vor Wut. Lena war froh, dass sie sich in einer Kirche befanden und neben dem Pastor noch ein paar andere Leute zugegen waren.

«Mein Beileid», flüsterte sie Edward zu, als sie ganz nah neben ihm stand.

«Was willst du hier?», entgegnete er kaum hörbar und stellte die Kerze auf einen Ständer.

Er nickte dem Pastor kurz zu, dann packte er Lena hart an den Armen und schob sie eiligst nach draußen.

«Du solltest in Port Royal sein und meiner senilen Tante Gesellschaft in der Irrenanstalt leisten», raunte Edward ihr zu, als er sie über den Hof scheuchte.

Sein Blick verriet, dass er sie offensichtlich am liebsten gleich persönlich dorthin geschleppt hätte.

«Die Frage ist doch», erwiderte sie bitter, «wer eher dorthin gehört. Du oder ich?»

Kaum hatten sie das Eingangsportal erreicht, umfasste er erneut mit schraubstockartiger Kraft ihren Oberarm und dirigierte sie die Treppe hinauf in die obere Etage in ihr gemeinsames Schlafzimmer.

«Autsch», protestierte Lena und versuchte, sich seinem eisernen Griff zu entwinden. «Du tust mir weh!»

«Ich werde dir gleich noch viel mehr weh tun», zischte er und stieß sie aufs Bett.

Dass er danach die Tür hinter sich mit dem Schlüssel versperrte, versetzte sie in Panik. Wie ein leibhaftiger Racheengel steuerte er auf sie zu und blaffte:

«Wo warst du, zum Teufel, als mein Vater gestorben ist?»

«Das geht dich nichts an», verteidigte sie sich mutig. «Ich habe selbst gerade erst von seinem Tod erfahren», log sie. «Was ist denn überhaupt mit ihm geschehen? Hatte er einen Unfall?»

«Er hatte keinen Unfall», knirschte Edward durch seine Zähne. «Er wurde ermordet!»

«Was? Von wem?»

Lena versuchte sich an einem unschuldigen Augenaufschlag. Doch Edward schlug sie so hart ins Gesicht, dass ihr Kopf zur Seite flog.

«Von deinen verdammten Rebellen, mit denen du nicht erst seit deiner Rückkehr gemeinsame Sache machst!»

«Bist du jetzt völlig übergeschnappt?», schrie sie zurück. «Wie kannst du es wagen, mich mit dem Tod deines Vaters in Verbindung zu bringen?»

«Nicht dich», erwiderte Edward verbittert, «sondern deinen schwarzen Freund, der dich in Port Maria wie eine Hure genommen hat!»

Für einen Moment war Lena sprachlos. Es war offensichtlich, dass Edward nach ihrer Rückkehr genug Zeit gehabt hatte, über ihre vermeintliche Entführung nachzudenken, und dass er nun eins und eins zusammengezählt hatte, um auf das richtige Ergebnis zu kommen.

«Denkst du ernsthaft, du kannst mich weiterhin täuschen?» Der Zorn in seinem Blick versetzte sie in Angst. «Erst rennst du mir samt deiner Gesellschafterin bei Nacht und Nebel davon, dann wirst du auf rätselhafte Weise entführt. Schließlich tauchst du wieder auf, und wegen einer seltsamen Erkrankung kannst du bedauerlicherweise keinerlei Aussagen über deine Gefangenschaft geschweige denn über deine Entführer machen. Und dann verschwindest du unvermittelt ein zweites Mal, und wir finden dich splitternackt und vollkommen genesen im Hurenhaus von Port Maria in den Armen eines stattlichen Negerhengstes.»

Mit einem boshaften Grinsen stürzte er sich auf sie und hob ihre Röcke hoch.

«Oder hat dir mein Schwanz nicht gereicht, und du hast dir eine lukrative Nebenbeschäftigung als Hure gesucht?»

Lena schrie auf, als er sie mit brutaler Gewalt auf den Bauch drehte und in der gleichen Bewegung die Röcke hochschlug, sodass sie ihm unfreiwillig ihre nackte Kehrseite entgegenstreckte. Keuchend versuchte sie, sich seinem Griff zu entwinden, doch ihre Gegenwehr war nichts im Vergleich mit seiner Stärke. Schon hatte er ihren Arm schmerzhaft auf den Rücken gedreht und hielt sie mit nur einer Hand konsequent nieder. Mit der anderen öffnete er seine Hose und spreizte mit zwei kräftigen Schlägen ihre Schenkel. Lena wimmerte vor Schmerz, als er völlig unvorbereitet von hinten in sie hineinstieß.

«Um Gottes willen, Edward!», schrie sie völlig außer sich. «Denk an das Kind!»

«Von dem ich noch nicht einmal weiß, ob es von mir ist!», brüllte er zurück. «Ich werde dir zeigen, wer dein Herr und Meister ist», zischte er böse. «Du gehörst mir und niemandem sonst, und du wirst ab sofort hübsch und brav tun, was *ich* dir sage.»

Während er grunzend in sie hineinbockte, versuchte Lena einen klaren Gedanken zu fassen.

«Was willst du von mir?», keuchte sie.

«Dass du mir gehorchst, ganz gleich, um was es geht!»

Von dem Gedanken erregt, sie vollkommen zu beherrschen, wurden seine Stöße hastiger und das Stöhnen lauter, bis er sich schwer atmend in sie ergoss. Ihr Arm war taub, weil Edward ihn die ganze Zeit über mit einem eisernen Griff festgehalten hatte. Als er sich schließlich aus ihr zurückzog, spürte Lena nicht nur den brennenden Schmerz und die klebrige Nässe zwischen ihren Schenkeln, sondern vor allem einen überwältigenden Ekel. Kaum dass er von ihr abließ, entwand sie sich und sprang vom Bett.

«Wenn du denkst, dass ich mich von dir in einer solchen Weise behandeln lasse, hast du dich gründlich getäuscht», tönte sie mutig. «Ich werde dich verlassen, Edward Blake, bei allem, was mir heilig ist. Denn auf keinen Fall werde ich so einfältig sein und ausgerechnet dir einen Nachkommen schenken. Im Gegenteil. Ich werde allen erzählen, was für ein Monster du bist! Dass du deine Sklavinnen zum Beischlaf zwingst und – damit nicht genug – dich auch noch an ihren Kindern vergreifst. Und ich werde erzählen, dass du unschuldige Zeugen bestichst, damit sie gegen Leute aussagen, die dir nicht in den Kram passen. Außerdem werde ich beweisen, dass Lady Elisabeth zu Unrecht in Port Royal sitzt und von dir dorthin abgeschoben wurde, weil du scharf auf ihr Erbe bist. Und zu guter Letzt werde ich allen klarmachen, dass du eine Mitschuld am Tod meiner Gesellschafterin trägst. Und egal wie die Sache ausgeht, danach ist dein Ruf ruiniert. Du wirst auf der ganzen Welt keine standesgemäße Braut finden, die dich heiraten und dir binnen der nächsten drei Jahre einen repräsentativen Nachkommen gebären wird. Zumal ich die dazu notwendige Scheidung hinauszögern werde. Denn das war doch die Bedingung deines Vaters, damit du sein Erbe antreten kannst. Ansonsten geht dein gesamtes Vermögen an den europäischen Club!»

Lena holte tief Atem, und erstaunt über ihren eigenen Mut, fuhr sie fort:

«Eine Chance hast du noch. Gib mich offiziell frei, zahl mir binnen drei Tagen meine Mitgift aus und lass mich ziehen. Dann unterschreibe ich dir, dass ich die Dinge auf sich beruhen lassen werde, und verschwinde nach Deutschland.»

Lena hoffte inbrünstig, dass er ihr diese Geschichte abkaufte. In Wahrheit hatte sie nicht vor, ihn ungeschoren davonkommen zu lassen. Aber wenn er darauf einging, hatte sie zumindest das nötige Geld, um Jess fürs Erste freikaufen und mit ihm und Baba nach Europa fliehen zu können.

Hatte Edward zunächst noch sprachlos zugehört, setzte er nun ein teuflisches Grinsen auf.

«Du hast recht», erklärte er gefährlich leise. «Ich könnte mir eine neue Frau suchen. Drei Jahre sind eine lange Frist. Bis dahin bin ich bestimmt fündig geworden. Mein Vater hat ja nicht explizit festgelegt, dass meine Braut aus Europa kommen muss. In Amerika gibt es genug standesgemäße, dumme Puten, die dich mühelos ersetzen können. Und wie du soeben richtig festgestellt hast, gibt es auf dem

Weg dorthin nur ein einziges Hindernis. Mein Vater hat eine Menge Bedingungen zu meinem Nachteil in sein Testament aufgenommen, das ist wahr. Aber er schrieb nichts davon, dass ich nicht Witwer werden darf.»

Edward lächelte kalt und ging wie ein Panther auf sie los, langsam und mit unerbittlichem Blick umkreiste er sein Opfer. In ihrer Not rannte Lena zur Tür und ruckelte hastig an dem Riegel. Doch schon stand Edward hinter ihr und legte seine starken Hände um ihren Hals. Lena schrie auf, so laut sie nur konnte. Der markerschütternde Schrei, der von den vertäfelten Wänden des Schlafgemachs widerhallte, erstarb unvermittelt, als Edward erbarmungslos zudrückte.

Lena spürte, wie er sie erstickte. Gurgelnd versuchte sie, sich zu befreien, indem sie mit letzter Kraft an seinen Handgelenken zerrte. Doch es gelang ihr nicht. Edward drückte immer fester zu. Lena verlor das Gleichgewicht und ging unfreiwillig in die Knie. Am Boden liegend, war sie erst recht nicht mehr fähig, Widerstand zu leisten. Schwarze Punkte tanzten vor ihren Augen, die immer dichter wurden und alles um sie herum mit einem nachtschwarzen Schleier belegten.

Plötzlich ertönte ein ohrenbetäubender Knall, und der Druck auf ihren Hals ließ schlagartig nach. Mit dem ersten Atemzug, der ihre Kehle schmerzhaft durchströmte, drang der Gestank von Pulver und Schwefel in ihre Lungen. Röchelnd verharrte sie auf Knien und Ellbogen abgestützt, um wieder zu sich zu kommen. Unvermittelt spürte sie eine warme Hand auf ihrem Rücken. Wie aus der Ferne vernahm sie die Stimme von Estrelle, die sich atemlos nach ihrem Wohlergehen erkundigte.

Als Lena nach einigen Minuten wieder klarer sehen konnte, hockte die grauhaarige Dienerin neben ihr. Jeremia stand in der offenen Tür, eine Jagdflinte in der Hand. Anscheinend besaß er einen Zweitschlüssel für sämtliche Räume. Auf dem Teppich lag ausgestreckt Edward, den Kopf von einem seitlichen Durchschuss gezeichnet. Darunter bildete sich eine Blutlache, die den Teppich durchtränkte.

«Wenn Sie wollen, Mylady», erklärte Jeremia mit ausdrucksloser Stimme, «können Sie mich nun in Ketten legen lassen.»

Lena sammelte sich für einen Moment, um zu begreifen, was soeben geschehen war. Dann stemmte sie sich mit Estrelles Hilfe taumelnd auf die Füße.

«Reden Sie keinen Unsinn, Jeremia», erklärte sie mit überraschend gefasster Stimme. «Geben Sie mir die Flinte», befahl sie dem Butler.

Er zögerte einen Moment.

«Was haben Sie vor, Mylady?»

Doch Lena hielt sich nicht mit Erklärungen auf und nahm ihm die Waffe ab. Jeden Moment konnte jemand von draußen hereinkommen, der den Schuss und ihren Schrei gehört hatte. Ohne zu zögern, legte sie Edward das Gewehr in die Hand.

«Sie haben ziemlich rote Stellen am Hals, Mylady», warnte Estrelle und reichte ihr einen schwarzen Seidenschal aus einer Kommode. «Es könnte zu unangenehmen Fragen kommen.»

«Danke», sagte Lena und schaute in den Spiegel über der Kommode, um Edwards Spuren, so gut es ging, zu kaschieren.

Kaum dass das geschehen war, tauchte Pastor Langley im Flur auf. Er wurde von einem Soldaten begleitet.

«Was ist hier geschehen?», fragte er und erstarrte, als er Edwards Leiche auf dem mittlerweile blutdurchtränkten Teppich liegen sah.

Lena begann auf Kommando zu schluchzen und warf sich dem Geistlichen in einer theatralischen Geste an den Hals.

«Sir Edward …», jammerte sie überzeugend. «Er … war gerade dabei, seine Waffe zu säubern, als sich plötzlich ein Schuss löste und ihn am Kopf traf. Ich habe nicht sehen können, wie es geschah … ich stand am Fenster und habe hinausgeschaut.» Wieder begann sie, herzzerreißend zu schluchzen. «Erst mein Schwiegervater und nun Edward, ich ertrage es nicht!»

Verunsichert tätschelte ihr der Pastor den Rücken. Gleichzeitig gab er dem Soldaten den Befehl, ein paar seiner Kameraden herbeizuholen.

«Ensign Martin und seine Männer sind soeben aus Fort Littleton eingetroffen, um Lord William die letzte Ehre zu erweisen. Sie sollten Sir Edward bei der Vorbereitung für eine rasche Beerdigung helfen. Nun müssen wir zwei Gräber ausheben …»

Wieder brach Lena in Tränen aus und hielt sich beide Hände vors Gesicht, um ihre mühsam aufgesetzte Trauer zu unterstreichen. Langley führte sie zum Bett und empfahl ihr fürsorglich, sich einen Moment auszuruhen, bis man Edwards sterbliche Überreste hinunter in die Kapelle getragen hatte. Estrelle versprach, bei ihr zu bleiben und mit ihr zu beten. Danach wies der Pastor die hinzugeeilten Soldaten an, Edwards Leichnam zu entfernen.

«Das ist kein Anblick für eine Lady», erklärte er mit einem mitleidigen Blick auf die junge Witwe.

Lena brachte kein Wort heraus. Estrelle, die Jeremia vorsorglich in die Küche geschickt hatte, damit er sich die Schmauchspuren von den Händen wusch, stand schweigend neben ihr. Gemeinsam beobachteten sie, wie die Rotröcke den leblosen Körper auf eine Bahre hoben. Nachdem die Männer, gefolgt von Pastor Langley, mit dem toten Edward endlich das Zimmer verlassen hatten, atmete Estrelle hörbar auf.

«Was werden Sie nun tun, Mylady?», fragte sie und schaute Lena mit hochgezogenen Brauen an.

Lena setzte sich auf und machte Anstalten, das Bett zu verlassen, doch Estrelle drückte sie sanft zurück in die Kissen. Lena ließ es geschehen und seufzte.

«Danke, Estrelle. Sie und Jeremia haben mir mit Ihrem Mut und Ihrer Entschlossenheit das Leben gerettet. Ich werde das niemals vergessen. Eine erste Konsequenz aus diesem Vorfall wird sein, dass ich sämtliche Sklaven von Redfield in die Freiheit entlassen werde. Wer gegen einen fairen Lohn weiterarbeiten möchte, darf bleiben.»

«Aber Trevor ist noch da», gab Estrelle zu bedenken. «Sie können ihn und seine Leute nicht einfach entlassen, ohne dass es Konsequenzen für uns alle hätte.»

«Ich kann tun, was ich will», erklärte Lena mit Nachdruck und hatte Mühe, angesichts der bedrohlichen Lage auf ein Lächeln zu verzichten. «Aber Sie haben recht», gab sie zu, «eins nach dem anderen. Zunächst einmal benötige ich Geld. Möglichst schnell und möglichst viel.»

Estrelle sah sie an, als ob ihre Herrin den Verstand verloren hätte. Doch als Lena ihr erklärte, dass sie 10 000 Pfund benötigte, um Jess vor dem Strang zu bewahren, wurde ihr Blick weich.

«Sie lieben ihn wirklich», bemerkte sie beinah verträumt.

«Mehr als mein Leben.»

Lenas Herz krampfte sich zusammen bei dem Gedanken an Jess und in welchem Zustand sie ihn im Gefängnis hatte zurücklassen müssen. Doch nun verspürte sie plötzlich wieder Hoffnung.

«Wir müssen Baba sagen, was passiert ist.» Lena war vor Aufregung ganz schwindlig. «Tom soll runter zum Fluss laufen und sie holen. Sie wartet in der alten Fischerhütte. Aber die beiden müssen aufpassen, dass sie Trevor nicht in die Arme laufen. Baba wird sich wundern, wenn sie erfährt, was geschehen ist. In der Zwischenzeit werde ich mich in eine trauernde Witwe verwandeln, indem ich mein schwarzes Brokatkleid anziehe und allen Anwesenden zeige, dass ich in erster Linie Ruhe benötige, um die schrecklichen Ereignisse zu verkraften. Spätestens morgen früh werde ich Mister Bluebird und Mister Hogsmith informieren. Die beiden sollen die gemeinsame Beerdigung von Edward und meinem Schwiegervater vorbereiten und mich in die Organisation der Plantage einweihen.»

Als Baba eine halbe Stunde später in Begleitung von Estrelle in Lenas Zimmer schlüpfte, war es draußen schon dunkel. Estrelle hatte auf Babas Drängen Lenas altes Gästezimmer hergerichtet, weil sie der Meinung war, dass es Unheil brachte, im Zimmer eines erst jüngst Verstorbenen zu schlafen. Zuvor hatte sie rasch ein paar Kerzen entzündet und den Raum gegen das Wirken von Dämonen ausgeräuchert. Zeitgleich stand Jeremia unten in der Empfangshalle, mit dem Auftrag, notfalls Pastor Langley abzufangen, der selbstverständlich von dieser heidnischen Zeremonie nichts erfahren durfte.

«Hier hab ich damals gestanden und William mit einer Machete bedroht», gestand Baba nachdenklich und deutete auf das ausladende Bett, das nun für Gäste gedacht war. «Dort stand er und hat mit einer Pistole auf mich gezielt», erklärte sie gedankenverloren.

Lena versuchte sich vorzustellen, wie Baba sich gefühlt haben musste, als sie zitternd vor ihrem Master gestanden hatte.

«Setz dich», sagte sie und deutete auf einen gepolsterten Stuhl. «Du hast die ganze Zeit in dieser ungemütlichen Fischerhütte ausgehaart und kannst sicher eine Stärkung vertragen.»

Lena trat an den kleinen Tisch, auf dem Estrelle ein improvisiertes Abendessen aus kaltem Huhn, Brot und Obst hergerichtet hatte.

«Danke», sagte Baba und ließ ihren wachsamen Blick über die Köstlichkeiten schweifen. «Aber seit ich weiß, wie es um Jess steht, ist mir der Appetit vergangen.»

«Wem sagst du das», entgegnete Lena mit einem Seufzer. «Mein Hals ist wie zugeschnürt. Trotzdem sollten wir ein Glas darauf trinken, dass sich der Wind so plötzlich gedreht hat. Auch wenn die Umstände tragisch sind, so besteht nun wieder Hoffnung, dass ich das Geld auftreiben kann, um Jess vor dem Strang zu bewahren.»

Ohne die Zustimmung von Baba abzuwarten, füllte Lena drei Kristallkelche mit teurem, französischem Rotwein. Sie gab eins Baba und eins Estrelle, die sich ein wenig zierte, weil sie es nicht gewohnt war, mit ihrer weißen Herrschaft anzustoßen.

«Auf die Freiheit», erklärte Lena und prostete den beiden älteren Frauen mit einem verhaltenen Lächeln zu. «Den Champagner gibt es, wenn wir Jess aus dem Kerker geholt haben!»

«Wenn man es genau nimmt, wäre eigentlich Jess der Erbe von Redfield Hall», bemerkte Baba vorsichtig. «Ich habe mir immer gewünscht, William hätte ihn als seinen Sohn anerkannt. Aber dafür ist es nun zu spät.»

«Wenn wir heiraten, bleibt doch alles in der Familie», warf Lena versöhnlich ein.

«Du willst ihn heiraten?» Baba war fassungslos. «Was wird dein Vater dazu sagen? Ich meine, es ist eine Sache, wenn sich ein weißer Mann eine Mulattin sucht, aber umgekehrt ist so etwas – zumindest in deinen Kreisen – ziemlich ungewöhnlich. Soweit ich weiß, ist dergleichen auf dieser Insel noch nie vorgekommen.»

«Dann wird es Zeit, dass sich etwas ändert, findest du nicht? Und was meinen Vater betrifft: Er ist ein kluger Mann ohne Vorurteile. Er wird ihn lieben wie einen Sohn, da bin ich mir sicher.»

«Dafür müsst ihr Jess aber erst einmal vor dem Galgen bewahren», fügte Estrelle mit unheilschwangerer Stimme hinzu.

«Ich werde gleich morgen früh nach Kingston aufbrechen und den Advokaten der Familie Blake aufsuchen», versprach Lena mit Nachdruck in der Stimme. «Sein Name ist Dr. Castlewood, und ich weiß von Edward, dass alle testamentarischen Urkunden bei ihm hinterlegt sind.»

Plötzlich klopfte es an der Tür.

«Schnell», zischte Lena und schaute in Baba aufgeschrecktes Gesicht. «Versteckt, dich in der Nische hinter der Gardine.»

Nachdem Baba ihrem Rat gefolgt war, ging Lena zur Tür und öffnete sie einen Spalt weit. Es war Larcy. Sie stand völlig aufgelöst vor ihr.

«Trevor ist im Anmarsch», stieß sie bebend hervor. «Er sagte, er will mit Ihnen sprechen, doch Jeremia hat ihm gesagt, Sie würden schon schlafen. Aber ich bin mir nicht sicher, ob er sich von einem Hausdiener aufhalten lässt.»

«Danke, Larcy», erwiderte Lena. «Das war sehr klug von dir, dass du zu mir gekommen bist. Verrate ihm nicht, dass ich Besuch habe.»

«Das müssen Sie mir nicht sagen.»

Beleidigt schürzte sie ihre vollen Lippen. Doch schon tauchte Trevor hinter ihr auf und drängte sie zur Seite. Ungefragt stürmte er in Lenas Zimmer.

«Was wollen Sie, Trevor?»

Lena spürte, wie ihr das Herz im Halse schlug. Trevor war zwar nicht mehr jung, aber er war immer noch stark, und er hatte eine ganze Armada von Aufsehern hinter sich, die ihr das Leben schwer machen konnten.

«Gibt es hier etwas zu feiern?», fragte er hämisch und ging um den Tisch herum, wobei er sich ein gebratenes Hühnerbein schnappte und daran zu nagen begann. «Kaum ist der letzte Master auf dieser Plantage unter mysteriösen Umständen gestorben, veranstaltet die Dame des Hauses ein Portweinkränzchen mit ihrer Sklavin.» Er warf Estrelle einen finsteren Blick zu. «Lassen Sie mich raten, wo das hinführt. In die Freilassung aller Sklaven? Aber nicht mit mir! Das kann ich Ihnen sagen», warnte er sie mit drohendem Blick. «Ich habe diese Plantage mit aufgebaut, und bevor sie untergeht, will ich mein Stück vom Kuchen.»

Mit einem verächtlichen Schnauben warf er den angebissenen Hühnerschlegel auf den Tisch und wischte sich die Finger an seiner braunen Baumwollhose ab.

«Verlassen Sie unverzüglich das Haus, Trevor», befahl ihm Lena und wunderte sich, dass sie es in dieser Situation fertigbrachte, so souverän zu reagieren. «Ich erlaube Ihnen nicht, unangemeldet mein Zimmer zu betreten. Wir sprechen morgen früh mit Mister Bluebird darüber, wie es weitergeht. Danach werde ich in Kingston den Advokaten aufsuchen.»

«Tun Sie das, Mylady. Und vergessen Sie nicht, mir eine amtlich beglaubigte Abschrift des Testamentes mitzubringen. Ich will mich selbst davon überzeugen, ob Lord William mir nicht vielleicht doch etwas vermacht hat.»

Lena atmete auf, als er sich zum Gehen wandte. Wobei er noch einmal innehielt und sich zu ihr umdrehte.

«Habe ich das richtig in Erinnerung, dass Sie diese Plantage nur erben können, wenn Sie einen leibhaftigen Nachfahren der Blakes gebären?»

«Ich wüsste nicht, warum Sie das etwas angehen sollte», erwiderte Lena pikiert.

«Weil es einen Unterschied macht, von Ihnen entlassen zu werden oder weiterhin in den Diensten des europäischen Clubs zu stehen, dem diese Plantage unweigerlich zufallen wird, wenn die testamentarischen Bedingungen nicht erfüllt werden. Und dann hätte ich sehr gute Chancen, der neue Verwalter von Redfield zu werden! Sollten Sie also schwanger sein, wie mir ein Vögelchen zugeflüstert hat, würde ich an Ihrer Stelle gut auf mich achtgeben. Bis zur Geburt kann schließlich noch eine Menge passieren. Wäre nicht das erste Balg, das es nicht bis dahin schafft.»

Sein hämisches Grinsen erschütterte Lena. Dann verschwand er, ohne eine Antwort abzuwarten. Estrelle schloss die Tür hinter ihm, als ob sie einen Dämon verbannen wollte.

«Vor dem Kerl musst du dich wahrlich in Acht nehmen», riet ihr Baba, die aus ihrem Versteck hervorgekommen war. «Sollte er nicht im Testament berücksichtigt sein, wird er sich bitter rächen. Und nicht nur dann ist er eine Gefahr. Er ist ein Killer, vergiss das nicht. Er hat für William und Edward zeitlebens die Drecksarbeit übernommen. Was sollte ihn da noch davon abhalten, dich und das Kind zu beseitigen, wenn es für ihn von Vorteil ist?»

KAPITEL 33

Ende Dezember 1831 || Jamaika || Familienbande

«Das Geld aus dem Tresor reicht nicht», seufzte Lena.

Mit großen Augen beobachtete Estrelle, wie die zukünftige Herrin von Redfield Hall im Arbeitszimmer ihres verstorbenen Mannes erneut die goldenen Münzen in einer Geldkassette zählte.

«Selbst wenn mein Schmuck noch hinzukommt, würde es nicht reichen, um die Kaution zu bezahlen. Ich muss also doch vorher zur Bank und zum Advokaten, um an mein eigenes Geld zu gelangen.»

«Vielleicht kann Mister Bluebird uns weiterhelfen, Mylady?»

«Sagen Sie Jeremia, dass er ihn bitte holen soll», bat Lena.

Wenig später saß der farblose Finanzverwalter mit dem tadellos sitzenden Anzug und den dazu passenden Ärmelschonern Lena in der Bibliothek von Redfield Hall gegenüber. Nachdem sie ihm die vorangegangenen Ereignisse geschildert und die damit verbundenen Notwendigkeiten erläutert hatte, schüttelte Mister Bluebird, was die Finanzen betraf, bedauernd den Kopf.

«Solange Dr. Castlewood mir keine Vollmacht zukommen lässt, die besagt, dass Sie die rechtmäßige Erbin von Redfield Hall und allen übrigen Ländereien in Übersee sind, kann ich Ihnen keinen Penny auszahlen. So leid es mir tut. Deshalb sollten Sie schleunigst zusehen, dass die Erbschaftsangelegenheiten geregelt werden, Lady Helena», erklärte der beleibte Mittvierziger. «Ansonsten haben wir ein mittelschweres Problem. Wir steuern direkt auf die Zuckerrohrernte zu, was bedeutet, dass Kosten für die Maschinen zur Reparatur und Wartung anstehen, Schiffspassagen für die Verschiffung der Ware nach

Übersee gebucht und nicht zuletzt unsere Angestellten und Zulieferer bezahlt werden müssen. Und wir benötigen Geld für die Verpflegung der Sklaven. Wir sollten sie nicht mit knurrenden Mägen in die Arme der Rebellen treiben.»

Lena schaute ihn entgeistert an und schluckte schwer. Was mit den Menschen auf Redfield Hall passierte, jetzt, wo Lord William und Edward fehlten, hatte sie noch überhaupt nicht beschäftigt, wie sie sich reuevoll eingestehen musste. Die Macht, die Sklaven wie beabsichtigt in die Freiheit zu entsenden, besaß sie noch nicht. Und selbst wenn, wäre es kein einfacher Weg, der von heute auf morgen zu bewerkstelligen war. Sie würde garantiert auf Widerstand von Trevor und seinen Leuten stoßen. Plötzlich stand sie vor dem Problem, nicht nur Jess' Existenz retten zu müssen, sondern die von Tausenden Menschen. Und Trevor hockte ihr im Nacken wie eine giftige Spinne.

Wenn die weißen Aufseher ihre Löhne nicht erhielten oder es zu weiteren Bränden und Übergriffen durch die Rebellen kam, die ihre Ernte zerstörten, würde es ein Leichtes für ihn sein, das Ruder zu übernehmen und sie in den Ruin zu treiben. Aber dieses Problem musste warten, sie hatte Prioritäten zu setzen. Und an erster Stelle stand das Leben von Jess. Erst wenn sie ihn vor dem Tode bewahrt hatte, fingen die Uhren von neuem an zu schlagen.

«Lieber Mister Bluebird», begann sie mit einem gewinnenden Lächeln. «Ich werde unverzüglich nach Kingston aufbrechen und das Nötige regeln. Bis dahin möchte ich Sie bitten, unsere Gläubiger bei Laune zu halten. Ich nehme an, dass sie ihr Geld bisher immer pünktlich erhalten haben. Das wird auch in Zukunft so sein. Überzeugen Sie sie davon, dass wir lediglich vielleicht drei oder vier Tage benötigen, um die notwendigen Formalitäten zu regeln.»

Lena hoffte inbrünstig, dass dies der Wahrheit entsprach, und verabschiedete sich mit einem festen Händedruck von dem zweifelnd dreinschauenden Archibald Bluebird.

Schon eine Stunde später machte sich Lena unter der glühenden Mittagssonne und in Begleitung von Baba mit dem Zweispänner auf den Weg nach Kingston. Sie hoffte, dass Trevor ihre Abfahrt nicht bemerkte. Seit seinem Auftritt am Abend zuvor hatte er sich nicht mehr blicken lassen. Estrelle, die mit Jeremia auf Redfield die Stellung hielt, hatte ihr sämtliche Unterlagen, die sie benötigte, in eine lederne Aktentasche gepackt.

Am frühen Nachmittag erreichten sie die quirlige Hafenstadt im Süden der Insel und steuerten sogleich die weiß getünchte Villa des Advokaten an.

«Ich habe ganz weiche Knie», gestand Lena ihrer nicht weniger aufgeregten Begleiterin, als sie die breiten Stufen zu Dr. Castlewoods Kanzlei hinaufschritten.

Ganz in Schwarz gekleidet, wie es sich für eine trauernde Witwe ziemte, betätigte Lena den schweren Türklopfer. Den blonden Haarknoten von einem schwarzen Hut bedeckt, dazu einen schwarzen Sonnenschirm in der Hand fragte sie Baba ein letztes Mal:

«Wie sehe ich aus?»

«Überzeugend», versicherte ihr Baba, die in einem grauen Kleid aus Maggies Fundus die perfekte Dienerin abgab.

Ein schwarzer Diener in Livree öffnete, und Lena überreichte ihm ihre Karte und trug ihr Anliegen vor. Zunächst führte er sie in einen schmucklosen Warteraum, in dem einige Stühle standen und es nach Aktenpapier und Tinte roch. Nach einer Weile erschien Dr. Castlewood in der Tür. Er war ein grauhaariges, agil wirkendes Männchen, kaum größer als sie selbst. Er trug eine Brille auf der Nase, durch deren Gläser ein paar freundliche, braune Knopfaugen schauten.

«Lady Blake», begann er mit anteilnehmender Miene und verbeugte sich leicht. Dabei nahm er ihre Hand und hauchte einen angedeuteten Kuss auf den Handrücken. «Mein Beileid.»

«Ihre Sklavin kann gerne hier auf Sie warten», wimmelte er Baba ab, die sich bereits erhoben hatte, um Lena zu folgen.

Lena nickte zustimmend, obwohl sie Baba gerne zur Unterstützung dabeigehabt hätte. Dr. Castlewoods Blick war weiterhin mitfühlend, als er Lena in sein Büro geleitete und ihr einen Platz auf einem mit rotem Samt bezogenen Sofa anbot.

«Ich habe schon mit Ihnen gerechnet.»

Lena war überrascht, dass sich Edwards Tod offensichtlich bereits rumgesprochen hatte. Aber Jamaika war eben nicht besonders groß, und der Klatsch blühte. Unaufgefordert begann sie mit den Einzelheiten zum Tode ihres Mannes und ihres Schwiegervaters und legte Castlewood die notwendigen Sterbeurkunden vor, die Dr. Lafayette ausgestellt hatte.

«Das ist ja wirklich furchtbar», murmelte der Advokat, während er sich hinter seinem monströsen Schreibtisch verschanzte und die Papiere studierte. Dann schaute er auf und sah ihr direkt in die Augen. «Ich schlage vor, wir gehen die Sache gemeinsam durch. Mögen Sie ein Glas Wasser?», fragte er bemüht fürsorglich. «Oder ein erfrischendes Glas Limonade?»

Lena entschied sich für Wasser und hoffte, dass Castlewoods Wissen um die Geschehnisse die anstehenden Formalitäten verkürzte. Sobald klar war, dass sie ihr Erbe antreten konnte, wollte sie zur Bank und das Geld für Jess' Freilassung holen. Doch nachdem der Butler ihr das Getränk serviert und sich leise wieder zurückgezogen hatte, machte Castlewood all ihre Hoffnungen zunichte.

«Ein gewisser Mr. Trevor Hanson hat mich heute bereits in aller Frühe aufgesucht und erklärt, er wolle die Erbnachfolge im Testament von Lord Blake anfechten.»

Lena verschluckte sich am Wasser und begann heftig zu husten. Es dauerte eine Weile, bis sie sich wieder beruhigt hatte.

«Mr. Hanson?», fragte sie ungläubig. «Was will er denn? Er ist doch nur ein Vorarbeiter. Ich wüsste nicht, welche Ansprüche er stellen könnte?»

«Nun ja», begann Castlewood zögernd und blätterte in den vor ihm liegenden Papieren. «Da wäre zunächst eine Abfindung über

300 Pfund für dreißig Jahre treue Dienste, die Lord Blake ihm wohl im Falle seines Ablebens als Pensionsfonds versprochen hat.»

Lena winkte ab.

«300 Pfund sind eine Kleinigkeit angesichts des gewaltigen Vermögens, das mein Mann und sein Vater hinterlassen haben.» Sie lehnte sich zurück. «Hanson soll sein Geld haben. Viel wichtiger ist, dass ich unverzüglich sämtliche Rechte an der Verwaltung der Plantage eingeräumt bekomme, damit der Betrieb möglichst rasch wieder aufgenommen werden kann. Die Plantage muss im Sinne meines Schwiegervaters weitergeführt werden. Das verstehen Sie sicher. Auch die Verwaltung der Vermögenswerte im Ausland darf nicht ins Stocken geraten.»

Dr. Castlewood sah sie aufmerksam an, dann erklärte er mit einem einschmeichelnden Lächeln:

«Sie gefallen mir. Dass Sie in Ihren jungen Jahren unvermittelt eine solch gewaltige Pflicht übernehmen wollen, rechne ich Ihnen hoch an. Es spricht für Ihr Verantwortungsgefühl und Ihre Redlichkeit. Die meisten anderen Frauen in Ihrer Situation würden wohl weniger an das Wohlergehen der Plantage denken, sondern eher an die vielen neuen Kleider, die sie sich in Europa schneidern lassen könnten.»

«Kleider sind das Letzte, woran ich im Moment denke», erwiderte Lena und verbot sich zugleich den Gedanken an Jess, der immer noch in seiner dreckigen Zelle lag und malträtiert wurde.

«Und doch tut es mir leid», fuhr Dr. Castlewood mit einem bedauernden Kopfschütteln fort, «Ihnen mitteilen zu müssen, dass wir Ihren Erbschaftsanspruch für eine Weile aufschieben müssen.»

«Aufschieben?» Lena runzelte die Stirn. «Was bedeutet das? Ich kann nichts aufschieben. Das habe ich Ihnen doch gerade erklärt!»

«Da wäre zunächst einmal die von Lord William geforderte Schwangerschaft.»

Castlewood vermied es, ihr direkt in die Augen zu schauen.

«Ich bin schwanger», erklärte sie trotzig. «Dr. Lafayette wird dies bestätigen können. Ich habe durchaus Verständnis dafür, dass ich auf das volle Erbe erst Anspruch habe, wenn das Kind geboren ist, aber bis dahin wird es wohl nicht im Interesse meines Schwiegervaters gewesen sein, mich und das Ungeborene samt aller Sklaven verhungern zu lassen.»

«Keineswegs, Madame», beeilte sich Castlewood, seine Ausführung fortzuführen. «Ich denke, wir finden in diesem besonderen Fall eine Übergangslösung, die Sie großzügig mit allem ausstattet, was Sie für Ihre gewohnte Lebensführung benötigen, und Ihnen weitgehende Rechte überträgt, was die Sachverwaltung des vorhandenen Vermögens betrifft. Wenn das Kind dann das Licht der Welt erblickt hat, werden Sie als sein Vormund vollen Zugriff zu allen vorhandenen Werten haben. Mit der Volljährigkeit übertragen sich diese Rechte auf Ihr Kind.»

Lena wusste nicht, ob sie mit dieser Lösung zufrieden sein konnte, aber andererseits gab es ja noch ihre Mitgift, und dieses Geld würde reichen, um ihr dringendstes Problem in Angriff zu nehmen.

«Aber es gibt da noch etwas anderes, das Ihre Erbschaft gefährden könnte», fuhr Castlewood unbeirrt fort.

Lena horchte alarmiert auf.

«Was denn noch?»

«Ich wage es kaum zu sagen, aber Mr. Hanson war heute Morgen nicht nur bei mir, sondern auch beim obersten Bezirksgericht in Spanish Town und hat Anzeige gegen Sie erhoben.» Er stockte kurz. «Wegen Mordes.»

«Was?» Lena traute ihren Ohren nicht.

«Er beschuldigt Sie, Ihren Mann umgebracht zu haben. Außerdem behauptet er, Sie hätten gemeinsame Sache mit den Rebellen gemacht, die Lord William getötet und die Zuckerrohrfelder von Redfield Hall in Brand gesetzt haben.»

«Grundgütiger!» Fassungslos riss Lena ihre Augen auf. «Ist dieser Mann wahnsinnig geworden? Wie kann er so etwas behaupten?»

Castlewood warf ihr einen teilnahmsvollen Blick zu.

«Es tut mir wirklich leid. Ich halte diese Anschuldigungen ebenfalls für völlig abstrus. Aber solange die Vorwürfe nicht zweifelsfrei aus der Welt geschafft sind, kann ich Ihnen die Plantage und alles, was damit zusammenhängt, leider nicht überschreiben. Das Einzige, was mir bleibt, ist, Ihrem Verwalter Mister Bluebird eine Sicherheit auszustellen, dass die momentanen Betriebsauslagen der Plantage unverzüglich bei den Gläubigern beglichen werden, sobald die Angelegenheit geklärt ist.»

«Aber ...» Lena wurde panisch. Sie bekam kaum noch Luft. «Aber was ist mit meiner Mitgift? Wenigstens über diese Summe müsste ich nach Edwards Tod doch nun frei verfügen können, nicht wahr?»

Der Advokat schüttelte bekümmert den Kopf.

«Ihre Mitgift ist mit Ihrer Verehelichung vollkommen im Vermögen von Edward Blake aufgegangen. Solange von beiden Seiten nicht gegen eheliche Pflichten verstoßen oder eine Scheidung eingereicht wurde, steht Ihnen eine Auszahlung zu diesem Zeitpunkt leider nicht zu.»

Lena wusste nicht, ob sie in Tränen oder lieber in ein hysterisches Lachen ausbrechen sollte. Trevor, dieser gemeine Hund, wollte sie ganz offensichtlich ins Verderben führen.

«Und wer entscheidet nun über mein Schicksal?», fragte sie tonlos.

Umständlich stöberte Castlewood in seinen Papieren und zog eine Visitenkarte hervor, die er an sie weiterreichte.

«Dr. Bolton in Spanish Town ist allem Anschein nach für den Fall zuständig. Als Advokat der Familie Blake kann ich gerne Ihre Vertretung übernehmen und die zu erwartende Vorladung an mich schicken lassen. Ich denke, Mitte der Woche müsste die Anklageschrift vorliegen, dann können wir gemeinsam überlegen, wie wir weiter vorgehen wollen.»

Der Ohnmacht nahe, überlegte Lena, was geschehen würde, wenn Castlewood die gesamte Vorgeschichte erfuhr. Viel zu verlieren hatte sie nicht, denn bei einer Verhandlung würde der Advokat des Teufels, wie sie Bolton still für sich bezeichnete, dafür sorgen, dass alles ans

Licht kam. Die Vorstellung, dass er dem Gericht und damit Dr. Castlewood sämtliche schmutzigen Details ihres Auffindens in Port Maria servierte, ließ sie erschaudern. Abgesehen davon, wäre Jess bis dahin längst gehängt worden, und Bolton könnte sie mühelos als Befürworterin eines zum Tode verurteilten Rebellen entlarven.

«Ich danke Ihnen, Dr. Castlewood. Aber im Moment gibt es nichts für Sie zu tun. Ich muss nachdenken. Vielleicht melde ich mich im Laufe der Woche wieder.»

Jess ist verloren, dachte sie, als Castlewood sie mit leicht verstörtem Blick aus seinem Büro hinausführte. Ich bin verloren, ergänzte sie in Gedanken.

«Komm, wir gehen», sagte sie mit resigniert klingender Stimme zu Baba und zog die ältere Frau am Handgelenk aus dem Wartezimmer des Advokaten.

«A ... Aber», wollte Baba noch sagen.

«Später», sagte Lena nur, bemüht, einen Aufschrei zu unterdrücken, der ihr wie ein Keil in der Kehle steckte.

Draußen erklärte sie Jess' Mutter, welche Hiobsbotschaft der Advokat ihr überbracht hatte.

«Das ist doch nicht möglich», stammelte Baba, als sie bei ihrer Kutsche angelangten.

«Alles ist möglich», erwiderte Lena und betrachtete mit ausdruckslosem Gesicht die blühenden Vorgärten und die vornehmen Damen, die mit ihren Gesellschafterinnen unter aufgespannten Sonnenschirmen über die breite Hafenpromenade lustwandelten.

«Dieser unsägliche Teufel», entfuhr es Baba heiser, womit sie ohne Zweifel Trevor meinte, der ihnen einen Strich durch die Rechnung gemacht hatte.

«Und was machen wir nun?»

Baba war die Verzweiflung genauso anzusehen wie ihr selbst, doch auch sie wollte nicht weinen und Jess damit ihrer eigenen Verzagtheit preisgeben.

«Du nimmst die Kutsche und kehrst zurück in die Berge, auch wenn du glaubst, dass uns Cato nicht helfen wird. Vielleicht hat Jess ein paar Freunde, Kameraden oder was weiß ich, die sich bereit erklären, dieses verdammte Gefängnis in die Luft zu jagen. Wir dürfen nichts unversucht lassen, hörst du?»

Baba hatte ihr abwesend zugehört.

«Und du?», fragte Baba sie und schenkte ihr unvermittelt ihre volle Aufmerksamkeit. «Was ist mit dir?»

«Ich werde Dr. Bolton den gewünschten Besuch abstatten. Jedoch nicht, ohne mir zuvor einen eigenen Advokaten zu suchen. Ich kann unmöglich Dr. Castlewood mit meiner Verteidigung beauftragen. Wenn er die Zusammenhänge um meine zweite Entführung erfährt, schlägt er sich womöglich auf Trevors Seite und sorgt mit dafür, dass ich verurteilt werde.»

«Und wo willst du solange unterkommen?», fragte Baba besorgt.

«Ich fahre mit dir bis Spanish Town und nehme mir ein Zimmer im *King George Hotel*. So bin ich wenigstens Jess nahe, auch wenn ich im Moment nicht viel für ihn tun kann.»

«Viel Glück», flüsterte Baba mit tränenerstickter Stimme.

Sie drückte Lena fest, als sie kurz vor Sonnenuntergang an der St. Catherine's Kathedrale in Spanish Town die Pferde zügelte, um Lena aussteigen zu lassen.

«Dir wünsche ich dasselbe», sagte sie leise zu Baba und winkte ihr noch einmal zu, bevor sich die Kutsche in Richtung der Blue Mountains in Bewegung setzte.

Lenas Weg führte zunächst zum Hauptportal der Kathedrale, die im goldenen Abendlicht lange Schatten warf. Draußen hatten sich ein paar Männer und Frauen in vornehmer Kleidung zu einem Schwätzchen versammelt. Im Vorbeigehen schnappte Lena die Worte Rebellen und Sklaven auf.

«Man müsste sie alle öffentlich hängen», ereiferte sich ein schmallippiger Weißer und machte eine entsprechende Geste unterhalb seines welken Krötenhalses.

«Jeffrey!», schimpfte seine Frau und bedachte ihn mit einem vernichtenden Blick. «Denk daran, es sind ein paar Damen anwesend.»

Lena fragte sich in Gedanken, was es für einen Unterschied machte, ob man über eine Hinrichtung redete oder am Ende dabei zuschaute. Eigentlich war Letzteres wesentlich schlimmer, aber niemand hatte offenbar etwas einzuwenden, wenn Frauen daran teilnahmen. Im Innern der Kirche stellte Lena eine Kerze zu Ehren der heiligen Cathrine auf, die zu den 14 Nothelfern gehörte, und betete inbrünstig. Plötzlich berührte sie jemand an der Schulter.

«Lady Juliana?»

Lena war wie vom Donner gerührt, als sie in das freundliche Gesicht der Gouverneursgattin blickte.

«Was für ein Zufall, Lady Helena, ich habe mit meiner Gesellschafterin die Abendmesse besucht. Was tun Sie hier?»

«Lassen Sie uns nach draußen gehen, dann erzähle ich es Ihnen.»

Unter einem schattigen Feigenbaum berichtete sie der Gouverneursgattin von Lord Williams und Edwards plötzlichem Tod und Trevors ungeheuerlichen Verdächtigungen. Lady Juliana war sichtlich betroffen, ersparte sich jedoch jeden Kommentar. Sie nahm nur einen Kohlestift und einen Notizblock aus ihrem Samtbeutel, worauf sie einen einzigen Namen und eine Adresse schrieb.

«Soll ich Ihnen ein Zimmer im Gästehaus reservieren lassen?», fragte sie und schaute kurz auf. «Oder benötigen Sie etwas Geld?»

«Nein … nein», beeilte sich Lena zu sagen und klopfte auf ihre Ledertasche, die sie wie einen kleinen Reisekoffer bei sich trug.

«Das ist die Adresse von einem jungen Advokaten, den ich für sehr fähig halte», erklärte Juliana und riss den Zettel vom Block. «Vielleicht kann er Ihnen weiterhelfen.»

«Danke», erwiderte Lena und nahm den Zettel entgegen. «Für alles.»

«Keine Ursache, das ist doch selbstverständlich. Wo möchten Sie denn unterkommen?»

«Ich nehme mir ein Zimmer im *King George*, und dann sehen wir weiter.»

Noch am gleichen Abend suchte Lena die Kanzlei von Maurizio Gómez auf, einem jungen Advokaten mit spanischen Wurzeln, der nach eigenen Angaben dafür bekannt war, dass er die Rechte der Sklaven vertrat.

«Da haben Sie sich aber mit einem mächtigen Feind angelegt», bemerkte der Mann mit dem dichten Schnauzbart wenig begeistert.

Nachdem er sich bereit erklärt hatte, sie auch ohne Termin zu empfangen, saß Lena nun in seinen bescheidenen Arbeitsräumen. Seine unvermittelte Bereitschaft, sie gegen einen Advokaten der Regierung zu vertreten, war wiederum einer Vorauszahlung von 20 englischen Pfund geschuldet. Lena legte das Geld ohne Zögern auf den Tisch. Er konnte es – so wie es aussah – gut gebrauchen. Sein Büro war beileibe nicht so vornehm wie das von Dr. Castlewood. Und obwohl Gómez ein gutaussehender Kerl war, ließ seine einfache Kleidung nicht auf bahnbrechende Erfolge gegen die hiesige Justiz schließen. Wobei sich seine Kundschaft nach eigenen Angaben vorwiegend aus einfachen Menschen und Gegnern der Sklaverei rekrutierte. Doch Lena ließ sich nicht beirren und knallte dem nichtsahnenden jungen Mann die gesamte Misere auf den hölzernen Anmeldetresen. Sie redete unaufhörlich, wobei sie, was Jess betraf, bei der Variante blieb, dass er nur ein harmloser Baptistenpriester war. Sie behauptete, dass er ihr nichts weiter als helfen hatte wollen, ihren Mann zu verlassen, und dass man ihm nun fälschlicherweise Aufwiegelei und einen Mord vorwarf.

«Ich habe den dringenden Verdacht, dass die Zustände im Gefängnis von Spanish Town unhaltbar sind. Vor allem was die Verhöre von Verdächtigen betrifft. Es ist anzunehmen, dass man Geständnisse unter Folter erzwingt und Menschen für Dinge beschuldigt, die sie nicht getan haben. Mir scheint, es geht nur um die privaten Interessen gut zahlender Pflanzer.»

Gómez betrachtete sie einen Augenblick lang amüsiert und brach dann in schallendes Gelächter aus.

«Was ist daran so komisch?», fragte Lena pikiert.

«Dass Sie so tun, als ob das völlig neue Erkenntnisse wären. Sind Sie so naiv, oder tun Sie nur so?» Sein Blick war plötzlich ernst. «Ihr eigener Ehemann und sein Vater waren berüchtigt dafür, dass ihnen das Geld locker saß, wenn es um die Bestechung von Politikern, Beamten und hohen Militärs ging. Ich frage mich ernsthaft, ob Sie davon nichts mitbekommen haben. Haben Sie denn nichts von Ihrem Ehemann gelernt?»

«Erstens halte ich mich erst seit knapp einem halben Jahr auf dieser Insel auf, und zweitens verfüge ich nicht über die notwendigen Mittel, um es ihm gleichzutun», erklärte sie nüchtern. «Und bevor ich Ihnen einen Vortrag über meine eigenen moralischen Grundsätze halte, schlage ich vor, dass wir zur Tat schreiten und das drohende Unheil abwenden.»

«Welches Unheil meinen Sie denn genau? Das Ihre oder das Ihres rebellischen Freundes?»

Offensichtlich hatte sie sein Interesse geweckt.

«Beides.»

Gómez pfiff leise durch seine schneeweißen Zähne.

«Sie schöpfen aber gleich aus dem Vollen, meine Liebe. Sagen Sie nur, Sie fühlen sich zu allem Übel auch noch den Sklaven verpflichtet?»

«Selbstverständlich. Warum nicht?»

«Weil ich einer Frau wie Ihnen so viel Mut gar nicht zugetraut hätte. Alle Achtung!» Mit einem Lächeln schob er das Geld zurück. «Ich vertrete Sie umsonst, weil ich nicht garantieren kann, ob wir eine solch blutige Schlacht gewinnen.»

«Nein.» Lena schüttelte den Kopf. «Ich möchte Sie für Ihre Mühen bezahlen.» Sie seufzte. «Solange ich es noch kann.»

«Gut», sagte er nur und lächelte knapp. «Aber das Geld nehme ich erst, wenn wir einen Erfolg verbuchen können. Wir treffen uns morgen früh um zehn. Wo kann ich Sie abholen?»

«Im *King George*», erwiderte sie erstaunlich souverän. «Ich werde dort auf unbestimmte Zeit ein Zimmer mieten.»

Wenig später betrat Lena ein geräumiges, helles Zimmer mit Blick auf den Prachtboulevard und den Gouverneurspalast. Sie dachte daran, wie unrecht Gómez hatte, wenn er sie für ein verwöhntes Gör hielt, dem das Beste gerade gut genug war. Sie hätte liebend gern in einer Höhle übernachtet, wenn es der Rettung von Jess dienlich gewesen wäre. Seit er in ihr Leben getreten war, wusste sie, dass es nicht auf den Ort ankam, um sich wohl zu fühlen, sondern auf die Gesellschaft.

Von ihrem Fenster aus konnte sie direkt auf das Justizgebäude und das daran anschließende Gefängnis schauen. Auch wenn Jess in Wahrheit unerreichbar für sie war, so verspürte sie wenigstens eine gewisse Nähe zu ihm. Das war auch der Hauptgrund dafür gewesen, dieses im Grunde überteuerte Zimmer zu mieten. Aber erstens war es nicht für lange, und zweitens reichte ihr Geld ohnehin nicht, um für Jess die Kaution zu bezahlen. Da hätte es auch keinen Unterschied gemacht, wenn sie stattdessen in eine dreckige Pension am anderen Ende der Stadt gezogen wäre.

Die Empfangsdame schien sich zu wundern, dass Lena zu Fuß angereist war und kaum Gepäck bei sich trug. Aber als sie die Miete für eine Nacht mit der Option auf weitere Nächte im Voraus zahlte, fragte niemand mehr nach dem Grund ihres Hierseins. Lena ließ sich ein einfaches Essen aufs Zimmer bringen. Sie hatte kaum Hunger und wollte mit Jess solidarisch sein, der, wenn er Glück hatte, vielleicht eine wässrige Suppe bekam.

Nach dem Abendbrot zog sie sich bis auf die Unterwäsche aus und warf ihre Kleider achtlos über einen Sessel. Als sie zum Fenster ging, um hinauszuschauen, fiel ihr Blicke auf ein kopiertes Gemälde, das den amtierenden Gouverneur von Jamaika zeigte. Davor stand ein Strauß Lilien in einer Porzellanvase. Nur mit Mühe widerstand sie dem Impuls, die Vase zu nehmen und dem Gouverneur auf dem Bild an den Kopf zu schleudern. Als sie zu Bett ging, schlief sie in dem Gedanken ein, dass Jamaika ein wahres Paradies hätte sein können, wenn es von der Gier der weißen Kolonialisten verschont geblieben wäre.

Am nächsten Tag stand Gómez pünktlich um zehn in der Empfangshalle des Hotels und trat sichtlich nervös auf der Stelle. Als er sie auf der Treppe erkannte, grüßte er mit einer gekonnten Verbeugung. Gemeinsam machten sie sich unverzüglich zum Büro von Commodore Bolton auf, dessen Hauptresidenz im Obersten Gerichtshof Lena bereits kannte. Ein livrierter Diener brachte sie zu den Räumlichkeiten und meldete sie an.

«Ah, Lady Blake!», begrüßte Bolton sie mit einem falschen Lächeln, das sogleich wieder erstarb, als er Maurizio Gómez erkannte. «Und wie ich sehe», sagte er kalt, «haben Sie sich gleich Verstärkung mitgebracht.»

«Wir möchten gerne wissen, was genau Sie meiner Mandantin vorwerfen», begann Gómez, ohne darauf zu warten, dass ihm Bolton das Wort erteilte.

«Das werde ich Ihnen gerne sagen», erwiderte Bolton. «Ein Zeuge ist aufgetaucht, der aussagt, Lady Blakes Behauptung, dass ihr Gatte sich versehentlich selbst mit seiner Jagdflinte erschossen habe, sei gelogen. Vielmehr habe er selbst draußen im Park zunächst ihren Schrei und dann einen Schuss gehört. Dies mutet merkwürdig an, wie Sie mir sicher zustimmen werden.»

«Der Mann könnte sich verhört haben», brachte Gómez ins Feld.

«Außerdem … wer sagt denn, dass es Lady Blake war, die geschrien hat?»

Bolton zog eine Braue hoch und bedachte Lena mit einem fragenden Blick.

«Es gibt noch andere Zeugen», fuhr Bolton unbeeindruckt fort. «Der Gärtner zum Beispiel sagt auch, dass der Schrei vor dem Schuss zu hören war.»

«Das ist kein Argument, um der Lady einen Mord zu unterstellen.» Gómez blieb hart. «Die Hausdiener haben Sir Edward in den Armen seiner Frau gefunden und …»

«Deshalb befürchtet Mister Hanson, die beiden Sklaven könnten mit Lady Blake unter einer Decke stecken», unterbrach ihn Bolton.

«Das ist absurd!», ereiferte sich Lena. Bisher hatte sie es vorgezogen zu schweigen. Doch jetzt reichte es ihr. «Mr. Hanson hat ein finanzielles Interesse daran, mich anzuprangern, damit ich die Plantage nicht übernehme. Er befürchtet, dass ich ihn entlassen und den Sklaven der Plantage die Freiheit schenken könnte.»

«Und?», fragte Bolton mit einem provokanten Lächeln. «Haben Sie so etwas vor?»

«Einspruch!», fiel Gómez ihm ins Wort. «Es hat niemanden zu interessieren, was Lady Blake mit ihrem Erbe anstellen wird.»

«Da muss ich Sie beide leider enttäuschen», erwiderte Bolton mit sichtlicher Genugtuung. «Ich habe mich nach den Anschuldigungen von Mr. Hanson bei Dr. Castlewood ein wenig kundig gemacht. Den Blakes war ihr Grund und Boden auf dieser Insel stets heilig. Nicht umsonst hat Lord William eine umfangreiche Nachlassregelung verfügt. So hat Lady Blake beispielsweise nur einen Anspruch auf Redfield Hall, wenn sie einen Erben gebiert, der dem Blut der Blakes entstammt. Bis dahin hat sie kein Recht, die Plantage zu führen oder zu veräußern.»

Er plusterte sich auf.

«Daher werde ich zwei Ermittlungsansätzen nachgehen, bevor diese leidige Erbschaftsangelegenheit endgültig geklärt werden kann.

Zum einen werden wir weitere Zeugen in Redfield Hall befragen, um eine mögliche Schuld oder Mitschuld Lady Helenas am Tod ihres Schwiegervaters und ihres Gatten zu prüfen. Und zum anderen muss die Frage geklärt werden, ob das Kind, das in ihr heranwächst, ein echter Blake ist. Schließlich bestehen daran ernsthafte Zweifel.»

Nun grinste er süffisant.

«Oder wollen Sie bestreiten, Mylady, dass wir Sie im Bett dieses Pfaffen erwischt haben? Wer weiß denn, wie lange diese Geschichte schon ging?»

Lena wäre am liebsten im Erdboden versunken, als Gómez sie überrascht anschaute.

«Von wem redet er?»

«Ein gewisser Moses, der sich als Wanderprediger ausgibt, sitzt zurzeit in unserer Todeszelle und wartet auf seine Hinrichtung», erklärte Bolton ohne einen Anflug von Mitleid. «Angeblich hat er Lady Blake aus ihrem Haus entführt. Doch die beiden schienen seltsam vertraut.»

«Meinen Sie den Baptistenprediger?», warf Gómez eilig ein und sah Lena fragend an. «Aber ich dachte, dem Mann wird – wenn auch fälschlicherweise – ein Mord vorgeworfen.» Ganz offensichtlich war er irritiert.

«Von fälschlicherweise kann keine Rede sein. Er hat bei seiner Festnahme einen meiner Soldaten getötet. Hauptrichter Joshua Rowe hat in einem Schnellverfahren entschieden, dass der Gefangene dafür am kommenden Freitag in Montego Bay gehängt werden soll. Wenn bis dahin niemand auftaucht, der die geforderte Kaution für ihn aufbringen kann, wird das Urteil vollstreckt.»

«Es war Notwehr», ereiferte sich Lena, wobei sie bemerkte, wie sich Gómez' Lider verengten.

«Hatte der Gefangene einen Rechtsbeistand bei seiner Verurteilung?», fragte er.

Bolton wich seinem Blick aus. «Er hat uns noch nicht einmal die Wahrheit über seine Herkunft verraten. Und auch Lady Blake konnte bedauerlicherweise nicht zur Aufklärung beitragen. Anhand der Narben auf seinem Rücken müssen wir aber davon ausgehen, dass es sich um einen entlaufenen Sklaven handelt. Somit besitzt er nicht mehr Rechte als ein Tier, das herrenlos durch die Gegend läuft.»

«Auch wenn mich Ihre Sichtweise zutiefst beschämt, kann ich Ihnen da kaum widersprechen, weil unsere Gesetze einem Sklaven nur eingeschränkte Rechte zusprechen. Aber ich möchte ihn mir trotzdem gerne einmal ansehen. Zumal Lady Blake darauf besteht, dass er ein freier Mann ist.»

Bolton zögerte einen Moment, doch dann gab er nach. Es sah ganz danach aus, dass er sich Gómez und seine Begleitung endlich vom Hals schaffen wollte.

«Sie haben doch sicher nichts dagegen, wenn Lady Blake mich begleitet?»

«Von mir aus», knurrte Bolton ungehalten und vollzog eine unwirsche Handbewegung, als ob er sie aus dem Raum scheuchen wollte. «Aber machen Sie Ihrer Mandantin klar, dass sie sich wegen der laufenden Untersuchungen zum Tode ihres Gatten und seines Vaters für die Beschuldigtenvernehmung jederzeit bereithalten muss.»

«Danke», sagte Lena mit schwacher Stimme, als sie und Gómez wenig später einem Soldaten ins Innerste des Gefängnisses folgten.

«Jetzt weiß ich auch, wieso mir Ihr Name bekannt vorkam», flüsterte der Advokat zurück.

Lena sah ihn fragend an.

«Über Ihre Entführung stand etwas in der *Kingston Gazette*. Darin wurden die Umstände natürlich etwas anders geschildert.» Er legte den Kopf schief. «Sie vermögen es, mich ernsthaft zu beeindrucken. Wenn mich mein Verstand nicht täuscht … Ich meine, eine reiche Pflanzersgattin und ein vermeintlicher Sklavenrebell! So was hört man nicht alle Tage.»

Lena zog es vor zu schweigen. Die Angst, dass man Jess noch

Schlimmeres angetan haben könnte, hatte sie fest im Griff – auch als sie endlich die braune Holztür erreichten, hinter der er sein grauenvolles Dasein fristete. Und doch war sie froh, ihm wenigstens einige Minuten nahe sein zu dürfen.

Am liebsten hätte sie Gómez gebeten, draußen zu bleiben und auf sie zu warten, als der Wächter die Tür öffnete und ihnen zehn Minuten Besuchszeit gestattete. Aber natürlich musste der Advokat sehen, wen er verteidigen sollte.

Zögernd traten sie ein. Jess hockte angekettet am Boden. Wenigstens hatte man ihm einen grauen Gefängniskittel und eine Hose überlassen, damit er nicht nackt in der Zelle saß.

«Lena?»

In seinen bernsteinfarbenen Augen erschien ein undefinierbares Leuchten, als er zu ihr aufschaute. Gleich darauf fixierte er den Fremden an ihrer Seite mit einem misstrauischen Blick.

Ungeachtet ihrer Kleidung, fiel Lena vor Jess in den Staub und warf sich in seine Arme. Es war ihr egal, was ihr Begleiter denken mochte, sie musste Jess anfassen, seinen Atem spüren, sicher sein, dass es ihm den Umständen entsprechend gut ging. In den vergangenen Stunden war sie vor Sehnsucht nach ihm beinah gestorben. Wieder und wieder küsste sie seine spröden Lippen und streichelte über sein müdes Gesicht.

«Baba geht es gut», wisperte sie, weil sie sich denken konnte, dass er sich nicht nur um sie, sondern auch um seine Mutter sorgte. «Sie ist dorthin zurückgegangen, wo sie hergekommen ist», erklärte sie kryptisch.

Jess nickte beiläufig, zögerte jedoch, ihre Küsse zu erwidern. Sein kritischer Blick verharrte auf Gómez, der noch immer an der Tür stand und sie neugierig beobachtete.

«Wer ist das?», fragte er abweisend.

Lena unterbrach ihre Liebkosungen für einen Moment und wandte sich ihrem Begleiter zu, den sie fast vergessen hatte. Mit knappen Worten erklärte sie Jess, dass Gómez ihr Anwalt sei und ihnen helfen würde, Widerspruch gegen das Todesurteil einzulegen. Dann berichtete sie Jess von Edwards plötzlichem Tod und dass Bolton ihr die Sache anhängen wollte.

«Hat er irgendetwas gegen dich in der Hand?», fragte Jess sichtlich beunruhigt.

«Nein, wenn man von Trevors Lügengeschichten einmal absieht. Edward … hat sich versehentlich selbst … erschossen», erklärte sie zögernd und senkte den Blick.

Allein die Tatsache, dass sie ihm bei ihren Worten nicht in die Augen schauen konnte, musste Jess verraten, dass die Wahrheit woanders lag. Glücklicherweise stellte er keine weiteren Fragen, sondern winkte den Advokaten herbei.

«Hören Sie, Sir», begann er in einem sachlichen Ton, bemüht darum, seine stoische Haltung zu wahren. «Mein Leben ist so gut wie verwirkt, und ich denke nicht, dass Sie daran noch etwas ändern können. Aber Lena ist durch mich in etwas hineingeraten, dessen Ausmaße sie nicht versteht. Ich will nicht, dass ihr am Ende etwas zustößt, egal von welcher Seite. Deshalb muss sie so schnell wie möglich außer Landes geschafft werden. Ich bitte Sie, bei allem, was mir heilig ist, helfen Sie ihr, aus Jamaika zu verschwinden!»

Er sah Gómez eindringlich an.

«Und was ist mit Ihnen? Ich könnte Sie doch ungeachtet der falschen Anschuldigungen gegen Lady Blake vor Gericht vertreten. Ein Versuch wäre es auf jeden Fall wert. Vorausgesetzt, Sie spielen mit offenen Karten», gab Gómez zurück.

Jess schüttelte den Kopf, dann schaute er Gómez so eindringlich an, als ob er ihn einer Hypnose unterziehen wollte.

«Wenn Sie anfangen in meiner Vergangenheit herumzustochern – und Ihnen wird nichts anderes übrig bleiben, falls Sie meine Verteidigung übernehmen wollen –, werden eine Menge Dinge ans Tageslicht kommen, die keinem von uns nützlich sind. Am allerwenigsten Lady Helena. Deshalb will ich», presste er energisch hervor, «dass Sie Ihrer Mandantin so schnell wie möglich eine Passage nach Deutschland buchen, die sie außer Landes bringt, bevor Bolton genug Unsinn gesammelt hat, um eine offizielle Anklage gegen sie einreichen zu können.»

«Jess!» Lena verlor ihren letzten Funken Geduld. «Das kannst du nicht wollen», stammelte sie. «Ich liebe dich, und ich werde sterben, wenn sie dich hängen. Ganz gleich, wo ich bin!»

Jess machte Anstalten, sie in den Arm nehmen zu wollen, was seine Ketten verhinderten. Stattdessen streichelte er ihr nur sanft übers Gesicht.

«Prinzessin …», flüsterte er und küsste sie zärtlich auf den Mund. «Mach es uns nicht schwerer, als es ohnehin ist. Wenn du mich wirklich liebst, wirst du leben und unser Kind zur Welt bringen und dafür sorgen, dass es eine starke Persönlichkeit wird. Nur so bleibt etwas von mir – von uns – auf dieser Welt zurück. Hast du verstanden?»

Lena nickte kaum merklich und brach zugleich in Tränen aus. Es war ihr, als habe sich eine Schleuse geöffnet, der sie nicht mehr Herr werden konnte.

«Geh jetzt», sagte Jess und sah sie unendlich traurig an. «Und tu, was ich dir gesagt habe. Es ist das Letzte, womit du mir deine Liebe beweisen kannst.»

Plötzlich polterte es an der Tür. Die Zeit war um.

«Kommen Sie», sagte Gómez und fasste Lena vorsichtig an der Schulter. «Wir müssen gehen.»

Lena warf einen letzten Blick auf Jess, der ihr liebevoll zunickte, dann glitt sie wie betäubt aus seinen Armen.

Während sie, vorbei an teuren Geschäften, den Weg zurück zum Hotel einschlugen, war Lena nicht fähig, ein einziges Wort zu sagen, und Gómez fragte auch nichts. Erst als sie in der heißen Mittagssonne vor einem Café direkt neben dem *King George* haltmachten und Lena sich ohne Erklärung von ihm verabschieden wollte, ergriff er das Wort.

«Lady Blake …», begann er vorsichtig und nahm ihre Hand. «Ich will nicht in Sie dringen, aber ich wüsste doch gerne, was es mit den Anschuldigungen gegen Ihren … Bekannten auf sich hat. Ich möchte ihm so gerne helfen.»

Lena hob den Kopf und sah ihn schweigend an. Wo sollte sie anfangen, ohne weitere Menschen in Gefahr zu bringen? Gómez missdeutete ihr Schweigen und drückte ihre Hand noch ein bisschen fester. Seine dunklen Augen fixierten sie beschwörend.

«Sie können mir vertrauen», erklärte er leidenschaftlich. «Ich bin ein engagiertes Mitglied der Abolitionistenbewegung und stehe ohne Frage auf der Seite der Sklaven.»

Lena schluckte schwer.

«Sagt Ihnen *Die Flamme von Jamaika* etwas?», fragte sie leise.

In Gómez' markantem Gesicht vollzog sich eine dramatische Wandlung.

«Oh … verdammt!», keuchte er. «Sagen Sie mir nicht, dass Ihr Freund ein Unterstützer dieser skrupellosen Rebellenorganisation ist!»

«Er ist kein Unterstützer», bekannte sie leise. «Er gehörte … zu deren Anführern.»

Gómez schnappte sichtbar nach Luft.

«Jesus Christus!», entfuhr es ihm. Doch dann dämpfte er seine Stimme schnell wieder und sah sich besorgt um, als ob er sicherstellen wollte, dass sie weder belauscht noch beobachtet wurden. «Wissen Sie überhaupt, was zurzeit in Trelawney und St. James los ist?»

Lena nickte bedrückt.

«Ja … ich habe davon gehört … aber –»

«Dort brennen überall Plantagen und Felder. Angeblich sollen sich an die 60 000 Sklaven im Aufstand befinden. Es hat bereits jede Menge Tote gegeben. Unter den Weißen und auch unter den Sklaven. Das Militär hat alle Hände voll zu tun, die Revolte niederzuschlagen, damit sie nicht unversehens in einem Bürgerkrieg endet. Und bei allem, was zurzeit geschieht, gibt man der *Flamme von Jamaika* die Hauptschuld. Die unglaubliche Gewalttätigkeit, mit der das alles einhergeht, soll allein auf das Konto dieser äußerst brutalen Rebellen gehen. Damit werden die Ideen eines Samuel Sharpe, den Widerstand gegen die Sklaverei auf friedliche Weise voranzutreiben, völlig zunichtegemacht, was einer baldigen Aufhebung der Sklaverei aus meiner Sicht mehr schadet als nützt. Wenn also jemand erfahren sollte, dass Ihr … Bekannter zu den Anführern dieser Scharfmacher gehört, und sich herausstellt, dass Sie seine Geliebte sind, wird man Sie wegen Landesverrats hängen!»

Seine Worte verfehlten ihre Wirkung nicht. Dennoch sah Lena ihn regungslos an.

«Was macht das jetzt noch für einen Unterschied?»

«Sie werden sterben, und das auf grausamste Weise», versicherte ihr Gómez mit aufgebrachter Stimme. «Man wird keine Rücksicht darauf nehmen, dass Sie eine adlige Weiße sind. Allenfalls die Geburt des Kindes würde man vielleicht abwarten, bevor man Sie vor applaudierendem Publikum als Negerhure stranguliert.»

Aufgewühlt fuhr sich der Advokat über den Schnauzbart.

«Außerdem bin ich mir sicher, dass man Ihnen unter diesen Umständen auch zutrauen würde, Ihren Mann und Ihren Schwiegervater umgebracht zu haben. Ob zu Recht oder zu Unrecht. Niemand wäre in der Lage, Sie je von dieser Schuld zu erlösen.»

«Und wenn schon», entfuhr es ihr bitter. «Was habe ich denn noch zu verlieren?»

«Ihr Leben und das Ihres Kindes! Verdammt noch mal!», fluchte Gómez und packte sie hart bei den Schultern. «Das ist kein Spiel, Mylady! Ihr Freund hat vollkommen recht, Sie sollten sofort das Land verlassen. Am besten irgendwohin, wo der Arm der britischen Justiz Sie nicht erreichen kann.»

Unwirsch entzog sie sich seinem Griff. «Tun Sie, wofür ich Sie bezahle, und lassen Sie den Rest meine Sorge sein.»

Mit diesen Worten drehte sie sich um und wollte gerade losmarschieren, als Gómez sie am Arm packte und festhielt.

«Nein, tut mir leid. Das kann ich nicht zulassen», widersprach er.

«Wenn Sie unbedingt in Ihr Verderben rennen wollen, von mir aus gerne. Aber ohne mich! Falls ich Ihnen sonst irgendwie helfen kann, zum Beispiel Sie zum Hafen begleiten, um eine Schiffspassage für Sie zu buchen, melden Sie sich jederzeit.»

«Nein», presste sie enttäuscht hervor. «Ich komme schon allein zurecht.»

Mit diesen Worten ließ sie den Advokaten stehen und ging ohne Eile zum *King George Hotel* zurück. Mit einem Mal erschienen sämtliche Blumen farblos geworden, und selbst die Sonne strahlte kalt und hart von einem eisblauen Himmel herunter.

«Ich möchte nicht gestört werden», sagte Lena zu der schwarzen Dienerin, nachdem diese sie auf ihr luxuriöses Zimmer im ersten Stock geführt hatte.

Die Frau nickte nur und stellte eine Karaffe mit Wein und eine mit Wasser auf einem Tischchen ab. Lena versperrte die Tür, nachdem sich die Frau mit einem Knicks verabschiedet hatte, und setzte sich auf einen der Polsterstühle. Dann schnürte sie ihre Stiefel auf und kickte sie von den Füßen. Mit letzter Kraft schleppte sie sich zum Bett und warf sich hemmungslos weinend in die Kissen. Nach einer Weile schlief sie vor Erschöpfung ein und träumte, wie sie mit bloßen Händen Jess' Zelle durchbrach und mit ihm in ein gleißendes Licht flüchtete. Selbst in ihrem Traum wusste sie, dass es ein Ort war, von dem es keine Wiederkehr gab.

Als sie mitten in der Nacht erwachte, war sie schweißgebadet und hatte vollkommen verquollene Augen. Einen Moment lang wusste sie nicht, wo sie sich befand. Draußen dämmerte es bereits, und als die Wirklichkeit sich schließlich kalt und grausam einen Weg in ihr Bewusstsein bahnte, begann sie aufs Neue heftig zu weinen. Irgendwann beschloss sie, sich mit dem Wein zu betrinken, was zur Folge hatte, dass sie sich wenig später in den Leibstuhl erbrach.

Angeekelt riss sie sich die Kleider vom Leib, wusch sich und legte sich nur mit einem knielangen Unterhemd bekleidet wieder ins Bett. Als die Dienerin klopfte und besorgt nach ihrem Wohlergehen fragte, ereilte Lena eine plötzliche Eingebung.

«Moment», rief sie zurück und stemmte sich aus dem Bett. Barfuß lief sie zur Tür und öffnete sie einen Spalt weit. «Ich möchte kein Frühstück», kam sie der Dienerin zuvor und drückte ihr zehn Pfund in die Hand. «Bringen Sie mir mehr Wein und eine Flasche Laudanum», befahl sie ihr mit tonloser Stimme. «Und beeilen Sie sich. Den Rest von dem Geld können Sie behalten.»

Die junge Negerin nickte erfreut, und nach knapp einer Stunde tauchte sie auf und übergab Lena die bestellte Ware.

«Soll ich Ihnen nicht doch etwas zu essen bringen, Mylady?»

«Nein!», raunzte Lena sie an. «Sie sollen mich in Ruhe lassen und dafür sorgen, dass ich keinen ungebetenen Besuch bekomme.»

Als die Frau gegangen war, verschloss Lena die Tür und warf den Schlüssel in die erkaltete Feuerstelle im unbenutzten Kamin. Danach entkorkte sie den Wein und trank ihn direkt aus der Flasche. Zwischendrin nahm sie immer wieder einen großen Schluck Laudanumtinktur. Von Dr. Lafayettes Einsatz wusste sie, wie zuverlässig die Wirkung sein konnte. Erschöpft schlich sie schließlich zum Bett, fest entschlossen zu sterben, noch bevor die Nachricht von Jess' Tod sie erreichen konnte.

Sie redete sich ein, dass sie sich den Tod nur fest genug wünschen musste. Sie hatte von Fällen gehört, wo die Frau bald nach dem Tod des geliebten Ehemannes gestorben war, obwohl sie äußerlich ganz gesund gewesen war. Wieso sollte ihr nicht etwas Vergleichbares gelingen? Mit dem Unterschied, dass es hier nicht um Edward ging, der zusammen mit seinem Vater beruhigenderweise in der Hölle schmorte und ihr somit nicht mehr in die Quere kommen konnte.

Ihr Kind würde sie ins Paradies mitnehmen, wo sie es gemeinsam mit Jess zur Welt bringen konnte. Auch Maggie würde dort sein, und natürlich würde ihre Mutter bereits auf sie warten. Mit einem kurzen

Gebet wendete sie sich an Gott und bat ihn um Entschuldigung dafür, dass sie eigenmächtig Hand an sich anlegte, um die Welt zu verlassen. Danach fiel sie in einen unruhigen Schlaf.

KAPITEL 34

Anfang Januar 1832 || Jamaika || Letzter Wille

Lena!»

Eine bekannte Stimme rief ihren Namen, und irgendjemand rüttelte sie unaufhörlich. Ihr Kopf war mit Glasmurmeln gefüllt, die ihr schmerzhaft von innen gegen die Schädeldecke schlugen.

«Lena! Um Gottes willen, komm zu dir, oder muss ich am Ende den Doktor holen?»

Flatternd öffneten sich ihre Lider wie von selbst, und sie schaute in die braunen Mausaugen von – Maggie! Wie gewohnt hatte die Freundin das schwarze, gelockte Haar zu einem Knoten aufgesteckt, der wie eine kleine Kanonenkugel auf der Mitte des Scheitels saß. Entgegen ihrer üblichen Gewohnheit trug sie kein graues, sondern ein hellblaues Kleid mit weißen Streifen und weißem Kragen, was ihr außerordentlich gut zu Gesicht stand. Überhaupt sah sie irgendwie verändert aus. Ernster, überlegter, reifer.

Kein Wunder, dachte Lena, eine längere Zeit im Paradies bringt sicher einschneidende Veränderungen mit sich, nicht nur was das Äußere betrifft.

«Wo ist Jess?», fragte Lena nervös. «Ist er auch schon hier?»

«Jess?» Maggie schaute sie stirnrunzelnd an.

«Jesús.» Lena sprach seinen vollen Namen etwas deutlicher aus. «Er müsste ebenfalls in den Himmel gekommen sein», erklärte sie, als ob es die selbstverständlichste Sache der Welt wäre, im Jenseits zu erwachen. «Er sollte hingerichtet werden», fügte sie erklärend hinzu. «Leider habe ich keine Ahnung, ob es bereits geschehen ist.»

Maggie fasste ihr mit höchst besorgter Miene an den Kopf und richtete ihre Aufmerksamkeit auf eine Gestalt, die dicht hinter ihr stand.

«Sie befindet sich anscheinend in einem religiösen Fieberwahn. Dabei ist ihre Stirn ganz kalt.»

Plötzlich beugte sich jemand über Lena, dessen Gesicht sie nur schemenhaft erkannte.

«Kind, geht es dir gut? Wir machen uns große Sorgen um dich!»

«Oh mein Gott, Papa!»

Lena erkannte die Stimme ihres Vaters sofort.

«Du bist auch tot? Warum denn nur? Was ist geschehen?»

Sie war völlig außer sich. Einerseits setzte ihr der Schreck heftig zu, andererseits freute sie sich, ihren Vater endlich wiederzusehen.

«Du liebe Güte!», rief Maggie und schlug sich mit entsetzter Miene die Hände vor den Mund. «Sie ist verrückt geworden! Was machen wir nur?»

«Vielleicht ist die Ohnmacht schuld?», sinnierte ihr Vater. «Wenn man bedenkt, was sie in den letzten Wochen und Monaten alles durchmachen musste. Nach allem, was uns die Hausdienerin erzählt hat …»

«Helena!», rief Maggie nun ein wenig energischer und rüttelte sie derb. «Komm zu dir! Du träumst! Dein Vater ist hier, und ich auch. Nun wird alles wieder gut!»

Wie durch einen Nebel nahm Lena mit einem Mal ihre Umgebung wahr. Es war helllichter Tag. Sie erkannte ihr Bett und das Zimmer im *King George*, und sie sah Maggie und ihren Vater ganz deutlich vor sich. Aber das alles konnte nicht sein! Falls ihr Vater noch lebte, würde er in London weilen, und Maggie … Maggie war tot?

«Lena! Ich bin es!», rief diese erneut und wedelte mit dem ihr üblichen Temperament einen Fächer vor ihrer Nase herum. «Erkennst du uns nicht? Ich bin es, Maggie, und das ist dein Vater!», erklärte sie stockend.

Ohne Rücksicht auf ihren Zustand half ihr jemand in die Vertikale und reichte ihr ein Glas Wasser. Es war tatsächlich ihr Vater! Konsul

Johann Friedrich Alexander Huvstedt, wie er leibte und lebte! Sein volles, grau meliertes Haar trug er etwas länger als gewöhnlich, und er hatte sich einen kleinen Schnauzbart wachsen lassen, der ihm leidlich gut zu Gesicht stand. Aber ansonsten war er noch ganz der Alte. Ein stattlicher, respekteinflößender älterer Herr, der im Gehrock wie im Hausmantel stets eine gute Figur machte.

«Trink das, mein Mädchen», befahl er ihr mit sanftem Nachdruck. «Du bist ja ganz ausgedörrt!»

Wie eine fürsorgliche Mutter setzte er ihr das Glas an die Lippen und hielt ihr den Kopf. In großen Schlucken kippte Lena das kühle Nass hinunter.

«Aber wie … Seit wann …?»

Sie verschluckte sich, und er klopfte ihr auf den Rücken. In einem plötzlichen Überschwang der Gefühle klammerte sie sich an ihn und begann hemmungslos zu weinen.

«Ich bin ja da, mein Kind», beruhigte er sie. «Ich bin ja da.»

Unentwegt streichelte er ihren Rücken, was sie dazu brachte, noch heftiger zu weinen. Auch Maggie beugte sich sorgenvoll über sie und strich ihr eine Strähne aus der Stirn.

«Lena, meine Liebe, was hast du denn?», fragte sie, und allein ihr Anblick und dass sie tatsächlich noch lebte, ließen Lena von neuem aufheulen wie ein geprügelter Hund.

Die beiden waren so klug, geduldig abzuwarten, bis sie sich einigermaßen beruhigt hatte.

«Wie kann es sein, dass ihr beide hier seid und mich gefunden habt?»

Ihr Vater nahm sie fest in den Arm, bevor er zu reden begann.

«Ich habe mich gewundert, warum keine Briefe mehr von dir kamen. Als Maggie dann eines Tages völlig aufgelöst in Hamburg vor unserer Türe stand und mir erzählte, du seiest deinem Ehemann davongelaufen und dabei von Fremden entführt worden, wusste ich gleich, was ich zu tun hatte. Erst recht, als sie mir dann noch berichtete, dass der Oberaufseher von Redfield Hall versucht hatte, sie im Auftrag von Edward Blake zu töten, und sie ihm nur um Haaresbreite entkommen war. Ich habe sofort den besten Advokaten Londons engagiert und eine Schiffspassage für uns alle gebucht. Mir war klar, dass du in großen Schwierigkeiten steckst. Nachdem wir in Port Maria angelandet sind, habe ich zwei Wachleute engagiert, die uns nach Redfield begleitet haben. Dort wollten wir nach dir suchen. Zu diesem Zeitpunkt wussten wir ja noch nicht, was Lord William und Edward widerfahren war. Eine Hausdienerin namens Estrelle hat uns über alle Entwicklungen in Kenntnis gesetzt. Und nun sind wir hier, um dich endlich nach Hause zu holen.»

«Das ist nicht so einfach, wie du denkst, Vater», begann sie und schluchzte von neuem.

«Na, na, na.» Ihr Vater legte ihr ein Kissen in den Rücken, um sie zusätzlich zu stabilisieren. «Atme tief durch und trockne erst mal deine Tränen. In ein paar Tagen geht es zurück nach Hamburg, und du kannst diesen Albtraum endlich hinter dir lassen.»

Lena sog gierig die frische Luft ein, nachdem Maggie das Fenster geöffnet hatte. Von draußen drangen die morgendlichen Geräusche Spanish Towns herein, wobei sie nicht zu fragen wagte, wie lange sie wohl ohnmächtig gewesen war.

«Auch wenn ich mich freue, euch zu sehen …» Lena stockte, bemüht, nicht schon wieder zu weinen. «Ihr kommt zu spät.»

«Was willst du damit sagen?» Ihr Vater sah sie verständnislos an.

«Was für einen Tag haben wir heute?»

«Den zweiten Januar», antwortete Maggie mit größter Selbstverständlichkeit.

«Verdammt!», entfuhr es Lena. «Dann habe ich also zwei Tage und Neujahr verschlafen!»

«Du kannst froh sein, dass du noch lebst», bemerkte ihr Vater mit Blick auf den Wein und das Laudanum. «Da machen zwei Tage mehr oder weniger bestimmt keinen Unterschied.»

«Jess soll in drei Tagen für etwas gehängt werden, das er gar nicht getan hat. Bis dahin muss ich 10 000 Pfund Kaution aufbringen und einen gescheiten Advokaten engagieren, um ihn zu retten.»

«Kannst du uns vielleicht aufklären, wer dieser Mann ist und warum du dich so sehr für ihn engagierst?»

In groben Zügen erklärte sie Maggie und ihrem Vater, um wen es sich handelte. Wobei sie kein Wort über die *Flamme von Jamaika* verlor. Für sie blieb er weiter der Priester, in den sie sich nach ihrer ersten Entführung unglücklicherweise verliebt hatte und der anschließend zu Unrecht verhaftet worden war.

«Er wollte mir helfen, das Land zu verlassen, als Edward mich nach der ersten Entführung so scheußlich behandelt hat. Edward ist uns auf die Schliche gekommen und hat uns in Port Maria von der Militärpolizei aufspüren lassen. Jess wurde daraufhin festgenommen, unter Folter in Spanish Town eingekerkert und zum Tode verurteilt. Er soll in ein paar Tagen gehängt werden.»

«Aber was willst du daran ändern? Denkst du nicht, dass du dadurch nur in noch größere Schwierigkeiten geraten könntest?», warnte ihr Vater. «Auf dem Weg hierher haben wir mit ansehen müssen, in was für einem Chaos sich dieses Land befindet.»

«Ihr müsst mir helfen, ihn zu retten», flehte Lena ihren Vater regelrecht an. «Ich liebe ihn mit meinem ganzen Herzen», erklärte sie kühn. «Für mich spielt es keine Rolle, dass er kein Weißer ist. Er ist ein wunderbarer Mensch, und so wie es aussieht, ist er der Vater meines Kindes.»

«Deines Kindes?», fragten Maggie und ihr Vater wie aus einem Munde.

«Ich bin schwanger, Paps. Und wenn das Kind keinen Märtyrer als Vater haben soll, musst du mir helfen, das Geld für die Kaution aufzutreiben. Einen Advokaten haben wir ja bereits. Er könnte Widerspruch gegen das Urteil einlegen.»

«Aber was ist, wenn all die Dinge stimmen, die ihm vorgeworfen werden, und er tatsächlich etwas mit den Rebellen zu tun hat, die zurzeit dieses Land in Brand setzen?», fragte Johann Huvstedt vorsichtig.

«In erster Linie ist er Lord Williams Sohn», bekannte sie voller Leidenschaft. «Ihm und seiner Mutter wurde durch die Blakes großes

Unrecht angetan. Wie viele Sklaven wurden sie geschändet und ausgebeutet. Aber darüber hinaus hat William ihre Familie zerstört. Das ist ein weiterer Grund, warum wir ihm unbedingt helfen müssen.»

Maggie und ihr Vater kamen aus dem Staunen gar nicht mehr heraus.

«Eigentlich wäre er nun der rechtmäßige Erbe von Redfield Hall. Allein deshalb schon will ich Redfield Hall nicht kampflos aufgeben – zumal ich mich den dortigen Sklaven zutiefst verpflichtet fühle», fuhr Lena unbeirrt fort.

«Die Einzelheiten kann ich euch später erklären. William hat Jess als Sohn zu Lebzeiten nicht anerkannt, aber es gibt noch genug Zeugen, die seine Herkunft bestätigen können. Wir dürfen nicht zulassen, dass er Lord Williams Niederträchtigkeiten mit dem Leben bezahlt. Schon gar nicht kann ich zulassen, dass Trevor Hanson am Ende als Verwalter des europäischen Clubs, dem die Plantage in Ermanglung eines Erbens zufallen würde, das Ruder übernimmt. Wie wir nun wissen, ist er ein Mörder, der nicht nur Sklaven auf dem Gewissen hat, sondern auch Maggie beinahe das Leben genommen hätte. Wobei das nicht das erste Mal gewesen ist, dass er so skrupellos gegen eine Frau vorgegangen ist. Bereits vor gut zwanzig Jahren hat er versucht die Mutter von Jess zu töten. Wir müssen uns also etwas einfallen lassen, damit Jess und seine Mutter am Ende noch zu ihrem Recht kommen.»

«Seine Mutter?»

Lenas Vater kratzte sich am Kopf. Er wirkte erschöpft und schien nur die Hälfte von dem zu verstehen, was seine Tochter ihm gerade erzählte.

«Vielleicht sollten wir zunächst einmal in Begleitung unseres geschätzten Advokaten diesen Commodore Bolton aufsuchen und ihm beweisen, dass sein Urteil auf einer falschen Faktenlage basiert», nahm Lenas Vater den Faden wieder auf. «Am besten erzählst du Dr. Blydge alles, was nötig ist, damit er möglichst rasch eine Strategie entwickeln kann, um deinen Liebsten aus seiner prekären Lage zu befreien.»

«Mir kommt da eine Idee!» Lena spürte, wie ihr der Anblick von

Maggie plötzlich das Blut durch die Adern jagte. «Bolton hat behauptet, Candy Jones habe Maggie getötet und sei an unserer Entführung beteiligt gewesen. Ich ahnte damals schon, dass der Butler von Edwards Tante überhaupt nichts mit den Geschehnissen zu tun hatte. Aber so wie es aussieht, stand er Edward bei einer Erbschaft im Weg. Und obwohl man keine Leiche von Maggie gefunden hat, wurde auch von Bolton schlichtweg unterstellt, der Butler habe sie verschwinden lassen. Wenn Maggie nun als Zeugin auftritt und damit beweist, dass dem nicht so gewesen sein kann, kommt Bolton wegen seiner fehlerhaften Ermittlungen ganz schön ins Schwitzen. Es würde nämlich bedeuten, dass er den Falschen beschuldigt hat. Gleichzeitig würden aber auch Trevors Anschuldigungen gegen mich relativiert. Wenn wir dann noch Edwards Leibdiener Tom hinzuziehen, von dem ich weiß, dass Edward ihn gezwungen hat, gegen Candy Jones eine falsche Aussage zu machen, schnappt die Falle zu, und Bolton befindet sich in akuter Erklärungsnot.»

Lena verhaspelte sich fast in ihrer Aufregung.

«Er muss plausibel machen, warum er den armen Candy Jones dazu gebracht hat, etwas zu gestehen, das er gar nicht getan hat. Anzunehmen ist, dass das Geständnis unter Folter zustande gekommen ist. Von meinem Besuch bei Jess im Gefängnis weiß ich, dass die Insassen dort so lange gefoltert werden, bis sie ihren Verstand verlieren und alles aussagen würden. Das wiederum bedeutet, wenn Bolton keinen Skandal um die Neutralität der Justiz provozieren will, tut er gut daran, Jess freizulassen.»

«Das ist mein Mädchen», entfuhr es ihrem Vater anerkennend. «Du hast recht, es wäre für sämtliche Verantwortliche eine peinliche Angelegenheit, wenn die gesamten Ermittlungen auf falschen Fakten und Folter basierten. Also, worauf warten wir noch?»

Commodore Bolton staunte nicht schlecht, als Lena mit drei Fremden in seinem Büro auftauchte. Lady Juliana hatte ihnen bereitwillig geholfen, sich Eintritt in das Gerichtsgebäude zu verschaffen.

Neben der Gouverneursgattin stand nun Konsul Johann Friedrich Alexander Huvstedt, gekleidet in besten englischen Zwirn, der ihn sichtbar als vermögenden Mann auswies. In seiner Begleitung befand sich ein nicht weniger gut gekleideter, älterer Herr, der sich als Dr. Hyronimus Blydge, Dozent der juristischen Fakultät Oxford, vorstellte.

«Womit kann ich Ihnen dienen?», fragte Bolton nervös und warf Lena einen abschätzigen Seitenblick zu.

«Die Familie Huvstedt hat mich mit der Vertretung ihrer Interessen beauftragt», begann Dr. Blydge mit souveräner Sachlichkeit und rückte seinen Nasenzwicker zurecht. «Dazu gehören zum einen die Rechte der anwesenden Witwe Lady Helena Blake wie auch der Einspruch gegen das verhängte Todesurteil gegen einen Mann, der sich in seiner Berufung als Baptistenpriester Moses nennt, in Wahrheit aber der illegitime Sohn des leider verstorbenen Lord William Blake ist.»

Bolton reagierte mit einer säuerlichen Miene.

«Wofür Sie natürlich Beweise vorbringen können.»

«Selbstverständlich», erklärte Blydge und deutet auf seine lederne Aktenmappe, die er unter dem Arm trug.

Bolton herrschte einen schwarzen Diener an, mehr Stühle herbeizubringen, als sich abzeichnete, dass dies eine längere Unterredung werden würde. Nachdem schließlich alle um seinen Schreibtisch Platz genommen hatten, verkündete Dr. Blydge in blütenreinem, näselndem Oxfordenglisch, dass in den Akten des Obersten Gerichtshofes von Jamaika offenbar ein Justizirrtum zu beklagen sei.

Bolton wechselte die Farbe, als ihm Miss Margareth Elisabeth Blumenroth vorgestellt wurde, die ganz offensichtlich so lebendig wie ein Fisch im Wasser und kein Mordopfer war. Dass sie zu allem Übel behauptete, nicht von Rebellen mit dem Tode bedroht worden zu sein, sondern von Sir Edward selbst, ließ ihn noch bleicher werden.

«Sir Blake hat seinen Oberaufseher Trevor Hanson beauftragt, mich ins Jenseits zu befördern», erklärte die junge Frau vergleichsweise ruhig. «Nach der Entführung von Lady Helena habe ich mich zunächst auf die Drydenfarm zurückgezogen. Dort haben mich später Sir Edward und Trevor Hanson gefunden. Ich nehme an, davon hat Ihnen niemand erzählt. Aber der Farmer und seine Frau werden Ihnen meine Gegenwart bestätigen können. Mrs. Dryden hat mir einen Tee gekocht und mich auf ihr Sofa gebettet, damit ich mich von dem Schock erholen konnte. Daran wird sie sich sicher erinnern können. Mit dem Versprechen, mich nach Redfield Hall bringen zu wollen, befahl mir Edward, mit Mister Hanson zu reiten. Kaum dass wir unter uns waren, wollte mich Mr. Hanson von seinem Pferd aus erschießen, und als ihm das nicht gelang, weil ich die Flucht ergriffen habe, hat er mich in vollem Galopp mit einem Säbel bedroht. Lediglich meinen Reitkünsten und meiner schnellen Stute habe ich es zu verdanken, dass ich entkommen konnte.»

«Ob Mr. Hanson seinem Vorgesetzten gestanden hat, dass der Auftrag zum Mord von ihm nicht wie gewünscht ausgeführt wurde, muss ernsthaft bezweifelt werden», erklärte Dr. Blydge. «Denn sonst hätte Sir Blake wohl kaum so selbstsicher behauptet, ein gewisser Candy Jones und seine vermeintlichen Rebellen hätten die Tat begangen.»

«Candy Jones bot sich als Bauernopfer an. Edward hat ihn auch deshalb beschuldigt», fügte Lena ohne einen Funken Zweifel hinzu, «weil er auf Lady Fortesques Erbe spekulierte. Indem der Sklave inhaftiert und Lady Fortesque in die Irrenanstalt abgeschoben wurde, konnten die Blakes zwei Fliegen mit einer Klappe schlagen.»

«Das bedeutet also», verkündete der Londoner Advokat in staatsmännischer Pose, «dass Sie, Mr. Bolton, einen Unschuldigen völlig zu Unrecht in den Tod getrieben haben. Abgesehen davon, haben Sie ihn gegen das Gesetz foltern lassen, nur um ihm ein völlig falsches Geständnis zu entlocken. Wie ich erfahren habe, hat der arme Mann sich inzwischen das Leben genommen.» Er sah Bolton streng an. «Sie sind sich doch hoffentlich im Klaren darüber, dass Lady Fortesque eine nicht geringe Summe als Schadenersatz bei Ihnen einklagen kann, falls sie je wieder gesundet.»

«Bei mir?» Bolton schrak zurück.

«Nun», fuhr Blydge fort, «William Blake und sein Sohn können nicht mehr zur Verantwortung gezogen werden. Und schließlich wurde die ganze Geschichte durch Ihr juristisches Fehlverhalten erst möglich gemacht.»

Bolton schwieg betreten. Wahrscheinlich rechnete er sich aus, dass er seine juristische Karriere bei der Marine an den Nagel hängen konnte, wenn herauskam, wie er sich von William und Edward Blake hatte an der Nase herumführen lassen. Dr. Blydge nutzte den Moment, um fortzufahren.

«Ferner verlange ich die unverzügliche Rehabilitation von Lady Helena Sophie Blake.» Blydge lehnte sich drohend vor. «Die junge Frau des Mordes an ihrem Gatten und der Kollaboration mit irgendwelchen ominösen Rebellen zu bezichtigen, halte ich für einen Skandal höchsten Ranges! Wir werden uns nicht nur beim General-Gouverneur von Jamaika über Ihr Vorgehen beschweren, sondern auch beim Colonial-Office in London. Es überwacht im Auftrag des britischen Empires sämtliche juristischen und politischen Vorgänge in den Kolonien. Und wenn es sein muss, gehen wir bis zum König selbst!»

Bolton kniff die Lippen zusammen. Einen Moment lang dachte er nach, dann stand er auf, verbeugte sich vor den Anwesenden und bat in aller Form um Entschuldigung.

«Ich werde unverzüglich meinen Rücktritt von allen Ämtern einreichen», versprach er zerknirscht. «Außerdem werde ich eine Selbstanzeige wegen begangener Verfahrensfehler einleiten.» Und nach einem Seitenblick auf Lena fügte er noch hinzu: «Zudem werde ich Dr. Castlewood umgehend über meinen Irrtum informieren, damit Lady Blake wie vorgesehen ihr Erbe antreten kann.»

«Aber das ist doch nicht alles, oder?», rief Lena, wobei ihr Innerstes vor Aufregung vibrierte. «Was ist mit Moses alias Jesús Blake? Der auf Anweisung seines Vaters Lord William Blake vor mehr als zwanzig

Jahren entgegen geltendem Recht nach Kuba verkauft wurde? Er ist, wie er richtig angegeben hat, ein freier Mann, der vor einem Jahr von seinem Herrn Fernando de Montalban aus der Sklaverei entlassen wurde.»

«Mylady?» Boltons Augen blitzten sie düster an. «Woher wissen Sie das alles?»

«Auch ich habe meine Quellen, und deshalb fordere ich», erklärte Lena und richtete sich auf, «dass Sie ihn unverzüglich aus der Haft entlassen. Als nunmehr entlastete Zeugin kann ich vorurteilsfrei beeiden, dass er vollkommen unschuldig ist. Er wollte mich weder entführen noch bestehlen. Was den Tod des Soldaten betrifft, so hat er ausschließlich in Notwehr gehandelt, als man uns zu Unrecht in diesem Hotel überfallen hat.»

Bolton zögerte einen Augenblick, bevor er zu einer Antwort ansetzte und betreten in die Runde schaute.

«Es tut mir leid, selbst wenn das Gericht das Urteil auf der Stelle rückgängig macht, wovon ich nach den vorgebrachten Argumenten ausgehe, kommen Sie höchstwahrscheinlich zu spät.»

Lena hielt den Atem an. Das konnte nicht sein. Das durfte nicht sein!

«Der Gefangene ist bereits auf dem Weg nach Montego Bay und erwartet schon morgen Nachmittag seine Hinrichtung. Ich habe wenig Hoffnung, dass wir es rechtzeitig schaffen, einen Boten zu entsenden, um die Vollstreckung des Urteils zu verhindern.»

Drei Tage waren vergangen, seit Jess Lena zum letzten Mal gesehen hatte. Am Tag nach ihrem Besuch hatten ihn die Wächter zusammen mit einem anderen Gefangenen in einen geschlossenen Gefängniswagen gesteckt und quer durchs Land gefahren. Streng bewacht von zwölf berittenen Rotröcken, wusste er inzwischen, was ihn und den anderen Mann in Montego Bay erwartete.

Man würde sie öffentlich hängen. Zum Trost hatte man ihnen versichert, dass sie nicht die Einzigen sein würden. Denn so wie es aussah, war es Catos Anhängern nicht gelungen, die Oberhand über das Land zu gewinnen. Und wie befürchtet, hatten sie die friedliebenden Gegner der Sklaverei im Gefolge von Samuel Sharpe mit in den Abgrund gerissen. Von überall her wurden Regimenter der britischen Krone entsendet, um die Aufstände und Brände niederzuschlagen. Schon wurden die ersten Erfolge und Festnahmen vermeldet. Die Zahl und zum Teil auch die Namen der bisher gefangenen Rebellen standen in der *Kingston Gazette*, die bei Jess' Bewachern die Runde gemacht hatte.

Jess musste immerzu an Lena denken, die nun niemanden mehr hatte, der sie beschützen konnte. Ähnlich wie die vielen Frauen und Kinder in den Bergen war sie schutzlos den Bluthunden der Regierung ausgeliefert. Seine Mutter und die übrigen Lagerbewohner würden hoffentlich so schlau sein, sich zu verstecken. Aber Lena hatte niemanden, bei dem sie Zuflucht suchen konnte – zumal Bolton auch gegen sie ermittelte.

«Herr im Himmel, mach, dass sie zur Vernunft kommt», betete Jess, als sie ihn in Montego Bay angekommen in ein finsteres Loch steckten.

Die Angst, Lena könnte sich in ihrer Verzweiflung etwas angetan haben, hielt ihn zusätzlich im Würgegriff, während er angekettet an einer trostlosen Mauer auf seine Hinrichtung wartete. Zitternd saß er in seiner abgerissenen Sträflingskleidung da und wusste, dass er alles falsch gemacht hatte, was man nur falsch machen konnte. Anstatt sich für einen Möchtegerndiktator wie Cato zu engagieren, hätte er mit seiner Mutter und vielleicht noch Selina und ihren Töchtern nach Haiti fliehen sollen. Von Lena, deren Leben er in nur einem Atemzug zerstört hatte, ganz zu schweigen. Nun würde er diese Schuld mit in die Hölle nehmen, wenn man ihm in wenigen Stunden auf brutale Weise das Leben nahm.

Aber wenn Jess geglaubt hatte, dass dies die letzte Prüfung gewesen war, die Gott ihm auferlegte, so hatte er sich gründlich getäuscht. Während er in seiner Zelle auf das Ende der Nacht wartete, um sich bei seiner Hinrichtung dem wütenden Mob von weißen Pflanzern zu stellen, traf eine neue Gruppe von schwarzhäutigen Gefangenen ein. Von Fackeln begleitet, wurden die abgerissen aussehenden Männer in sein Verlies gebracht.

Im Licht des anbrechenden Morgens konnte Jess seine schweigenden Leidensgenossen näher in Augenschein nehmen und erkannte Nathan unter den Neuzugängen. Wie die anderen auch war er offenbar schwer gefoltert worden. Jess biss sich auf die Lippen, um nicht laut aufzuheulen, als sich ihre niedergeschlagenen Blicke trafen.

«Du … hier?», stammelte Nathan, wobei seine Stimme nur mehr ein leises Krächzen war.

Aus dem ehemals muskulösen Großmaul war ein wimmernder Wurm geworden, der sich schützend die seltsam verkrümmten Hände vor den nachtschwarzen Körper hielt. Man hatte ihm sämtliche Finger gebrochen, und die aufgeplatzten Hautstreifen auf Rücken und Brust sahen schlimm aus.

«Wo warst du, als wir dich … gebraucht hätten?», fragte Nathan kaum hörbar.

Jess atmete tief durch. Er wusste, er hätte seine Kameraden – nachdem er Lena zur Flucht verholfen hatte – bei der Offensive gegen die Weißen unterstützen sollen. Das war zumindest sein ursprünglicher Plan gewesen. Doch nach Lenas Befreiung war alles anders gekommen. Jetzt fühlte es sich wie ein weiterer Verrat an.

«Ich habe mit allen Mitteln versucht, das Mädchen in Sicherheit zu bringen», gestand Jess heiser. «Sie befindet sich nach wie vor in großer Gefahr. Sie ist zwar in Freiheit, aber irgendjemand will ihr zwei Morde anhängen.»

«Dann hat sich deine Mühe also überhaupt nicht gelohnt?», fragte Nathan schwach.

«Nein, sonst wäre ich wohl kaum hier», erklärte Jess mit belegter Stimme. «In Port Maria haben sie uns geschnappt und mich als Landesverräter und als ihren Entführer zum Tode verurteilt, obwohl ich keinerlei Geständnis abgelegt habe.»

Nathan warf ihm einen seitlichen Blick zu, der seine ganze Mutlosigkeit enthüllte. «Wie kann es sein, dass ausgerechnet *du* in die Hände des Militärs gefallen bist?»

«Es war meine eigene Dummheit», bekannte Jess. «Das kommt davon, wenn man seinen Feind unterschätzt. Und wie war es möglich, dass man euch erwischt hat?»

«Ich schätze, wir hatten das gleiche Unglück», erklärte Nathan mit gequälter Miene. «Unser geschätztes Oberhaupt und seine Berater von den örtlichen Maroon haben sich völlig verkalkuliert. Niemand hat damit gerechnet, dass die Regierung ganze Regimenter aus Europa einschiffen lässt ... Wo es doch immer hieß, die Regierung in London stünde kurz davor, die Sklaverei endgültig abzuschaffen.»

Während Nathan redete, stöhnte er leise vor Schmerzen.

«Das Vorgehen der zivilen Polizei-Milzen war so brutal, dass wir kaum etwas gegen sie ausrichten konnten. Wie Besessene sind sie gegen alle schwarzen Brüder und Schwestern vorgegangen, die auch nur den Anschein erweckten, sich auflehnen zu wollen. Am Ende haben sie sich vor allem auf die Mischlinge konzentriert, weil sie ahnten, dass von ihnen der größte Widerstand ausging.»

Nathans Ketten klirrten, als er sich vergeblich aufzurichten versuchte.

«Unsere urafrikanischen Brüder haben offenbar mehr auf die friedliche Variante von Sharpe gesetzt. Als der Widerstand ihrer weißen Herren größer wurde, haben sie sich nicht mehr getraut, aufs Ganze zugehen.» Er schluckte schwer, bevor er den Blick hob. «Das Spiel ist verloren, Bruder.» In den blutunterlaufenen Augen war seine ganze Hoffnungslosigkeit zu lesen. «Ich schätze, sobald wieder Ruhe im Land herrscht, werden die weißen Pflanzer zusammen mit dem Militär die Jagdsaison eröffnen, um nach den Schuldigen zu suchen. Unsere Frauen und Kinder in den Bergen sind in höchster Gefahr.»

«Du hast deinen Peinigern nicht verraten, wo sie zu finden sind, oder?»

Es war im Grunde eine überflüssige Frage. Jess wusste, dass kein einziger seiner Gefährten das Lager in den Bergen verraten hatte.

«Eher würde ich mich bei lebendigem Leib rösten lassen, als unsere Familien ans Messer zu liefern», knurrte Nathan leise.

«In die Verlegenheit könntest du durchaus noch geraten», orakelte Jess mit finsterer Miene. «Du weißt schließlich nicht, was uns noch bevorsteht.»

Jess wusste nicht, wie viel Zeit vergangen war, als die Kerkerwächter die Gefangenen holten und barfuß durch die brütende Hitze auf den Marktplatz trieben. Zuvor hatten sie sich alle bis auf ihre dünnen Gefängnishosen ausziehen müssen. Delinquenten, die nackt waren, hatte man aus Anstand ein Tuch um die Hüften gebunden. Jess versuchte nach der langen Dunkelheit im Kerker, seine Augen mit den Händen vor dem Sonnenlicht zu schützen. Verunsichert sah er sich um.

Auf dem Marktplatz brodelte die Stimmung bereits. Neben der blutgierigen Meute aus rachsüchtigen Weißen, die das angekündigte Schauspiel verfolgen wollten, hatte die Regierung allem Anschein nach auch sämtliche Sklaven der Umgebung dazu gezwungen, die Hinrichtung ihrer abtrünnigen Brüder mit anzusehen. Das stabile, hölzerne Podest zeugte davon, dass die Schergen des Gouverneurs die Macht der Justiz im großen Stile vorführen wollten. Mehrere senkrecht stehende Balken, abgestützt mit starken Pfeilern, trugen einen langen Querbalken, an dem man mindestens zwanzig Verurteilte gleichzeitig aufknüpfen konnte.

Als sie knapp vor dem Podest angelangt waren, zählte Jess neben sich und Nathan zwölf weitere Häftlinge, allesamt Schwarze, die ebenfalls den Tod durch den Strang erleiden mussten. Während ein Gerichtssprecher die Anklage verlas, kam zutage, dass die meisten von ihnen während der örtlichen Ausschreitungen den Militärs in die Hände gefallen waren. Einzeln wurden sie anschließend auf das

Podest geführt und direkt unter dem Balken positioniert, wo bereits der passende Strick auf sie wartete. Unter jedem Strick war eine Falltür eingebaut, deren Riegel einzeln betätigt werden konnten, wie der Gerichtsdiener dem geifernden Publikum stolz erklärte.

Natürlich wollte man nicht alle auf einmal hängen, sondern die Gefangenen der Reihe nach vorführen, damit das Spektakel eine größere Wirkung entfaltete. Um die Grausamkeit noch zu steigern, verzichtete der Henker darauf, den Delinquenten Säcke über den Kopf zu ziehen.

Jess und Nathan hatten das zweifelhafte Vergnügen, zuletzt dranzukommen, weil Nathan kaum laufen konnte und Jess ihn stützen musste. Jess schluckte verkrampft, als man ihm die Schlinge um den Hals legte. Mit eisernem Willen unterdrückte er jegliche Angst und die Trauer um seinen Freund, dessen Tod er gnädigerweise nicht mit ansehen musste.

«Vielleicht sollten wir langsam zu beten beginnen», raunte Jess Nathan zu, was im Grunde genommen keinen Sinn ergab, da dieser kein Christ war und nicht einmal fähig gewesen wäre, seine geschundenen Hände zu falten. Aber womit hätte er ihn sonst ablenken sollen?

Als sich die erste Bodenklappe öffnete und der Mann, der darauf gestanden hatte, in die tödliche Tiefe sauste, ging ein Raunen durch die Menge. Hier und da brandete Beifall auf. Mit jedem Gehängten stieg bei Jess die Gleichgültigkeit. Es war ihm, als ob er sich bereits vorher von seinem Körper löste. Ihm wurde leicht ums Herz, und mit einem Mal fühlte er sich befreit, obwohl ihm das Blut wie ein Sturzbach durch die Adern pumpte.

Wie aus der Ferne nahm er wahr, dass irgendjemand sich die Mühe machte und seine Verfehlungen der johlenden Menge vorlas. Als die Anklage geendet hatte, schloss Jess in Erwartung seines baldigen Todes die Augen. Sein letzter Gedanke galt Lena und dem Kind, von dem er nun nicht mehr erfahren würde, ob er tatsächlich der Vater war.

Doch plötzlich entstand ein Tumult, und einige Befehle donnerten über die Köpfe der wartenden Menge hinweg. Die Hinrichtungszeremonie geriet ins Stocken. Jess wagte kaum die Lider zu öffnen, aus Angst, in diesem Moment zu fallen. Doch was er dann sah, war noch schwerer vorstellbar als der Tod.

«Lena?», flüsterte er benommen, als er die schmale Gestalt im hellblauen Kleid erkannte, die sich im energischen Laufschritt und gefolgt von mehreren honorigen Weißen unter Einsatz ihrer Ellbogen den Weg zum Gerichtsdiener bahnte.

Sie hatte ihren Hut verloren, und ihr hellblondes Haar flatterte wie eine Fahne im heißen Küstenwind. Angesichts dieses abwegigen Anblicks fragte sich Jess, ob er bereits im Jenseits gelandet war oder ob er vor lauter Furcht Halluzinationen hatte.

Lena redete unterdessen unaufhörlich auf den zuständigen Regierungsvertreter ein, der für den Fortgang der Hinrichtungen verantwortlich war. Jess verstand kein Wort und sah nur, wie sie und ihre Begleiter unzählige Papiere zückten. Nach einer Weile, die Jess wie eine Ewigkeit empfand, kam Lena auf ihn zugelaufen. Ihr Gesicht war tränenüberströmt. Sanft fuhr sie ihm über den Hals und überzeugte sich davon, dass der Henker die Schlinge entfernte.

«Lena!?», flüsterte Jess atemlos.

Doch seine Verwirrung war nicht von Dauer. Geistesgegenwärtig lenkte er ihre Aufmerksamkeit mit einem Nicken auf Nathan, der die Unterbrechung der Urteilsvollstreckung ebenso fassungslos verfolgt hatte.

«Er ist mein Bruder, wenn es in deiner Macht steht, versuch auch ihm zu helfen!»

Ohne zu zögern, rannte Lena zurück zu ihrem Begleiter. Nach einer kurzen Verhandlung, in der offenbar eine Menge Geld den Besitzer wechselte, wurde auch Nathan der Strick entfernt. Unter den Zuschauern war zunehmend Protest zu vernehmen. Es war anzunehmen, dass die Situation in eine Art Lynchjustiz eskalierte, wenn sie sich nicht rasch genug davonmachten.

Jess wurden die Knie weich, und er hatte Mühe, nicht zu straucheln, als man ihn zusammen mit Nathan vom Podest führte. So richtig konnte er nicht glauben, was soeben geschehen war. Selbst als man ihnen mit Hammer und Meißel die Ketten abschlug, fühlte er sich wie in Trance.

«Ich denke, wir sollten uns so rasch wie möglich in die Kutsche setzen und davonfahren», riet Lena mit einem Rundumblick auf den unzufriedenen Mob. «Bevor jemand auf die Idee kommt, eure Freilassung anzuzweifeln.»

Erst als Lena ihm in einer schattigen Straße abseits des Marktplatzes überglücklich um den Hals fiel, begriff Jess, dass er nicht träumte. Sie erdrückte ihn beinahe und heulte an seiner Halsbeuge wie ein kleines Kind. Und auch Jess konnte die Tränen nicht mehr zurückhalten. Er und Nathan waren gerettet, und sie lebte!

«Wie …? Warum …?», stammelte er und wischte sich hastig den Rotz von der Nase.

Zunächst einmal halfen sie Nathan in die Kutsche, damit er sich von den Schmerzen erholen konnte, welche die Folter zweifellos bei ihm hinterlassen hatte. Danach folgten die übrigen Fahrgäste. Während der Kutscher den vierspännigen Wagen zur Stadt hinaustrieb, beäugten sich die ungleichen Insassen immer noch fassungslos.

«Das ist Dr. Blydge», stellte Lena den älteren, beleibten Mann an ihrer rechten Seite vor. «Er ist einer der besten Anwälte Londons.»

Jess nickte dem Mann dankend zu. Blydge mochte ein Profi sein, was das Heraushauen von Gefangenen betraf, aber die Hektik, mit der ihre Befreiung vonstattengegangen war, hatte rote Flecken auf seinem Doppelkinn hinterlassen.

An Lenas linker Seite saß ein weiterer Weißer im vornehmen Anzug, dessen manikürte Hand Lena seltsam vertraulich ergriffen hatte. Nur sein grau meliertes Haar ließ auf sein wahres Alter schließen, darüber hinaus wirkte er ziemlich agil. Seine markanten Geschichtszüge strahlten eine gewisse Eleganz und Welterfahrenheit aus, die Jess nervös werden ließ.

«Und das ist mein Vater, der Konsul», erklärte Lena vergleichsweise nüchtern. Eine Mitteilung, die Jess völlig überrumpelte. Niemals hätte er geglaubt, dass sich ein angesehener Mann wie der Konsul für die Freilassung von Rebellen einsetzte. Jess wurde mit einem Mal klar, welch furchterregenden Anblick er und Nathan boten. Wahrscheinlich verbreiteten sie den Geruch eines Stinktiers! Der Konsul musste seine Tochter wirklich sehr lieben, dass er sich nicht anmerken ließ, wie abwegig er ein solches Unterfangen fand.

«Mein Vater hat Dr. Blydge bereits in London engagiert und ist extra mit ihm nach Jamaika gekommen, um mir zu Hilfe zu eilen. Sie sind erst vorgestern in Port Maria angekommen. Und stell dir vor, Maggie, meine Gesellschafterin und Freundin lebt! Du hättest sehen sollen, wie sie Bolton brüskiert hat, der die Schuld an ihrem vermeintlichen Tod dem unglücklichen Candy Jones in die Schuhe geschoben hat. Am Ende war es nämlich Trevor, der sie im Auftrag von Edward hatte umbringen wollen. Nun wird er mit Haftbefehl gesucht und ist spurlos verschwunden. Damit ist die Klage gegen mich fallen gelassen worden. Trevor hat alle Glaubwürdigkeit verloren, und Bolton musste alle Anschuldigungen gegen dich und mich beim Obersten Gerichtshof zurücknehmen.»

Sie lachte befreit, und ihre grünen Augen blitzten vor Freude. Dann ergriff sie seine Hand und schmiegte ihre Wange in seine ungewaschene Handfläche, an der noch Blut klebte. Jess hätte sie am liebsten zurückgezogen, weil er nicht wusste, ob ihr Vater eine solche Berührung gutheißen würde. Doch als der Konsul ihn aufmunternd anlächelte, durchströmte Jess ein schier unbändiges Glücksgefühl.

Nathan, der das Ganze fassungslos beobachtet hatte, entfuhr ein leises Stöhnen. Lena, der die Verletzungen des Mannes nicht entgangen waren, versuchte sich an einem tröstlichen Lächeln. «Sobald sich die Möglichkeit dazu ergibt, werden wir anhalten und die Wunden versorgen», versicherte sie ihm.

«Auf Redfield Hall werden wir ihn auf der Krankenstation aufnehmen und gesund pflegen lassen.»

«Redfield Hall?» Jess warf ihr einen verwirrten Blick zu. «Ich verstehe nicht …»

«Das ist eine längere Geschichte», vertröstete sie ihn und kuschelte sich an ihn. «Nur eines kann ich dir versprechen», fuhr sie fort und nahm seine Hand, «gewöhn dich schon mal daran, Herr einer riesigen Plantage zu werden, auf der es, so Gott will, nie wieder Sklaven geben wird! Und gewöhn dich auch daran, dass das Kind unter meinem Herzen der zukünftige Erbe von Redfield Hall sein wird. Und wer weiß …» Sie lächelte ihn herausfordernd an. «Vielleicht möchtest du die Mutter dieses Kindes ja heiraten, auch wenn sie eine Weiße ist?»

«Und was sagt dein Vater dazu?», entfuhr es ihm ungläubig, und er wagte kaum, dem Mann, der ihm gegenübersaß, in die Augen zu sehen.

Doch der Konsul setzte ein gütiges Lächeln auf und nickte ihm freundlich zu.

«Ich habe ihr meinen Segen längst gegeben. Wenn ich den Schwärmereien meiner Tochter Glauben schenke, kommt kein anderer Mann je wieder für sie in Frage. Unabhängig davon, dass wir Sie gerade vom Galgen geholt haben, spricht alles dafür, dass Sie ein verantwortungsvoller Kerl sind, der sich die Hand meiner Tochter mehr als verdient hat. Also, was will ich mehr?»

Noch immer begriff Jess die Worte nicht, aber als er in Lenas Augen schaute, erschienen sie ihm so klar wie das Wasser des Teiches, in dem sie sich zum ersten Mal nahegekommen waren. Ungeachtet des fremden Advokaten an ihrer Seite, der die ganze Angelegenheit mit neutraler Miene beobachtete, und ihres Vaters, der die Wahl seiner Tochter verwunderlicherweise zu billigen schien, riss er sie auf seinen Schoß und küsste sie so leidenschaftlich, dass sie kaum noch zu atmen vermochte.

«Ja», hauchte er. «Ja, ich wünsche mir nichts anderes auf der Welt, als an deiner Seite zu sein. Und wenn Gott es will, bis in alle Ewigkeit!»

EPILOG

Juni 1832 || Jamaika || Neue Hoffnungen

Der heisere Schrei eines Neugeborenen durchdrang alle Ritzen des stattlichen Herrenhauses.

«Es ist ein Mädchen», verkündete Desdemona, die ihnen bei der Geburt des Kindes mit all ihrem Wissen geholfen hatte.

Jess hatte seine Zweifel gegenüber den Fähigkeiten der alten Zauberin längst aufgegeben. Sie war besser als jeder studierte Arzt. Selbst Nathan hatte sie in kürzester Zeit wieder gesund gepflegt.

«Und es hat eine dunkle Hautfarbe», bestätigte sie, obwohl sie das Kind eigentlich nicht sehen konnte.

«Sie sieht aus wie du», stammelte Lena, als Baba ihr das Kind in ein sauberes Tuch gewickelt überbrachte.

Jess, der dicht neben ihr hockte, beugte sich vor und gab Lena einen zärtlichen Kuss. Ganz trunken vor Glück schaute er ihr in die Augen. «Ich liebe dich so sehr», hauchte er. «Du hast mir eine wahrhaftige Prinzessin geschenkt.»

Dann schaute er auf und suchte den Blick seiner Mutter. «Na, wie fühlt es sich an, wenn man seine erste frei geborene Enkelin in den Armen halten darf?», neckte er sie.

«Es ist … großartig», flüsterte Baba andächtig. «Ich kann es noch immer nicht glauben, dass meine Gebete erhört wurden.» Tränen rannen ihr über das welke Gesicht, als sie sah, wie das kleine Wesen sich an Lenas Brust drängte und gierig zu saugen begann.

Die liebevolle Art, mit der sich Jess, während der restlichen Schwangerschaft und als die Wehen einsetzten, um Lena gekümmert hatten, nahmen ihr jeden Zweifel, dass er auch ein weißes Kind als sein eigenes anerkannt hätte. Doch darüber brauchte sie sich jetzt keine Sorgen mehr zu machen.

Überhaupt erschien ihr alles wie ein Wunder. Das Gericht hatte Jess mit Dr. Blydges Hilfe als rechtmäßigen Sohn von Lord William Blake anerkannt. Gleichzeitig erfüllte er, wenn auch unbeabsichtigt, die im Testament stehende Klausel, dass Lena einen direkten Nachkommen von Lord William zur Welt bringen musste, um die Plantage zu erben. Die Primär-Klausel für Edward war aufgrund der gleichberechtigten Position nun auf Jess übergegangen, nachdem er Lena rechtmäßig zu seiner Frau genommen hatte.

Der Advokat aus London hatte hierbei in Jess' Auftrag dafür gesorgt, dass die Plantage und alles, was Lord William Blake sonst noch hinterlassen hatte, mit der Hochzeit zu gleichberechtigten Teilen auf beide Partner überschrieben worden waren. Daher waren beide mit der Trauung mit einem Schlag unermesslich reich geworden.

Jess hatte mit Lenas Zustimmung einen Teil des Vermögens sogleich genutzt, um von den Behörden unbemerkt das Lager in den Bergen zu evakuieren. Maurizio Gómez hatte für diesen Zweck heimlich ein ausreichend großes Schiff gechartert, das die Flüchtlinge mit den entsprechenden Mitteln versorgt nach Haiti gebracht hatte.

Unter den Betroffenen waren auch Nathan und seine Familie und Selina mit ihren Töchtern gewesen, denen Baba immer noch ein wenig nachtrauerte. Doch so war es für alle das Beste, denn die alten Besitzer der geretteten Sklaven konnten immer noch auf die Idee kommen, nach ihnen suchen zu lassen.

Auch Cato hatte sich abgesetzt, bevor man ihn für seine missglückten Umsturzversuche zur Rechenschaft ziehen konnte. Es hieß, er habe die Insel noch vor der Hinrichtung Samuel Sharpes und seiner Anhänger mit unbekanntem Ziel verlassen.

Niemand trauerte ihm nach. Am allerwenigsten Baba, die sich neben ihrer neuen Familie und Desdemona auch an Jeremia und Estrelle erfreute. Die beiden hatten darum gebeten, auf Redfield Hall bleiben zu können. Was gar keine Frage war, gehörten sie doch mittlerweile klar zur Familie, wie Lena beschieden hatte. Alle weiteren Angestellten auf Redfield hatte Jess in die Freiheit entlassen und, wenn sie es wünschten, danach für einen fairen Lohn wieder eingestellt. Somit war er seinem Ziel, die Sklaverei auf friedliche Weise zu beenden, einen ganzen Schritt näher gekommen.

«Es ist ein Mädchen!», verkündete Baba kurz darauf auch den restlichen Neugierigen, die draußen vor dem Schlafgemach auf die frohe Botschaft gewartet hatten.

«Und Jess ist der Vater, gar keine Frage», verkündete Maggie freudig.

«Lena sagt, sie kommt nach mir», erklärte Baba im Brustton der Überzeugung.

«Zumindest deine krächzende Stimme hat sie geerbt», frotzelte Estrelle, die nun ebenfalls hinzugetreten war, um einen Blick auf das zufrieden nuckelnde Kind zu erhaschen. «Bleibt zu hoffen, dass sich das noch ändern wird.» Sie grinste breit.

«Vielleicht sollten wir sie Baba nennen?», schlug Lena vor und warf der frischgebackenen Großmutter ein strahlendes Lächeln zu.

«Nein», beschied Baba energisch. «Nennt sie lieber Mary. Das ist mein richtiger Name, der wesentlich hübscher ist.»

Alle lachten. Selbst der alte und für gewöhnlich ernste Jeremia, der hinter dem Konsul am Ende des Bettes aufgetaucht war, um die neuste Herrin von Redfield Hall zu bewundern, hatte ein seliges Grinsen auf dem Gesicht.

«Mary ist ein schöner Name. Außerdem soll sie noch Margareth heißen», bestimmte Lena und zwinkerte Maggie zu. «Zu Ehren ihrer außerordentlich mutigen Patentante.»

«Oh Lena, das ist … ich weiß gar nicht, was ich sagen soll», freute sich Maggie und klatschte begeistert in die Hände.

Der Konsul gratulierte dem stolzen Vater mit einem festen Händedruck.

«Gut gemacht», sagte er nur und klopfte Jess auf die Schulter.

Dann setzte er sich für einen Moment neben seine Tochter und drückte ihr einen dicken Kuss auf die Stirn.

«Sie ist wunderschön», flüsterte er gerührt. «Deine Mutter wird oben im Himmel mächtig stolz auf ihre erste Enkelin sein.»

Nachdem er aufgestanden war, ging er zu Baba und nahm ihre Hand.

«Herzlichen Glückwunsch zu unserer gemeinsamen Enkelin», sagte er und verblüffte die frischgebackene Großmutter mit einem angedeuteten Handkuss.

«Danke», erwiderte Baba und fiel dem ansonsten eher formalen Deutschen temperamentvoll um den Hals.

Johann Huvstedt reagierte mit einem hilflosen Hüsteln und drückte sie unbeholfen an sich.

«Dann sind wir jetzt eine Familie», stellte sie unmissverständlich klar, als sie von ihm abließ.

«Das sind wir», erklärte er mit einem überzeugten Lächeln.

Niemals hätte Baba geglaubt, dass eines Tages ausgerechnet ein Konsul aus Deutschland daherkommen würde, um ihre kühnsten Träume wahr werden zu lassen. Er hatte ihren Sohn gerettet und ihr noch eine Tochter dazu geschenkt. Und nun hatte sie zu allem Glück noch ein süßes Enkelkind bekommen. Allesamt waren es Menschen, denen sie sich zugehörig fühlte und die ihre langgehegten Sehnsüchte nach einer eigenen Großfamilie endlich wahr werden ließen. Eine Familie, die – wie sie hoffte – noch zahlreicher werden würde und die ihr niemand mehr wegnehmen konnte.

ANHANG

– *Nachwort* –

Obwohl der Weihnachtsaufstand der Sklaven unter Samuel Sharpe und seinen Anhängern im Jahre 1831 nicht den gewünschten Erfolg brachte, sondern blutig niedergeschlagen wurde, unterstützte die parlamentarische Auseinandersetzung mit den vorangegangenen Ereignissen ab 1833 den *Slavery Abolition Act* – die Abschaffung der Sklaverei.

Bis zur endgültigen Durchsetzung des neuen Gesetzes auf Jamaika sollten jedoch weitere vier Jahre ins Land gehen.

Sklaverei ist ein Thema, so alt wie die Welt, und selbst heute, in vermeintlich zivilisierten Zeiten, leider immer noch aktuell. Seit ich als Kind «Onkel Toms Hütte» gelesen habe, beschäftigt mich die Frage, warum Menschen anderen Menschen so etwas Schreckliches antun können. Nach der Lektüre zahlreicher Veröffentlichungen zum Thema Sklaverei und den ehemaligen Kolonien in der Karibik von Prof. Dr. B. W. Higman wurde die Idee zu diesem Roman geboren.

Higmans Bücher – *Slave Population and Economy in Jamaica 1807–1834, A Concise History of the Caribbean (Cambridge Concise Histories)* sowie *Jamaican Place Names, General History of the Caribbean: Methodology and History of the Caribbean: 6* und *Plantation Jamaica, 1750–1850: Capital and Control in a Colonial Economy* und *Jamaican Food: History, Biology, Culture* – waren mir während des Schreibens zu «Flamme von Jamaika» ständige und verlässliche Begleiter. Auch weil Zahlen und Fakten in diesen Texten durch eine Reise in die Karibik nicht zu ersetzen gewesen wären.

Wie in meinen Büchern üblich, ist die Geschichte um Lena, Baba, Edward und Jess frei erfunden. Und doch ist sie nicht einfach aus der Luft gegriffen, sondern orientiert sich an den tatsächlichen Gegebenheiten der damaligen Zeit und den gesellschaftlichen Zuständen, in denen meine ebenso frei erfundenen Protagonisten agieren.

An dieser Stelle möchte ich darauf hinweisen, dass rassistische Bezeichnungen – wie z. B. das Wort Neger – und die mitunter herablassende Darstellung der Sklaven aus Sicht der Protagonisten allein den damals geltenden gesellschaftlichen Normen geschuldet sind und keinesfalls den Überzeugungen der Autorin entsprechen.

Der im Roman beschriebene Weihnachtsaufstand der Sklaven auf Jamaika unter der Führung des friedlich gesinnten Baptisten Samuel Sharpe hat am 25. Dezember 1831 tatsächlich seinen Lauf genommen und ist als solcher in die Geschichte Jamaikas eingegangen. Historische Quellen berichten ferner vom blutigen Ausgang der zunächst als gewaltlos geplanten Revolution.

Während Samuel Sharpe, der in Jamaika heute noch als Nationalheld verehrt wird, auf die friedlichen Proteste der Sklaven setzte, gab es allem Anschein nach Kräfte, die darüber hinaus eine gewaltsame Vertreibung der weißen Pflanzer vorantreiben wollten. Unter den festgenommenen Rebellen befanden sich auffällig viele Mulatten – Nachfahren afrikanischer Sklaven mit weißen Kolonialherren in ihrer Ahnenreihe. Obwohl rechtlich nicht verbrieft (Söhne und Töchter von Sklavinnen galten dem Gesetz nach als Sklaven, auch wenn ihre Väter weiße Plantagenbesitzer und Aufseher waren), nahmen sie für sich in Anspruch, als freie Männer und Frauen geboren zu sein, mit den gleichen Freiheitsrechten wie ihre weißen Erzeuger.

Dieser Roman greift die Geschichte dieser Menschen auf, wobei der Name der Rebellenorganisation «Flamme von Jamaika» ebenso frei erfunden ist wie die dazugehörige Handlung. Aber um das Geschehen im Roman authentischer wirken zu lassen, konnte ich der

Versuchung nicht widerstehen, auch einige historisch verbürgte Personen in mein «Schauspiel-Ensemble» aufzunehmen. Diese sind im Namensverzeichnis mit einem * gekennzeichnet.

– *Personenverzeichnis (alphabetisch geordnet)* –

** = tatsächlich existierende Persönlichkeiten*

Protagonisten:

Baba – auch genannt Mama Baba oder Mary, Mutter von Jess

Edward (Sir Edward William Montgomery Blake) – einziger legitimer Sohn von Lord William Blake, 7. Baronet of Clearwater Castle und Erbe von Redfield Hall

Jess – eigentlich Jesús de Montalban, auch genannt ***Moses Campbell***, Sohn von Baba und Lord William Blake

Lena (Helena Sophie Huvstedt) – Tochter des deutschen Konsuls Johann Friedrich Alexander Huvstedt

Maggie (Margareth Elisabeth Blumenroth) – Lenas Anstands- und spätere Gesellschaftsdame

Nebenfiguren:

Archibald Bluebird – Verwalter von Redfield Hall

*Assistant Commissaries General John Bland** – Offizier des britischen Militärs auf Jamaika

Candy Jones – Sklave auf Rosenhall und Geliebter von Lady Fortesque

Captain Peacemaker – Kommandeur des 84 th Rifle Regiments

Cato Rodriguez – Oberhaupt der Rebellen «Flamme von Jamaika»

Cilia – Selinas Tochter

*Countess of Lieven** – bekannte Figur des Londoner «ton» – der sogenannten höheren Gesellschaft, der zunächst nur Adlige und später auch reiche Kaufleute angehörten

Desdemona – blinde Obeah-Zauberin

Dr. Beacon – Schiffsarzt der Mary-Lynn

Dr. Castlewood – Advokat der Blakes

Dr. Lafayette – Militär- und Vertragsarzt auf Redfield Hall

Dr. Louis Bolton – Commodore der Britischen Royal Navy und Hauptermittler des Gouverneurs von Jamaika

Estrelle – Haussklavin auf Redfield Hall und Babas engste Freundin und Vertraute

*Generalgouverneur Somerset Lowry-Corry** – der 2. Earl Belmore und Generalgouverneur von Jamaika

Isaak Bernhard – junger Baptistenpriester aus Stony Hill

Jeremia – Butler auf Redfield Hall

Joel – Kamerad von Jess im Rebellenlager

Kojo – Maroon-Krieger

Konsul Johann Friedrich Alexander Huvstedt – Lenas Vater, handelt mit Kaffee, Tee und Zucker und besitzt Handelsniederlassungen in Hamburg und London

Lady Elisabeth Fortesque – Edward Blakes nicht leibliche Patentante (Freundin seiner verstorbenen Mutter)

*Lady Juliana Lowry-Corry** – Frau des Generalgouverneurs von Jamaika

Larcy – Sklavin, Dienstmädchen auf Redfield Hall

Linda Dryden – Frau des Farmers Richard Brad Dryden

Maurizio Gómez – Advokat in Spanish Town

Moquoi – Maroon-Häuptling

Nathan – Rebell und bester Freund von Jess

Pastor Knightly – Baptist in Ochos Rios

Pastor Langley – anglikanischer Geistlicher auf Redfield Hall, Militärpastor

Priscilla – Yolandas Tochter

Robert Gunn – Plantagenverwalter aus dem Parish St. Thomas-in-the-Vale

Rosanna Rhys-Patrick – Lenas Freundin auf dem Debütantinnenball in London

Selina – ehemalige Sklavin im Rebellenlager der «Flamme von Jamaika»

Sir Randolph Patterson – erster Sekretär des Generalgouverneurs von Jamaika

Terry – Butler auf Redfield Hall

Tom – junger Sklave auf Redfield Hall und Edwards Leibdiener und Stallbursche

Trevor Hanson – Erster Aufseher der Plantage Redfield Hall

Yolanda – Sklavin auf Redfield Hall und Edwards Geliebte

Namentlich genannte Personen:
Alexander McMurphy – Irischer Wirt des «Rovers Inn»
Aneas – Mitglied des Ältestenrates der «Flamme von Jamaika»
Anny – Sklavin und Krankenpflegerin auf Redfield Hall
Armando – Rebell und Catos Vertreter
Brad Dryden – Besitzer der Drydenfarm
*Colonel Brown** – Anführer der Polizei-Miliz von Jamaika
Dr. Hyronimus Blydge – Dozent der juristischen Fakultät Oxford
Fernando de Montalban – Jess' kubanischer Sklavenhalter
Hetty MacMelvin – die ermordete Verlobte von Edward Blake
Huxley – Lenas Butler in London
José – Freund von Baba im Rebellenlager
*Joshua Rowe** – Hauptrichter am Obersten Gericht in Spanish Town
Kerak – Kamerad von Jess im Rebellenlager
Lady Albright – Gattin eines Plantagenverwalters
Lady Anne – Edwards Mutter und kränkliche Frau von Lord William Blake
Lady Butterfield – Gattin eines Plantagenverwalters
Lady Montague – Gattin eines Plantagenverwalters
Lady Rossburne – Gattin eines Plantagenverwalters
*Lieutenant General Willoughby Cotton** – Offizier des britischen Militärs auf Jamaika
Monty Prescott – Leiter der *Kingston Gazette*
Nelson Willcwbie – ein Organist aus Port Maria
Peter Hogsmith – Sekretär von Archibald Bluebird
Richard Linton – Plantagenbesitzer
*Samuel Sharpe** – Nationalheld Jamaikas, Baptistenpastor. Hingerichtet 1832 als Initiator des sogenannten Weihnachtsaufstandes
Tupac – Kamerad von Jess im Rebellenlager
*William Knibb** – damaliger Baptistenpastor und Gegner der Sklaverei

– *Glossar* –

Abolition Act – Gesetz zur Beendigung der Sklaverei
Almack's Assembly Rooms – Vergnügungsort der besseren Gesellschaft im London des 19. Jahrhunderts

Aschanti – Bevölkerungsgruppe / Sprache in Westafrika

Backra oder auch Buckra – Bezeichnung der jamaikanischen Sklaven für eine(n) Weiße(n)

Goldsovereigns – Im Roman bezeichneter Geldwert. Ab 1830 gelangten Goldsovereigns mit einem Goldanteil von 7,98 g 22K Crown Gold in Großbritannien und den Kolonien in Umlauf, auf deren Rückseite das britische Wappen geprägt war. Sie entsprachen dem Wert eines englischen Pfunds. Der genaue Vergleich mit heutigen Währungen – was die Wertigkeit dieser Münze betrifft – lässt sich nur schwer ziehen. Aber in B. W. Higmans Sachbüchern finden wir Angaben über den Verdienst und die Preise der damaligen Zeit in Jamaika, die einen Vergleich mit heutigen Umständen möglich machen. So kostete auf Jamaika im Jahr 1831 eine gute Kuh je nach Gewicht zwischen 13 und 24 britische Pfund. Der Jahresarbeitslohn für einen männlichen Arbeiter lag damals zwischen 16 und 45 britischen Pfund. Bei weiblichen Arbeiterinnen zwischen 10 und 21 britischen Pfund.

Maroon – Freie Bevölkerungsgruppe Jamaikas, aus Nachfahren ehemaliger Ureinwohner und Afrikaner bestehend, die sich ihre Freiheit in mehreren gewaltsamen Auseinandersetzungen mit den weißen Pflanzern erkämpft haben

Meile – misst 1609,3426 Meter oder 1760 Yards

Mulatte – Mensch, dessen Eltern oder Vorfahren zur Hälfte afrikanische und europäische Wurzeln haben

Obeah-Frau – Obeah ist eine Bezeichnung für religiöse magische Praktiken, deren Herkunft in archaischen Glaubensformen Afrikas zu suchen ist. Obeah-Frauen und auch -Männer waren in der negroiden Bevölkerung Jamaikas und Westindiens hochangesehen, weil sie über geheimnisvolle magische Praktiken verfügten, vor denen sich ihre Anhänger aufgrund ihrer grenzenlosen Macht fürchteten. In Jamaika war die Praktizierung von Obeah im 18. und 19. Jahrhundert den Sklaven zeitweise sogar bei Todesstrafe verboten, weil die weißen Regierungen die Unterstützung von revolutionären Bestrebungen fürchteten.

Parish – kirchliche Distrikte, nach denen Jamaika bis heute aufgeteilt ist

Quadroon – Mensch mit drei europäischen und einem afrikanischen Vorfahren

Sangaree – damals sehr beliebtes Getränk in Jamaika aus Wein, Saft und frisch geschnittenen Früchten, das mit Rum, Wasser und Zucker angereichert wird

Sodomit – im 19. Jahrhundert eine Bezeichnung für jemanden, der in der Vorstellung der damaligen Zeit perverse Sexualpraktiken bevorzugte

Terzerone – Mensch mit zwei europäischen und einem afrikanischen Vorfahren

Tickets – Freibriefe für Sklaven, um sich frei im Land von einem Punkt zum anderen bewegen zu können

Ton –Bezeichnung für die britische Oberschicht

61th Foot Regiment – Bezeichnung für ein britisches Fußtruppen-Regiment, das 1831 in Jamaika stationiert war

84th Rifle Regiment – Bezeichnung für ein britisches Scharfschützenregiment, das 1831 in Jamaika stationiert war

– *Danksagung* –

Mein tiefer Dank gehört in erster Linie all jenen, die diesem Buch zur Veröffentlichung verholfen haben.

Zunächst möchte ich meiner fabelhaften Literatur-Agentin Lianne Kolf und ihren engagierten Mitarbeiterinnen in München danken für die Vermittlung des Manuskripts an den Rowohlt Verlag in Hamburg.

Dort gilt mein besonderer Dank Ditta Kloth – meiner Lektorin, die aus Stroh Gold spinnen kann, wie ich immer scherzhaft zu sagen pflege, und die mit ihrem unermüdlichen Interesse und ihrer beneidenswerten Professionalität die Entstehung und Fertigstellung dieses Buches begleitet hat.

Danken möchte ich auch allen anderen Mitarbeitern des Rowohlt Verlages für ihr Vertrauen und ihr Engagement.

Wie in den Jahren zuvor möchte ich in diesem Zusammenhang auch dem Radioropa Hörbuchverlag und seinen Mitarbeitern danken, die keinen Moment gezögert haben, die Hörbuch-Lizenz für diesen Roman zu erwerben.

Zudem möchte ich zahlreichen Freundinnen und Freunden danken, auch jenen aus meiner inzwischen zahlreich gewordenen Leserschaft, die mich und meine Bücher in vielfältiger Weise unterstützen.

Ihr gebt mir den Mut und die Kraft, immer wieder spannende Geschichten zu erfinden.

Last but not least möchte ich meiner gesamten Familie danken, besonders meinem Mann für seine Unterstützung und meinem talentierten Sohn, der stets die filmreife Musik für meine Buch- und Recherche-Trailer komponiert und mit den dazugehörigen Fotos und Videos zu einem kreativen Ganzen verbindet. Ich bin froh, dass ihr immer für mich da seid.

Aber all das wäre nichts ohne meine Leserinnen und Leser, die den Romanfiguren erst das notwendige Leben einhauchen und ihnen damit eine Bühne und ein Zuhause geben. Dafür meinen allerherzlichsten Dank!

MIX
Papier aus verantwortungsvollen Quellen
FSC www.fsc.org
FSC® C083411

Das für dieses Buch verwendete FSC®-zertifizierte Papier
Lux Cream liefert Stora Enso, Finnland.